O Pálido Olho Azul

LOUIS BAYARD

Tradução
Lea P. Zylberlicht

🜨 Planeta

Copyright © Louis Bayard, 2006
Copyright © Editora Planeta do Brasil, 2022
Copyright da tradução © Lea P. Zylberlicht
Publicado de acordo com HarperCollins Publishers.
Todos os direitos reservados.
Título original: *The Pale Blue Eye*

Coordenação editorial: Algo Novo Editorial
Preparação: Carmen T. S. Costa
Revisão: Roberta O. Stracieri, Tamiris Sene e Laura Folgueira
Projeto gráfico e diagramação: Desígnios Editoriais
Adaptação de capa: Fabio Oliveira
Imagem de capa: © Netflix 2022. Utilizada com autorização.

Dados Internacionais de Catalogação na Publicação (CIP)
Angélica Ilacqua CRB-8/7057

Bayard, Louis
 O pálido olho azul / Louis Bayard; tradução de Lea P. Zylberlicht. – 2. ed. – São Paulo: Planeta do Brasil, 2022.
 416 p.

ISBN 978-85-422-1961-6
Título original: The Pale Blue Eye

1. Ficção norte-americana I. Título II. Zylberlight, Lea P.

22-5569   CDD 813

Índice para catálogo sistemático:
 1. Ficção norte-americana

Ao escolher este livro, você está apoiando o manejo responsável das florestas do mundo.

2022
Todos os direitos desta edição reservados à
EDITORA PLANETA DO BRASIL LTDA.
Rua Bela Cintra, 986 – 4º andar
01415-002 – Consolação
São Paulo-SP
www.planetadelivros.com.br
faleconosco@editoraplaneta.com.br

Acreditamos nos livros

Este livro foi composto em Galliard e impresso pela Geográfica para a Editora Planeta do Brasil em outubro de 2022.

Para A. J.

A tristeza pelos mortos é a única a
que recusamos renunciar.

WASHINGTON IRVING,
Rural Funerals.

Em meio aos esplendores dos bosques circassianos,
Em um riacho escondido salpicado com o firmamento,
Em uma lua partida e escondida e encoberta pelo firmamento,
As donzelas suaves de Atenas se expressaram
Sussurrando obediências e acanhamento.
Lá encontrei Leonore, sozinha e delicada
No abraço de uma nuvem lacerada em prantos.
Muito atormentado, não pude senão me abandonar
À donzela com o pálido olho azul
Ao *ghoul** com o pálido olho azul.

---

* Demônio do lendário folclore árabe antigo. [N.T.]

O último testamento
de Gus Landor

19 de abril de 1831

EM DUAS OU TRÊS HORAS... BEM, É DIFÍCIL CONTAR... EM TRÊS HORAS, CERTAMENTE, ou, no máximo, quatro horas... dentro de quatro horas, digamos assim, estarei morto.

Menciono isso porque situa as coisas sob determinada perspectiva. Meus dedos, por exemplo, tornaram-se interessantes para mim nos últimos tempos. Assim como a ripa inferior do biombo veneziano, um pouco torta. Do lado de fora da janela, uma glicínia se move no galho principal, balançando como num patíbulo. Eu nunca vira isso antes. Algo mais, também: neste instante, o passado voltou com toda a força do presente. Todas as pessoas que conviveram comigo, não vieram todas elas se juntarem ao meu redor? *O que as impede de discutir?*, pensei. Eis ali Hudson Park, conselheiro municipal, perto da lareira; ao lado dele, minha esposa, com seu avental, retirando as cinzas com a pá; e quem a observa senão meu velho cão terra-nova? No corredor: minha mãe – que nunca havia posto os pés nesta casa, morreu antes que eu completasse doze anos – zomba do meu traje de domingo.

Coisa curiosa nos meus visitantes: não trocam palavras entre si.

Uma etiqueta muito rigorosa prevalece, não consigo identificar as regras.

Eu diria que ninguém consegue. Durante a última hora, tive minha atenção ocupada – agitada, quase – por um homem chamado Claudius Foot. Eu o prendi quinze anos atrás por ter roubado a mala postal de Rochester. Uma grande injustiça: três testemunhas juraram tê-lo visto assaltando o correio de Baltimore no mesmo instante. O homem ficou furioso por causa disso, saiu da cidade sob fiança, voltou seis meses mais tarde, desequilibrado em decorrência da cólera, e atirou-se na frente de um cabriolé. Falou o tempo todo até morrer. Ainda agora continua falando.

Oh, é uma multidão, posso dizer. Dependendo do meu humor, ou do ângulo do sol que atravessa o biombo veneziano da sala de estar, posso tomar parte ou não. Houve vezes, admito, que desejei ter mais contato com os vivos, mas é mais difícil que apareçam hoje em dia. Patsy nunca mais parou por aqui... o professor Pawpaw está fora medindo cabeças em Havana... e quanto a ele, bem, de que vale chamá-lo de volta? É só convocá-lo em minha mente que, no momento que o faço, todas as velhas conversas ressurgem. Naquela noite, por exemplo, travamos uma discussão sobre a alma. Eu não estava persuadido de que tinha uma; ele sim. Poderia ter sido divertido ouvi-lo falar se ele não tivesse estado com uma determinação tão terrível. Mas, também, nunca ninguém me pressionou tão fortemente sobre isso, nem mesmo meu próprio pai (um missionário presbiteriano, ocupado demais com as almas de seu rebanho para plantar algo útil na minha). Repetidas vezes eu disse: "Bem, bem, você pode estar certo". Isso apenas o deixava mais entusiasmado. Ele me dizia que eu estava apenas adiando a questão, aguardando uma confirmação empírica. E eu perguntava: "Na ausência dessa confirmação, o que mais posso dizer a não ser 'Você deve estar certo?'". Assim ficávamos rodeando até que um dia ele disse: "Mister Landor, virá um tempo em que sua alma se virará e o enfrentará da maneira mais empírica possível – no exato momento que o deixar. Você tentará agarrá-la, ah, em vão! Veja-a agora, desenvolvendo asas de águia, saltitando em ninhos de águias asiáticas".

Bem, ele era fantasioso daquela maneira, Gaudy, como você deve saber. Eu mesmo sempre preferi os fatos à metafísica. Bons e sólidos fatos caseiros, uma sopa grossa que cozinhou o dia inteiro. São fatos e inferências que formarão a espinha dorsal desta história. Como formaram a espinha dorsal da minha vida.

Uma noite, um ano depois de minha aposentadoria, minha filha ouviu-me falando durante o sono – entrou e encontrou-me interrogando um suspeito morto havia vinte anos. Os fatos não se ajustam, eu continuava a dizer. O senhor percebe isso, mister Pierce. Esse indivíduo específico cortou o corpo de sua mulher e, em um armazém de eletrodomésticos, alimentou uma matilha de cães de guarda com as partes dela. No meu sonho, seus olhos estavam rosados de vergonha; ele estava aborrecido por ter tomado meu tempo. Lembro-me de ter-lhe dito: "Se não fosse o senhor, teria sido outra pessoa".

Bem, foi aquele sonho que me fez perceber: uma profissão nunca pode ser deixada para trás. Você pode escapulir dentro do Hudson Highlands, pode se esconder atrás de livros e criptogramas e bengalas... mas sua profissão chegará e o encontrará.

Eu podia ter corrido mais para dentro da selva, podia ter feito isso. Como me deixei persuadir não sei dizer, honestamente; no entanto algumas vezes acredito que isso aconteceu – tudo isso – para que nos encontrássemos, ele e eu.

Mas não adianta especular. Tenho uma história para contar. E como aquelas vidas estavam, sob muitos aspectos, próximas a mim, deixei espaço, quando necessário, para outros oradores, sobretudo para o meu jovem amigo. Ele é o verdadeiro espírito por detrás desta história e, sempre que imagino quem será o primeiro a lê-la, é o único que se apresenta. Imagino seus dedos acompanhando as linhas e colunas, seus olhos selecionando meus rabiscos.

Oh, eu sei: não podemos escolher quem nos vai ler. Nada resta, então, a não ser o consolo de pensar no estranho – ainda não nascido, pelo que sei – que encontrará estas linhas. Para você, meu leitor, eu dedico esta narrativa.

―◆―

E assim me tornei meu próprio leitor. Pela última vez. Quer colocar mais lenha no fogo, por favor, Alderman Hunt?

―◆―

E assim recomeça.

Narrativa de Gus Landor
1

MEU ENVOLVIMENTO PROFISSIONAL NO CASO DE WEST POINT DATA DA MANHÃ DE 26 de outubro de 1830. Naquele dia, eu dava meu passeio habitual – embora um pouco mais tarde do que o de costume – nas colinas que circundam Buttermilk Falls. Lembro que fazia calor como na Índia. As folhas soltavam um calor real, mesmo as mortas, e esse calor subia pela sola dos pés e dourava a névoa que envolvia as casas de fazenda. Eu caminhava sozinho, movendo-me cuidadosamente ao longo das trilhas das colinas... os únicos barulhos eram os de minhas botas quando esmagavam algo, o latido do cachorro de Dolph van Corlaer e, suponho, o de minha própria respiração, pois subi bem alto naquele dia. Eu estava indo para o promontório de granito que os habitantes locais chamam de Calcanhar de Shadrach e acabara de colocar meu braço em volta de um álamo, preparando-me para a investida final, quando fui atingido pela nota de uma corneta francesa, soando alguns quilômetros ao norte.

Um som que eu tinha ouvido antes – é difícil viver perto de uma Academia e *não* o ouvir –, mas, naquela manhã, ele provocou um estranho zumbido em minha orelha. Pela primeira vez, comecei a refletir sobre ele. Como uma corneta francesa podia enviar um som tão longe?

Como regra, esse não é o tipo de assunto que me ocupa. Eu nem teria incomodado você, leitor, com ele, mas isso de alguma forma revela o estado de minha mente na ocasião. Num dia comum, veja, eu não teria pensado em cornetas. Não teria voltado antes de alcançar o pico e não teria sido tão lerdo para perceber as marcas das rodas.

Dois sulcos, cada um com sete centímetros de profundidade e trinta centímetros de comprimento. Eu os vi quando me dirigia para casa, mas eles estavam lá junto com todo o resto: uma estrela, uma patente de militar. As partes se dispersavam, de certo modo, uma dentro da outra, de modo que eu olhara sem cuidado para esses sulcos das rodas e nunca (isso não é do meu feitio) segui a cadeia de causas e efeitos. Por isso minha surpresa, sim, ao alcançar o topo da colina, na varanda em frente da minha casa, de encontrar uma pequena carruagem com um cavalo baio preso a ela.

Sobre a carruagem estava um jovem soldado de artilharia, mas meu olho treinado em perceber posições graduadas já havia sido atraído para o homem que se recostava no coche. Vestido com uniforme completo, ele estava enfeitado como para um retrato. Guarnecido de galões dourados da cabeça aos pés: botões dourados e um cordão dourado em sua barretina, um metal dourado na empunhadura de sua espada. Ofuscador do sol, foi como ele me pareceu, e tal era a disposição de minha mente que em suma me perguntei se ele havia sido *criado* pela corneta francesa. Havia a música, afinal de contas. Havia o homem. Uma parte minha, mesmo então – pude ver isso –, estava *relaxando*, como um punho afrouxando suas partes: os dedos, a palma da mão.

Eu, pelo menos, tinha esta vantagem: o oficial não tinha ideia de que eu estava lá. De algum modo, a indolência do dia produzira efeito sobre seus nervos. Ele se inclinava sobre o cavalo, brincava com as rédeas, sacudindo-as para a frente e para trás, fazendo eco da chibatada do próprio rabo do animal. Olhos semicerrados, a cabeça oscilando sobre o pescoço...

Poderíamos continuar assim por um tempo – eu observando, ele sendo observado – se não fôssemos interrompidos por um terceiro participante. Uma vaca. Grande, enorme, movendo-se subitamente. Ela saíra de um matagal de plátanos, lambendo o dorso para retirar trevos que a cobriam. A vaca logo começou a dar voltas na carruagem – com raro discernimento –, ela parecia supor que o jovem oficial devia ter boas razões para intrometer-se. Esse mesmo oficial deu um passo atrás como para ter firmeza para desferir um ataque e sua mão agitou-se, indo direto para a empunhadura da espada. Suponho que a possibilidade de haver um massacre (de quem?) foi o que finalmente fez com que eu me mexesse – descendo a colina com passos largos e divertindo-me enquanto gritava:

"O nome dela é Hagar!"

Muito bem treinado para girar, esse oficial. Ele virou a cabeça em minha direção com pequenos deslocamentos, o resto de seu corpo acompanhando os movimentos no momento apropriado.

"Pelo menos ela responde a esse nome", expliquei. "Ela apareceu por aqui poucos dias depois de mim. Nunca me disse seu nome, então dei um para ela."

Ele conseguiu mostrar algo parecido com um sorriso. Disse: "Ela é um belo animal, sir".

"Uma vaca republicana. Vem e vai como lhe apetece. Nenhuma obrigação de ambos os lados."

"Bem. Nesse ponto... ocorre-me que se..."

"Se apenas *todas* as mulheres fossem desse jeito. Eu sei."

Esse jovem não era tão moço quanto eu havia pensado. Um pouco mais de quarenta, conjeturei: apenas uma década mais jovem do que eu e ainda entregando mensagens. Mas essa missão era a única coisa segura que tinha. Ela o fez endireitar-se dos pés à cabeça.

"O senhor é Augustus Landor?", ele perguntou.

"Sim, sou."

"Tenente Meadows, ao seu serviço."

"Muito prazer."

Ele pigarreou – por duas vezes. "Sir, estou aqui para informá-lo que o superintendente, Thayer, pede uma audiência com o senhor."

"Qual seria a natureza dessa audiência?", perguntei.

"Não tenho a liberdade de dizer, sir."

"Não, claro que não. Ela é de ordem profissional?"

"Eu não..."

"Então, posso perguntar quando essa audiência ocorreria?"

"Imediatamente, sir. Se concordar."

Não me animei muito. A beleza do dia nunca me parecera tão evidente como naquele momento. O esfumaçado peculiar do ar, tão raro no final de outubro. A *névoa*, flutuando à deriva pelo promontório. Havia um pica-pau martelando um código em um cajepute. *Não vá.*

Com minha bengala, apontei em direção à minha porta: "O senhor tem certeza de que não posso lhe oferecer um café, tenente?".

"Não, obrigado, sir."

"Tenho presunto para fritar, se o senhor..."

"Não, já comi. Obrigado."

Voltei-me. Dei um passo em direção à casa.

"Eu vim para cá por causa da minha saúde, tenente."

"Perdão?"

"Meu médico disse-me que era a minha única chance de viver até uma idade avançada: eu tinha de *subir* para as montanhas. Deixar a cidade para trás, disse o doutor."

"Hum."

Aqueles olhos castanhos insípidos dele. Aquele nariz branco achatado. "E aqui estou", continuei. "Uma imagem de saúde."

Ele aquiesceu.

"Não sei se concorda comigo, tenente, que a saúde é avaliada de forma muito elevada?"

"Não sei dizer. O senhor pode estar certo, sir."

"Não se formou na Academia, tenente?"

"Não, sir."

"Oh, então o senhor progrediu da maneira árdua. Subindo de posição, não foi?"

"Sim, de fato."

"Eu também nunca fui à faculdade", eu disse. "Ao ver que não tinha qualificações para ser ministro, de que valia estudar mais? Foi o que meu pai achou – assim os pais pensavam naqueles dias."

"Compreendo."

É bom saber disto: as regras do interrogatório não se aplicam às conversas normais. Em uma conversa normal, aquele que está falando é mais *vulnerável* do que aquele que não está. Mas eu não era suficientemente forte, então, para dar outro rumo à conversa. Assim, dei um chute na roda da carruagem.

"Uma condução tão extravagante!", exclamei, "para ir buscar um homem."

"Era a única disponível, sir. E eu não sabia se o senhor possuía seu próprio cavalo."

"E se eu decidir não ir, tenente?"

"Vir ou não, mister Landor, é assunto seu. Porque o senhor é um cidadão particular e este é um país livre."

Um país livre, foi o que ele disse.

Ali estava o meu território. Hagar a poucos passos à minha direita. A porta de meu chalé ainda entreaberta, como eu a tinha deixado. Dentro dele: um conjunto de criptogramas, que havia acabado de chegar do correio, e um bule de estanho com café frio, um conjunto de biombos venezianos desolados e um cordão com pêssegos secos e, apoiado no canto da chaminé, um ovo de avestruz que me fora dado anos atrás por um negociante de especiarias na Forth Ward. Na parte dos fundos da casa: meu cavalo, um cavalo ruão envelhecido, atado a uma paliçada e rodeado de feno. Cavalo era seu nome.

"É um belo dia para um passeio", eu comentei.

"Sim, sir."

"E um homem pode ter um pouco de tempo para não fazer nada, esse é um fato." Olhei para o tenente. "E o coronel Thayer está esperando, esse é outro fato. Será que o coronel Thayer qualifica isso como um fato, tenente?"

"O senhor pode levar o seu próprio cavalo", disse ele um pouco desesperançado. "Se preferir."

"Não."

A palavra pairou no silêncio. Ficamos parados ali, circundando-o. Hagar continuava a andar ao redor da carruagem.

"Não", repeti por fim. "Ficarei contente em ir com o senhor, tenente." Olhei para meus pés para assegurar-me. "Para dizer a verdade", continuei, "sou grato pela companhia."

Era o que ele estava esperando ouvir. Por que ele não tirou uma pequena escada do interior do veículo? Não a colocou encostada à carruagem e não me ofereceu um braço para apoiar-me? Um braço para o velho mister Landor! Coloquei meu pé no degrau mais baixo, tentei içar-me, mas o passeio matinal havia acabado com minhas forças e minha perna falhou, caí contra a escada, caí feio, e tive de ser empurrado para dentro da carruagem. Abaixei-me até o duro banco de madeira e o tenente subiu atrás de mim. Eu disse, recorrendo à única coisa certa com que podia contar: "Tenente, o senhor poderia cogitar em pegar a estrada do posto na volta. O caminho pela fazenda de Hoesman é um pouco difícil para uma carruagem de rodas nesta época do ano".

Era bem o que eu estava esperando. Ele parou. Inclinou a cabeça para um lado.

"Sinto muito", eu disse. "Eu deveria ter explicado. O senhor deve ter percebido que havia três pétalas de um grande girassol presas nos arreios de seu cavalo. É claro que ninguém tem girassóis tão grandes quanto os de Hoesman – eles praticamente nos atacam quando passamos por eles. E aquelas lascas de amarelo nas almofadas laterais das portas? São as sementes do milho de Hoesman. Disseram-me que ele usa um tipo especial de fertilizante – ossos de galinha e flores de plantas oleáceas, esses são os mexericos dos nativos, mas um holandês nunca conta, não é? A propósito, tenente, os seus familiares ainda vivem em Wheeling?"

Ele não olhava nunca para mim. Eu só soube que havia acertado pelo súbito baixar de seus ombros e pela impetuosa demonstração de raiva. O cavalo se balançava para subir a colina, meu corpo batia de encontro ao encosto e ocorreu-me que se não houvesse uma parede atrás para segurar-me eu poderia continuar caindo... para trás, para trás... via tudo muito claro em minha mente. Atingimos a crista da colina, a carruagem virou para o norte e, pela janela lateral, pude ter um vislumbre de minha varanda e da graciosa figura de Hagar, que não esperava mais por uma explicação, pronta para ir embora. Para nunca mais voltar.

Narrativa de Gus Landor
2

Tum. Tu tu tum. Tu tu tu tum.

Estávamos viajando havia cerca de noventa minutos e faltavam cerca de oitocentos metros até a reserva de onde vinham os sons dos tambores. A princípio apenas uma perturbação no ar, e depois uma *vibração* em cada precipício. Quando em seguida olhei para baixo, meus pés marcavam o ritmo dos tambores e eu não emitia nem uma palavra. Pensei: *É assim que eles o fazem obedecer. O ritmo entra em seu sangue.*

Certamente a magia do ritmo havia surtido seu efeito sobre a minha escolta. O tenente Meadows mantinha o olhar à frente e replicou de maneira simbólica às poucas perguntas que lhe fiz; não mudou sua posição nem mesmo quando a carruagem, para livrar-se de uma pedra arredondada, quase tombou para a frente. Em meio a tudo isso, ele continuou a manter o comportamento de um carrasco e houve momentos, é verdade, em que a carruagem se tornou – porque eu ainda divagava um pouco – uma carroça que leva os prisioneiros até a guilhotina... e mais à frente havia a multidão...

E então chegamos ao fim de uma longa subida, e o terreno descia para o leste; lá estava o Hudson. Vítreo, cinza-opala, ondulando-se em um milhão de ondas. O vapor da manhã já se transformara em uma neblina macia, os contornos da costa distante se destacavam direto do céu e cada montanha se fundia em uma sombra azul.

"Falta pouco para chegarmos", comentou o tenente Meadows. Bem, isso é o que o Hudson faz conosco: ele nos aclara. E assim, enquanto fazíamos o último esforço de subida pela costa íngreme de West Point, quando a Academia se tornou perceptível, em meio à floresta que a cercava... bem, me senti imparcial em relação ao que poderia vir e fui capaz de apreciar a vista como um turista o faria. Ali! O grande hotel de pedra cinzenta de mister Cozzens, circundado por uma varanda. E, à oeste, erguendo-se, as ruínas do Forte Putnam. E, elevando-se mais alto ainda, a força marrom da colina, coberta de árvores, e, acima disso, nada a não ser o céu.

Faltavam dez minutos para as três quando alcançamos o posto da guarda.

"Alto!", ouviu-se. "Quem vem lá?"

"O tenente Meadows", respondeu o cocheiro, "escoltando mister Landor."

"Avance para ser reconhecido."

A sentinela veio até nós e, quando olhei para fora, fiquei surpreso ao ver um menino me fitando. Ele cumprimentou o tenente e depois deu com os olhos em mim, e sua mão ergueu-se para uma meia saudação de modo a não faltar com a educação diante do meu *status* civil. O tenente, ainda trêmulo, desceu de seu cavalo.

"Ele é um cadete ou um guarda particular, tenente?"

"Um particular."

"Mas os cadetes fazem a guarda também, não é?"

"Quando não estão estudando, sim."

"Durante a noite, então?"

Ele olhou para mim. Pela primeira vez desde que deixáramos o chalé.

"À noite, sim."

Aproximamo-nos dos terrenos da Academia. Eu ia dizer *entramos*, mas não entramos realmente porque, na verdade, não *saímos* de nenhum outro lugar. Havia edificações, sim – de madeira, pedra e estuque –, mas cada uma parecia erguer-se com a permissão da natureza e estar sempre prestes a encolher-se de volta. Chegamos, por fim, a um lugar que *não* era da natureza: o pátio de revista de tropas. Dezesseis hectares de chão aplainado e plantado de grama verde brilhante e dourada, perfurada com buracos onde explodiram bombas, e, estendendo-se ao norte até o ponto onde, ainda escondido atrás das árvores, o Hudson se lança com ímpeto para o oeste.

"A planície", anunciou o bom tenente.

Mas, é claro, eu já sabia seu nome e, sendo um vizinho, conhecia sua finalidade. Esse era o lugar exposto ao vento onde os cadetes de West Point se tornavam soldados.

Mas onde *estavam* os soldados? Não pude ver nada a não ser um par de armas desmontadas, um mastro e um obelisco branco, e uma borda estreita de sombra que o sol do meio-dia ainda não havia repelido. E quando a carruagem passou pela estrada de terra bem batida, não havia ninguém adiante para notar nossa chegada. Até o tambor havia parado. West Point estava fechada em si mesma.

"Onde estão todos os cadetes, tenente?"

"Assistindo às exposições da tarde, sir."

"Os oficiais?"

Uma leve pausa antes de o tenente me informar que muitos deles eram instrutores e deviam encontrar-se no setor dos alojamentos.

"E o resto?", perguntei.

"Não sou eu quem deve dizer, mister Landor."

"Oh, eu estava apenas me perguntando se chegamos em meio a uma situação de alerta."

"Não tenho liberdade para dizer..."

"Bem, talvez possa me contar, eu vou ter uma audiência privada com o superintendente?"

"Creio que o capitão Hitchcock também estará presente."

"E o capitão Hitchcock é...?"

"O comandante da Academia, sir. Segundo em autoridade depois do coronel Thayer."

E isso era tudo o que ele diria. Ele pretendia ater-se ao que achava seguro e assim fez: levou-me direto até o quartel do superintendente e introduziu-me na sala de estar, onde o criado de Thayer estava esperando por mim. Chamava-se Patrick Murphy; ele mesmo um soldado outrora, era então (eu descobriria mais tarde) o principal espião de Thayer e, como muitos espiões, uma alma reconfortante.

"Mister Landor! Espero que sua jornada tenha sido tão bela quanto o dia. Por favor, queira seguir-me."

Ele mostrava todos os dentes, mas escondia os olhos. Guiou-me escadaria abaixo e abriu uma porta para o escritório do superintendente, dizendo o meu nome em voz alta como um criado de libré, e, quando me virei para agradecer, ele havia desaparecido.

Era uma questão de orgulho, soube mais tarde, para Sylvanus Thayer executar todos os seus negócios no porão – um pouco como uma encenação de um homem do povo. Tudo que eu diria é que o lugar estava terrivelmente escuro. As janelas estavam cobertas por arbustos e as velas pareciam iluminar apenas a si mesmas. E, assim, o meu primeiro encontro oficial com o superintendente Thayer foi encoberto pela escuridão.

Mas, passando adiante, o primeiro homem que se apresentou foi o comandante Ethan Allen Hitchcock, o segundo em comando depois de

Thayer. Ele é o camarada, leitor, que faz o trabalho sujo de zelar pelo corpo de cadetes, dia após dia. Thayer propõe, diz-se, e Hitchcock dispõe. E qualquer um que desejar travar relação com a Academia deve primeiro se relacionar com Hitchcock, que se mantém como dique contra a investida das águas da humanidade – deixando Thayer no alto e seco, puro como o sol.

Hitchcock, em suma, é um homem usado para ficar na sombra. E foi assim que ele se mostrou para mim da primeira vez: uma mão banhada de luz, o resto dele uma conjectura. Apenas quando se aproximou percebi que homem impressionante ele era (em aparência, me disseram, não como seu famoso avô). O tipo de homem que merece seu uniforme. Sólido, sem barriga, com lábios que pareciam estar se apertando em torno de um objeto duro: um seixo, uma semente de melancia. Olhos castanhos cheios de melancolia. Segurou minha mão na dele e falou com uma voz surpreendentemente suave, o tom era o de uma visita ao lado de um leito de doente: "Espero que o seu retiro esteja fazendo bem ao senhor, mister Landor".

"Está fazendo bem aos meus pulmões, obrigado."

"Por favor, posso apresentá-lo ao superintendente?"

Sob um feixe de luz turva, uma cabeça inclinou-se sobre uma escrivaninha feita com madeira de uma árvore frutífera, cabelo acastanhado, queixo redondo, maçãs do rosto salientes. Não era uma cabeça ou um corpo feitos para a prática do amor. Não, o homem sentado naquela escrivaninha estava se moldando para o olhar frio da posteridade e este era um trabalho árduo, porque veja quão esbelto ele estava, mesmo em seu casaco azul com dragonas e calças douradas, mesmo com aquela espada que descansava tranquilamente ao seu lado.

Mas tudo isso foi material para impressões posteriores. No aposento escuro, com minha cadeira baixa e a escrivaninha mais alta, a única coisa que vi, na verdade, foi sua *cabeça*, firme e iluminada, e a pele do rosto que começava a retirar-se para a sombra como uma máscara prestes a ser removida. Essa cabeça olhou para baixo, para mim, de seu poleiro, e falou:

"O prazer é todo meu, mister Landor."

Não, equivoco-me, ela disse: "Posso lhe oferecer um café?". Foi isso mesmo. E o que eu disse como resposta foi: "Uma *cerveja* seria ótimo".

Houve um silêncio. Talvez uma ofensa. *Será que o coronel Thayer era abstêmio?*, indaguei a mim mesmo. Mas depois Hitchcock chamou Patrick e este foi buscar Molly, e Molly foi direto à adega, e tudo isso ocorreu apenas com um mero estalar de dedos da mão direita de Sylvanus Thayer.

"Acho que já nos encontramos antes", ele disse.

"Sim, na casa de mister Kemble. Em Cold Spring."

"Isso mesmo. Mister Kemble fala muito bem do senhor."

"Oh, que gentil da parte dele", eu repliquei sorrindo. "Tive a sorte de ser útil ao irmão dele, isso é tudo. Muitos anos atrás."

"Ele mencionou isso", disse Hitchcock. "Tinha algo a ver com especuladores de terras."

"Sim, isso abala toda a instituição, não é? Todas as pessoas em Manhattan que querem vender terras não as possuem? Imagino se ainda fazem isso."

Hitchcock aproximou sua cadeira e colocou a vela na escrivaninha de Thayer, perto de uma caixa de documentos de couro vermelho. "Mister Kemble", disse ele, "sugere que o senhor é como uma lenda entre os policiais da cidade de Nova York."

"Que tipo de lenda?"

"Um homem honesto, só para começar. Isso é suficiente, espero, para tornar qualquer um lendário na polícia de Nova York."

Eu podia ver os cílios de Thayer abaixando-se como cortinas: *Você disse bem, Hitchcock.*

"Oh, não há nada muito honesto nas lendas", eu disse com tranquilidade. "Embora eu suponha que, se há pessoas famosas por sua honestidade, seriam o senhor e o coronel Thayer."

Os olhos de Hitchcock se estreitaram. Ele se perguntava, talvez, se o que eu acabara de dizer seria apenas uma lisonja.

"Entre suas outras habilidades", continuou Thayer, "o senhor foi muito útil na apreensão dos líderes da gangue dos Daybreak Boys. Eram um martírio para comerciantes honestos em qualquer lugar."

"Suponho que sim."

"O senhor também ajudou a desbaratar a gangue Shirt Tails."

"Durante um tempo. Eles voltaram."

"E se lembro corretamente", disse Thayer, "o senhor elevou sua reputação resolvendo um assassinato particularmente terrível que todos os demais teriam abandonado. Uma jovem prostituta nos Elysian Fields. Nem era bem de sua jurisdição, não é, mister Landor?"

"A vítima era. O assassino também, como se viu depois."

"Eu também soube que o senhor é filho de um clérigo, mister Landor. Morou em Pittsburgh?"

"Entre outros lugares."

"Veio para Nova York ainda adolescente. Envolveu-se no Tammany Hall,* estou certo? Sem estômago para partidos políticos, imagino. Não é uma criatura *política*."

Inclinei-me, como que concordando. De fato, eu estava conseguindo melhor posição aos olhos de Thayer.

"Os talentos incluem desvendar códigos", ele prosseguiu. "Controle de tumulto. Fundação de bases com um eleitorado distrital católico. E o... o interrogatório foi duro, sem meias palavras."

Eis ali: um imperceptível movimento dos olhos. Algo que nem ele nem eu teríamos notado, se eu não estivesse esperando justamente por aquilo.

"Posso fazer uma pergunta, coronel Thayer?"

"Sim?"

"Aquilo é um escaninho? É lá que mantém suas anotações escondidas?"

"Não estou entendendo, mister Landor."

"Oh, por favor, *eu* é que não estava entendendo. Ora, eu estava me sentindo como se fosse um dos cadetes. Eles entram aqui – já um pouco intimidados, posso acreditar nisso – e o senhor se senta aí e lhes diz a que categoria exata eles pertencem – eu aposto –, quantos desmerecimentos sobre eles estão empilhados na escrivaninha e, oh, com apenas um pouco mais de concentração, também pode lhes informar a quanto monta o débito de cada um. Ora, eles devem sair deste aposento pensando que o senhor é quase um deus."

Inclinei-me para a frente e pressionei minhas mãos no tampo de mogno da escrivaninha.

"Por favor", eu disse. "O que mais o seu pequeno escaninho diz, coronel? Sobre *mim*, quero dizer. Provavelmente que sou viúvo. Bem, isso deveria ser bastante óbvio, não tenho uma peça de roupa com menos de cinco anos. E faz tempo que não transponho a porta da igreja. E, oh, está mencionado que tenho uma filha? Que fugiu faz algum tempo? Noitadas solitárias, mas eu tenho uma vaca muito formosa – há menção sobre a *vaca*, coronel?"

Bem nesse momento a porta se abriu, revelando o criado que trazia uma bandeja com a minha cerveja. Uma boa espumante quase preta. Guardada no fundo da adega, imaginei, porque, com o primeiro gole, senti um gelado a percorrer-me por dentro.

---

* Sociedade política formada por membros do Partido Democrata dos Estados Unidos, que dominou o governo municipal da cidade de Nova York entre 1854 e 1934. Tratava de escândalos políticos. [N.T.]

Acima de mim ouviam-se as vozes suaves de Thayer e de Hitchcock.
"Sinto muito, mister Landor…"
"Começamos com o pé esquerdo…"
"Não queríamos ofendê-lo…"
"Com todo o respeito devido…"
Levantei a mão. "Não, senhores", eu disse. "Eu sou o único que deve desculpar-se." Pressionei o copo gelado contra minha têmpora. "O que estou fazendo? Por favor, continuem."
"O senhor tem certeza, mister Landor?"
"Temo que me encontrem um pouco esgotado hoje, mas estou feliz… Quero dizer, por favor, falem de seu assunto, e farei o melhor…"
"Não preferiria…"
"Não, obrigado."
Hitchcock ficou em pé. Ele dominava de novo.
"Daqui em diante precisamos ter muito cuidado, mister Landor. Espero podermos contar com sua discrição."
"É claro."
"Deixe-me explicar primeiro que a nossa única intenção ao revisar sua carreira era averiguar se o senhor é o homem certo para os nossos propósitos."
"Então, talvez eu deva perguntar quais são os seus propósitos."
"Estamos procurando alguém – um cidadão particular com uma atividade bem documentada e tato – que possa proceder a certas averiguações de uma natureza sensível. No interesse da Academia."
Nada em suas maneiras havia mudado, mas *algo* estava diferente. Talvez fosse apenas a compreensão, que surgiu tão subitamente como o primeiro gole de cerveja, de que eles estavam procurando a ajuda de um civil – de *mim*.
"Bem", eu disse, avançando bem lentamente,"isso dependeria, não é? Da natureza dessas investigações. De minha – minha capacidade para…"
"Não nos preocupamos com suas capacidades", disse Hitchcock. "São as investigações que nos preocupam. Elas são de uma natureza bastante complexa, eu acrescentaria, altamente *delicada*. E assim, antes de darmos um passo adiante, preciso me assegurar mais uma vez de que nada dito aqui será revelado em nenhum lugar fora de Point."
"Capitão", eu disse, "conhece a vida que levo. Não há ninguém a quem eu possa contar alguma coisa a não ser Cavalo, e ele é a discrição em pessoa, asseguro-lhe."

Ele pareceu tomar o que eu disse como uma promessa solene, porque voltou ao seu assento e, depois de conferenciar com seus joelhos, ergueu seu rosto para mim e disse:

"O assunto diz respeito a um dos cadetes."

"Foi o que imaginei."

"Um cadete do segundo ano, de Kentucky, chamado Fry."

"*Leroy* Fry", acrescentou Thayer. Novamente aquele nível de exatidão. Como se ele tivesse *três* escaninhos cheios de anotações sobre Fry.

Hitchcock levantou-se de novo de sua cadeira e passeou em meio à luz e à escuridão. Meus olhos, por fim, encontraram-no pressionado contra a parede atrás da cadeira de Thayer.

"Bem", disse Hitchcock, "não há motivo para ficar dando voltas no assunto. Leroy Fry enforcou-se na noite passada."

Naquele momento, senti como se tivesse entrado exatamente no fim – ou no começo – de uma grande brincadeira e o procedimento mais seguro talvez fosse brincar também.

"Sinto muito ouvir isso", eu disse. "Sinto mesmo."

"Suas condolências são..."

"Que coisa terrível."

"Para todos os envolvidos", disse Hitchcock avançando um passo. "Para o próprio jovem. Para sua *família*..."

"Tive o prazer", disse Sylvanus Thayer, "de conhecer os pais de Fry. Não me importo de dizer-lhe, mister Landor, que lhes enviar uma carta anunciando a morte de seu filho é uma das obrigações mais tristes que já tive de realizar."

"Naturalmente", eu concordei.

"Nós nem precisamos acrescentar", retomou Hitchcock – e aqui eu senti que era algo importante –, "nem sequer seria necessário dizer que este é um assunto terrível para a Academia."

"O senhor pode ficar certo de que nada desse tipo jamais ocorreu antes na Academia", disse Thayer.

"Certamente não", respondeu Hitchcock. "Nem acontecerá de novo, no que depender de nós."

"Bem, cavalheiros", eu disse. "Com todo o devido respeito, nenhum de nós pode afirmar nada sobre isso, não é? Quero dizer, quem pode saber o que se passa na cabeça de um rapaz no dia a dia? Agora, *amanhã*..." Cocei a cabeça. "Amanhã o pobre-diabo poderia não ter se enforcado. Amanhã ele poderia estar vivo. Hoje ele... bem, ele está *morto*, não é?"

Hitchcock inclinou-se então para a frente e depois se recostou de novo contra o espaldar de sua cadeira Windsor.

"O senhor deve entender nossa posição, mister Landor. Fomos especificamente encarregados de cuidar desses jovens. Estamos no lugar dos pais dele, como se diz. É nosso dever fazer deles cavalheiros e soldados, e em direção a essa meta nós os orientamos. Não me desculpo por isso: nós os *conduzimos*, mister Landor. Mas gostamos de pensar que sabemos quando devemos *parar* de conduzir."

"Gostamos de pensar", disse Sylvanus Thayer, "que qualquer um de nossos cadetes pode aproximar-se de nós – de mim ou do capitão Hitchcock, um instrutor, um oficial cadete –, vir até nós, quero dizer, *sempre* que está com alguma perturbação mental ou física."

"Suponho que não tiveram nenhum aviso do que ia acontecer."

"Absolutamente nenhum."

"Bem, não importa", eu disse (muito animado, foi o que me pareceu). "Tenho certeza de que fizeram o melhor que puderam. Ninguém poderia exigir nada além disso."

Ambos meditaram um pouco sobre o assunto.

"Cavalheiros", prossegui, "estou achando – e sei que posso estar errado –, mas estou *achando* que essa parte que me contaram não é tudo que preciso saber. Porque ainda não faz sentido. Se um rapaz se enforca, esse é um assunto para um médico legista, não é mesmo? Não para um policial aposentado com um pulmão fraco e com dificuldades de circulação." Percebi as costas de Hitchcock se endireitarem e se curvarem de novo.

"Infelizmente", disse ele, "isso ainda não é o final de tudo, mister Landor."

O que foi seguido por outro longo silêncio, ainda mais cauteloso que o anterior. Olhei de um para o outro, esperando que um dos homens se aventurasse. Então, Hitchcock respirou profundamente e disse:

"Durante a madrugada – entre duas e meia e três horas – o corpo do cadete Fry foi removido."

Eu deveria ter reconhecido então: a *batida*. O som não era de nenhum tambor, mas de meu próprio coração.

"O senhor disse 'removido'?"

"Ele foi; houve, aparentemente, alguma confusão sobre o protocolo", admitiu Hitchcock. "O sargento designado para vigiar o corpo deixou o seu posto, levado pela impressão de que sua presença se fazia necessária em outro lugar. Quando descobriu o seu engano, quer dizer, quando voltou ao lugar onde estava o corpo, ele tinha desaparecido."

Coloquei meus óculos no chão com grande cuidado. Meus olhos fecharam-se sozinhos e depois começaram a abrir-se com um ruído peculiar, que, logo descobri, eram minhas mãos esfregando-se uma contra a outra.

"Quem removeu o corpo?", perguntei.

Pela primeira vez, a voz cordial do capitão Hitchcock traiu uma nota de aspereza. "Se soubéssemos", ele disse rispidamente, "não teríamos necessidade de convocá-lo, mister Landor."

"Pode dizer-me, então, se o corpo foi encontrado?"

"Sim."

Hitchcock voltou a encostar-se na parede, como se estivesse de guarda por iniciativa própria. Depois se seguiu outro longo silêncio.

"Em algum lugar dentro da reserva?", eu sugeri.

"No depósito de gelo", disse Hitchcock.

"Ele foi trazido de volta?" "Sim."

Ele estava a ponto de acrescentar algo, mas parou.

"Bem", eu disse, "a Academia tem sua cota de traquinas, não duvido. E não há nada tão fora do comum no fato de jovens brincarem com cadáveres. Os senhores podem se considerar abençoados por eles não estarem cavando sepulturas."

"Isso vai muito além de traquinagem, mister Landor."

Ele se inclinou na beirada da escrivaninha de Thayer e então aquele oficial de alta patente começou a gaguejar.

"Qualquer que tenha sido a pessoa – ou *pessoas* – a remover o corpo do cadete Fry, eu devo dizer que ela cometeu algo único, a que eu chamo de uma profanação singularmente *terrível*. De um tipo que... que não se..."

Pobre homem, ele poderia continuar assim para sempre, rodeando ansioso o assunto. Deixe que Sylvanus Thayer vá direto ao foco. Ereto em sua cadeira, uma mão repousando sobre a caixa de documentos, a outra se fechando em torno de uma torre de xadrez, ele inclinou a cabeça e soltou as informações como se estivesse lendo uma lista da classe. Disse:

"O coração do cadete Fry foi extraído de seu corpo."

Narrativa de Gus Landor
3

QUANDO EU ERA CRIANÇA, UMA PESSOA JAMAIS COLOCARIA O PÉ EM UM HOSPITAL a menos que planejasse morrer ou que fosse tão pobre que não se incomodasse em morrer. Meu pai se tornara batista muito cedo, mas talvez ele tivesse mudado de ideia se tivesse visto o hospital de West Point. Na primeira vez que entrei ali, o hospital mal tinha seis meses, as paredes estavam recém-pintadas de branco, o chão e o madeiramento bem esfregados, cada cama e cadeira limpas com enxofre e gás cloro, e havia uma série de vasos com bromélias ao longo dos corredores.

Em um dia normal, poderia haver um par de enfermeiras, de mãos limpas, prontas para nos cumprimentar, talvez nos mostrar o sistema de ventilação e o teatro funcionando. Não hoje. Uma enfermeira havia sido enviada para casa depois de desfalecer diante do morto e a outra estava demasiado perturbada para dizer qualquer coisa quando chegamos. Olhando *através* e além de nós, como se pudesse haver um regimento atrás, mas não encontrando nenhum, ela sacudiu a cabeça e conduziu-nos escada acima para a ala B-3. Fomos levados a rodear uma lareira acesa até chegar a uma cama de ferro. Então ela se deteve por um instante. Em seguida, puxou o lençol que cobria o corpo de Leroy Fry. "Queiram desculpar-me", ela disse. E fechou a porta atrás de si, como uma anfitriã deixando os convidados homens a mascar tabaco.

Eu poderia viver cem anos, leitor, gastar um milhão de palavras, e, ainda assim, não ser capaz de lhe contar o que vi.

Vou tentar descrever aos poucos.

Leroy Fry, frio como o aço, jazia em um colchão de penas preso por aros de ferro.

Uma mão descansava sobre a virilha; a outra estava totalmente fechada.

Os olhos meio entreabertos, como se os tambores estivessem soando o toque da alvorada.

A boca estava distorcida. Dois dentes incisivos centrais amarelados projetavam-se do lábio superior.

O pescoço, vermelho e arroxeado, com listras pretas. O peito...

O que sobrava de seu peito estava vermelho. Era possível notar várias tonalidades diferentes de vermelho, dependendo de onde a carne havia sido dilacerada e onde tinha sido simplesmente *aberta*. A primeira coisa que pensei é que fora atingido por alguma força desmedida e impactante. Talvez um pinheiro tivesse tombado em cima dele – não, demasiado pequeno; um *meteoro* tinha caído de uma nuvem...

No entanto, não se havia formado um buraco oco. Teria sido melhor se tivesse. Não teríamos de ver as bordas, sem pelo, da pele do peito enroladas, as terminações estilhaçadas dos ossos, e, bem profundamente em seu peito, o algo pastoso que jazia misturado e ainda oculto. Eu podia ver pulmões murchos, uma parte do diafragma, a gordura marrom brilhante e viva do fígado. Eu podia ver... *tudo*. Tudo menos o órgão que não estava lá, que era a coisa mais nítida que se podia perceber, a parte que *faltava*.

Fico embaraçado em dizer que, naquele momento, fui tomado por uma conjectura – do tipo que, normalmente, leitor, eu não o aborreceria com ela. Parecia-me que a única coisa que sobrara de Leroy Fry era uma *pergunta*. Uma simples questão, colocada pelo enrijecimento dos membros, pelo tom esverdeado de sua pele pálida e sem pelo: *Quem?*

E pela palpitação que experimentava, eu soube que era uma questão que eu devia responder. Não importava se fosse perigoso para *mim*, eu tinha de saber quem havia tirado o coração de Leroy Fry.

E, assim, enfrentei essa questão da maneira que estou habituado. Colocando *questões*. Não para o ar, não, mas para o homem que estava logo adiante: dr. Daniel Marquis, o cirurgião de West Point. Ele nos havia seguido até a sala e estava me fitando com olhos tímidos injetados de sangue, ansioso, eu acho, para ser consultado.

"Dr. Marquis, como uma pessoa começa" – apontei para o corpo na cama – "a fazer *isso*?"

O médico levou uma mão ao rosto. Eu achei que fosse por cansaço; na verdade, escondia sua excitação.

"Fazer a primeira incisão não é muito difícil", disse ele. "Um bisturi, qualquer faca bem afiada pode fazê-la."

Entusiasmado pelo assunto, ele ficou ao lado do corpo de Leroy Fry manipulando o ar com uma lâmina invisível.

"Para chegar ao coração, essa é a parte complicada, é preciso tirar as costelas e o esterno do caminho, e aqueles ossos, bem, eles não são tão densos como a espinha, mas são bem duros. Não se pode triturá-los", ele disse, "ou *arrebentá-los*, isso arriscaria danificar o coração." Ele fitou a cratera aberta no peito de Leroy Fry. "Então, a única questão que resta é: onde cortar? A primeira opção é passar direto por baixo do esterno..." Ouviu-se um zumbido, provocado pelo impulso da lâmina do dr. Marquis dividindo o ar em duas partes. "Ah, mas depois ainda falta extrair com dificuldade as costelas e, mesmo com um pé de cabra, isso dá um bocado de trabalho. Não, o que se faz – o que foi feito – é um corte circular, através da caixa torácica, e depois dois cortes através do esterno." Ele deu um passo atrás e observou os resultados. "Pela aparência das coisas", concluiu ele, "eu diria que o trabalho foi feito com um serrote."

"Um serrote!"

"Como esses que um cirurgião pode usar para amputar um membro. Eu tinha um na enfermaria. Na falta desse, ele pode ter usado uma serra de arco para metais. Um trabalho duro, no entanto. É preciso manter a lâmina se movendo e ao mesmo tempo fora da cavidade do peito. Ora, dê uma olhada aqui, nos pulmões. Está vendo aquelas cutiladas? De cerca de dois centímetros e meio? Mais cutiladas no fígado. Rupturas colaterais, é o que eu acho. Foram feitas ao inclinar a lâmina para o *exterior* para salvar o coração."

"Oh, isso ajuda tremendamente, doutor", falei. "Pode nos dizer o que ocorreu em seguida? Depois que a caixa torácica e o esterno foram cortados fora?"

"Bem, depois disso se trata de algo bem simples. Corta-se fora o pericárdio. Essa é uma membrana ao redor do epicárdio, que ajuda a proteger o coração."

"Sim..."

"Depois se corta a aorta. A artéria pulmonar. É preciso alcançar a veia cava para terminar, mas é apenas uma questão de minutos. Qualquer faca decente serve a esse propósito."

"Haveria um jorro de sangue, doutor?"

"Não em alguém que morreu há várias horas. Dependendo do tempo que passou, ainda pode haver uma pequena quantidade de sangue dentro das veias. Suspeito, no entanto, que, no momento que foi arrebatado, aquele coração" – o doutor disse isso com uma certa nota de satisfação – "aquele coração estava acabado."

"E depois?"

"Oh, então já foi feito o bastante", disse o cirurgião. "O coração sai quase limpo, presumo. Bem leve, também, muitas pessoas não sabem disso. Apenas um pouco maior do que o punho e pesando não mais do que duzentos e oitenta gramas. Fica assim porque está sem sangue", disse ele, batendo no peito para dar mais ênfase.

"Então, o doutor não se aborrece, espero, por eu levantar tantas questões?"

"Absolutamente."

"Talvez possa nos dizer mais sobre o camarada que fez isso. Do que ele precisaria além dos instrumentos?"

Foi tomado de uma ligeira perplexidade quando seus olhos se afastaram do corpo. "Bem, deixe-me pensar a respeito. Ele tinha... ele tinha de ser *forte*, pelas razões que mencionei."

"Não foi uma mulher, então?"

O doutor resfolegou. "Não, uma mulher como sempre tive o prazer de encontrar, não."

"O que mais seria necessário?"

"Uma grande quantidade de luz. Executar uma operação como essa em uma escuridão de breu... ele precisaria de luz. Não ficaria surpreso se encontrássemos uma quantidade de cera de vela na cavidade."

Seus olhos, ávidos, voltaram para o corpo na mesa. Foi preciso uma certa pressão em seu jaleco para trazê-lo de volta ao assunto.

"E quanto aos seus conhecimentos médicos, doutor? Ele teria de ser", sorri direto para ele, "tão culto e excelentemente bem-treinado quanto o senhor?"

"Oh, não necessariamente", ele disse, tímido de novo. "Ele teria de saber... o que *procurar*, sim, o que esperar. Onde cortar. Um pequeno conhecimento de anatomia, sim, mas não teria de ser um médico. Ou um cirurgião."

"Um louco!"

Essa foi uma sugestão de Hitchcock. Surpreendeu-me, confesso. Eu havia chegado a sentir que o dr. Marquis (e Leroy Fry) e eu éramos as únicas pessoas na sala.

"Quem senão um louco?", perguntou Hitchcock. "E ainda está à solta, pelo que sei, pronto para um novo ultraje. Estou... ninguém mais se sente *angustiado* de pensar nele? Ainda *lá* fora?"

Nosso Hitchcock era um homem sensível. Apesar de toda a dureza que demonstrava, ele podia sofrer. E ser confortado também. Foi preciso apenas um leve tapinha do coronel Thayer em suas costas e toda a tensão o deixou.

"Calma, Ethan", disse Thayer.

Essa foi a primeira vez, mas não a última, que tive a impressão de que a aliança entre eles era uma espécie de casamento. Não quero insinuar nada com isso, exceto sugerir que aqueles dois solteirões tinham uma espécie de pacto, sempre espontâneo e com base em coisas não ditas. Uma única vez, e apenas uma (depois eu soube), eles tinham discordado: três anos antes, sobre a questão de se as cortes de interrogatório de West Point violavam o Código Militar. Mas sem consequências. Um ano depois, Thayer estava chamando Hitchcock de volta. A ruptura havia cicatrizado. E tudo isso foi encerrado com um tapinha nas costas. Thayer estava no comando. Sempre. "Tenho certeza de que todos sentimos da mesma forma que o capitão Hitchcock", disse Thayer. "Não é assim, cavalheiros?"

"E o capitão teve grande mérito de pôr isso em palavras", eu disse.

"Certamente a principal questão nisso tudo", disse o superintendente, "é ficarmos melhor posicionados para encontrar quem cometeu o crime. Não concorda, mister Landor?"

"É claro, coronel."

Não apaziguado, não de fato, Hitchcock sentou-se em uma das camas extras, olhou para fora através de uma janela que dava para o norte. Todos concedemos um momento a ele. Lembro de ter contado os segundos. *Um, dois...*

"Doutor", eu disse sorrindo. "Talvez pudesse nos dizer quanto tempo alguém levaria para realizar esse tipo de operação."

"É difícil dizer, mister Landor. Faz muitos anos desde que dissequei qualquer tipo de corpo, e nunca até essa... essa *extensão*. Se tivesse de adivinhar, dadas as dificuldades das condições, eu diria que uma hora. Uma hora e meia, talvez."

"A maior parte do tempo serrando."

"Sim."

"E se houvesse dois homens?"

"Bem, então, cada homem poderia pegar um lado, e completariam o serviço na metade do tempo. Agora, *três* homens já seria uma multidão. Um terceiro homem não adiantaria muito, a menos que segurasse a lanterna."

Uma lanterna, sim. Essa era uma coisa meio esquisita para se observar olhando para Leroy Fry: eu tinha a sensação de que alguém estava segurando uma luz para ele. Eu atribuiria isso ao fato de que os olhos estavam, de fato, dirigidos em minha direção, *olhando* para mim através das pálpebras abaixadas, como se fosse possível chamar aquilo de olhar. Porque as pupilas haviam subido como nos cegos e aparecia apenas uma faixa branca.

Aproximei-me da cama e, com as pontas de meus polegares, abaixei-lhe as pálpebras. Elas ficaram cerradas durante alguns segundos antes de se abrirem de novo. Eu mal percebi, porque então estava examinando as lacerações no pescoço de Leroy Fry. Elas não formavam uma listra, como pensei de início, mas uma *trama*, um padrão de laceração. Muito antes que o laço se fechasse sobre a traqueia daquele cadete, a corda havia retalhado uma boa porção de carne até que tudo terminasse.

"Capitão Hitchcock", eu disse. "Eu sei que seus homens realizaram uma busca, mas o que exatamente estavam procurando? Um homem? Ou um coração?"

"Tudo que posso lhe dizer é que examinamos cuidadosamente os campos ao redor e não encontramos nada."

"Compreendo."

Leroy Fry tinha cabelos ruivo-amarelados. Cílios compridos e brancos. Calos provocados por mosquete na mão direita e bolhas nas pontas dos dedos. E uma mancha congênita entre dois dedos do pé. No dia anterior, ele estava vivo.

"Será que alguém poderia recordar-me?", perguntei. "Onde o corpo foi encontrado? Depois que o coração foi retirado?"

"No depósito de gelo."

"Agora, dr. Marquis, receio precisar de sua perícia mais uma vez. Se fosse, se fosse *preservar* um coração, como faria?"

"Bem, provavelmente encontraria um recipiente de algum tipo. Não seria necessário um muito grande."

"Sim?"

"Depois embrulharia o coração. Com uma musselina, talvez. Na falta dela, com jornal."

"Continue."

"E então eu... eu o envolveria... " Ele parou. Seus dedos subiram até a garganta. "Em *gelo*", ele concluiu.

Hitchcock levantou-se da cama.

"Então, é isso", comentou. "O louco não tirou simplesmente o coração de Leroy Fry. Ele o está mantendo no gelo."

Eu encolhi os ombros. Mostrei-lhe as palmas das mãos. "É possível, isso é tudo."

"Para qual propósito pecaminoso?"

"Oh, bem, isso não posso dizer, capitão, eu só cheguei até aí."

Nesse momento, a pobre enfermeira voltou, irritada com a tarefa, aflita para que o dr. Marquis fosse atender a um chamado. Não me lembro de quê. Só me recordo do olhar de desapontamento no rosto do dr. Marquis: ele não queria ir.

Assim, fiquei com Thayer e Hitchcock. E Leroy Fry. E então ouvimos o toque do tambor, porque os cadetes estavam sendo chamados para a revista de tropas da tarde.

"Bem, cavalheiros", eu concluí, "não adianta ficar escondendo nada. Os senhores têm uma questão embaraçosa." Minhas mãos, mais uma vez, esfregavam-se uma contra a outra. "Estou um pouco perplexo. Não consigo entender uma coisa em particular: por que não chamaram as autoridades militares?"

Seguiu-se um longo silêncio.

"Este é um assunto que cabe a *eles*", expressei, "não a mim."

"Mister Landor", disse Sylvanus Thayer, "será que se importaria de caminhar comigo?"

Não fomos muito longe. Apenas até o corredor e voltamos. Repetidas vezes. Eu tinha a impressão de estar em uma manobra militar. Thayer era mais baixo do que eu cerca de dez centímetros, mas mais ereto também, com maior segurança em seu porte.

"Estamos em uma posição delicada, mister Landor."

"Não duvido."

"Esta Academia", começou. Mas o tom estava muito alto e ele o abaixou uma ou duas notas. "Esta Academia, como pode saber, existe há menos de trinta anos. Tenho sido superintendente por quase metade desse tempo. Sinto que é prudente dizer que nem a Academia nem eu ganhamos a qualidade distintiva de permanência."

"É apenas uma questão de tempo, eu acho."

"Bem, como qualquer outra instituição, conquistamos alguns amigos estimáveis. E alguns caluniadores formidáveis."

Olhando para o chão, aventurei-me: "O presidente Jackson está entre os últimos, não é?".

Um olhar rápido e indireto de Thayer: "Não pretendo saber quem está de qual lado", respondeu. "Sei apenas que fomos colocados sob um fardo único aqui. Não importa quantos oficiais formamos nesta Academia, não importa quanta honra proporcionamos ao nosso país, estamos sempre, receio, na posição de ter de nos defender."

"Contra o quê, coronel Thayer?"

"Oh." Ele examinava o teto. "O elitismo é um tema comum. Nossos críticos dizem que favorecemos os descendentes de famílias ricas. Se ao menos eles soubessem quantos cadetes vêm de *fazendas*, quantos são filhos de mecânicos, de fabricantes. Isto aqui é uma pequena amostra da América, mister Landor."

A frase soava bem naquele corredor. *Pequena amostra da América.*

"O que mais os seus críticos dizem, coronel?"

"Que gastamos muito tempo formando engenheiros, e não o tempo suficiente formando soldados. Que os nossos cadetes aceitam incumbências que deveriam ser assumidas por homens que estão em funções militares."

O tenente Meadows, eu pensei.

Thayer continuou avançando, igualando seu passo com a batida do tambor. "E nem preciso lhe contar", continuou, "sobre o nosso último grupo de críticos. Aqueles que não querem ter um exército organizado de soldados pagos de nenhum tipo neste país."

"O que eles poriam no lugar, posso saber?"

"As milícias dos velhos, aparentemente. Jovens da ralé de povoados comuns. Soldados tipo faz de conta", ele disse sem traço de amargura na voz.

"Não foram as milícias que ganharam a nossa última guerra", eu lembrei. "Foram homens como o general Jackson."

"É bom saber que estamos de acordo, mister Landor. Permanece o fato de que há ainda um bom número de americanos que recua à vista de um homem em uniforme."

"É por isso que nós não usamos", comentei suavemente.

"'Nós'?"

"Perdão, os *policiais*. Pode olhar para onde quiser, não encontrará um policial – cheguei a pensar nisso, *nenhum* oficial da lei na cidade de Nova York – usando algo que o denuncie. Os uniformes afastam as pessoas, não é mesmo?"

Estranho, eu não tinha planejado ou dito aquilo intencionalmente, mas o fato desencadeou uma centelha fraternal entre nós. O que não quer dizer que tenha visto Sylvanus Thayer sorrir – nunca em minha vida o vi fazer *isso* –, mas suas arestas podiam ser aparadas.

"Eu seria negligente, mister Landor, se não lhe contasse que eu mesmo recebi a maior parte dos ataques. Tenho sido chamado de tirano. Um déspota. *Bárbaro*, este é o termo preferido."

E então ele se interrompeu. Deixou a palavra fixar-se sobre ele.

"Bem, agora, trata-se de uma dificuldade incômoda, não é, coronel?", eu comentei. "Quero dizer, se olharmos do seu ponto de vista. Se a notícia se espalhar, vão pensar que os cadetes estavam realmente sucumbidos sob esse... esse seu regime brutal, chegando ao ponto de tirar a própria vida..."

"A notícia sobre Leroy Fry *espalhou-se*", interrompeu Thayer, gelado como uma estrela. (O sentimento de companheirismo havia desaparecido.) "Não posso impedir isso, não posso impedir as pessoas de fazerem disso o que quiserem. Minha única preocupação no momento é manter a investigação fora das mãos de algumas facções."

Olhei para ele.

"Certas facções em Washington", completei.

"É isso mesmo", replicou Thayer.

"Partidos que podem ser hostis à própria existência da Academia. Procurando um motivo para estirpá-la completamente."

"Certamente."

"Mas se puder mostrar-lhes que mantém as coisas sob controle, alguém trabalhando no caso, então talvez possa manter afastados os cães de caça por mais algum tempo."

"Mais um pouco de tempo, sim", ele concordou. "E se eu não encontrar nada, coronel?"

"Então farei meu relatório para o chefe dos engenheiros, que por sua vez trocará ideias com o general Eaton. Aguardaremos então o julgamento coletivo."

Havíamos parado na porta da ala B-3. Vindo de baixo, podíamos ouvir o tom ansioso da enfermeira e o tom lento e escorregadio do cirurgião. De fora, o som lancinante de um pífaro. E, de dentro da ala B-3, nenhum som.

"Quem poderia imaginar?", indaguei. "A morte de um homem pode colocar tanta coisa em análise. Até mesmo sua carreira."

"Se eu não puder persuadi-lo de nada mais, mister Landor, deixe-me persuadi-lo disto: minha carreira não está em jogo. Se eu pudesse ter certeza de que a Academia sobreviveria, iria embora amanhã e não olharia para trás."

Dando-me um aceno de cabeça cordial, ele acrescentou: "Tem o dom de inspirar confidências, mister Landor. Não duvido que isso seja útil".

"Bem, depende, coronel. Diga-me agora: pensa honestamente que eu seja seu homem?"

"Não estaríamos conversando se eu não pensasse."

"E está pronto para levar isso até o fim? Até o fim realmente?"

"E além", disse Sylvanus Thayer, "se for necessário."

Sorri e olhei para o corredor, para a janela redonda, onde o feixe de luz mostrava uma faixa de poeira flutuante.

Os olhos de Thayer se estreitaram. "Devo interpretar o seu silêncio como um sim ou como um não, mister Landor?"

"Nenhum dos dois, coronel."

"Se é uma questão de dinheiro..."

"Tenho dinheiro suficiente."

"Alguma outra coisa, talvez."

"Nada que possa me dar", repliquei tão gentilmente como pude.

Thayer pigarreou – uma pequena irritação, foi tudo, mas tive a clara impressão de algo acumulado nele.

"Mister Landor, um cadete morrer tão jovem e por suas próprias mãos é uma coisa difícil de suportar. Mas que tenha havido uma tal ofensa cometida contra seu corpo indefeso está além da tolerância. Esse é um crime contra a natureza e o considero também um golpe desferido ao coração..." Ele se interrompeu, mas a palavra já saíra. "... ao *coração* desta instituição. Se isso é trabalho de algum fanático passageiro, que seja, isso está nas mãos de Deus. Se for trabalho de um dos *nossos*, não *descansarei* até que o culpado seja retirado à força de West Point. Acorrentado ou andando livremente, não faz diferença, ele deve ser mandado embora no próximo barco a vapor. Pelo bem da Academia."

Depois de ter desabafado, ele respirou levemente e inclinou a cabeça. "Este é o seu trabalho, mister Landor, se o aceitar. Descobrir quem é a pessoa que fez isso. E ajudar-nos a ter certeza de que isso nunca ocorrerá de novo."

Observei-o durante um tempo mais longo. Depois tirei o relógio do bolso e dei uma pancadinha no vidro. "Faltam dez para as cinco", eu disse. "O que acha de nos encontrarmos de novo às seis? Seria muito inconveniente?"

"De forma alguma."

"Bem, prometo lhe dar minha resposta então."

Eu tinha algumas ideias sobre as quais queria pensar sozinho – esse era o meu modo costumeiro de agir –, mas a Academia não podia me permitir isso. Não, eu teria uma escolta aonde fosse. E, para isso, o tenente Meadows foi novamente designado. Se a perspectiva o havia desagradado, alguém deve tê-lo convencido: ele estava mais animado do que durante o nosso último encontro. Eu tomei isso como significando que ele não vira o corpo de Leroy Fry.

"Aonde quer ir, mister Landor?"

Estendi minha mão na direção do rio. "Para leste", indiquei. "Para leste seria ótimo."

Para chegar até lá, é claro, deveríamos cruzar a planície, que não estava mais vazia, absolutamente. A revista das tropas estava sendo feita. Os cadetes da Academia Militar dos Estados Unidos estavam agrupados em companhias – quatro formações se movimentando em direções diferentes. As companhias, dirigidas por um homem com um bastão ornado com borla e uma boina vermelha na cabeça, tocavam as melodias finais, e soou a salva do anoitecer enquanto a bandeira dos Estados Unidos tremulava rumo ao chão como o lenço de uma bela moça.

"*Apresentar armas!*", gritou o ajudante. Imediatamente, ouviu-se o estrépito de duzentos rifles, e, em menos de um segundo, cada cadete estava olhando dentro do tambor de sua arma. O oficial encarregado desembainhou sua espada e bateu com força os calcanhares gritando "*Direita, volver!*", seguido por (ou soou assim para mim) "*Carreguem os amendoins!*".* Quando terminou, cada cadete tinha dado meia-volta para a direita, pronto para impedir o ataque do inimigo.

Oh, era um belo espetáculo: torrões de terra erguendo-se do gramado verde-pálido, os últimos raios de sol brilhando nas baionetas. E os jovens em seus colarinhos duros e uniformes ajustados, plumas sobressaindo-se demasiadamente da cabeça.

"*Direita, volver!... Esquerda, volver!*"

As notícias sobre Leroy Fry – em parte fatos, em parte rumores – agora haviam se tornado corriqueiras entre os cadetes. E era uma medida do sistema de Thayer que um golpe desses pudesse ser suportado sem sinal de tensão. O lugar normalmente ocupado por Leroy Fry estava preenchido por outro cadete – o espaço vazio fora ocupado –, e qualquer

---

* Uma maneira de dizer "Armar baionetas". [N.T.]

um que olhasse sem saber do ocorrido não se daria conta de que havia um a menos nas fileiras. Oh, um observador melhor treinado poderia perceber um passo perdido aqui, um arrastar de pés ali. Até um tropeço. Mas isso poderia facilmente ser deixado por conta dos vinte ou mais calouros que faziam parte de cada companhia. Meninos-homens que haviam deixado de dirigir carroças fazia pouco tempo, ainda tentando encontrar seu ritmo... e mesmo assim se movendo empolgados com a música.

"*À frente de seu pelotão, mister!*"

Sim, uma vista fascinante, leitor, nas últimas horas de um dia de outubro, com o sol se pondo e as colinas, de alguma forma, combinando com o azul e o cinza dos uniformes. E em algum lugar um pássaro zombeteiro resmungando... um camarada podia se dar pior. Havia outros, também, passando o tempo mais ou menos do mesmo jeito. Uma barca apinhada de turistas, perto do escritório do intendente. As damas usavam mangas que eram bufantes na parte superior e estreitas no punho, e os homens com longos sobretudos azuis e coletes beges... um feriado luminoso para eles. Tinham vindo naquela manhã de Manhattan, provavelmente com o barco do dia, ou talvez fossem ingleses completando o Northern Tour, do qual esse espetáculo fazia parte, como qualquer outra coisa.

"*Snied States Milita' 'Cademy, 'S Point, 'en York, 'tober twe'six, 'and thirty! 'Shal 'lorders 'umber TWO!!!*"*

E quem estaria no meio dos espectadores a não ser Sylvanus Thayer? Um corpo morto não o impedia de participar dos acontecimentos. Na verdade, era como se ele nunca tivesse estado senão *aqui* durante o dia inteiro. Um equilíbrio maravilhoso. Ele falava quando era necessário, permanecia em silêncio quando apropriado, inclinava-se para ouvir qualquer pergunta de um cavalheiro, apontava os detalhes do local para as damas, não demonstrando aborrecimento nem uma vez. Eu podia quase *ouvi-lo*:

"*Mistress Brevoort, não sei se percebeu certa atmosfera de Europa nessa manobra particular. Ela foi criada por Frederico, o Grande, depois elaborada por Napoleão durante sua campanha no Nilo... Oh, e talvez tenha notado o jovem à frente da Companhia B? Aquele é Henry Clay Junior. Sim, sim, filho do grande homem. Perdeu a chefia de sua classe para um rapaz que veio de uma fazenda em Vermont. Pequena amostra da América, mistress Brevoort...*"

---

* Academia Militar de West Point dos Estados Unidos, Nova York, 26 de outubro de 1830. Formação número DOIS!!! [N.T.]

E então as companhias de cadetes começaram a marchar em compasso binário segundo as ordens dos sargentos, os grupos iam desaparecendo além de uma colina e os espectadores retirando-se, enquanto o tenente Meadows me perguntava se eu queria ficar ou continuar a andar, ao que respondi caminhar e assim fizemos, indo até Love Rock.

E ali estava o rio, à espera, cerca de trinta metros abaixo. *Ondulando* com os barcos. Barcos fretados destinados ao Erie Canal e barcos de carga que iam para a grande cidade. Barcos a remo, canoas e canoas de tronco, tudo iluminado por uma luz vermelho-gerânio. Eu podia ouvir, não muito longe, o ressoar dos canhões nos campos de prova: um grande estrondo e depois uma série de ecos subindo pelas colinas. Havia rio à oeste, leste e sul. Eu estava no ponto mais importante dele e, se tivesse uma visão mais histórica, poderia ter comungado com os índios ou com Benedict Arnold, que outrora estiveram nesse mesmo ponto, ou com os homens que dragaram a grande cordilheira ao longo do Hudson para impedir os britânicos de penetrar pelo norte...

Ou, se eu fosse uma alma mais profunda, poderia ter pensado um pouco no destino ou em Deus, porque Sylvanus Thayer havia acabado de me pedir para salvar a honra da Academia Militar dos Estados Unidos reassumindo mais uma vez o trabalho que eu jurara abandonar para sempre, e certamente havia um preceito maior em jogo – que eu não chamaria de divino, mas sim de uma *intervenção*, certamente.

Bem, minha mente não investigava profundamente. Vejam no que eu estava pensando: Hagar, a vaca. Para ser honesto com você, leitor, eu estava me perguntando onde ela estaria agora. No rio? Nas montanhas? Haveria uma caverna por lá, perto de uma queda d'água? Um lugar que só ela conhecia?

Sendo assim, imaginava aonde ela poderia ter ido e se algo a traria de volta.

Precisamente quando faltavam dez minutos para as seis, afastei-me do rio e encontrei o tenente Meadows exatamente onde o deixara. Mãos entrelaçadas nas costas, olhos cerrados, todas as outras precauções esquecidas.

"Estou pronto, tenente."

Cinco minutos depois eu estava de volta à ala B-3. O corpo de Leroy Fry permanecia ali, coberto pelo lençol de linho nodoso. Thayer e Hitchcock pareciam estar dando uma pausa depois da revista das tropas e eu estava ali, à porta, prestes a dizer: "Cavalheiros, sou o seu homem".

Mas disse outra coisa. Antes que eu percebesse, as palavras saíram de minha boca:

"Os senhores querem que eu descubra quem retirou o coração de Leroy Fry?", perguntei. "Ou quem o enforcou antes?"

Narrativa de Gus Landor
4

27 de outubro

ERA UMA ALFARROBEIRA. CERCA DE NOVENTA METROS ACIMA DO DESEMBARCADOURO sul. Uma árvore preta, delgada e com aspecto monacal, com sulcos profundos e longas vagens cor de mogno. Não era diferente de muitas alfarrobeiras que crescem nas montanhas. Não diferente, quer dizer, exceto pela trepadeira que se espalhava em seus ramos.

Bem, eu *pensava* ser uma trepadeira, tolice minha. Em minha própria defesa, mais de trinta e duas horas haviam se passado desde o evento em questão e o enforcamento já iniciara o lento trabalho de se divulgar pelos arredores. Provavelmente eu esperava que alguém a essa altura já a tivesse retirado. Mas haviam seguido o método mais rápido: ao encontrar o corpo, cortaram a corda acima da cabeça do morto e deixaram o resto balançando, e lá ela permaneceu, dependurada e salpicada pela luz da manhã. E ali estava o capitão Hitchcock, agarrando-a com as mãos. Uma puxada para testar e depois um *forte puxão*, como se houvesse um sino de igreja do outro lado. O peso dele trouxe a corda para baixo e seus joelhos cederam por um instante, e, então, percebi o quanto ele estava cansado.

Não era de admirar. Ficara acordado durante uma noite e um dia, e depois tomara o café da manhã às seis e meia no quartel, intimado por Sylvanus Thayer. Eu estava apenas um pouco mais descansado, pois passara a noite no hotel de mister Cozzens.

O hotel, como muitas coisas em West Point, tinha sido ideia de Thayer. Se os passageiros que chegavam de barco quisessem ver a Academia em toda a sua glória, teriam necessidade de algum lugar para dormir à noite. E, assim, o governo dos Estados Unidos, com toda a sua sabedoria, decidiu erguer um bom hotel bem nos campos da Academia. Todos os dias, na alta estação, turistas de todos os lugares do mundo se deitavam nos colchões de penas recém-enchidos, maravilhados com o reino montanhoso de Thayer.

Já eu não era um turista, mas minha casa ficava muito afastada da Academia para ir e vir com facilidade. Então, por um período indefinido, me foi dado um quarto com vista para a Constitutional Island. As venezianas praticamente impediam a entrada da luz das estrelas e da lua – dormir era um mergulho no abismo, e o som do despertar parecia vir de uma estrela distante. Fiquei deitado, observando a luz avermelhada entrando furtivamente pela parte mais baixa da veneziana. A escuridão era deliciosa. Perguntei-me se não tinha seguido a carreira errada.

Mas então fiz uma coisa indigna de um soldado e fiquei deitado mais dez minutos; vesti-me com calma e, em vez de me apressar para a chamada matutina, enrolei-me em uma coberta, indo tranquilamente até o barco que estava no embarcadouro. Quando cheguei ao quartel de Thayer, o superintendente já se banhara, vestira, recortara as notícias de quatro jornais e estava concentrado em uma travessa de bifes, esperando por mim e por Hitchcock para fazer justiça a eles.

Comemos em silêncio, nós três, e bebemos o excelente café de Molly, e quando os pratos foram retirados e nos recostamos nas cadeiras – bem, foi então que impus minhas condições.

"Em primeiro lugar", declarei, "se não fizer diferença para os senhores, cavalheiros, gostaria de ter meu próprio cavalo comigo. Tendo em vista que vou ficar no seu hotel durante algum tempo."

"Não demasiado longo, esperamos", expressou Hitchcock.

"Não, não demasiado longo, mas seria bom ter Cavalo por perto em qualquer circunstância."

Eles prometeram mandar buscá-lo e conseguir-lhe um lugar nas cocheiras. E quando lhes disse que gostaria de voltar ao meu chalé todos os domingos, disseram que eu era um cidadão particular e que podia sair do posto sempre que quisesse, desde que avisasse para onde estava indo.

"E finalmente isto", completei. "Quero tomar as rédeas do caso."

"Como devemos considerar esse pedido, mister Landor?"

"Sem guarda armado. Sem o tenente Meadows, Deus o abençoe. Ninguém me acompanhando ao banheiro a cada três horas, ninguém me dando beijo de boa-noite. Não gosto disso, cavalheiros. Sou do tipo solitário, fico irritado com muitas atenções."

Bem, eles disseram que isso era impossível. West Point, como qualquer outra reserva militar, tinha de ser cuidadosamente patrulhada. Eles tinham uma responsabilidade ordenada pelo Congresso de garantir a segurança de cada visitante e evitar "operações comprometedoras" e assim por diante...

Encontramos um caminho intermediário. Eu poderia caminhar pelo perímetro exterior sozinho – o Hudson era todo meu – e eles me dariam as senhas para dar como resposta às sentinelas que desejassem me parar de vez em quando. Mas eu não devia entrar nos campos centrais sem escolta nem devia falar com qualquer cadete, a menos que fosse um representante da atual Academia.

No geral, eu teria chamado isso de uma conversa de primeira categoria... até que começaram a introduzir suas próprias condições. Eu deveria ter esperado por isso, mas já mencionei? Que eu ainda estava longe de mostrar o meu melhor?

"Mister Landor, não deve dizer uma só palavra sobre esta investigação a ninguém dentro ou fora da Academia."

Até aqui tudo bem...

"Mister Landor, deve reportar-se ao capitão Hitchcock diariamente."

... muito bem...

"Mister Landor, deve preparar um relatório semanal detalhado que mostre todas as suas descobertas e conclusões, e deve estar pronto para descrever suas investigações a qualquer oficial do Exército sempre que for solicitado."

"Encantado", eu disse.

E depois Ethan Allen Hitchcock bateu com força na própria boca, pigarreou e apontou severamente com a cabeça para a mesa.

"Há uma última condição, mister Landor."

Ele parecia visivelmente desconfortável. Senti pena dele até ouvir o que tinha a me dizer e depois fiquei com pena de novo.

"Gostaríamos de pedir que não bebesse..."

"Nenhuma bebedeira *inesperada*", disse Thayer manuseando tranquilamente uma chave.

"... durante o curso de suas investigações."

E com isso todo o negócio desenrolou-se diante de meus olhos – ele tomou uma dimensão no tempo. Porque, se eles tinham conhecimento *disso*, significava que andaram fazendo investigações – conversando com vizinhos e colegas, os meninos em Benny Havens – e que haveria mais do que um dia de trabalho, haveria dias de parceria. A conclusão era esta: Sylvanus Thayer havia muito tempo me observava. Antes que soubesse que precisaria de mim, tinha enviado seus escoteiros para descobrirem tudo a meu respeito. E ali estava eu sentado, comendo seu alimento, tragando suas condições. À mercê dele.

Se eu tivesse uma tendência belicosa, poderia ter negado. Poderia ter dito que nem uma gota de bebida alcoólica tocava meus lábios havia três dias – era a pura verdade –, mas depois lembrei que isso era o que costumava ouvir dos irlandeses que dormiam na rua, perto do Garnet Saloon. "Três dias", eles sempre diziam, "*três dias* desde que bebi uma gota." Uma reviravolta tão rápida quanto a morte de Jesus, segundo eles. Eu costumava sorrir.

"Cavalheiros", eu declarei, "os senhores me encontrarão, em todos os nossos negócios, tão seco quanto um metodista."

Eles não insistiram muito no assunto. Pensando de novo sobre isso, pergunto-me se eles não estavam alarmados sobretudo por causa do exemplo que eu podia dar aos cadetes, aos quais, é claro, eram negados os prazeres de uma garrafa. Os prazeres da cama, de uma mesa de pôquer. Xadrez, tabaco. Música e romance. Algumas vezes me fazia mal pensar em todas as coisas que eles não podiam fazer.

"Mas ainda não falamos de seus honorários", disse o capitão Hitchcock.

"Não precisamos."

"Certamente... alguma recompensa..."

"Apenas para ter uma ideia", disse Thayer. "Tenho antecipadamente confiança em sua capacidade."

Sim, sim, como policial trabalha-se com comissão. Ou se é pago por alguém – a cidade, a família – ou se fica de fora. Mas uma vez ou outra esquecemos a regra. Isso aconteceu comigo uma ou duas vezes, para meu antigo pesar.

"Cavalheiros", eu disse tirando o guardanapo da camisa, "espero que não levem a mal, os senhores parecem grandes companheiros, mas, uma vez que terminar o trabalho, ficaria muito grato se me deixassem com minha solidão. Exceto por um bilhete, uma vez ou outra, dizendo-me como estão."

Sorri para mostrar que não lhes desejava mal e eles também sorriram para mostrar que tinham poupado certa quantia de dinheiro e chamaram-me de americano distinto e me esqueci do que mais, embora eu saiba que a palavra *princípio* fora usada. *Modelo de perfeição* também. E depois Thayer saiu para tratar de seus negócios e eu e Hitchcock fomos até a alfarrobeira, e, assim, lá estava o cansado capitão segurando-se naquele pedaço de corda cortada.

Um dos cadetes de Hitchcock achava-se parado a menos de três metros. Epaphras Huntoon. Cursava o terceiro ano, um aprendiz de alfaiate da Geórgia. Alto e de ombros largos e ainda com receio de sua própria capacidade, pensei, porque parecia estar todo o tempo se acalmando com uma expressão sonhadora e uma tendência para a lisonja. Foi destino desse cadete ter encontrado o corpo de Leroy Fry.

"Mister Huntoon", eu disse, "por favor, aceite minhas condolências. Deve ter sido um choque terrível."

Ele sacudiu a cabeça de maneira exasperada, como se eu o estivesse chamando para uma conversa particular. Depois sorriu e começou a falar, logo se dando conta de que não era capaz.

"Por favor", insisti. "Se puder me contar o que aconteceu. Estava de guarda na quarta-feira à noite?"

Isso virou o jogo: começamos aos poucos. "Sim, sir", respondeu. "Entrei de guarda às nove e meia da noite. Fui substituído à meia-noite por mister Ury."

"O que aconteceu então?"

"Dirigi-me para o alojamento."

"Onde ele fica?"

"Na Caserna do Norte."

"E... onde era a sua guarda?"

"No número quatro, sir. No Forte Clinton."

"Então..." Eu sorri e olhei ao redor. "Devo admitir que não estou muito familiarizado com os campos, mister Huntoon, mas me parece que o trecho em que estamos parados agora não fica no caminho do Forte Clinton para a Caserna do Norte."

"Não, sir."

Ele lançou um olhar furtivo ao capitão Hitchcock, que o fitara momentos antes dizendo, em um tom melancólico: "Não necessita temer, mister Huntoon. Não constará no relatório".

Aliviado com isso, o jovem sacudiu seus grandes ombros e olhou para mim com um meio sorriso.

"Bem, sir. A coisa é que às vezes... quando estou de guarda... gosto de ir sentir o rio."

"Sentir?"

"Colocar a mão ou os dedos dos pés. Ajuda-me a dormir, sir, não sei explicar."

"Não precisa explicar, mister Huntoon. Diga-me, porém, como desceu até o rio?"

"Apenas peguei o caminho para o desembarcadouro sul. Cinco minutos para descer, dez minutos para subir."

"E o que aconteceu quando alcançou o rio?"
"Oh, não fui até lá, sir."
"Por que não?"
"Ouvi algo."

Aqui o capitão Hitchcock sacudiu-se e, com uma voz que revelava seu cansaço, perguntou: "O que você ouviu?".

Era um *som*, isso foi tudo o que ele pôde dizer. Podia ser um galho quebrando ou uma rajada de vento; podia não ter sido nada. Sempre que se propunha a dizer o que era, parecia ser uma *outra* coisa.

"Jovem", falei, colocando a mão em seu ombro. "Peço-lhe, não comece a dar chutes no escuro. Não é de surpreender que não consiga... toda a excitação, o correr de um lado para o outro, isso tende a confundir o cérebro de alguém. Talvez eu deva lhe perguntar o que o fez *seguir* esse som?"

Isso pareceu acalmá-lo. Ficou em silêncio por um momento.

"Supus que pudesse ser um animal, sir."
"De que tipo?"
"Não sei exatamente, eu... talvez estivesse preso em uma armadilha... sou terrivelmente afeiçoado aos animais, sir. Cães de caça em especial."
"Então o senhor fez o que qualquer cristão faria, mister Huntoon. Foi em auxílio de uma das criaturas de Deus."
"Suponho que foi o que fiz. Eu estava me preparando para subir a colina, mesmo ela sendo bem íngreme, e estava pronto para regressar..."

Ele parou.

"Mas então viu...?"
"Não, sir." Ele respondeu como uma rajada de vento. "Não vi nada."
"E, não vendo nada, o senhor...?"
"Bem, eu tinha a sensação de que havia alguém por ali. *Algo*. Então eu disse: 'Quem vem lá?'. Como estou encarregado de fazer, compreende? E não houve resposta alguma, então o que fiz? Deixei meu mosquete pronto para atirar e disse: 'Avance e diga a senha'."
"Ainda assim não houve resposta."
"Correto, sir."
"E o que fez depois?"
"Bem, dei mais alguns passos. Mas não o vi nem uma vez, sir."
"Quem?"
"O cadete Fry, sir."
"Bem, então, como o encontrou?"

Ele esperou alguns segundos para firmar a voz. "Eu esbarrei nele."

"Ah." Pigarreei e comentei gentilmente: "Isso deve ter sido uma grande surpresa, mister Huntoon".

"Não de início, sir, porque eu não sabia do que se tratava. Mas, logo que soube, sim, sim, foi inesperado."

Depois disso pensei com frequência que, se Epaphras Huntoon tivesse passado um metro mais ao norte ou mais ao sul, poderia nunca ter encontrado Leroy Fry. Porque aquela noite tinha sido extremamente escura, cheia de nuvens com uma porção de lua muito pequena e apenas uma lanterna na mão de Huntoon para iluminar o caminho. Sim, um metro em outra direção e ele poderia ter passado direto por Leroy Fry e tudo ficaria na mesma.

"E depois, mister Huntoon?"

"Bem, pulei para trás, foi o que fiz."

"Perfeitamente natural."

"E a lanterna caiu. Longe de minha mão."

"Ela caiu? Ou talvez o senhor a tenha jogado?"

"Hum... Joguei-a, pode ser. Não sei dizer, sir."

"E em seguida?"

Ele ficou novamente em silêncio. Pelo menos a sua cavidade gutural. O resto dele falava num ritmo louco. Os dentes batendo, os dedos dos pés agitando-se. Uma mão mexendo distraída na túnica, a outra nos botões que desciam pelas laterais da calça.

"Mister Huntoon?"

"Eu não sabia direito o que fazer, sir. Veja, eu não estava em meu posto, logo não tinha certeza se alguém me ouviria caso gritasse. Então corri, eu suponho."

Seus olhos estavam abaixados então, e isso foi o suficiente para desencadear o quadro em minha imaginação: Epaphras Huntoon disparando meio cego pela floresta, seu rosto arranhando-se nos ramos, latão e aço batendo com estrondo sob seu capote, caixas de cartuchos...

"Corri de volta direto para a Caserna do Norte", disse ele baixinho.

"E quem fez o seu relatório disso?"

"O cadete oficial da guarda, sir; e ele foi e chamou o tenente Kingsley, sir, que era o oficial do dia. E eles me levaram para encontrar o capitão Hitchcock, e todos nós voltamos correndo e..."

Ele olhou para Hitchcock então com um apelo inconfundível.

Diga-lhe, capitão.

"Mister Huntoon", falei. "Penso que podemos voltar um pouco atrás, se não tiver objeção. Voltar ao momento que encontrou o corpo pela *primeira* vez. Pensa que pode encarar isso de novo?"

47

Hostil e com a testa franzida, os maxilares apertados, ele concordou. "Sim, sir."

"Eis aí um bom homem. Agora, deixe-me perguntar: ouviu mais alguma coisa naquele momento?"

"Nada que não ouviria normalmente. Uma coruja ou duas, e... uma rã, talvez..."

"E havia mais alguém por perto?"

"Não, sir. Mas eu não estava procurando ninguém."

"E vou adivinhar – depois do primeiro contato, não tocou de novo no corpo?"

Ele virou a cabeça em direção à árvore. "Não pude", disse. "Depois que vi do que se tratava."

"Muito sensível, mister Huntoon. Agora, talvez possa me dizer..." Fiz uma pausa para examinar seu rosto. "Talvez possa me contar exatamente como estava Leroy Fry."

"Não bem, sir."

E aquela foi a primeira vez que ouvi o capitão Hitchcock rir. Um *som* de alegria ruidosa, saído do centro do peito. Surpreendeu até a ele, eu acho. E teve esta outra virtude: impediu-me de fazer o mesmo.

"Não duvido disso", eu disse tão suavemente quanto pude. "Quem de nós olharia melhor para esse cenário? Eu estava pensando... qual seria a posição do corpo, se consegue se lembrar."

Ele se virou então e olhou para a árvore com a cabeça levantada – pela primeira vez, talvez? – deixando que a memória lhe voltasse. "Sua cabeça", ele disse devagar. "A cabeça estava virada para um lado."

"Sim?"

"E o resto do corpo estava... parecia que haviam batido nele por *trás*, sir."

"Como assim?", perguntei.

"Bem." Suas pálpebras tremeram, e ele mordeu os lábios. "Ele não estava pendurado direito. Suas *nádegas,* sir, estavam... talvez como se ele estivesse prestes a sentar-se. Em uma cadeira ou rede para dormir ou algo parecido."

"Será que ele ficou daquele jeito porque o senhor esbarrou nele?"

"Não, sir." Ele se mostrou bem categórico naquele pormenor, eu me lembro. "Não, sir, eu apenas rocei nele, palavra de honra. Ele nem saiu do lugar."

"Continue, então. Do que mais se lembra?"

"As pernas." Ele esticou a própria perna. "Elas estavam bem separadas, eu acho. E estavam... estavam posicionadas mais à frente."

"Eu não estou acompanhando-o, mister Huntoon. Diz que as pernas estavam *mais à frente*?"

"Considerando como elas estavam apoiadas no chão, sir."

Fui até a árvore. Fiquei parado debaixo daquele pedaço de corda dependurada, sentindo-a roçar em minha clavícula.

"Capitão Hitchcock", perguntei. "Sabe me dizer qual era a altura de Leroy Fry?"

"Oh, altura média ou um pouco acima, talvez três ou cinco centímetros menos que o senhor, mister Landor."

Os olhos de Epaphras Huntoon ainda estavam fechados quando voltei até ele. "Bem, sir", eu lhe disse, "isso é muito interessante. O senhor quer dizer que seus pés... seus calcanhares, talvez..."

"Sim, sir."

"... estavam apoiados no chão, eu entendi corretamente?"

"Sim, sir."

"Posso comprovar isso", disse Hitchcock. "Ele estava na mesma posição quando o vi."

"E quanto tempo se passou, mister Huntoon, entre sua primeira visão do corpo e a segunda?"

"Não mais do que vinte minutos, eu calculo. Meia hora."

"E a posição do corpo mudou durante esse tempo?"

"Não, sir. Não que eu tenha notado. Estava tremendamente escuro."

"Tenho apenas mais uma pergunta, mister Huntoon, e depois não vou mais perturbá-lo. O senhor percebeu que era Leroy Fry quando o viu?"

"Sim, sir."

"Como?"

Um rubor espalhou-se pelo seu rosto. Sua boca torceu-se para a direita.

"Bem, sir, quando me deparei com ele da primeira vez, eu estava brandindo a lanterna. Dessa forma. E lá estava ele."

"E o senhor o reconheceu imediatamente?"

"Sim, sir." De novo aquele sorriso difícil. "Quando eu era calouro, o cadete Fry cortou a metade do meu cabelo. Logo antes da formação para o jantar. Senhor, eu queria pegá-lo."

Narrativa de Gus Landor
5

LÁZARO COMEÇOU A EXALAR MAU CHEIRO DEPOIS DE ALGUNS DIAS – POR QUE seria diferente com Leroy Fry? E como ninguém estava pretendendo *ressuscitá-lo* dos mortos tão em breve, de alguma maneira, e seus pais não eram esperados antes de três semanas, os administradores da Academia tinham um problema nas mãos. Eles podiam enterrar imediatamente o rapaz e desafiar a ira da família Fry ou podiam mantê-lo sobre a terra e arriscar a deterioração de seu corpo bem machucado. Depois de algumas conversas, decidiu-se pela segunda opção, mas não havia gelo suficiente e o dr. Marquis foi forçado a realizar uma prática que eu observara muitos anos antes como estudante na Edinburgh University. Ele submergiu Leroy Fry em um banho de álcool.

E foi assim que o encontramos, o capitão Hitchcock e eu. Nu, em um caixão de carvalho cheio de álcool etílico. Para manter sua boca fechada, uma vareta havia sido colocada em forma de cunha entre o esterno e o maxilar, e, para impedi-lo de erguer-se, uma grande quantidade de carvão vegetal fora colocada dentro da cavidade torácica; mas seu nariz continuava a aparecer na superfície, e suas pálpebras ainda se recusavam a fechar. E ali ele flutuava, parecendo mais vivo do que nunca, como se nos fosse ser devolvido com a próxima onda.

O caixão havia sido calafetado, mas não muito rigorosamente, porque podíamos ouvir um gotejamento no cavalete. Ao nosso redor erguiam-se vapores de álcool gelado, e imaginei que isso era a coisa mais próxima a uma bebida que eu poderia obter durante algum tempo.

"Capitão", eu disse. "Já esteve no mar?"

Hitchcock respondeu que tinha ido, sim, em várias ocasiões.

"Eu só estive uma vez", confessei. "Lembro-me de ter visto uma menina ali – oito anos, talvez –, fazendo uma catedral na areia. Algo notável, abadias e torres com sinos... nem consigo lhe contar todos os detalhes que ela pôde reunir. Ela planejou tudo, exceto a maré. Quanto mais depressa ela trabalhava, mais a maré se aproximava. Antes que decorresse mais uma hora, de sua bela construção só restava uma série de montinhos na areia."

Fiz um movimento de aplainar com a mão.

"Garota sensata", comentei. "Não soltou uma lágrima. Às vezes penso nela quando tento reunir coisas a partir de simples fatos. Pode-se fazer algo belo e depois vem uma onda e sobram apenas montinhos. As bases. É uma vergonha para quem as esquece."

"Então, quais são as suas bases?", perguntou Hitchcock.

"Bem", eu retruquei, "vamos examinar e descobrir. Temos essa ideia de que Leroy Fry queria morrer, que parece ser uma base muito boa, capitão. Por que outro motivo um homem se penduraria em uma árvore? Ele foi espancado, essa é uma história passada. O que faria um homem espancado? Ora, ele teria deixado um bilhete, falando da causa. Contando para seus amigos e família por que estava cometendo esse ato. Para obter a atenção que não conseguiu em vida. Então..." Juntei as palmas das mãos. "Onde está o bilhete, capitão?"

"Não encontramos nenhum bilhete."

"Hum. Bem, não importa, nem todo suicida deixa um bilhete. Deus sabe que vi muitos que apenas saltaram de uma ponte. Muito bem, Leroy Fry corre direto para o local íngreme mais próximo – oh, não, para um instante, decide enforcar-se. Não, não onde qualquer um possa *encontrá-lo* facilmente, pois talvez ele não queira ser um transtorno..."

Interrompi-me, depois recomecei.

"Muito bem, ele encontra uma árvore boa e forte, dá uma laçada ao redor do ramo... oh, mas ele é distraído demais para... para testar o comprimento da corda, então..." Estiquei uma perna, depois a outra. "Ele descobre que esse pequeno patíbulo nem sequer o levanta do solo. Muito bem, ele dá outra laçada... não, não, ele não faz isso. Não, Leroy Fry quer morrer de uma maneira tão desfavorável que ele apenas... fica chutando."

Dei uma boa sacudida com a perna.

"Até que a corda termine seu trabalho." Olhei carrancudo para o chão. "Bem, sim, certamente, essa é uma maneira *mais demorada* de se fazer as coisas. E se o seu pescoço não se quebra, leva ainda mais tempo..."

Hitchcock estava agora se insurgindo contra o desafio. "O senhor mesmo diz que ele não estava em seu juízo perfeito. Por que devemos esperar que ele se comportasse racionalmente?"

"Oh, bem. Em minha experiência, capitão, não há nada tão racional como um homem empenhado em se matar. Ele sabe apenas como planeja fazê-lo. Uma vez... uma vez vi uma *mulher* tirar a própria vida. Ela tinha uma bela representação disso em sua cabeça. Quando finalmente se decidiu, era possível jurar que ela estava *se lembrando* da coisa. Porque ela já a havia visto acontecer repetidas vezes."

E o capitão Hitchcock disse: "Essa mulher que o senhor menciona, ela era...?".

Não, não, ele não havia dito aquilo. Não disse nada por um tempo. Apenas traçou um caminho em torno do caixão de Leroy Fry, marcando a cera com suas botas.

"Talvez", ele cogitou, "fosse uma tentativa de uma série que fugiu ao controle."

"Se acreditarmos na nossa testemunha, capitão, não há maneira de que possa ter fugido ao controle. Os pés estavam no chão, os membros superiores a uma distância que podia alcançar o galho: se Leroy Fry quisesse desistir de tudo, facilmente poderia tê-lo feito."

Hitchcock ainda continuava a arrastar os pés no chão. "A corda", disse. "A corda pode ter cedido depois que ele se enforcou. Ou talvez o cadete Huntoon tenha colidido com ele de um jeito mais forte do que lhe pareceu. Poderia haver inúmeras..."

Ele estava lutando bastante, era a sua natureza. Eu deveria admirá-lo por isso, mas ele estava começando a me incomodar.

"Olhe aqui", eu disse.

Tirando minha jaqueta de lã grossa, enrolei as mangas de minha camisa e enfiei a mão no banho de álcool. Um choque por causa do frio e depois um choque ilusório de calor. E isto também: a sensação perceptível de que minha pele estava se dissolvendo e endurecendo ao mesmo tempo. Mas a minha mão continuou a existir e puxou a cabeça de Leroy Fry para a superfície. E com a cabeça veio o resto do corpo, tão duro e esticado quanto o cavalete onde o caixão se apoiava. Tive de enfiar a outra mão debaixo dele para impedi-lo de afundar de novo.

"O *pescoço*", indiquei. "Essa foi a primeira coisa que me chocou. O senhor está vendo? Nenhum sinal claro da corda. A corda *prendeu-se* a ele. Correu para baixo e para cima no pescoço, procurando um ponto de apoio."

"Como se..."

"Como se ele estivesse lutando. E olhe, por favor. Os dedos."

Fiz um gesto com meu queixo e o capitão Hitchcock, depois de uma breve pausa, enrolou *suas* mangas e inclinou-se sobre o corpo.

"Está vendo?", perguntei. "Na mão *direita*. Nas pontas dos dedos."

"*Bolhas.*"

"Isso mesmo. Bolhas *recém-formadas*, pelo aspecto que têm. Eu acho que ele estava... *agarrando* a corda, tentando livrar-se dela."

Fitamos a boca selada de Fry, *olhamos fixamente*, como se ao fazer isso pudéssemos fazê-la falar. E, por algum acidente estranho, a sala encheu-se com uma voz – não minha nem de Hitchcock – soando com tal força que nossas mãos se sobressaltaram e Leroy Fry mergulhou de novo com um sibilo e um ruído de gargarejo.

"*Posso saber o que está acontecendo aqui?*"

Devíamos parecer uma visão estranha para o dr. Marquis. Inclinados sobre o caixão em mangas de camisa. Ladrões de sepultura diurnos, pela nossa aparência.

"Doutor!", gritei. "Estou encantado que tenha se juntado a nós. Necessitamos muito de uma autoridade médica."

"Cavalheiros", ele disse às pressas. "Isso é um tanto irregular."

"Certamente é. Eu estava me perguntando se o senhor não se importaria em nos dar uma opinião sobre a parte de trás da cabeça de mister Fry?"

Ele cogitou sobre a justeza desse pedido ou, pelo menos, deu a esse pensamento mais alguns segundos do seu tempo e depois seguiu nosso exemplo. E enquanto segurava a parte de trás da cabeça do cadáver, o tremor do esforço em seu rosto se transformou em uma espécie de paz. O homem sentia-se em casa.

"Alguma coisa, doutor?"

"Ainda não, eu... Hum, hum, sim. Uma contusão de algum tipo."

"Quer dizer um inchaço?"

"Sim."

"Talvez possa descrevê-lo para nós."

"Região parietal, é o melhor que posso discernir... talvez sete centímetros e meio de circunferência."

"Qual a espessura, aproximadamente?"

"Está levantado... oh, um pouco mais de meio centímetro do crânio."

"Agora, o que poderia ter provocado um inchaço desses, doutor?"

"Qualquer coisa que possa provocar algum tipo de inchaço, eu suponho: algo duro em contato com a cabeça. Não posso lhe dizer mais nada antes de examinar melhor."

"Essa contusão poderia ter sido infligida depois da morte?"

"Muito provavelmente não. A contusão vem de sangue extravasado, sangue que escapa das veias. Se não há sangue circulando – sem *coração*, a bem da verdade..." Ele teve o bom senso de parar sua zombaria no meio. "Não pode haver contusão."

Foi um trabalho lento, quase tímido, tornarmo-nos civilizados de novo – abaixar as mangas e recolocar as jaquetas.

"Então, cavalheiros", eu disse, estalando o nós dos dedos. "O que *sabemos* exatamente?"

Não obtendo resposta, fui forçado a responder minha própria pergunta.

"Temos aqui um jovem camarada que não diz para ninguém que quer morrer. Não deixa bilhete. Morre, parece, com seus pés ainda no chão. Na parte de trás de sua cabeça, encontramos uma... uma contusão, como disse o dr. Marquis. Bolhas em seus dedos, a corda esfolou o seu pescoço ao roçar para baixo e para cima. Pergunto de novo aos senhores, tudo isso sugere um homem desejoso de encontrar seu Criador?"

Hitchcock, eu me recordo, estava acariciando as duas listras em sua jaqueta azul, como para se lembrar de sua graduação.

"O que *o senhor* acha que aconteceu?", ele perguntou.

"Oh, eu tenho uma teoria, só isso. Leroy Fry saiu da caserna entre dez e, digamos, onze e meia da noite. Ele sabe, é claro, que ao fazer isso corre um... perdão, que risco ele corria, mister Hitchcock?"

"Sair da caserna depois do horário? Isso equivale a dez desmerecimentos."

"Dez, não é? Bem, então, ele realmente corre um risco, não é mesmo? Por quê? Será que ele anseia por ver o Hudson, como o encantador mister Huntoon? Pode ser. Talvez o seu corpo de cadetes abrigue um pelotão secreto de amantes da natureza. Mas, no caso de mister Fry, tenho de acreditar que ele tem uma incumbência especial em mente. Apenas porque alguém está esperando por ele."

"E esse alguém...?", diz o dr. Marquis deixando a pergunta no ar.

"Por ora, vamos supor que seja a pessoa que o atingiu com uma pancada violenta na parte de trás da cabeça. Colocou a corda com o nó corrediço em torno do seu pescoço. *Ajustou-o* bem."

Dei um passo em direção oposta e sorri virado para a parede, depois retornei até onde eles estavam e disse: "É claro que é apenas uma teoria, cavalheiros".

"Acho que o senhor está sendo um pouco reservado conosco", disse o capitão Hitchcock, a excitação aumentando em sua voz. "Não posso acreditar que nos daria uma teoria se não acreditasse um pouco nela."

"Ah, sim", respondi, "mas amanhã o oceano a levará de roldão e... *zummm*."

Instalou-se um silêncio, quebrado apenas pelo gotejamento do caixão no cavalete e o lento arrastar das botas de Hitchcock... e por fim surgiu a própria voz de Hitchcock soando tensa a cada palavra.

"Enquanto isso, mister Landor nos deixou com dois mistérios onde antes havia apenas um. De acordo com o senhor, devemos encontrar tanto o profanador quanto o assassino de Leroy Fry."

"A menos", disse o dr. Marquis lançando olhares tímidos para nós, "que seja o mesmo mistério."

Era curioso o fato de ter sido ele a sugerir isso, mas o fez, e o silêncio que se seguiu apresentava uma nova qualidade. Estávamos, todos nós, acho eu, aventurando-nos por diferentes caminhos, mas sentindo a mesma mudança de profundidade.

"Bem, doutor", eu falei, "o único camarada que pode nos esclarecer é aquele pobre rapaz que está ali."

Leroy Fry oscilava levemente no banho – os olhos ainda entreabertos, o corpo ainda rígido. Em breve, eu sabia, o *rigor mortis* iria terminar, as juntas se relaxariam... e talvez *então*, pensei, o seu corpo pudesse revelar algo.

Foi quando percebi – percebi *de novo*, eu poderia dizer – a sua mão esquerda atipicamente fechada.

"Perdão", eu disse. "Se os senhores não se importam."

Acho que essas foram as minhas palavras, mas eu não estava mais consciente do que dizia ou fazia. Sabia apenas que tinha de chegar até onde estava a mão de Leroy Fry.

E como puxá-la até a luz significaria levantar o corpo todo, contentei-me em observá-la logo abaixo da superfície. Os outros dois não faziam ideia do que eu estava buscando até ouvirem o estalo do polegar de Leroy Fry sendo separado da palma. Mesmo atravessando o álcool, era um som selvagem, como o do pescoço de uma galinha sendo quebrado.

"Mister Landor!"

"Que diabos?"

Os outros dedos se abriram mais rapidamente. Ou talvez eu apenas soubesse então quanta força era necessária para deslocá-los.

Tac. Tac. Tac. Tac.

A mão estava aberta, e lá, na palma da mão de Leroy, havia um minúsculo pedaço de papel amarelo, encharcado e rasgado. Um fragmento de papel.

Quando o ergui até a luz, Hitchcock e Marquis estavam junto a mim, um de cada lado, e o lemos juntos, os três lábios movendo-se silenciosamente, como fazem os estudantes de latim quando escrevem no quadro-negro.

NG
HEIR A
T BE L
ME S

"Bem, pode não ser nada", comentei, dobrando o papel em sua forma original e colocando-o no bolso de minha camisa. Soltei um longo assobio e depois, fitando meus companheiros, eu disse: "Será que devo posicionar os dedos nos lugares em que estavam?"

Eu não era um total prisioneiro durante minha estada na Academia. Houve momentos, durante as várias semanas seguintes, em que minha escolta se ausentava por certo período ou me permitia passear em algumas poucas centenas de metros ao redor. E durante um ou até dois minutos, a prisão se afrouxava e eu podia ficar sozinho no centro de West Point, e meu corpo voltava ele mesmo a se mostrar para mim: meu cabelo puxado para a frente e aparado, o ruído estridente em meu pulmão esquerdo, a dor aguda em meu quadril... e, atravessando tudo isso, aquele *pim pim pim*, a cadência que percebi no escritório de Thayer. Tomei cada sintoma como um motivo de regozijo, porque significava que havia partes minhas que ainda estavam separadas da Academia, e quantos cadetes, quantos oficiais poderiam dizer isso?

Então, leitor, deixe-me reconduzi-lo ao momento em que o capitão Hitchcock e eu (deixando o dr. Marquis para reparar as injúrias infligidas à pessoa de Leroy Fry) fomos parados, quando estávamos a caminho do quartel onde se encontrava o superintendente, por um certo professor Church. O professor tinha uma queixa, dirigida especialmente aos ouvidos de Hitchcock. Os dois homens se afastaram e andei um pouco até me encontrar no jardim do superintendente. Um pequeno espaço agradável: rododendros, ásteres, um carvalho que suportava uma trepadeira rosada. Fechei os olhos e me senti mergulhando dentro de uma faia cobreada. Sozinho.

Só que eu não estava. Detrás de mim surgiu uma voz falando sob grande pressão.

"Perdão."

E foi então que me voltei e o descobri. Meio escondido atrás de uma pereira. Era tão irreal para mim como um duende, pois eu já não havia observado (ou escutado) os cadetes da Academia que marchavam para o café da manhã, o jantar e a ceia? Marchavam para a aula, a revista das tropas e as casernas? Marchavam para ir dormir, marchavam acordados? Cheguei a pensar nesses rapazes na voz passiva, e a ideia de que um deles pudesse separar-se das fileiras e realizar uma missão particular (mais urgente do que enfiar os dedos do pé no Hudson) era tão provável para mim quanto um pé brotando da rocha.

"Perdoe-me, sir", disse ele. "O senhor é Augustus Landor?"
"Sim."
"Cadete Poe, do primeiro ano, ao seu dispor."

Para começar: ele era muito velho. Pelo menos quando estava sentado junto aos membros de sua classe. *Aqueles* rapazes ainda apresentavam espinhas em seus maxilares, tinham grandes mãos e peitos contraídos e se assustavam com facilidade, como se a chibatada do diretor da escola ainda estivesse ressoando em seus ouvidos. *Esse* calouro era diferente: as espinhas haviam cicatrizado e o porte era ereto, como o de um oficial em convalescença.

"Como vai, mister Poe?"

Alguns fios de cabelo preto fino escapavam de seu absurdo quepe de couro, destacando-lhe os olhos, que tinham uma cor entre o verde e o cinzento e eram muito grandes para o seu rosto. Os dentes, em contraste, eram pequenos e delicados, do tipo que pode ser encontrado no colar de um cacique de tribo canibal. Dentes *delicados*, bem ajustados ao esqueleto, porque ele era esbelto como um canudo, *delgado* – exceto pela fronte, que nem o chapéu podia conter. Uma criatura pálida e desajeitada, protuberante em seu invólucro, como se a refeição de uma sucuri tivesse feito uma nodosidade de protesto em seu pescoço.

"Sir", disse ele. "A menos que me engane, foi indicado para resolver o mistério que envolve Leroy Fry."

"Isso mesmo."

As novas ainda não haviam se tornado oficiais, mas parecia não haver motivo para negar. E, de fato, o jovem não estava enganado a respeito, embora hesitasse tanto que me senti obrigado a perguntar:

"O que posso fazer pelo senhor, mister Poe?"

"Mister Landor, creio que me cabe a incumbência, por mim e pela honra desta instituição, de divulgar algumas das conclusões às quais cheguei."

"Conclusões..."

"Referentes ao *l'affaire* Fry."

Jogou a cabeça para trás enquanto dizia aquilo. Lembro-me de ter pensado que provavelmente ninguém que usasse uma palavra como "*l'affaire* Fry", que significa caso em francês, jogaria a cabeça para trás. Não exatamente daquela maneira.

"Estou muito interessado em ouvi-las, mister Poe."

Ele fez como se fosse falar, depois parou e olhou de viés para os dois lados – assegurando-se, suponho, de que ninguém pudesse vê-lo, ou, mais provavelmente, de que eu lhe prestaria a maior atenção possível. Saindo, por fim, de detrás da árvore, ele apareceu por inteiro pela primeira vez... e, em seguida, inclinou-se para mim (com um traço de desculpa em seu movimento) e sussurrou em minha orelha:

"O homem que está procurando é um poeta."

E com isso tocou em seu quepe, fez uma profunda reverência e foi embora. Quando o vi de novo, ele havia se misturado, sem esforço aparente, aos cadetes que marchavam vindos da missa.

Perdida em uma névoa, a maioria de nossos encontros. Apenas quando alguém se torna vital é que tentamos dar ao primeiro encontro a importância que depois ele viria a ter... embora, se formos honestos, aquele homem, aquela mulher, era apenas um rosto ou uma circunstância. *Neste* caso, no entanto, devo acreditar que minhas primeiras impressões, em todas as suas partes, eram tão completas quanto as últimas. Pela simples razão de que nada sobre ele era muito preciso. Ou jamais seria.

Narrativa de Gus Landor
6

28 de outubro

JÁ NO DIA SEGUINTE QUEBREI MEU VOTO DE ABSTINÊNCIA. COMECEI, COMO todos os grandes fracassados, com a melhor das intenções. Estava indo para casa pegar alguns pertences quando o que mais poderia surgir em meu caminho senão os degraus que levavam até a taberna de Benny Havens? Eu só podia concluir que o destino me conduzira até lá. Pois minha boca não estava seca como um osso? Não havia na taberna uma bela medida de feno, na parte de trás, para Cavalo? Não eram todos civis lá dentro?

E mesmo quando passei pelas portas da Red House de Benny, eu não tinha em mente tomar um trago. Uma das tortas de mistress Havens, talvez. Um copo de suco de limão e água gelada. Mas Benny havia feito sua famosa gemada com aguardente, cerveja, açúcar e ovos – havia acabado de mergulhar a colher de ferro quente na mistura de ovos com cerveja – e o ar estava impregnado de cheiro de caramelo; um fogo tremulava na lareira, e, antes que me desse conta, eu estava sentado ao balcão, a patroa cortando fatias de peru assado e Benny colocando a gemada em uma jarra de estanho, e eu me sentia em casa outra vez.

À minha direita estava Jasper Magoon, um antigo editor assistente do *New York Evening Post*. Havia saído da cidade (como eu) por causa da saúde e estava agora, cerca de cinco anos depois, meio morto e quase totalmente cego, tendo de pedir às pessoas para lerem as últimas notícias e falarem perto de sua orelha esquerda. *Feira de amostras em Masonic Hall... Anúncios das mortes da semana... Faça xarope de salsaparrilha...*

Num outro canto, Asher Lippard, um pároco episcopal que quase caiu no mar em Malta e que, com vontade de mudança, tornou-se um dos fundadores da Sociedade Americana para a Promoção da Abstinência... antes de ser tomado por um novo desejo súbito de renovação. Agora era um beberrão devoto, como se pode imaginar. Levava o beber tão a sério quanto um padre considera a unção.

Na mesa seguinte, Jack de Windt: em meio a uma longa ação judicial de reivindicação de direitos, ele inventou o barco a vapor antes de Fulton. Era uma lenda local por dois motivos: pagava por tudo com copeques russos e auxiliava apenas candidatos sentenciados. Porter em 1917, Young em 1924, Rochester em 1926 – se um barco afundava em algum lugar, diziam: Windt o encontrará. Mas o sujeito flutuava como uma cortiça e ficava contente em contar como, depois que a família de Fulton pagasse o que lhe era devido, ele encontraria a passagem para o noroeste – ele agora estava até procurando os cachorros.

E eis o próprio Benny, carinhoso como aqueles carneiros tosquiados. Um homem baixo, com mais de trinta anos, boca de velho, olhos de jovem e bastos cabelos pretos desarranjados pelo suor. Um homem orgulhoso: mesmo servindo condutores de barcaças e vagabundos, ele só se apresentava vestindo uma camisa passada e uma gravata-borboleta. E, segundo muitos relatos, apesar de Benny ter passado toda a vida no vale do Hudson, podia-se com frequência ouvir um resquício de dialeto irlandês no modo como ele pronunciava as vogais.

"Será que já lhe contei, Landor, sobre o pai de Jim Donegan? Ele era sacristão de aldeia. Vestia os cadáveres para os funerais, colocava neles as melhores roupas e dava nó nas suas gravatas. Bem, sempre que meu camarada Jim precisava de ajuda para dar nó em sua gravata, seu pai dizia: 'Agora, Jim, quero que se deite aqui na cama. Feche os olhos e coloque seus braços cruzados sobre o peito'. Essa era a única maneira de ele conseguir vestir seus filhos. O sujeito tinha de deitar apenas para se vestir. E ele nunca dava uma olhada para ver como estava nas costas, porque quem já viu a traseira de um homem morto?"

Na taberna de Benny Havens, nunca se encontrava nenhum dos coquetéis servidos nos salões mais finos de Manhattan. Havia apenas uísque e *bourbon*, agradeço por isso, e rum e cerveja, e, se alguém estivesse um pouco embriagado, talvez uma bebida feita de extratos de raízes passasse por *bourbon*. Mas não pense, leitor, que nosso Benny fosse tão comum quanto os que viviam nos arredores. Ele e sua mulher (como eles mesmos seriam os primeiros a dizer, com a voz trêmula de orgulho) são os *únicos* cidadãos americanos proibidos por lei de estabelecer-se em West Point. Por terem sido pegos, alguns anos atrás, contrabandeando uísque na reserva.

"Pergunte-me, então, o Congresso não deveria nos dar uma medalha?", é o que diz Benny Havens. "Os soldados precisam de drinques da mesma forma que de metralhadoras."

Os cadetes têm estado inclinados a ver da mesma forma que Benny e, quando estão muito sedentos, eles se arriscam e dão uma corrida até a taberna. E se por acaso não podem, Patsy, a criada de Benny, sempre consegue levar uma boa quantidade de bebida até a reserva, com uma balsa, na calada da noite. Essa é a forma preferida por muitos cadetes, porque Patsy nunca é demasiado orgulhosa, dizem eles, e ela se adiciona à conta de bebidas. É possível (e não pense que não foram feitas apostas) que pelo menos duas dúzias de cadetes tenham se iniciado nos mistérios da mulher com a nossa Patsy. E quem pode ter certeza? Patsy fala de tudo, menos do próprio ato, e pode bem ser que ela esteja apenas se adequando à ideia que as pessoas têm acerca das criadas. Representando um tipo, por assim dizer, e também contemplando esse tipo a partir de uma grande distância. Na verdade, eu posso garantir que Patsy se deu a um único homem, e não é provável que ela se gabe com qualquer um.

Aqui está ela: passando para ir à cozinha, olhos negros e roupa de baixo de cambraia. Uma boina muito pequena, quadris grandes (para alguns gostos). "Meu anjo", chamei, de maneira sincera.

"Gus!", ela exclamou.

Sua voz era tão sem realce quanto a superfície de uma mesa, mas não teve o poder de deter Jack Windt. "Oh", ele se queixou. "Estou esfomeado, miss Patsy."

"Hum", disse ela. "Hum." Passou as mãos pelos olhos e desapareceu na cozinha.

"O que a angustia?", perguntei.

"Oh." Blind Jasper sacudiu a cabeça de maneira misteriosa. "Você terá de desculpá-la, Landor. Ela perdeu um de seus rapazes."

"Só isso?"

"Você deve ter escutado", acrescentou Benny. "Um rapaz chamado Fry. Uma vez me deu uma manta Macintosh por duas doses de uísque. A manta não era dele, nem é preciso dizer. Bem, o pobre-diabo enforcou-se na outra noite..." Lançando olhares para a direita e para a esquerda, Benny inclinou-se para mim e, com a voz mais estrondosa possível, sussurrou: "O que *eu* ouvi? Um bando de lobos arrancou o fígado dele para fora do corpo". Benny aproximou-se mais, esfregou uma caneca de cerveja com grande cuidado. "Ah, mas por que estou contando isso para *você*, Landor? Você tem estado lá em cima, em West Point."

"Onde ouviu isso, Benny?"

"Pelo 'pássaro noturno', acho."

Quanto menor a cidade, mais rapidamente as notícias circulam. E Buttermilk Falls é muito pequena. Mesmo seus cidadãos são um pouco menores do que a média. Exceto por um mascate que vende estanho e que aparece duas vezes por ano, eu acho que sou o homem mais alto da redondeza. "Os pássaros noturnos são faladores", disse Blind Jasper balançando a cabeça de mau humor.

"Ouça, Benny", retomei. "Alguma vez você mesmo falou com Fry?"

"Uma ou duas, só. O pobre rapaz precisava de ajuda com seus problemas de geometria."

"Oh", disse Jack, "não acho que ele queria ajuda para *seus* problemas de geometria."

Ele poderia ter dito mais alguma coisa na mesma linha, mas Patsy estava vindo de novo, com uma bandeja de broas de aveia. Obrigou-nos ao silêncio. Só quando ela passou perto de mim ousei tocar sua roupa.

"Sinto muito, Patsy. Eu não sabia que Fry era..."

"Ele não era", ela replicou. "Não daquela maneira. Mas ele *queria* ser, e isso vale alguma coisa, não acha?"

"Conte-nos", disse Jasper, meio ofegante. "Por que o manteve longe de seus favores, Patsy?"

"Nada que dependesse dele. Mas, por Deus, você sabe que eu gosto de uma cor um pouco mais escura em um homem. O ruivo fica bem em cima, mas não embaixo. Este é um dos meus princípios." Ela apoiou a bandeja e franziu a testa. "Não posso entender o que pode acontecer a um jovem para fazer tal coisa consigo mesmo. Quando ele é demasiado jovem até para fazê-lo adequadamente."

"O que quer dizer com 'adequadamente'?", perguntei.

"Ora, Gus, ele nem conseguiu medir a corda direito. Eles dizem que Fry demorou três horas para morrer."

"'*Eles*', Patsy? Quem são 'eles'?"

Ela pensou sobre aquilo durante alguns instantes antes de lançar um calculado olhar sombrio e ameaçador para o canto afastado da sala. "*Ele*", foi o que ela disse.

Aquele era o canto mais afastado da lareira de Benny, ocupado naquele momento por um jovem cadete. Seu mosquete estava encostado na parede às suas costas. O quepe de couro jogado em um canto da mesa. O cabelo negro estava empapado de suor e a cabeça, aumentada, escondida na penumbra.

Era difícil dizer quantas regras ele havia quebrado para ir até a taberna. Deixar a reserva de West Point sem autorização... visitar um lugar onde se vendiam bebidas alcoólicas... ir a tal lugar para beber as ditas bebidas. Muitos outros cadetes, é claro, haviam quebrado essas mesmas regras, mas sempre à noite, quando os guardas atentos estavam deitados. Essa era a primeira vez que eu via a taberna frequentada por um cadete em plena luz do dia.

Ele não me viu chegar, o cadete Poe do primeiro ano. Não sei dizer se foi por devaneio ou estupor, mas fiquei ali por mais de meio minuto esperando que ele levantasse a cabeça, e eu tinha quase desistido quando ouvi sons apagados vindos de algum lugar perto dele: palavras, talvez, ou sílabas.

"Boa tarde", cumprimentei.

Sua cabeça moveu-se para trás; os olhos enormes giraram. "Oh, é o senhor!", ele exclamou.

Quase derrubando a cadeira, ele se levantou, agarrou a minha mão e começou a sacudi-la.

"Meu caro. Sente-se. Sim, sente-se, faça-me o favor mister Havens! Um outro drinque para o meu amigo."

"E quem vai pagar?" Ouvi Benny resmungar, mas o jovem cadete não deve ter ouvido, porque fez um gesto para que eu me aproximasse e, bem baixinho, disse: "Mister Havens, ali...".

"O que ele está dizendo sobre mim, Landor?"

Rindo, Poe colocou as mãos ao redor da boca. "Mister Havens é o único homem amável neste deserto abandonado por Deus!"

"E estou comovido por ouvir isso."

Havia, devo esclarecer, uma dubiedade em tudo o que Benny dizia. Era preciso ser um velho cliente para perceber: a coisa dita e o comentário sobre a coisa dita, ambos acontecendo ao mesmo tempo. Poe não era um velho cliente e então seu impulso foi o de repetir o que havia dito – mais alto.

"Em todo este deserto *esquecido e ignorante*... covil de... *filisteus* vorazes. O *único*... Deus pode castigar-me se estou mentindo!"

"Você me fará chorar se continuar, mister Poe."

"E sua amável esposa", disse o jovem. "E Patsy. A abençoada... a Hebe* das Montanhas!" Contente com sua frase, ele ergueu o copo para a mulher que a inspirara.

"Quantos drinques o senhor tomou?", perguntei, soando de maneira desagradável como Sylvanus Thayer aos meus próprios ouvidos.

"Não lembro", disse Poe.

De fato, quatro copos vazios estavam enfileirados ao lado do seu cotovelo direito. Ele me pegou contando-os.

"Não são *meus*, mister Landor, asseguro-lhe. Parece que Patsy não está mantendo o lugar tão limpo quanto deveria. Por causa de sua mágoa."

"O senhor parece um pouco... embriagado, mister Poe."

"Está se referindo, é provável, à minha constituição terrivelmente delicada. Basta um drinque para privar-me dos sentidos. Dois e eu cambaleio como um pugilista. É uma condição clínica, corroborada por vários médicos famosos."

"Que infelicidade, mister Poe."

Com um breve aceno de cabeça, ele aceitou a minha simpatia. "Agora, talvez", continuei, "antes de começar a cambalear, o senhor possa dizer-me algo."

"Ficarei honrado."

"Como ficou sabendo da posição do corpo de Leroy Fry?"

Ele considerou a pergunta como um insulto. "Ora, de Huntoon, é claro. Ele anda declamando as notícias em voz alta como se fosse um pregoeiro de cidade. Talvez alguém *o* enforque dentro em breve."

"'*Alguém o enforque*'", repeti. "Suponho que não está querendo dizer que alguém enforcou mister Fry?"

"Não estou querendo dizer nada."

"Conte-me, então. Por que pensa que o homem que tirou o coração de Leroy Fry era um poeta?"

Esse era um tipo diferente de pergunta, porque Poe se empolgou então. Tirando os óculos. Endireitando as mangas de sua jaqueta.

"Mister Landor", ele disse, "o coração é um símbolo ou não é nada. Tire o símbolo e o que você tem? Um músculo em forma de punho, de interesse não mais estético do que uma vesícula. Remover o coração

---

* Deusa grega, da juventude. Por ter o privilégio da eterna juventude, representava a donzela consagrada aos trabalhos domésticos. [N.T.]

de um homem significa negociar com um símbolo. Quem está mais bem equipado para um tal labor do que um poeta?"

"Um poeta terrivelmente propenso à literalidade, me parece."

"Oh, não pode dizer isso, mister Landor, não pode *fingir* que esse ato de selvageria não surpreendeu ressonâncias literárias em alguma abertura profunda de sua mente. Quer que eu delineie meu próprio fluxo de associações? Pensei num primeiro momento em Childe Harold: 'O coração se partirá, no entanto, quebrantado continuará a viver'. Meu pensamento seguinte foi para a encantadora canção de lorde Suckling: 'Por piedade, devolva-me meu coração/Pois que não posso ter o seu'. A surpresa, em razão do pouco hábito que tenho de tratar com a ortodoxia religiosa, é que com frequência sou levado de volta à Bíblia: 'Crie em mim um coração puro, ó Deus.' ... 'Um coração submisso e arrependido, ó Deus, você não desprezará.'"

"Então, mister Poe, podemos estar simplesmente procurando por um maníaco religioso."

"Ah!" Ele colocou o punho sobre a mesa. "Uma declaração de credo, é o que está dizendo? Volte ao latim original, então: o verbo *credere* é derivado do nome *cardia*, que significa... que significa 'coração', não é? Em inglês, é claro, *coração* não tem forma predicativa. Por isso traduzimos credo como 'eu acredito', quando literalmente significa 'eu estabeleço meu coração' ou 'eu *coloco* meu coração'. Não se trata de negar o corpo, em outras palavras, nem de transcendê-lo, mas de *despojá-lo*. Uma trajetória de fé secular." Sorrindo assustadoramente, Poe inclinou-se em sua cadeira. "Em outras palavras, poesia."

Talvez ele tenha visto os cantos de minha boca contraírem-se, porque, de repente, pareceu questionar a si mesmo... e depois, também subitamente, riu e deu uma leve pancada na têmpora.

"Deixei de lhe contar, mister Landor! Eu mesmo sou poeta. Por isso me inclino a pensar como poeta. Não posso impedir-me."

"Mais uma condição clínica, mister Poe?"

"Sim", disse ele sem piscar os olhos. "Terei de doar meu corpo para a ciência."

Foi a primeira vez que imaginei que ele fosse um bom jogador de cartas. Porque era capaz de prolongar um blefe por muito tempo.

"Receio que nunca tive muita intimidade com a poesia", eu disse.

"Por que deveria?", ele replicou. "O senhor é americano."

"E o senhor, mister Poe?"

"Um artista. O que equivale a dizer, sem país."

Ele também gostou de como aquilo soou. Deixou que girasse no ar, como um dobrão.

"Por ora é só", eu disse levantando-me para ir embora. "Eu lhe agradeço, mister Poe. O senhor foi de grande ajuda."

"Oh!" Ele agarrou meu braço e puxou-me para sentar. (Grande força naqueles dedos finos.) "O senhor apreciaria dar mais uma olhada em um cadete chamado Loughborough."

"Por que isso, mister Poe?"

"Na revista das tropas na noite passada, aconteceu de eu perceber que os seus passos estavam errados. Ele confundia repetidamente 'à esquerda, volver' com 'meia-volta, volver'. Isso me indicava que ele estava distraído. Além disso, seu comportamento na missa, nesta manhã, parecia alterado."

"E o que isso nos mostra?"

"Bem, se o senhor o conhecesse melhor, saberia que ele tagarela mais que Cassandra* e com efeito similar. Ninguém o escuta, percebe, nem mesmo seus melhores amigos. Hoje, ele não parecia ansiar por ouvintes."

Para dramatizar a cena, Poe cobriu o rosto com um véu invisível e ficou sentado, como se fosse o próprio Loughborough envolvido em seus pensamentos. No entanto, havia esta diferença: Poe se reavivou em um instante, como se alguém lhe tivesse atirado um fósforo.

"Acho que me esqueci de mencionar antes", acrescentou o cadete Poe. "Loughborough era, antigamente, o companheiro de quarto de Leroy Fry. Até que tiveram uma briga cuja natureza permanece indefinida."

"É estranho que saiba disso, mister Poe."

Um encolher de ombros preguiçoso. "Alguém deve ter me contado", replicou ele, "pois de que maneira eu poderia saber? As pessoas *tendem* a confiar em mim, mister Landor. Descendo de uma longa linhagem de capitães francos. Desde os primórdios da civilização, grandes responsabilidades de confiança nos foram dadas; elas nunca foram *mal empregadas*."

Mais uma vez ele jogou a cabeça para trás em um gesto de desafio – o mesmo gesto que expressara no jardim do superintendente. Ele teria enfrentado qualquer desdém.

"Mister Poe", eu disse, "perdoe-me. Ainda estou tentando organizar as idas e vindas da Academia, mas parece-me mais que provável que esteja sendo esperado em algum outro lugar."

---

* Personagem da mitologia grega. Recebeu de Apolo o dom da profecia, mas, por vingança do deus, ao qual se recusara, ninguém lhe dava crédito. [N.T.]

Ele me lançou o olhar mais selvagem até então, como se eu o tivesse empurrado para fora de um sonho agitado. Afastou os óculos e ergueu-se.

"Que horas são?", ele falou de modo ofegante.

"Ohhh, vamos ver", respondi tirando o relógio do bolso. "Vinte... vinte e *dois* minutos passados das três."

Não houve resposta. "Da tarde", acrescentei.

Atrás daqueles olhos cinzentos, algo começou a se entusiasmar. "Mister Havens", ele anunciou, "terei de recompensar na próxima vez."

"Oh, sempre há uma próxima vez, mister Poe."

Tão calmamente como pôde, ele colocou seu quepe de couro na cabeça, abotoou os botões de latão amarelo, pegou seu mosquete. Fez tudo habilmente: cinco meses de rotina como cadete haviam deixado sua marca nele. Andar, no entanto, era outro negócio. Ele cruzou a sala com muito cuidado, como se estivesse sustentando um colchão na cabeça, e, antes de alcançar a porta, apoiou-se no lintel e, sorrindo, disse:

"Damas. Cavalheiros. Desejo-lhes um bom dia."

Em seguida aventurou-se pela porta aberta.

───◆───

Não sei o que me fez ir atrás dele. Gostaria de acreditar que foi por preocupação com o seu bem-estar, mas mais provavelmente era porque ele tinha uma história que não havia terminado. Então, o segui... indo atrás de seus calcanhares... e quando subíamos pelos degraus de pedra, ouvi passos pesados de botas ecoando de forma cadenciada do lado sul e convergindo rapidamente para nós.

Poe já estava correndo em direção ao som. E quando alcançou o lugar mais alto, voltou-se e me deu um sorriso meio torto, colocando um dedo sobre os lábios, antes de girar a cabeça ao redor do tronco de um olmo para ver o que surgiria no caminho.

Chegou até nós o familiar rufar do tambor e depois, em meio às árvores, distinguimos as silhuetas dos corpos. Era uma fila dupla de cadetes, subindo uma longa colina, e, a julgar pelas aparências, já tinham feito metade do caminho de um dia de marcha. Avançavam lentamente, os corpos inclinados para a frente, ombros caídos sob as mochilas. Estavam tão exaustos que mal nos olharam ao passar, simplesmente seguiram seu caminho com dificuldade, e, apenas quando já estavam quase fora de nossas vistas, Poe começou a segui-los, diminuindo gradualmente a distância que o separava dos outros. Cinco metros... três... e por fim estava com os outros, marchando bem no fim da coluna – incorporando-se perfeitamente a ela –, e depois sumiu, na crista da colina, quando passou por um trecho com uma profusão de folhas vermelhas, não havendo então nada que o distinguisse de seus companheiros a não ser sua postura, levemente tensa, e isto também: um breve gesto de despedida de sua mão enquanto desaparecia de vista.

    Fiquei observando mais alguns instantes, sem desejar interromper a memória que tinha dele. Depois retornei à taberna, onde cheguei justo a tempo de ouvir o reverendo Lippard dizer: "Eu mesmo teria me juntado ao Exército se soubesse que poderia beber tão regularmente".

Narrativa de Gus Landor
7

29 de outubro

O PRÓXIMO PASSO ERA ENTREVISTAR OS AMIGOS ÍNTIMOS DE LEROY FRY. ELES estavam alinhados do lado de fora da sala de jantar dos oficiais: jovens rígidos com os lábios engordurados pelo jantar. Quando eles entraram, Hitchcock devolveu os cumprimentos e disse "Fiquem à vontade", e eles colocaram as mãos atrás das costas e empurraram o queixo para a frente, e se isso fosse ficar "à vontade", leitor, então você já pode imaginar. Levaram um ou dois minutos para compreender que era eu quem iria fazer as perguntas e continuaram a manter o olhar dirigido ao comandante, e, quando a entrevista terminou, eles perguntaram, ainda olhando para Hitchcock: "Isso é tudo, sir?". "Sim", disse o comandante, e eles o saudaram e saíram; dessa maneira, cerca de uma dúzia de cadetes passaram por nossa investigação, durante uma hora. Depois que o último saiu, Hitchcock voltou-se para mim e disse: "Receio termos perdido tempo".

"Por quê, capitão?"

"Ninguém sabe nada sobre as últimas horas de Fry. Ninguém o viu deixando a caserna. Estamos no mesmo ponto em que começamos."

"Hum. Alguém se importaria de ir buscar mister Stoddard de novo?" Stoddard voltou, insinuando-se como uma proprietária de botequim. Um cadete do terceiro ano, da Carolina do Sul. Filho de um plantador de sorgo. Ele tinha uma mancha congênita avermelhada na face e uma história, pobre alma: cerca de cento e vinte desmerecimentos e ainda dois meses para terminar o ano. Cogitava-se dispensá-lo.

"Capitão Hitchcock", eu disse, "se um cadete puder nos dar alguma informação sobre as últimas horas de Leroy Fry, talvez pudéssemos considerar, oh, passar por cima de algumas transgressões que *possa* ter cometido?"

Depois de alguma hesitação, ficou decidido que se faria daquela maneira.

"E agora, mister Stoddard", eu disse. "Estou me perguntando se já nos contou tudo que sabe."

Não, ele não contara tudo. Parece que, na noite de 25 de outubro, Stoddard estava voltando tarde do quarto de um amigo. O toque de recolher tinha sido dado havia mais de uma hora quando ele se aproximou quase rastejando das escadarias da Caserna Norte e ouviu o som de passos descendo as escadas. Pressionou-se contra a parede o mais que pôde e ficou escutando, enquanto os passos se aproximavam. Era o sargento Locke, ele pensou, em uma de suas rondas noturnas. Pressionou-se mais ainda contra a parede e continuou a escutar os passos aproximando-se...

Ele nem devia ter se preocupado. Era apenas Leroy Fry.

"E como o senhor soube quem era?", perguntei.

Stoddard não soubera, de início. Mas Fry, enquanto descia, tocou levemente o cotovelo no ombro de Stoddard e então gritou, com uma voz aguda:

Quem está aí?
Sou eu, Leroy.
Julius? Algum oficial por aí? Não, está tudo limpo.

Fry continuou a descer as escadas, e Stoddard, sem saber que era a última vez que veria seu amigo, foi direto para a cama e dormiu até o toque de despertar.

"Oh, isso é muito útil, mister Stoddard. E agora me pergunto o que mais pode nos contar. Por exemplo, qual era a aparência de mister Fry?"

Ah, estava tão escuro naquela escadaria que não podia confiar em si mesmo para contar muito mais que aquilo.

"O senhor viu se mister Fry carregava alguma coisa consigo, mister Stoddard? Um pedaço de corda, algo parecido?"

Nada que ele pudesse ver. Estava escuro... consideravelmente escuro...

Não, espere um pouco, ele acrescentou. *Havia* algo. Quando Fry estava indo embora, Stoddard o chamara:

Aonde você está indo a esta hora?

E Leroy Fry respondera:

Negócios necessários.

Um pouco como uma espécie de brincadeira, como vê. Quando os cadetes necessitam se aliviar durante a noite – e não querem fazê-lo no vaso de plantas –, eles correm para as privadas exteriores e, se encontram um oficial, só precisam dizer: "Negócios necessários, sir" e lhes é permitido sair (embora se espere que voltem logo). Mas o que chocou Stoddard, na ocasião, foi o peso empregado por Fry ao pronunciar a segunda palavra.

Necessários. Negócios *necessários.*

"E o que o senhor achou que significava, mister Stoddard?"

Ele não sabia. Fry falara sussurrando, então as palavras saíram de modo um pouco ofegante.

"Ele parecia ansioso na ocasião?"

Talvez estivesse um pouco apressado. Talvez apenas se divertindo.

"Então, ele lhe pareceu alegre?"

Sim, bastante alegre. Não como um homem que estivesse prestes a dar cabo de si. Mas nunca se pode saber, não é? Stoddard tivera um tio que, num minuto, estava ensaboando o rosto e assobiando "Hey, Betty Martin" e, no instante seguinte, cortaria o pescoço com a navalha. Nunca terminou de barbear-se.

Bem, isso era tudo que o cadete Julius Stoddard tinha para nos contar. Ele nos deixou naquela tarde com um toque de arrependimento... e uma modesta espécie de orgulho também. Eu tinha visto isso igualmente em outros cadetes. Todos ficavam contentes em declarar sua ligação com Leroy Fry. Não porque ele fosse formidável ou bom, mas porque estava morto.

Hitchcock observou-o partir e, sem tirar os olhos da porta, fez a pergunta que o incomodava.

"Como sabia, mister Landor?"

"Sobre Stoddard, o senhor quer dizer? Pelos seus ombros, eu acho. Tenho certeza de que já percebeu, capitão, que, quando os cadetes são entrevistados na presença de um oficial, o corpo deles é tomado de certa tensão. Além do normal, quero dizer."

"Sei bem disso. Chamamos de exame de costas arqueadas."

"Sim, é claro, depois que a provação termina, os ombros naturalmente voltam ao lugar. Não foi assim com mister Stoddard. Ele saiu da sala do jeito que entrou."

Os grandes olhos castanhos de Hitchcock fitaram-me durante certo tempo. A possibilidade de um sorriso brincou em seus lábios. Depois ele disse, quase com demasiada gravidade:

"Há outros cadetes para serem ouvidos de novo, mister Landor?"

"Não, *de novo*, não. Mas eu gostaria de falar com o cadete Loughborough, se possível."

Isso demorou um pouco mais para se conseguir. O jantar havia terminado e Loughborough estava na aula de Filosofia experimental e natural, diante do quadro-negro, quando a convocação chegou como um alívio dos céus. Deixou de ser um alívio, provavelmente, quando ele entrou na sala e viu o comandante, com os braços estendidos sobre a mesa, e eu... O que ele pensou de *mim*, me perguntei? Ele era um camarada de membros curtos, de Delaware, com duas bolotas como bochechas e olhos pretos brilhantes que olhavam *para dentro* em vez de para fora.

"Mister Loughborough", eu disse. "O senhor era o companheiro de quarto de mister Fry, eu suponho."

"Sim, sir. Quando éramos calouros."

"E mais tarde tiveram uma discussão?"

"Oh. Bem, mais ou menos, sir, eu não chamaria de discussão. Seria mais como seguir caminhos divergentes, sir. Acho que isso se aproxima mais dos fatos."

"E o que os fez divergir?"

Formou-se uma ruga entre suas sobrancelhas. "Oh, nada tão... coisa de se esperar, eu diria."

Ele estremeceu quando soou a voz do capitão Hitchcock.

"Mister Loughborough. Se sabe qualquer coisa de relevância sobre mister Fry, está intimado a revelá-la. Imediatamente."

Senti pena do rapaz, admito. Se ele era realmente um tagarela, como dissera Poe, devia lhe ser difícil ficar sem palavras.

"É assim, sir", ele desabafou. "Desde que ouvi contar sobre o cadete Fry, tenho estado rememorando um certo incidente em minha mente."

"Quando esse incidente ocorreu?", perguntei. "Muito tempo atrás, sir. Dois anos."

"Não é tanto tempo. Por favor, continue."

E em seguida ele disse: "Eu não ia contar, maldição!". Não, o que ele disse foi: "Era uma noite de maio".

"Maio de 1828?"

"Sim, sir. Lembro porque minha irmã acabara de me escrever contando que iria se casar com Gabriel Guild e a carta chegou aqui apenas uma semana antes do casamento; eu tinha de responder aos cuidados de meu tio em Dover, porque sabia que minha irmã estaria lá uma semana depois do casamento, que seria na primeira semana de junho..."

"Obrigado, mister Loughborough." (Ele havia reencontrado sua verve.) "Vamos nos concentrar no próprio incidente, está bem? Pode nos dizer, em suma, o que ocorreu naquela noite especial?"

Ele então tinha uma tarefa. Sua fronte se desanuviou. "Leroy saiu", ele disse.

"Aonde ele foi?"

"Não sei, sir. Ele apenas me pediu para lhe dar cobertura o melhor que pudesse."

"E ele voltou na manhã seguinte?"

"Sim, sir. Embora se escondesse por ter perdido o toque de despertar."

"E ele nunca lhe contou onde foi?"

"Não, sir." Ele olhou de relance para Hitchcock. "Mas me pareceu que ele ficou um pouco perturbado posteriormente."

"Perturbado?"

"E eu só disse *isso*, sir, porque, muito embora ele pudesse estar um pouco tímido por seu primeiro encontro, não era muito difícil fazê-lo falar quando se sabia levá-lo, mas então ele não queria falar de modo algum, o que nem achei muito desagradável, exceto pelo fato de que ele não conseguia nem *olhar* para mim. Continuei perguntando se o havia ofendido de alguma maneira, mas ele disse que não, não se tratava de mim. Perguntei-lhe – pois éramos bons camaradas – de *quem* se tratava."

"Ele não lhe disse."

"Em resumo, é isso, sir. Mas em uma noite de julho, ele admitiu que... ele disse que havia caído nas mãos de um bando ruim."

Pelo canto do olho, vi como Hitchcock se inclinava para a frente na cadeira, apenas alguns centímetros.

"Um *bando* ruim?", repeti. "Essas foram as palavras que usou?"

"Sim, sir."

"Ele não lhe disse a... a *natureza* desse bando?"

"Não, sir. Eu lhe disse, é claro, que, se houvesse algo de natureza ilegal acontecendo, ele era obrigado a contar." O terceiranista sorriu para Hitchcock esperando um sinal de aprovação, que não veio.

"Com 'bando' ele queria dizer outros cadetes, mister Loughborough?"

"Ele nunca contou. Eu adivinhei, supus que devessem ser outros cadetes, porque quem mais a gente vê por aqui? A menos, é claro, que Leroy tivesse se enturmado com alguns bombardeiros, sir."

Eu estava há bastante tempo em West Point para saber que os "bombardeiros" eram membros do regimento de artilharia que compartilhavam o espaço com o corpo de cadetes. Eles eram vistos pelos cadetes da mesma maneira que a bela filha de um fazendeiro olha para uma velha mula: necessária mas sem encanto. E quanto aos bombardeiros, eles achavam que os cadetes eram protegidos como se fossem ovos.

"Então, mister Loughborough. Apesar de seus melhores esforços, seu amigo não lhe contou mais nada sobre o assunto. E depois de um tempo, os dois... *divergiram*, acho que foi a palavra que usou."

"Suponho que sim, sir. Ele nunca mais quis demorar-se no quarto ou ir nadar. Até ficava longe dos bailes de cadetes. E então se afastava e ia se juntar a um grupo evangélico de oração."

As mãos de Hitchcock estavam escorregando e se separando cada vez mais.

"Bem, isso é curioso", eu disse. "Ele encontrou a religião, não foi?"

"Eu não... quero dizer, nunca soube que a perdera, sir. Não acho, no entanto, que ele se apegou muito tempo a ela. Ele era aquele que sempre reclamava de ir ao serviço religioso. Mas, naquela época, ele se harmonizou com um novo grupo e suponho que eu ainda fazia parte do velho grupo, e é assim... é assim que tudo muda, sir."

"E esse novo grupo? O senhor sabe alguns desses nomes?"

Cinco nomes, isso foi o que ele pôde evocar, e todos estavam no grupo que acabáramos de entrevistar. E ainda Loughborough continuava a dizer os mesmos nomes, repetidas vezes, acrescentando histórias... até que Hitchcock levantou a mão e perguntou:

"Por que o senhor não compareceu antes?"

Surpreendido no meio de uma frase, os lábios do jovem permaneceram abertos. "Bem, é assim. Eu não estava... eu não me dei conta de que podia haver uma ligação. Aconteceu há muito tempo."

"Mesmo assim", eu disse, "estamos muito agradecidos, mister Loughborough. E se lembrar de mais alguma coisa que possa ajudar, por favor, não hesite."

O terceiranista fez um gesto de cabeça em minha direção, saudou Hitchcock e dirigiu-se para a porta. Ali parou.

"Há mais alguma coisa?", perguntou Hitchcock.

Retornamos *àquele* Loughborough, aquele que entrou na sala no começo da entrevista. "Sir", ele disse. "Há uma... há uma inquietação particular, pode-se dizer, tenho estado lutando com ela. Pertence ao domínio da ética."

"Sim?"

"Se um camarada sabe que seu amigo está preocupado com algo, e seu amigo vai e faz alguma coisa... desfavorável... bem, então, meu dilema fica girando em círculo, o primeiro camarada deveria sentir responsabilidade? Pensar que talvez se tivesse sido um amigo melhor, então o amigo em questão ainda poderia estar aqui, e tudo seria, no geral, melhor?"

Hitchcock deu um beliscão em sua orelha. "Acho, mister Loughborough, na hipótese que propõe, que o camarada pode gozar de uma consciência limpa. Ele fez o melhor que pôde."

"Obrigado, sir."

"Há mais alguma coisa?"

"Não, sir."

Loughborough estava quase do outro lado da porta quando a voz de Hitchcock o alcançou.

"Da próxima vez que se apresentar diante de um oficial, mister Loughborough, preste atenção para abotoar a jaqueta até embaixo. Um desmerecimento."

O meu contrato de cavalheiro com a Academia exigia que eu tivesse encontros regulares com Hitchcock. Naquela ocasião, Thayer perguntou se ele também poderia estar presente.

Reunimo-nos em sua sala de estar. Molly nos trouxe pão de milho e panquecas de carne; Thayer serviu o chá; o relógio de pêndulo no corredor soava marcando os intervalos de tempo; as cortinas de um vermelho-escuro não deixavam o sol entrar. Um horror, leitor.

Passaram-se vinte minutos antes que alguém ousasse começar a falar do assunto, e mesmo então só fizeram perguntas sobre meu progresso. Mas, exatamente quando faltavam treze minutos para as cinco, o superintendente Thayer colocou a xícara de chá sobre a mesa e entrelaçou os dedos no colo.

"Mister Landor", ele disse. "Ainda acredita que Leroy Fry foi assassinado?"

"Sim."

"E avançamos no desvendamento da identidade do assassino?"

"Só saberei quando chegar lá."

Ele pensou um pouco a respeito. Em seguida, depois de dar uma enorme mordida em um pão de milho, perguntou:

"Ainda acredita que os dois crimes estão ligados? O assassinato e a profanação?"

"Bem, em relação a isso, tudo que posso dizer é que não é possível retirar o coração de um camarada antes que ele esteja pronto para abrir mão dele."

"E isso significa?"

"Coronel, como seria possível que duas pessoas diferentes, em uma mesma noite de outubro, tivessem planos nocivos em relação a Leroy Fry?"

Não era uma pergunta, pude perceber, que o próprio Thayer já não tivesse feito a si mesmo. Mas ouvi-la ainda causava efeito. As rugas em torno de sua boca se tornaram mais profundas.

"Então", disse ele mais calmamente. "Está trabalhando com a suposição de que um único homem está por trás dos dois crimes."

"Um homem e um cúmplice, talvez. Mas, por ora, vamos supor que haja um só. Esse parece ser um bom ponto de partida."

"E foi apenas a intervenção de mister Huntoon que impediu que o homem removesse o coração de Leroy Fry naquele mesmo lugar?"

"Por enquanto, vamos supor que assim foi."

"Tendo sido desviado de sua tarefa – por favor, corrija-me se estiver me distanciando muito –, por essa razão o homem arriscou-se a raptar o corpo de mister Fry do hospital e depois levou a cabo sua intenção original?"

"Vamos supor isso, também."

"E o homem em questão. É um de nós?"

Hitchcock ficou em pé abruptamente e encarou-me de frente, como se estivesse obstruindo minha fuga.

"O que o coronel Thayer e eu gostaríamos de saber", expressou por fim, "é se quaisquer outros de nossos cadetes estão em perigo por causa desse louco."

"E essa é a única coisa que não lhes posso dizer. Sinto muito." Eles assimilaram isso tão bem quanto puderam. Fiquei com a impressão de que quase tinham pena de mim por eu ser tão ignorante. Eles encheram suas xícaras de chá e se ocuparam com questões de uma natureza mais limitada. Queriam saber, por exemplo, o que eu fizera com o fragmento de papel que havia retirado da mão de Leroy Fry. (Eu lhes disse que trabalhava para compreendê-lo.) Queriam saber se eu gostaria de entrevistar membros do corpo docente. (Sim, eu disse, qualquer um que tivesse dado aulas a Leroy Fry.) Se eu entrevistaria outros cadetes. (Sim, qualquer um que tivesse conhecido Leroy Fry.)

A reunião na sala de estar do coronel Thayer foi tranquila e bastante insípida, com o relógio marcando o passar do tempo como pano de fundo. Todos nos aquietamos em breve, todos exceto eu, porque meu coração havia começado a estremecer desde sua raiz. Tum-tum-tum. Tum-tum-tum.

"Está se sentindo indisposto, mister Landor?" Enxuguei o suor de minha têmpora e respondi:

"Cavalheiros, se estiverem de acordo, gostaria de lhes pedir um favor."

"Diga."

Provavelmente, eles estavam esperando que eu pedisse uma toalha molhada ou uma lufada de ar. No entanto, o que ouviram foi: "Eu gostaria de contratar um de seus cadetes como meu assistente".

Eu sabia, enquanto falava, que estava abusando. Thayer e Hitchcock haviam sido cuidadosos, desde o início de nosso relacionamento, em manter a fronteira entre militar e civil. No entanto, aqui estava eu, pronto para desmanchar seu trabalho e, oh, isso os acordou. As xícaras baixaram para a mesa, as cabeças ergueram-se, a calma desvaneceu-se, bem!, razões *justificadas...* tive de bater palmas acima da cabeça para fazê-los parar.

"Por favor! Os senhores não me compreenderam, cavalheiros. Não há nada estatutário nessa posição. Estou procurando por alguém para ser meus olhos e ouvidos dentro do corpo de cadetes. Meu *agente*, se preferirem. No que me concerne, quanto menos pessoas souberem disso, melhor."

Os olhos de Hitchcock se arregalaram um pouco quando olhou para mim. Com voz gentil, perguntou:

"Está procurando alguém para espionar seus camaradas cadetes?"

"Para ser *nosso* espião, sim. Isso não causará muito ultraje para a honra do Exército, não é?"

Eles ainda resistiam. Hitchcock deu maior atenção à sua xícara de chá. Thayer ficou escovando a mesma partícula de poeira de sua manga azul.

Levantei-me da cadeira e fui até o outro lado da sala.

"Cavalheiros", desabafei, "os senhores amarraram minhas mãos. Não posso andar livremente em meio a seus cadetes, não posso falar com eles sem sua permissão, não posso fazer isso ou aquilo. Mesmo se eu *pudesse*", falei, levantando a mão contra a objeção de Thayer, "mesmo se eu *pudesse*, aonde isso me levaria? Se os jovens não podem fazer nada mais, eles podem manter segredos. Com todo o devido respeito, coronel Thayer, o seu sistema os *força* a manter segredos. Que serão revelados apenas a alguém dentre eles."

Será que eu realmente acreditava naquilo? Não sei. Havia descoberto que dizer que acreditava em algo pode, em certas ocasiões, passar como sendo a coisa verdadeira. Pelo menos aquilo silenciou Thayer e Hitchcock.

E depois – aos poucos – concordaram. Não lembro quem foi que concordou primeiro, mas um deles tomou a iniciativa, apenas uma fração de segundo antes. Assegurei que seu precioso cadete poderia continuar a ir aos exercícios e manobras, realizar todas as tarefas e assistir às aulas. Eu lhes disse que o cadete adquiriria grande experiência em capacidade de raciocínio, o que, por sua vez, seria uma coisa boa para o futuro sucesso de sua carreira. Medalhas, condecorações... todo um futuro glorioso...

Sim, eles concordaram. O que não quer dizer que realmente se entusiasmaram com a ideia, mas depois de um tempo eles estavam sugerindo nomes um ao outro como se atirassem bolas num jogo de *croquet*. Que tal Clay Junior? O Du Pont não é melhor? Kibby é a discrição em pessoa. Ridgely tinha uma desenvoltura tranquila...

Sentado, então, segurando um pão de milho, sorrindo suavemente, inclinei-me para eles.

"E o que diriam do cadete Poe?", perguntei.

Achei, de início, que o silêncio se devia ao fato de não terem reconhecido o nome. Eu estava errado.

"*Poe?*"

―◆―

As objeções a serem consideradas eram inúmeras. Começavam assim: Poe era um primeiranista que ainda não havia prestado os exames. Acrescente-se isto: em sua breve estadia na Academia, já havia se tornado um problema disciplinar. (Houve um choque.) Ele havia sido rebaixado por não comparecer à revista de tropas da noite, ao desfile de sua turma e para montar a guarda. Havia sido desleal em várias circunstâncias, um espírito de moderada insolência. No último mês, seu nome aparecera no topo de uma lista de cadetes transgressores. Sua classificação corrente era...

"Septuagésimo primeiro", disse Thayer imediatamente. "Dentre oitenta que há em sua turma."

Que um mero calouro, fracassado, inexperiente, fosse preferido aos cadetes que eram os melhores em sua turma, graduação e comportamento daria um exemplo terrível... um... um precedente sem precedente...

Fiquei ouvindo-os falar – sendo militares, insistiam naquelas mesmas teclas – e depois, quando terminaram, eu disse: "Cavalheiros, permitam-me lembrar-lhes. Esse trabalho, por sua própria natureza, não pode ser dado a alguém de graduação mais elevada. Os oficiais cadetes – bem, é amplamente sabido que eles se reportam aos *senhores*, não é? Se *eu* tivesse algo para esconder, acreditem, eu não contaria para um oficial cadete. Eu o relataria para um... um Poe."

Thayer, exatamente naquele instante, fez algo bem estranho: ele pegou os cantos dos olhos e esticou a pele para mostrar a membrana vermelha do lado de dentro.

"Mister Landor", disse, "isso é altamente irregular."

"O assunto todo é um pouco irregular, não é?" Com um toque de rudeza, acrescentei: "Foi Poe que me pôs na pista do camarada Loughborough. Ele tem poder de observação. O qual, eu confesso, está enterrado sob grande quantidade de presunção. Mas sou bom para peneirar as coisas, cavalheiros".

À minha direita, ouvi a voz de Hitchcock, acalmada pelo assombro. "O senhor honestamente acredita que Poe é indicado para isso?"

"Bem, eu não sei. Mas ele mostra sinais de que é."

Vendo Thayer sacudir a cabeça, acrescentei: "E se ele falhar e não servir, então aceitarei um dos seus Clay ou Du Pont e chame isso de um acordo".

As mãos de Hitchcock estavam cobrindo sua boca, de modo que as palavras, quando saíam, soavam como se estivessem sendo puxadas de volta.

"Considerado estritamente nos campos acadêmicos", ele continuou,"Poe *é* certamente forte. Nem mesmo Bérard pode negar que ele tem intelecto."

"Ross também não", disse Thayer, sinistro.

"Pode-se também argumentar que, em relação a outros calouros, ele não é completamente imaturo. Seu serviço anterior, talvez, lhe dá certa estabilidade."

E assim, pela primeira vez naquela tarde, fiquei sabendo de algo. "Poe já esteve no Exército?", perguntei.

"Ele ficou alistado por três anos, eu acho, antes de vir para cá."

"Bem, isso me surpreende, cavalheiros. Ele me disse que era poeta."

"Oh, ele *é*", disse Hitchcock sorrindo tristemente. "Eu sou beneficiário de dois de seus volumes."

"Eles têm algum mérito?"

"Algum mérito, sim. Pouquíssimo *sentido*, ou pelo menos nenhum que minhas pobres faculdades possam detectar. Acho que se embriagou com muito Shelley quando era moço."

"Teria sido só isso o que ele bebeu?", murmurou Thayer.

Queira desculpar-me, leitor, se eu empalideci com aquela observação. Fazia menos de vinte e quatro horas que eu havia visto o cadete Poe cambalear ao sair da taberna de Benny Havens e não ficaria chocado em saber que Thayer postara olheiros em cada tronco e vinha.

"Bem", eu disse rapidamente, "fico aliviado em saber que o ramo da poesia é bem-sucedido. Ele me parece um tipo que gosta de inventar histórias. Apenas para poder ser o centro das atenções."

"Conta histórias intrigantes também", acrescentou Hitchcock. "Ele contou pelo menos para três pessoas que era neto de Benedict Arnold." Suponho que tenha sido a insensatez daquilo que me fez soltar uma sonora gargalhada através daquela tranquila, mal ventilada e sonolenta sala de estar. Fazer tal declaração em West Point! O próprio lugar que o general Arnold havia planejado para ceder ao rei George – o lugar que teria sido *cedido* se o major André não o tivesse aprisionado, oh, isso estava além do razoável.

Certamente não era uma afirmação que o faria valorizar-se aos olhos de Sylvanus Thayer. Seus lábios, eu percebi, ficaram mais finos do que o habitual e os olhos se tornaram quase azuis de tão gelados, quando ele se voltou e disse para Hitchcock: "Você se esqueceu da história *mais* intrigante de Poe. Ele afirma ser um assassino".

Houve uma longa pausa em seguida. Pude ver Hitchcock sacudindo a cabeça e fazendo caretas para o chão.

"Bem", eu disse, "os senhores não podem acreditar numa história dessas. O jovem que conheci não… não tiraria a vida de um ser humano."

"Se eu acreditasse nisso", disse Thayer rispidamente, "ele não seria cadete na Academia Militar dos Estados Unidos. Pode estar certo disso." Ele pegou de novo a xícara de chá e bebeu até o fim o que sobrara da bebida amarga. "A questão, mister Landor, é se o *senhor* acredita nisso." A xícara pousada no joelho escorregou e Thayer pegou-a no ar movendo-se rapidamente para a frente. "Suponho", ele disse, meio aborrecido, "que, se está tão interessado em usar esse camarada Poe, o senhor mesmo pode perguntar a ele."

Narrativa de Gus Landor
8

30 de outubro

QUANDO A POEIRA SE ASSENTOU, A ÚNICA QUESTÃO QUE RESTAVA ERA COMO abordar melhor o camarada Poe. Hitchcock gostava da ideia de atraí-lo a alguma água-furtada para um encontro clandestino.

Eu me inclinava a aproximar-me abertamente dele, o que era a melhor maneira de ocultar o que estávamos fazendo. De todo modo, na quarta de manhã, Hitchcock e eu fomos, sem nos fazer anunciar, até o grupo matinal onde Poe estava, dirigido por um tal de Claudius Bérard.

Monsieur Bérard era um francês com uma história de evasão. Quando jovem, nos dias de Napoleão, ele tinha evitado os deveres do Exército, por intermédio de meios civilizados, ao empregar um substituto. Isso funcionou muito bem até que o substituto irrefletidamente se mandou para a Espanha, deixando monsieur Bérard tendo de cumprir, mais uma vez, seu dever. Como não era tolo, ele conseguiu escapar para além-mar, onde se fez passar por um instrutor francês itinerante, primeiro no Dickinson College e depois, pasmem, na Academia Militar dos Estados Unidos. Não importa para quão longe você voe, o Exército o *alcançará*. E se esse era o caso, monsieur Bérard deve ter pensado: o que haveria de melhor do que passar o tempo nas montanhas do Hudson, ouvindo os jovens americanos triturarem a língua francesa durante as refeições? E, no entanto, isso não provou ser um tormento tão profundo quanto o que suportara em sua pátria? Monsieur Bérard tinha razão, em suma, em questionar a si mesmo, e essa interrogação cética nunca o abandonou, era como uma pinta preta móvel no centro de seu olho mesmo quando permanecia completamente quieto.

Naquela ocasião, no entanto, à vista de seu comandante, ele se pôs rapidamente em pé e os cadetes igualmente se levantaram de suas carteiras.

Hitchcock lhes fez um sinal para que se sentassem e levou-me até um par de lugares dentro da sala.

Voltando à sua cadeira, monsieur Bérard fitou, com pálpebras semicerradas que mostravam pequenas veias azuis, o primeiranista que permanecia desprotegido no meio da sala, piscando os olhos em direção a um livro com capa de couro vermelho.

"Continue, mister Plunkert", disse o francês.

O infeliz cadete mais uma vez tentou com dificuldade prosseguir através da repetida prosa: "*Ele chegou a uma hospedaria onde amarrou o cavalo. Depois entrou e comeu... um jantar substancioso de pão e... poison.*"*

"Ah, mister Plunkett", disse o instrutor. "Essa não seria uma refeição muito saborosa, mesmo para um cadete. Trata-se de *poisson*, que significa 'peixe'."

Depois de corrigido, o cadete estava pronto para retomar quando foi detido pela mão branca e rechonchuda de monsieur Bérard.

"Basta. Pode sentar-se. Aconselho-o a tomar mais cuidado com as preposições da próxima vez. Sua nota é 1,3."

Mais três cadetes esforçaram-se em cima do mesmo livro, tirando notas como 2,5, 1,9 e 2,1, respectivamente. Outro par de alunos trabalhou na lousa, conjugando verbos, com resultados similares. Ninguém falava uma palavra de francês. O objetivo de aprender a língua era traduzir textos militares, e muitos rapazes devem ter se perguntado por que estavam perdendo tempo com pão e veneno quando, em vez disso, poderiam estar estudando as teorias de Jomini sobre terreno. Foi deixada a monsieur Bérard a tarefa de defender o estudo de Voltaire e Lesage, e ele estava muito cansado. Apenas uma vez, dez minutos antes do fim da aula, ele se sentiu disposto a acordar. Quer dizer, ele pressionou as mãos uma contra a outra e modulou a voz para soar ligeiramente mais alta.

"Mister Poe, por favor."

Do outro lado da sala, uma cabeça apareceu e um corpo adiantou-se.

"Mister Poe. Gostaria, por favor, de traduzir a passagem seguinte do capítulo dois da *Histoire de Gil Blas*?"

Com três passadas, o cadete foi para o centro da sala. Diante de Bérard, ladeado por seus pares, observado pelo comandante: ele estava no lugar certo e sabia disso. Abrindo o livro, pigarreou – duas vezes – e começou.

---

* Do francês, veneno. [N.T.]

"*Enquanto preparavam meus ovos, iniciei uma conversa com a estalajadeira que nunca havia visto antes. Ela me pareceu bastante bonita...*"

Duas coisas se tornaram imediatamente claras. Primeira, ele sabia mais francês do que os outros. E segunda, ele queria fazer com que *aquela* tradução de *Gil Blas* permanecesse para as gerações futuras.

"*Ele veio até a mim com um ar amigável: 'Acabei de saber que você é'...* oh, como direi, *'o eminente Gil Blas de Santillane, o ornamento de Oviedo e o archote'* – perdão, *'a luz principal da filosofia'.*"

Eu estava tão atraído pela representação – o movimento dos maxilares, o acompanhamento cadenciado das mãos – que demorei a perceber a mudança no rosto de Bérard. Ele estava sorrindo, sim, mas os olhos tinham uma crueldade felina que me fez pensar em uma armadilha sendo acionada. E logo tive a confirmação de que precisava, quando os primeiros risos sufocados começaram a se tornar audíveis em meio aos cadetes que estavam sentados.

"'*É realmente possível que vocês'* – me pareceu que ele se dirigia às outras pessoas no aposento – *'que todos vocês percebam esse gênio, esse mestre sagaz cuja reputação é tão grande através da nação? Vocês não sabem',* ele continuou, dirigindo-se ao estalajadeiro e à estalajadeira, *'vocês não sabem o que possuem aqui?'*"

As risadinhas aumentaram de volume. Os olhares se tornaram mais descarados.

"'*Ora, sua casa abriga um verdadeiro tesouro!*'"

Um cadete deu uma cotovelada no vizinho. Um outro pressionou o antebraço contra a boca.

"'*Vocês vêem nesse cavalheiro a oitava maravilha do mundo!*'"

Suspiros e risadas, e ainda assim Poe continuou, aumentando a voz para competir com as demais ao seu redor.

"*Depois, voltando-se para mim e lançando os braços em minha direção: 'Perdão por esses arrebatamentos',* ele acrescentou; *'nunca consigo dominar a'...*"

E, por fim, ele fez uma pausa, mas apenas para lançar-se completamente desajeitado nas palavras finais:

"... *'a alegria absoluta que sua presença me causa!'*"

Bérard permaneceu sentado, sorrindo levemente, enquanto os cadetes gritavam e uivavam. Eles poderiam ter derrubado o teto da Academia imediatamente se não tivessem sido detidos pelo pigarrear do capitão Hitchcock. Um único som, quase inaudível aos meus ouvidos, e a sala ficou quieta.

"Obrigado, mister Poe", disse Bérard. "Como sempre, foi além do pedido de uma tradução literal. Sugiro que no futuro deixe o embelezamento para mister Smollett. No entanto você percebeu bem o sentido da passagem. Sua nota é 2,7."

Poe não disse nada. Não se moveu. Ficou em pé ali, no centro da sala, com os olhos brilhantes e o maxilar anguloso.

"Pode sentar-se, mister Poe."

Só então ele voltou ao seu lugar – num andar lento e rijo –, sem olhar para ninguém.

Um minuto mais tarde, os tambores estavam soando o toque de reunião para a formação do jantar. Os cadetes se levantaram, empurrando as carteiras e batendo em seus quepes. Hitchcock esperou até que eles estivessem saindo pela porta aberta antes de chamar:

"Mister Poe, por favor."

Poe parou tão repentinamente que o cadete que estava atrás teve de desviar-se para não colidir com ele.

"Sir?" Ele olhou para nós piscando. A mão, coberta de giz, fez um gesto em direção ao quepe de couro.

"Gostaríamos de lhe falar, por favor."

Ele apertou a boca e veio em nossa direção, girando a cabeça no momento em que o último colega saía da classe.

"Pode sentar-se, mister Poe."

A voz de Hitchcock, eu percebi, estava ainda mais suave do que de costume quando indicou uma carteira para o cadete. A pessoa não pode ser muito dura, eu acho, com alguém que lhe deu duas edições de sua poesia. "Mister Landor gostaria de ter alguns minutos do seu tempo", disse o comandante. "Já o dispensamos da formação do jantar, então pode ir à missa quando tiverem terminado. Necessita de mais alguma coisa, mister Landor?"

"Não, obrigado."

"Então, cavalheiros, desejo-lhes um bom dia."

Isto eu não poderia esperar: Hitchcock saindo de cena por vontade própria e Bérard seguindo-o, deixando-nos sozinhos naquela sala pequena e empoeirada. Sentados em nossas carteiras olhando direto em frente, como *quakers* em um encontro.

"Foi uma bela representação", eu disse por fim.

"Bela?", ele respondeu. "Eu estava simplesmente fazendo o que monsieur Bérard pediu."

"Posso apostar uma boa soma que o senhor já tinha lido *Gil Blas* antes."

Foi apenas com o canto do olho, mas pude ver sua boca se distendendo lentamente.

"O senhor está distraído, mister Poe."

"Estava apenas pensando em meu pai."

"O velho Poe?"

"O velho *Allan*", respondeu ele. "Um bruto puramente mercantilista. Ele me pegou – oh, já faz alguns anos – lendo *Gil Blas* em sua sala de estar. Perguntou por que eu gastava meu tempo com tais lixos. E aqui estamos...". Ele estendeu o braço para abarcar a sala toda. "Na terra dos engenheiros, onde Gil Blas é rei." Sorrindo rapidamente, ele estalou os dedos finos. "É claro, a tradução de Smollett tem seu encanto, mas ele a enfeita excessivamente, não é? Se eu tiver tempo neste inverno, escreverei minha própria versão. O primeiro exemplar irá para mister Allan."

Tirei um pedaço de fumo de mascar e o coloquei na boca. O suco apimentado e doce se espalhou por dentro de minhas bochechas e transmitiu um formigamento até os meus dentes de trás.

"Se algum de seus colegas de classe lhe perguntar do que falamos", adverti, "diga-lhe gentilmente que foi apenas uma entrevista de rotina. Nada mais fizemos do que discutir sua familiaridade com Leroy Fry."

"Não houve familiaridade", disse Poe. "Nunca o conheci."

"Então me iludi lamentavelmente. Vamos nos lembrar disso sem mágoa. Rimos e prosseguir em bons termos."

"Se isto não é uma entrevista, o que é?"

"Uma oferta. De emprego."

Ele me olhou enquadrando meu rosto. Não disse nada.

"Antes de continuar", falei, "devo informá-lo – deixe-me ver – que 'essa posição está condicionada à execução satisfatória de seus deveres como cadete'. Oh, e 'se o senhor falhar ou vacilar ao executar essas tarefas, a qualquer tempo, o cargo cessará de ser seu'." Lancei um olhar para ele antes de acrescentar: "Isso é o que o coronel Thayer e o capitão Hitchcock queriam que o senhor soubesse".

Os nomes tiveram o efeito desejado. Quero crer que quase todos os calouros – mesmo aquele, com suas grandes pretensões sobre o mundo – pensavam em si mesmos como estando sob a observação de seus superiores. No momento que achavam que não era assim, aí então é que começavam a lutar para ser merecedores daquela observação.

"Não há pagamento", continuei. "Precisa saber que não poderá se vangloriar da tarefa. Nenhum de seus colegas de classe jamais poderá saber o que está fazendo a não ser muito depois que tiver acabado. E se eles descobrirem, é provável que amaldiçoem seu nome."

Ele me deu um sorriso indolente. Seus olhos cinzentos reluziram. "Uma oferta irresistível, mister Landor. Por favor, conte mais a respeito."

"Mister Poe, quando eu era policial na cidade de Nova York, não faz muito tempo, confiava com prudência nas *informações*. Não as que saem em jornais, mas as que são dadas por pessoas. Ora, as pessoas que traziam essas informações quase nunca eram as que se poderia chamar de bem-educadas. O senhor não gostaria de convidá-las para jantar ou ir a concertos, ou ainda ser visto em público com elas *em lugar nenhum*. Eram principalmente completos criminosos – ladrões, receptadores, malfeitores. Por dois motivos: leiloavam seus filhos e vendiam suas mães – inventavam mães que não tinham. E não conheço um único policial que pudesse fazer seu trabalho sem a ajuda deles."

A cabeça de Poe estava apoiada nas mãos como se o significado daquilo estivesse penetrando nele. Depois, escandindo cada sílaba muito lentamente, como a esperar por seus ecos, ele disse:

"O senhor quer que eu seja um informante."

"Um *observador*, mister Poe. Em outras palavras, desejo que seja o que na verdade já é."

"E o que eu tenho de observar?"

"Não posso dizer."

"Por que não?"

"Porque eu mesmo não sei", repliquei.

Fiquei de pé – fui direto para o quadro-negro.

"Mister Poe, se importaria se eu lhe contasse uma história? Quando eu era menino, meu pai me levou para um encontro à meia-noite em um acampamento em Indiana. Ele estava reunindo algumas informações de seu interesse. Vimos aquelas belas jovens soluçando e gemendo, gritando excitadas até ficarem roxas. Que barulheira! O pregador – um cavalheiro honrado e distinto – deixou-as tão excitadas que, depois de um tempo, elas caíram desmaiadas a seus pés. Uma depois da outra, como árvores mortas. Lembro-me de ter pensado que elas tinham sorte de ter pessoas prontas para segurá-las, porque nunca olhavam para ver onde estavam caindo. Todas, exceto uma: *ela* era diferente. Sua cabeça... *girou* um pouco antes de cair. Ela queria saber com certeza, percebe?, quem iria segurá-la. E quem era o feliz camarada? Ora, o próprio pregador! Dando-lhe as boas-vindas ao reino de Deus."

Passei minha mão pela lousa, senti a aspereza em minha palma. "Seis meses mais tarde", eu disse, "o pregador fugiu com ela. Depois de ter tido o cuidado de matar sua esposa. Ele não queria ser bígamo, entende? Eles foram presos apenas a alguns quilômetros ao sul da fronteira canadense. Ninguém suspeitava que fossem amantes. Ninguém a não ser *eu*, suponho, e mesmo eu não... eu não sabia, eu apenas *vira* aquilo. Antes de saber o que eu estava vendo."

Voltei-me e encontrei Poe estudando-me com o mais sarcástico dos sorrisos.

"E naquele momento", disse Poe, "nasceu uma vocação."

Era um fato curioso. Quando eu falava em particular com os outros cadetes, eles demonstravam comigo o mesmo respeito que tinham pelo comandante. Poe nunca agiu assim. Desde o início de nossa relação, houve algo – eu não chamaria de íntimo – *familiar*, talvez.

"Deixe-me perguntar-lhe", eu disse. "No outro dia, quando o senhor voltou para as fileiras que marchavam..."

"Sim?"

"O cavalheiro que estava no fim da coluna, marchando sozinho. Ele é seu amigo, seu companheiro de quarto, talvez?" Uma pausa longa.

"Ele é meu companheiro de quarto", disse Poe, defensivamente. "Pensei que fosse. Ele *virou* a cabeça, percebe, quando o senhor entrou na fila. Mas ele não se espantou. Deduzi que ele o esperava. Ele é um amigo, mister Poe? Ou um devedor?"

Poe jogou a cabeça para trás e olhou para o teto.

"Ele é ambos", respondeu suspirando. "Escrevo as cartas dele."

"As cartas dele?"

"Jared tem uma namorada, lá no deserto da Carolina do Norte. Eles estão comprometidos e vão se casar depois que ele se formar. A existência dela é suficiente para ele se tornar merecedor de obter licença para partir."

"Por que você escreve as cartas dele, então?"

"Oh, ele é no máximo meio-letrado. Não saberia o que é um objeto indireto se rastejasse em seu nariz. O que ele tem, mister Landor, é uma mão hábil. Eu apenas esboço algumas cartas de amor e ele as transcreve."

"E ela pensa que são dele?"

"Tenho sempre o cuidado de colocá-las com – a frase deselegante – erros de ortografia. Considero uma aventura de estilo."

Sentei-me na carteira bem na frente dele.

"Bem, aí está, mister Poe. Hoje aprendi algo muito interessante. E tudo porque observei um camarada virando a cabeça. Assim como *o senhor* pegou o cadete Loughborough perdendo o passo no desfile."

Ele bufou, fitou as botas. Disse, meio para si mesmo: "Pôr um cadete para pegar um cadete".

"Bem, por ora, ainda não sabemos se *é* um cadete. Mas seria muito útil ter alguém do meio ajudando. E não pude pensar em ninguém melhor do que o senhor. Ou em alguém que desfrutasse mais esse *desafio*."

"E qual seria a extensão de minha missão? Observar?"

"Bem, à medida que progredirmos, saberemos melhor o que estamos procurando, e o senhor poderá treinar seus olhos em conformidade. Enquanto isso tenho algo a lhe dar para que investigue. É um fragmento de um bilhete maior. Gostaria que tentasse decifrá-lo. Naturalmente", acrescentei, "terá de trabalhar tão secretamente quanto puder. E ser tão preciso quanto puder. Nunca somos precisos demais."

"Entendo."

"A precisão é tudo."

"Entendo."

"E *agora*, mister Poe. Esta é a parte de nossa conversa em que diz sim ou não."

Ele se levantou, pela primeira vez desde que começara nossa conversa. Foi até a janela e ficou olhando para fora. Não tenho a pretensão de dizer que sei quais sentimentos o agitavam, mas direi isto: ele sabia que quanto mais ficasse ali, maior seria o efeito.

"Sim", falou afinal.

Havia um sorriso assimétrico em seu rosto quando se virou para mim.

"Ficarei perversamente honrado, mister Landor, em ser seu espião."

"E eu em ser seu *supervisor* de espionagem", declarei. "Não é uma honra menor, tenho certeza."

Por consenso mútuo, apertamos as mãos. Foi tão formal como se nunca mais fôssemos estar em contato. Retiramos as mãos de modo abrupto, como se já tivéssemos violado algum código.

"Bem", eu disse, "suponho que deva ir jantar agora. Poderíamos combinar um encontro no domingo depois da missa? Acha que poderia ir até o hotel de mister Cozzens sem ser visto por ninguém?"

Ele aquiesceu com a cabeça por duas vezes e, depois, sem dizer nada, preparou-se para partir. Sacudiu a jaqueta engomada antes de vesti-la. Colocou o quepe de couro na cabeça. Dirigiu-se para a porta.

"Posso fazer uma pergunta, mister Poe?"

Ele deu um passo para trás. "É claro."

"É verdade que o senhor é um assassino?"

Seu rosto abriu-se no sorriso mais exagerado que eu já tinha visto. Imagine, leitor, uma linha harmoniosa de dentes fascinantes como pedras preciosas, dançando em suas cavidades.

"Terá de ser muito mais *preciso* do que isso, mister Landor."

Carta de Gus Landor para Henry Kirke Reid

30 de outubro de 1830

A/C Reid Inquiries, Ltd. 712
Rua Gracie
Nova York, Nova York

Caro Henry,

 Faz muito tempo que não nos falamos. Quero lhe pedir desculpas. Desde que vim para Buttermilk Falls, tenho pensado em ir visitá-lo, mas os dias passam, os barcos vêm e vão, Landor fica. Talvez num outro momento.
 Enquanto isso, tenho um trabalho para você. Não se preocupe, você será bem pago, e, como o tempo é essencial, pretendo lhe pagar mais do que bem.
 Se você aceitar, sua tarefa será a de saber tudo o que puder sobre um tal de Edgar A. Poe. Morava em Richmond. Atualmente é primeiranista na Academia Militar dos Estados Unidos. Antes disso serviu no Exército. Também publicou dois volumes de poesia, não que alguém os conheça. Além disso, tenho apenas algumas ideias esboçadas a respeito dele. Gostaria que você descobrisse tudo: história familiar, formação, empregos anteriores, complicações atuais. Se ele deixou uma impressão em qualquer lugar do mundo, quero que você descubra.
 Também necessito saber se já foi acusado de algum crime. Assassinato, por exemplo.
 Como eu disse, este é um assunto urgente. Se puder me entregar tudo o que descobriu dentro de quatro semanas, serei seu eterno devedor e testemunharei por você nos portões do Céu (não testemunhe por mim).
 Como sempre, envie-me as notas de todos os gastos.

Minhas recomendações para Rachel!

Quando me escrever, conte-me tudo sobre essa engenhoca mecânica que está ameaçando as ruas da cidade. Só ouvi trechos de informações, mas compreendi que é o fim dos cabriolés e da civilização. Por favor, tranquilize-me. Posso passar sem a civilização, mas não sem os cabriolés.

Sinceramente,

Gus Landor

Carta para Gus Landor

30 de outubro de 1830

Caro mister Landor,

Estou deixando esta carta no hotel antes do nosso próximo encontro.
Sua insistência na precisão – de todas as coisas! – inspirou-me a ressuscitar um soneto meu que pode achar apropriado. (Sem esquecer, naturalmente, que você não é "aficionado" à poesia – sim, eu lembro disso.)

Ciência! Verdadeira filha do Antigo Tempo tu és!
  Que alterastes todas as coisas com teus olhos atentos.
Por que consomes assim o coração do poeta, Abutre,
  cujas asas são pesadas realidades?
Como poderia ele amá-la?, ou como consideras o sábio?
  Quem não o deixaria em seus delírios
Procurar tesouros nos céus estrelados,
  Embora ele voasse muito alto com intrépido voo?
Tu não arrancaste Diana de sua carruagem?
  E dirigiste a dríade da árvore
Para procurar um refúgio em uma estrela mais feliz?
  Não tiraste a ninfa de sua torrente,
O elfo da grama verde, e de mim
O sonho de verão debaixo da árvore de tamarindo?

Com frequência uso o recurso de lembrar-me dessas linhas quando me sinto sufocado pela geometria esférica e a álgebra de La Croix. (Se eu tivesse de reescrever o soneto, poderia substituir um particípio passado adjetivado pelo verde da penúltima linha?)

Uma palavra de advertência, mister Landor: tenho uma nova composição para mostrar-lhe – embora ainda inacabada. Acho que "a levará em conta" e considerará que tem certa relevância para a nossa investigação.
Seu sincero servidor,

E. P.

Carta para Edgar A. Poe, Cadete primeiranista

30 de outubro de 1830

Senhor Poe:

    Li seu poema com o maior prazer e – espero que me perdoe – espanto. Receio que o tema de ninfas e dríades esteja muito além de minha compreensão. Como eu gostaria que minha filha estivesse aqui para traduzir para mim, pois ela também é uma romântica consumada e conhecia Milton de trás para a frente e de todas as maneiras.

    Espero que minha falta de clareza não o desencoraje a enviar-me outros versos, quer pertençam ou não ao assunto que estamos tratando. Suspeito que almejo progresso tanto quanto o companheiro e não me importa quem o esteja proporcionando.

    Quanto à ciência, peço-lhe não confundir nada do que faço com ciência. Sinceramente,

G. L.

P.S. Um lembrete cordial: devemos nos encontrar no domingo depois do almoço, em seguida à missa. Estou no quarto 12.

Da coluna de "notícias"
Jornal Poughkeepsie

31 de outubro de 1830

COLÉGIO PARA JOVENS DAMAS – Mistress E. H. Putnam prosseguirá com seus cursos no número 20 da Rua White a partir de 30 de agosto. O número de alunas nos estudos de inglês, sob a instrução completa da própria mistress P., limita-se a trinta. Aulas de francês, música, desenho e arte de estilo literário por professores da mais alta respeitabilidade.

OCORRÊNCIA SINISTRA – Uma vaca e um carneiro pertencentes a mister Elias Humphreys, de Haverstraw, foram descobertos sexta-feira em terrível condição. Os animais foram mortos por meio de um talho no pescoço. Mister Humphreys também relata que os animais foram cruelmente cortados e tiveram o coração arrancado. Não há vestígios dos órgãos. O infame responsável por tais ataques não pôde ser identificado. Chegaram a este jornal relatos similares em relação a uma vaca pertencente a mister Joseph L. Roy, um vizinho de mister Humphreys. Esses relatos não puderam ser corroborados.

TAXAS DOS CANAIS – As taxas coletadas nos canais estatais até 1º de setembro somam $514.000; sendo cerca de $100.000 a mais do que foram coletados...

Narrativa de Gus Landor
9

31 de outubro de 1830

"GADO E CARNEIRO!", GRITOU O CAPITÃO HITCHCOCK, BRANDINDO O JORNAL COMO um alfanje. "Os *animais domésticos* estão agora sendo sacrificados. Podemos considerar alguma criatura de Deus imune a esse louco?"

"Bem", eu disse. "Antes vacas do que cadetes."

Pude ver suas narinas alargando-se como as de um touro – eu soube de novo como um cadete se sentia.

"Peço-lhe, capitão, que não fique tão agitado. Ainda não sabemos se se trata do mesmo homem."

"Seria uma notável coincidência se não fosse o mesmo sujeito."

"Bem, então", comentei, "pelo menos podemos ficar aliviados sabendo que ele desviou a atenção de West Point."

Carrancudo, Hitchcock correu o dedo ao longo da bainha que encobria sua espada. "Haverstraw não fica muito longe daqui", ele esclareceu. "Um cadete pode alcançá-la em uma hora – em bem menos tempo, se conseguir arranjar um cavalo."

"Tem razão", eu disse. "Um cadete pode certamente cobrir essa distância." E talvez eu realmente *quisesse* provocar esse bom soldado e distinto americano, porque me senti tentado a acrescentar: "Ou um oficial?".

Tudo que consegui com meus esforços foi um olhar de aço e um sacudir de cabeça. Seguidos rapidamente por uma interrogação. Eu havia examinado o depósito de gelo? Sim, eu tinha feito isso. O que encontrara ali? Uma grande quantidade de gelo. O que mais? Nada de coração nem pistas de nenhum tipo. Muito bem, então, havia eu falado com os instrutores da Academia? Sim, eu falara com eles. O que me contaram? Eles haviam me informado as notas de Leroy Fry em mineralogia e medição, e quiseram que eu soubesse que ele tinha predileção por lascas de nogueira pecã. E eles poderiam ter enchido algumas covas profundas com suas teorias. O tenente Kinsley aconselhou-me a olhar a posição das estrelas. O professor Church perguntou se eu já havia ouvido falar sobre algumas práticas druidas extremas. O capitão Aeneas MacKay, o intendente, assegurou-me que o roubo do coração era um ritual de iniciação à maioridade em certas tribos semínolas (que ainda existiam).

Hitchcock absorveu tudo isso com os lábios bem pressionados, depois deixou escapar um assobio demorado.

"Não me importo em lhe dizer, mister Landor, que me sinto mais desconfortável do que nunca me senti antes. Um jovem rapaz e um par de animais estúpidos. Deve haver uma conexão entre eles e, no entanto, não consigo achar nenhuma. Não posso, mesmo me esforçando bastante, perceber o que um homem desejaria com todos esses..."

"Todos esses *corações*", eu completei. "O senhor está certo, é uma coisa curiosa. Agora, o meu amigo Poe, ele pensa que isso é coisa de um poeta."

"Então talvez", disse Hitchcock dando uma forte escovadela nas mangas de sua jaqueta, "devêssemos atender ao conselho de Platão e banir todos os poetas de nossa sociedade. A começar com o seu mister Poe."

——◆——

Aquele domingo em particular estava frio e interminável. Lembro-me de estar sentado sozinho em meu quarto de hotel; os caixilhos das janelas estavam levantados e, se eu erguesse a cabeça, poderia ver todo o caminho até Newburgh e, mais além, as Shawangunk Mountains. As nuvens estavam desfiadas como colarinhos velhos, o sol fizera surgir uma esteira brilhante ao longo do Hudson e rajadas de vento estremeciam, no vale estreito, desenhando cataventos no ventre da água.

E ali, bem no horário: o barco a vapor North River, o *Palisado*, que saíra quatro horas antes da cidade de Nova York e acabara de chegar no desembarcadouro de West Point. Circundando o convés, os passageiros surgiam apinhados, mais íntimos que amantes, inclinando-se sobre as balaustradas e agachados sob os toldos. Chapéus cor-de-rosa, sombrinhas azul-esverdeadas e penas de avestruz cor púrpura-escura – nem Deus poderia ter combinado mais as cores.

Soou um silvo, e o vapor foi expelido como se fosse uma mortalha cobrindo os estivadores que tomavam lugar ao longo das pranchas, e pude ver, esvoaçando como uma folha de álamo, um pequeno barco a remo

– pesado por causa dos corpos e bagagens – sendo baixado para a água. Mais turistas chegavam como enxames para o reino de Sylvanus Thayer. Inclinei-me para ver melhor, tentando fixá-los em minha vista...

Apenas para descobrir que estavam olhando atentamente para *mim*.

Seus rostos estavam voltados para cima, sim, seus monóculos e binóculos estavam dirigidos para a *minha* janela. Levantei-me da cadeira e dei um passo atrás... atrás... até que eles quase desaparecessem de vista, e ainda assim podia senti-los caçando-me dentro de meu quarto, e eu estava prestes a fechar os caixilhos e as venezianas quando percebi uma mão – uma única mão humana – segurando-se no parapeito.

Não gritei. Duvido que tenha me mexido. O único sentimento que me lembro de ter tido era o de uma mera curiosidade, do tipo, suponho, que um homem da infantaria deve sentir quando contempla a bala de canhão que está prestes a encontrar sua cabeça. Fiquei parado no meio do quarto e olhei a outra mão – a gêmea da primeira – agarrar o parapeito. Ouvi um grunhido baixo e profundo e esperei, quase sem respirar, enquanto um quepe de couro, ligeiramente torto, apareceu na moldura da janela. Seguido por uma franja suada de cabelo preto e dois grandes olhos cinzentos, fixos e tensos, e duas narinas dilatadas pelo esforço. E oh, sim, duas encantadoras fileiras de dentes, rangendo fortemente.

Cadete Poe, do primeiro ano, ao meu dispor.

Sem dizer uma palavra, içou seu torso através da janela aberta... Fez uma pausa para recuperar o fôlego... e depois puxou as pernas atrás de si, arrastando-se para a frente até amontoar-se no solo. Imediatamente, pulou sobre seus pés, levantou o chapéu para ajeitar o cabelo e, mais uma vez, curvou-se à moda europeia.

"Minhas desculpas por estar atrasado", disse ele arquejando. "Espero não o ter feito esperar muito."

Fitei-o.

"Nosso encontro", ele disse. "Imediatamente depois da missa, como sugeriu."

Fui até a janela e olhei para baixo. A construção tinha três andares – era seguida por cerca de trinta metros de terreno íngreme, que terminava em rochas e rio.

"Seu louco!", exclamei. "Seu louco idiota!"

"Foi o senhor quem insistiu que eu viesse durante o dia, mister Landor. De que outra maneira poderia passar despercebido?"

"Despercebido?" Fechei os caixilhos com força. "O senhor não acha que cada bendita alma daquele barco a vapor o viu? Rastejando para subir no *hotel*? Eu não ficaria surpreso se os guardas do Exército já tivessem sido enviados para cá."

Fui a passos largos até a porta e realmente fiquei *esperando* ali, como se a qualquer segundo os bombardeiros pudessem entrar correndo. E quando não o fizeram, pude sentir (com algum desapontamento) minha raiva diminuindo aos poucos. O melhor que pude fazer foi murmurar:

"O senhor podia ter se matado."

"Oh, a queda não é tão ruim", disse ele, falando sério. "E arriscando engrandecer-me, mister Landor, devo lhe dizer que sou um excelente nadador. Quando tinha quinze anos, nadei onze quilômetros no James River, num dia quente de junho e contra uma corrente de cinco quilômetros por hora. Perto disso, a viagem de barco de Byron através do Hellespont foi uma brincadeira de criança."

Enxugando a testa, sentou-se na cadeira de balanço de espaldar alto perto da janela e ficou puxando os dedos, um por um, até as juntas estalarem – não como o som feito pelos dedos de Leroy Fry quando os separei.

"Por favor, diga-me", falei enquanto me abaixava para sentar na cama. "Como sabia qual era o meu quarto?"

"Eu o vi quando estava lá embaixo. Nem é preciso dizer que tentei chamar sua atenção, mas o senhor estava muito absorto. De todo modo, tenho o prazer de lhe relatar que decodifiquei sua mensagem com sucesso." Procurando dentro do casaco, ele tirou o fragmento de papel, ainda endurecido por causa do banho de álcool. Desdobrando-o cuidadosamente, Poe o colocou sobre a cama e, ajoelhando-se e sentando-se sobre o quadril, correu o indicador pelas fileiras de letras.

NG
HEIR A
T BE L
ME S

"Devo começar descrevendo-lhe os estágios do meu esforço dedutivo, mister Landor?" Ele não esperou por um sim. "Começamos com o próprio bilhete. O que podemos dizer dele? Sendo escrito à mão, ele é, evidentemente, de natureza pessoal. Leroy Fry o tinha consigo no momento da morte; disso podemos deduzir que o bilhete foi suficiente para fazê-lo sair da caserna na noite em questão. Posto que o resto da mensagem foi arrancado de sua mão, podemos supor que o bilhete, de alguma maneira, *identificava* quem o enviou. O uso de letras de forma maiúsculas também indica que o remetente queria dissimular sua identidade. O que podemos inferir desses pontos? Esse bilhete poderia ser algum tipo de convite? Ou poderíamos chamá-lo mais precisamente de armadilha?"

Ele fez uma pequena pausa antes da última palavra. O suficiente para deixar claro o quanto estava desfrutando tudo aquilo.

"Com isso em mente", ele continuou, "concentramos nossos esforços na *terceira* linha de nosso misterioso fragmento. Aqui somos recompensados com a única palavra que sabemos estar, de fato, completa: *be*. [ser]. A lexicografia inglesa abriga poucas palavras mais simples ou mais declaratórias, mister Landor. *Be*. Isso imediatamente nos coloca, eu imagino, no terreno dos imperativos. A pessoa que enviou a nota proporia a Leroy Fry *ser* algo. 'Ser' o quê? Algo que começa com *L*. 'Little?', [pouco, breve] 'lucky?' [afortunado], 'lascivious?' [lascivo]. Nada disso combina com a natureza de um convite. 'Estar *lost*?' [perdido]. Uma construção demasiado deselegante. Certamente uma pessoa pode *perder-se*, perder seu *caminho*. Não, se de fato o comparecimento de Leroy Fry era desejado em determinada hora e local, só há uma palavra que pode servir: *late* [atrasado]."

Ele estendeu a mão como se as palavras estivessem pousadas em sua palma.

"Temos, então, duas palavras, mister Landor: *be late* [estar atrasado]. Uma exigência bizarra para ser colocada num convite. *Atrasado* devia ser a última coisa que o remetente desejaria que Leroy estivesse. Por conseguinte, quando examinamos mais atentamente, só podemos concluir que estamos no meio de uma construção negativa. E, com isso, a identidade da primeira palavra se torna quase insultuosamente simples de deduzir: *don't* [não]. *Don't be late* [Não se atrase]."

Poe ficou em pé e começou a andar ao redor da cama.

"O tempo é curto, é essencial. E o que poderia ser melhor do que esclarecer a quarta e, até onde sabemos, última linha? Um reforço da mensagem inicial. Começa com o enigmático *me* [mim]. Ela é uma palavra em si mesma, como o antes mencionado *be*? Ou é, como eu acho que sua posição indica, um fragmento de uma palavra maior? Assumindo a segunda hipótese, não precisamos ir muito longe para encontrar um candidato apropriado. Leroy Fry podia estar *indo* àquele lugar predeterminado, mas, para o remetente, Fry estava – está adivinhando, mister Landor? – ele estava *vindo*." Poe estendeu a mão fazendo um sinal. "*Come* [venha], mister Fry. Com isso esclarecido, é o máximo da simplicidade deduzir a palavra seguinte. Pode ser outra senão *soon* [logo]? Inserimos a palavra, *et voilà*! Nossa pequena mensagem fica esclarecida: *Don't be late, come soon* [Não se atrase, venha logo]. Ou ainda, dependendo do grau de urgência, *come soonest* [venha o mais rápido]." Ele bateu as mãos e inclinou a cabeça. "E aqui a tem, mister Landor. A solução para o nosso *petit énigme* [pequeno enigma]. Respeitosamente apresentada."

Ele estava esperando por algo – aplausos, talvez. Uma gorjeta? Uma salva de canhão? Tudo que fiz foi pegar o fragmento de papel e sorrir. "Oh, que trabalho excelente, mister Poe. Positivamente excelente. Agradeço-lhe."

"E eu agradeço ao *senhor*", declarou ele, "por me oferecer uma diversão tão agradável." Recostando-se de novo na cadeira de balanço, colocou uma das botas no peitoril da janela. "Por mais que a diversão tenha sido efêmera", acrescentou.

"Não, o prazer foi *meu*. Verdadeiramente, ele foi meu... oh, há apenas uma coisa, mister Poe."

"Sim?"

"Você teve algum sucesso com as *primeiras* duas linhas?"

Ele fez um gesto com a mão. "Não cheguei a lugar algum com elas", disse. "A primeira linha contém apenas duas letras. Quanto à segunda, a única escolha possível é *their* [deles]. Uma palavra que requer outra antecedente, que infelizmente está perdida para nós. Fui obrigado a declarar as duas primeiras linhas como uma perda, mister Landor."

"Hum." Fui até a mesinha de cabeceira e peguei uma folha de papel creme e uma caneta. "Imagino, mister Poe, que seja um bom soletrador?" Ele se levantou um pouco.

"Fui considerado um soletrador impecável, uma autoridade não menor do que a do reverendo John Bransby de Stoke Newington."

Você percebe, leitor? Não há simplesmente sim ou não com Poe. Tudo deve ser carregado com alusões, apelos à autoridade... e que autoridade era aquela? John Bransby? Stoke Newington?

"Então suponho que o senhor nunca fez o que muitos de nós fizeram", eu disse.

"E isso significa...?"

"Confundir a soletração de muitas palavras que soam de modo similar. Quero dizer, por exemplo, *their* [deles]", eu disse, escrevendo a palavra para que pudesse vê-la. "E *they're* [eles são ou estão]... oh, e *there* [ali]."

101

Ele inclinou o rosto sobre a página, depois encolheu os ombros. "Um erro gramatical comum de péssima qualidade, mister Landor. Meu colega de quarto o comete dez vezes por dia – ou *cometeria* se escrevesse as próprias cartas."

"Bem, então, e se quem escreveu a nota fosse mais parecido com o seu colega de quarto do que com *o senhor*?" Eu risquei o *their* e pus um círculo em volta do *there*. "Um convite, na verdade, hein, mister Poe? Encontre-me *there* [Encontre-me ali]. Oh, mas temos um problema difícil de resolver com uma outra palavra, não é? Que começa com *a*."

Olhando de soslaio de novo, ele formou a letra com seus lábios, poucos segundos antes de dizer com um tom de espanto:

"*At* [Às]."

"*At*, é claro! Ora, eu não ficaria surpreso se houvesse um horário em seguida: *Encontre-me às onze da noite*, ou algo desse tipo. Isso seria bem direto, não é? Mas, agora, se o remetente estabeleceu um horário específico, não tenho certeza de que estaria pedindo para Fry, na quarta linha, *come soon* [venha logo]. Seria um pouco contraditório, não é? Talvez *come see me* [venha ver-me] esteja mais próximo da verdade."

Poe olhou enfadado para o papel. Estava quieto.

"Há apenas um problema", continuei. "Ainda não sabemos *onde* iam se encontrar, não é? E tudo o que temos para continuar são estas duas letras, *n* e *g*. Agora, o fato curioso sobre essa combinação de letras – tenho certeza de que percebeu, mister Poe – é que ela é encontrada com bastante frequência no *final* das palavras. Estou querendo saber, consegue pensar em algum lugar nos campos da Academia que pode ter um *ng* no final?"

Ele olhou para fora da janela, como se a resposta pudesse estar enquadrada ali, e descobriu o que era.

"O *landing* [desembarcadouro]", ele respondeu.

"O desembarcadouro! Ora, mister Poe, é uma escolha excelente. *I'll meet you at the landing* [Vou encontrá-lo no desembarcadouro]. Oh, mas há dois desembarcadouros, não é? Ambos vigiados pela Segunda Artilharia, como suponho. Não é um lugar muito privado, é?"

Ele pensou um pouco a respeito. Olhou uma ou duas vezes para mim antes de aventurar-se a falar de novo.

"Há um abrigo", disse por fim. "Não muito distante do desembarcadouro do Norte. É para onde mister Havens leva suas mercadorias."

"Aonde... para onde *Patsy* as leva, o senhor quer dizer. Ah, então deve ser uma espécie de lugar isolado. Será que é conhecido pelos seus camaradas cadetes?"

Ele encolheu os ombros. "Qualquer um que tenha alguma vez contrabandeado cerveja ou uísque conhece o lugar."

"Bem, então, temos – por ora – uma solução para o nosso pequeno quebra-cabeça. *Estarei no abrigo perto do desembarcadouro. Encontre-me ali às onze da noite. Não se atrase. Venha ver-me.* Sim, por enquanto isso faz bastante sentido. Leroy Fry recebe esse convite. Ele se acha obrigado a aceitar. Se acreditarmos no testemunho de mister Stoddard, ele o aceita com o coração leve. Podemos até acreditar que estava *contente* ao aceitar esse convite. 'Negócios necessários', ele diz piscando no escuro. Isso lhe sugere alguma coisa, mister Poe?"

Algo fez com que seus lábios se curvassem; uma das sobrancelhas se ergueu como uma pipa.

"Para mim", ele respondeu, "sugere uma mulher."

"Ah. Uma mulher, sim. É uma teoria tremendamente interessante. E, é claro, uma carta escrita do modo como esta o foi – em letras de forma, como se diz – não há muito jeito de saber o sexo do remetente, não é? Assim, Leroy Fry pode ter saído naquela noite achando que uma mulher estava esperando por ele no abrigo perto do desembarcadouro. E, até onde sabemos, uma mulher *estava* esperando por ele." Sentando-me na cama, coloquei um travesseiro atrás de mim e inclinei-me contra a cabeceira. Olhei para minhas botas gastas. "Bem", eu disse, "esse é um problema para um outro dia. Enquanto isso, mister Poe, eu não posso... quero dizer, sou muito grato por sua ajuda."

Se eu estava esperando que ele aceitasse meus agradecimentos e fosse embora tranquilamente... bem, acho que nunca esperei isso.

"O senhor *sabia*", ele disse calmamente.

"Sabia o quê, mister Poe?"

"A solução do quebra-cabeça. O senhor sabia o tempo todo."

"Eu tinha uma ideia, só isso."

Ele ficou quieto por um bom momento e fiquei imaginando se o havia perdido para sempre. Poe podia se ofender com a ideia de alguém levar a melhor sobre ele. Podia acusar-me de estar usando-o para me divertir (e não estava, Landor?). Podia até romper totalmente o acordo.

De fato, ele não fez nada semelhante. Sua subida até o quarto o cansara mais do que deixava transparecer e ele ficou quieto na cadeira de balanço, sem nem mesmo se balançar – e quando eu lhe lançava algumas observações, respondia a elas simplesmente, sem má vontade ou necessidade de enfeitar. Passamos uma hora assim, falando muito pouco no início e depois, quando foi recuperando as forças, falando cada vez mais sobre Leroy Fry.

Sempre lamentei que as pessoas mais dispostas a contar sobre um morto sejam as que menos o conheceram – quer dizer, as que o conheceram nos últimos meses de sua vida. Para desvendar os segredos de um homem, sempre pensei, seria preciso regressar ao dia em que ele tinha seis anos e molhou as calças diante da professora primária, ou à primeira vez que sua mão encontrou o caminho para as partes íntimas... as pequenas vergonhas que nos guiam para as maiores.

De todo jeito, a única coisa sobre a qual os amigos cadetes de Leroy Fry concordavam era que ele era tranquilo e precisava ser estimulado. Contei a Poe o que Loughborough havia dito sobre a entrada de Fry em um "bando ruim" e depois sua procura por conforto na religião, e nos perguntamos por qual tipo de conforto estaria procurando na noite de 25 de outubro.

E depois nossa conversa voltou-se para outros assuntos... temas diversos... não posso contar sobre o que falamos porque, por volta das duas da tarde, adormeci. Uma coisa estranha. Num minuto estava falando – com a cabeça um pouco preguiçosa, mas falando. No minuto seguinte estava sentado em uma sala sombria – um lugar onde nunca havia estado antes. Um morcego ou um pássaro voou atrás das cortinas, uma mulher em combinação pegou o meu braço. O ar estava gélido nas minhas juntas e algo estava picando minhas narinas; uma trepadeira se balançava do teto, tocando levemente a careca em minha cabeça, e dava a sensação de que eram dedos.

Acordei ao engolir ar... para encontrá-lo ainda olhando para mim. Cadete Poe, do primeiro ano, ao meu dispor. Ele tinha um olhar de quem estava esperando, como se eu estivesse no meio de uma piada ou de uma história.

"Sinto muito", murmurei.

"Não foi nada."

"Não sei o que..."

"Não se preocupe, mister Landor, eu mesmo tenho de me contentar com não mais do que quatro horas de sono por noite. Em certa ocasião as consequências foram terríveis. Uma noite, caí em profundo sono durante um período de guarda e permaneci por uma hora inteira em uma espécie de transe sonambulístico, tempo esse em que eu, evidentemente, cheguei a quase atirar em outro cadete."

"Bem", eu disse ficando em pé. "Antes de eu mesmo começar a atirar em outro cadete, devo começar a me mexer. Quero estar em casa antes que escureça."

"Eu gostaria de vê-la algum dia. Sua casa."

Ele falava suavemente, não olhou para mim uma vez sequer. Como para dizer que, se eu atendesse ou não ao seu pedido, era um assunto totalmente indiferente para ele.

"Isso me daria o maior prazer", eu disse observando-o ficar contente. "E agora, mister Poe, por favor, se sair pela porta e depois pelas *escadas*, poupará a um velho uma grande preocupação desnecessária."

Ele sacudiu o corpo de modo a levantar-se da cadeira e foi erguendo-se aos poucos. "Não tão velho", ele comentou.

E então foi a minha vez de ficar contente: um fraco rubor nas bochechas. Quem teria adivinhado que era tão fácil me adular?

"O senhor é muito gentil, tenho certeza, mister Poe."

"Absolutamente."

Esperava que Poe saísse em seguida, mas ele tinha outras ideias. Mais uma vez procurou dentro do casaco. Mais uma vez tirou um pedaço de papel – de um tipo mais elegante, dobrado uma vez – que ele abriu para revelar uma letra corrente regular e bonita. Mal podia esconder o tremor em sua voz quando disse: "Se é realmente uma mulher que estamos procurando, mister Landor, acho que posso ter tido a honra de tê-la visto".

"É verdade?"

Era, logo percebi, um de seus tiques, a maneira como sua voz baixava de volume quando ficava mais excitado, diminuindo até o murmúrio de um zumbido e de crepitação dissimulada nem sempre inteligível. Naquela ocasião particular, no entanto, ouvi cada palavra.

"Na manhã depois da morte de Leroy Fry", ele disse, "antes que eu soubesse qualquer coisa sobre o que tinha se passado, acordei e de imediato comecei a compor as primeiras linhas de um poema – linhas que falam de uma mulher misteriosa e de uma obscura mas profunda angústia. Aqui está o resultado."

Admito que, de início, resisti. Já havia lido bastante daquela poesia para me considerar imune a ela. Tentei negar, suponho: ele insistiu. Assim, peguei o papel de sua mão e li:

Em meio aos esplendores dos bosques circassianos,
  Em um riacho escondido salpicado com o firmamento,
  Em uma lua partida e escondida encoberta pelo firmamento,
As donzelas suaves de Atenas se expressaram
  Sussurrando obediências e acanhamento
Lá encontrei Leonore, sozinha e delicada,
  No abraço de uma nuvem lacerada em prantos.
Muito atormentado, não pude senão abandonar-me
  À donzela com o pálido olho azul
  Ao demônio com o pálido olho azul.

"É claro, está inacabado", disse Poe. "Por enquanto."

"Entendo." Devolvi o papel a ele. "E por que acha que esse poema está relacionado com Leroy Fry?"

"A atmosfera de violência dissimulada, a... a sugestão de dureza inexprimível. Uma mulher desconhecida. O ritmo da coisa, mister Landor, não pode ser acidental."

"Mas o senhor poderia ter acordado em qualquer manhã e escrito isso."

"Ah, sim, mas eu *não* o escrevi."

"Eu pensei que o senhor..."

"O que quero dizer é que ele me foi *ditado*."

"Por quem?"

"Minha mãe."

"Bem, então", eu disse com um vestígio de riso querendo aparecer em minha voz. "De todo jeito, vamos perguntar para a sua mãe. Tenho certeza de que ela não será capaz de esclarecer coisa alguma sobre a morte de Leroy Fry."

Sempre me lembrarei do olhar grave que Poe me lançou. Um olhar de profunda surpresa, como se eu tivesse me esquecido de algo que deveria saber como o meu próprio nome.

"Ela está morta, mister Landor. Há quase dezessete anos."

Narrativa de Gus Landor
10

1º de novembro

"NÃO, PARA CÁ... ESTÁ BOM... UM POUCO MAIS... OH, ESTÁ BOM, GUS... HUM..."
    Quando se trata do mistério feminino, não há nada como um pouco de conhecimento. Eu estava casado havia vinte anos com uma mulher que me dava pouco mais de um sorriso numa situação como essa. O que era, é claro, tudo de que um homem precisava naquela época. Patsy, ao contrário... bem, fazia eu me sentir, aos quarenta e oito anos de idade, um pouco como aqueles cadetes que estavam sempre sonhando com ela. Ela me pegava pela mão. Ficava com as pernas bem abertas, de modo tão franco como um vaqueiro montava sua mula, ela me puxava inteiro para dentro de si. Movia-se num ritmo de maré – dava essa impressão, quero dizer, de algo que continuava para sempre. E ao mesmo tempo era uma pessoa bem mundana – uma moça grande com pelos pretos nos braços, quadris grandes – seios e ancas pesados, curta de pernas – podia-se envolvê-la com o braço e sentir, por um momento, que aquela coxa, aquele ventre macio enfarinhado são *seus* e não lhe podem ser tirados. Apenas em seus olhos, eu diria, que são grandes e de uma cor caramelo, encantadora, apenas ali há algo que se mantém à parte.
    Leitor, confesso agora: Patsy era a razão pela qual eu estava tão ansioso para me livrar de Poe. Eu e ela deveríamos nos encontrar no meu chalé às seis horas e ela iria ficar ou ir embora, dependendo de como se sentisse. Naquela noite teve vontade de ficar. Quando acordei, no entanto, por volta das três da manhã, não havia ninguém do outro lado da cama. Fiquei deitado sob a meia-luz do abajur, sentindo a palha do colchão onde se aglomerava debaixo de mim, *esperando*... e logo depois ouvi:
    Scrunch. Scrunch.
    Antes que eu saísse da cama, Patsy já havia retirado todas as cinzas e deixado a lareira limpa, e estava sentada na ponta da mesa de dez

dólares, na cozinha, esfregando a sujeira do caldeirão de ferro. Ela vestiu a primeira coisa que encontrou – meu pijama – e, na luz azul da cozinha, seu seio cor de nata, aparecendo através da abertura, era o que mais se parecia com uma estrela. E aquela auréola doce ao ser sugada, sim, era o sol da meia-noite.

"Está faltando pinho", disse ela. "Escova também."

"Quer fazer o favor de parar?"

"É, eu vou desistir de limpar o latão. Isso já foi longe demais. Você precisa contratar alguém."

"Pare. Pare."

"Gus", retomou ela, levantando a voz num ritmo monótono enquanto o rabo de cavalo dançava. "Você estava roncando que dava para acordar um morto. Eu podia ir para casa ou dar um jeito na cozinha. O que é uma desgraça, você sabe disso. Não se preocupe", ela acrescentou, "eu não estou me mudando para cá."

Este era o refrão que ela sempre repetia: *Eu não estou me mudando para cá, Gus.* Como se fosse a coisa que eu mais temesse no mundo, quando, de fato, podia haver coisas piores.

"Você pode gostar de ficar em uma casa com aranhas e ratos", disse ela, "mas a maioria das pessoas prefere que eles fiquem do lado de fora. E se Amelia estivesse aqui..."

O *outro* refrão.

"Se Amelia estivesse aqui, estaria fazendo a mesma coisa, acredite."

Era divertido ouvir Patsy falar daquela maneira, como se ela e minha esposa fossem velhas camaradas trabalhando por um objetivo comum. Eu deveria me ofender, provavelmente, ouvindo Amelia ser chamada por seu primeiro nome, vendo seu casaco ser emprestado tão facilmente (mesmo que fosse por uma ou duas horas a cada semana ou duas). Mas não posso me impedir de pensar que Amelia teria gostado muito daquela moça: seu esforço e sua calma, sua ética delicada. Patsy considera de ponta a ponta sua situação. Só Deus sabe como ela se ajusta ao meu redor.

Fui até o quarto, encontrei uma caixinha de estanho com rapé e levei-a para a cozinha. As sobrancelhas dela se ergueram quando me viram.

"Quanto sobrou de rapé?", ela perguntou.

Patsy deu uma única aspirada. Sua cabeça lançou-se para trás enquanto o pó se transformava em vapor e entrava em suas narinas, e ela ficou assim durante algum tempo, aspirando o ar e soltando-o lentamente. "Será que eu lhe disse, Gus? Você está sem cigarros. E a chaminé está soltando fumaça de novo. E os celeiros com os vegetais estão cheios de esquilos."

Eu me apoiei contra a parede e fui baixando até me sentar no ladrilho de pedra. Isso fazia o mesmo efeito que pular em um lago. Um jorro de frio subindo pelo ossinho do final da coluna e queimando minha espinha.

"Já que estamos acordados, Patsy..."

"Sim."

"Conte-me sobre Leroy Fry."

Ela passou o braço pela testa. À luz da vela, eu podia apenas discernir as linhas de suor ao longo do maxilar, ao redor da clavícula, e as veias azuis de seus seios...

"Oh, já falei sobre ele antes, não foi? Você deve ter ouvido."

"Como se eu pudesse identificar cada namorado seu."

"Bem", disse ela franzindo um pouco a testa, "não há nada a dizer. Ele nunca me disse uma palavra, nunca tentou me agarrar. Mal podia suportar olhar para mim, era extremamente difícil para ele. Costumava vir em certas noites com Moses e Tench e ficavam contando as mesmas piadas e rindo da mesma maneira. Era para isso que ele ia lá, para rir. O riso dele era como um pio de um pássaro recém-nascido,. Ele só bebia cerveja. De vez em quando eu dava uma espiada, e ele estava olhando para mim, mas logo sacudia a cabeça. Assim, Gus. Como se alguém estivesse passando um nó corrediço nele..."

Ela se deu conta do que dizia. A escova se deteve. Os lábios se apertaram.

"Sinto muito", ela disse. "Você sabe o que quero dizer."

"É claro."

"Jamais vi alguém se ruborizar tão depressa quanto ele. Mas talvez eu tenha percebido isso apenas porque ele era muito transparente."

"Virgem?"

Oh, o olhar que ela me lançou, então. "Como eu poderia saber?", ela perguntou. "Com um homem não há como provar, não é?" Ela ficou quieta depois. "Eu só conseguia imaginá-lo com uma *vaca*, talvez. Uma vaca grande e maternal, daquelas que *instigam*. Com um úbere gordo."

"Não continue", interrompi. "Você vai fazer com que eu sinta saudades de Hagar."

Ela começou a secar o caldeirão com uma toalha de algodão. Seu braço dava voltas e voltas e me peguei olhando para aquelas mãos, as pequenas sinuosidades da pele causadas pelo sabão e a fricção. Mãos de mulher velha em braços de jovem.

"Parece que Fry ia se encontrar com alguém na noite em que morreu", eu disse.

"Alguém?"

"Homem ou mulher, não sabemos."

Sem levantar a cabeça, ela indagou: "Você vai me perguntar, Gus?".

"Perguntar..."

"Onde eu estava... que noite foi?"

"Vinte e cinco."

"Vinte e *cinco*." Ela me olhou firmemente.

"Não ia perguntar não."

"Bem, não importa, então." Seus olhos se abaixaram. Enfiou a toalha no centro do caldeirão, deu mais uma volta violenta, depois secou o rosto outra vez e disse: "Passei a noite na casa de minha irmã. Ela estava tendo uma de suas terríveis dores de cabeça e alguém tinha de cuidar do bebê até que passasse sua febre e, como o marido não vale nada, então... era lá que eu estava." Ela sacudiu a cabeça com raiva. "Eu deveria estar lá *agora*."

Mas, se ela estivesse lá agora, ela não estaria *aqui*, e isso seria... o quê? Será que ela queria que eu dissesse o que seria?

Aspirei rapé de novo. Uma sensação de limpeza atravessou minha cabeça. Um camarada nesse estado podia fazer declarações, não podia? Em uma noite de outono, para uma moça perto dele? Mas havia algo sólido e duro em minha cabeça. Eu só soube o que era quando a imagem voltou a mim: duas mãos agarrando o parapeito da janela no hotel Cozzens.

"Patsy", perguntei. "O que você sabe sobre o camarada Poe?"

"Eddie?"

Aquilo foi um choque. Ouvir que ele podia ser reduzido àquele tratamento carinhoso. Imaginei se alguém já o havia chamado antes daquela maneira.

"Uma coisinha triste", ela comentou. "Belas maneiras. Belos *dedos*, você percebeu? Fala como um livro, mas segura a bebida como se estivesse em um recipiente mal vedado. *Eis aí* o virgem sobre o qual perguntava."

"Há algo estranho nele, isso é certo."

"Porque ele é virgem?"

"Não."

"Porque bebe um bocado?"

"Não! Ele está – ele está cheio de fantasias sem sentido e... *superstições*. Imagine isso, Patsy. Ele me mostrou um poema e declara que tem algo a ver com a morte de Leroy Fry. Afirma que lhe foi ditado em sonho por sua mãe morta."

"Sua mãe."

"Que garanto que tem coisas melhores a fazer na outra vida – supondo que exista – do que sussurrar poesia de má qualidade no ouvido de seu filho."

Patsy se levantou, então. Colocou o caldeirão na prateleira de madeira. Orgulhosamente enfiou o peito para dentro do meu pijama.

"Tenho certeza de que se ela soubesse que era de má qualidade nunca o teria soprado."

"Oh!, Patsy", exclamei. "Não faça isso. Não você. Por favor."

"Falo com minha mãe todos os dias, Gus. Mais do que quando ela estava viva. De fato, tivemos uma encantadora conversa enquanto eu vinha para cá."

"Cristo!"

"Ela me perguntou como você era. E eu disse: bem, ele é um pouco mais velho e fala uma porção de asneiras, mas tem aquelas grandes mãos encantadoras, mãe, e aquelas costelas. Eu adoro sentir suas costelas."

"E ela – o quê? – ouve? Ela responde?"

"Às vezes. Quando eu preciso."

Levantei-me de repente. O frio tinha subido direto até o meu queixo e tive de dar várias voltas na cozinha, fazer o sangue circular de novo em meus braços.

"As pessoas que amamos estão sempre conosco", Patsy disse tranquilamente. "Você deveria saber disso..."

"Não vejo mais ninguém aqui", eu comentei. "Você vê? Até onde posso perceber, estamos totalmente sozinhos."

"Oh, você não acredita nisso, Gus. Você não pode ficar aí e dizer que *ela* não está aqui."

Naquela noite, o céu exibia um tom forte de púrpura e as colinas não podiam ser vistas exceto onde a luz iluminava a casa da fazenda de Dolph van Corlaer. E, em algum lugar, um galo, que se levantara muito cedo, estava às voltas com um longo canto.

"É uma coisa engraçada", eu disse. "Nunca me acostumei a partilhar minha cama. O cotovelo no meu rosto e, não sei, o cabelo de outra pessoa em minha boca. Mas agora, todos esses anos depois, não consigo me acostumar a ter a cama só para mim. Nem sou capaz de usá-la toda. Fico deitado lá, do meu lado, tentando não usar todo o lençol." Comprimi minhas mãos contra a janela. "Bem", eu disse, "agora faz muito tempo que ela se foi."

"Eu não estava falando da Amelia, Gus."
"*Ela* também se foi."
"Isso é o que você diz."

———◆———

Não adiantava argumentar. Minha filha *tinha* ido embora, isso era fácil de ver. Tudo o que se poderia dizer é que ela nunca tinha estado em primeiro lugar, e até mesmo eu, naqueles dias, tendia a me lembrar do que estava *ao redor* dela. Eu lembro, por exemplo, a frequência com que minha esposa se desculpava por não ter me dado um menino. E como sempre eu a confortava dizendo: "Uma filha me convém melhor, de todo jeito". Pois quem mais preencheria tão bem os silêncios? A quietude de uma noite como essa, quando eu estava perdido em minhas costumeiras buscas – meus "humores de solteiro", como Mattie costumava chamá-los –, e olhei subitamente... e lá estava ela, do outro lado da cozinha. Minha filha. Esbelta e ereta, as bochechas vermelhas por ficar sentada perto do fogo. Ela tinha estado, oh, costurando uma manga ou escrevendo para sua tia ou rindo de algo que o poeta inglês Pope havia escrito. Uma vez que meus olhos a encontraram, eles nunca permitiriam deixá-la ir embora de novo. E quanto mais eu olhava, mais meu coração queria arrebentar, porque parecia que eu já a estava perdendo de novo. Comecei a perdê-la no primeiro dia em que a segurei nos braços, violácea e esquálida. E não havia nada, no final, que pudesse impedi-la de se perder. Nem amor. Nem nada. "A única de que sinto falta agora é Hagar", disse para Patsy. "Pode pôr creme no meu café."

Ela me olhou. Muito cuidadosamente, como alguém matutando sobre um fato.

"Gus, você não coloca creme no café."

Narrativa de Gus Landor
11

1º e 2 de novembro

EM WEST POINT, AS QUATRO HORAS SÃO O QUE MAIS SE APROXIMA DE UM MOMENTO mágico. As exposições haviam terminado e a revista do anoitecer às tropas ainda não tinha sido anunciada; os cadetes desfrutavam um breve intervalo num dia de muita marcha, que muitos deles usavam para assaltar a cidadela feminina. Às quatro em ponto, um regimento de moças, galantemente vestidas de rosa, vermelho e azul, já estava passeando no Flirtation Walk. Dentro de minutos chegaria uma horda invasora de "cinzentos", cada um oferecendo seu braço a uma rosa, vermelha ou azul, e, se a relação progredisse – vamos dizer, um dia ou dois –, você poderia observar um cinza arrancando o botão mais perto do seu coração e trocando-o por uma madeixa de cabelo de uma rosa. A eterna promessa de fidelidade seria trocada. Lágrimas seriam vertidas. Tudo terminaria em meia hora. Não há nada como a eficiência.

Naquele dia em especial, o passeio teve um outro resultado útil. Tirou os cadetes dos campos e me deixou quase sozinho, perto da entrada norte que dá para o depósito de gelo, diante de uma planície vazia. As folhas caíam de uma maneira uniforme e a luz, que havia sido forte e ofuscante até então, estava suave e branda em uma crescente formação de neblina. Eu estava sozinho.

Então se ouviu um sussurro... o estalido de um galho fino... o som de passos.

"Ah, bom!", eu disse enquanto me virava. "O senhor recebeu meu bilhete."

Sem parar para replicar, o cadete Poe, do primeiro ano, deu uns saltos ao lado do depósito de gelo, um puxão violento na porta e entrou. Uma rajada de vento gelado espalhou-se atrás dele.

"Mister Poe?"

De algum lugar do escuro veio um longo grasnido baixo: "Alguém me seguiu?".

"Bem, deixe-me ver... não."

"Tem certeza?"

"Sim."

Ele consentiu então em aproximar-se da porta – até que os contornos do seu rosto ficassem de novo na luz. Um nariz, um queixo. O gelo em sua testa.

"Estou perplexo com sua conduta, mister Landor. O senhor *pede* o máximo segredo e depois me chama em pleno dia."

"Não há desculpa para isso, sinto muito."

"E supondo que eu fosse visto?"

"É uma ideia muito boa. Acho que seria até melhor, mister Poe, se começasse a escalar de novo."

Apontei para a parte superior coberta de palha do depósito de gelo, desenhada contra o céu como uma ponta de flecha amassada. Poe virou a cabeça para seguir a indicação do meu dedo, até que por fim ficou completamente na luz, piscando para o sol.

"Não é tão alto", eu disse. "Cerca de quatro metros, calculei. E você é tão bom para escalar."

"Mas... para quê?", ele sussurrou.

"Agora, posso lhe dar uma mão, isso ajuda? Depois você pode tentar agarrar o topo da moldura da porta, bem ali, está vendo? E dali você não deve ter problemas para alcançar a cornija..."

Ele olhou para mim como se eu estivesse falando de trás para a frente.

"A menos que ainda esteja cansado por causa do outro dia", expressei. "Certamente compreenderei se estiver."

Que chance tinha ele então? Colocou o quepe no chão, esfregou as mãos, deu-me um aceno carrancudo e disse: "Pronto".

Sendo baixo, ele conseguia aderir muito bem à superfície de pedra do depósito de gelo e escorregou apenas uma vez, enquanto escalava para alcançar a cornija. Mas seu pé direito era ligeiro e logo ele estava se arrastando para cima. Meio minuto depois encontrava-se no cimo, agachado como uma gárgula.

"Pode me ver de onde está?", perguntei.

Pssst.

"Perdão. Não consigo ouvi-lo, mister Poe."

"Sim." Um sussurro assobiado.

"Não precisa se preocupar. Estamos bem sozinhos por enquanto e, se alguém me ouvir, apenas me tomará por louco, que... perdão, o que foi, mister Poe?"

"*Por favor, diga-me por que estou aqui em cima.*"

"Oh, sim! O que você está procurando é a cena do crime." Com o pé, tracei uma área de mais ou menos dezoito metros quadrados. "O *segundo* crime", eu me corrigi. "Foi aqui que o coração de Leroy Fry foi arrancado."

Eu estava agora parado na face norte e um pouco a nordeste da porta do depósito de gelo. Na direção nordeste, ficavam os alojamentos dos oficiais; ao oeste, as casernas dos cadetes; ao sul, as Academias; e, ao leste, o posto de guarda em Forte Clinton. O nosso homem havia feito uma escolha muito sensata: ele encontrou o único lugar onde podia ter certeza de realizar seu trabalho sem ser visto.

"Que coisa estranha", comentei. "Procurei ao redor deste depósito de gelo. Andei apoiado nos joelhas e mãos, com os quatro membros como fazem os cachorros, sujei pelo menos duas calças. Nunca me ocorreu, até agora, tentar um... um ponto de observação *diferente*."

O ponto de observação *dele*, quero dizer. Do homem que cortou a carne e os ossos de Leroy Fry, mergulhou suas mãos no sangue que escorria e sentiu o mau cheiro de um corpo anteriormente vivo.

"Mister Poe, consegue ouvir-me?"

"*Sim.*"

"Muito bem. Gostaria que olhasse para baixo agora, para o lugar onde estou, e me dissesse, por favor, se vê qualquer, qualquer brecha no revestimento do chão. Com isso quero dizer qualquer lugar onde a grama ou o solo pareçam ter sido cavoucados. Onde uma pedra ou uma vareta possam ter sido enfiadas no chão."

Houve uma longa pausa. Tão comprida que eu estava quase repetindo tudo quando ouvi um longo assobio.

"Perdão, mister Poe, não consigo..."

"*Próximo de seu pé esquerdo.*"

"No meu pé... próximo... sim. Sim, estou vendo."

Uma pequena ondulação, talvez com oito centímetros de diâmetro. Procurando no meu bolso, tirei uma pedra branca lustrosa – coletei um monte delas no rio naquela manhã –, pressionei-a contra a fissura e dei um passo atrás.

"Aí está", eu disse. "Talvez agora, mister Poe, o senhor possa perceber o valor de uma visão de Deus. Duvido que eu pudesse ter percebido isso com meus olhos de mortal. Agora, se puder me dizer onde *mais* o senhor vê brechas. Mais ou menos da mesma forma e tamanho."

Era uma tarefa que necessitava de uma parada. Ele precisou de pelo menos cinco minutos antes que pudesse começar com determinação. Entre as descobertas, mais tempo ainda se passava, e em várias ocasiões ele mudou de ideia e me fez retirar a pedra que eu acabara de colocar. E porque ele insistia em sussurrar tudo, a tarefa de seguir suas direções era um pouco como andar às apalpadelas em uma alameda tendo apenas um vaga-lume como guia.

Ele ficou em silêncio outra vez. E depois me mandou correr para uma direção não prevista, *distante* cerca de três metros da área que eu havia delimitado para ele.

"Estamos abandonando a área do crime, mister Poe."

Mas ele insistiu para que eu pusesse uma pedra ali. E continuou insistindo e continuou empurrando o contorno que eu fizera para fora até ele não fazer mais nenhum sentido. Percebi o estoque de pedras em meu bolso diminuindo e um sentimento sombrio se apoderou de mim enquanto eu via desfazerem-se os contornos do terreno que havia delineado tão claramente em minha cabeça.

"Ainda há alguma brecha, mister Poe?", perguntei exausto.

Já havia se passado uma boa meia hora, naquela altura, e meu pequeno monstrinho declarou que havia mais *uma*. Que era, por razões estranhas, a mais difícil de encontrar. *Três passos ao norte... cinco passos ao leste... não, seis passos ao leste... não, você passou do ponto... ali... não, não ali, mais adiante!* Seu sussurrar contido fazia com que eu me mexesse todo o tempo como um mosquito... Até que, por fim, a brecha foi encontrada e a pedra inserida, e pude perceber o alívio em minha voz quando disse:

"Pode voltar para a Terra agora, mister Poe."

Descendo com dificuldade, ele pulou o último metro e meio caindo na grama de joelhos. Depois desapareceu de novo na escuridão do interior do depósito de gelo.

"No outro dia, mister Poe, o senhor mencionou que a natureza desse crime – a retirada do coração de Leroy Fry – o fez voltar à Bíblia. Devo admitir que eu já estava indo na mesma direção. Não exatamente em direção à Bíblia – não há muita coisa no mundo que me levaria a fazer isso –, mas não pude me impedir de imaginar se não haveria algo nesse acontecimento que mostrasse indícios de *religião*."

As mãos dele ficaram iluminadas enquanto o resto continuava no escuro.

"Bem, realmente, esse assunto todo tem um cunho religioso", eu disse. "Leroy Fry cai dentro de um 'bando ruim' dois verões atrás e depois o que faz? Corre direto para o pelotão de prece. Thayer vê o corpo de Fry e pensa no quê? Num religioso fanático. Assim, então, vamos considerar a religião como nossa premissa inicial e podemos nos perguntar: será que sobraram alguns traços do ato original? Alguns sinais de ritual – quero dizer, uma *cerimônia*. Pedras, ou velas, ou algo parecido, tudo colocado de maneira intencional?"

As mãos de Poe estavam entrelaçadas naquele momento: mãos suaves, de sacerdote.

"Bem, então", continuei, "se tais objetos *foram* usados, parece razoável que o homem os removesse quando terminou seu trabalho. Não há sentido em deixar evidências. Mas e as *impressões* deixadas pelos objetos? Estas levariam muito mais tempo para serem apagadas e o tempo era breve e precioso, nosso homem tinha um *coração* para cuidar. Muito bem, então, ele retira os objetos, mas, provavelmente, não permanece ali para preencher os buracos que os objetos fizeram." Eu sorri para aquelas mãos no depósito de gelo. "Isso é o que estamos fazendo hoje, mister Poe. Descobrindo os buracos que ele deixou para trás."

Examinei as pedras brancas enfiadas como marcadores muito pequenos de sepultura no meio da grama esmaecida. De minha jaqueta tirei um bloco e um lápis. Em um movimento como o de uma configuração de onda, comecei graduando a distância entre as pedras, desenhando enquanto andava, até que o papel ficou com um arranjo regular de pontos. "O que você descobriu?", sussurrou Poe das profundezas do depósito de gelo.

Só quando lhe entreguei a folha é que *vi* realmente o que havia nela:

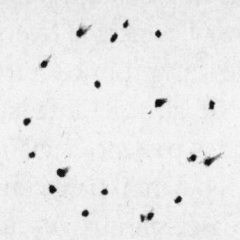

"Um círculo", reconheceu Poe.

Era um círculo. Com três metros de diâmetro segundo minha estimativa. Um espaço muito maior do que o corpo de Leroy Fry teria ocupado. Suficientemente grande para caber meia dúzia de outros Leroy Fry.

"Mas e o desenho dentro do círculo", disse Poe abaixando o rosto sobre o papel, "não consigo detectar o que é."

Ambos olhamos para ele mais algum tempo, tentando conectar os pontos interiores com os exteriores. Não funcionou. Quanto mais eu olhava, mais os pontos pareciam se espalhar... até que deixei meu olhar pousar sobre as próprias pedras.

"Hum", eu disse. "Está perfeitamente claro."

"O quê?"

"Se nós perdemos alguns dos pontos da circunferência do círculo – vê? –, estou querendo apostar que perdemos alguns dentro do círculo também. Deixe-me apenas..."

Coloquei o papel em cima do bloco e comecei a desenhar uma linha através dos pontos que estavam mais próximos e depois continuei, meio inconsciente do que estava fazendo, até que ouvi Poe exclamar:

"Triângulo!"

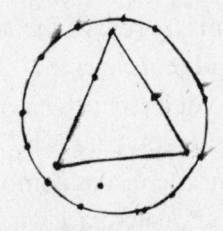

"Sim, realmente", confirmei. "E pelo que me contaram, estou adivinhando que Leroy estava bem *dentro* daquele triângulo. E nosso homem estava... ele estava..."

Onde?

Anos atrás, a família de um ferrador em Five Points pagou-me (com o valor de várias poupanças que fizera durante a vida) para descobrir a verdade sobre a morte dele. O camarada tivera a cabeça quebrada e fora marcado a fogo com um de seus próprios ferros. Em sua testa encontrei uma marca em forma de U, de carne levantada, como se um cavalo tivesse pisado ali. Lembro-me de ter passado a mão pela ferida imaginando a pessoa que a fizera e depois, olhando para cima, vendo – não, não quero dizer isso –, *imaginando* o assassino parado na porta com o ferro ainda fumegando na mão, e em seus olhos um *olhar*... raiva e medo, suponho, e certa timidez, como se duvidasse que ele fosse digno de minha atenção. Bem, o assassino *real*, quando o encontramos, era mais baixo do que eu havia imaginado, mas o seu olhar, *esse* era o mesmo. Ele permaneceu assim, também, durante todo o caminho para a forca.

Aquele caso particular tornou-me um crente em, bem, em *imagens mentais*. Mas naquela tarde, no depósito de gelo, leitor, não havia imagens. Ninguém se voltava para olhar para mim. Ou, melhor dizendo, quem quer que estivesse ali ficava mudando de posição e de forma... se multiplicando.

"Bem, o senhor tem auxiliado muito, mister Poe. Agora precisa ir para a revista de tropas e estou esperando o capitão Hitchcock, então eu..."

Virei-me e vi Poe ajoelhado na grama. O rosto inclinado para baixo. Resmungando como um corvo.

"O que foi, mister Poe?"

"Eu as vi do telhado", esclareceu ele. "Elas não se ajustam, entende? Então eu não..." Sua voz arrastou-se em mais resmungos.

"Ainda não está muito claro, mister Poe."

"Marcas na grama, chamuscadas!", ele gritou. "Rápido, agora!" Ele arrancou uma folha do meu bloco, estendeu-a na grama e começou a sombreá-la com o lápis, com movimentos rápidos e amplos que logo preencheram o papel – ou *quase* o preencheram. Porque, quando ele ergueu a folha contra a luz, pudemos ver, como uma mensagem desenhada em uma janela embaçada:

SHJ

"Parece com... *SHJ*", leu Poe. "Sociedade de..."

Oh, sim, pesquisamos todas as sociedades que pudemos lembrar. Irmandades, escolas, centros devocionais. Passamos ali um tempo atroz, ajoelhados na grama, quebrando a cabeça.

"Espere aí", disse Poe de repente.

Ele olhou o papel com olhos semicerrados e, em voz baixa, disse: "Se cada uma das letras está invertida, não podemos supor que a *mensagem* toda também esteja?"

Imediatamente destaquei outra folha e escrevi as letras em tamanho grande e em negrito, de modo que encheram o papel de lado a lado.

JHS

"Jesus Cristo", disse Poe.

Com um movimento giratório, sentei-me na grama de modo a dar uma folga para os meus joelhos. Depois procurei um pouco de fumo.

"Uma inscrição muito comum nos tempos antigos", eu disse. "No entanto, acho que jamais a vi escrita invertida."

"A menos que", disse Poe, "alguém além de Cristo estivesse sendo invocado. Alguém diretamente *oposto* a Cristo."

Eu me achava sentado na grama mastigando meu fumo. Poe estava examinando uma sequência de nuvens. Um melro estava cantando e um sapo coaxava. Tudo estava diferente.

"Sabe?", eu disse por fim, "tenho um amigo que pode nos ser útil." Poe olhou de soslaio para mim.

"Verdade?"

"Oh, sim", repliquei, "ele é um especialista em símbolos e... *rituais* e coisas afins. Ele conseguiu reunir uma extensa coleção de livros pertencentes ao... ao..."

"Ao oculto", respondeu Poe.

E, depois de mastigar mais alguns segundos, concordei que *oculto* era provavelmente a palavra correta para aquilo.

"Camarada fascinante", eu disse. "Meu amigo, quero dizer. Chama-se professor Pawpaw."

"Que nome extraordinário!"

Expliquei a Poe que Pawpaw era índio de nascimento, ou melhor, metade índio e, oh, um quarto francês e Deus sabe o que mais. E Poe me perguntou se ele era um professor de verdade. E eu respondi que ele era um estudioso, quanto a isso não havia dúvidas, muito solicitado pelas damas da sociedade. Mistress Livingstone pagou-lhe uma vez doze dólares de prata pelo prazer de passar uma única hora com ele.

Poe encolheu os ombros de modo negligente. "Espero que *o senhor* tenha meios de pagá-lo, então", disse ele. "Estou com dívidas atrasadas e mister Allan não me manda dinheiro nem para os instrumentos matemáticos."

Disse-lhe para não se preocupar, eu me encarregaria de tudo. Depois lhe desejei um bom dia e observei sua figura esbelta seguir seu caminho (sem muita pressa) pela planície.

O que não quis lhe contar foi isto (e só de pensar eu ria sozinho em voz alta enquanto me dirigia ao hotel): eu já havia encontrado a melhor compensação para o professor Pawpaw. Eu lhe entregaria a cabeça de Edgar A. Poe.

Narrativa de Gus Landor
12

3 de novembro

O CHALÉ DO PROFESSOR PAWPAW FICA APENAS A SEIS QUILÔMETROS DO MEU, INDO em direção ao interior, mas fica no final de uma colina íngreme, e o caminho é tão coberto de vegetação que se faz necessário, a quinhentos metros da casa, abandonar o cavalo e abrir caminho através de uma mata de cedros. Então se é recompensado com a vista de uma varanda com guirlandas de jasmim e madressilvas perfumadas. Oh, e uma pereira seca, coberta de begônias em flor e, dependuradas de cada ramo, gaiolas de vime cheias de pássaros canoros, papa-figos, papa-arrozes e canários, todos eles cantando do crepúsculo até o alvorecer sem parar. Sem nenhuma harmonia óbvia, mas, se ouvir durante muito tempo, ou os sons formarão um padrão, ou (essa é a teoria de Pawpaw) você deixará de querer encontrar um.

Agora, se Poe soubesse o caminho, teríamos feito a viagem até Pawpaw naquela mesma noite. Mas eu disse que nunca encontraríamos o local no escuro. Além disso, eu queria que o professor fosse avisado antes. Naquela mesma noite, um mensageiro da Academia foi despachado com um bilhete meu.

Na manhã seguinte, Poe acordou, mastigou um pedaço de giz e depois apresentou a língua branca para o dr. Marquis, que lhe entregou um punhado de pó de subcloreto de mercúrio e uma nota dispensando-o de seus deveres. Poe, então, insinuou-se através de uma cerca de tapumes no pátio que armazenava madeira e se encontrou comigo ao sul do posto de guarda, onde montamos em Cavalo e pegamos a estrada principal para Buttermilk Falls.

Era uma manhã nublada e fria. O único calor parecia vir das árvores, que se erguiam das beiradas de granito pálido, e das folhas secas que brilhavam nos charcos, nos vales profundos e estreitos e nas camadas de musgo esponjoso. O caminho erguia-se rapidamente à medida que nos deslocávamos lentamente ao redor de rochas salientes, e Poe tagarelava ao meu ouvido sobre o princípio do sublime de Burke e Tintern Abbey e *A natureza é o verdadeiro poeta da América, mister Landor*, e quanto mais ele falava mais o receio me envolvia. Ali estava eu, contrabandeando um cadete para fora da reserva – sabendo muito bem que Hitchcock e seus oficiais faziam questão de inspecionar as casernas todos os dias. Ai daquele cadete que se dissesse "doente" e falhasse em responder à dupla batida na porta!

Bem, em vez de pensar sobre as consequências, contei a Poe tudo o que sabia sobre Pawpaw.

Sua mãe era uma índia da tribo de Hurônia, seu pai, um comerciante de armas franco-canadense. Foi adotado muito jovem por uma tribo de índios Wyandot, que foram massacrados intencionalmente pelos iroqueses. O único sobrevivente, Pawpaw, foi resgatado por um negociante de ossos de Utica, que lhe deu um nome cristão e o educou em termos estritos: igreja duas vezes ao dia; catecismo e hinos antes de ir para a cama; setenta versículos da Bíblia por semana. (Em todos os aspectos, ele teve a mesma educação que eu, exceto que lhe era permitido jogar cartas.) Depois de seis anos, o negociante de ossos tornou-se vítima de uma inflamação das glândulas linfáticas do pescoço. O garoto, então, foi mandado para a casa de um gigante no ramo de tecidos, homem propenso à caridade, que morreu logo depois e deixou para Pawpaw uma herança de seis mil dólares por ano. Pawpaw imediatamente retomou o seu nome indígena e mudou-se para uma casa de pedra em Jersey, na Warren Street, onde publicou monografias sobre alcoolismo, alforria e meimendro – e uma interpretação sobre o cérebro humano. Quando sua fama começou a crescer, mudou-se de novo, dessa vez para as montanhas. Atualmente, comunica-se sobretudo por meio do correio, toma banho de mar duas vezes por ano e olha de esguelha para seu passado. Uma vez, quando foi chamado de nobre selvagem, ouviram Pawpaw dizer: "Por que estragar tudo com o nobre?".

Depois de toda a escola dominical que aguentou, percebe?, ele sentia necessidade de chocar as pessoas. Foi por isso, talvez, que se preparou para a nossa vinda pendurando uma cascavel morta na porta e espalhando ossos de rãs no caminho que levava à entrada de sua casa. Os ossos iam sendo triturados ruidosamente debaixo de nossos pés e ficavam presos nas fissuras de nossas botas, de modo que ainda estávamos tirando fragmentos de ossos quando Pawpaw apareceu. Baixo, com o peito forte e maciço, ele ficou parado na porta com um ar ausente, como se tivesse saído apenas para certificar-se do tempo. Olhamos para ele porque Pawpaw é feito para ser olhado – é causa e efeito. Da primeira vez que vim, ele me recebeu com todas as prerrogativas indígenas, brandindo uma pederneira em forma de flecha. Hoje, por razões fora de minha compreensão ou mesmo da dele, estava vestido como um velho fazendeiro holandês. Jaqueta de tecido caseiro e calções, fivelas de estanho e os mais enormes sapatos que jamais vira: podia-se enfiar um homem dentro deles. As únicas coisas que não combinavam muito eram a garra de águia pendurada em seu pescoço e a pequena corda de índigo que ia da têmpora direita até o topo do nariz (uma nova moda).

Lentamente, aqueles bonitos olhos cor de avelã começaram a ter vislumbres de compreensão. "Ohh!" Ele foi direto até Poe. Agarrou-o pelo braço, arrastou-o pela entrada da porta. "Você tinha razão!", o professor gritou para mim. "Ele é perfeitamente notável. Uma cabeça tão aumentada!"

Entrementes, ele e Poe estavam meio que correndo para a sala de estar. O que me permitiu dar uma volta pela sala da frente do professor, ver mais uma vez o tapete de bisão e a terrível coruja empalhada, os açoites e arreios pendurados nas paredes como se fossem relíquias de museu. Quando entrei na sala de estar, uma fileira de maçãs estava crepitando na lareira, Poe havia sido arremessado em uma poltrona holandesa, estilo Phyfe, e ao seu lado encontrava-se Pawpaw com sua pele vermelho--prateada e nariz em forma de batata, esfregando as pontas dos dedos, umas contra as outras, e oferecendo, em vez de um licor, a linha esburacada de seus dentes escuros.

"Jovem", ele disse. "Você faria o favor de tirar seu quepe?"

Hesitando um pouco, Poe tirou o quepe de couro da cabeça e depositou-o no tapete de Bruxelas.

"Isso não irá machucá-lo em nada", afirmou o professor.

Se eu estivesse me encontrando com Pawpaw pela primeira vez, poderia ficar receoso. Ele tinha as mãos trêmulas – como as de um homem que tira a roupa de baixo de uma mulher pela primeira vez – enquanto circundava com um cordão a parte maior da cabeça de Poe.

"Oitenta e dois centímetros. Não tão grande quanto havia suposto. Certamente é a proporção que é tão chocante. Quanto o senhor pesa, mister Poe?"

"Sessenta e cinco quilos."

"E sua altura?"

"Um metro e sessenta e oito centímetros e meio."

"Oh, e *meio*, é? Agora, jovem, desejo sentir sua cabeça. Não faça essa cara. Não vai doer, a menos que lhe devolver sua alma por meio dos dedos seja agonia. Só precisa ficar quieto, consegue fazer isso?"

Assustado demais até para acenar, Poe apenas piscou. O professor aspirou o ar por duas vezes e deixou que seus dedos crispados se unissem com aquele crânio virginal. Um suspiro, um leve exalar de ar emergiu dos lábios escuros.

"Amorosidade", entoou Pawpaw. "Moderada."

Ele abaixou a orelha até o crânio de Poe, como um fazendeiro tentando detectar roedores em meio aos grãos, enquanto os dedos moviam-se agitados pelos cabelos pretos emaranhados.

"Propensão para permanecer continuamente no mesmo lugar", disse o professor com voz mais alta. "Pequena. Concentração: plena. Faculdades intelectuais: amplas – não, *muito* amplas." Poe deu um sorriso. "Desejo de aprovação: pleno." Um sorriso meu. "Propensão para reproduzir: muito pequena."

E assim continuou, leitor. Cautela, benevolência, esperança: traço por traço, aquele crânio foi forçado a revelar seus segredos. Entregá-los ao *mundo*, eu diria, porque o professor *rugia* com cada achado como um leiloeiro; apenas quando o seu barítono profundo começou a diminuir de força foi que eu soube que estava terminando.

"Mister Poe, o senhor exibe os sinais de ter uma tendência a não criar raízes. A parte do seu crânio devotada a propensões puramente animais – quer dizer, a parte posterior inferior e a lateral inferior – é uma área um pouco menos desenvolvida. No entanto, a discrição e a combatividade são altamente desenvolvidas. Percebo em seu caráter uma divisão violenta e quase certamente *fatal*."

"Mister Landor", disse Poe tremendo um pouco. "O senhor não me disse que o professor era um vidente."

"Repita isso!", vociferou Pawpaw. "O senhor... o senhor nunca..."

"Sim, sim."

"Me disse..."

"Richmond!", gritou Pawpaw.

Pregado em sua cadeira, Poe começou a gaguejar. "Isso é... isso é verdade, eu sou..."

"E se eu não estou enganado", acrescentei, "ele passou alguns anos na Inglaterra."

Os olhos de Poe estavam bem abertos então.

"O reverendo John Bransby de Stoke Newington", expliquei. "Aquela notável autoridade em soletração."

Pawpaw aplaudiu. "Ah, muito bom. *Excelente*, Landor! As nuanças inglesas se harmonizam muito facilmente com os sons das montanhas do Sul. Deixe-me ver agora, o que mais podemos dizer sobre esse jovem? Ele é um artista. Com essas mãos, não pode ser nada mais."

"Um artista medíocre", disse Poe ruborizando-se.

"Ele é também..." Um instante de pausa antes que Pawpaw apontasse o indicador para o rosto do jovem e gritasse: "Um órfão!".

"Isso também é verdade", disse Poe em voz baixa. "Meus pais – meus *verdadeiros* pais – morreram em um incêndio. O incêndio no teatro de Richmond em 1811."

"E o que eles tinham de fazer no teatro?", resmungou Pawpaw.

"Eles eram *atores*", disse Poe. "Muito bons atores. Renomados."

"Ah, renomados", disse o professor afastando-se com desgosto. Seguiu-se então um grande embaraço. Poe, em sua poltrona, sofreu indignado. O professor andava silenciosamente pela sala, tentando espantar todas as emoções. E eu: esperando. Até que a calma voltou a reinar à nossa volta, e então eu disse:

"Professor, me pergunto se podemos tratar do assunto que nos trouxe."

"Que seja", disse ele carrancudo.

Antes de tudo ele nos fez um chá. Trouxe-o em uma chaleira de prata amassada e a bebida tinha gosto de alcatrão: agressiva na língua e parecendo cola na garganta. Bebi três xícaras, uma atrás da outra, como se fossem goles de uísque. Que escolha eu tinha? Pawpaw não guardava bebida alcoólica ali.

"Agora, então, professor", eu disse. "O que podemos deduzir disso?"

Peguei o desenho que Poe e eu tínhamos feito, do triângulo dentro de um círculo, e o coloquei em cima da mesa de Pawpaw, que não era mais do que uma grande caixa de madeira com estanho prensado sobre ela.

"Bem", disse o professor, "depende de a quem se faz a pergunta. Summon, um antigo grego, um alquimista, diria que o círculo é um Ourobouros, um símbolo de unidade eterna. Summon, um pensador *medieval*" – Pawpaw repentinamente revirou os olhos para cima – "diria que ele representa tanto a criação como o vazio para o qual a criação deve tender." Seus olhos voltaram-se de novo para o papel. "*Este*, no entanto – este só pode ser um círculo mágico." Poe e eu trocamos um olhar.

"Sim, sim", continuou Pawpaw. "Eu me lembro de ter visto um em *Le Véritable Dragon Rouge*. Se me lembro direito, o mágico ficaria... *aqui*... no triângulo."

"O mágico sozinho?", eu perguntei.

"Oh, pode ter um grupo de auxiliares, todos dentro do triângulo com ele. Velas colocadas de cada lado, e na frente – *ali*, vamos dizer – um *braseiro*. Luz por toda parte, um festival de luzes." Fechei os olhos tentando imaginar tudo aquilo.

"As pessoas que realizam essas cerimônias", disse Poe. "Elas são cristãs?"

"Com frequência sim. A magia não pertence apenas ao domínio das trevas. No seu próprio desenho, como pode ver, há a inscrição cristã..."

Seu dedo pousava então sobre o *JHS* invertido, e qualquer um poderia pensar que as letras falavam direto para dentro da pele dele, porque Pawpaw puxou a mão, levantou-se e deu dois passos para trás. Uma forte expressão de irritação apareceu em seu rosto.

"Por Deus, Landor, por que você não me interrompeu? Pensa que eu tenho o dia inteiro? Vamos!"

É difícil descrever a biblioteca do professor para quem nunca esteve lá. É uma sala pequena, sem janelas, não mais do que três metros e meio em qualquer direção, e toda destinada a livros: em formato in-fólio, em formato in-quarto, em formato duodécimo,* empilhados vertical e horizontalmente, oscilando nas prateleiras, espalhados no chão. Ainda abertos, muitos deles, na última página que o professor esteve lendo.

Pawpaw já estava escalando as prateleiras. Depois de meio minuto, ele tinha escolhido o que desejava e colocado tudo no chão. Um volume maciço encadernado em couro preto com fechos de prata. O professor deu uma batida no livro e uma nuvem de poeira levantou-se por entre seus dedos.

"De Lancre", ele disse. "*Tableau de l'inconstance des mauvais anges*. Lê francês, mister Poe?"

"*Bien sûr*."

Poe retirou delicadamente a primeira folha do pergaminho. Pigarreou, estufou o peito. Preparado para narrar.

"Por favor", disse Pawpaw. "Não posso suportar que leiam para mim. Pegue o livro, vá para o canto e leia em silêncio."

---

* Formato 12,5 por 18,5 centímetros. [N.T.]

No canto, é claro, não havia mobília, nem em nenhum outro lugar. Com um sorriso tímido, Poe sentou-se em uma almofada de brocado, enquanto o professor me empurrava com seriedade para o chão. Eu escolhi, em vez disso, apoiar-me contra as prateleiras enquanto pegava um pouco de fumo.

"Conte-me um pouco sobre esse camarada Lancre", eu disse.

Rodeando os tornozelos com os braços, Pawpaw descansou o queixo sobre os joelhos. "*Pierre* de Lancre", ele disse. "Terrível caçador de feiticeiros. Encontrou e executou seiscentos feiticeiros bascos em um período de quatro meses e deixou escrito o notável volume que mister Poe está agora lendo atentamente. Um puro deleite. Oh, mas espere! Que tipo de anfitrião eu sou?"

E ele se levantou e saiu pela porta, para retornar cinco minutos depois com uma bandeja de maçãs – aquelas que eu tinha visto assando na lareira. Elas estavam irreconhecíveis então: cheias de bolhas e machucadas com o suco escorrendo. Pawpaw pareceu um pouco ofendido quando recusei.

"Como queira", ele fungou enfiando uma em sua boca. "Onde estávamos? Sim, sim, De Lancre. Agora, o livro que eu *desejaria* ter para dá-lo a você, Landor, é *Discours du Diable*. Escrito por um tal de Henri le Clerc, que exterminou *setecentos* feiticeiros antes de morrer. O que torna sua história pouco comum é que ele experimentou uma conversão na metade da vida. Como Saul no caminho para Damasco, exceto que Le Clerc estava indo na outra direção. Para o lado das trevas."

Formou-se uma linha de suco de maçã escorrendo até o queixo de Pawpaw. Ele a limpou com o dedo.

"O próprio Le Clerc foi capturado e queimado no poste em Caen no ano de 1603. Em seus braços, dizem, ele segurava o volume já mencionado, envolto em pele de lobo. Quando as chamas aumentaram, ele fez uma prece para seu senhor e lançou o livro no fogo. Testemunhas juraram que ele se desvaneceu num abrir e fechar de olhos, como se alguém o tivesse arrancado do meio da fornalha."

"Bem, posso ver por que..."

"A história não terminou, Landor. Logo se espalhou o boato de que Le Clerc tinha deixado dois ou três outros volumes idênticos àquele que havia sido destruído. Nenhum nunca foi conclusivamente identificado, mas, nos séculos posteriores, a tarefa de recuperar esses livros perdidos tornou-se a *idée fixe* de muitos colecionadores ocultistas."

"Um deles foi o senhor, professor?"

Ele fez uma careta. "Eu mesmo não desejei esse volume, embora possa perceber por que outros o cobiçaram. Disseram que Le Clerc deixou instruções para curar doenças incuráveis e até mesmo para conseguir a imortalidade."

Bem naquele momento senti um pouco de cócega na mão. Olhei para baixo para descobrir uma formiga andando pelo nó de meus dedos.

"Acho que vou querer uma daquelas maçãs", eu disse.

E olhe, ela estava boa. A crosta preta saía como se fosse de papel e o interior era uma maravilha derretida, doce e macia. Pude notar Pawpaw sorrindo para mim, como se dissesse: *Você duvidava?*

"Talvez", sugeriu ele, "devêssemos averiguar o progresso de seu jovem amigo."

Poucos minutos tinham se passado desde que Poe fora para o canto, mas ele estava tão quieto que um pouco de poeira já havia se assentado sobre seus ombros. Mesmo quando nos aproximamos, ele não levantou a cabeça. Tive de olhar por cima dele para ver o que estava examinando.

Era uma gravura que abrangia as duas páginas: a ilustração de uma festividade. Bruxas velhas com seios caídos montadas em carneiros peludos. Demônios alados arrastando os corpos de bebês ainda vivos. Esqueletos de touca e diabos dançando e, ereto no centro – em sua poltrona de ouro –, o mestre da festa: um bode cortês, com fogo saindo de seus chifres.

"Incrível, não é?", suspirou Poe. "Não se consegue parar de olhar. Oh, professor, posso ler em voz alta apenas um pedaço?"

"Se fizer questão."

"Faz parte da descrição de Lancre do ritual do sabá. Perdoem meus lapsos, ainda estou traduzindo. *É comumente conhecido entre a... fraternidade dos anjos demônios que os – os* conteúdos *de uma festa de sabá de feiticeiros se limitam às seguintes miscelâneas – a saber, animais* impuros *que nunca foram comidos por povos cristãos...*"

Percebi que eu me aproximava mais de Poe.

"*... bem como os corações de crianças não batizadas...*"

Poe parou e, olhando primeiro para o professor, depois para mim, começou a sorrir maliciosamente.

"*... e os corações de homens enforcados.*"

Narrativa de Gus Landor
13

De 3 a 6 de novembro

FICAMOS EM SILÊNCIO, POE E EU, DURANTE TODO O CAMINHO DE VOLTA A West Point. Só quando estava descendo do cavalo, cerca de quinhentos metros antes do posto da guarda, foi que ele se sentiu apto a falar novamente.

"Mister Landor", disse ele. "Estive ponderando para onde deveríamos dirigir nossas investigações daqui por diante. Ocorre-me que se desejarmos localizar um grupo secreto..." Ele hesitou apenas um segundo. "... de *satanismo*, bem, então, deveríamos nos dirigir àqueles que seriam os mais sensíveis a uma tal presença no território. Aqueles que se *opõem*, por assim dizer."

Pensei um pouco nisso.

"Os cristãos", eu declarei cauteloso. "Cristãos, sim. Aqueles mais devotos."

"Está querendo dizer o reverendo Zantzinger?", perguntei.

"Oh, por Deus, não!", gritou Poe. "Zantzinger não reconheceria o Diabo nem que ele espirrasse em sua batina. Não, acho que o pelotão de prece se enquadra melhor."

Isso fazia perfeito sentido, reconheci imediatamente. Tratava-se do mesmo pelotão ao qual Leroy Fry se juntara durante um breve tempo, uma associação voluntária de cadetes que achavam o serviço religioso de West Point demasiado anglicano e queriam um caminho mais direto para Deus.

Até então, é claro, aquele pelotão só merecera o desprezo de Poe. "*Agora*, mister Landor, acho que podemos usá-lo de maneira proveitosa, se me permitir."

"É claro. Mas como o senhor..."

"Oh, deixe isso comigo", ele falou arrastando as palavras. "Enquanto isso, eu e o senhor devemos encontrar um meio melhor para nos comunicarmos. De minha parte, isso é relativamente simples: só preciso entrar despercebidamente em seu hotel e deixar uma mensagem debaixo da porta. O senhor, contudo, faria melhor se não deixasse nenhum bilhete em minha caserna, pois os meus colegas de quarto são os demônios mais farejadores. Eu sugeriria, em lugar disso, o Kosciusko's Garden, conhece o local? Há ali uma fonte natural e, no contorno sul da fonte, uma pedra solta – ígnea, eu acho – bastante grande para esconder um pedaço de papel, desde que suficientemente dobrado. Apenas deixe sua missiva ali de manhã e me darei ao trabalho de apanhá-la no intervalo entre... O que foi? Por que está gargalhando, mister Landor?"

De fato, eu estava me sentindo orgulhoso pela escolha. Nenhum espião que eu conhecera havia realizado seu trabalho com tanta elegância e eu mal podia esperar para elogiá-lo para alguém – mesmo que esse alguém fosse apenas Hitchcock. Ele e eu nos encontramos pontualmente na sala de estar de Thayer no dia seguinte (Thayer, quão bondosa divindade, estava ausente), e bebemos café com creme gordo, e comemos bolinho de milho e ostras ao molho escabeche. O aroma do assado de Molly enchia o ar e Hitchcock contou sobre um livro que estava lendo – *Memórias de Napoleão,* de Montholon, eu acho –, e a atmosfera estava mais leve e cheia de graça, mesmo que essa graça fosse proveniente de uma grande pressão. Porque o chefe dos engenheiros acabara de pedir um relato completo de minhas investigações, que deveria ser encaminhado para o secretário da Guerra, e dizia-se que o próprio presidente se interessara pelo assunto – e quando o presidente se interessa, pode-se seguramente dizer que as coisas estão oscilando e que será necessária uma ação oportuna para arranjá-las outra vez. Isso era o que estava por trás de toda a nossa amenidade: um tique-taque, tão pronunciado quanto o do relógio que havia no estúdio de Thayer no andar de baixo, que às cinco horas começou a soar ali.

Senti simpatia por Hitchcock e fiz o melhor que pude por ele. Contei-lhe o que sabia, o que não sabia e o que supunha. Até lhe contei sobre Pawpaw, cujas peculiaridades dificilmente são do tipo que encantam uma mente militar. Eu havia cumprido cada um dos termos do nosso acordo, ou assim pensei, e então vi Hitchcock levantar-se e olhar atentamente dentro de uma estante de vidro cheia de totens de guerra, e percebi que o meu trabalho estava apenas começando.

"Então, mister Landor. Por causa de alguns... alguns buracos no chão, agora está persuadido de que o crime foi cometido por uma diabólica, como a chamaríamos, *sociedade*?"

"Isso seria possível."

"Sociedade ou *culto* que está em ação em algum lugar na vizinhança de West Point. Dentro das próprias paredes da Academia, muito provavelmente."

"Sim, isso é possível."

"E também está persuadido de que esse indivíduo..."

"Ou grupo."

"... ou *grupo* de indivíduos está sob a influência de algo medieval – eu ia chamá-la, em vez, de conversa fiada..."

"Vá em frente, capitão."

"... e que, em consequência disso, Leroy Fry foi morto e seu coração, arrancado, tudo para cumprir uma bizarra cerimônia devocional? É isso que está tentando me dizer, mister Landor?"

"Ora, capitão", eu disse sorrindo gentilmente, "o senhor já me conhece um pouco melhor. Alguma vez já me ouviu dizer algo diretamente? Tudo que posso lhe dizer é que agora há uma série de possibilidades. Uma série de símbolos surgiu na cena do crime que pode ter um significado oculto, e um conjunto de direções muito específicas – direções *ocultas* – que podem pertencer ao nosso crime."

"E disso tudo o senhor deduz...?"

"Não deduzo nada. Apenas digo que Leroy Fry foi morto de uma maneira tal que seu coração seria *útil* para um tipo particular de adoradores."

"'Útil', 'tipo de adorador' – esses são belos eufemismos, mister Landor."

"Se quiser chamá-los de demônios sedentos de sangue, capitão, não se acanhe. Isso não nos faz saber quem eles são. Ou se estão trabalhando em direção a metas mais amplas."

"Mas se tivermos de aceitar sua... sua 'série de possibilidades', mister Landor, então parece, de modo acentuado, que um grupo *esteve* por trás dos dois crimes."

"Como acho que o dr. Marquis foi o primeiro a teorizar", eu disse.

Tratava-se de algum sinal – de meu enfado? Desespero? – o fato de sentir a necessidade de chamar um aliado para apoiar-me. E, de fato, Hitchcock não ligou a mínima para o dr. Marquis; ele só se importava em tagarelar sobre buracos em minha teoria. *Rezingar, resmungar, implicar*, de novo e de novo, até que por fim eu disse:

"Vá o senhor mesmo até o depósito de gelo, capitão. Diga-me que estou errado. Diga-me que os buracos não estão ali, as letras não estão ali. Diga-me que eles não formam o padrão que descrevi e não o importunarei mais com as minhas teorias. E poderá encontrar, por si mesmo, outro menino para açoitar."

Assumi aquilo – a ameaça de ruptura – para aquietá-lo. Para sossegar-me também. Quando falei de novo, minha voz saiu mais suave:

"Não sei o que o senhor espera, capitão. Quem quer que seja que tenha tirado o coração de Leroy Fry estava com uma terrível determinação acerca de *algo* – por que não isso?"

Bem, cheguei à seguinte conclusão, leitor: Hitchcock tinha de preencher um relatório, e esse relatório deveria ter algumas palavras escritas. E assim, depois de mais algumas questões para conseguir uma "amplificação", e algumas tentativas para encontrar a linguagem correta, logo obtivemos tudo de que precisávamos para o chefe dos engenheiros – pelo menos por enquanto. E como esse era o propósito verdadeiro do nosso encontro, eu estava me congratulando sobre a minha salvação e preparando-me para ir embora... quando cometi o erro de falar de meu jovem amigo.

"*Poe?*", gritou Hitchcock.

Veja você, ele tinha acabado de se acostumar com a minha ideia de contratar Poe. Mas que esse mesmo Poe tivesse se tornado um parceiro ativo – que eu tivesse proposto continuar a empregá-lo tendo em vista os últimos progressos –, tal fato Hitchcock não tinha previsto. Isso fez com que se levantasse e de novo lá estava ele enchendo minha cabeça com o *in loco parentis** e comandando isso e estabelecendo aquilo. De repente, no meio de tudo aquilo, alcancei o âmago do que ele estava dizendo e cheguei a uma conclusão: Hitchcock estava com medo.

"Capitão", eu disse. "Tudo ficará bem."

Que eu me lembre, era o tipo de coisa que minha filha costumava me dizer, mesmo nas circunstâncias mais medonhas. Só não sabia se havia soado muito convincente saindo de meus lábios.

"Mas certamente", disse Hitchcock (com sinais de contração ao redor da boca), "certamente, se uma tal... uma *sociedade* existe, então seus membros não devem ser tratados levianamente."

"É claro que não. É por isso que mister Poe tem apenas a tarefa de reunir informações. Esse é o começo e o fim de suas responsabilidades. Todos os demais riscos são meu encargo."

---

* Termo jurídico que corresponde a "em substituição dos pais". [N.T.]

Ah, esses homens do Exército e suas verdadeiras antipatias irracionais! Eles não aceitariam uma orientação de um civil se pudessem evitá-la, nem mesmo do presidente (*sobretudo* não do presidente). E assim ficam num jogo de empurra-empurra, e por fim tive de dizer:

"Por favor, capitão. Eu disse a mister Poe, em termos muito claros, que ele não deve se expor ao perigo nem sequer à mínima sugestão de perigo."

De fato, eu ainda precisava dizer isso ao cadete Poe, embora tivesse a séria intenção de fazê-lo. Tirando vantagem da estreita abertura que consegui com a conversa, acrescentei: "Como combinado, ele deve preocupar-se primeiro com seus deveres acadêmicos".

"Se a saúde permitir", disse Hitchcock.

A atmosfera estava nitidamente mais gelada.

"A saúde?", perguntei.

"Espero realmente que o senhor deseje que mister Poe se recupere rapidamente de sua doença recente", disse Hitchcock.

"Ele já está se restabelecendo, eu creio."

"Fico contente em ouvir isso."

"Vou lhe dizer que perguntou pela saúde dele."

"Faça isso, por favor", disse Hitchcock. "Diga-lhe, por favor, que perguntei sobre ele."

Quando estávamos saindo dos aposentos do superintendente, Hitchcock parou para apertar-me a mão e me lançou um olhar de puro ceticismo.

"Pelo que sei, mister Landor, nenhum membro de nossa faculdade, nem um único cadete oficial ou soldado, jamais detectou evidências de satanismo em West Point. Como o senhor espera que mister Poe encontre o que escapou a todos os demais?"

"Porque nenhum deles estava procurando por esses indícios", argumentei. "E nenhum outro pode procurar da maneira que Poe o faz."

Sempre, depois que acabava de falar com Hitchcock, eu dava um pulo para visitar o corpo de Leroy Fry no hospital acadêmico. Não sei exatamente por quê. Acho, em retrospecto, que eu devia estar pondo à prova minha disposição. Porque o dr. Marquis tinha, nos últimos dias, começado a injetar no cadáver nitrato de potássio, um produto químico comumente usado para preservar presunto e linguiça. Os resultados eram claros: um corpo que ficava mais esverdeado a cada dia e uma área que exalava um cheiro opressivo de carne podre. E moscas por toda parte, agitando-se com luxúria.

Mas quando sonhei com Leroy Fry, naquela noite, ele estava em muito melhor forma. O nó ainda estava amarrado ao redor de seu pescoço, sim, mas o buraco em seu peito havia desaparecido e ele não estava mais vestido com o cinza dos cadetes, e sim com o azul dos oficiais. Ele segurava uma lâmpada de carvão vegetal em uma mão e na outra, uma gaiola com pássaros de olhos azuis, e sempre que falava sua voz tinha o som dos pássaros. "Eu não vou contar", eles cantavam repetidas vezes. E, de algum lugar atrás daquele som, chegava outro: uma mulher cantando num tom de soprano ensurdecedor. Junto com isso, todos os tambores de West Point mantinham sua cadência, e, quando acordei, o tambor estava em meu peito e as sombras do meu sonho permaneciam ainda meio visíveis no escuro.

Bem, tratava-se apenas de um pouco de fantasia, leitor, nada mais. Menciono isso apenas para mostrar alguns dos problemas com que me deparei para conseguir uma boa noite de sono. Naqueles dias, o sono era dificilmente conseguido e facilmente perdido e, desde então, tenho me perguntado se o tempo que passei em West Point não foi todo um fio contínuo: sonhando estar acordado, estando acordado no sonho, sem intervalos. E sem ponto-final. Não ainda.

O bilhete estava esperando por mim quando acordei na manhã seguinte. Tinha sido passado por debaixo da porta. Sem saudação, sem nome... Mas eu soube quem o enviara no mesmo instante em que o vi. Ele podia tê-lo escrito com sua mão esquerda e mesmo assim eu saberia.

Mister Landor. Fiz uma descoberta das mais importantes.

E um pouco abaixo disso, em letras menores mas não menos urgentes:

Posso visitá-lo em sua casa? Amanhã?

Narrativa de Gus Landor
14

7 de novembro

Eu também já fui um recém-chegado aqui, leitor. Então posso imaginar o que significa aproximar-se desse chalé pela primeira vez, como fez Poe naquele domingo à tarde. Primeiro você atravessa um riacho duas vezes. Depois, você vê, debaixo do pavilhão de uma magnólia, uma pequena chaminé quadrada feita de tijolos holandeses e abaixo dela um telhado de telhas antiquadas de madeira cinzenta projetando-se sobre o topo das paredes de cada lado. A casa não é tão grande como parece de longe. Cinco metros de frente por sete e meio de fundo, sem corredores laterais. Uma trepadeira sobe quase até o telhado. Não há campainha; você deve bater. Se ninguém atender, entre e sinta-se em casa.

Foi o que Poe fez: enfiou-se lá dentro como se eu não estivesse em casa. Não como uma grosseria, posso garantir, mas impulsionado por uma necessidade de *ver*. Por que esse lugar lhe pareceu tão grande, não sei dizer, mas, quando um cadete decide gastar o seu domingo à tarde com você – o único tempo na semana inteira em que pode ter liberdade –, não se deve interrogá-lo.

Ele se deslocou em linhas retas de objeto para objeto, passando os dedos pelos biombos venezianos e pelo cordão de pêssegos secos, parando diante do ovo de avestruz que estava pendurado num canto da lareira. Mais de uma vez pareceu estar a ponto de fazer uma pergunta, apenas para ser desviado por algo inesperado e que tinha de considerar.

Os visitantes sempre foram raros aqui, mas não consigo me lembrar de nenhum outro que tenha examinado o local daquela maneira. Peguei-me desejando pedir desculpas pela minha negligência em dar a cada objeto o contexto apropriado.

Normalmente, mister Poe, esses vasos estariam cheios de flores. Minha esposa era muito boa para tratar de gerânios e amores-perfeitos. E aquele tapete de lã? Uma beleza antes que minhas botas acabassem com ele. As janelas estavam cobertas com musselina branca, e, sim, aquela grande lamparina de vidro veio com um quebra-luz italiano, mas este se estragou, esqueci como...

Poe dava voltas e voltas – examinou até que não houvesse nada mais para ser visto. Depois foi até a janela, abriu um pouco a veneziana e olhou na direção leste, para a paliçada onde Cavalo estava amarrado, para a beirada de pedra mais adiante e, em seguida, mais adiante ainda, para o precipício do Hudson e para as peles felpudas dos búfalos de Sugarloaf e North Redoubt.

"É encantador", ele murmurou para o vidro.

"O senhor é muito gentil."

"E está mais limpo do que eu esperava."

"Tenho alguém que vem de vez em quando limpar a casa."

Como soava divertido aos meus ouvidos: *alguém que vem de vez em quando*. Passou rapidamente pela minha mente a imagem de Patsy esfregando as caçarolas em minha cozinha no meio da noite, seu seio cor de neve com riscas de suor.

Poe estava ajoelhando-se no chão então, examinando um vaso de mármore. Só Deus sabe o que esperava encontrar ali – ramos? Flores? Cinzas? Nada *disso*, posso ter certeza. Ele assobiou enquanto a retirava: uma espingarda de pederneira modelo dezenove, calibre cinquenta e quatro, com um cano de dez polegadas.

"É fertilizante?", perguntou, em tom sarcástico.

"Uma lembrança, só isso. Da última vez que foi usada, Monroe era presidente. Não contém balas, mas ainda há pólvora nela, se quiser fazer algum barulho."

Quem sabe? Ele podia ter aceitado se outra coisa não lhe tivesse chamado a atenção.

"*Livros*, mister Landor!"

"Eu leio, sim."

Não era bem uma biblioteca – apenas três prateleiras no total –, mas era minha. Os dedos de Poe percorreram as encadernações.

"Swift, quem mais bem apropriado que ele para examinar? O lamentável Cooper. A *História de Knickerbocker*, é claro, cada biblioteca deve... deve... oh, e *Waverley*! Pergunto-me se suportaria ler isso de novo." Ele se aproximou mais. "Bem, isto é intrigante. *Ensaio sobre a arte de decifrar*, por John Davys. E ali está o livro do dr. Wallis e o de Trithemius – toda uma fileira de estudos cifrados."

"Meu passatempo de aposentado. Inofensivo, espero."

"Se há alguma coisa de que nunca o acusaria, mister Landor, é de ser inofensivo. Deixe-me ver. Fonética, linguística, isso é razoável. *História natural da Irlanda*. *Geografia da Groenlândia*. O senhor deve ser um explorador polar... Aha!" Ele pegou um volume azul da prateleira mais alta e levou-o, com os olhos brilhando, até onde eu estava. "O senhor foi descoberto, mister Landor."

"Oh?"

"O senhor me deu a entender que não lia poesia."

"Não leio."

"Byron!", ele exclamou levantando bem alto o volume. "E se me desculpar por dizer isto: ele parece terrivelmente *manuseado*, mister Landor. Parece que temos mais em comum do que eu tinha percebido. Qual é o seu favorito? *Don Juan* ou... ou *Manfred*? *O pirata*, eu sentia uma atração infantil por..."

"Por favor, coloque-o de volta", eu disse. "Ele é da minha filha."

Fiz muito esforço para manter meu tom uniforme, mas algo deve ter transparecido, porque ele ficou profundamente corado e, de puro embaraço, deixou o livro cair aberto. Naquele instante, uma corrente de metal saltou fora das páginas e, antes que pudesse pegá-la, aterrissou com um *silvo* no chão de madeira. O ar fez o som ecoar na sala.

Contraindo o rosto, Poe ajoelhou-se e pegou a corrente. Colocou-a na palma da mão e entregou-a para mim.

"Isto é..."

"Da minha filha, também."

Percebi que ele engolia com dificuldade. Vi que colocava a corrente dentro do livro e o devolvia à estante. Limpou a poeira das mãos. Foi até o sofá e sentou-se.

"Sua filha não está mais aqui?"

"Não."

"Talvez ela esteja..."

"Ela fugiu. Faz pouco tempo."

Suas mãos formaram uma espécie de nó: entrelaçando-se e se soltando sem parar.

"*Com* alguém", expliquei. "Você quer saber se ela fugiu *com* alguém. Foi isso, sim."

Ele encolheu os ombros, olhou para o chão.

"É alguém que o senhor conhecia?", perguntou pouco depois.

"Ligeiramente."

"E ela nunca mais vai voltar?"

"Provavelmente não."

"Então ambos estamos sozinhos no mundo."

Ele disse isso com um meio sorriso no rosto, como se estivesse tentando lembrar de uma piada que alguém lhe havia contado.

"*O senhor* não está sozinho", comentei. "Tem o seu mister Allan de Richmond."

"Oh. Bem, mister Allan está em outra. Ele acaba de ser pai de um casal de gêmeos. E está prestes a se casar de novo – aliás, *não* com a mulher que deu à luz os gêmeos. Não importa, significo pouco para ele agora."

"E sua mãe, você ainda *a* tem, não é?" Tentei evitar o tom de sarcasmo na voz, mas falhei. "Ela ainda *fala* com você, de vez em quando?"

"Sim, de tempos em tempos, acredito. Mas nunca *diretamente*." Ele esticou as mãos. "Não tenho nenhuma lembrança verdadeira dela, mister Landor. Ela morreu antes que eu tivesse completado três anos. Meu irmão, no entanto, tinha quatro na época e *ele* me contou coisas sobre ela. Como ela se comportava. Oh, e o *perfume* dela, ela sempre cheirava a lírio."

Foi aqui, leitor, que algo estranho começou a acontecer. Só consigo descrever como uma mudança na pressão barométrica. Senti como se uma tempestade estivesse se formando – bem acima de minha cabeça. Minha pele se arrepiou, os olhos vibraram, os pelos em cada narina se eriçaram.

"O senhor mencionou que ela era atriz", eu disse fracamente. "Sim."

"Cantora também, talvez?"

"Oh, sim."

"Qual era o nome dela?"

"Eliza. Eliza Poe."

Que esquisito! Sentir essa pressão se formando em minhas têmporas. Sem dor, até mesmo sem desconforto. Apenas um aviso que me deixou retesado para o assunto seguinte. *Desejando-o.*

"Conte mais", pedi.

"Não sei onde…" Seus olhos passearam pela sala. "Ela era *inglesa*. Acho que é a primeira coisa a ser dita sobre ela. Veio para a América com a mãe quando ainda era menina. Seu nome era Eliza Arnold na época. Ela começou fazendo papéis de pirralha, depois mudou para o papel de garota ingênua e então para o de dama. Oh, ela representava em toda parte, senhor Landor: Boston, Nova York, Filadélfia… Sempre recebida com arrebatamento. Representou Ofélia antes de se aperfeiçoar. Julieta,

Desdêmona. Fez de tudo: farsa, melodrama, *tableau vivant*. Não havia nada que não pudesse fazer."

"E como ela era?"

"Encantadora, foi o que me contaram. Tenho um camafeu dela, vou lhe mostrar qualquer dia. Muito delicada, mas de boa aparência, com... cabelos escuros." Ele passou os dedos pelos seus cabelos. "E grandes olhos." Ele se pegou no ato de arregalar os próprios olhos. Sorriu de maneira travessa. "Desculpe-me, isso me acontece sempre que falo sobre ela. Acho que é porque qualquer coisa que seja boa em mim, mister Landor – em pessoa, em espírito –, vem dela. Realmente acredito nisso."

"E o nome dela era *Eliza* Poe?"

"Sim." Um olhar esquisito apareceu no rosto dele. "Algo o perturba, mister Landor?"

"Não exatamente. Eu a vi representar. Muitos anos atrás."

Uma confissão, leitor. Não li muitos livros bons. Raramente fui à ópera ou a um concerto ou ao liceu. Não viajei para lugar algum ao sul de Mason-Dixon. Mas fui ao teatro – muitas vezes. Desde o momento que pude escolher entre todos os pecados contra os quais meu pai me advertia, o teatro era o que eu preferia. Nos últimos anos, minha esposa dizia que era a única amante que ela temia. Eu levava para casa o programa da peça, como um admirador de moça faceira, e de noite, quando Amelia roncava ao meu lado, eu recordava a peça inteira em minha mente, desde o truque do comedor de fogo até a cara pintada com rolha queimada do comediante e a tragédia da rainha. No meu tempo sobre a Terra, tive o privilégio de ver Edwin Forrest e um cavalo que dançava sobre três pernas, mister Alexander Payne e uma dançarina burlesca chamada Zunina, a hitita. John Howard Payne e uma moça que podia envolver a cabeça com a perna toda e esfregar o nariz com os dedos do pé. Eu os conhecia todos pelo nome, de maneira tão segura como se tivesse confraternizado com eles nas tabernas locais. E hoje basta apenas falar em um daqueles nomes para evocar em mim todo um clima de associações: sons, visões... *odores*, porque não há nada como um teatro em Nova York em uma tarde de novembro, quando o cheiro da cera da vela se mistura com os odores da poeira nas vigas de madeira e as cascas de amendoim com saliva congelada e a lã cheia de suor, para formar algo tão puro quanto qualquer droga.

Bem, isso foi o que aconteceu quando ouvi o nome de Eliza Poe. Num mero instante, dei uma cambalhota de vinte e um anos atrás e aterrissei em um assento de cinquenta centavos – na oitava fila, no Park Street Theater. Era inverno, e o local estava muito frio. As prostitutas penduradas na última galeria tremiam enroladas em seus xales. Durante a apresentação daquela noite, dois ratos passaram correndo pelas minhas botas, uma mulher, sentada dez filas atrás, desnudou o seio para alimentar um bebê esquálido e um pequeno fogo irrompeu nos assentos do fundo. Eu mal percebi: estava olhando a representação. Era algo chamado *Tekeli; or The Siege of Montgatz*. Um melodrama sobre patriotas húngaros. Lembro-me muito pouco do enredo: vassalos turcos e amantes desafortunados, acho, e homens com chapéus de pele chamados, oh, Georgi e Bogdan, e mulheres flanando em roupas húngaras com tranças de cabelos artificiais que varriam o chão atrás delas como vassouras. Mas eu me lembro bem da atriz que fazia o papel de filha do conde Tekeli.

Ela impressionava, a princípio, por ser muito pequena – os ombros e o peito frágeis, uma voz como a de um pífano –, uma figura muito insignificante, qualquer um acharia, para um papel tão impetuoso. Lembro-me de como correu pelo palco e atirou-se contra o corpo do ator de meia-idade que fazia o papel de seu amante – ela foi completamente *engolida* por ele. O palco nunca pareceu um lugar tão aterrorizante para uma jovem mulher.

E, no entanto, enquanto a peça prosseguia, pude sentir algo destemido vindo dela, e isso a envolvia e parecia até envolver os outros atores ao seu redor, de modo que seu amante rechonchudo lentamente se transformou no amante de sua visão, e aquela peça, com todas as suas sugestões e cenas de morte, passou a ostentar a marca do seu espírito. Sua convicção conduzia tudo e eu cessei de temer por ela e comecei, de certo modo, a ansiar para que ela voltasse à cena no momento que deixava o palco. Eu não era o único a admirá-la, porque se percebia uma agitação sempre que ela voltava à cena, e um par de lamentações sinceras surgiu quando sua personagem morreu (sofreu um colapso, como Julieta, sobre o corpo morto de seu amante). E quando a cortina caiu sobre o pobre velho Tekeli, deplorando seus crimes contra a Hungria livre, não foi surpresa que a única atriz chamada ao palco fosse *ela*.

Ela permaneceu parada na frente da cortina, uma luz cor de âmbar tremulando sobre suas mãos e seus cabelos. Sorriu. Foi então que percebi que ela não era tão jovem quanto eu havia pensado. Seu rosto era esquelético e marcado por linhas, a pele aparecia enrugada nas mãos, os cotovelos estavam cobertos de eczema. Seu aspecto geral era de alguém cansada demais para um bis, e seus olhos mostravam-se vazios, como se ela tivesse se esquecido do local onde estava. Mas então ela acenou para o maestro no poço da orquestra e, com apenas dois compassos de preâmbulo, começou a cantar.

A voz era tão baixa quanto ela mesma. Uma voz muito insignificante, certamente, para um espaço tão vasto como o Park. Mas isso também lhe foi favorável, porque todos silenciaram para melhor captar o que ela estava cantando – até as prostitutas na galeria cessaram sua tagarelice –, e, pelo fato de sua voz ser tão límpida e despretensiosa, ela atingia tons mais altos do que uma voz mais grave poderia conseguir. Ela permaneceu completamente imóvel e, quando terminou fez uma reverência, sorriu e deu a entender, com alguns gestos, que não haveria um segundo bis. E depois, quando estava prestes a deixar o palco, deu um passo atrás, como se um vento súbito a tivesse puxado pela saia. Recompôs-se de imediato – e fez parecer que aquilo fazia parte de seu adeus – e caminhou cuidadosamente para a lateral, acenando uma última vez enquanto desaparecia.

Eu deveria ter sabido então. Ela estava morrendo.

Bem, eu não contei tudo *aquilo* para meu jovem amigo, apenas as partes mais bonitas: os soluços, os vivas. Nunca havia visto uma audiência mais cativa. Ele se sentou aos meus pés, em transe, praticamente *vendo* as palavras à medida que saíam de minha boca. E, depois disso, interrogou-me tão veementemente como alguém da Inquisição. Queria que eu repetisse tudo, que lembrasse detalhes que esquecera: a cor de sua roupa, os nomes dos outros atores, o tamanho da orquestra.

"E sua canção", perguntou respirando pesadamente. "Pode cantá-la agora?"

Não, não achava que podia. Fazia mais de vinte anos. Sentia muito, mas não podia.

O que não importou nem um pouco. O próprio Poe cantou-a, bem ali no chão de minha sala de estar.

Na noite passada os cachorros ladraram,/Fui até o portão para ver,/Quando toda moça tinha seu galanteador,/Todavia ninguém veio até mim./E isso é Oh! meu Deus o que será de mim/Oh! meu Deus o que farei,/

Ninguém vindo casar comigo,/Ninguém vindo para cortejar-me/Ninguém vindo para cortejar-me.

    Lembrei-me da canção apenas quando ele alcançou a coda, uma escala ascendente dominante para voltar, no último segundo, a uma nota tônica – muito comovente. Poe parecia saber disso, porque repetiu as últimas notas da mesma maneira. Ele tinha uma boa voz lírica de barítono e não se pavoneava dela como fazia quando falava. Parecia que encontrava as notas à medida que cantava. E, quando a última nota declinou, levantou a cabeça e disse: "É a minha escala, não a dela". E depois, com maior emoção: "Quão privilegiado o senhor é, mister Landor, por tê-la ouvido".
    Havia sido, na verdade, um privilégio, foi o que lhe disse. Eu o teria dito mesmo que não tivesse sido. Meu lema é: nunca se interponha entre um homem e sua mãe morta.
    "Como ela era no palco?", ele perguntou.
    "Era encantadora."
    "O senhor não está apenas..."
    "Não, não, ela era agradável. Juvenil e... *luminosa*, de uma maneira muito bonita."
    "Foi o que me disseram. Gostaria de tê-la visto." Ele envolveu o queixo com as mãos. "Que extraordinário, mister Landor, que o destino nos tenha posto em contato dessa forma. Eu poderia quase acreditar que o único propósito de o senhor tê-la visto era um dia poder contar tudo isso para mim."
    "E agora contei", eu repliquei.
    "Sim, e que... que bênção isso é." Olhando para baixo, ele esfregou as mãos, sentindo os dedos friccionarem-se um contra o outro. "O senhor compreende como é, mister Landor, sentir-se tão completamente privado, eu suponho. Perder um ente que lhe é mais caro do que a própria vida."
    "Sim, acho que compreendo", eu confirmei suavemente.
    "Eu gostaria de saber." Ele olhou para mim com um sorriso tranquilo. "O senhor se importaria de me falar sobre *ela*?"
    "Quem?"
    "Sua filha. Eu ficaria contente em ouvir, se não tiver objeções." Aquela era uma boa pergunta: Eu *tinha* objeções?
    Fazia tanto tempo que ninguém me fazia uma pergunta como aquela que, se eu experimentava alguma objeção a respeito, nem podia mais lembrar qual era. E assim – porque ele havia perguntado de maneira

tão gentil, e porque não havia mais ninguém ali, e porque o fogo havia diminuído até um simples murmúrio e o ar estava se tornando mais frio nas beiradas da sala, e, suponho, porque era domingo à tarde, quando ela ficava mais perto de mim – comecei a falar.

Sem uma sequência em especial. Apenas saltitei através dos anos, parando em uma memória, rechaçando outra. Lá estava ela, caindo de um olmo no cemitério de Green-Wood. E lá estava, sentada no meio do Fulton Market. Desde tenra infância, podíamos levá-la aos mercados mais movimentados e ela nos esperava, não reclamava – sabia que sempre alguém iria pegá-la na saída. E lá estava ela, comprando um vestido em Arnold Constable para o seu décimo terceiro aniversário e, oh, tomando sorvete no Contoit e dando um abraço em Jerry Thomas, o servente do bar do Metropolitan Hotel.

Suas saias sempre faziam certo som, peculiar a ela, como uma torrente batendo contra uma represa. Ela caminhava com a cabeça levemente inclinada para baixo, como se estivesse verificando os cordões de suas botas. Apenas os poetas a faziam chorar; os humanos, quase nunca. Se alguém lhe falasse de maneira rabugenta, olharia direto para a pessoa, como se estivesse tentando entender a terrível mudança que havia ocorrido com ela.

E ela conseguia falar dialetos – irlandês e italiano e pelo menos três variedades de alemão – só Deus sabe onde os aprendera – nas ruas de Nova York, imagino. Poderia ter feito carreira no teatro se não fosse tão – tão *introvertida*. Oh, e ela tinha uma maneira curiosa de segurar a caneta, o punho inteiro curvado ao redor da caneta, como se estivesse tentando enfiar um arpão em um peixe. Nunca conseguimos fazê-la segurar a caneta de outra maneira, apesar da cãibra que isso provocava em sua mão.

Seu riso, também, já mencionei isso? Um som tão *particular* – nada mais do que uma rajada de ar através das narinas, acompanhada, talvez, por um tremor do maxilar, um enrijecimento do pescoço. Oh, você devia estar alerta para saber quando aquela menina estava rindo ou isso lhe escaparia completamente.

"O senhor não me disse o nome dela", interrompeu Poe.

"O nome dela?"

"Sim."

"Mattie", revelei.

E algo diminuiu o tom de minha voz. Eu devia ter parado de falar na ocasião, mas continuei.

"*Mattie* é o nome dela."

Coloquei a mão em meus olhos lacrimejantes e soltei uma risada. "Temo que me ache um tanto aborrecido, desculpe-me..."

"Não precisa dizer mais nada", disse Poe gentilmente. "Se não quiser."

"Talvez eu queira apenas parar por ora."

Era deselegante, sim. Eu deveria ter tentado fazer de conta que nada acontecera, mas Poe não viu a necessidade disso. Ele pegou o que eu disse e armazenou na memória e falou tão intimamente comigo como se me conhecesse durante toda a sua vida.

"Eu realmente lhe agradeço, mister Landor."

E havia no seu tom de voz a forma mais doce de absolvição. Nunca deixei de me perguntar do que estava sendo absolvido. Apenas sabia que qualquer embaraço que sentia estava desaparecendo.

"*Obrigado*, mister Poe."

Fiz um aceno de cabeça. Depois me levantei e fui buscar rapé. "Então", eu disse. "No meio de toda esta conversa, acho que nos esquecemos completamente do trabalho de que nos encarregaram. O senhor disse que encontrou algo?"

"Melhor que isso, mister Landor. Encontrei *alguém*."

Poe havia feito suas andanças (como esperado) na sexta à tarde, logo depois da revista das tropas, mas antes que a missa fosse celebrada. Ele usou o intervalo para aproximar-se de um dos líderes do pelotão de prece – um cadete do segundo ano chamado Llewellyn Lee. Em voz baixa e suplicante, Poe perguntou se podia juntar-se ao grupo na próxima reunião, porque o serviço religioso de domingo, na capela, ainda estava longe. O assim chamado Lee rapidamente reuniu vários de seus companheiros de pelotão para uma discussão improvisada junto ao cavalete de armas.

"Uma tribo lúgubre, mister Landor. Se eu tivesse enunciado meus verdadeiros princípios religiosos, eles teriam me banido instantaneamente de suas fileiras. Naquela situação, tive de aparentar uma docilidade e uma deferência que não correspondem ao meu caráter habitual."

"Eu realmente aprecio isso, mister Poe."

"A sorte estava do nosso lado, no entanto. Por serem fanáticos, eles são fundamentalmente crédulos em todos os assuntos. Como consequência, não tiveram receio de me convidar para o seu próximo encontro.

E quando lhes disse que necessitava tremendamente de conselho espiritual por causa de um encontro com um companheiro cadete – bem, nem preciso lhe dizer que isso espicaçou o interesse deles. *Por favor, explique-se*, disseram. Eu declarei, então, com uma entonação receosa, que certas *propostas* me haviam sido feitas por esse mesmo cadete. Propostas de uma natureza sombria e, como eu entendia, não cristãs. Depois de induções posteriores, contei-lhes que havia sido exortado a pôr em dúvida os próprios fundamentos de minha fé... e tornar-me aprendiz de práticas misteriosas e secretas de origem antiga."

(Será que havia sido aquilo que ele realmente lhes expusera? Não duvido.)

"Bem, eles se revoltaram com isso, mister Landor. Pediram para saber quem era esse cadete inconveniente. Eu disse-lhes, é claro, que tais confidências me foram feitas em segredo, era uma questão de honra não revelar o nome do companheiro. Eles retrucaram, *Oh, sim, nós compreendemos*, mas um minuto depois voltaram à carga: *Quem? Quem foi?*"

A memória de tal episódio fez os olhos de Poe cintilarem. "Ah, mas fiquei firme. Disse que eles não conseguiriam arrancar o nome de mim, mesmo que o próprio Deus ameaçasse atingir-me com um raio. Não seria correto, eu disse. Era contra os códigos de um oficial e de um cavalheiro. Bem, isso continuou para lá e para cá até que um deles, encorajando-me com toda paciência, saiu-se com: *Foi o Marquis?*"

Havia então um sorriso selvagem em seu rosto. Poe estava contente consigo mesmo, sem negar, e quem poderia culpá-lo? Não é todo dia que um calouro leva a melhor sobre um veterano.

"*Et alors*, mister Landor! Graças à minha astúcia e à suscetibilidade imatura deles, agora temos à disposição um nome."

"E isso foi tudo o que lhe deram? Um nome?"

"Não ousaram mais que isso. O rapaz que deixou o nome escapar calou-se instantaneamente."

"Mas eu não compreendo. Por que eles mencionaram o dr. Marquis quando o senhor lhes disse expressamente que era um cadete?"

"Não o dr. Marquis – *Artemus* Marquis."

"Artemus?"

O sorriso abriu-se mais ainda. Todos aqueles dentes perolados completamente à mostra.

"O filho único do dr. Marquis", ele disse. "Um cadete do quarto ano. E com renome como diletante em magia negra."

Narrativa de Gus Landor
15

De 7 a 11 de novembro

A PARTIR DAQUELE INSTANTE, POE TINHA UMA NOVA MISSÃO. DEVIA ENCONTRAR alguma maneira de aproximar-se do tal Artemus Marquis, ficar sabendo de tudo o que pudesse e me fazer relatórios a breves intervalos. Foi aqui, à beira de sua próxima aventura, que o meu jovem espião empalideceu.

"Mister Landor, com todo o devido respeito, isso é impossível."

"E por quê?"

"Oh, é inegável que eu... eu possuo um pequeno renome local, mas não tenho razões para acreditar que sou *conhecido* por mister Marquis. Embora estejamos na mesma companhia de cadetes, não temos conhecidos em comum e, sendo um novato, tenho recursos *restritos* para estabelecer qualquer tipo de intimidade social..."

Não, não, ele me assegurou, isso não iria dar certo. Provocar a revelação de um nome com os integrantes do pelotão de prece havia sido uma coisa, aproximar-se e adquirir a confiança de um cadete do quarto ano era algo bem diferente.

"Tenho certeza de que dará um jeito", comentei. "O senhor pode ser muito fascinante quando se esforça para isso."

"Mas o que, exatamente, devo procurar?"

"Bem, temo não saber ainda, mister Poe. Parece-me que a primeira tarefa é ganhar a confiança de mister Marquis. Uma vez que a conseguir, precisa apenas manter os olhos e os ouvidos bem abertos."

E enquanto ele ainda contestava, coloquei a mão em seu ombro e disse:

"Mister Poe, se alguém é capaz disso, esse alguém é você."

Era naquilo, suponho, que eu acreditava. Por quem mais eu deixaria transcorrer uma semana inteira sem que a pessoa me desse notícias? No entanto, quando chegou terça à noite, admito que comecei a descrer do sucesso de nosso projeto. Eu estava, de fato, tentando inventar minha defesa diante de Hitchcock quando ouvi uma batida à porta do meu quarto no hotel. Quando abri a porta, o corredor estava vazio. Havia, no entanto, um pacote, esperando por mim, envolto em papel marrom comum.

E lá estava eu, aguardando informações, um comunicado breve. Poe deixara um enorme manuscrito. Páginas e páginas! Só Deus sabe quando tivera tempo de escrevê-las. É bem sabido o que o capataz Thayer exige: acordar de madrugada, manobras matinais, refeições, sabatina oral, exercícios de treinamento, revista das tropas, toque de recolher às nove e meia. Os cadetes não conseguem dormir mais de sete horas por noite. Olhando para o relatório de Poe, eu diria que ele dormiu menos do que suas quatro horas habituais.

Eu o li todo de uma vez. E proporcionou-me muito prazer, em parte porque, como todas as narrativas, revelava muito sobre o autor – embora não, é claro, o que o próprio autor diria sobre si mesmo.

Relatório de Edgar A. Poe
para Augustus Landor

11 de novembro

EIS AQUI A BREVE HISTÓRIA DE MINHAS INVESTIGAÇÕES EMPREENDIDAS ATÉ A presente data.

Esforcei-me bastante para que ela seja tão real quanto possível – precisão, mister Landor! –, sem nenhum timbre de voz lírico que lhe causaria dor. Sempre que eu vaguear em fantasia, desculpe-me gentilmente como não sendo uma prerrogativa, mas sim o *reflexo* de um poeta, incapaz de forçar sua alma a se libertar de sua vocação.

Acho que vou impressioná-lo contando o desafio quase insuperável que enfrentei para estabelecer amizade com Artemus Marquis. De fato, gastei a maior parte da noite de domingo e a segunda-feira de manhã remoendo o problema em minha mente. Cheguei, por fim, a certa conclusão – a saber, que chamar a atenção de Marquis para mim exigiria uma exibição pública de tal maneira que eu me envolvesse com o que desperta suas simpatias mais profundas e, a menos que eu esteja exagerando em minha suposição, as *mais negras*.

De acordo com essa reflexão, assim que o chamado para despertar, na segunda-feira, terminou, não perdi tempo em ir até o hospital, onde me apresentei diretamente ao dr. Marquis. Esse bom cavalheiro perguntou-me o que me afligia. Informei-o que sentia dor de estômago. "Vertigem?", perguntou o dr. Maquis. "Deixe-me sentir seu pulso. Bastante acelerado. Muito bem, mister Poe, fique em casa hoje e cuide-se. Matron lhe dará uma dose de salmoura. Amanhã, quero que saia, faça exercícios, mexa-se. Não há nada melhor." Munido de sais e uma nota justificando minha ausência dos deveres, apresentei-me ao tenente Joseph Locke, que, junto com seus cadetes-chefes, estava supervisionando a formação para o café da manhã. Não pude me impedir de perceber mister Artemus Marquis parado nas fileiras.

Uma breve descrição sobre a aparência dele, mister Landor. Ele tem cerca de um metro e oitenta, esbelto e musculoso, com olhos verde-acastanhados e cabelos castanhos de tal maneira ondulados que os barbeiros da academia têm dificuldade para ajeitá-los. Atento a seus privilégios de quartanista, começou a usar um bigode que apara com grande rigor. Um sorriso parece sempre pairar em seus lábios, que são cheios e animados. Ele é considerado bem-apessoado, acho, e uma alma mais suscetível poderia supor, ao vê-lo, que o próprio Byron renasceu em toda a sua beleza.

O tenente Locke, depois de ler a recomendação do dr. Marquis, exibiu uma grande carranca. Cônscio de que tinha uma audiência considerável – e, em particular, a do jovem Marquis –, tirei vantagem disso para anunciar que, além da vertigem, eu estava com uma indisposição ainda pior: tomado por *grand ennui*.

"*Grand ennui*?", objetou o tenente.

"De um caráter bem pronunciado", repliquei.

Com isso, alguns dos cadetes mais perspicazes começaram a rir entre si. Outros, contudo, impacientes com o atraso, começaram a desabafar seu desagrado, com termos que não deixavam dúvidas. "Que jejum besta é esse! Ei, ande com isso, papai!" (Devo lamentavelmente oferecer o contexto para esse último epíteto. Em relação aos meus companheiros de classe, sou considerado como alguém de aparência mais velha – não é de se admirar, porque tenho mais idade do que a maioria deles. Meu companheiro de quarto, mister Gibson, só para comparar, tem apenas quinze anos. Até circulou um rumor indecente de que minha designação para a Academia originalmente se destinava a meu filho e que acabou passando para mim depois da morte desse jovem hipotético.) Esses palhaços imbecis foram sumariamente silenciados pelo cadete adjunto, e fico contente em relatar que muitos dos rapazes da minha companhia olhavam para o desenrolar dos fatos sem comentários. Artemus era um deles.

Então o tenente Locke começou a parecer cada vez mais aborrecido. Embora eu me esforçasse para fazê-lo compreender que minha condição era realmente séria, ele não queria ouvir minhas justificativas e avisou-me para ter cuidado ou apresentaria um relatório. Protestando minha inocência, falei que ele poderia inquirir o próprio doutor, se quisesse. Enquanto eu pronunciava essas palavras, mister Landor, empreendi o meu ato mais audacioso. Localizei os olhos de Artemus Marquis na multidão e, de maneira velada mas inequívoca, *pisquei* para ele.

Se Marquis *filho* revelasse uma disposição mais devotada a seu pai, ele poderia considerar o meu ato como uma grande ofensa, eliminando assim qualquer esperança de virmos a travar relações. O senhor pode perguntar, então, o que descobri que me fez correr tal perigo? Eu já havia concluído, percebe? Que um homem contente em escarnecer da ortodoxia religiosa estaria bem disposto a zombar também da ortodoxia familiar. Não há, reconheço, nenhuma razão *a priori* para acreditar nisso, mas minha inferência foi logo sustentada pela careta de divertimento que apareceu no rosto do jovem. Ouvi-o comentar: "Isso é bem verdade, tenente. Meu pai me contou que nunca havia visto nada igual".

Meu contentamento com essa reviravolta dos eventos incentivou-me a cometer novas transgressões. Assim, quando o tenente Locke estava se voltando para Artemus para repreendê-lo por sua impertinência, anunciei, alto o bastante para ser ouvido por todos, que minha indisposição era mais acentuada em ambientes litúrgicos. "Temo que terei de faltar à missa na capela", eu disse intencionalmente. "Pelos três domingos seguintes, pelo menos."

Vi a mão de Artemus colocar-se diante da boca – seja para esconder seu divertimento ou sua consternação, não sei dizer, porque o tenente Locke estava então me encarando. Com uma voz anormalmente baixa, ele descarregou sobre mim "impropérios indecorosos" e opinou que uma ou duas sessões extras como sentinela contribuiriam para "curar-me disso". Apanhando de maneira desajeitada seu onipresente bloco de anotações, ele me recompensou com três desmerecimentos, acrescentando um quarto por sapatos mal engraxados.

(Mister Landor, devo interromper minha narrativa e rogar-lhe muito encarecidamente para falar com o capitão Hitchcock em meu favor. Eu nunca cometeria infrações tão imprudentes se os assuntos da Academia não fossem tão importantes. Não estou muito ansioso em relação aos desmerecimentos, mas a tarefa de sentinela seria um estorvo enorme para as futuras investigações – e para minha própria saúde.)

O tenente Locke mandou-me voltar diretamente para meu alojamento, com a recomendação de que seria melhor que eu estivesse ali quando os oficiais fizessem sua inspeção matinal. Eu o tomei ao pé da letra e estava obedientemente sentado na Caserna Sul, número vinte e dois, quando bateram à porta logo depois das dez horas. Imagine minha surpresa, mister

Landor, quando o próprio comandante entrou no alojamento. Eu imediatamente levantei-me e mantive-me imóvel, e fiquei aliviado ao ver que meu casaco e meu chapéu estavam apropriadamente pendurados no cabide e que minha cama estava em ordem. Por razões desconhecidas, o capitão Hitchcock prolongou sua inspeção além dos limites normais, examinando tanto a sala de estar como o dormitório de nossa suíte, e até fez um comentário sobre as condições de minha escova de engraxar. Após completar sua inspeção, ele me perguntou, no que eu poderia chamar de um tom excessivamente irônico, como estava a minha vertigem. Achei melhor replicar sem me comprometer. O capitão Hitchcock, então, recomendou-me evitar antagonismos futuros com o tenente Locke. Assegurei-lhe que essa não fora a minha intenção. Embora não inteiramente satisfeito com esse resultado, ele se retirou.

Passei o resto do dia num estudo muito infrutífero: álgebra e geometria esférica, sendo que nenhuma delas apresenta um desafio notável para um de meus dons, além da tradução de uma passagem de *Histoire de Charles XII*, de Voltaire. À tarde, eu estava ansiando por diversão e dediquei-me à poesia. Infelizmente, fui incapaz de rabiscar mais do que poucas linhas, envolto como estou pela memória desse *outro* poema – ditado pela *presença* invisível à qual já aludi.

Minhas ruminações sombrias foram interrompidas algum tempo depois do meio da tarde pelo som de uma pedra batendo em minha vidraça. Pulando da cadeira, abri a janela. Qual não foi meu espanto ao avistar Artemus Marquis lá embaixo na área de reunião!

"Você é Poe?", ele gritou.

"Sim."

"Encontro esta noite. Às onze horas. Caserna Norte, número dezoito."

Sem esperar minha resposta, ele foi embora.

Fiquei mais violentamente surpreendido pelo volume de sua voz ao me falar. Afinal, ele era um quartanista convidando um calouro para participar de uma atividade ilícita em horário impróprio. E, apesar de tudo isso, chamou-me a plenos pulmões. Só posso deduzir que, sendo filho de um membro da faculdade de West Point, isso deveria lhe conferir (pelo menos segundo ele) certa imunidade contra represálias.

Não vou sobrecarregá-lo, mister Landor, com os estratagemas complicados por meio dos quais saí de meu alojamento depois do toque de recolher. É suficiente dizer que os dois cadetes que compartilham o quarto comigo estavam profundamente adormecidos – e que, com passos ligeiros e um pensar rápido, fui capaz de me apresentar aos ocupantes da Caserna Norte, número dezoito, vários minutos antes da hora combinada.

Lá dentro as janelas estavam cobertas com lençóis. Pão e manteiga haviam sido surrupiados do refeitório dos cadetes e batatas, do refeitório dos oficiais, uma galinha fora roubada do celeiro de alguém e um cesto de maçãs vermelhas tinha sido levado do pomar da fazenda de Kuiper.

Naturalmente, como um cadete excepcionalmente favorecido, fui objeto de alguma curiosidade – embora um dos ocupantes do quarto tivesse mostrado sua desaprovação. Foi o cadete do quarto ano Randolph Ballinger, da Pensilvânia, que não perdeu a ocasião para escarnecer de mim: "Oh, papai! Fale mais em francês". "Menino Eddie, já não passou do horário de estar na cama?" "Acho que está na hora de enchermos o *pot de chambre*". (Não preciso lembrá-lo que *pot*, como pronunciado em gaulês, apresenta homofonia com o meu nome.) Como ninguém mais estivesse disposto a engolir sua isca, não pude compreender, de início, por que me tratava assim – até que, por meio de diversas pistas, adivinhei que ele era o colega de quarto de Artemus. E disso concluí que ele tinha se arvorado como guardião do círculo interior de Artemus e estava, na execução de seu ofício, tão zeloso quanto Cérbero.

Se eu tivesse ido por meus próprios motivos, mister Landor, teria feito esse Ballinger responder por seu desprezo. No entanto, ciente de minhas responsabilidades em relação ao senhor e à Academia, resolvi morder a língua. Os demais, sinto-me aliviado em dizer, pareciam constrangidos e resolvidos a pôr um fim nas maneiras rudes de Ballinger. Atribuo isso em grande parte a Artemus, que demonstrou um interesse sincero por minha humilde história. Depois de saber que eu era um poeta com livros já publicados – não que de alguma maneira tenha dado voluntariamente essa informação (nem que tenha, a não ser sob grande coerção, revelado a opinião de mistress Sarah Josepha Hale, que transformou em hino uma amostra de meus versos como prova de dons notáveis) –, depois de saber de minha vocação, ele imediatamente pediu uma declamação. O que eu podia fazer a não ser consentir, mister Landor? Na verdade, a única dificuldade real consistia em encontrar um poema adequado à ocasião. "Al Aaraaf" é um pouco obscuro para uma audiência leiga e permanece, de qualquer forma, inacabado, e, embora tenha recebido elogios calorosos pela estrofe final de "Tamerlane", era evidente que algo mais leve se fazia necessário naquele contexto. Consenti, então, em mostrar como eu tinha sido levado a louvar o tenente Locke. Logo fiquei sabendo que mais de um rapaz no aposento – inclusive Artemus –, no decorrer de seus anos na Academia, tinha sido denunciado por esse oficial de olhar rancoroso. Assim, todos eles estavam bem ansiosos para ouvir meus poucos versos ruins (compostos, confesso com o intuito de gabar-me, naquele mesmo lugar).

> *John Locke era um nome célebre;*
>   *Joe Locke é maior ainda; em suma,*
> *O primeiro era bem conhecido por sua fama*
>   *Mas o último é bem conhecido "por fazer relatório".*

Isso provocou uma entusiástica salva de aclamações e de risos. Elogiaram-me além da conta, e fui sinceramente requisitado para compor sátiras em relação a *outros* oficiais e instrutores. Eu atendi às suas solicitações da melhor maneira que pude e até arrisquei interpretações dramáticas sobre os espécimes mais pitorescos. Todos concordaram unanimemente que fiz justiça ao professor Davies – "Avance rápido, sebo nas canelas" –, e quando eu imitei o hábito do professor de inclinar-se para a frente gritando: "Como é que é, mister Marquis?"... bem, nunca se ouviu tamanha risada estrondosa.

Em meio a toda essa folia, só havia um único abstinente: o mencionado Ballinger. Não posso lembrar-me exatamente de suas observações, embora acredite que havia algo relativo a como seria melhor se eu fosse entreter senhoras em Saratoga, em vez de desperdiçar meus extraordinários dons em um lugar como esse. Felizmente, fui salvo da necessidade de replicar na mesma moeda por Artemus, que encolheu os ombros e disse: "Não é apenas Poe. *Todos* estamos nos desperdiçando aqui".

Nesse momento, um dos gaiatos opinou que a única boa razão para vir para a Academia era "encontrar todas as mulheres". Isso ocasionou a risada estrondosa mais violenta e tempestuosa da noite. O senhor, mesmo sendo homem, mister Landor, não achará espantoso que a conversa tenha logo descambado para as ocasiões em que a forma feminina fora vista nas últimas semanas? Poder-se-ia pensar que vinte anos haviam se passado desde que esses pobres rapazes tinham olhado para uma mulher, tão vorazes estavam em saborear cada ínfimo detalhe.

Por fim, foi sugerido por um dos presentes que Artemus "pegasse seu telescópio". Presumi, a princípio, que essa fosse uma metáfora infeliz, mas, de fato, um telescópio de verdade, de proporções modestas, foi tirado de debaixo da cornija da lareira e logo Artemus o colocou em um tripé e o levou até sua janela aberta, direcionando-o para o sul – sudeste. Depois de perguntar com muito tato, fiquei sabendo que Artemus, ainda quando calouro, durante suas explorações noturnas, havia localizado certo domicílio distante onde uma jovem tinha passado pela janela em um estado de seminudez. Só Artemus e Ballinger a tinham visto na época, ninguém mais a viu desde então, e, no entanto, a mera *possibilidade* de espionar essa visão esquiva da mulher levava homem após homem a tentar espionar.

Só eu declinei da oportunidade de vê-la e por tal reticência fui grandemente ridicularizado por Ballinger e, nessa ocasião, por mais um ou dois outros. Não me considerei obrigado a responder aos seus ataques ridículos, e, quando viram que não obteriam nada com seus esforços a não ser uma sucessão de vermelhidões no rosto, Ballinger e seus amigos zombadores gradualmente desistiram. Pode até ser que meus rubores me tenham valorizado diante do anfitrião da noitada, porque, depois que a folia terminou, Artemus fez questão de me convidar para um jogo de cartas na quarta-feira à noite.

"Você virá, não é, Poe?"

Isso foi dito num tom suficiente para reprimir qualquer discordância inicial. E, no interlúdio do silêncio que se seguiu, tornou-se incontestavelmente claro que Artemus comportava-se com o grupo com a autoridade de um monarca, cuja coroa não era contestada mesmo sendo usada tão despreocupadamente.

O único problema que se apresentou para aceitar o convite do jovem Marquis foi a insuficiência de minhas reservas monetárias. Por razões demasiado complicadas para enumerar, eu quase esgotei a quantia de vinte e oito dólares que tinha para passar o mês. Até considerei pedir um capital para *o senhor*, mister Landor, mas no fim fui salvo pela intervenção gentil de meu companheiro de quarto, Tarheel, que intercedeu *au moment critique* e cortesmente me emprestou dois dólares de sua reserva (além dos três, como gentilmente me recordou, que havia me emprestado em outubro). Foi assim que na quarta-feira à noite, com dinheiro na mão, eu corajosamente me esgueirei pelo poço da escada e mais uma vez me apresentei aos anfitriões na Caserna Norte, número dezoito. Artemus confessou estar encantado em me ver e, com um ar sedutor de proprietário, apresentou-me aos rapazes que não haviam estado na noite de segunda. A apresentação mal era necessária, porque meus feitos de *vers de societé* já haviam se espalhado no refeitório e no pátio de revista de tropas, e os cadetes que não tinham estado presentes estavam ansiosos para obter sátiras para seus próprios personagens menos favorecidos. (Receio que o capitão Hitchcock tenha sido numerado nessa posição. Sou incapaz de me lembrar da estrofe que ele inspirou, a não ser que a rima era "kitchen clock" [relógio de cozinha]. Pelo menos em um aspecto essa reunião era diferente da última: um dos cadetes havia contrabandeado uma garrafa de uísque forte da Pensilvânia (cortesia da *divina* Patsy). Apenas a visão da garrafa já aqueceu meu sangue.

O jogo, mister Landor, era *écarté** – um dos meus favoritos de longa data e que eu tinha o hábito de jogar frequentemente quando estava matriculado na Universidade da Virgínia. O senhor não ficará, creio eu, surpreso em saber que, antes que duas rodadas terminassem, eu tinha assumido a posição de um vencedor – para a perturbação de Ballinger, que, excitado pela bebida, havia se esquecido de anunciar que ele tinha o rei de paus e por isso perdera o direito de assinalá-lo. Eu teria ficado feliz em vencê-lo pela noite afora se não tivesse percebido uma outra vítima inesperada de minha astúcia: Artemus. Pela frequência crescente com que as observações irritadas escapavam dele, fui levado a acreditar que essa não era a primeira vez que ele sofria perdas, nem seria a última. À medida que sua irritação crescia, assim também aumentavam os meus cuidados. Tendo feito tanto esforço para ser incluído entre os seus afetos, eu não podia suportar ver meu trabalho ser destruído por algo tão desprezível quanto um jogo de cartas. E assim, mister Landor, sacrifiquei meu orgulho em favor da amizade: planejei deixar Artemus ganhar e terminei a noite com três dólares e doze centavos de dívida.

(Mister Landor, devo fazer uma pausa aqui e solicitar seriamente que essas dívidas sejam compensadas, assumidas inteiramente ao serviço da Academia. Se mister Allan cumprisse suas promessas, eu não teria necessidade de pedir isso ao senhor, mas meus embaraços financeiros não me deixam alternativa.)

---

* Jogo de cartas em que o jogador pode, com o consentimento dos adversários, trocar as cartas que não lhe convêm por outras novas.

Bem, sir, não é sem esforço que um homem atira fora mesmo um poder tão modesto de bens materiais quando eles estão tão perto de seu alcance. No entanto, minhas "perdas" (porque assim seriam vistas por um olhar amador) despertaram uma piedade infinita em meus colegas, mais particularmente em Artemus, e os deixaram mais bem dispostos do que antes em relação a mim. Agora, pude ver, chegara o momento de amadurecer o nosso assunto. E assim, com o maior tato e cuidado, introduzi em nossa conversa o caso de Leroy Fry.

Eu lhes revelei que *o senhor* me entrevistou sob a impressão errônea de que eu era íntimo de Fry. Isso fomentou um debate sem fim sobre o assunto fascinante que é *o senhor*. Não vou sobrecarregá-lo com minúcias, mister Landor, exceto para dizer que agora o senhor está envolto em um culto lendário comparável ao de Bonaparte ou Washington. Foi dito por um dos jovens que o senhor fez um criminoso confessar simplesmente pigarreando perto dele, e, por um outro, que desmascarou um assassino aspirando o resíduo de seu polegar em um castiçal. Segundo o próprio Artemus, sinto o dever de relatar, o senhor passa a impressão de um cavalheiro completamente *meigo*, aparenta ser mais um homem que fica em casa cozinhando vieiras do que um vilão. (Se essa forma de expressão for demasiado juvenil para causar um efeito cômico completo, o senhor pode ao menos se confortar, mister Landor, de que, na sua concepção errônea, ela evidencia seu caráter.)

A conversa subsequente voltou-se para o próprio infeliz Fry. Pelo testemunho de uma das pessoas espirituosas presentes, o pobre rapaz nunca participou do primeiro lugar de coisa alguma – ele falhou até em manejar um teodolito com um pouco de sucesso – e assim efetuou, com sua morte, a única realização que pode ter lhe conferido distinção. O consenso predominante era de que Fry ocupara uma posição tão ínfima no firmamento da Academia que, por essa razão, seria julgado incapaz de um ato tão grande e terrível de autoaniquilação. Sim, mister Landor, a maioria ainda acredita que Leroy Fry puniu-se com a morte. De modo interessante, acredita-se também amplamente que ele estava se aventurando naquela noite para ir a um encontro marcado. Como essas duas suposições podem, de alguma maneira, ser ajustadas – bem, isso está fora de minha pobre compreensão, embora um rapaz do terceiro ano tenha proposto a teoria de que Fry enforcou-se por desespero depois de ter recebido um fora da dama que tinha jurado encontrar-se com ele.

"E que dama teria jurado *encontrá-lo*?", exclamou alguém.

Em meio ao riso desencadeado por esse comentário, ouviu-se o sorridente Ballinger dizer: "Que tal sua irmã, Artemus? Ela não fascinou Leroy?".

O aposento tornou-se funestamente silencioso, porque parecia que o odioso Ballinger estava prestes a contestar a honra de uma dama, uma circunstância que deve fazer qualquer cavalheiro indignar-se e pedir uma reparação. Eu mesmo estava a ponto de fazer isso, quando fui detido pela mão de Artemus no meu ombro. Seu semblante se iluminara em um estado de estranha serenidade, e foi com grande inquietude que o ouvi dizer: "Deixe disso, Randy. Você era mais próximo de Fry do que qualquer um que se encontra neste aposento".

Falando em um tom uniforme, Ballinger replicou. "Não creio que estivesse tão perto dele como *você*, Artemus."

Quando o jovem Marquis não respondeu, o quarto mais uma vez se tornou silencioso – um silêncio tão denso e tão cheio de expectativa que ninguém ousou falar. Foi então que Artemus nos confundiu caindo numa gargalhada, no que foi acompanhado por Ballinger. No entanto a gargalhada deles não era do tipo alegre, que faz o coração de quem ouve ficar contente; não, mister Landor, era mais uma risada de caráter histérico, um exemplo de nervos tensos até o limite. Apenas por causa do empenho de Artemus fomos capazes de renovar o espírito de folia com o qual a noite havia se iniciado. Mesmo assim, ninguém ousou trazer à tona o espectro de Leroy Fry, e, como já havia passado da meia-noite, recaímos nas banalidades que podiam ser tratadas de maneira segura por mentes fatigadas.

Logo depois da uma da manhã, percebi que o nosso número havia diminuído um a um até sobrarmos apenas quatro. Por causa disso, decidi ir embora. Artemus levantou-se comigo e ofereceu-se – sem perguntar se eu queria – para escoltar-me para fora da caserna. O tenente Case, ele explicou, ultimamente tem andado pelos corredores com sapatos de borracha. Dessa maneira conseguiu, no decorrer de uma semana, agarrar cinco cadetes, interromper três badernas e confiscar seis cachimbos. Eu podia ser agarrado "completamente forçado", informou-me, a menos que usasse uma escolta.

Agradecendo-lhe de maneira profusa, assegurei-lhe alegremente que me arriscaria sozinho.

"Bem, boa noite, então, Poe." Sua mão bateu na minha e depois acrescentou: "Venha à casa de meu pai nesse domingo para o chá. Alguns dos outros rapazes também estarão lá".

O que transpirou em seguida, receio, só se refere indiretamente a Artemus. Por isso refleti se seria apropriado contar-lhe, mister Landor. Contudo, ao me lembrar de meu dever – de contar *tudo* –, eu prossigo.

Logo me dei conta que o poço de escada da Caserna Norte estava envolto em uma escuridão quase impenetrável. Tentando encontrar o caminho para o andar de baixo, prendi o calcanhar no vão da parte vertical do degrau e podia ter caído de cabeça pelos degraus remanescentes se não tivesse conseguido agarrar um lustre bem acima da minha cabeça.

Segurando firmemente no corrimão, consegui descer os degraus seguintes sem mais percalços até minha mão tocar na porta, momento em que fui detido por uma terrível premonição. Para as minhas ignorantes faculdades, parecia que *alguém estava lá* – à espreita na escuridão das sombras.

Se tivesse uma lanterna à minha disposição, eu teria meios de afastar meus temores. Ai de mim! Com a visão tão efetivamente bloqueada, eu só tinha a evidência dos *outros* sentidos, que, pela lei da compensação, estavam superaguçados, de maneira que chegou aos meus ouvidos um som baixo, surdo e ligeiro como o que faz um relógio quando está envolto em algodão. Naquele instante, fui tomado pela impressão evidente e inequívoca de estar sendo *observado – distinguido* – da maneira que uma presa é medida pela besta nas profundezas da penumbra da selva.

Ele iria matar-me. Esse foi o pensamento manifesto que se apoderou de mim naquele momento. E, no entanto, eu não poderia dizer diante de quem eu tremia nem por que ele poderia querer me fazer mal. Impotente naquela escuridão de breu, eu só podia esperar meu destino – com o desespero no coração que caracteriza o homem condenado.

Houve um silêncio longo e persistente; e eu estava de novo apoiando meu peso contra a porta quando senti uma mão fechar-se ao redor de minha garganta; uma outra mão apertou a parte de trás do pescoço, em uma perfeita corrente de compressão.

Devo confessar que não foi tanto a força, mas a *surpresa* desse ataque que me deixou sem ação para iniciar qualquer tentativa positiva de defesa. Em vão, sim, em vão eu lutei – até que as mãos, tão repentinamente quanto se materializaram, afastaram-se e eu caí no chão com um grito agudo.

Deitado de costas, olhei para um par de pés descalços brilhando com uma palidez sobrenatural na escuridão infernal. De cima, chegaram até mim as palavras ríspidas suavemente insinuantes:

"Ora! Que mulher ela é."

Aquela voz! *O odioso Ballinger* – dando uma de nobre em cima de mim!

Durante mais alguns segundos, a forma ficou parada, respirando pesadamente. Logo depois se voltou e subiu as escadas, deixando-me em um estado quase total de agitação e – devo confessar – consumido pela raiva. Essas injúrias, esses insultos não devem ser tolerados, mister Landor, mesmo quando se persegue uma justiça mais alta. Preste atenção! Haverá um dia em que o leão será devorado pelo carneiro – em que o próprio caçador será *caçado*!

———◆———

Minha unicidade aristotélica deve agora estar comprometida, mister Landor, porque percebo que me esqueci de mencionar a última observação que Artemus me fez. Quando eu estava parado no corredor, ouvi-o dizer que ele gostaria que eu conhecesse sua irmã.

Narrativa de Gus Landor
16

De 11 a 15 de novembro

BEM, ESSA FOI A VERSÃO DE POE. É CLARO QUE VOCÊ NUNCA PODE TER CERTEZA A respeito do que alguém lhe conta, não é? Aquele encontro com o tenente Locke, por exemplo: gostaria de apostar que ele não se passou com a frieza que Poe deixou transparecer no seu relato. E aquele negócio de deixar Artemus ganhar o *écarté* – na minha experiência, os jovens não jogam cartas, mas são dominados por elas. Gostaria de estar errado.

Devo dizer que, de todas as coisas que Poe relatou, a parte que parecia menos nebulosa dentre as que foram expostas – a parte, de qualquer forma, na qual penso repetidas vezes – foi o intercâmbio enigmático entre Artemus e Ballinger:

Você estava mais próximo de Fry do que qualquer...

Não creio que estivesse tão perto dele como você...

Aquelas palavras: mais próximo, perto. Eu tinha de me perguntar: aqueles dois rapazes joviais estavam falando de distância *real*? Gracejando, na sua maneira codificada, sobre quão perto eles tinham estado do corpo morto de Leroy Fry?

Era uma insignificância, sim, mas eu estava disposto a compreender. E então, antes do jantar, decidi parar no refeitório dos cadetes.

◆

Leitor, você já viu um orangotango ser libertado de suas correntes? Tal era a cena que gostaria que você mantivesse em mente quando entramos no refeitório. Imagine centenas de jovens famintos marchando em silêncio para suas mesas. Imagine-os parados em pé em posição de sentido atrás de seus assentos, esperando por três pequenas palavras: "Ocupem seus lugares!". Ouça o barulho estrondoso que se segue quando eles se lançam com ímpeto sobre pratos de estanho e procuram alimento. O chá é bebido ainda quente, o pão é engolido inteiro, batatas cozidas são cortadas como cadáveres, pedaços de carne desaparecem num piscar de olhos. Durante os vinte minutos seguintes, o circo do orangotango predomina na atmosfera, e não surpreende saber que ali, como em nenhum outro lugar, surgem brigas – por causa de nada mais do que porco e melaço. É de admirar que os animais não comam as mesas, as próprias cadeiras em que se sentam, e depois não cacem os serventes e o capitão do refeitório.

Tudo isso é para dizer que fui virtualmente ignorado quando entrei na sala. O que me deu chance de conversar com um dos serventes, um negro muito inteligente que viu e ficou sabendo de muitas coisas nos dez anos que passou ali. Ele podia dizer quais eram os cadetes que roubavam pão e quais os que roubavam carne, quais os que melhor cortavam a carne e quais os que tinham piores maneiras, quais os que tomavam as refeições que Mammy Thompson oferecia e quais jantavam biscoitos e picles do barzinho. Seus insights iam além da comida, porque ele também sabia quais eram os cadetes que iriam se formar (não muitos) e quais deles permaneceriam com a patente de segundo-tenente para o resto da vida.

"Cesar", eu disse, "gostaria de saber se você não poderia mostrar alguns desses rapazes para mim. De maneira discreta, agora, não quero ser rude."

Para ter certeza do que ele diria, pedi-lhe primeiro para identificar Poe. Cesar o encontrou imediatamente – curvado sobre um prato de carne de carneiro, pegando com desagrado um pouco de nabo. Depois eu disse alguns nomes sem significado, pertencentes a cadetes de que ouvira falar, mas com os quais não havia conversado. E depois, tomando cuidado para manter minha voz firme, perguntei: "Oh, e o filho do dr. Marquis. Onde estaria?".

"Ora, ele é o que está na mesa do comandante", disse Cesar. "Lá adiante, no canto sudoeste."

E aquela foi a minha primeira visão de Artemus Marquis, sentado na cabeceira da mesa, engolindo uma colherada cheia de pudim. Sua postura era prussiana, seu perfil bem-talhado poderia figurar em uma moeda, seu corpo amoldava-se perfeitamente ao uniforme. E, ao contrário de outros comandantes na mesa, que pulariam em pé ou vociferariam advertências, ele governava seus rapazes esfomeados, como Poe já havia observado: sem absolutamente parecer governar. Vi dois de seus cadetes iniciarem uma discussão sobre quem verteria o chá. Longe de interferir, Artemus relaxou a coluna, recostou-se com os ombros caídos como se estivesse cansado e *ficou atento*, com um olhar que dava a impressão de indolência. Ele lhes deu toda a corda que queriam e depois, sem sequer um som ou um sinal, puxou-a de volta – e não é que eles pararam de querelar tão subitamente como começaram? E cada um deles não deu uma rápida olhadela de avaliação para Artemus antes de voltar a cuidar de sua vida?

A única pessoa com quem Artemus realmente falava era o companheiro à sua esquerda. Um guerreiro loiro – um tipo bem-disposto e de maxilar saliente, que falava com a comida ainda na boca, as bochechas inflando como brânquias – com um pescoço tão grosso que parecia regalar-se com sua cabeça. Seu nome (como o grande Cesar informou-me) era Randolph Ballinger.

Poder-se-ia ter observado os dois do início ao fim, e durante muitos jantares, sem encontrar nada de estranho. Eles conversavam com uma modulação de voz claramente masculina. Seus sorrisos eram cândidos, suas maneiras, livres. Nenhuma ameaça escondida em sua união. Eles riam das piadas que faziam e ficavam em pé quando era a hora e marchavam quando era preciso marchar. Não havia nada – nada, suponho, a não ser a boa aparência de Artemus – para colocá-los à parte de seus pares.

E no entanto eles estavam à parte, eu sentia isso em meus nervos. Eu sentia quando pensava sobre eles considerando todas as possibilidades. *Artemus, sim. Artemus, por que não?* Tirando fora o coração de Leroy Fry.

Fazia tanto sentido que quase não pude dar crédito àquilo. O filho de um cirurgião, com livre acesso aos instrumentos e livros de seu pai – ao *cérebro* de seu pai. Quem melhor do que ele para realizar aquele feito complicado em um ambiente tão difícil?

Esqueci-me de mencionar. Houve um momento durante o jantar naquele refeitório em que Artemus virou a cabeça, muito lentamente, e encontrou o meu olhar. Nenhum traço de embaraço. Nenhum impulso para apaziguar-se comigo ou com qualquer outro. Um par de olhos verde--acastanhados, inocentes e puros.

Naquele momento, senti que ele media sua vontade contra a minha, desafiando-me.

Aquela, de qualquer modo, foi a ideia que me perturbou quando deixei o refeitório. O sol estava bastante brilhante para fazer surgir pequenos pontinhos em minha retina. No pátio da artilharia, um bombardeiro esfregava o corpo de metal de um canhão dezoito; outro empurrava um carrinho de mão, de toras de pinheiro, em direção à floresta. Um cavalo puxava uma carroça vazia do ancoradouro até a colina íngreme, e a carroça se chacoalhava como um cesto de ervilhas.

No meu bolso havia um bilhete para Poe: *Bom trabalho! Quero ouvir tudo o que for possível sobre Ballinger. Amplie o relacionamento.*

Eu o estava levando para o nosso esconderijo em Kosciusko Garden. Não há muita coisa mais nesse jardim, leitor, ao menos para descrever. Consiste apenas de um pequeno terraço cinzelado na margem rochosa do Hudson. Você encontrará ali algumas rochas empilhadas, um pouco de folhagem, um par de crisântemos robustos... e, sim, como Poe disse, uma fonte clara em uma grande bacia de pedra... e, inscrito na pedra, o nome de um grande coronel polonês que supervisionou a construção das fortificações de West Point. Era nesse recanto escondido, dizem, que ele descansava de seus afazeres. Hoje em dia não sobrou muito desse retiro – pelo menos nos meses mais quentes, quando o local está infestado de turistas –, mas num dia de novembro à tarde, se você desejar, ele pode lhe servir assim como serviu a Kosciusko.

Ao menos, tinha sido esse o impulso das duas pessoas que estavam sentadas ali, então, num banco de pedra. Um homem e uma mulher. A mulher era miúda, um corpo de menina e um rosto quase igualmente jovem, apenas com algumas rugas ao redor da boca. Ela sorria de orelha a orelha – *timidamente* – e de alguma maneira conseguia falar *através* de seu sorriso com o companheiro. Que era o dr. Marquis.

Não o reconheci de imediato, mas nunca o havia encontrado – ou ninguém, realmente – naquela atitude antes. Ele enfiara os polegares nas orelhas. Não como se tapasse os ouvidos por causa de um grande estrondo, mas como se experimentasse um chapéu. Os dedos estavam esticados ao lado da cabeça, como uma pele de lontra, e, de tempos em tempos, ele os movimentava um pouco, como se procurasse um ajuste melhor. Seus olhos fitaram os meus – grandes olhos cheios de nervuras que pareciam estar trementes e à beira de um pedido de desculpa.

"Mister Landor", disse, levantando-se. "Posso apresentá-lo à minha encantadora esposa?"

Bem, leitor, você sabe como é. Uma pessoa pode, no espaço de um segundo, ser ampliada várias vezes por meio de associações. Olhei para aquela mulher sorridente com sua atenção dispersa, e subitamente ela continha o marido e seu filho e uma grande quantidade de segredos – todos submersos naquela criatura miúda.

"Ora! Mister Landor", disse ela com uma voz leve e nasalada. "Ouvi muito falar sobre o senhor. Estou encantada em conhecê-lo!"

"Todo meu", respondi. "O *prazer*, quero dizer. Todo..."

"Ouvi de meu marido que o senhor é viúvo."

O ataque repentino veio tão rápido que me pegou pela garganta. "É isso mesmo", consegui dizer.

Olhei para o doutor, esperando que ele – o quê? – enrubescesse, talvez. Parecesse desconfortável. Mas seus olhos brilhavam de interesse, e os grandes lábios despencados estavam ensaiando as palavras que se seguiram.

"Todas as mais sinceras condolências", ele disse. "Todas as mais sinceras... é claro – é... Posso perguntar, mister Landor, foi *recente*?"

"Foi o quê?"

"A passagem de sua mulher. Foi..."

"Foi há três anos", eu disse. "Apenas alguns meses depois que viemos para as montanhas."

"Uma doença repentina, então."

"Não muito repentina."

Ele teve de afastar sua surpresa. "Oh, eu estou... eu estou..."

"Ela sentia muitas dores no final, doutor. Eu desejei uma morte mais rápida do que a que ela teve."

Isso era mais profundo, acho, do que ele queria chegar. Voltou o rosto para o rio, murmurando seu consolo para as águas.

"Deve ser... extremamente solitário e tudo mais, onde o senhor... Se alguma vez..."

"O que meu marido *quer* dizer", falou mistress Marquis sorrindo como o sol, "é que se sentiria honrado em tê-lo em nossa casa. Como nosso estimado hóspede."

"E ficarei encantado em aceitar", eu disse. "De fato, eu ia sugerir a mesma coisa."

Como eu esperava que ela fosse reagir, não sei dizer, mas nunca esperei por isto: seu rosto, cada parte de seu rosto, abriu-se repentinamente, como se ele estivesse unido por fios de arame. E depois ela guinchou – sim, acho que guinchou é a palavra correta –, e mesmo quando o som saiu, ela o empurrou com força de volta para dentro da boca.

"*Sugerir*? Ora, seu demônio astuto. Oh, que demônio o senhor é."

Depois, diminuindo a voz, acrescentou:

"Creio que o senhor é o cavalheiro encarregado de investigar a morte de mister Fry, não é?"

"Sim, sou eu."

"Que fascinante. Eu e meu marido estávamos discutindo o assunto. De fato, ele me dizia agora que, a despeito de seus" – ela pressionou o braço do dr. Marquis – "esforços *heróicos*, o corpo do infeliz mister Fry foi julgado em estado muito avançado para exposição pública e foi colocado em outro lugar, de acordo com todos os cuidados higiênicos decentes."

Isso eu já sabia. Uma informação tardia sobre a morte de Fry havia sido enviada a seus pais e fora tomada a decisão de enterrá-lo para sempre em um caixão de pinho sextavado. Antes de lacrar a tampa, o capitão Hitchcock perguntou-me se eu queria dar uma última olhada.

Eu dei. Embora, pela minha vida, não saiba dizer por quê.

Não estando mais inchado, o corpo de Leroy Fry voltou ao seu tamanho normal. Ele flutuava em um brejo de seu próprio fluido, os braços e as pernas tinham uma tonalidade creme-escuro, e até as larvas tinham se saciado dele, saíam com pressa de todas as cavidades, deixando o resto para os besouros recém-chocados que se movimentavam debaixo de sua pele como um novo músculo.

Notei mais uma coisa antes de eles lacrarem o caixão: os depósitos de fluido haviam se expandido dentro das pálpebras de Leroy Fry. Seus olhos tinham, depois de dezoito dias, se fechado.

E agora eu estava no Kosciusko's Garden olhando para as íris marrons dos olhos de mistress Marquis, que estavam tão abertos quanto podiam. "Oh, mister Landor", disse ela. "Todo esse assunto deixou meu marido muito chocado. Faz muitos anos desde que testemunhou um tal massacre. Desde a guerra, eu acho, não via uma coisa como essa. Não é, Daniel?"

Ele fez um gesto grave de assentimento e lentamente rodeou o corpo diminuto dela com o braço, como para reafirmar a posse daquela mulher-*troféu*, aquele pequeno pássaro marrom, com suas rugas, olhos marrons apavorados e sua bolsa de algodão.

Resmunguei algo sobre a necessidade de voltar, mas os dois companheiros se declararam prontos para acompanhar-me até o hotel. E assim, não tendo conseguido deixar minha mensagem para Poe, eu me vi voltando para o hotel de mister Cozzens, o bom doutor seguindo atrás e sua esposa ao meu lado, a mão enfiada em meu braço.

"Não se importa, espero, se eu me apoiar um pouco em seu braço, mister Landor? Estas sandálias estão apertando meus pobres pés. Como o sexo frágil se tortura em nome da moda!"

Falava como uma beldade em seu primeiro baile. E se eu fosse um jovem cadete nesse baile, eu diria... eu diria...

"Você pode ter certeza de que seus sacrifícios não foram vãos para mim." Ela me olhou de um jeito como se eu tivesse proferido a sentença mais original jamais concebida. Um jeito, tenho a impressão de me lembrar, como as moças olham para um homem quando ele ainda é jovem. E, então, de sua boca saiu o riso mais estranho que ouvi, alto e ecoante e entrecortado em segmentos, como estalactites gotejando em uma vasta caverna.

"Ora! Mister Landor, se eu *não fosse*. E isso é tudo que direi, se eu *não fosse!*"

No sábado à noite, voltei para o meu chalé, onde Patsy esperava por mim. De todos os prazeres que ela me prometeu, o único que eu mais desejava era a chance de que ela me daria de *dormir*. Eu imaginava, percebe?, que fazer amor poderia atenuar aquele estado de semidesperto em que me encontrava. O que eu havia esquecido era o quanto Patsy me *acordava*, mesmo se ela se esgotasse. Assim que acabávamos de fazer amor, ela apenas... deslizava para a terra do sonho, não é?... com a cabeça repousando no meu esterno. E eu? Eu ficava deitado ali, ainda ardendo por ela, maravilhado com a densidade de seu cabelo negro, a força dele, como uma corda náutica.

E quando eu conseguia desviar meus pensamentos de Patsy, eu percebia que eles retornavam por iniciativa própria para West Point. O toque de recolher já deveria ter soado, pensei, e a lua já deixara seus rastros por toda parte. E da janela do meu hotel, eu teria sido capaz de ver os últimos barcos a vapor saindo em direção ao sul, deixando um rastro brilhante. Formas diferentes de sombras nas encostas das montanhas... as ruínas do velho Forte Clinton queimando sem chama como o fim de um cigarro...

Ouvi a voz de Patsy, pastosa e sonolenta.

"Você vai me contar, Gus?"

"Contar o quê?"

"Sobre sua pequena investigação. Vai me contar ou terei de...?"

Pegando-me de surpresa, ela passou uma perna por cima de mim. Deu-me apenas um leve estímulo e ficou esperando que eu respondesse a ele.

"Talvez eu tenha me esquecido de mencionar", eu disse. "Sou um homem velho."

"Não tão velho", ela respondeu.

Isso era o que Poe me dissera, lembrei. *Não tão velho*. "Então, o que foi que descobriu, Gus?"

Ela voltou para o seu lado e deu uma bela coçada no ventre. Estritamente falando, eu não ia dizer nada a ela. Total discrição, essa tinha sido minha promessa a Thayer e Hitchcock. Mas já ter quebrado um voto – abstinência – tornava mais fácil quebrar outro. Sem maiores encorajamentos, então, comecei a falar sobre os sinais encontrados do lado de fora do depósito de gelo, a visita ao professor Pawpaw e os encontros de Poe com o misterioso cadete Marquis.

"Artemus", ela murmurou. "Você o conhece?"

"Oh, certamente. Que aparência magnífica a dele. Ele bem que deveria morrer jovem, não acha? Não deveria envelhecer nem um pouquinho."

"Estou surpreso de você não ter..."

Ela olhou para mim rispidamente. "Você está se tornando inconveniente, não é mesmo, Gus?"

"Não."

"Bom." Ela acenou a cabeça com firmeza. "Não posso dizer que o teria qualificado como tendo caráter violento. Sempre muito frio."

"Oh, não sei, talvez ele não seja o nosso homem. É que... existe uma *característica* nele. Em toda a família."

"Explique-se."

"Deparei-me com a mãe e o pai ontem, no meio de uma conversa particular, e eles agiram – oh, parece pueril –, eles agiram como pessoas que fossem culpadas de algo."

"Todas as famílias são culpadas", disse Patsy. "De algo."

E naquele momento pensei em meu pai. Para ser específico, pensei na vara de bétula que ele usava para espancar-me a intervalos regulares. Nunca mais do que cinco vergastadas de cada vez – nunca precisava de mais. O que mais me surpreendia era o som: o assobio estridente era sempre mais chocante que o golpe. Até hoje essa memória tem o poder de me fazer transpirar.

"Você está certa", admiti. "Mas algumas famílias são mais culpadas que outras."

◆

Naquela noite consegui dormir um pouco. E na noite seguinte, de volta ao hotel de mister Cozzens, adormeci no instante em que minha cabeça tocou no travesseiro. Apenas para acordar dez minutos antes da meia-noite com uma leve batida à minha porta.

"Entre, mister Poe", falei.

Não poderia ser outra pessoa. Ele abriu a porta com muito cuidado e ficou parado, emoldurado na escuridão, relutante em dar um passo para dentro do quarto.

"Aqui está", ele disse colocando um maço de folhas no chão. "Minha última prestação de contas."

"Obrigado", eu disse. "Estou ansioso para lê-la."

Ele pode ter aquiescido, não há jeito de confirmar isso, porque Poe não carregava vela e minha lanterna não estava por perto.

"Mister Poe, espero que o senhor não... estou um pouco preocupado, sabe, de que seus estudos estejam sendo um pouco negligenciados."

"Não", ele replicou. "Eles estão apenas começando." Uma pausa longa.

"E como tem dormido?", ele perguntou por fim.

"Melhor, obrigado."

"Ah, o senhor tem sorte, então. Não tenho conseguido dormir."

"Sinto ouvir isso."

Outra pausa, mais comprida que a anterior. "Boa noite, então, mister Landor."

"Boa noite."

Mesmo no escuro, reconheci os sintomas. Amor. O amor havia conquistado o coração do cadete do primeiro ano Edgar A. Poe.

Relatório de Edgar A. Poe para Augustus Landor

14 de novembro

DIFICILMENTE PODE SER CONCEBIDO, MISTER LANDOR, COM QUE FERVOR ESPEREI o chá de domingo à tarde com a família Marquis. O meu último encontro com Artemus havia me deixado, mais do que nunca, persuadido de que o encontrar abrigado no conforto do seio de sua família favoreceria, melhor do que qualquer outra tentativa, a determinação de sua culpa ou inocência. E se ele não se deixasse incriminar em seu domicílio de infância, eu tinha esperança de obter outros indícios de seus familiares, cujas expressões involuntárias poderiam dar mais frutos do que eles mesmos supunham.

A residência da família fica situada entre as casas de pedra que se enfileiram na borda ocidental da planície – a "Fila dos Professores" é o bucólico apelido da região. Não há nada que distinga a casa dos Marquis das dos seus vizinhos – nada, eu diria, a não ser a placa afixada na porta com a inscrição "Bem-vindos, Filhos de Colúmbia". Não fui recebido, como eu esperava, pela dona da casa, mas pelo próprio dr. Marquis. Se ele *tinha noção* ou não dos usos que eu havia feito de seu nome ultimamente, isso não sei dizer, mas qualquer escrúpulo que eu tenha experimentado à vista de sua face ruborizada foi imediatamente suavizado pelo ar de preocupação duradoura com a qual perguntou sobre a minha vertigem. Tendo sido informado que me restabeleci plena e completamente, ele sorriu da maneira mais indulgente e exclamou: "Ah! O senhor vê, mister Poe, o que um pouco de salmoura pode fazer?".

Eu desconhecia, anteriormente, a esplêndida mistress Marquis, embora tivesse ouvido várias calúnias contra seu caráter no sentido de que ela tem um temperamento altamente perturbado e muito delicado. Contra esse julgamento devo contrapor minha própria observação: não encontrei nela nada de neurótico, mas muito de encantador. Depois que lhe fui apresentado, ela se mostrou, desde logo, cheia de sorrisos. Foi uma fonte de assombro para mim que um cadete pudesse incitar tal emanação, e fiquei estupefato ao saber por intermédio dela que Artemus havia falado de mim em termos apenas reservados aos maiores gênios.

Dois colegas da classe de Artemus também estavam presentes na ocasião. Um deles era George Washington Upton, o considerado cadete capitão da Virgínia. O outro – e como meu coração se amargurou ao vê-lo! – era o agressivo Ballinger. Lembrando, no entanto, meus deveres com Deus e a pátria, decidi esquecer sua miserável conduta e covarde ataque e o cumprimentei com nada além de um sentimento de companheirismo. Em seguida, uma surpresa! O tal do Ballinger ou passou por uma mudança extraordinária em seu coração ou, mais provavelmente, foi instruído para me demonstrar uma deferência adequada. Direi apenas que sua conversa era fácil e cortês e de acordo com uma educação de cavalheiro.

A funesta alimentação fornecida por mister Cozzens no refeitório dos cadetes deixou-me em um estado de grande expectativa em relação às iguarias na casa dos Marquis. Nesse aspecto, não fiquei desapontado. O bolo de milho e os waffles eram de primeira, e as peras, fiquei encantado ao constatar, haviam sido preparadas com uma grande quantidade de conhaque. O dr. Marquis provou ser o mais agradável dos anfitriões e manifestou grande prazer em nos mostrar sua estátua de Galeno, bem como alguns dos monogramas mais curiosos e intrigantes que ostentavam seu carimbo autoral. Miss Marquis – quer dizer, miss Lea Marquis, a irmã de Artemus – tocou ao piano com bonita fluência e entoou uma seleção daquelas cantigas sentimentais que quase desapareceram em nossa cultura moderna; cantou-as, no entanto, com um resultado fascinante. (Devo admitir que sua voz, um contralto natural, era um tanto esticada nas notas decisivas. Sua apresentação de "From Greenland's Icy Mountains", por exemplo, seria mais extraordinária se transposta para um tom um quarto ou mesmo um quinto mais baixo.) Artemus pediu que eu me sentasse ao lado dele durante o recital de sua irmã e, em intervalos regulares, ousava lançar-me olhares para assegurar-se de minha admiração. De fato, aquela admiração era abrandada apenas pela necessidade de escutar atentamente seus comentários contínuos: "Maravilhoso, não é?... Uma musicista natural, sabe? Toca desde os três anos... Oh, essa foi uma bela sequência, não foi?". Olhos e ouvidos menos atentos do que os meus teriam percebido que todos os que estavam ali conheciam a natureza da ligação do jovem com a irmã mais velha. E por certos sinais que lhe foram dados durante os interlúdios do recital, por certos sorrisos que eram concedidos apenas para os olhos dele, tornou-se aparente que essa afeição era inteiramente recíproca, e que de fato havia entre eles uma simpatia – uma *harmonia* entre irmão e irmã – como nunca tive a bênção de conhecer (tendo sido criado em uma família completamente separada daquelas em que meu irmão e minha irmã foram educados).

O senhor tem, mister Landor, sem dúvida, experiência suficiente desses entretenimentos ao entardecer para saber que quando um artista termina, com frequência outro é chamado para tapar a brecha. Assim, depois do término da apresentação de miss Marquis e em função do clamoroso anseio de sua mãe e seu irmão, eu fui estimulado a obsequiar os convidados reunidos com alguns de meus versos. Confesso que eu mais ou menos esperava por essa eventualidade e tomara a liberdade de preparar uma breve seleção, composta durante o último acampamento de verão e intitulada "Para Helen". Não me cabe aqui compartilhar com o senhor o texto inteiro (nem suponho que deseje isso, ó, grande Inimigo Poético!). Faço uma pausa apenas para observar que esse texto é um dos meus favoritos na linha lírica, que a mulher do título é comparada de modo variado aos barcos nicenos, gregos, romanos, náiades etc. etc., e que, depois de alcançar as linhas finais – "Ah! Psique, das regiões que/são Terra Santa!" –, minhas obras foram recompensadas com o som de um suspiro penetrante e bem percussor na noite.

"Diabos!", gritou Artemus. "Não lhes disse que a Besta era um prodígio?"

A resposta de sua irmã foi, de modo geral, mais suave, e, como eu já sentia um profundo interesse por ela por causa de Artemus, fiz questão de procurá-la em particular para averiguar se por acaso minha pequena prenda a havia ofendido. De imediato ela me pôs à vontade com um sorriso e uma inequívoca sacudidela da cabeça.

"Não, mister Poe, foi encantador. Estou apenas um pouco triste pensando na pobre Helen."

"Pobre Helen?", repeti. "Por que pobre?"

"Ora, ficava parada naquele vão da janela, dia e noite. *Como uma estátua*, não foi o que disse? Quão cansativo, sem dúvida. Oh, meu Deus, agora sou *eu* que estou ofendendo *você*. Peço desculpas. Eu estava apenas pensando que uma jovem saudável como Helen gostaria de afastar-se do vão da janela de vez em quando. Andar nas florestas e conversar com as amigas e até ir a um baile, se sentisse vontade."

Respondi que Helen – a Helen de minha visão, quer dizer – não sentia necessidade de passear nem de dançar, porque ela tinha algo mais precioso: imortalidade, que lhe havia sido conferida por Eros.

"Oh", ela sorriu gentilmente, "não posso pensar em nenhuma mulher que queira ser imortal. Uma boa pilhéria pode ser tudo que ela deseja. Ou uma simples carícia..." Assim que acabou de falar, um rubor tingiu suas faces de mármore. Mordendo o lábio, ela se apressou por um atalho de conversa menos perigosa e por fim chegou a... bem, a mim, mister Landor. Ela tinha ficado intrigada, ao que parece, por minhas alusões a um "oceano perfumado" e um "aborrecido e estafado viajante" e perguntou se dessas frases poderia inferir que eu tinha viajado e visto muitas coisas. Sua capacidade lógica, respondi, era incontestável. Então, descrevi para ela minhas curtas permanências à beira-mar e minhas peregrinações através do continente europeu, culminando em São Petersburgo, onde fiquei enredado em dificuldades secretas de uma natureza tão complexa que tive de ser libertado pelo empenho do cônsul americano na última hora. (Aconteceu de Ballinger passar por ali nesse momento crítico e perguntar-me se havia sido a própria imperatriz Catherine que tinha me servido de advogada. Seu tom era sarcástico, e fui obrigado a concluir que sua mudança em relação a mim era, no melhor dos casos, parcial.) Miss Marquis ouvia minha narrativa com um ar de perfeita franqueza e irrestrito encorajamento, interrompendo-me apenas para perguntar mais sobre algumas circunstâncias ou algum detalhe particular e, por meio disso, evidenciava um interesse tão puro e duradouro em meus insignificantes assuntos que... bem, mister Landor, eu tinha esquecido como é sedutor contar seus feitos para os ouvidos de uma moça. É, acho eu, uma das maravilhas do mundo menos avaliadas.

Mas percebo que ainda não me dei ao trabalho de descrever miss Marquis. Foi Bacon, Lord Verulam, quem disse: "Não há beleza extraordinária sem um pouco de singularidade na proporção"? Miss Marquis confirmaria a verdade dessa observação sagaz. Sua boca, para considerar apenas uma parte, é formada de maneira irregular – um lábio superior pequeno e agradável e o inferior voluptuoso – e ainda assim compõe uma graça triunfante. O nariz tem uma tendência, demasiado perceptível, para o aquilino; contudo, sua maciez voluptuosa e as narinas harmoniosamente curvadas rivalizam com os medalhões graciosos dos hebreus. Suas faces são supercoradas, sim, mas a fronte é elevada e pálida e seus longos cabelos castanhos são brilhantes, exuberantes e naturalmente ondulados.

Como sou estimulado pelo senhor a praticar uma honestidade estrita e escrupulosa em todos os assuntos, devo acrescentar que muitos observadores a considerariam uma flor que já mostrou toda a sua exuberância. Além disso, há em sua pessoa uma *tristeza* prolongada, que (se não presumo demasiado) faz evidenciar a frustração da fé e a ruína da promessa. E, ainda, como essa tristeza lhe assenta bem, mister Landor! Eu não a trocaria por milhares daquelas tolas efusões que são encontradas nas assim chamadas moças casadoiras. De fato, acho pouco compreensível que, enquanto tantas fêmeas insípidas são arrancadas direto das casas de seus pais para o altar, uma pérola como essa permaneça sem pretendente na casa de sua infância. É verdade, então, o que diz o poeta: "Quantas flores desabrocham para corar sem serem vistas/E desperdiçam sua doçura no ar deserto".

———◆———

Não creio que minha entrevista com miss Marquis tenha durado mais do que dez ou quinze minutos e, no entanto, que gama de temas atravessamos juntos! Não tenho tempo para enumerá-los (mesmo se pudesse reuni-los), porque a eloquência do nível de sua linguagem musical tinha um charme que ultrapassava a mera discussão. Sendo mulher, ela não estava tão inteirada da ciência moral, física e matemática quanto um homem e, contudo, é quase tão fluente em francês quanto eu e tem, para meu espanto, alguma competência em línguas clássicas. Tendo usado o telescópio de Artemus em benefício próprio, era capaz de discorrer com bastante conhecimento sobre uma estrela de sexta grandeza encontrada perto da grande estrela na constelação de Lira.

Mais do que suas aquisições intelectuais, no entanto, o que me deixou perplexo e encantado foi sua inteligência *natural*, que tinha como efeito ir direto ao âmago de qualquer assunto, não importando seu grau de dificuldade. Lembro bem com que lucidez ela ouviu-me falar de cosmologia. Instigado por ela, contei-lhe que o Universo era, a meu ver, uma eterna "aparição" regressando para a plenitude do "Niilismo Material", expandindo-se em existência e depois diminuindo até a nulidade, esse ciclo repetindo-se *ad infinitum*. O mesmo, também, com a alma: um resíduo da divindade difundida, sendo submetida ao ciclo eterno de aniquilação e renascimento.

Tratando-se de qualquer outra mulher, mister Landor, eu poderia conceber que minhas especulações seriam totalmente repugnantes. Em miss Marquis, no entanto, não pude encontrar traço de desgosto e percebi, comprovadamente, deleite. A própria esquisitice de sua expressão parecia implicar que eu acabara de executar a mais complicada e perigosa evolução de ginástica – e a havia realizado apenas por ter sido *ousado*.

"Você deve ficar atento agora, mister Poe. Toda essa dispersão pode acabar *dispersando-o*. E então, é claro, se desejar flertar com... niilismo material, é isso mesmo?... então, deve também flertar com o niilismo espiritual."

"Oh, o indivíduo Poe nunca flerta!"

Uma medida de nosso envolvimento mútuo é termos praticamente falhado em perceber a presença de Artemus até o instante em que ele a anunciou com uma entrada brusca. Então, novamente, considero mais do que possível que Artemus tinha toda a *intenção* de surpreender-nos – andando às escondidas com passos de gato para isso –, porque, tendo exposto sua artimanha, ele prendeu os braços de Lea às suas costas, como para mantê-la cativa e, gentilmente, apoiou a ponta do queixo no ombro dela.

"Diga então, irmã. O que você pensa do meu pequeno protegido?" Olhando-o com uma careta, ela se livrou de sua prisão.

"Acho", disse ela, "que mister Poe está muito além de tornar-se o protegido de alguém." O rosto de Artemus fechou-se completamente, parecendo desanimado – ele não tinha esperado ser repreendido –, mas, com sua rara aversão a ofender, miss Marquis imediatamente o absolveu de seu crime com uma gargalhada estrepitosa.

"Ele certamente não será corrompido por suas inclinações", ela deixou escapar.

Essa observação teve o efeito de fazer com que ambos estourassem dos pés à cabeça em uma cascata de risos. Sua alegria era, na verdade, de uma natureza tão expansiva e profunda que suspeitei estar sendo o alvo dela e juntei meu riso quieto ao deles. Contudo, não fiquei tão desarmado pelas astúcias de Tália* a ponto de perder minhas faculdades mentais, nem deixei de perceber que Lea parou de rir bem antes de seu irmão e

---

* Uma das nove musas da mitologia greco-romana. Fazia florir as plantas, presidia os banquetes e deu origem à musa da comédia. [N.T.]

que, através de seus olhos, transpassou um olhar – totalmente não percebido por Artemus em virtude de sua demora com a comédia – de penetração profunda. Naquele instante, creio, ela estava observando atentamente a própria alma de Artemus, para ver o que se escondia do outro lado do disfarce. Que conforto ou desolação ela encontrou ali, ninguém a não ser um metafísico poderia dizer. Posso apenas relatar que sua alegria ruidosa não retornou com a mesma abundância anterior.

O destino não me propiciou outra ocasião para falar com miss Marquis. Artemus me desafiou para um jogo de xadrez (um passatempo proibido pela Academia), e miss Marquis foi seduzida para dar um concerto particular para Ballinger e Upton, o qual foi logo abafado por acompanhamentos vocais extremamente desafinados. O dr. Marquis, entrementes, pegara seu cachimbo e nos contemplava das trincheiras de sua cadeira de balanço, enquanto mistress Marquis se satisfazia com um bordado sem propósito – cuja execução ela em breve terminou encolerizada, declarando que estava atormentada pela dor de cabeça mais medonha e pedindo licença para retirar-se ao seu quarto. Quando o marido tentou impedir sua saída com os protestos mais gentis, ela gritou: "Não vejo por que você deve se preocupar, Daniel. Não vejo por que *alguém* deveria se importar"; e imediatamente saiu da sala.

Na esteira de uma retirada tão abrupta, foi só uma questão de tempo antes que os convidados murmurassem seu pesar e começassem os rituais necessários para a partida. Esses rituais, no entanto, foram sumariamente anulados por Artemus, que me deu um aperto de mão antes de chamar Ballinger e Upton, em voz alta, para escoltá-lo de volta à caserna. Fiquei extremamente perplexo por essa ação precipitada, porque ele não deixou que eu me despedisse de maneira polida, só consegui fazê-lo por meio de minha própria astúcia (o dr. Marquis havia se ausentado para confortar sua atormentada esposa). Enquanto eu esperava no vestíbulo pela criada que fora buscar meu capote e o quepe, tive a oportunidade de surpreender o olhar de Ballinger em minha direção – um olhar fixo de tal malignidade declarada que fiquei completamente emudecido diante dele. Felizmente, fui capaz de manter minhas faculdades para intuir que esse olhar só me incluía *parcialmente*. Voltei meus olhos então para a sala de visitas atrás de mim, onde percebi miss Marquis, sentada ao piano, tocando distraída uma peça simples no registro mais alto.

Ballinger havia saído então atrás de Artemus, mas aquela sua *expressão* permanecia poderosamente *presente*, e, em pouco tempo, o seu significado se esclareceu: o camarada estava com ciúmes – sim, ciúmes!, estava dominado por uma raiva púrpura! – por causa da perspectiva de eu ser deixado sozinho com miss Marquis. Disso só pude concluir que ele me encarava como, *mirabile dictu*, um competidor na conquista da atenção dela!

Oh, essa é uma ironia doce e adequada, mister Landor, pois, ao tratar-me como seu arquirrival, Ballinger me deu a coragem de olhar para mim mesmo, pela primeira vez, sob essa luz. Caso contrário, eu jamais teria a ousadia, naquele momento, de dirigir-me a miss Marquis. Não, eu teria antes lidado com o ataque de uma horda de semínolas ou me atirado no abismo ensurdecedor do Niágara. Mas confiante, então, da *ameaça* que eu representava, mesmo que fosse só aos olhos amarelados de Ballinger, descobri-me capaz – de alguma maneira – de falar.

"Miss Marquis, temo que seja uma imposição grosseira para a sua benevolência pedir uma audiência consigo amanhã à tarde. E, no entanto, não há nada, nada no mundo que me daria maior prazer."

No momento em que as palavras saíram de meus lábios, fui tomado por um paroxismo de autocrítica. Que um mero calouro (embora não um menino, mister Landor) pudesse pretender fazer valer o menor direito sobre uma mulher de graça tão inefável – como esse fato poderia ser visto senão como o pior dos descaramentos? Eu senti *o senhor*, mister Landor – *o senhor*, sobretudo – incitando-me a ir adiante. Porque, se buscamos sondar as profundezas do enigmático Artemus, que fio de prumo melhor do que sua amada irmã, por cuja estima ele faz de tudo? No entanto, foi com um senso perfeito e completo de minha transgressão que esperei a reprovação justificável que apenas ela poderia fazer.

Seu semblante, no entanto, revelou uma inclinação de sentimento completamente diferente. Com aquele seu sorriso estranho – com o qual já estava toleravelmente familiarizado – e um brilho nos olhos, ela solicitou saber se devia me encontrar no Flirtation Walk ou no Gee's Point ou em qualquer daqueles locais isolados frequentados por cadetes enamorados.

"Nenhum desses locais", eu balbuciei.

"Onde, então, mister Poe?"

"Eu tinha em mente o cemitério."

Seu assombro foi considerável, mas ela se recuperou rapidamente e conferiu-me uma expressão tão severa que quase empalideci na sua frente.

"Amanhã", disse ela, "tenho um compromisso. Estou livre para encontrá-lo às quatro e meia na terça-feira. Você terá quinze minutos de minha atenção. Além disso, não prometo nada."

Como esses eram quinze minutos além do que eu ousara esperar, não necessitava de uma promessa que ultrapassasse esse tempo. Era suficiente saber que antes de quarenta e oito horas eu estaria de novo em sua presença.

———◆———

Ao ler atentamente as linhas anteriores, mister Landor, percebo que pode ficar com a impressão de que estou muito apaixonado pelos múltiplos encantos de miss Marquis. Nada pode estar mais longe da verdade. Se pareço sensível às suas virtudes, sou ainda mais sensível ao imperativo de levar essas investigações a um final bem-sucedido. Meu único propósito em aprofundar meu relacionamento com ela, portanto, é obter insights sobre o caráter e as inclinações de seu irmão, para que eu possa avançar até que a justiça seja feita.

———◆———

Oh!, quase me esqueci de incluir o detalhe mais intrigante no que diz respeito a miss Lea Marquis. Seus olhos, mister Landor! Eles são decididamente de um raro azul-pálido.

Narrativa de Gus Landor
17

15 e 16 de novembro

QUANDO EU E O CAPITÃO HITCHCOCK NOS ENCONTRAMOS PELA PRIMEIRA VEZ para tratar do assunto, levantamos um amplo número de eventualidades. Falamos sobre o que faríamos se os culpados fossem cadetes ou soldados. Discutimos sobre o que fazer se quem atacou Leroy Fry fosse um membro da faculdade. Mas *esta* possibilidade, de algum modo, escorregou entre as brechas: o *filho* de um membro da faculdade.

"Artemus Marquis?"

Estávamos sentados no próprio alojamento do comandante. Era visivelmente habitado por um solteirão, um local bem comum segundo os padrões da Armada, com acolchoados estampados com flores, um relógio de mármore com fissuras e um odor de complacente decadência em cada cortina de brocado.

"Artemus", repetiu Hitchcock. "Meu Deus, eu o conheço há anos."

"E o senhor testemunharia por seu caráter?", perguntei.

Aquela era, eu sabia, a pergunta mais insolente que jamais fizera. Artemus tinha o *caráter assegurado* pelo fato de ser um cadete. Ele havia sido designado por um representante dos Estados Unidos, não é mesmo? Passou em seus exames de admissão e foi acompanhado passo a passo, durante quase quatro anos, pela vigilância de Sylvanus Thayer e, salvo qualquer desastre, deveria conseguir sua patente de oficial no verão seguinte. Tais fatos eram, em si mesmos, garantia de seu caráter.

Mas, curiosamente, não foi o caráter de Artemus que Hitchcock se apressou em defender, mas o de seu pai. O dr. Marquis, como fiquei sabendo, tinha sido atingido por uma bala de mosquete na batalha de Lacolle Mills, fora pessoalmente elogiado pelo coronel Pike por sua extrema diligência no atendimento dos feridos, e nunca se soube, em todos os seus muitos anos de Academia, do menor escândalo em sua vida.

"Capitão", eu disse sentindo uma onda de ressentimento que se apoderava de mim sempre que ele falava como um superior. "Não creio ter mencionado o bom doutor. Será que o mencionei?"

Bem, ele apenas queria que eu soubesse que Artemus Marquis vinha de uma família fina, uma *família distinta*, e seu conluio em atos tão inconcebíveis era... era *inconcebível*. Sim, leitor, ele estava começando a se repetir...

"Houve um acidente", ele confessou por fim. Permaneci perfeitamente imóvel em minha cadeira. "Sim, capitão?"

"Eu me lembro, foi há algum tempo, bem antes de Artemus ser admitido como cadete. Teve a ver com o gato de miss Fowler."

Ficou esquadrinhando em sua memória.

"Esse gato", ele disse, "desapareceu sob circunstâncias que não posso recordar, mas me *lembro* de que teve um fim bizarro."

"Dissecação", tentei adivinhar.

"Vivissecção. Sim, havia me esquecido completamente disso. E foi..." Seus olhos brilharam com admiração. "Foi o dr. Marquis quem assegurou a miss Fowler que o gato tinha sido morto *antes* – de ser esquartejado. Lembro-me de como ficou profundamente afetado pelo incidente."

"Artemus confessou o fato alguma vez?", perguntei.

"Não, é claro que não."

"Mas o senhor tem motivos para suspeitar dele?"

"Eu sabia que ele era inteligente, só isso. Não malicioso, de modo algum, mas *travesso*."

"E filho de um médico."

"Sim. Filho de um médico."

Novamente agitado, o capitão Hitchcock afastou-se da luz da vela. Podia vê-lo rolando algo – uma bola de argila? De mármore? – na palma da mão.

"Mister Landor", disse ele, "antes de irmos adiante para atacar alguém, gostaria que me contasse se descobriu algo que ligue Artemus a Leroy Fry."

"Insignificância preciosa, naquela situação. Artemus estava um ano na frente de Fry, sabemos disso. Não havia sinal de que tivessem confraternizado de alguma forma. Nunca se sentaram juntos no refeitório nem estiveram na mesma divisão. Nunca, até onde sabemos, marcharam juntos ou se sentaram juntos durante o ofício religioso. Eu já entrevistei dezenas de cadetes até agora e ainda não tinha ouvido menção do nome de Artemus em conexão com o de Fry."

"E o companheiro Ballinger?"

"Isso é um pouco mais promissor", admiti. "Há alguma evidência de que Ballinger e Fry tiveram relações amistosas em certa época. Foram vistos juntos, dois verões atrás, derrubando tendas de um bando de novos cadetes. Ambos também foram, por curto espaço de tempo, membros da... oh, diabos, qual é a... Amo... Amo-soapic..."

"Amo*sophic* Society."

"Essa mesma. Fry, por ser uma alma mais sossegada, não discutia tão naturalmente como Ballinger e logo abandonou a sociedade. Ninguém se lembra de tê-los visto juntos depois disso."

"E isso é tudo?"

Eu quase parei por ali, mas algo em sua voz – um vestígio de desânimo, talvez – encorajou-me a continuar.

"Há outra ligação", eu disse, "embora seja apenas uma insinuação. Parece que ambos, Ballinger e Fry, tinham uma queda pela irmã de Artemus. De fato, pelo que ouvi, Ballinger se considera como o primeiro candidato ao seu afeto."

"Miss Marquis?", repetiu Hitchcock levantando as sobrancelhas. "Acho improvável."

"Como assim?"

"Você pode perguntar para todas as esposas dos professores. Miss Marquis é bem conhecida por desencorajar avanços mesmo dos cadetes mais insistentes."

Todos exceto *um*, pensei sorrindo comigo mesmo. Quem teria adivinhado que meu brigão investiria onde outros galos temiam se arriscar?

"Ah!", exclamei. "Ela é orgulhosa, suponho."

"É exatamente o oposto", retrucou ele. "É tão excessivamente modesta que faz alguém duvidar que já tenha se olhado num espelho." Um ligeiro rubor cobriu as faces do capitão. Então, no fim das contas, ele era suscetível aos chamados da carne.

"Então, o que explica o seu afastamento do mundo?", indaguei. "Será que ela é tão terrivelmente tímida?"

"Tímida! Você deve atrai-la para falar de algum tema sobre Montesquieu, algum dia, e verá por si mesmo quão tímida ela é. Não, miss Marquis tem sido sempre um enigma e mesmo, em alguns círculos, motivo de desgastante passatempo. Agora que atingiu a idade madura de vinte e três anos, não se fala mais muito nela. Exceto, sinto dizer, para chamá-la por um apelido."

A cortesia, acho, deveria impedir-me de aventurar-me mais longe, mas, percebendo a minha curiosidade, ele resolveu aplacá-la.

"Eles a chamam de Solteirona Entristecida", confessou.

"E por que 'entristecida', capitão?"

"Temo não poder dizer-lhe."

Sorri, cruzei os braços na frente do peito e disse: "Sabendo quão cuidadosamente o senhor escolhe as palavras, capitão, devo supor que não usa a palavra *não poderia* quando, na verdade, quer dizer, talvez, *não gostaria*."

"Escolho minhas palavras com cuidado, sim, mister Landor." "Bem, então", eu disse, alegre como um passarinho, "podemos voltar ao assunto em questão. O qual, a não ser que se oponha, nos conduz na direção do alojamento de Artemus."

Oh, como ele pareceu rígido naquele momento. Porque ele próprio já estava se dirigindo para o mesmo caminho.

"Vamos inspecioná-lo em primeiro lugar amanhã de manhã?", sugeri. "Digamos, às dez horas? Oh, capitão, e se pudéssemos manter isso só entre nós..."

———

Fazia um frio de rachar, como me lembro. As nuvens estavam baixas e fragmentadas como pingentes de gelo, e as pedras dos edifícios das casernas Norte e Sul, em ângulo reto uma em relação à outra, formavam uma rocha aguçada contra o inflexível, monótono e enérgico vento que soprava do oeste. Nós o sentimos, não é mesmo? Parados naquela construção em forma de L no pátio, preparando o nosso pequeno ataque, tremendo como peixes no anzol.

"Capitão", eu disse. "Se não se importar, gostaria de olhar primeiro o alojamento do cadete Poe."

Ele não me perguntou por quê. Havia se cansado, talvez, de discutir. Ou, então, ele tinha suas próprias suspeitas sobre o meu jovem rapaz, que se rodeava de mitos de uma maneira muito livre. Ou, ainda, estava apenas querendo sair do frio.

Meu Deus!, era muito pequeno aquele quarto onde o cadete Poe do primeiro ano e seus dois companheiros de quarto passavam os dias e as noites! *Quarto* não era a palavra para ele – seria mais adequado *caixote*. Três metros e noventa por três e dividido por um tabique. Terrivelmente frio, enfumaçado, fechado, com um odor de intestinos de baleia. Havia um par de candeeiros de vela, uma caixa de madeira, uma mesa, uma cadeira de espaldar reto, uma lamparina e um espelho. Não havia armações de cama, não no mosteiro de Thayer: os rapazes dormiam em colchões estreitos no chão que eram enrolados, a cada manhã, junto com o lençol. Oh, era um espaço desguarnecido e cinzento – que ninguém gostaria de habitar. Não havia nada na Caserna Sul, número vinte e dois, que evidenciasse que alguém ali atravessara o James River ou escrevera poemas ou estivera em Stoke Newington ou que, de alguma forma, era diferente dos outros duzentos rapazes que a Academia estava transformando em homens.

Bem, a alma se libertará, suponho, mesmo contra grandes desigualdades. Foi então que, depois de uma olhadela superficial pelo quarto, cheguei ao baú de Poe e, abrindo o trinco, encontrei – ali no lado de dentro da tampa – uma gravura de Byron. Tão escondida e danificada como uma carta de amor.

De um bolso, retirei um pequeno pacote envolto em crepe preto. O crepe se abriu em um instante para revelar o retrato em camafeu de uma moça vestida de imperatriz e com um gorro de fitas. Um ar infantil quase penoso em seus enormes olhos meigos, seus ombros frágeis. Ela tinha quase a mesma aparência de quando eu a vira no Park Street Theatre, muitos anos atrás, cantando "Nobody Coming to Marry Me".

A visão dela deixou um nó em minha garganta. Uma espécie familiar de estreitamento – era, percebi, o mesmo sentimento que eu tinha sempre que pensava muito tempo em minha filha. Lembrei, então, o que Poe havia dito, sentado em minha sala de estar:

Ambos estamos sozinhos no mundo.

Respirando fundo, fechei o baú e travei o trinco.

"Ele mantém o quarto limpo", disse Hitchcock de má vontade. Ele o fazia. Teria o cuidado, pensei, o cadete Poe do primeiro ano, de continuar a manter o quarto limpo por mais três anos e meio – três anos e meio de colchões enrolados, colarinhos rigorosamente abotoados e botas engraxadas. E, como recompensa, ele obteria o quê? Um posto na fronteira ocidental, onde, no intervalo de caçar índios, ele poderia declamar seus poemas para os militares, suas esposas neurastênicas e filhas desinteressantes? Oh, que imagem ele representaria naquelas salas de visita pequenas e alegres como uma sepultura.

"Capitão", eu disse, "não tenho mais ânimo para isso."

Os quartos na Caserna Norte pelo menos eram maiores – sete metros e noventa por cinco e oitenta –, uma dádiva para um graduando. A única *dádiva*, pelo que pude ver. O alojamento de Artemus, embora mais aquecido que o de Poe, era ainda mais sombrio: os colchões remendados, as cobertas quase não usadas, o ar que fazia espirrar e as paredes esburacadas e cobertas de fuligem. Como o quarto estava voltado para a face oeste, sua luz ficava obscurecida pelas montanhas, e mesmo no meio da manhã a escuridão era tão profunda que éramos obrigados a usar palitos de fósforo para examinar os cantos mais escuros. Foi assim que encontrei o pequeno telescópio de Artemus, enfiado entre um balde de água e o urinol. Nenhum outro sinal de folias passadas: nada de cartas, galinhas, cachimbos, nem mesmo um leve aroma de tabaco (embora no peitoril da janela houvesse fragmentos espalhados de tabaco em pó).

"A caixa de madeira", disse Hitchcock. "Esse é sempre o primeiro lugar que verifico."

"Então, ótimo, capitão."

Surpresa! Ele só encontrou madeira por cima. Oh, um bilhete antigo de loteria de Cuming's Truly Lucky Offices, um pedaço de um lenço de musselina enfiado dentro de um livro e um pacote de açúcar do Brasil meio vazio – um por um ele os tirou para fora, e eu estava prestes a embolsar o açúcar quando ouvi um som atrás de nós.

Um estalido, como o de um trinco sendo fechado. E depois um som ainda mais leve vindo em seguida *ao primeiro*.

"Capitão", eu disse, "estou começando a achar que estávamos sendo esperados."

O sol então apenas começava a tocar as encostas azuis rochosas ao oeste, e, pela primeira vez naquela manhã, leves réstias de luz amarela inundaram o quarto escuro, e foi a luz, na verdade, que me fez compreender o que estava acontecendo mais do que qualquer outra coisa.

"O que há de errado?", perguntou o capitão Hitchcock.

Ele retirou um pequeno embrulho envolto em papel marrom da caixa de madeira e estendeu-o para mim como uma oferenda, mas eu já estava me atirando contra a porta.

"Ela não se abre", eu disse.

"Fique de lado", ele gritou.

Hitchcock largou o embrulho e se arremessou, dando dois bons pontapés na porta. Ela estremeceu, mas se manteve firme. Dois outros pontapés: nada aconteceu. *Ambos* estávamos dando pontapés então, batendo com força a sola de nossas botas na madeira – um perfeito clamor de golpes e contragolpes. Mas, mesmo com aquela barulheira, o som do *outro* lado da porta ainda podia ser ouvido.

Um som sem igual. Um estranho chiado abafado, como o de uma vela se extinguindo.

E depois algo mais: uma *luz*, tremeluzindo através da fenda inferior da porta.

Hitchcock foi o primeiro a agir. Ele agarrou um dos baús dos cadetes e arremessou-o contra a porta. A madeira cedeu só um pouco, o bastante para nos dar esperanças. Na tentativa seguinte, nós dois seguramos o baú e o atiramos junto com o nosso peso contra ela, e dessa vez a porta se deslocou da moldura deixando um espaço de aproximadamente sete centímetros e meio, o suficiente para deixar passar uma arma. Mais um pontapé dado por Hitchcock e o trinco finalmente se abriu e a porta vergou em direção ao solo; ficamos parados no corredor olhando para uma bola preta, do tamanho de um melão, com um estopim que estava se consumindo pelo fogo.

Hitchcock agarrou a bomba e deu três grandes passos até a janela mais próxima. Com um puxão abriu o batente e, depois de verificar se não havia ninguém lá embaixo, atirou a bomba no pátio sem nenhum comentário. E lá ela ficou no meio da grama, soltando fumaça.

"Vá para trás, mister Landor."

Mas eu não pude, da mesma forma que ele também não. Observamos aquele estopim levantado queimando cada vez mais – quem teria pensado que ele levaria tanto tempo para queimar? – e era como tentar ler um livro por cima do ombro de alguém, esperando que virasse a página.

E então a bomba se movimentou, mas não houve clímax, apenas o lento apagar da centelha, seguido por... nada. Nenhuma explosão ou nuvem de enxofre. Uns poucos ruídos e fios de fumaça e o alvoroço do meu coração traiçoeiro. E um pensamento, real como uma chaga, de que alguém mais uma vez tinha nos passado a perna.

Minutos mais tarde, quando o último resto de fumaça se apagou e a bomba ainda descansava no pátio, o capitão Hitchcock voltou até a caixa de madeira, pegou o embrulho que lá deixara e lentamente, com o cuidado de alguém tirando o envoltório de um faraó, retirou o papel marrom.

Era um coração. Esvaindo-se em sangue. Parecendo vivo.

Narrativa de Gus Landor
18

16 de novembro

FOI SORTE, EU ACHO, O DR. MARQUIS, QUANDO LHE LEVAMOS O CORAÇÃO PARA ser identificado, nem ter pensado em nos perguntar onde ele fora achado. A visão era muito excitante para ele: um coração, por Deus, ainda em seus envoltórios, colocado na cama de ferro da ala 3-B, como Leroy Fry tinha estado antes. Ele poderia ter sido de uma matrona da Park Avenue com chifres, a julgar pela maneira como o dr. Marquis estendeu os dedos para ele. Ele estalou a língua, pigarreou...

"Não muito decomposto", disse por fim. "Deve ter sido mantido em um lugar frio."

"*Estava* frio, sim", esclareci ao me lembrar da baixa temperatura do alojamento de Artemus. Lentamente o doutor rodeou a cama, coçando o queixo, piscando bastante.

"Hum", ele murmurou. "Sim, cavalheiros. Posso perceber por que vocês pensaram tratar-se do coração de um homem. É praticamente idêntico, não é? As aurículas e os ventrículos, as válvulas e as artérias, tudo onde deveria estar, sim."

"*Mas?*"

Seus olhos estavam brilhantes quando encontraram os nossos. "O *tamanho*, cavalheiros. É isso que o denuncia. *Este* órgão insignificante" – ele colocou os dedos debaixo do embrulho e o levantou de maneira especulativa – "pesa em torno de dois quilos e meio, eu aposto. Ao passo que o coração humano raramente ultrapassa duzentos e cinquenta ou duzentos e oitenta gramas."

"Não é maior do que um punho", eu disse relembrando nossa última conversa naquela sala.

"Exatamente", ele replicou, radiante.

"Então, diga-nos, por favor", falou Hitchcock. "Se não é um coração humano, de que tipo de criatura ele vem?"

O doutor arqueou as sobrancelhas. "Hum, sim, é como um quebra-cabeça. Muito grande para ser de carneiro. Uma *vaca*, é a minha melhor suposição. Sim, quase certamente de uma vaca." Seu rosto brilhou em um lampejo. "Não me importo em lhes dizer, cavalheiros, isto me faz lembrar de minha juventude, quando vi um desses espécimes. Muitos eram os corações de vaca que costumava dissecar em Edinburgh. O dr. Hunter dizia: 'Se você puder se sair bem dissecando um coração de vaca, terá sucesso com o de um homem'".

As mãos do capitão Hitchcock cobriam-lhe os olhos. Sua voz estava exausta quando falou.

"Haverstraw", ele disse pesadamente. "O coração deve ter vindo de Haverstraw."

E, como não respondi tão prontamente quanto ele desejava, Hitchcock tirou as mãos dos olhos e fitou-me.

"Será que preciso lembrá-lo?", perguntou. "Os dois animais desmembrados sobre os quais lemos nos jornais quinze dias atrás? Um deles, o senhor pode recordar, era uma *vaca*."

"Eu me lembro", disse. "E considero sua teoria uma explicação tão provável quanto qualquer outra."

Um lento soltar de respiração de seus maxilares contraídos. "Mister Landor, o senhor não pode apenas uma vez encontrar algo definitivo para dizer? Apenas *uma vez*, não pode decidir-se pelo lado *positivo* de uma equação?"

O fato é que eu simpatizava com ele. Ali estávamos, em seu escritório embolorado, com os tambores tocando ao longe. Tínhamos em nosso poder o tipo mais tangível de evidência, mas não estávamos mais adiantados do que quando começamos, e até, talvez, um pouco para trás. Mas e o *coração*? Você poderia perguntar. Não era, certamente, uma prova suficiente?

Bem, até onde sabíamos, ninguém tinha visto Artemus colocá-lo na caixa de madeira; como Hitchcock tinha sido o primeiro a destacar, *qualquer pessoa* poderia tê-lo colocado ali. Os quartos dos cadetes nunca ficavam trancados. O que também significava que qualquer um poderia ter enfiado o pedaço de madeira na fechadura da porta para impedir que eu e Hitchcock saíssemos.

Mas e a bomba? Isso, de fato, seria difícil de se conseguir? Bem, não. O depósito de pólvora, quando muito, era pouco vigiado, quase nunca à noite, e a bomba não havia sido carregada.

Alguém, no entanto... *alguém* havia acendido o estopim. Alguém tinha estado do lado de fora, no corredor, enquanto eu e o capitão Hitchcock estávamos na caserna de Artemus, entre dez e meia e dez e trinta e cinco.

E eis a coisa mais abominável de todas: Artemus Marquis tinha um álibi. Ele havia estado na exposição das nove horas até o meio-dia – sentado junto com Ballinger, segundo parece, e dando todas as mostras de interesse nas táticas da artilharia e da infantaria. Nenhum cadete, jurou o professor, deixou a sala nem por um segundo.

E, assim, realmente *estávamos* de volta onde começamos – salvo por uma coisa. Era quase impossível que alguém de fora da Academia pudesse ter feito aquilo na caserna de Artemus naquele intervalo de cinco minutos. Nenhuma das sentinelas havia relatado ter visto alguém de fora daquela área, naquela manhã ou na noite anterior. Embora um estranho pudesse passar pelos postos dos guardas, sua presença – em plena luz do dia, em uma área bem movimentada da Academia – quase seguramente seria percebida.

Assim, em meio aos becos sem saída e problemas pendentes, todos os subterfúgios e as observações mordazes, a única conclusão clara que podíamos tirar era esta: nosso homem – nossos *homens* – vinha de dentro.

Você pode perceber agora, leitor, por que eu estava preparado para lamentar pelo capitão Hitchcock. Ele havia esperado, você pode se dar conta, que as fatalidades concernentes aos cadetes se limitariam a uma. Os jornais locais não tinham mais registrado relatos de animais domésticos atacados. Havia razão para acreditar que o louco que atacara Leroy Fry tinha se deslocado para aterrorizar *outras* comunidades. Das quais deveríamos ter pena, é claro, mas elas se encontravam fora da esfera de Ethan Allen Hitchcock.

Tudo isso havia mudado nos dez segundos que ele levou para carregar aquela bomba do corredor até a janela.

"O que não consigo compreender", ele disse então, "é por que Artemus, se ele é o nosso homem, seria tão estúpido a ponto de deixar o coração na caixa de madeira. Ele sabe que eu inspeciono os alojamentos das casernas regularmente. Com certeza poderia encontrar um lugar melhor para escondê-lo."

"A não ser...", eu disse.

"A não ser o quê?"

"A não ser que outra pessoa o tenha colocado ali." "E com que finalidade?"

"Ora, para incriminar Artemus, é claro." Hitchcock olhou para mim por um longo tempo.

"Muito bem", disse ele por fim. "Então por que alguém colocaria uma bomba – uma bomba sem *pólvora* – do lado de fora da porta de Artemus? Enquanto Artemus estava na exposição?"

"Ora, para lhe fornecer um álibi", eu respondi.

Rugas profundas apareceram em cada canto de sua boca.

"Então, o senhor está sugerindo, mister Landor, que algum... algum *companheiro* lá fora deseja limpar o nome de Artemus, enquanto *outro* companheiro deseja enforcá-lo?" Ele apertou as duas mãos com força contra a cabeça. "E onde o próprio Artemus se encaixa em tudo isso? Por Deus, essa é a confusão mais... mais infernal e maldita que jamais..."

Leitor, não acho que o capitão Hitchcock fosse avesso a um raciocínio mais intricado. Ele era, como qualquer pessoa lhe poderia confirmar, um homem erudito. Familiarizado com Kant e Bacon. Um adepto de Swendenborg, se você pode acreditar nisso, e um alquimista. Mas acho que ele preferia conduzir seus pensamentos em seus próprios termos, na quietude de seu alojamento. Quando ele veio para a Academia, queria que as coisas fluíssem sem obstáculos: de acordo com leis estabelecidas, sem possibilidade de intervenção, humana ou de outro tipo.

"Muito bem", ele falou de novo. "Aceito que não podemos chegar a declarações positivas nem de um lado nem de outro. O que o senhor sugere fazermos, então?"

"Fazer? Ora, absolutamente nada, capitão."

Ele me fitou, quase demasiado abatido para replicar.

"Mister Landor", ele falou em uma voz dissimuladamente calma e enganosa. "Um *coração* foi encontrado no alojamento de um cadete. Um oficial dos Estados Unidos e um cidadão particular foram ameaçados com uma bomba, e o senhor está me dizendo que não posso fazer nada?"

"Bem, não podemos deter Artemus, sabemos disso. Não podemos deter nenhuma outra pessoa. Então receio não perceber o que *podemos* fazer, além de pedir ao intendente para consertar a porta de Artemus."

Suavemente, ele passou a mão sobre o estofado na beirada da cadeira, e observei seus olhos se deslocarem para a janela. Naquele momento, com a luz do entardecer resplandecendo sobre seu perfil, eu quase pude *sentir* o peso que o oprimia.

"A qualquer dia desses", disse ele, "estamos esperando a chegada dos pais de mister Fry. Não tenho a ilusão de ser capaz de lhes oferecer consolo ou conforto. Mas gostaria de olhar ambos nos olhos e fazer uma promessa solene de que o que aconteceu a seu filho não acontecerá a nenhum outro cadete. Não enquanto eu for o comandante." Ele colocou as duas mãos sobre a escrivaninha. Fixou os olhos em mim. "Vou ser capaz de lhes prometer isso, mister Landor?"

Um líquido qualquer – algo com gosto de tabaco velho – acumulou-se no canto de minha boca. Eu o sequei.

"Bem, capitão", eu disse. "O senhor certamente pode prometer-lhes, se quiser. Mas só para sentir-se mais tranquilo, não os contemple nos olhos quando fizer isso."

———◆———

Pense em um galgo em pé sobre duas pernas e você terá uma ideia grosseira da altura e do peso do soldado raso Horatio Cochrane. Ele tinha olhos estreitos e melancólicos e uma pele de bebê; sua coluna vertebral podia ser vista através da camisa e ele estava ligeiramente curvado, como um arco que não tinha soltado a flecha. Encontrei-me com ele na loja do sapateiro, onde fora para mandar reparar sua bota, talvez pela décima vez naquele ano. Havia um grande buraco na biqueira da bota, e esse buraco se parecia com uma boca desdentada, que falava sempre que o soldado raso Cochrane falava e silenciava quando ele ficava calado. Sua bota era, de fato, a coisa mais expressiva nele. Nada mais vibrava naquele rosto infantil liso.

"Soldado raso", eu disse. "Acho que era o senhor quem estava de guarda na noite em que Leroy Fry foi enforcado. É isso mesmo?"

"Sim, sir", respondeu ele.

"Que coisa mais esquisita, soldado raso. Tenho examinado todo o..." Eu bati ligeiramente debaixo do queixo. "Todo esse *caso* abominável, sabe, todas as afirmações e... depoimentos daquela noite de outubro, dia vinte e cinco. E me deparei com um pequeno problema, que espero que possa ajudar-me a resolver."

"Se eu puder, sir, ficarei contente em fazê-lo."

"Agradeço muito, estou realmente... agora, se pudéssemos apenas começar repassando os eventos em questão... Quando o corpo de mister Fry foi trazido de volta ao hospital, o senhor foi designado para vigiar o quarto... naquela ala B-3."

"Sim, sir."

"E lhe foi pedido para fazer exatamente o quê?"

"Solicitaram-me para vigiar o corpo e assegurar-me de que nenhum dano fosse causado a ele."

"Ah, sim. Então ficaram apenas o senhor e mister Fry?"

"Sim, sir."

"E ele estava coberto? Com um lençol, suponho?"

"Sim, sir."

"A que horas isso aconteceu, soldado raso?"

Uma ligeira pausa. "Eu diria que era uma hora da manhã quando fui designado para lá."

"E aconteceu alguma coisa enquanto estava de vigia?"

"Não até... não até duas e meia. Foi quando fui substituído em minha tarefa."

Sorri para ele. Sorri para sua bota, que sorriu de volta. "'Substituído', o senhor diz. Agora, é isso que me leva a... a esse *problema* que estou tendo. O senhor percebe, soldado raso, que fez duas afirmações. Na primeira – oh, meu caro, parece que não a tenho comigo, mas acho que foi dada logo depois que o corpo de mister Fry desapareceu – o senhor disse ter sido substituído pelo tenente Kinsley."

O primeiro sinal de vida apareceu em seu rosto, uma leve contração dos músculos ao redor do maxilar.

"Sim, sir."

"O que é uma coisa curiosa, porque o tenente Kinsley estava acompanhando o capitão Hitchcock durante toda a noite. Isso foi dito pelos dois oficiais em questão. Agora, estou supondo que o senhor *percebeu* seu engano, soldado raso, porque na declaração seguinte – um dia depois, e, novamente, perdoe-me se estou errado, mas acho que o senhor disse simplesmente 'o tenente': 'Eu fui substituído pelo *tenente*'."

Um estremecimento quase imperceptível em sua garganta. "Sim, sir."

"Então, talvez, agora o senhor compreenda minha confusão. Eu apenas não tenho certeza de *quem* foi que o substituiu." Sorri para ele. "Talvez possa esclarecer-me, soldado raso."

Sua narina contraiu-se. "Temo não poder contar-lhe, sir."

"Ora, bem, soldado raso. Posso lhe assegurar que qualquer coisa que me contar será mantida em segredo. O senhor não sofrerá nenhuma consequência de quaisquer de suas ações."

"Sim, sir."

"E o senhor compreende que eu tenho plena autoridade, que me foi conferida pelo coronel Thayer, para conduzir esses inquéritos?"

"Sim, sir."

"Bem, então, vamos tentar de novo, está bem? *Quem* o substituiu, soldado raso?"

Uma pequena gota de suor no início da fronte. "Não posso lhe dizer, sir."

"E por que não?"

"Porque... porque nunca consegui saber seu nome."

Olhei-o durante alguns momentos. "O nome do oficial, o senhor quer dizer?"

"Sim, sir."

Sua cabeça estava inclinada então. A reprovação que Cochrane estava esperando há tanto tempo estava prestes a tombar sobre ele.

"Muito bem", eu disse tão gentilmente quanto pude. "Talvez possa me contar o que esse oficial lhe disse."

"Ele falou: 'Obrigado, soldado raso, isso é tudo. Por favor, informe no alojamento ao tenente Meadows'."

"É um pedido meio estranho, não é?"

"Sim, sir, mas ele foi muito determinado nesse ponto. 'Agora vá', ele disse."

"Bem, isso é muito interessante. Agora, a coisa esquisita sobre o alojamento do tenente é que, eu acho, ele fica diretamente ao sul do hospital."

"Correto, sir."

E *distante* do depósito de gelo, lembrei. Distante centenas de metros. "E o que aconteceu em seguida, soldado raso?"

"Bem, não perdi tempo em ir ao alojamento do tenente. Ele não distava mais do que cinco minutos. O tenente Meadows ainda dormia, então bati à sua porta até que acordasse, e foi quando ele me disse que não havia me procurado."

"Ele não havia mandado chamá-lo?"

"Não, sir."

"Então o senhor..."

"Eu voltei para o hospital, sir. Para ter certeza de minhas ordens."

"E quando voltou para a ala B-3, encontrou o quê?"

"Nada, sir. Quero dizer, o corpo havia desaparecido."

"E quanto tempo diria que esteve afastado do corpo?"

"Oh, não mais do que meia hora, sir."

"E quando viu que o corpo havia desaparecido, o que fez em seguida?"

"Bem, sir, corri direto para o quarto da guarda na Caserna Norte. Contei ao oficial de serviço e ele falou com o capitão Hitchcock."

A pancada rápida do martelo do sapateiro começou a soar na sala ao lado. Uma vibração lenta e firme, como os tambores do toque de alvorada. Sem mesmo pensar, me levantei.

"Bem, soldado raso, certamente não tenho o propósito de aumentar seus problemas. Mas eu ficaria contente se me dissesse algo mais sobre esse oficial que ordenou que o senhor deixasse seu posto. Você não o reconheceu?"

"Não, sir. Só estou aqui há dois meses, então..."

"Pode me dizer como ele era?"

"Oh, estava terrivelmente escuro no quarto. Eu tinha apenas uma vela, sabe, e esta estava perto de... perto de mister Fry, e o oficial também tinha uma vela, mas seu rosto estava no escuro."

"Então, o senhor não viu o rosto dele?"

"Não, sir."

"Então, como sabe que ele era um oficial?"

"A divisa militar, sir. No ombro. Ele segurava a vela de tal modo que pude vê-la."

"Ele foi muito precavido. E não se identificou."

"Não, sir. Mas eu nem esperaria isso de um oficial."

Eu podia visualizar aquele momento muito claramente. O corpo coberto de Leroy Fry. A intimidação do soldado raso. O oficial: o ombro banhado por luz, a voz vindo das trevas.

"E como era o seu modo de *falar*, soldado raso?"

"Bem, ele não disse muita coisa, sir."

"Voz alta? Baixa?"

"Alta. De média para alta."

"E quanto ao seu aspecto? Sua compleição? Ele era alto?"

"Acho que não tão alto como o senhor. Talvez cinco ou sete centímetros mais baixo."

"E sua constituição física. Era delgado? Mais encorpado?"

"Acho que delgado. Mas é difícil dizer."

"O senhor acha que o reconheceria se o visse? Na luz?"

"Duvido, sir."

"E a sua voz?"

Ele coçou a orelha, como se tentasse recuperar o som dentro dela. "É possível", ele admitiu. "É apenas possível, sir. Eu poderia tentar."

"Bem, então, vou ver se posso arranjar isso, soldado raso."

Foi quando fiquei de pé que percebi, na parede atrás de Cochrane, duas pilhas de roupas. Calções, blusões e calças, erguendo-se de cada lado, com um cheiro desagradável de suor, mofo e grama...

"Bem, ora, soldado raso", eu disse. "O senhor tem um monte de roupa para lavar."

Ele inclinou a cabeça para um lado. "Oh! Essa é do cadete Brady, sir. E aquela outra pilha é do cadete Whitman. Eles me pagam para lavar suas roupas uma vez por semana." Eu devo ter parecido perplexo, porque ele acrescentou rapidamente: "Um soldado raso não pode subsistir, sir. Não com o que o Tio Sam lhe paga".

No meio de todos os descontroles do dia, não dispus de nem um pensamento para Poe. Não até voltar ao meu hotel tarde da noite, depois de uma longa caminhada ao redor da reserva, e encontrar um pacote embrulhado em papel marrom em minha porta.

Como aquela visão me fez sorrir. Meu pequeno brigão! Trabalhando duro todo aquele tempo. E, embora ele não soubesse – embora *eu* não soubesse –, movendo-se em direção ao âmago das coisas.

Relatório de Edgar A. Poe para Augustus Landor

16 de novembro

O SENHOR NOTOU, MISTER LANDOR, QUÃO CEDO – E COM QUE VELOCIDADE singular – o anoitecer chega a essas montanhas? Parece-me que o sol nem bem acaba de inaugurar seu reinado quando, repentinamente, ele se esconde, deixando a escuridão invasiva descer como o julgamento. A tirania cruel da noite chega ameaçando – e, no entanto, aqui e ali, um prisioneiro pode encontrar a comutação de sua sentença. Quando seus olhos se dirigem para cima, ele pode se encantar com a esfera completa do sol que se retira, confrontando-o das fendas em forma de torre do Storm King e Cro'Nest, irradiando um glorioso esplendor à medida que vai embora. Então, como em nenhum outro momento do dia, o amplo rio Hudson se revela em toda a sua glória – essa torrente profunda e poderosa que, em sua passagem estrondosa, atrai a imaginação para cada ravina e sombra.

E nenhum local proporciona uma condição mais favorável dessa cena abençoada do que o cemitério de West Point. O senhor já foi até lá, mister Landor? É um pequeno terreno cercado, distante cerca de oitocentos metros da Academia, situado em um barranco elevado e quase completamente obscurecido por árvores e inúmeros arbustos. Se alguém devesse ser enterrado, mister Landor, não se poderia escolher local melhor. Ao leste, um caminho sombreado com extraordinárias vistas da Academia. Ao norte, uma encosta de extensão aluvial, limitada por cumes escarpados, atrás dos quais se localizam os vales férteis de Dutchess e Putnam.

Este cemitério, então, é um espaço duplamente santificado – por Deus e pela natureza – e de um caráter tão sossegado e enclausurado que faz a pessoa, mesmo reverentemente disposta, pensar duas vezes antes de entrar. É certo, no entanto, que *meus* pensamentos estavam todos tomados por alguém ainda vivo. *Ela* era quem tinha devorado meu sono e o meu despertar. *Ela* era aquela cuja iminente chegada havia debilitado toda a energia de minha mente.

As quatro horas soaram, mister Landor. *Ela* não chegara. Passaram-se cinco, dez minutos – ainda não chegara. Alguém menos confiante teria se desesperado, mas minha devoção ao senhor e à nossa causa conjunta fez com que eu me decidisse a esperar a tarde toda, se necessário. Segundo o meu relógio, foi precisamente às quatro e trinta e dois que minha vigília foi recompensada com o som do ruge-ruge da seda e um vislumbre de um gorro amarelo-pálido.

Não muito tempo atrás, mister Landor, eu seria o primeiro a negar que jamais um pensamento surgiu dentro do cérebro humano fora do alcance da expressão vocal da língua humana. E, no entanto, miss Marquis! A majestade, a tranquilidade de sua conduta; a elasticidade e a incompreensível leveza do som de seus passos; o brilho de seus olhos, mais profundos do que o poço de Demócrito – todos esses aspectos dela ficam fora do alcance da linguagem. A caneta cai impotente de minha mão trêmula. Posso informá-lo que ela chegou com uma ligeira falta de ar por causa da subida; que ela vestia um xale indiano; que suas madeixas estavam atadas com um nó de Apolo; que ela tinha distraidamente enrolado o cordel de sua bolsa reticulada ao redor de seu indicador. O que isso *significaria*, mister Landor? Como poderiam esses fatos transmitir os pensamentos não pensados que se agitam nos abismos de meu coração?

Lá fiquei, mister Landor, tentando encontrar palavras profusas para a ocasião e encontrando apenas estas sílabas torpes:

"Receei que o frio pudesse impedi-la de vir." Sua réplica foi igualmente sucinta.

"Não me impediu", disse ela. "Como pode ver."

Pude perceber de imediato que seu comportamento comigo tinha se alterado incomensuravelmente desde nosso último encontro. De fato, não podia me iludir com a frieza seca de seu tom de voz. O jeito entristecido de seu maxilar cor de alabastro, a recusa calculada de seus olhos – olhos encantadores! – em se conectar com os meus. Cada momento, cada entonação dava sinal de que ela estava se irritando com a obrigação que eu lhe havia imposto.

Bem, mister Landor, confesso que sou um pouco instruído nas maneiras da mulher. Podia, portanto, perceber que não havia jeito de estabelecer uma ponte nesse impasse misterioso que nos separava agora nem podia penetrar em suas razões para honrar um compromisso que era tão patentemente desagradável para ela. Ela, por sua vez, contentava-se meramente em torcer o cordel da bolsa e dar repetidas voltas no Cadet Monument.

A visão dessa coluna serviu para desviar meus pensamentos para aqueles desafortunados cadetes que tinham (como Leroy Fry) sido levados na alvorada de seu vigor. Olhei para o agrupamento de cedros verde-escuro, que se erguiam como sentinelas sobre esse campo de morte, acima das lápides cobertas de neve, formando muitas tendas para aqueles que, no auge de sua beleza varonil, haviam sido chamados dos adestramentos diários da vida. Momentaneamente escravo desses conceitos, eu até tive a audácia de confiá-los à minha irrequieta companheira, com a esperança de que eles pudessem proporcionar algum ponto comum de discussão – apenas para vê-los rejeitados com um aceno de cabeça.

"Oh", disse ela, "não há nada muito poético sobre a Morte, há? Não posso pensar em nada mais *prosaico*."

Respondi que, bem ao contrário, considerava que a morte – e, em particular, a morte de uma bela mulher – era o tema mais exaltado e sublime da poesia. Pela primeira vez, desde sua chegada, ela me deu a dádiva completa de sua atenção – e depois explodiu em um paroxismo de gargalhadas muito mais desconfortáveis do que a frieza que as precedera, e muito semelhante à hilaridade que se apossara dela na presença de Artemus. Ela se esforçou para retornar à sua disposição anterior e, eliminando a alegria de seus olhos, murmurou: "Como lhe assenta bem".

"O quê?", perguntei.

"A *morbidez*. Ela lhe assenta melhor que seu uniforme. Veja, agora, suas faces estão avermelhadas, e há um brilho positivo em seus olhos!" Sacudindo a cabeça com admiração, ela acrescentou: "O único que se iguala a você é Artemus".

Repliquei que nunca, em minha reconhecida breve familiaridade com aquele cavalheiro, soube que ele residia nos domínios da melancolia. "Ele consente", disse ela, pensativamente, "em visitar nosso mundo com longos intervalos. Você sabe, mister Poe, creio que é possível dançar em cima de vidro quebrado durante um tempo. Mas creio que não para sempre."

Repliquei mordazmente que se alguém *só* conhecesse a sensação de vidro quebrado – quer dizer, se alguém fosse educado desde tenra infância para andar em cima dele – não acharia isso pior do que o contato macio da relva. Essa observação, fiquei lisonjeado ao perceber, ocupou seus pensamentos durante um intervalo não muito breve, no fim do qual ela replicou, em um tom mais baixo: "Sim, posso ver que vocês dois têm muito em comum".

Aproveitando-me desse degelo crescente em sua conduta, esforcei-me, então, para chamar sua atenção para os diversos pontos que se apresentavam para um olhar curioso: as vistas do terreno e o local de agrupamento das peças de artilharia; o hotel de mister Cozzens; as ruínas do velho Forte Clinton, esculpidas pelas tempestades e as rajadas geladas de vento durante meio século. Esses espetáculos suscitaram nela apenas um encolher de ombros. (Em retrospecto, mister Landor, eu deveria ter esperado que alguém criado nessa região, como miss Marquis, os veria de certo modo como as fadas que residem por toda a vida em palácios de diamantes e então consideram que aqueles tesouros não merecem mais atenção do que arbustos espinhentos.) Eu não tinha mais sombra de esperança de que a alegria pudesse ser extraída de nosso encontro ilegítimo e assim decidi suportar meus sofrimentos com firmeza. *Conversa superficial*, mister Landor. Quanta coragem é necessária para praticá-la sob circunstâncias tão inóspitas! Perguntei sobre a saúde de miss Marquis. Comentei seu bom gosto no trajar. Expressei o ponto de vista de que o azul lhe caía bem. Perguntei-lhe se tinha tido o privilégio de participar de jantares dançantes ultimamente. Indaguei também – sim! – se achava que o clima glacial tinha vindo para valer. Enquanto fazia esse último comentário, que considerei o cúmulo da banalidade e o auge da inocência, fiquei assombrado ao vê-la virar-se para mim em completa fúria com dentes cerrados e olhar agressivo.

"Oh, *não* vamos... Você, mister Poe, você supõe que eu consenti em vir aqui para falar do *tempo*? Não faço mais isso, posso assegurar-lhe. Durante muitos anos – excessivos *muitos* anos, mister Poe –, eu era uma das que esperavam 'às quatro horas' no Flirtation Walk. Você deve tê-los visto ali, tenho certeza. Sem dúvida escoltou uma ou duas moças. Conversa-se muito sobre o tempo, como recordo, sobre corridas de barcos, danças, jantares dançantes e dentro de pouco tempo – o tempo sendo essencial – alguém está jurando amor eterno. Nunca importa *quem*, é claro, porque tudo dá em nada. Os cadetes vão embora – eles sempre *vão embora*, não é, mister Poe? E sempre há outros para assumir seus lugares."

Eu tinha pensado que uma conversa de caráter tão veemente logo se esgotaria ou, pelo menos, produziria uma diminuição na raiva da autora. Foi bem o oposto, mister Landor: quanto mais ela continuava, mais alta subia a linguagem da chama de sua ira.

"Ah, mas você ainda tem todos os seus botões, mister Poe! Isso significa que nem uma vez arrancou um botão próximo ao seu coração e experimentou fechar o casaco com uma mecha de cabelo de sua amada? No meu tempo, mister Poe, dei muitas de minhas mechas, é de admirar que eu não seja careca. Ouvi muitas promessas de fidelidade e todas se foram, eu deveria agora ter tantos maridos quantas as esposas de Salomão. Prossiga, então, de todo jeito. Declare seu amor eterno, assim ambos poderemos retornar para casa e não ficará pior do que antes."

Por fim, sua fúria cedeu, lentamente. Passando a mão pela testa, ela se virou e, com uma entonação de profunda melancolia, murmurou: "Sinto muito, estou sendo um horror, e não tenho ideia do porquê".

Assegurei-lhe que não precisava se desculpar, que minha única preocupação era com seu bem-estar. Se ela se consolou com isso, não sei dizer, mas não buscou em mim mais conforto. Os minutos se passavam como dias. Oh, sim, mister Landor, era uma situação peculiarmente desconfortável, e mal pude resistir à decisão de pôr um fim a ela – até que, quer dizer, tornei-me claramente ciente de uma mudança no comportamento de miss Marquis. Ela estava, pela primeira vez desde que chegou, tremendo.

"Você está com frio, miss Marquis."

Ela sacudiu a cabeça; negou que estivesse, no entanto, ela tremia. Perguntei se poderia lhe emprestar minha jaqueta. Ela não respondeu. Repeti minha oferta. Sem resposta. O seu tremor havia aumentado dez vezes, e ela mostrava, estampada em seu rosto extraordinário, uma expressão de medo inexprimível e terror.

"Miss Marquis!", gritei.

Em meio aos chamados febris de *sua própria* imaginação desordenada, meu som agudo e queixoso podia ter emanado da mais remota caverna, tão pouco ela o notou, tão arrebatada estava na contemplação de seu próprio terror, este também demasiado palpável. Estar apavorado, de certa maneira, é uma enfermidade tão contagiosa quanto a lepra; logo senti meu *próprio* coração batendo, meus *próprios* membros se tensionando e, por fim, fiquei persuadido – apenas em função da evidência do terror expresso no semblante de miss Marquis – de que *outra pessoa estava ali*, um personagem de tal perversidade repulsiva que, diante dele, nossas almas corriam perigo mortal.

Girei sobre os calcanhares e examinei o horizonte próximo e distante procurando esse personagem – *essa malignidade* – que oprimia de tal maneira minha encantadora companheira. No completo frenesi de minha monomania, inspecionei cada pedra, olhei atentamente atrás de cada cedro, dei três voltas ao redor do monumento. Não havia ninguém *ali*, mister Landor!

Abrandado, embora de maneira alguma *tranquilizado*, por esse reconhecimento, voltei-me para a minha colega, apenas para descobrir que o lugar que ela ocupara estava agora vazio. *Miss Marquis havia desaparecido*.

A premência que então tomara conta de mim era tão completa e absoluta que cessei imediatamente de olhar para mim mesmo como estando fechado em mim mesmo e separado daquela que havia desaparecido. Nem por uma vez ocorreu-me que eu deveria estar atrasado para a revista de tropas do anoitecer. De bom grado eu desistiria de *todas* as revistas de tropas, *todos* os deveres, por mais um vislumbre do seu aspecto angelical. Corri – de árvore em árvore, de pedra em pedra –, corri a toda velocidade pela alameda sombreada – examinei minuciosamente cada tronco de árvore –, procurei na relva e no musgo, no prado e na correnteza por ela. Gritei seu nome para os sapos e os galos; gritei para o vento do oeste e o sol que desaparecia e para as próprias montanhas. Nenhuma resposta voltou. Nas profundezas de minha agonia, eu – o senhor pode imaginar com que custo – arrastei-me até o precipício escarpado do cemitério e invoquei seu nome na encosta íngreme, esperando a cada segundo encontrá-la em pedaços, um corpo sem vida lá embaixo no meio das rochas.

Eu tinha quase perdido a esperança de encontrá-la, até que, por fim, passei por uma moita de rododendros – distante apenas cinquenta metros de onde a vira pela última vez – e observei, através dos ramos quase despidos, um único pé, calçado com uma bota de senhora. Inclinando-me sobre a vegetação, consegui ver que esse pé estava ligado a uma perna, essa perna, a um tronco, e o tronco, à cabeça – compondo, em suma, a forma inerte e pálida de miss Lea Marquis, prostrada no chão rochoso, duro e áspero.

Ajoelhando-me diante dela, permaneci durante certo tempo ofegante e imóvel. Seus olhos azuis estavam virados para cima da maneira mais alarmante, de modo que as íris quase desapareciam sob o abrigo das pálpebras. Um fio de saliva havia se materializado ao redor daqueles lábios voluptuosos e tenros, e toda a sua pessoa estava sacudida por um tremor tão pronunciado e de natureza tão generalizada que temi por sua vida!

Ela não disse nenhuma palavra, e eu não conseguia pronunciar nem uma sílaba, até que por fim – por fim! – os acessos de calafrio começaram a retroceder. E imóvel eu esperei, até que minha vigilância foi recompensada com a expansão de seu peito, o movimento muito pouco visível de suas pálpebras, a ligeira dilatação de suas narinas. Ela não estava morta. Ela não iria morrer.

Seu rosto, no entanto, era de uma palidez horrível. O laço de seu penteado havia se desfeito, e as madeixas de seus cabelos agora caíam em desordem sobre a testa em uma confusão promíscua. Seus *olhos*, mister Landor. Seus pálidos olhos azuis *fitavam* os meus, com impetuosidade e malícia – uma efusão muito, por demais, maravilhosa. Essas alterações de sua aparência, orgânicas em sua natureza, não eram, em si mesmas, inquietantes. Não havia contradição, entretanto, entre os distúrbios em sua pessoa que exibiam um exterior humano – ou melhor, irei mais adiante – e uma *desumana* impressão. Seu vestido, mister Landor, estava levantado até o ombro. Unhas bestiais tinham cortado profundamente seus seios; o sangue ainda escorria das feridas. Um punho animalesco havia deixado um esmagamento em sua têmpora direita – sacrilégio contra a placidez espiritual de sua nobre testa.

"Miss Marquis!", gritei.

Se eu tivesse mil anos, mister Landor, e inumeráveis palavras, não conseguiria retratar o sorridente traje com que seu encantador e espancado rosto se revestiu.

"Sinto tanto ter perturbado você", ela disse. "Acha que pode me levar até em casa? Minha mãe costuma se preocupar quando demoro muito."

Narrativa de Gus Landor
19

17 de novembro

Não posso culpar Poe por não reconhecer os sintomas. Ele nunca teve um clérigo na família, compreende? E os clérigos e os médicos é que são procurados para cuidar dessa desordem especial.

Mesmo meu pai, que era mais apto para congelar a alma do que curá-la, mesmo *ele* era chamado com mais frequência do que gostaria. Lembro-me, sobretudo, de uma família. Moravam em uma fazenda num vale próximo. Cada vez que seu menino tinha uma indisposição ou ficava doente, eles vinham correndo para a nossa casa, carregando aquele corpo arqueado e inanimado. Jesus não tinha feito um milagre por aquele menino, em Marcos 9:17-30? O reverendo Landor não podia fazer o mesmo?

E o meu pai sempre tentava. Ele colocava as mãos sobre aquele corpo convulsionado do menino e ordenava aos espíritos para saírem, e, ao que parecia, eles *saíam* – apenas para voltar no dia seguinte ou na semana seguinte. Depois de algum tempo, a família do menino deixou de nos perturbar.

Possessão, lembro-me do pai do menino ter usado essa palavra. *Mas possuído pelo quê?*, perguntei-me. Tudo o que podia perceber era ausência. Uma casca onde um ser humano havia vivido anteriormente.

É claro, eu só tinha o relato de Poe para me esclarecer. Mas, se eu estava certo acerca da doença de Lea Marquis, ela tinha *razão*, inesperadamente, em ser uma solteirona entristecida. E embora eu ainda não a conhecesse, confesso que lamentei a sua sorte, porque quem saberia quanto tempo mais seu corpo poderia aguentar sob uma condição tão terrível?

As próprias palavras de Poe voltaram a mim como uma rajada de vento frio: *A morte de uma bela mulher era o tema mais exaltado e sublime da poesia...*

Bem, eu não conseguia ir além daquilo. Mas, na ocasião, estava indo para um funeral.

Aquele era o dia em que o corpo de Leroy Fry ia ser entregue para a terra. Que mortalha ele usava, eu não poderia dizer, porque seu caixão não fora aberto desde o momento que seis bombardeiros o ergueram do carro funerário até que a terra o cobriu.

Ao menos Poe tinha estado certo acerca disto: não há lugar melhor para ser enterrado do que o cemitério de West Point. Ou uma época melhor do que uma manhã de novembro, com neblina flutuando como ondas ao redor das canelas e o vento assobiando entre as pedras e os arbustos espinhosos... E folhas caindo, as últimas folhas do ano, acumulando-se em depósitos escarlates ao redor das cruzes brancas.

Eu estava parado a menos de três metros do local da sepultura, ouvindo o som surdo do tambor, observando a procissão de bandeiras e de plumas pretas. Lembro-me de como a padiola chiava sob o peso do caixão e a maneira como a corda raspava quando ele foi baixado até o solo. E sim, o som dos torrões de terra sobre aquela caixa de pinho duro – um som que parecia se erguer do solo, direto através da superfície da grama. Todo o resto me parece confuso agora. O pai de Leroy Fry, por exemplo – devo tê-lo visto, mas não me lembro. Lembro de *mistress* Fry. Uma mulher coberta de sardas, inclinada para a frente, vestida de crepe preto, com olhos e orelhas de corça, com ombros e braços magros, rechonchuda apenas nas bochechas, que estavam inchadas e vermelhas. Ela tossia pequenas bolinhas de ar e permanecia enxugando lágrimas que não estavam ali – suas mãos fechadas deixavam sulcos vermelhos ao lado do nariz –, e não deu sinal de estar ouvindo algo, muito menos o sermão do reverendo Zantzinger, o longo desfile e aclamação dos soldados da cavalaria e o barulho atordoante dos cascos dos animais.

Uma vez que Leroy Fry estivesse na terra, eu não sonharia mais com ele. Ou, pelo contrário, eu estava sonhando dia e noite agora. Porque os cavalos, levando embora o carro funerário vazio, não pareciam estar se movendo com a metade de sua rapidez habitual? E o capelão – certamente, ele levou mais de uma hora para tirar uma mancha de sujeira de sua manga. E por que foi que depois que os bombardeiros atiraram uma salva de tiros sobre a sepultura de Leroy Fry, as montanhas capturaram os estampidos e se recusaram a desfazer-se deles? Os estampidos continuaram ecoando, quero dizer, e se desenvolvendo, como um ataque que impede a fuga na linha de frente.

E o que, no fim das contas, poderia explicar *aquilo*? A mãe de Leroy Fry, parada na minha frente. Assustada com o sol, oprimida pela dor.

"O senhor é mister Landor, não é?"

Não havia meio de escapar dela. Sim... sim, eu era...

Ela hesitou por um bom momento. Insegura em relação à etiqueta, talvez. Em sua vida normal, ela nunca abordaria um homem como estava fazendo então.

"É o senhor quem está procurando..."

"Sim, sou eu", respondi.

Ela acenou vigorosamente com a cabeça, sem encontrar meus olhos. E eu acenei, também, porque não podia dizer as coisas que eram esperadas de mim: como eu estava pesaroso, que perda terrível era... para ela, para todos nós... Nada disso sairia publicado, e foi de grande ajuda vê-la desistir de conversar, também, e em vez disso se atrapalhar com sua bolsa reticulada, da qual, por fim, retirou um pequeno volume encadernado em linho com as beiradas douradas.

"Há algo que eu gostaria que ficasse com o senhor", disse ela colocando o livro em minhas mãos.

"O que é, mistress Fry?"

"O diário de Leroy."

Meus dedos se fecharam sobre ele, depois se relaxaram. "Diário?"

"Sim, de fato. Creio que ele o escrevia há três anos."

"Eu não estou..." Detive-me. "Sinto muito, não me lembro de nenhum diário encontrado entre seus pertences."

"Oh, não, foi mister Ballinger quem me deu."

Pela primeira vez, ela procurou firmemente o meu olhar e o manteve.

"Mister Ballinger?", perguntei mantendo a voz baixa.

"Sim, o senhor pode imaginar?" Um sorriso apareceu em seus lábios. "Era um bom amigo de Leroy, e ele disse que logo que ouviu o que acontecera com Leroy, ora, foi direto até o alojamento de meu filho para ver o que podia ser feito, e foi assim que encontrou este diário, e pensou que ninguém mais a não ser a própria mãe de Leroy Fry deveria vê-lo, e foi assim que ele o deu para mim, e disse: 'Mistress Fry, quero que o leve com a senhora para sua casa em Kentucky e, se quiser queimá-lo, faça-o, a senhora decide, mas não é correto que ninguém mais o veja'."

Foi assim que ela se expressou: uma longa sentença, cada palavra precipitando-se sobre a seguinte.

"Oh, foi tremendamente atencioso da parte dele", continuou ela. "Mas olhe aqui, estive pensando sobre isso, mister Landor. Vendo que *o senhor* é a pessoa que está procurando resolver esse caso, e que a Armada inteira praticamente depende do que venha a fazer, bem, então, parece correto que o senhor fique com ele. O que eu faria com o diário, de todo modo? Dificilmente poderei *ler*. Bem, veja pelo senhor mesmo. Tudo está muito intrincado e confuso, não é? Eu mesma não consigo entender."

Aquela era, de fato, a ideia exata. Leroy Fry havia tomado as precauções usuais de sombrear suas anotações com linhas cruzadas – colunas verticais cruzadas com horizontais –, o melhor método para frustrar o olhar intrometido. Era uma prática que podia levar a uma tal confusão de letras que até mesmo o autor poderia ter dificuldade para transcrever o diário. É preciso ter um olho treinado para essas coisas. Um olho como o meu.

E, na verdade, meu olho saltou bem lá dentro e meu cérebro o seguiu, e eu já estava descobrindo os padrões quando ouvi a voz de mistress Fry – eu a senti como uma gota de granizo em meu couro cabeludo. "Ele deve ser apanhado."

Desviando o olhar do diário, fitei-a atentamente nos olhos, e eu soube, então, que ela não estava falando sobre seu filho.

"Ele deve ser apanhado", ela disse de novo, então em um tom um pouco mais alto. "O que Leroy fez a si mesmo é uma coisa. Mas ninguém deveria ter feito o que fez ao seu pobre corpo. Isso é um crime ou, se não é, deveria ser."

O que eu poderia fazer senão concordar? Sim, sim, um crime terrível, eu disse, desajeitado, perguntando-me se deveria pegar sua mão, conduzi-la a algum lugar...

"Obrigado, mistress Fry. A senhora foi de grande ajuda."

Ela acenou distraidamente. Depois, voltando-se um pouco, observou o caixão de seu filho caçula desaparecer sob as pás de terra. Não havia nada que o Exército pudesse fazer, então, a não ser assinalar o local com uma daquelas cruzes imaculadas, resplandecendo branca nas folhas vermelhas e douradas.

"Foi um serviço muito bonito", disse mistress Fry. "O senhor não acha? Eu sempre dizia a Leroy: 'Leroy, o Exército *cuidará* de você'. E vê? Eu estava certa."

◆

Se cheguei a pensar que havia sido recompensado por minha descoberta, teria de voltar atrás. Hitchcock mostrou o seu melhor olhar de censura e reprovação quando acenei com o diário na frente dele. Não conseguiu dar crédito a ele nem mesmo tocá-lo. Cruzou os braços como se fossem baionetas e perguntou, antes de tudo, como eu sabia que era o diário de Fry.

"Bem, capitão, suponho que a mãe conheça a escrita de seu próprio filho."

Ele me perguntou o que impediria Ballinger de suprimir algumas páginas incriminatórias. Eu disse que provavelmente ele não saberia onde elas se encontravam. Fry não apenas tinha cruzado suas anotações em letras minúsculas, microscópicas, mas também havia escrito ao contrário, no estilo hebraico, tornando a coisa toda tão impenetrável quanto caracteres cuneiformes.

Mas eis o que o capitão Hitchcock realmente queria saber. Por que Ballinger não havia jogado fora o diário? Se o diário valesse alguma coisa, por que arriscar que alguém o visse?

E para isso eu não tinha uma boa resposta. Talvez, aventurei, Ballinger não tivesse nada a temer dessas páginas. Ah, mas então por que ele havia assumido tal risco? Interferir em uma investigação da Academia era um assunto sério, motivo suficiente para exoneração ou algo pior. (Foi tudo o que pude dizer para impedir Hitchcock de puni-lo imediatamente.) Não, a única explicação em que pude pensar era a única menos provável.

"Qual é a explicação?", perguntou o capitão Hitchcock.

"Que o que quer que haja no diário, bem, Ballinger quer que seja conhecido. Algum dia. Por alguém."

"O significado?"

"Significa que ele pode ter uma consciência."

Bem, Hitchcock zombou, e quem era eu para defender o jovem? Eu não o conhecia, e o que soube dele não me colocaria do seu lado. Mas eu acredito que haja algo na natureza da alma humana que quer ser conhecido, mesmo nos seus aspectos hediondos. O que mais faz um homem – eu mesmo inclusive – se preocupar em pôr palavras no papel?

16 de junho. Hoje começa uma grata aventura.

É assim que começa o diário de Leroy Fry. Era aventura, embora não para mim, não no início. Nada além de assunto enfadonho. Com uma caneta em uma mão e uma lente de aumento na outra, trabalhei regularmente com uma luz de vela diminuta, o diário à minha esquerda, transcrevendo as anotações à minha direita. As letras pareciam enxames em cima de mim, para cima e para baixo, para trás e para a frente. Por vezes, eu tinha de levantar os olhos da página piscando-os para clarear, ou fechá-los.

Oh, era um trabalho lento... insano... uma agonia. Eu tinha terminado apenas duas páginas quando Poe bateu à porta. Tão levemente que quase não ouvi. A porta se abriu, e lá estava ele, com suas botas gastas e seu capote recentemente rasgado no ombro, carregando outro pacote envolto em papel marrom.

Textos, pensei. *Estou afogado em textos.*

"Mister Poe, o senhor não precisava ter se apressado em vir hoje à noite. Estou bem ocupado, como pode ver."

"Não foi muito difícil", disse ele, suavemente, no escuro.

"Mas tudo isso, toda essa escrita que está fazendo", respondi. "Você vai se desgastar antes que isso termine."

"Não importa."

Ele se deixou cair ao chão, e, na luz crepitante das velas, pude ver que olhava para mim com um ar de profunda expectativa.

"O que houve, mister Poe?"

"Estou esperando que o senhor o leia."

"Mas agora?"

"É claro."

Ele não me perguntou o que era o *outro* documento, o que estava no meu colo. Deve ter imaginado que eu estava simplesmente passando o tempo até que ele me trouxesse seu relatório. Talvez eu estivesse.

"Bem, então", eu disse pegando as páginas que ele me estendia e colocando-as no meu regaço. "Não é tão longo quanto o último, eu acho."

"Talvez não", concordou ele.

"Posso... poderia lhe *oferecer* algo? Um aperitivo, se o senhor..."

"Não. Obrigado. Só vou esperar até o senhor terminar."

E assim ele fez. Sentado lá, no chão frio, observando cada palavra erguer-se da página para os meus olhos. E sempre que eu olhava para ele, estava na mesma posição, *observando...*

Relatório de Edgar A. Poe para Augustus Landor

17 de novembro

MEU ÚLTIMO ENCONTRO COM MISS MARQUIS HAVIA SIDO DE UMA NATUREZA TÃO inconclusiva que me fez perguntar se eu poria de novo os olhos sobre sua pessoa. Ela ainda era uma estranha para mim – e, no entanto, a perspectiva de estar para sempre separado dela era insuportável, e foi com um coração mais pesado do que de hábito que me submeti mais uma vez à ronda sisifista de matemática e francês. Quão estéril me pareciam as palhaçadas picarescas de Lesage e os arroubos lógicos de Arquimedes e Pitágoras. Eu havia ouvido falar que homens privados de toda luz e alimento podem dormir por mais de três dias inteiros e considerar esse período de tempo não maior do que uma soneca. Eu ficaria feliz em trocar minha sina pela deles! Contido dentro do período de tempo de cada dia encontra-se uma caravana infindável de dias. Os segundos decorrem como minutos, os minutos, como horas. Horas? Estas não são eras?

Chegou a hora do jantar – eu ainda estava vivo. Mas com que vantagem? Todas as energias da mente estavam inativas; sombras da mais profunda melancolia escureciam o meu caminho. Na quarta-feira à noite, enquanto ouvia a batida do toque de recolher chamando todos os cadetes para o sono, eu temia que a melancolia insuportável que penetrava meu espírito conseguisse me engolir por inteiro, deixando nada mais do que minha roupa de cama e o mosquete que está pendurado – com que solidão! – na parede acima de minha cabeça.

A aurora avança e toca o despertar. Sacudindo-me para me soltar da trama de teia de aranha do sono, percebo um dos meus companheiros de quarto, o jovem mister Gibson, diante de meu colchão com uma expressão de alegria de um réptil.

"Uma mensagem para você", gritou. "E da mão de uma mulher!" Era verdade, havia uma pequena página com o meu nome no verso. E sim, a escrita mostrava evidências de arabescos graciosos e meticulosos tão amplamente associados com o sexo frágil. Não ousei supor, no entanto, que a mão que havia escrito pudesse pertencer a *ela* – embora cada batida de meu coração gritasse para o ar gelado: é ela! É ela!

> *Caro mister Poe:* [dizia]
> *Faria a gentileza de encontrar-se comigo esta manhã? Creio que tem um breve intervalo entre o café da manhã e a primeira exposição do dia. Se for o caso, e se puder considerar gentilmente meu pedido, estarei esperando-o no Forte Putnam. Prometo não tomar muito do seu tempo.*
> *Sinceramente,*
>
> *L. A. M.*

Pergunto, mister Landor, quem poderia resistir a uma convocação como essa? A gentil inconveniência dessas palavras, a elegância não afetada de sua caligrafia, o débil eflúvio de perfume do papel...

O soberano tempo, em sua vaidade volátil, tratou então de fazer passar as horas que faltavam tão rapidamente como um sonho. Depois de ser liberado do miserável confinamento do refeitório, silenciosamente deixei meus pálidos confrades e, sem pensar em mais nada, lancei-me em direção ao Mount Independence. Estava sozinho então. Sozinho, sim, e *feliz*, porque poderia haver alguma dúvida de que *ela* tinha se antecipado a mim nesse caminho emaranhado da floresta? Então, não era sofrimento subir pelo musgo reluzente e pelas lascas de pedra, escalar as plataformas arruinadas daquela antiga fortificação que abrigou o desafortunado major André durante seus últimos dias sobre a Terra, porque as botas elegantes dela haviam aberto caminho.

Passando debaixo de uma casamata arqueada coberta com trepadeiras, cheguei a uma orla de arbustos de cedros e ali distingui, sobre um platô de granito, a figura meio reclinada de miss Lea Marquis. Ela virou a cabeça quando me aproximei e então apareceu em seu rosto um sorriso espontâneo de entusiasmo mais contagiante. Todo o tormento que havia desfigurado sua pessoa durante nosso último encontro tinha sido completamente substituído por graça e brilho nativo que haviam sido tão louváveis em nosso primeiro encontro.

"Mister Poe", disse ela. "Estou muito feliz que tenha vindo."

Com um movimento leve e gracioso, ela indicou o lugar onde eu podia me sentar ao seu lado, uma posição que assumi com a devida vivacidade.

Ela me informou em seguida que a única intenção que tivera ao marcar nosso encontro havia sido agradecer-me pelo meu auxílio em sua hora de necessidade. Embora eu não tivesse lembrança de nenhuma conduta cavalheiresca extraordinária de minha parte, os atos de *caritas* que desempenhei ao guiá-la a salvo para casa, logo percebi, haviam sido mais do que amplamente recompensados. Porque, depois de saber que eu havia perdido a revista de tropas do anoitecer por causa dela (que havia sido devidamente relatada por aquele cachorro de três cabeças que é o Locke), miss Marquis apressou-se imediatamente em ir até seu pai e assegurá-lo de que, sem minha gentil intervenção, ela poderia ter se ferido.

Bem, tão logo o bom dr. Marquis recebeu essas informações de sua única e amada filha, não perdeu tempo em requerer que o capitão Hitchcock intercedesse em meu favor, transmitindo-lhe toda a história de meus atos magnânimos. O comandante, para seu crédito eterno, não apenas me absolveu do desmerecimento, mas me eximiu do turno de guarda adicional que Locke tinha me destinado; em suma, deixou claro que minha conduta faria justiça a qualquer oficial do Exército dos Estados Unidos.

Nem o amigável dr. Marquis se restringiu a essa única atitude caridosa. Ele em seguida insinuou que ficaria feliz em expressar pessoalmente sua gratidão e não poderia imaginar um meio melhor do que receber-me mais uma vez como hóspede honorário da família em uma data no futuro próximo.

Que revés de fortuna foi esse, mister Landor! Eu, que tinha perdido a esperança de olhar outra vez para miss Marquis, estava para ser autorizado a ter mais uma chance de deleitar-me em sua companhia, sob a supervisão benigna e aprovadora daqueles que a protegiam... Eu ia dizer, daqueles que gostavam dela *mais* do que eu... mas acho que não posso.

O ar, como disse, estava frio naquele horário matinal, mas miss Marquis, envolta em uma peliça e uma capa, não demonstrava estar em situação difícil. Ao contrário, ela se dedicava inteiramente à cena diante de nós, o imponente Bull Hill e o antigo Cro'Nest e a extensão escarpada de Break Neck, parando de vez em quando para arrumar com os dedos a tira de sua sandália.

"Uh", disse ela por fim. "Tudo está tão desfolhado agora, não é? É muito mais bonito em março, quando pelo menos podemos ter *certeza* de que há vida no caminho."

Eu repliquei que, ao contrário, acreditava que as montanhas, para serem apreendidas em toda a amplitude de sua glória, devem ser vistas imediatamente depois da queda das folhas, quando nem o verde do verão nem a geada do inverno podem esconder dos olhos os objetos minúsculos. A vegetação, eu lhe disse, não melhora, mas antes obstrui, o intento original de Deus.

Como eu pareço diverti-la, mister Landor – mais ainda quando não tenho a menor intenção de fazê-lo.

"Estou vendo", disse ela. "Um romântico." E depois, sorrindo abertamente, ela acrescentou: "Você gosta de falar de Deus, mister Poe".

Eu observei que, em assuntos de procedência humana e natural, não podia imaginar uma entidade mais apropriada para invocar e indaguei se ela conhecia uma autoridade mais apropriada.

"Oh", replicou ela. "Isto tudo é tão…" Sua voz diminuiu aos poucos, e com a mão fez um movimento gentil em forma de leque, como se para fazer com que o tema planasse no vento que seguia para o leste. No curto espaço de tempo que nos conhecêramos, nunca a vira tão vaga sobre um assunto, tão relutante em acompanhar a sequência pendente da discussão. No entanto, não querendo despertar suas suspeitas com uma indagação mais planejada, deixei o assunto declinar e contentei-me com um ponto de vista anteriormente mencionado – e com ocasionais olhadelas de relance de minha companheira que eu podia, em boa consciência, furtar.

Quão preciosa sua feição me parecia naquele momento! O verde encantador e suave de seu gorro, a ondulação volumosa e combinada de sua saia e anágua. O contorno delicioso da manga e a protuberância branca do punho da manga, do qual despontavam dedos de deleitável brancura e vigor. Seu perfume, mister Landor! O mesmo perfume que ficara contido dentro do papel de carta – campestre, doce, levemente acre. Quanto mais ficávamos sentados, mais ele se impunha à minha consciência – até que, distraidamente, perguntei se ela poderia ser gentil e identificá-lo para mim. Era *eau de rose?*, imaginei. *Blanc de neige? Huile ambrée?*

"Nada tão na moda quanto estes", disse ela. "É apenas um pouco de lírio florentino."

Essa informação teve o efeito de me silenciar. Durante vários minutos senti-me incapaz de pronunciar a palavra mais rudimentar. Por fim, temendo pelo meu bem-estar, miss Marquis pediu para saber qual era o problema.

"Devo pedir-lhe perdão", confessei. "Lírio florentino era a fragrância favorita de minha mãe, eu costumava cheirá-la nas suas roupas, logo depois que ela morreu."

Minha intenção era de que essa fosse apenas uma observação passageira, certamente eu não pretendia falar de minha mãe com maiores detalhes. Eu não tinha considerado, no entanto, a força compensatória da curiosidade de miss Marquis. De imediato, ela me fez "pôr para fora" o assunto e conseguiu extrair de mim um relato tão completo quanto minhas circunstâncias tensas permitiram. Contei-lhe sobre o renome nacional de minha mãe, das muitas provas de suas capacidades artísticas extraordinárias, de sua feliz e desgraçada devoção ao marido e filhos... e do fim trágico e prematuro no abismo flamejante do E Theatre, cenário de muitos de seus triunfos dramáticos. Minha voz tremia à medida que descrevia certos eventos, e duvido que teria a força de levar a narrativa até sua plena conclusão se não tivesse desfrutado, em miss Marquis, uma ouvinte com uma empatia tão insuperável. Contei-lhe *tudo*, mister Landor, ou pelo menos tudo que podia ser condensado em dez minutos. Falei de mister Allan, que, tocado pela minha situação de órfão, tomou-me sob seus cuidados para fazer de mim seu herdeiro e educar-me como o cavalheiro que minha mãe desejaria que eu fosse. Falei de sua mulher, a última mistress Allan, que tinha, até seu recente falecimento, sido uma *segunda* mãe para mim. Contei sobre meus anos na Inglaterra, minha peregrinação pela Europa, meu serviço militar na artilharia – e mais, falei de meus pensamentos, meus sonhos, minhas fantasias. Miss Marquis ouvia tudo, o bom e o mau, com uma equanimidade quase sacerdotal. Em sua pessoa, encontrei personificado o princípio especificado por Terence: *Homo sum, humani nil a me alienum puto*. De fato, seu espírito de indulgência encorajou-me tanto que, depois de muito pouco tempo, me senti livre para confessar que minha mãe vem mantendo uma espécie de presença supranatural quando estou dormindo e acordado. Nenhuma memória vivente ela me legou em herança, confessei, e, no entanto, ela persiste com tenacidade como *memória-espírito*.

Ao ouvir isso, miss Marquis olhou para mim com grande prontidão. "Você quer dizer que ela *fala* com você? O que ela diz?"

Pela primeira vez naquela manhã, tornei-me reticente. Por mais que ansiasse por contar-lhe, mister Landor, sobre aquele misterioso fragmento poético, não pude. Nem parecia, de modo algum, que ela fosse pedir uma elaboração adicional. Depois de colocar a pergunta, ela a abandonou muito rapidamente e concluiu murmurando: "Eles nunca nos deixam, não? Aqueles que vieram antes de nós. Eu gostaria de saber por quê".

Vacilando, então, falei das teorias que havia proposto para essa mesma questão. "Há momentos", declarei, "em que creio que os mortos nos assombram porque os amamos muito pouco. Nós os *esquecemos*, percebe? Não por querer, mas assim fazemos. Toda a nossa tristeza e compaixão dura por um tempo, e no intervalo, por mais longo que dure, creio que eles se sentem cruelmente abandonados. E por isso clamam por nós. Eles desejam ser lembrados em nosso coração. De modo a não serem assassinados duas vezes."

"Em outros momentos", continuei, "acho que os amamos *demasiado*. E como consequência nunca ficam livres para partir, porque nós os carregamos, nossos mais profundamente amados, dentro de nós. Nunca mortos, nunca silenciosos, nunca apaziguados."

"*Aparições*", disse ela me olhando de perto.

"Sim, suponho que sim. Mas como se pode dizer que *retornaram* quando nunca foram embora?"

Ela passou a mão em sua boca – cujo propósito, só pude determinar quando ouvi o arroto de alegria ruidosa transbordando de seus lábios. "Por que é, mister Poe, que eu passaria, numa próxima ocasião, uma hora com você em" – de novo ela gargalhou – "em reflexões das *mais melancólicas* e não gastaria um outro minuto falando de trajes e bugigangas e das coisas que tornam as pessoas felizes?"

Um brilho solitário iluminava a base da montanha que fitávamos. Miss Marquis, contudo, voltou sua atenção para outro lado e, com a ajuda de um galho não pontudo, começou ociosamente a desenhar figuras abstratas na borda do granito.

"No outro dia", ela disse por fim. "No cemitério..."

"Não precisamos falar disso, miss Marquis."

"Mas, sabe, eu *quero* falar disso. Quero lhe contar..."

"Sim?"

"Quão grata fiquei. Abrir meus olhos, é sério, e encontrar você ali." Ela arriscou um olhar em minha direção, depois deixou escapar de uma vez. "Olhei profundamente em seu rosto, mister Poe, e encontrei ali algo que jamais havia esperado. Nem em mil anos."

"O que você encontrou, miss Marquis?"

"Amor", ela disse.

Ah, mister Landor! Você nem vai acreditar que, até aquele momento, eu não havia nutrido a ideia de estar *amando* miss Marquis. Que a admirava – enormemente, sim – eu nunca teria duvidado. Que ela me intrigava – não somente isso, mas até me fascinava – estava além de qualquer discussão. Mas eu nunca ousaria aventurar qualquer interpretação exaltada de meus sentimentos.

E, no entanto, assim que essa... essa *palavra* sagrada saiu de seus lábios, eu não pude mais negar a verdade que estava encerrada nela, a verdade que ela, com sua brandura extraordinária, havia agora feito emergir de sua cela limitada.

Eu *amava*, mister Landor. A despeito de todos os meus protestos, eu *amava*.

E, com isso, uma mudança se fez em todas as coisas.

Esturjões, se erguendo com grande agitação de estalos e jorros, irrompendo através da superfície do Hudson, e além do amplexo daquele rio assombrado surgiu, pouco a pouco, uma melodia mais divina do que a harpa de Éolo. Sentei-me imóvel, como sobre o limiar dourado do portão vasto e aberto dos sonhos, fitando bem ao longe onde a paisagem terminava – só para me dar conta de que terminava *nela*.

"Percebo que o deixei embaraçado", ela disse. "Você não precisa sentir-se assim. Você deve ter visto..." Sua voz ficou presa, mas ela continuou. "Você deve ter visto o amor que também havia em *meu* coração."

Quão repentinamente chega, essa bênção do amor! E como nos desconcerta até no momento de seu nascimento! Embora possamos escalar o próprio céu para alcançá-la, não podemos envolvê-la. Não, não, ela deve sempre nos escapar. Precisamos fracassar – cair.

Em suma, desfaleci. E podia, sem nenhum receio, ter perdido a exposição da manhã. E podia ter perdido muito mais, podia até ter tolerado a própria Átropos (a cruel filha de Thêmis) para cortar com a tesoura a linha da vida, tão feliz – tão excessivamente, desumanamente feliz – eu estava naquele momento.

Era *seu* rosto, percebi quando voltei aos meus sentidos – suas órbitas celestiais, emanando raios de luz sagrada.

"Mister Poe", ela disse. "Sugiro que, no nosso próximo encontro, ambos permaneçamos conscientes durante todo o tempo que durar."

Eu, de todo o coração, concordei com sua sugestão e prometi que nunca mais fecharia meus olhos se ela estivesse enquadrada neles. Depois lhe implorei de imediato para selar nossa aliança referindo-se sempre a mim pelo meu nome de batismo.

"Edgar, não é? Oh, muito bem, Edgar, se você prefere. E suponho que deva então me chamar de Lea."

Lea. Lea! Que encantador resíduo esse nome deposita na câmara interior de meu ouvido! Que mundo de felicidade está profetizado dentro dessas duas breves e melodiosas sílabas!

Lea. Lea.

Narrativa de Gus Landor
20

21 de novembro

ESSA FOI A PARTE MAIS ESTRANHA DE TODAS: POE NÃO TINHA NADA A ACRESCENTAR ao que tinha escrito. Assim que acabei de ler, esperei que ele continuasse do ponto em que parou. Para citar outro poeta em latim ou conduzir-me através de alguma etimologia, expor a não sobrevivência do amor...

Mas tudo o que ele fez foi desejar-me boa-noite. E depois de prometer fazer outro relatório quando pudesse, ele se esgueirou tão facilmente como uma aparição.

Não o vi de novo até a noite seguinte – e poderia não o ver de novo a não ser por acaso. O próprio Poe chamaria isso de algo maior, mas, por ora, permaneço com o meu termo. Foi a *sorte* que me fez parar em meio ao trabalho árduo sobre o diário de Leroy Fry e me provocou um súbito desejo ardente por ar. Empurrou-me porta afora para a escuridão de carvão, balançando minha lanterna em arcos lentos para impedir-me de tropeçar.

Era uma noite seca que cheirava a pinho. O rio estava mais barulhento do que de costume, a lua poderia penetrá-lo só de olhar para ela, e o chão parecia estalar com cada passo, de modo que eu caminhava com muito cuidado, como se estivesse à beira de um precipício. Detive-me perto das ruínas da caserna da antiga artilharia e fiquei a pouca distância da planície, lançando meus olhos ao longo da grande inclinação de grama púrpura-escura.

E depois fiquei imóvel.

Algo estava se movendo. Algo no Execution Hollow.

Levantei um pouco minha lanterna, e, quando me aproximei, a estranheza da figura, a discordância de seus limites, se esclareceu, eu estava olhando para um homem – um homem agachado, andando como um cachorro, com os quatro membros no chão.

De certa distância parecia medonho, uma pose inconveniente para qualquer um estar – o prelúdio de uma completa prostração. Mas quando me aproximei, pude ver que havia um *significado* por detrás dessa posição. Porque, debaixo dessa primeira figura, havia uma segunda.

A que estava em cima, reconheci imediatamente. Tinha-a visto bastante no refeitório dos cadetes para reconhecer o cabelo loiro, o *porte* de rapaz de fazenda: Randolph Ballinger, como queira. *Escarranchando* o seu oponente, usando suas pernas pesadas para prender os braços do camarada ao chão e exercendo todo o peso de seu antebraço poderoso contra a traqueia do outro.

E quem estava na recepção final daquele ataque violento? Foi apenas quando dei a volta e obtive a necessária condição favorável – vendo a cabeça enorme e a estrutura frágil e, sim, o capote com o ombro rasgado – que pude ter certeza.

E então eu estava correndo. Porque eu sentia em meus ossos quão desigual era aquela luta: Ballinger era bem uns quinze centímetros mais alto do que Poe, dezoito quilos mais pesado, e, mais do que isso, ele tinha em suas ações uma *intenção* bem clara que não permitia derrota. Ele não voltaria atrás.

"Solte-o, mister Ballinger!"

Ouvi minha própria voz, firme como rocha, diminuindo a distância entre nós.

A cabeça dele se levantou rapidamente. Seus olhos – poços brancos sob a luz da lanterna – encontraram os meus. E, sem largar o pescoço de Poe nem por um instante, ele disse, tranquilo como a superfície de um lago:

"Assuntos particulares, sir."

Foi Leroy Fry quem pareceu ecoar naquele momento. Gritando alegremente para o seu companheiro no chão. *Assuntos necessários...*

E havia uma necessidade para aquele assunto, a julgar pela testa tranquila, lisa de Ballinger, seu ar de atenção cuidadosa. Ele havia planejado a sequência do que iria fazer e a seguiria. E ele a seguiria sem nenhuma outra palavra de explicação. De fato, o único som que eu distinguia agora era o gargarejar de Poe, uma repetição úmida e que parecia destroçar – pior do que qualquer grito.

"*Solte-o, mister Ballinger!*", gritei de novo.

E ele continuava a pressionar com aquele braço pesado, forte, extorquindo as últimas gotas de ar dos pulmões de Poe. Esperando que a cartilagem da traqueia de Poe arrebentasse.

Eu bati com minha bota e atingi a têmpora direita de Ballinger. Ele grunhiu, sacudiu a cabeça para livrar-se da dor... e continuou apertando o pescoço de Poe.

O segundo pontapé atingiu-o no queixo e o fez estatelar-se de costas.

"Se o senhor for embora agora", eu disse, "poderá conservar sua patente. Fique aqui e eu posso garantir que enfrentará a corte marcial no fim de semana."

Ele se sentou. Esfregou o maxilar. Olhou direto à sua frente, como se eu não estivesse ali.

"Ou talvez", eu disse, "o senhor não esteja familiarizado com as opiniões do coronel Thayer sobre tentativas de homicídio."

O fato é: ele não estava mais em seu juízo perfeito. Como muitos valentões, ele era capaz de obrigar sua vontade a realizar algo bem definido, mas não além disso. Como primeiro-auxiliar para trinchar a carne na Mesa Oito, ele podia intimidar com o olhar qualquer um que pedisse rosbife antes dele. Fora da órbita da Mesa Oito, fora do número dezoito da Caserna Norte, ele não tinha nenhum esquema de ação.

O que quer dizer que ele cedeu. Com a maior dignidade que pôde reunir, mas ainda ciente de que havia sido *impedido* e de que esse conhecimento arrastava-se atrás dele como fumaça.

Aproximando-me, ajudei Poe a ficar de pé. Ele estava respirando mais facilmente agora, mas sua pele estava cor de cobre, heterogênea, à luz da lanterna.

"O senhor está bem?", perguntei.

Ele estremeceu enquanto tentava engolir. "Estou quase bem", ele ofegou. "Será necessário mais do que um... covarde... desleal ataque para... intimidar um Poe. Eu descendo de uma... longa linha de..."

"Capitães francos, eu sei. Talvez possa me dizer o que aconteceu." Ele deu um passo cambaleante à frente.

"Não sei dizer, mister Landor. Eu tinha saído nas pontas dos pés do meu quarto com a intenção de visitá-lo... tendo tomado todas... todas as precauções habituais. Cuidadoso como sempre para... não consigo explicar... ele foi capaz de me surpreender."

"Ele disse alguma coisa?"

"A *mesma* coisa. Repetidas vezes. Em voz baixa."

"E o que era?"

"'*Pequeno animal, deveria conhecer seu lugar*'."

"E foi só isso?"

"Sim, só isso."

"E como interpreta isso, mister Poe?"

Ele encolheu os ombros e mesmo aquele pequeno movimento desencadeou uma nova sequência de dor na coluna e na garganta.

"Um ataque de ciúme", ele disse por fim. "Ele está... manifestamente enlouquecido... porque Lea me prefere a ele. Procura assustar-me para que eu me afaste dela." De algum lugar dentro dele, saiu uma gargalhada alta e exagerada. "Ele não pode... *avaliar*... a profundidade de minha resolução nesse assunto. Eu *não* sou de me assustar."

"Então acha que ele quer apenas assustá-lo, mister Poe?"

"O que mais poderia ser?"

"Bem, não sei", eu disse olhando de novo para o Execution Hollow. "De onde eu estava, ele parecia terrivelmente determinado a matá-lo."

"Não seja ridículo. Ele não tem coragem. Ele não tem imaginação."

Oh, leitor, eu tinha em mente contar-lhe sobre os assassinos que *conheci* quando era policial. Alguns dos homens menos imaginativos que jamais você gostaria de conhecer. E isso era o que os tornava tão perigosos.

"Bem, isso não importa, mister Poe, quero que o senhor..." Enfiei as mãos nos bolsos, dei um leve pontapé no gramado. "Veja, o caso é que venho *dependendo* do senhor de certa maneira e odeio pensar que pode perder a vida por causa de uma moça, por mais bonita que seja."

"Eu não vou ser aquele que perde a vida, mister Landor. Pode estar certo disso."

"Quem, então?"

"Ballinger", ele disse simplesmente. "Antes de deixá-lo se interpor entre mim e o desejo de meu coração, vou matá-lo. Sim, e isso será o mais puro prazer e o ato... o ato mais *moral* de minha carreira."

Segurei-o pelos ombros e conduzi-o gentilmente declive acima até o hotel. Passou-se um minuto até que eu ousasse falar de novo.

"Oh, sim", eu disse, tão suavemente quanto pude, "a questão da moralidade é facilmente adaptada. Mas quanto a sentir prazer, mister Poe, não posso imaginá-lo sentindo-se assim."

"Você não me conhece, então, mister Landor."

E ele estava certo: não o conhecia. Não sabia do que era capaz até que desse a ação por concluída.

Paramos, por fim, diante da colunata. A respiração de Poe estava voltando ao normal então, e o rosto havia readquirido a palidez habitual. Nunca aquela palidez pareceu tão *saudável*.

"Bem", eu disse, "estou contente de ter chegado na hora."

"Oh, eu acho que teria uma resposta para Ballinger no final. Mas estou agradecido que o senhor estivesse lá de reserva."

"Acha que Ballinger sabia aonde o senhor estava indo?"

"Não sei como poderia saber. O hotel nem estava à vista."

"Então não acha que o nosso arranjo foi descoberto."

"Nem deverá ser, mister Landor. Por ninguém, nem mesmo..." Ele fez uma pausa para deixar o fluxo de emoção crescer dentro de si. "Nem mesmo por *ela*." Excitando-se, então, ele declarou com uma voz animada: "O senhor esqueceu de me perguntar primeiramente por que eu estava indo visitá-lo".

"Suponho que tenha informações novas para me dar."

"De fato, tenho."

Atrapalhando-se com as mãos, ele começou a esquadrinhar os bolsos. Levou um minuto para achar o que procurava: uma única folha, que desdobrou com tanto cuidado e reverência como se estivesse desembrulhando um cálice.

Eu deveria ter adivinhado. Só o brilho em seus olhos deveria ter revelado, mas não, peguei o papel com toda a inocência e estava completamente despreparado para ler:

Na penumbra daquele sonho-combate sombreado,
   Eu tremia sob o sequestro da noite cruel.
"Leonore, conte-me como vieste aqui
   Para este inexplicável banco de areia deserto
   Para este indesejável banco de areia úmido."
"Ousarei falar?", gritou ela, tremendo com medo.
   "Ousarei sussurrar o terrível sofrimento do inferno?
Cada novo alvorecer traz a triste memória
   Dos demônios que arrebataram minha alma
   Dos demônios que destruíram minha alma."

As palavras giravam à luz da lanterna, e descobri que não conseguia evocar nada para responder a elas. Repetidamente, procurei em meu cérebro por algo, e a cada vez voltei vazio, e, por fim, tudo que pude encontrar foi:

"Ela é bonita", eu disse. "Realmente, mister Poe. Muito bonita."

Escutei sua gargalhada em meus ouvidos – satisfeita, doce e retumbante.

"Obrigado, mister Landor, contarei à minha mãe o que o senhor disse."

Narrativa de Gus Landor
21

22 a 25 de novembro

Mais tarde, naquela noite, ouvi uma batida à porta do meu quarto no hotel. Não a pancadinha tímida que era a marca registrada de Poe, mas uma convocação mais urgente que me fez pular da cama, esperando encontrar – quem poderia dizer – o próprio julgamento.

Era Patsy. Envolta em duas camadas de roupas de lã, sua respiração soltava vapor no corredor frio.

"Deixe-me entrar", ela disse.

Esperei que ela se desvanecesse. Em vez disso, entrou no quarto – sua figura tridimensional consistente como minha mão.

"Eu estava apenas fornecendo um pouco de bebida alcoólica para os rapazes", disse ela.

"Sobrou um pouco para mim?"

Falei de maneira tão casual quanto podia, diante de tal tentação. De fato, acho que preciso revelar que pulei sobre ela... e ela, o anjo que é, me fez padecer. Ficou ali com o olhar mais divertido no rosto enquanto eu tirava sua roupa. De todas as fases, esta é a que mais aprecio: despir todas as roupas – meias, sapatos, anáguas –, cada peça retirada causa um suspense maior que a última. Pois ela estará ali no fim de tudo isso? A eterna questão. As mãos tremem enquanto se desabotoam os derradeiros botões...

E ali está ela, resplandecente, branca e auspiciosa.

"Hum", diz ela indicando o que queria por fim. "Sim, sem dúvida. Bem aqui."

Foi uma atividade mais longa do que de costume – a cama de mister Cozzens nunca chiou tanto e por todos os cantos –, e, quando terminamos, ficamos deitados ali, a cabeça dela em meu braço. E então, de modo costumeiro, ela adormeceu, e, depois de prestar atenção durante algum tempo ao ruído de sua respiração, levantei gentilmente sua cabeça de meu peito e deslizei para fora da cama.

O diário de Leroy Fry estava esperando por mim, ali na janela. Acendendo a vela, espalhei as páginas no colo e coloquei o caderno de apontamentos na mesa, e de novo me pus ao trabalho, desemaranhando os longos entrelaçados de letras. Eu tinha estado trabalhando durante mais de uma hora e meia quando senti suas mãos em meus ombros.

"O que tem nesse livro, Gus?"

"Oh." Pousei a caneta na mesa, dei uma boa esfregada no rosto. "Palavras."

Ela pressionou os nós dos dedos entre os nódulos acima de minhas clavículas. "*Boas* palavras?"

"Não, na verdade. Embora eu esteja aprendendo bastante com elas, oh, teoria de aquecimento e as rochas de Congreve e, Deus, não seria incrível voltar para casa, no Kentucky, onde o frio não... não dói tanto nos ossos? É surpreendente o quanto um diário pode ser aborrecido."

"Não o meu", disse Patsy.

"Você..." Meus olhos se arregalaram. "*Você* mantém um?"

Depois de uma longa pausa, ela sacudiu a cabeça. "Mas se eu mantivesse", disse ela.

Bem, por que ela não manteria?, pensei. Não estava eu cercado por textos? Poe com seus poemas e prosas, o professor Pawpaw com seu caderno de anotações e o sargento Locke com o *seu* caderno de anotações... até mesmo o capitão Hitchcock, diziam, mantinha um diário. Pensei no fragmento de papel preso na mão de Leroy Fry e na estampa daquele sabá de demônios e nos jornais na mesa de café de Thayer e nos jornais próximos ao cotovelo do Blind Jasper – todos aqueles textos, percebe? Não reunidos por ideias, como se poderia esperar, mas um anulando o outro, até que uma palavra não fosse mais verdadeira que a seguinte, e para baixo iríamos todos, para baixo nesse buraco de coelho de *palavras*, chilreando e cantando como os pássaros de Pawpaw...

Então, sim, pensei. *Sem dúvida, Patsy. Mantenha um diário.*

"Importa-se de voltar para a cama?", ela murmurou ao meu ouvido. "Hum."

Vou pensar sobre isso, disse para mim mesmo. Considerar seriamente. E, tolo como eu era, escolhi ficar onde estava.

"Vou logo em seguida", prometi.

Só que adormeci na cadeira. E, quando acordei, era de manhã e ela tinha ido embora, e no meu caderno de apontamentos estava escrito: *Vista-se, Gus. Está frio lá fora.*

―◆―

Estava frio – durante toda a terça-feira, de manhã à noite.

Na quarta de manhã, o cadete Ballinger, do quarto ano, não retornou do seu posto de guarda.

Uma busca foi imediatamente montada, mas os homens a interromperam depois de vinte minutos, porque uma tempestade de gelo começou a estender-se pelas montanhas. O frio e a umidade eram extremos, não se enxergava nada, e, depois de algum tempo, os cavalos e as mulas não conseguiam avançar; então foi decidido que a busca se reiniciaria logo que o tempo permitisse.

Mas o tempo não permitiu. A neve continuou caindo durante toda a manhã e a tarde. Amontoou-se nos telhados, tamborilou nos batentes das janelas e provocou sons estranhos nas beiradas dos telhados e nas paredes. Ela descia, descia, sem nunca parar, sem mudar. Passei a manhã toda ouvindo como ela arranhava feito um vira-lata faminto na sarjeta, até que me dei conta de que, se não vestisse meu casaco e fosse para fora, ficaria louco.

Era o começo da tarde e toda a região estava parada. A neve se formara em grossas crostas quebradiças sobre o obelisco do capitão Wood e sobre grande número dos dezoito canhões no pátio da artilharia, na bomba de água atrás da Caserna Sul e nas pipas de água que ficavam nos edifícios de pedra do professor Row. O gelo tinha envernizado o cascalho nos caminhos, e amarelado os liquens sobre as rochas, e transformado grandes espaços em camas duras como o quartzo. O gelo havia puxado à força os ramos dos cedros para baixo, fazendo com que parecessem cabanas que estremeciam a cada beijo do vento. Muito democrático aquele gelo, caindo igualmente sobre o cinza e o azul, silenciando tudo o que tocava. Exceto eu. Minhas botas, quando se moviam na neve, faziam um ruído como o tinir de armaduras e o som parecia cantar de um extremo a outro de West Point.

Na volta cambaleei para o meu quarto e, pelo resto da tarde, cochilei e acordei na penumbra. Um pouco depois das cinco horas, acordei com um sobressalto. A neve tinha parado de cair e tudo era silêncio então, e, através da névoa, mal consegui discernir uma única canoa avançando com dificuldade rio abaixo com um remador pouco preparado. Coloquei correndo as calças, a camisa e o casaco e fechei silenciosamente a porta atrás de mim.

Os cadetes haviam saído de seus alojamentos e já estavam se alinhando para a revista de tropas. O estalar do gelo aumentava o som de cada passo mil vezes, e, com aquele estrondo, passei sem interferência pelo Gee's Point. Não sei direito o que me levou até lá. Suponho que foi a mesma ideia que me acudiu em meu primeiro dia ali, o pensamento de que eu – ou, se não eu, *alguém* – poderia apenas continuar andando. Seguir aquele rio até um lugar onde jamais havia estado.

Passos surgiram atrás de mim, triturando o caminho. Um tom de voz baixo, respeitoso.

"Mister Landor?"

Tratava-se do tenente Meadows. Que era, por coincidência, o oficial que me escoltara da última vez que eu estivera ali. Ele estava uns três metros atrás de mim, exatamente como estivera então, e parecia *retesado*, como alguém pronto para pular um fosso.

"Boa noite", eu disse. "Espero que esteja bem."

Sua voz era rascante como um espinho. "O capitão Hitchcock pediu-me para procurá-lo. O assunto refere-se ao cadete que desapareceu."

"Ballinger foi encontrado?"

De início, Meadows não disse nada. Ele tinha sido claramente instruído a não dizer nada além do necessário, mas tomei seu silêncio como significando algo mais. Falando baixinho, eu disse a palavra que ele não conseguia pôr para fora.

"Morto", eu disse.

Sua única confirmação foi o silêncio. "Enforcado?", perguntei.

Dessa vez, Meadows consentiu em aquiescer. "O coração", eu disse. "O coração foi..."

Ele me interrompeu então, tão bruscamente como se estivesse trinchando uma articulação. "O coração desapareceu, sim."

Pode ter sido o frio que lhe provocou um estremecimento e fez com que seu pé se agitasse. Ou então ele tinha visto o corpo.

A lua estava começando a elevar-se sobre Breakneck Hill e emanava uma luz suave e diáfana que atingia a superfície de seu rosto e dourava seus olhos.

"Há algo mais?", perguntei. "Algo que o senhor não me disse?" Sob circunstâncias normais, ele usaria seu habitual refrão: *Não tenho liberdade para dizer, sir*. Mas algo nele *queria* dizer. Ele parou e começou e parou de novo e, então, depois de grande esforço, confessou:

"Uma infâmia adicional foi perpetrada contra a pessoa de mister Ballinger."

Um fraseado absurdo – formal, vazio – e, no entanto, parecia ser sua única salvaguarda contra a coisa em si. Até que não pôde mais se sustentar como uma defesa.

"Mister Ballinger", ele disse por fim, "foi castrado."

Um silêncio caiu sobre nós, quebrado apenas pelo som distante do gelo estalando sob as botas dos cadetes.

"Talvez seja melhor o senhor me mostrar", eu disse.

"O capitão Hitchcock prefere que o senhor se encontre no local com ele *amanhã*. O dia estando tão avançado, ele considera que não há luz suficiente para – para..."

"Examinar a cena, compreendo. Onde o corpo de mister Ballinger está sendo mantido agora?"

"No hospital."

"Sob guarda completa?"

"Sim."

"E a que horas o capitão deseja se encontrar comigo amanhã?"

"Às nove horas."

"Está bem, então", eu disse. "A única coisa que me falta agora é o local. *Onde* vamos nos encontrar?"

"Em Stony Lonesome."

Há, é verdade, uma boa porção de pedras e locais solitários espalhados em toda West Point. Mas, pelo menos, quando se está olhando para fora do hotel de mister Cozzens ou parado em Redoubt Hill, avista-se o rio, com toda a liberdade que ele promete. Aventurar-se para ir a Stony Lonesome significa deixar para trás todos os sinais de povoado, e os únicos companheiros são as árvores e as ravinas e talvez um baixo som do curso do rio... e as colinas, é claro, encobrindo a luz. As colinas é que fazem o sujeito se sentir como um recluso. Muitos cadetes contaram-me que, depois de ficar duas horas de sentinela ali, chegam a acreditar que nunca sairão de Stony Lonesome.

Se Randolph Ballinger era um daqueles, ele estava certo.

A busca por ele reiniciou no momento que a tempestade cessou. Ninguém achava que a neve começaria a derreter quase tão depressa como havia chegado. O feitiço da neve foi soprado como palha e haviam se passado poucos minutos depois das quatro quando dois soldados rasos, indo para o alojamento do comandante para fazer seu relatório, foram detidos por um barulho como de milhares de gonzos. Uma bétula estava sacudindo seu capote de neve e emergindo aberta para revelar – aconchegado em seu interior, como o pistilo de um lírio – o corpo despido de Randolph Ballinger.

Uma camada de gelo o lacrava e unia seus braços às laterais do corpo, mas não conseguiu impedi-lo de girar, embora ligeiramente, com a investida do vento.

No momento que o tenente Meadows levou-me até lá, Ballinger havia sido baixado, e os ramos que anteriormente o haviam acolhido, como um casulo, tinham voltado à sua altura original, e a única coisa que restara fora a corda, que agora estava dependurada em todo o seu comprimento, parando na altura do meu peito. Dura, esticada e um pouquinho retorcida, como se algum ímã estivesse desviando-a da rota.

Ao nosso redor, caía neve derretida – em cristais e em grandes lençóis rasgados –, e o sol estava ofuscando a terra, e as únicas coisas para as quais se podia olhar depois de um tempo, as únicas coisas que não estavam refletindo a luz, eram os rododendros, ainda cheios de folhas.

Perguntei: "Por que uma bétula?". Hitchcock me encarou. "Perdão, capitão, eu estava apenas me perguntando por que, se se quer enforcar alguém, usar um tipo de árvore *curvada*. Os ramos não são tão grossos quanto os de um carvalho, digamos, ou um castanheiro."

"Está mais próxima do chão, talvez."

"Sim, suponho que isso tornaria as coisas mais fáceis."

"Mais fáceis", concordou Hitchcock.

Ele estava em um novo nível de fadiga. Do tipo que aumenta as pálpebras, abaixa as orelhas. Do tipo que enraíza a pessoa no chão porque tudo o que consegue fazer é ou ficar parada perfeitamente ereta ou cair.

Gosto de pensar que fui afável com ele naquela manhã. Dei-lhe várias oportunidades para retirar-se para o seu alojamento, onde ele tinha bastante espaço para juntar seus pensamentos. E quando ele necessitava de que eu repetisse uma questão, não me importava quantas vezes tinha de fazê-lo. Lembro que, quando lhe perguntei o que havia diferenciado a condição do corpo de Randolph Ballinger da de Leroy Fry, ele olhou direto para mim, como se eu o tivesse confundido com outra pessoa.

"O senhor estava lá", eu instiguei, "quando os dois corpos foram encontrados. Estou curioso, o senhor sabe, sobre o que tornou a... a aparência *desse* corpo diferente."

"Oh", ele disse por fim. "Oh, não. Este..." Ele fitou os ramos. "Bem", ele começou, "a primeira coisa que notei era quanto mais alto ele estava. Em relação a Fry."

"Então seus pés não estavam tocando o chão?"

"Não." Ele tirou o quepe, colocou-o de volta. "Não havia evasiva dessa vez. Ballinger tinha todos os ferimentos nele quando foi encontrado. O que quer dizer que ele foi morto, ele foi aberto e *depois* foi enforcado."

"Não há possibilidade, suponho, de que os ferimentos possam ter sido infligidos..."

"Depois? Não." Ele estava se animando então. "Não, não naquela altura, seria praticamente impossível. Impossível até de manter o corpo imóvel." Ele tropeçou ao levantar os olhos. "Um homem não pode se infligir tais ferimentos e depois ir se enforcar em uma árvore, isso é óbvio. Portanto, qualquer alegação de suicídio é inválida."

Hitchcock fitou a árvore durante um bom tempo, a boca levemente aberta. Depois, lembrando-se, ele acrescentou:

"Estamos a duzentos e setenta metros do posto de sentinela de Ballinger. Não sabemos se veio até aqui de boa vontade ou se estava vivo quando chegou. Ele pode ter caminhado ou pode ter sido arrastado. A tempestade, como sabe..." Ele sacudiu a cabeça. "Ela confunde tudo. Lama e neve por toda parte, dezenas de soldados andando ao redor. Há pegadas por toda parte, sim, e não há maneira de isolar uma pegada das outras."

Ele colocou um braço contra a bétula e deixou o corpo pender alguns centímetros.

"Capitão", eu disse, "Sinto muito. Compreendo que calamidade isso deve ser."

Não sei por que, mas eu lhe dei uma leve palmadinha no ombro. Você conhece o gesto, leitor: é o tipo de coisa que os homens fazem para consolar um outro – a *única* coisa que fazem algumas vezes. Hitchcock não a tomou dessa maneira. Ele retirou depressa o ombro e virou-se para mim com um rosto empalidecido de fúria.

"Não, mister Landor! Não acho que o senhor *saiba*. Sob minha vigilância, dois cadetes foram assassinados e *profanados* de maneira selvagem, por razões impossíveis de compreender. E não estamos mais próximos de descobrir o monstro do que um mês atrás."

"Bem, veja, capitão", eu disse ainda me acalmando. "Eu acho que *estamos* mais próximos. Nós estreitamos nosso campo, estamos nos movendo rapidamente. Sim, acho que só será uma questão de tempo."

Ele mostrou uma carranca e inclinou a cabeça. De seus lábios fortemente apertados saíram as palavras baixas, mas inequívocas:

"Estou contente de que *o senhor* pense assim."

Eu sorri. Cruzei os braços sobre o peito.

"Talvez", eu disse, "não se importe de me explicar essa observação, capitão."

Audaz, ele se voltou para mim com toda a força de seu olhar. "Mister Landor, não me importo de lhe dizer que o coronel Thayer e eu temos sérias reservas em relação ao progresso de suas investigações."

"É verdade?"

"Eu ficaria muito contente se me corrigisse. De fato, agora o senhor tem uma oportunidade de ouro para se defender. Por que não me conta se encontrou mais evidências de práticas satânicas? Em algum lugar na área da Academia?"

"Não encontrei, não."

"Você localizou o suposto oficial que persuadiu o soldado raso Cochrane a abandonar o corpo de Leroy Fry?"

"Não até agora."

"E estando em seu poder o diário de mister Fry já por quase uma semana, encontrou uma simples pista que possa ser usada nessas investigações?"

Eu podia sentir os músculos se retesando ao redor dos olhos. "Bem, deixe-me ver, capitão. Eu sei quantas vezes Leroy Fry se masturbava num determinado dia. Sei que gostava de mulheres com nádegas grandes. Sei o quanto ele odiava o toque de despertar e geometria analítica e... e você. Algo disso serve?"

"Minha ideia é..."

"Sua ideia é que não sou competente para empreender essa investigação. E talvez nunca tenha sido."

"Não é a sua competência que eu questiono", ele disse. "É a sua dedicação."

Um som tão leve que de início não pude localizar. Depois percebi: era o ranger de meus próprios dentes.

"E agora vou ter de lhe pedir para explicar-se de novo, capitão." Ele me estudou durante um bom tempo, perguntando-se, talvez, até onde poderia ir.

"Suspeito, mister Landor..."
"Sim?"
"... que você esteja protegendo alguém."
Gargalhada. Foi a única resposta que pude conseguir, de início. Porque era muito engraçado, não era? "Protegendo alguém?", repeti.
"Sim."
Levantei os braços. "*Quem?*", gritei. E a palavra saiu clara e alta e atingiu o olmo mais próximo, sacudiu-lhe os ramos. "*Quem* em todo este lugar abandonado por Deus eu gostaria de proteger?"
"Talvez agora", disse ele, "tenha chegado a hora de falar de mister Poe." Um pequeno nó formou-se em meu estômago. Encolhi os ombros, dei mostra de confusão.
"E por que faríamos isso, capitão?"
"Comece com isto", disse ele olhando para suas botas. "Mister Poe é, ao que eu saiba, o único cadete que ameaçou a vida de mister Ballinger."
Ele olhou para cima, justo a tempo de pegar o movimento de surpresa em meu rosto. E digo mais: não havia nada de cruel no sorriso que me deu. Parecia mais uma expressão de simpatia.
"Você realmente acha que é a única pessoa em quem ele confia, mister Landor? Ontem, durante o jantar, ele estava deleitando os seus companheiros de mesa com os heróicos relatos de sua briga épica com mister Ballinger. Ouvindo-se mister Poe contá-la, parecia mais um confronto entre Heitor e Aquiles. De modo interessante, ele concluiu seu relato declarando que ele pretendia realmente matar mister Ballinger se voltassem a cruzar espadas de novo. Para os ouvintes presentes, ele não poderia ter sido absolutamente menos ambíguo."
Não de fato, pensei, lembrando de novo as palavras de Poe na planície. Era difícil enganar-se sobre o seu significado. *Eu o matarei... Eu o matarei...*
"Olhe aqui", eu disse. "Esta não é a primeira vez que Poe faz uma ameaça tola. Isso é... faz parte da sua natureza..."
"*Seria* a primeira vez que sua pretensa vítima aparece morta depois de vinte e quatro horas de a ameaça ser proferida."
Oh, esse companheiro não faz lisonjas. Hitchcock queria ater à sua opinião como a pele adere ao osso. Talvez por isso vestígios de desespero estivessem começando a aparecer em minha voz.
"Ora, deixe disso, o senhor *viu* Poe, capitão. Poderia dizer honestamente que ele dominou Ballinger?"

"Não haveria necessidade de dominá-lo. Uma arma de fogo resolveria o assunto, não acha? Ou um ataque surpresa. Em vez de Heitor e Aquiles, poderíamos, talvez, refletir melhor e pensar em Davi e Golias."

Eu ri à socapa, cocei a cabeça. *Tempo*, eu pensava. *Ganhe tempo*.

"Bem, então, se formos considerar seriamente sua pequena teoria, capitão, temos de admitir um problema. Qualquer que fosse sua relação com Ballinger, ao contrário, não há nenhum sinal de elo entre Poe e Leroy Fry. Eles nem se conheciam."

"Oh, mas se conheciam sim."

Tolo que eu era, ao pensar que ele tinha apenas uma carta na manga. Quando, na verdade, ele tinha um baralho inteiro sob a manga daquela jaqueta azul imaculada.

"Chegou aos meus ouvidos", ele disse, "que Poe e Fry tiveram uma briga durante o último acampamento de verão. Parece que mister Fry, da maneira que é habitual a um terceiranista, decidiu, com mais dois companheiros, zombar de mister Poe, que aparentemente ficou tão ofendido com o tratamento que apontou seu mosquete diretamente para mister Fry – baioneta à frente. Mais alguns centímetros e ele poderia ter ferido seriamente a perna de mister Fry. Mais de uma testemunha escutou mister Poe dizer que ele não toleraria que nenhum homem – *nenhum* homem – o tratasse daquela maneira."

Hitchcock deixou que aquela informação penetrasse em mim durante alguns segundos. Depois, com uma voz mais suave, acrescentou: "Suponho que ele não lhe forneceu essa informação, não é?".

Oh, não havia jeito hoje de levar a melhor sobre o capitão. O máximo que eu podia esperar era um empate.

"Convoque seus companheiros de quarto", sugeri. "Pergunte-lhes se Poe deixou seu alojamento na noite em que Ballinger foi assassinado."

"E se eles disserem não, o que isso provará? Apenas que eles dormem profundamente."

"Prenda-o, então", eu disse tão ligeiramente quanto ousei. "Prenda-o, se o senhor está tão persuadido."

"Como bem sabe, mister Landor, não é suficiente demonstrar o motivo. Temos de encontrar uma evidência direta do crime. Receio não perceber nenhuma evidência; o senhor percebe alguma?"

Enquanto estávamos parados ali, um monte de neve começou a cair de uma magnólia e chegou ao chão estremecendo como num terremoto logo atrás de nós. O som foi suficiente para assustar um bando de papagaios que estavam num carvalho próximo. Eles vieram em nossa direção, agitados como abelhas, enlouquecidos pelo resplendor da neve.

"Capitão", perguntei, "o senhor acredita realmente que esse pequeno poeta possa ser um assassino?"

"Como é curioso o senhor levantar essa questão. Quando é o senhor o homem que está em melhor posição para respondê-la." Ele deu um passo em minha direção, com um mínimo vestígio de sorriso nos lábios. "Diga-me, mister Landor. O seu pequeno poeta *é* um assassino?"

Relatório de Edgar A. Poe para Augustus Landor

27 de novembro

HUMILDES DESCULPAS, MISTER LANDOR, PELA MINHA OFENSA EM COMUNICAR-ME de novo com o senhor. Os alarmes difundidos que dirigiram a atenção para o assassino de Ballinger produziram uma atmosfera tão cheia de boato, escândalo e de formas mais baixas de conjectura que descubro que meus movimentos estão mais vigiados do que nunca. Se eu tivesse uma natureza mais crédula, poderia supor que eu mesmo estou sob o manto da suspeita – sim, eu! –, por causa da maneira estranha com que meus companheiros cadetes me olham quando passo.

Ah, que linguagem humana pode retratar adequadamente o horror que se apoderou de mim diante das notícias do fim brutal de Ballinger? Que o camponês que havia sido um tormento perpétuo para mim fosse tão eficazmente removido deste vale terrestre – e com tal rapidez aterrorizante! Cada vez que arrisco contemplar as implicações... descubro que não consigo. Porque, se nosso assassino pode aniquilar alguém tão íntimo da família Marquis, o que vai impedi-lo de voltar sua sinistra atenção para Artemus ou até para – note como eu tremo, mister Landor! – aquele alento de minha alma? Oh, parece-me que nossas investigações não conseguem prosseguir *suficientemente* rápido...

Enquanto isso, mister Landor, a completa e covarde histeria manifestada nesse Corpo de Cadetes continua a crescer além de todos os limites. Muitos companheiros falaram em dormir com seus mosquetes. Alguns dos mais inclinados para a fantasia especularam que os assaltantes de Fry e Ballinger não passam de encarnações errantes de espíritos ancestrais de índios, que vieram para vingar seu extermínio pela raça europeia.

Mister Roderick, um segundanista que tem um caráter singularmente fraco, afirma ter visto um desses espíritos perto de Flirtation Walk, afiando seu machado de guerra na fenda de um olmo inglês.

Corre o rumor de que mister Stoddard requereu ao coronel Thayer para cancelar o que resta do semestre – inclusive o exame final –, pois se tornou quase impossível para os cadetes se aplicar aos seus estudos com suficiente vigor e adesão enquanto tremem de medo por suas vidas.

Com que desgosto eu olho para esses rapazes covardes e seu choramingar efeminado! Como eles irão *suportar* a tensão do combate, quando tudo é *sauve qui peut** e o sangue escorre por toda parte? Para quem vão apelar *naquela hora* por uma suspensão do julgamento? Oh, isso não é um bom augúrio para a soldadesca americana, mister Landor.

No entanto, nossos superiores nos beneficiaram com um obséquio. Na revista de tropas da noite, foi anunciado que a guarda no posto foi dobrada, de modo que nenhum cadete pode aventurar-se fora dos alojamentos sem um companheiro ao seu lado. Sob condições normais, uma ordem desse tipo teria ocasionado incontáveis reclamações, pois isso requer ficar de sentinela com o dobro da frequência. É tão grande o medo que germinou dentro desse Corpo, no entanto, que cada homem considera seu fardo uma bênção, se ele pode lhe proporcionar um pequeno aumento de segurança.

Meu maior propósito em comunicar-me com o senhor, mister Landor, é informá-lo de certos progressos relacionados com Lea e Artemus. Hoje à tarde, encontrando-me num estado de agitação e com alguns minutos disponíveis, imediatamente me dirigi à casa da família Marquis, para assegurar-me de que o destino de Ballinger não havia provocado dano excessivo na sensibilidade feminina de Lea.

Batendo àquela porta, agora familiar, com sua inscrição "Bem-vindos, Filhos de Colúmbia", fiquei espantado de saber que ninguém estava em casa – ninguém, quer dizer, exceto Eugénie, a criada. Eu estava considerando minha ação seguinte quando meus pensamentos foram detidos por um vago som de *vozes* saindo de um aposento que, depois

---

* Salve-se quem puder. [N. T.]

de uma inspeção mais atenta, constatei ser o fundo da casa. Hesitei, mas apenas um instante, depois, dando a volta naquele edifício de pedra, logo notei Lea e seu irmão Artemus, no pátio do fundo, envolvidos no mais animado dos diálogos.

A sua absorção mútua permitiu-me passar, como melhor pude concluir, despercebido. Aproveitando minha chance, de imediato me retirei para a privacidade de uma macieira próxima, de onde podia ouvir a essência de sua discussão.

Oh, Landor, o senhor não deve pensar que eu não tenho escrúpulos por empreender essa ignóbil averiguação de minha amada. Mais de uma vez, decidi abandoná-los ao seu colóquio secreto. No entanto, cada vez que tomava essa resolução, eu me lembrava de minha obrigação para com *o senhor*, caro mister Landor, e sim, para com a Academia. Em *sua* consideração, então, perseverei. E em sua consideração apenas – não por uma curiosidade oculta, minha própria. Eu devo ter desejado que a árvore fosse um pouco mais próxima. Os irmãos Marquis, na maior parte do tempo, tentavam restringir sua comunicação ao nível de um sussurro. *Tentavam*, eu digo, porque, como o senhor sabe, a voz humana não sustenta essa restrição. Um equilíbrio inato força a voz, periodicamente, a expressar-se em um registro mais natural, quando, embora permaneça baixa, ela se torna, num instante, inteligível, da mesma forma que a irrupção esporádica de uma frase ou palavra familiar na comunicação de estrangeiros pode revelar o significado daquilo que está sendo dito mesmo para alguém não muito familiarizado com aquela língua. Assim, fui capaz, de certo modo, de pegar diversos fios de sua conversa, sem, contudo, adquirir o suficiente para tecer uma narrativa coerente como uma tapeçaria.

Percebi de imediato que o tema de sua conversa era o fim trágico de mister Ballinger, porque ouvi Artemus, mais de uma vez, referir-se a "Randy" e ouvi-o também afirmar: "Meu Deus, esse era meu melhor, mais querido amigo". Artemus, eu poderia dizer, falava em cadências mais obviamente entristecidas do que Lea, cuja expressão vocal fazia parte de seu próprio caráter sereno e impassível – até que, por assim dizer, em resposta a uma das confidências sussurradas por seu irmão, eu a ouvi perguntar, em tom asperamente aumentado que não admitia premência menos importante: "*Quem mais?*".

"*Quem mais?*", repetiu Artemus, sua voz elevando-se na mesma proporção que a dela.

A partir daí, o diálogo diminuiu de novo para sussurros, e as palavras que escapavam da sua esfera circunscrita eram ou muito fracas, ou indistintas para serem apreendidas. Houve, no entanto, um breve diálogo durante o qual seus sentimentos exaltados levantaram de novo suas vozes – mesmo assim imperceptivelmente! – dentro do âmbito da escuta. "Você mesmo me contou que ele era fraco", disse Lea. "Você contou que ele poderia ter..."

"E ele podia mesmo ter", replicou Artemus. "Isso não..."

Seguiram-se palavras de uma natureza indistinta... novos sussurros... mais confusão... e então ouvi Artemus falar como se estivesse, pela primeira vez, descuidado de qualquer escuta estranha.

"Querida menina", ele disse. "Minha querida."

Todas as outras palavras cessaram logo em seguida, quando, levantando os olhos, eu vi os dois, através dos ramos entrecruzados, caírem nos braços um do outro. Qual dos irmãos havia assumido o papel de consolador e qual o de *confortado*, não posso afirmar. Do nó górdio de seus corpos, não escapava nenhum som... nenhuma palavra... nenhum suspiro. Posso relatar apenas que seu abraço era singular tanto em sua intensidade filial como em sua duração. Alguns dois ou três *minutos* se passaram antes que o par revelasse qualquer inclinação para separar-se, e eles poderiam bem ter ficado mais tempo se não tivessem sido chamados à razão pelo som de passos que se aproximavam.

Era Eugénie, a criada, dirigindo-se para a bomba de água – determinada como qualquer um podia ver –, não para espionar, mas cumprindo a tarefa humilde e servil de encher o balde. O fato de não ter sido instantaneamente avistado por ela, devo à Providência (ou ao ar de embotamento meio bestial com que Eugénie desempenhou sua tarefa), porque, embora eu permanecesse escondido de Artemus e Lea, um olhar de sua criada poderia, num instante, ter penetrado minha cortina de ramos. Eugénie, contudo, *labutava*, impenetrável a qualquer preocupação senão a sua própria. Quando ela alcançou o destino previsto, Artemus e Lea tinham praticamente *desaparecido*. Achando que não havia mais necessidade de ficar escondido, e provavelmente não disposto a representar uma audiência para outros de seus intercâmbios, fui imediatamente embora, dirigindo-me para meu alojamento na caserna, onde fiquei meditando – de maneira infrutífera, na maior parte do tempo – sobre o estranho encontro.

◆

O senhor estará "em casa" logo mais, mister Landor? Não suporto a loucura que prevalece a meu respeito, mas me vejo, sim, sucumbindo a uma espécie de apreensão nervosa inteiramente alheia a minha natureza. Meus pensamentos estabelecem canais diretos com Lea – com quem senão Lea? Muitas e muitas vezes, eu examino cuidadosamente *aquele poema* – que o senhor desprezou – em cujas linhas leio enorme perigo. Quão ardorosamente eu rezo para que o espírito que vê possa me usar como canal de sua vontade. Logo! Logo! – Faça de mim o Édipo para os enigmas da Esfinge. Fale comigo! Fale comigo, donzela com seu pálido olho azul!

Narrativa de Gus Landor
22

28 de novembro a 4 de dezembro

Assim que terminei de ler o último relatório de Poe, fui até Kosciusko's Garden e deixei uma mensagem debaixo da pedra secreta, pedindo-lhe para encontrar-me no quarto do hotel depois da missa de domingo. Ele veio, está certo, mas não o cumprimentei nem respondi ao seu cumprimento, apenas deixei o silêncio se instalar à nossa volta – até que a inquietação em suas mãos se tornou demasiada para ser suportada por cada um de nós.

"Talvez o senhor possa me dizer onde esteve na noite de 23 de novembro", eu disse.

"Na noite em que Ballinger foi assassinado, o senhor quer dizer? Estava em meu alojamento, é claro. Onde mais?"

"Estava dormindo, suponho."

"Oh!" Seu rosto abriu-se em um sorriso arqueado. "Como posso dormir, mister Landor? Quando a cada minuto minha mente está cheia de pensamentos daquela... daquela criatura preciosa, mais divina em aspecto do que as fantásticas huris de... de..."

Foi pela maneira que pigarreei, ou que meus olhos se endureceram, que ele se interrompeu de maneira repentina e me reexaminou.

"O senhor está contrariado, mister Landor?"

"Pode considerar que sim."

"Há... posso ajudar...?"

"O senhor certamente pode, mister Poe. Pode explicar por que mentiu para mim."

Suas bochechas incharam como brânquias. "Ora, vamos, acho que o senhor..."

Interrompi-o com minha mão. "Quando lhe pedi, no início, para aceitar esse trabalho, o senhor me disse que nunca mantivera relações com Leroy Fry."

"Bem, isso... isso não seria inteiramente..."

"Eu tive de escutar a verdade do capitão Hitchcock. Pode imaginar meu embaraço. Normalmente nunca peço para alguém investigar um crime se há boa chance de que ele possa tê-lo *cometido*."

"Mas eu não..."

"Então, antes que eu o ponha para fora pela orelha, mister Poe, o senhor tem mais uma oportunidade para readquirir o seu bom nome. Diga-me a verdade: o senhor conhecia Leroy Fry?"

"Sim."

"Brigou com ele?"

Uma breve pausa. "Sim."

"O senhor *matou* Leroy Fry?"

A questão ficou suspensa ali durante um bom tempo antes que ele parecesse ser capaz de interpretá-la. Pasmo, ele sacudiu a cabeça.

Eu continuei a pressionar. "O senhor matou Randolph Ballinger?" Outra sacudida de cabeça.

"O senhor tem algo a ver com a profanação de seus corpos?", perguntei.

"Não! Possa eu cair morto neste instante se..."

"Um corpo por vez", eu disse. "O senhor não nega, suponho, que *ameaçou* os dois homens."

"Bem... veja, no que se refere a Ballinger, isso foi..." Suas mãos começaram a contrair-se ao lado do corpo. "Aquela era a minha *ira* falando. Nunca tive a intenção, não de verdade. E no caso de Leroy Fry..." Seu peito estufou-se como o de um pombo. "Eu *nunca* o ameacei, eu meramente... declarei minha prerrogativa como homem e como soldado. Cada qual seguiu seu caminho e nunca mais lhe dediquei um pensamento sequer."

Olhei para meus botões. "Mister Poe", eu disse, "o senhor deve admitir que se trata de um padrão muito perturbador. Os homens que cruzam com o senhor, de alguma forma, acabam num caminho sem volta. Com órgãos importantes arrancados do corpo."

Poe estufou o peito de novo, mas algo deve ter disparado em seu íntimo, porque ele não o aumentou tanto dessa vez. Inclinou a cabeça para um lado e disse, com uma voz leve e fatigada:

"Mister Landor, se eu tivesse que matar cada cadete que me tratou mal durante minha breve estada aqui, temo que o senhor encontraria o Corpo de Cadetes reduzido a menos de uma dezena. E mesmo estes se salvariam por mera condescendência."

Bem, leitor, você sabe como isso se passa. Você desafia um homem para um torneio, acua-o com sua lança e, depois, de repente, ele joga fora toda a sua couraça – como se dissesse: *Aqui estou* – e você percebe de imediato que não havia motivo para o torneio. Um mundaréu de dor já havia sido infligido.

Poe deixou-se cair na cadeira de balanço. Estudou atentamente suas unhas. O silêncio mais uma vez nos envolveu.

"Se quer saber", ele disse, "tenho sido motivo de chacota desde o primeiro dia que entrei aqui. Meu jeito, minha pessoa – *minha estética*, mister Landor – tudo o que é mais puro e verdadeiro em mim, sem exceção, tem sido suportado com desprezo e escárnio. Se eu tivesse mil vidas, não conseguiria começar a reparar todas as injúrias que me foram feitas. Um homem como eu..." Ele fez uma pausa. "Um homem como eu logo desiste de qualquer pensamento de retribuição e contenta-se com a *aspiração*. Com *elevação*, mister Landor. Só no alojamento existe conforto."

Ele ergueu o olhar para mim fazendo uma careta.

"Eu sei", disse ele. "Sou culpado por estar falando fora de hora. Tenho certeza de que sou culpado de muitas coisas – falta de moderação, fantasias, mas nunca *daquilo*. Nunca de assassinato."

E agora seus olhos sustentaram os meus, vibrando em mim como nunca antes.

"O senhor acredita em mim, mister Landor?"

Dei um longo suspiro. Fitei o teto durante algum tempo, encarei Poe de novo. Depois cruzei os braços nas costas e dei uma volta pelo quarto.

"Eis no que acredito, mister Poe. Acredito que o senhor deve ter mais cuidado com o que fala e faz. Acha que pode fazer isso?"

Ele aquiesceu: a vibração mais tênue.

"Por *ora*", eu disse, "posso provavelmente retardar o capitão Hitchcock e o resto dos cães de caça. Mas, se me contar mais uma mentira, mister Poe, ficará sozinho. Eles podem metê-lo a ferros, e eu não levantarei um dedo para defendê-lo, entendeu?"

Ele aquiesceu de novo.

"Bem, então", eu disse passeando o olhar pelo quarto. "Não temos Bíblia para jurar, então o juramento ficará apenas entre nós. *Eu, Edgar A. Poe...*"

"Eu, Edgar A. Poe..."

"*Juro solenemente dizer a verdade...*"
"Juro solenemente dizer a verdade..."
"*Em nome de Landor.*"
"Em nome..." O riso estourou em sua garganta. "Em nome de Landor."
"Bem, está feito, então. Pode ir agora, mister Poe."
Ele ficou em pé. Deu um passo até a porta e depois se surpreendeu dando outro para trás. Seu rosto ruborizou-se, e um sorriso tímido começou a agitar os lábios finos.
"Se não fizer diferença para o senhor, mister Landor, posso ficar mais um pouquinho?"
Nossos olhos se encontraram por um segundo, mas foi um longo segundo. Muito longo para Poe: ele se voltou para a janela e começou a gaguejar no ar gelado.
"Não tenho nenhum *propósito* particular para ficar. Nada... particularmente *apropriado* para acrescentar às nossas investigações, eu só... eu apenas cheguei a sentir mais prazer em sua companhia do que na de qualquer outra pessoa, realmente – exceto na *dela*, quero dizer. E na falta dela, ora, parece que a outra melhor coisa seria..." Ele sacudiu a cabeça. "Receio que as palavras estejam me faltando hoje."
Elas também me faltaram, durante um breve período. Lembro-me de ter olhado para todos os lugares – todos os lugares menos para ele.
"Bem, se você quiser ficar", eu disse alegremente, "está bem. Eu mesmo estou precisando de um pouco de companhia nesses dias. Talvez..." Eu já estava me movimentando para retirar meu esconderijo de provisões de debaixo da cama. "Talvez queira um pouco de Monongahela?"
Impossível deixar de perceber a luz de esperança que brilhou em seus olhos. A mesma luz, provavelmente, que apareceu nos meus. Ambos éramos homens que necessitavam anestesiar as dores das feridas.
E foi assim que alcançamos um nível de proximidade maior: em meio aos vapores do uísque, bebendo todas as vezes que ele vinha, e, naquela primeira semana, ele veio todas as noites. Rastejava para fora da Caserna Sul e vinha através da planície para o meu hotel. A rota podia mudar, mas, assim que chegava ao quarto, o ritual era o mesmo. Ele batia – apenas uma vez – e depois empurrava a porta aberta com grande cautela, como se estivesse empurrando de lado uma pedra. E eu tinha o seu drinque esperando por ele, e Poe se sentava – algumas vezes sobre um móvel, outras no chão – e conversávamos.

Falávamos durante horas. Quase nunca, deveria dizer, sobre as investigações. E, libertados daquele fardo, podíamos dirigir-nos em qualquer direção, discutir qualquer assunto. Teria Andrew Jackson errado ao recarregar seu revólver durante aquele duelo com Dickinson, muito tempo atrás? Poe dizia que sim; eu assumia o lado de Jackson. E aquele ajudante de Napoleão que se matou porque sua promoção atrasou? Poe dizia que ele era nobre; eu defendia o ponto de vista de que era um asno. Qual era a cor que ficava mais bonita em uma morena? Eu: vermelho. Poe: cor de berinjela. (Ele jamais diria "púrpura".) Discutíamos se os iroqueses eram mais selvagens do que os navajos, se mistress Drake representava melhor comédia ou tragédia e se o piano era mais expressivo que o cravo.

Em uma noite, encontrei-me defendendo a posição de que não tinha uma alma –, nem mesmo estava ciente de que esta era minha posição até declará-la, mas é isso que acontece quando dois homens tagarelam sem descanso: eles assumem uma posição e a seguem até o final. E assim contei a Poe que éramos apenas um bando de átomos, colidindo uns contra outros, retraindo-se e avançando até finalmente parar. Nada mais.

Ele aventou várias provas metafísicas contra mim. Não fiquei impressionado com nenhuma delas. Por fim, distraindo-se, começou a agitar as mãos. "Ela está aí, eu lhe digo! Sua alma, sua *anima*, existe. Um pouco enferrujada pela falta de uso, sim, mas... eu a vejo, mister Landor, eu a *sinto*."

E foi então que me avisou que ela apareceria um dia e me confrontaria com a cabeça apontando para mim, e eu perceberia meu erro, ah, muito tarde!

Bem, ele podia continuar nessa disposição durante horas, mas mantínhamos nossas línguas bem conservadas com o Monongahela. E sob o seu fogo frio, eu podia às vezes me abandonar e ficar ouvindo, com uma espécie de alívio, Poe aventurando-se pelas tangentes: o Belo e a Verdade, o "transcategórico" e híbrido *Etudes de la Nature,* de Saint-Pierre – ó, e minha cabeça lateja, agora, quando penso em tudo isso, mas, na época, passava pelos meus cabelos como um vento suave e fresco.

Não sei quando, exatamente, aconteceu, mas, num dado momento, cessamos de nos referir um ao outro como "mister". Os títulos simplesmente tombaram, e nos tornamos "Landor" e "Poe". Isso soava aos meus ouvidos como se fôssemos dois velhos solteirões que alugavam quartos contíguos – loucos inofensivos vivendo dos remanescentes da fortuna de nossas famílias, perdidos em uma espécie de especulação sem fim sobre as coisas. Na verdade, nunca conheci ninguém que levasse essa vida, exceto em livros, assim, com o tempo, comecei a admirar-me com aquele livro que eu e Poe estávamos escrevendo. Quanto tempo poderia durar? O Exército não interromperia aquilo num dado momento? Os superiores do cadete Poe não o agarrariam numa noite qualquer enquanto ele flutuasse ao retornar para a Caserna Sul? Colocando uma armadilha como Ballinger fizera? Ou, pelo menos, fazendo perguntas?

Poe demonstrava a bravata de sempre, mas ouviu com interesse quando eu lhe informei que havia um jovem soldado do Exército que estava ansiando por uns trocados. Já na manhã seguinte, com meu consentimento, levou uma reserva de quartos de dólar para o soldado raso Cochrane e, daquela noite em diante, ele tinha uma escolta do Exército para guiá-lo a salvo até o meu hotel e depois na volta ao alojamento. Na execução de suas tarefas, Cochrane mostrou possuir dons dos quais nunca teríamos suspeitado. Ele podia rastejar como uma pantera e examinar o terreno como um índio, e uma vez, quando viu um cadete da guarda se aproximando, empurrou Poe direto para o buraco mais próximo, onde ambos ficaram deitados, estendidos como jacarés, até o perigo passar. Poe e eu procurávamos sempre mostrar nossa gratidão, mas, cada vez que oferecíamos a Cochrane um pouco de uísque, ele declinava desculpando-se com a roupa para lavar.

Você pode imaginar, leitor, que, com aquela tagarelice que mantínhamos noite após noite, Poe e eu chegamos ao limite de exaurir os assuntos mundiais e nos voltamos, por fim, como canibais, um para o outro. E assim lhe pedi para me contar sobre a travessia do James River, o tempo que serviu na Junior Morgan Rifleman, o encontro com Lafayette, seus estudos na Universidade de Virgínia, sobre quando viajou por mar para procurar fortuna e seu salário na guerra pela liberdade da Grécia. Não havia limite para sua reserva de histórias, ou talvez houvesse, porque, com certa frequência, ele, com a desculpa de descansar, me indagava sobre *minha* humilde história. Foi assim que chegou a me perguntar, certa noite:

"Mister Landor, por que veio para as montanhas?"

"Por causa de minha saúde", eu disse.

Era verdade. O dr. Gabriel Gard, um médico de Saint John's Park com grande experiência adquirida por meio do tratamento de inválidos que quase nunca morriam, havia me diagnosticado como tuberculoso e disse que minha única esperança de viver mais seis meses seria a de desistir do miasma e ir para cima – para as alturas – para as montanhas. Ele me contou sobre um especulador de terras da Chambers Street que tinha, na última hora, dado atenção ao mesmo conselho e estava agora tão roliço quanto um peru e dando graças de joelhos todos os domingos na capela Cold Spring.

Eu estava mais inclinado a morrer onde estava, foi minha mulher quem insistiu numa mudança. A maneira como Amelia imaginou tudo: sua herança de família pagaria a nova casa e minhas economias cobririam o resto. E assim encontramos nosso chalé perto do Hudson e foi Amelia quem, por uma virada inesperada do destino, ficou doente – muito doente – e morreu em menos de três meses. "E pensar", eu disse, "que viemos aqui por *minha* saúde. Bem, o dr. Gard tinha razão, no fim das contas. Estou cada vez melhor, e hoje" – bati em meu peito – "hoje está quase limpo. Apenas um pouco de deterioração no pulmão esquerdo."

"Oh", disse Poe, sombrio como alcatrão. "Há um pouco de podridão em todos nós."

"E por uma vez", eu disse, "estamos de acordo."

Poe, como eu disse, podia discorrer sobre vários assuntos, mas ele tinha um único tema: Lea. E como eu poderia recriminá-lo por querer falar sobre ela? De que adiantava lhe dizer quão *comprometedor* o amor podia ser, como ele impedia o homem de cumprir seu trabalho? E de que adiantava revelar a verdade sobre a condição dela? Ele logo ficaria sabendo e, até lá, não era justo lhe deixar suas ilusões? As ilusões dificilmente morrem, e Poe, como todo jovem amante, estava completamente desinteressado no que alguém tivesse a dizer sobre o assunto – a não ser que concordasse com o que ele pensava.

"Já *amou* alguma vez, Landor?", ele perguntou certa noite. "Do jeito que amo Lea, quero dizer? Puramente e... e inconsolavelmente e..."

Ele só conseguiu ir até ali. Caiu em uma espécie de transe, e tive de falar um pouco mais alto para ser ouvido.

"Bem", eu disse, balançando meu copo de uísque, "você quer dizer um amor *romântico*? Ou qualquer tipo de amor?"

"Amor", ele respondeu. "Em todas as suas encarnações."

"Porque eu ia dizer minha filha."

Engraçado que tenha sido o rosto dela a se fazer presente. Antes de Amelia. Antes de Patsy. E era um sinal de algo – confiança? embriaguez?

– que eu pudesse me permitir aventurar por aquele caminho particular. E sentir-me seguro ali por alguns segundos.

"É claro", acrescentei, "é um tipo diferente de sentimento quando é sua filha. Ele é total, é..." Fitei meus óculos. "Ele é impotente, ele é uma perdição..."

Poe me observou durante vários minutos, depois se inclinou para a frente e, com os cotovelos apoiados sobre os joelhos, lançou um sibilo no escuro.

"Landor."

"Sim?"

"E se ela voltasse? *Amanhã*? O que você faria?"

"Eu diria olá."

"Não, não se esquive agora, você chegou muito longe. Você a perdoaria? Imediatamente?"

"Se ela voltasse, eu faria muito mais que perdoá-la, eu... sim..."

Poe foi delicado bastante para deixar as coisas naquele pé. Apenas mais tarde, durante a noite, ele voltou ao assunto. Com uma voz calma e respeitosa, ele disse:

"Creio que ela *voltará*, Landor. Acredito que criamos... *campos* magnéticos para as pessoas que amamos. Então não importa para quão longe elas viajem – não importa muito o quanto elas resistam ou se afastem –, elas devem voltar a nós no final. Elas não conseguem se impedir, da mesma forma que a lua não pode parar de descrever uma órbita em torno da Terra."

E eu disse – porque foi a única coisa que me ocorreu dizer: "Obrigado, mister Poe".

Só Deus sabe como sobrevivemos dormindo tão pouco. Eu, pelo menos, podia roubar alguns momentos pela manhã, mas Poe tinha de levantar-se com a aurora. Acho que nunca dormiu mais do que três horas. O sono, se o quisesse, teria de vir e apoderar-se dele. Algumas noites ele o pegava no meio de uma frase. Sua cabeça cambaleava, as pálpebras baixavam, o cérebro ficava apagado como um pavio... mas o copo nunca escorregava de sua mão, e ele podia acordar dez minutos mais tarde, pronto para finalizar o pensamento no ponto em que se detivera. Uma noite, enquanto eu estava sentado na cadeira de balanço, vi-o cair adormecido no chão bem enquanto declamava "Para uma cotovia". Sua boca ficou aberta, a cabeça girou para um lado e veio repousar no meu pé, prendendo-o ao chão. Eis um dilema: acordá-lo ou deixá-lo na posição em que estava?

Decidi-me pela última hipótese.

As velas estavam se tornando menores, o fogo tinha morrido, as venezianas estavam fechadas... mas fazia calor lá no escuro. *Toda aquela conversa*, pensei, *abastecendo a fornalha*. Olhei para aquela cabeça adormecida com seu cabelo fino, em desordem, e percebi então que havia começado a organizar meus dias ao redor – ao redor de Poe, suponho, ou pelo menos ao redor daqueles momentos. Eles tinham se tornado parte da agenda de minha mente, e eu *dependia* deles, do jeito que alguém depende das estações se seguirem uma após a outra ou da porta de trás se fechar ou de seu gato apanhar a mesma quantidade de sol todas as tardes.

Ele acordou vinte minutos mais tarde. Sentou-se, esfregou o sono de seus olhos. Lançou ao quarto um sorriso indefinido.

"Você estava sonhando?", perguntei.

"Não, estava pensando."

"Ainda?"

"Eu estava pensando como seria maravilhoso se pudéssemos sair deste lugar. Você, eu e Lea."

"E por que faríamos tal coisa?", perguntei.

"Oh, não há nada mais aqui para nos segurar. Não sinto muita afeição por esta Academia, do mesmo jeito que você."

"E Lea?"

"Ela seguirá o amor, não é?"

Não respondi. Mas eu não podia fingir que nunca pensara em ir embora. Ou que não tivesse pensado – desde o momento em que encontrara a gravura de Byron em seu baú – que aquele cadete Poe do primeiro ano seria mais bem orientado por novos mestres.

"Bem, então", eu disse. "Para onde iríamos?"

"Veneza."

Levantei as sobrancelhas.

"Por que *não* Veneza?", ele continuou. "Eles entendem os poetas ali. E se um homem *não é* um poeta, Veneza fará com que se torne. Juro, Landor, antes de passar seis meses ali, você estará declamando os sonetos de Petrarca e épicos em versos sem rima."

"Meu limão, meu limoeiro..."

Ele estava andando a passos largos pelo quarto, tentando tomar posse de sua visão. "Lea e eu nos casaremos – por que não? Poderemos encontrar uma daquelas velhas casas, num daqueles lugares maravilhosamente decadentes, tipo Faubourg Saint-Germain, e todos viveremos juntos. Exatamente assim, com as venezianas cerradas. Lendo e escrevendo... conversas sem fim. Criaturas da noite, Landor!"

"Isso parece melancólico", eu disse.

"Oh, ainda haverá crimes, velha alma, você não precisa temer. Veneza tem muito disso, até os crime de lá são poéticos, têm paixão! Os crimes americanos se restringem à *anatomia*." Ele juntou as mãos num movimento decisivo. "Sim, devemos sair deste lugar."

"Você se esquece de uma coisa: este nosso pequeno negócio."

Ele continuava se intrometendo, o assunto da Academia, por mais que tentássemos ignorá-lo. Poe, na verdade, acolheu a interrupção mais do que eu. Eu lembro, um olhar brilhante, quase ávido, quando me perguntou se eu havia visto o corpo de Ballinger. Definitivamente ele queria saber qual era o seu aspecto.

Eu lhe contei que, da última vez que vira o corpo, ele estava deitado em uma cama de ferro na ala B-3 do hospital de West Point. A tempestade de gelo tinha retardado sua decomposição: a pele apresentava um ligeiro tom azulado, e, se alguém pudesse apenas ver a cabeça, pensaria em um espécime de excelente qualidade, muito mais imponente que o corpo de Leroy Fry. Mas, fora isso, estava igualmente morto, igualmente vazio; pelo que sei, a marca ao redor do pescoço era ainda mais profunda, a cratera no peito ainda mais funda, *mais* escavada.

E aquela crosta escura de sangue na virilha, quase escondida pelo pênis ainda inchado. Não havia maneira de se esquivar. A pessoa que havia feito aquilo não estava desinteressada. Tinha algo profundamente pessoal em mente.

Narrativa de Gus Landor
23

4 e 5 de dezembro

O CAPITÃO HITCHCOCK ATORMENTOU-ME A SEMANA INTEIRA SOBRE O DIÁRIO DE Leroy Fry. Eu já havia encontrado algo? Nomes de cadetes suspeitos? Novos aspectos para investigar?

Havia *algo* ali?

Para acalmá-lo, comecei a entregar-lhe páginas transcritas todas as manhãs. "Aqui está, capitão", eu disse com voz alta e sonora enquanto colocava a pilha de folhas em sua escrivaninha. Sem mesmo parar para despedir-se de mim, começou a ler direto. Ele realmente parecia acreditar que cada novo relatório traria a chave para tudo. Quando, de fato, cada um trazia sempre as mesmas coisas: ladainhas sobre preocupações; trivialidades; desejos sexuais. Eu quase sentia pena do comandante. Não poderia ser uma alegria para ele ver quão pouco se passava no cérebro de um cadete.

Poe ficou em seu alojamento na noite de sábado. A necessidade de sono tornou-se muito premente para ser ignorada.

Naquela mesma noite, pouco antes das onze, começou a nevar. Um tipo de neve densa e brutal. Apenas Patsy, normalmente, poderia me retirar do conforto do hotel para enfrentar as poças de água – e Patsy não me procurou. Bem, não me importei, eu tinha as últimas notícias de mister Scott, tinha um bom fogo, alimento, tabaco. Oh, eu poderia ficar ali durante muitos dias, mas, na manhã seguinte, recebi um convite.

Caro mister Landor,

Desculpe o convite tardio, mas talvez possamos persuadi-lo a honrar nossa humilde casa para um modesto jantar esta noite, às seis? A morte de mister Ballinger lançou uma enorme sombra sobre nosso pequeno e feliz clã, e sua companhia seria o tônico ideal. Por favor, diga que virá!

Com as mais afetuosas esperanças,

Mistress Marquis

Não tinha eu esperado apenas por uma chance de penetrar no recinto fechado da família Marquis? Não era provável que ver Artemus "abrigado" (como diria Poe) na sua casa de infância me daria uma ideia vaga – o retrato – que estava me faltando?

Em suma, era um convite que eu não podia recusar. E então, faltando quinze minutos para as seis, eu estava colocando minhas botas alemãs e pegando meu casaco quando uma única batida se fez ouvir.

Poe, é claro. Coberto de neve, segurando sua pilha de papel. Ele a entregou em perfeito silêncio e saiu pelo corredor, e, se a acústica do local não fosse tão boa, eu poderia ter perdido o que ele disse quando desapareceu no poço da escada.

"Eu acabo de ter a tarde mais extraordinária de minha vida."

Relatório de Edgar A. Poe para Augustus Landor

5 de dezembro

A PRIMEIRA NEVE, LANDOR! FOI UMA RARA BÊNÇÃO ACORDAR E ENCONTRAR CADA árvore e cada pedra coberta com neve; encontrar os flocos de neve ainda caindo como amontoados de moedas das bolsas de nuvens do céu. Se você pudesse ter visto eu e meus irmãos de armas nesta manhã, Landor. Poderia pensar que uma multidão de garotos com faces rosadas havia sido libertada do prédio escolar! Vários de nossa companhia competiram para ter a honra de atirar a primeira bola de neve e, rapidamente, nossa pequena proposta de escaramuça se desenvolveu em um combate em tudo tão manchado de sangue quanto a batalha das Termópilas, até a oportuna intervenção dos comandantes da companhia de cadetes que restauraram certa aparência de ordem.

A bagunça da manhã nos proporcionou várias porções de caldo gelado, e o canto de "O Thou Who Camest from Above" durante o serviço religioso de domingo foi acompanhado pelas chuvas batismais de pó branco. Em meio a toda essa folia e gritos, as sensibilidades mais poéticas observaram... o silêncio sobrenatural que havia logo além do domínio de nossa pequena conflagração. Durante a noite, parecia, nossa pequena Academia tinha sido transformada em um reino de fadas – um reino encantado onde o barulho dos passos pesados das botas foi transformado em insignificância, os insultos mais altos abafados no abraço de uma coberta de lã branca.

Depois do serviço religioso, retirei-me para o alojamento, onde acendi um fogo na lareira e mergulhei no *Aids to Reflection*, de Coleridge. (Durante o nosso próximo encontro, Landor, precisamos discutir as distinções de Kant entre "compreensão" e "razão", pois estou razoavelmente seguro de que você e eu somos as respectivas personificações desses princípios antípodas.) Mais ou menos dez minutos depois da uma hora, houve uma batida inesperada em minha porta. Presumindo que era um oficial em sua ronda de inspeção, escondi imediatamente o livro contrabandeado debaixo da colcha e levantei em posição de sentido.

A porta se abriu devagar para revelar – não um oficial – um *cocheiro*. Ah, quão pobremente essa palavra basta para transmitir o indisfarçável grotesco de sua aparência. Um casaco verde-escuro, ele usava, com listras vermelhas e ricamente ornamentado com penachos de prata. Seu colete era vermelho e seus culotes também, com jarreteiras de passamanaria cor de prata. Só esses artigos o tornariam, nesse clima austero, um espécime de perfeito exotismo, se ele também, não estivesse usando o mais anômalo dos chapéus. De pele de castor, se puder concebê-lo, colocado numa cabeça de cabelos cor de ébano tão luxuriantes que se poderia pensar que um bandido cigano havia deixado o emprego do quinto Duke of Buccleuch e oferecido seus serviços diretamente a Daniel Boone.

"Mister Poe", disse ele com uma voz áspera de tenor que atraiçoava meios-tons da Europa Central. "Fui enviado para conduzi-lo."

"Com que incumbência?", perguntei espantado.

Ele pressionou um dedo enluvado contra o lábio e o bigode. "O senhor deve seguir-me."

Eu hesitei em concordar, e quem não hesitaria? Segundo parece, acho que a pura curiosidade (que, junto com a perversidade, creio ser a *prima mobilia** do esforço humano) foi que me impeliu a segui-lo.

Esse cocheiro conduziu-me para o pátio de reunião e dali estabeleceu uma trajetória firme em direção ao norte. À medida que seguíamos nosso caminho em meio a diversos cadetes foliões, era completamente impossível ignorar os olhares de conjecturas desenfreadas suscitadas pela aparência do meu companheiro. Era ainda menos possível ignorar a condição de deterioração de minhas botas que, depois da imersão da manhã nessas altas estepes, estavam bastante encharcadas. (As finas botas alemãs que eu trouxe para cá, da Virgínia, fui lamentavelmente forçado a vender para mister Durrie, meu companheiro calouro, a fim de saldar uma dívida com o major Burton.) Com receio de ficar congelado, pedi ao cocheiro para revelar nosso destino. Ele não murmurou nem uma palavra sequer.

Em breve esse estranho companheiro, movendo-se vagarosamente com seu vestuário de fina passamanaria através de montes de neve de trinta

---

* O que movimenta em primeiro lugar. [N. T.]

centímetros de altura, desapareceu atrás da loja do alfaiate. Eu me apressei em segui-lo, impulsionado para a frente por milhares de fantasias vagas – fantasias que correspondiam muito pouco à realidade com que iria me defrontar. Porque, quando virei no canto do edifício, descobri-me olhando maravilhado para... um trenó.

Era um trenó albanês, suas laterais arredondadas davam ao veículo o perfil gracioso e fantástico de um cisne gigante. O enigmático cocheiro pegou as rédeas com uma mão; com a outra, fez um gesto convidando-me a sentar perto dele. Havia algo no seu sorriso insinuante, a extraordinária solicitude e familiaridade de suas maneiras – e, mais particularmente, o movimento singularmente esquelético daqueles longos dedos enluvados – que comunicava o mais gelado dos calafrios para o meu corpo. Eu poderia muito bem ter acreditado que o próprio Plutão viera para conduzir-me ao seu infernal e pestilento submundo.

Corra, Poe! Por que razão você não corre? Só posso admitir que a ansiedade que penetrava em minha alma era exatamente contrabalançada pela curiosidade à qual já aludi, deixando-me, de fato, imóvel, com os olhos presos no cocheiro.

"Cocheiro", eu disse por fim com voz áspera, "não consentirei em dar outro passo até que você me conte o nosso destino."

A resposta não veio. Ou deveria eu tomar como resposta *aqueles* dedos magros e debilitados, dobrando-se e torcendo-se?

"Eu não irei, eu disse! Não até que eu saiba aonde você quer me levar." Por fim sua mão parou de fazer gestos e, com um sorriso enigmático, o sujeito começou a tirar as luvas das mãos. As luvas ele jogou no chão do trenó e, depois, com um movimento violento e extravagante, arremessou o chapéu de pele de castor. E, antes que eu pudesse me recuperar completamente, ele começou a arrancar o bigode do rosto!

Nada mais foi preciso para expor o rosto e a forma que tinham estado tão engenhosamente dissimulados debaixo daquela vestimenta *excêntrica*. Era ela mesma, minha amada Lea!

À vista de seu semblante querido, tão adoravelmente borrado pelo bigode e a cola, tão indescritivelmente feminino no meio dessas vestimentas masculinas, minha alma tremeu com alegria. Mais uma vez, Lea fez um gesto – seus dedos não eram mais as garras cadavéricas do emissário do Hades, mas os dedos doces, tenros e inefavelmente preciosos da divina Astarte.

Coloquei meus pés no patim do trenó e atirei-me no assento com uma força tão absoluta que nossos corpos entraram em colisão estática.

Rindo alegremente, ela caiu para trás e fechou sua mão ao redor da minha, puxando-me graciosamente para mais perto dela. Os longos chicotes pretos se dobraram. Seus lábios – aqueles lábios encantadoramente irregulares – se separaram...

E nessa hora, Landor, eu não desmaiei, não ousei! Estar separado dela mesmo por um segundo – embora fosse para habitar as cavernas mais resplandecentes e cristalinas do Sonho –, *isso* eu nunca teria suportado.

"Mas para onde estamos indo, Lea?"

A neve tinha cessado de cair e o sol havia se erguido em toda sua flamejante dignidade, e a terra ao nosso redor brilhava com um deslumbramento raro. Apenas agora eu tinha adequadamente controlado minhas faculdades para apreender as profundezas da ingenuidade de Lea. *De alguma maneira* ela tinha assegurado esse transporte. *De alguma maneira* tinha adquirido esse traje vistoso. *De alguma maneira* ela tinha explorado esse cenário rústico, tão ideal em sua reclusão. Diante de tal inteligência – infinitamente flexível, estratégica em sua astúcia –, o que eu podia fazer, Landor, a não ser me resignar com o papel de espectador, esperando a cena seguinte do espetáculo?

"Mas para onde estamos indo?", perguntei de novo.

Se ela tivesse respondido "céu" ou "inferno", não teria feito diferença. Eu a seguiria.

"Não receie, Edgar. Estaremos de volta para o jantar. O pai e a mãe estão esperando por nós dois, você sabe."

Ah, isso não era o diadema sobre a coroa? Estendendo-se diante de nós havia não apenas a tarde, mas uma noite inteira, e toda a extensão dela iríamos passar *juntos*!

Sobre o restante daquela excursão invernal não escreverei mais, exceto para dizer que, quando o trenó albanês parou na colina que domina Cornwall, quando o tinir de campainhas nos arreios do cavalo transformou-se em silêncio, quando Lea pousou as rédeas e concedeu-me o privilégio de pousar a cabeça em seu regaço, quando o aroma do lírio florentino que ela usava envolveu-me como o mais sagrado dos incensos – então minha felicidade alcançou outro nível – além da fantasia – além da fé – além da própria vida.

Eu *realmente* planejava, Landor, introduzir o assunto do recém-falecido cadete em nossa conversa. Em relação a Ballinger, ela me deu a conhecer que o considerava apenas como um íntimo de Artemus – e era, em consequência, mais lamentado por causa de seu irmão do que por uma perda que *ela* tivesse sofrido. Voltar a conversa para Leroy Fry foi um assunto mais complicado. Eu sugeri, enquanto propúnhamos futuros destinos para ir com o trenó albanês, que poderíamos nos aventurar em ir mais uma vez ao cemitério, se esse terreno santificado não despertasse associações muito difíceis para ela. Acrescentei que poderia ser interessante ver a sepultura recentemente escavada de mister Fry, supondo que a neve havia deixado qualquer vestígio dela.

"Mas por que você se preocupa com mister Fry, Edgar?"

Ansioso para apaziguá-la, confessei ter ouvido falar que mister Fry havia sido um admirador dela, e que, na atual qualidade de *innamorato*, ou seja, apaixonado, eu sentia como um dever de honra prestar meus respeitos por qualquer cavalheiro que alguma vez tivesse pretendido ocupar essa nobre posição.

Batendo o pé na relva, ela deu de ombros e, com um tom casual, disse: "Ele nunca serviu aos meus propósitos, receio".

"Quem serviria?", perguntei.

Em resposta a essa simples questão, todos os sinais de emoção ou pensamento desapareceram de seu semblante, deixando aquela pintura amada como uma verdadeira tábula rasa sobre a qual eu não podia fazer nada, a não ser esculpir uma ruga.

"Ora, você, é claro", ela respondeu por fim.

Ela deu às rédeas uma forte sacudida e, com uma gargalhada longa e alegre, dirigiu pelo longo caminho de volta a casa.

———◆———

Oh, Landor, não posso mais pensar que Artemus tenha algo a ver com isso. Supera o poder da imaginação pensar que qualquer parente de Lea – que compartilhou tanto de sua origem, de tantos de seus aspectos, que repetiu as mesmas orações debaixo da mesma colcha – possa ser capaz de uma brutalidade tão inconcebível e desumana. Como pode ocorrer que duas mudas de uma árvore, relacionando-se tão ternamente uma com a outra, pudessem tender em direções tão chocantemente opostas... Uma em direção à luz, a outra em direção às trevas? Não pode ser, mister Landor.

O céu nos ajude, se puder.

Narrativa de Gus Landor
24

5 de dezembro

OH, POE EU PODERIA TER COMPREENDIDO MELHOR. PENSANDO, QUERO DIZER, QUE as pessoas tendem apenas para a luz e as trevas e não para os dois caminhos. Bem, era um assunto que poderia ficar para alguma discussão animada em outra noite, pensei, mas exatamente então havia isto para considerar: Poe e eu iríamos para o mesmo jantar.

Levei todo o caminho até a residência do dr. Marquis para decidir que era uma coisa boa. Porque, pelo menos, eu ficaria sabendo quão eficiente era, na verdade, o meu pequeno espião.

A porta foi aberta por uma moça com olhos arregalados, com pele cor de palha e risonha. Enxugando o nariz com uma mão, pegou o meu casaco e o chapéu com a outra, deixou-os no cabide e correu de volta para a cozinha. Mal ela desaparecera quando, desajeitadamente, a cabeça de mistress Marquis se fez ver através do vestíbulo. Naquele momento, suas feições pareciam enregeladas, como se ela tivesse acabado de ser tirada de um dos bancos de neve, mas, assim que me viu limpando minhas botas no capacho, ela entrou usando seu vestido de luto de crepe preto, as mãos esvoaçando como flâmulas.

"Oh, mister Landor, que divertido! Somos todos refugiados dos elementos cruéis! Sim, por favor, entre. Não quero que fique aí parado na porta." Com um aperto surpreendentemente firme, pegou-me pelo cotovelo e conduziu-me para dentro do vestíbulo, apenas para ser obstruído por um momento pela figura pequena, meio sorridente, do cadete Poe do primeiro ano, esbelto e ereto em seu melhor uniforme. Ele deve ter chegado ali apenas um pouco antes de mim, mas naquele instante ele se tornou de novo um recém-chegado para mistress Marquis. Ela teve de fitá-lo por um longo e desagradável momento antes de levá-lo em consideração.

"Ora, é claro! Mister Landor, já se encontrou com mister Poe? Apenas uma vez? Bem, *uma vez* não pode ser suficiente no caso desse jovem cavalheiro. Não, eu o proíbo de enrubescer, sir! Ele é um galanteador e tem o ouvido mais requintadamente poético e refinado. O senhor deve escutá-lo declamar Helen algum dia, não é, na verdade, para ser... mas que fim levou Artemus? Oh, seu atraso está além do habitual, é perfeitamente *criminoso*. Deixar-me com dois cavalheiros tão elegantes e sem ninguém para entretê-los. Bem, tenho um remédio para isso. Sigam-me, por favor." Será que eu esperava que ela estivesse entristecida pela morte de Ballinger? Provavelmente não. Eu estava um pouco confuso, no entanto, pelo vigor de seus passos quando nos conduziu por um corredor de assoalho de carvalho onde havia tecidos bordados com inscrições – "Deus Abençoe esta Casa", "Como Produz a Pequena Abelha Atarefada" etc. – e, depois de ter removido uma aranha do relógio de pêndulo, abriu a porta da sala de visitas. Esta sala, leitor – talvez você saiba o que quero dizer –, era do tipo que parece abrigar todas as esperanças da família: poltronas feitas de bordô da época do domínio americano, com os pés ornamentados e cornucópias, cômoda alta com gavetas e espelho, e uma cristaleira cheia de tigres e elefantes de porcelana, gladíolos e bocas-de-leão em um vaso sobre a cornija da lareira... e um fogo, é claro, suficiente para fazer arder uma cidade. E, sentada próxima à lareira, uma moça, com as faces acaloradas, bordando em um bastidor. Uma jovem chamada Lea Marquis.

Eu estava prestes a apresentar-me quando a mãe de Lea soltou um suspiro.

"Oh, valha-me Deus! Eu quase me esqueci de pensar na ordem para sentar-se à mesa, mister Poe, posso depender de sua boa vontade? Isso só exigirá alguns minutos, o senhor tem olho para as coisas e eu ficaria eternamente grata. Muito obrigada! Lea, você gostaria..."

Gostaria de quê? Ela não disse. Apenas colocou sua mão ao redor do cotovelo de Poe e conduziu-o para fora da sala.

Isso é para explicar por que Lea Marquis e eu nunca fomos formalmente apresentados. Pode também explicar a irregularidade de nossa conversa. Fiz o melhor que pude para facilitar as coisas para ela. Coloquei minha poltrona a uma distância discreta e, lembrando o seu horror por temas como o tempo, evitei mencionar a neve. E quando a conversa esmoreceu, contentei-me em cheirar o odor desagradável e úmido de minhas botas, ouvir os gemidos dos ramos do carvalho e observar os montes de neve através da janela da sala de visitas. No momento que isso deixasse de me encantar, eu sempre poderia olhar para Lea.

Tolo de mim, ao esperar que a descrição de Poe seria fiel à realidade. Um cisco havia entrado em seus olhos, porque ela – bem, ela piscava um bocado; e sua boca, *eu* a chamaria madura demais; e em todos os aspectos, receio, ela não ganhava na comparação com seu irmão. O maxilar *dele* poderia ser considerado grosseiro no rosto *dela*; as sobrancelhas, que *nele* se arqueavam tão graciosamente, no rosto *dela* eram muito retas, muito grossas. E, no entanto, aqueles olhos eram em tudo tão encantadores quanto Poe havia dito; sua figura era esbelta; e *isto* ele não tinha descrito: sua vitalidade, fluida e estranha. No mais lânguido de seus movimentos – até em repouso – havia algo alerta e pleno, um potencial contínuo e quase nunca realizado. Suponho que o que estou dizendo é que não havia nenhum sinal de submissão nela.

Não fiz caso que ela evitasse meu olhar nem me importei com o fato de que toda sentença parecia morrer entre nós. Eu me sentia estranhamente familiar, como se nós tivéssemos ignorado um ao outro durante muitos anos em perfeito conforto, e fiquei mais inquieto do que esperava quando fomos por fim interrompidos – não por Poe ou mistress Marquis, mas pelo próprio ruído dos sapatos de Artemus ao adentrar a sala.

"Mulher", gritou para a irmã. "Prepare meu cachimbo."

"Prepare você mesmo", ela respondeu.

Foi assim que se cumprimentaram. Lea pulou da cadeira e atacou-o, com chacoalhões, abraços e socos. Foi necessária a chegada da criada com o sino anunciando o jantar para trazê-los de volta ao mundo. Só então Artemus acenou para mim e me deu um aperto de mão. Só então Lea permitiu-me pegá-la pelo braço e escoltá-la até a sala de jantar.

Por que mistress Marquis necessitara de ajuda para marcar os lugares à mesa, bem, isso é preciso adivinhar. Éramos poucos naquela noite. A própria mistress Marquis sentou-se em uma ponta da mesa e o dr. Marquis na outra (endireitando os ombros como um animal de carga). Lea estava sentada ao meu lado; Poe, ao lado de Artemus. O jantar, eu me lembro, era pato selvagem assado com repolho, ervilhas e maçãs assadas. Deve ter havido pão também, porque me lembro bem do dr. Marquis limpando o prato com ele, e lembro, ainda, a maneira como mistress Marquis, antes de comer, descalçou as luvas centímetro por centímetro, como se estivesse retirando a própria pele.

Durante a refeição, Poe recusou-se a olhar para mim, temendo, sem dúvida, que mesmo meio segundo de contato pudesse nos trair. Ele estava cuidadosamente afastado, é claro, de Lea. Ela, de sua parte, nunca encontrou o olhar dele, embora aparecesse uma resposta nela: um aceno de cabeça, um movimento de lábios. Oh, não, eu não era tão velho para ter esquecido *esses* sinais.

Felizmente para eles, os amantes tinham as preocupações das pessoas atrás das quais podiam se esconder. O dr. Marquis estava comendo seu repolho e Artemus cantarolava um compasso de... Beethoven, eu acho, o mesmo compasso repetidas vezes. No meio de todas essas correntes secundárias, algo útil surgiu: a história da família. Por meio de questões silenciosas e observações condutoras, eu soube que a família Marquis residia na Academia havia onze anos. Soube que Artemus e Lea tinham adotado essas colinas como se fossem suas e haviam, entre si, descoberto tantos recessos secretos que poderiam, se quisessem, obter emprego como espiões ingleses. De fato, em virtude de ficarem com tanta frequência na companhia um do outro, eles haviam formado um laço que o dr. Marquis podia mencionar apenas com termos de grande reverência.

"E o senhor sabe, mister Landor? Quando chegou a hora de Artemus decidir o que iria fazer, não houve dúvida. 'Artemus!', eu disse. 'Artemus, meu filho, você deve tornar-se cadete, por Deus. Sua irmã não permitirá nenhuma outra coisa!'."

"Eu acho que Artemus sempre foi livre para fazer o que quisesse", disse Lea.

"E ele sempre fez", respondeu a mãe esfregando a manga do casaco cinza de seu filho. "Não acha meu filho excepcionalmente bem-apessoado, mister Landor?"

"Eu julgaria... eu julgaria que seus *dois* filhos foram abençoados nesse aspecto", repliquei.

Meu tato era desperdiçado com ela. "O dr. Marquis parecia-se com ele quando jovem. Eu não o estou embaraçando, Daniel?"

"Apenas um pouco, minha cara."

"Que figura ele tinha, mister Landor! Tenha em mente, é claro, que na minha família houve muitos casamentos com oficiais naqueles dias. Lembro-me de minha mãe dizer sempre: 'Você pode dançar com uma folha, flertar com uma listra, mas reserve o seu melhor sorriso para a águia e a estrela'. Bem, essa foi minha intenção. Eu não aceitaria nada menos do que um major. Mas, depois, quem esperaria encontrar este atraente jovem cirurgião? Oh, não preciso dizer-lhe, ele tinha atrativos. Ele poderia ter conseguido todas as mulheres livres de White

Plains, de modo que eu não posso entender por que me escolheu. Por que *foi*, querido?"

"Oh", disse o doutor desatando numa gargalhada. Que gargalhada! O maxilar se abriu e fechou como se estivesse sendo movimentado por um ventríloquo.

"Bem", mistress Marquis continuou, "como expliquei para meus pais, 'o dr. Marquis pode não ser um major, mas o seu potencial é simplesmente ilimitado'. Ora, ele já tinha sido um dos médicos pessoais do general Scott, o senhor sabia disso? E, além do mais, a Universidade da Pensilvânia queria contratá-lo como conferencista. Mas depois o chefe dos engenheiros chegou com essa nomeação da Academia, e aqui estamos. O dever *chama*, não é?" Ela passava a faca pelo prato formando linhas ao acaso. "É claro que supúnhamos que seria apenas um posto *provisório*. Um ano ou dois no máximo, e depois de volta para Nova York. Mas nunca voltamos, não é, Daniel?"

O dr. Marquis confessou que não haviam voltado. Com o que mistress Marquis arreganhou os dentes como um tigre. "Nós ainda poderíamos", disse ela. "Isso é concebível. A lua pode se erguer no lugar do sol amanhã. Os cachorros podem escrever sinfonias. Tudo pode acontecer, não é, querido?"

Eu queria falar sobre o sorriso dela: ele nunca sumia, mas também nunca se fixava. Infinito em suas nuanças. Eu podia ver os olhos de Poe se arregalando enquanto ele a observava – tentando seguir a trajetória dela, da maneira como podia seguir a trajetória de uma nuvem esfumaçada.

"O senhor não deve pensar que me importo, mister Landor. Aqui é terrivelmente afastado é verdade, é como viver no Peru, mas provavelmente serão raras as ocasiões em que se poderão encontrar pessoas fascinantes. Pense em si mesmo, mister Landor."

"Eu sei o que *nós* pensamos do senhor", concordou Artemus.

"Todo o tempo."

"Oh", gritou sua mãe. "Isso é apenas porque mister Landor é um personagem de rara inteligência, uma qualidade ofertada em quantidade ridiculamente pequena por aqui. Eu vou isentar a faculdade, é claro, mas as *esposas*, mister Landor! Nem um pouco de juízo, nem uma partícula de gosto. O senhor nunca encontrará em sua vida damas que se pareçam menos com damas."

"Suas maneiras *são* ruins", admitiu Artemus. "West Point é provavelmente o único lugar em que elas ainda podem ser aceitas."

Lea olhou com censura e reprovação para seu prato. "Tenho certeza de que vocês dois estão sendo desagradáveis. Nós recebemos muitas gentilezas pelas mãos delas e passei muitas horas felizes em sua companhia."

"Tricotando, você quer dizer", concluiu o irmão. "Um tricotar sem fim." Ficando em pé, ele começou a desenhar no ar com seus dedos e assumiu uma fala arrastada que era, se posso me expressar assim, uma excelente representação de uma daquelas esposas da faculdade, mistress Jay. "*Sabe, meu caro, acho que esse outubro está apenas um tantinho mais frio que o último outubro. Sim, sim, sei disso, porque, sabe, Koo-Koo – você já conhece o meu pequeno e meigo papagaio dos Açores? Ora, ele está tremendo, pobre querido, desde a hora que acordou. Eu nunca devia tê-lo levado ao recital de violino na outra noite, ele não pode suportar o vento, você sabe...*"

"Pare", gritou mistress Marquis dando um grito estridente através dos dedos.

"*Ora. Tenho quase certeza de que ele ficou com frieiras.*"

"Menino desobediente!"

Assim recompensado, Artemus atirou-se com violência em sua cadeira com um sorriso. Deixei o silêncio pairar antes de pigarrear e dizer, tão suavemente quanto pude:

"Espero que mistress Jay tenha outros assuntos em mente nesses dias."

"E quais seriam?", perguntou mistress Marquis ainda rindo à socapa.

"Ora, mister Fry, é claro. E seu amigo Ballinger."

Não se ouviu palavra, apenas sons. O leve estalido dos nós dos dedos de Poe, a pancada do dedo de Artemus na lateral do prato. O ruído do pão do dr. Marquis enquanto ele caçava uma ervilha errante no circuito de seu prato.

E depois um riso silencioso de mistress Marquis, enquanto ela arremessava a cabeça para trás e dizia: "Espero que ela não ultrapasse seus limites começando suas próprias investigações, mister Landor. Essa interferência feminina não poderia ser de modo algum bem recebida pelo senhor."

"Oh, agradeço por qualquer ajuda que puder receber", eu disse. "Principalmente se não tiver de pagar por ela."

Uma sombra de sorriso apareceu no rosto de Poe. Incriminadora, pensei, por ser tão breve. Mas, quando atirei um olhar a Artemus, descobri que ele estava muito ocupado com sua própria diversão para perceber.

"Mister Landor", disse ele, "espero que, quando tiver terminado seus assuntos oficiais, possa ajudar-me com um pequeno enigma."

"Enigma?"

"Sim. Um incidente dos mais estranhos! Enquanto eu estava na exposição na segunda-feira, parece que alguém tentou derrubar minha porta."

"Pessoas terríveis andam por aí", ressaltou o dr. Marquis.

"Sério, pai? Eu estava me inclinando por uma teoria de que um companheiro estava sendo simplesmente grosseiro." Artemus sorriu de novo para mim. "Embora não tenha ideia de quem seja."

"Mesmo assim, querido, você deve ser cuidadoso", disse mistress Marquis. "Você realmente deve."

"Oh, mãe, provavelmente era apenas um velho companheiro desagradável com nada melhor a fazer e sem vida própria. Um camponês rústico que gosta de... de *bebidas alcoólicas* e fica rondando tabernas sórdidas. O senhor não acha, mister Landor?"

Eu vi mistress Marquis hesitar; vi Poe endireitar-se na cadeira. O ar parecia crepitar ao redor da mesa. Artemus deve ter sentido também, porque seus olhos se abriram arregalados.

"Oh, o senhor tem um chalé também, não é, mister Landor? Bem, então sabe de que tipo de gente estou falando."

"Artemus", disse Lea com um tom de advertência.

"O senhor deve até mesmo ter relacionamentos *próximos* que se ajustam ao padrão."

"Pare!", sua mãe gritou.

E tudo parou. Estávamos todos olhando para ela agora, olhando impotentes para os sulcos ao redor da boca, as cordas tensas de sua garganta e seus punhos magros macilentos, que haviam se juntado em um aperto trêmulo.

"Eu odeio!", ela gritou. "Positivamente odeio quando você toma esse caminho!"

Olhando para ela com uma curiosidade gentil, Artemus disse: "Acho que não consegui acompanhar sua intenção, mãe."

"Oh, não, você não, é claro que não. Acompanhar minha *intenção*? Eu posso ter a intenção de boiar do outro lado do Hudson, e ninguém..." Pela primeira vez, os cantos de sua boca se abaixaram. "Ninguém *acompanharia*, não é, Daniel?"

Eles olhavam um para o outro agora, marido e mulher, com tal profundidade de sentimento que os dois metros e meio que os separavam pareciam nada. Depois, lentamente, com um brilho sombrio em seus olhos, mistress Marquis levantou seu prato acima da cabeça... e deixou-o cair.

Um osso de pato caiu livremente, as maçãs assadas foram diretamente para o chão e o prato quebrou-se em dezenas de pedaços espalhados pela toalha de linho vermelho.

"Ah! Veja isso! Um prato de porcelana nunca deveria quebrar-se a menos que fosse deixado perto do fogo. Vou ter de falar com Eugénie." A intensidade de seus sentimentos aumentou, ela empurrava com força os fragmentos de porcelana, como se os estivesse destruindo completamente. "Estou realmente furiosa com ela, sabe. Como ela pode... quando nem mesmo é francesa! Se apenas eu pudesse encontrar uma criada decente aqui, mas não se consegue, Deus nos ajude. Não adianta persuadir alguém a usar uniforme ou tratá-lo como... como seu *empregado*, oh, não! Bem, chegou o tempo de falar. Chegou o tempo de dizer, *não* serei tratada dessa maneira!"

Sua cadeira tombou para trás, e ela estava, de maneira chocante, em pé, agarrando os cabelos, e, antes que qualquer cavalheiro pudesse se levantar, ela havia cambaleado para fora da sala, o guardanapo ainda pendurado em seu vestido. Ouvi um ruge-ruge de tafetá... um gemido... um ruído de botas nas escadas. E então tudo se tornou quieto, enquanto um a um voltávamos a nossos pratos.

"É preciso desculpar minha esposa", disse o dr. Marquis para ninguém em particular.

E aquela foi a única coisa dita sobre o assunto. Sem outras desculpas, ou explicações, o resto do clã dos Marquis se concentrou em seus pratos e continuou comendo. Eles não ficavam mais chocados. Muitos outros jantares haviam sido estragados da mesma maneira.

Poe e eu, ao contrário, perdemos o que havia sobrado de nosso apetite. Colocamos os talheres nos pratos e esperamos que primeiro Lea terminasse, em seguida Artemus e, por fim, o dr. Marquis, que se levantou e, depois de ter limpado lentamente seu dente com uma faca de bolso, inclinou a cabeça em minha direção dizendo: "Mister Landor, será que se incomodaria de juntar-se a mim em meu estúdio?".

Narrativa de Gus Landor
25

O DR. MARQUIS FECHOU A PORTA DA SALA DE JANTAR ATRÁS DE SI E VIROU-SE PARA mim, os olhos agitados, sua respiração com vapores de uísque e cebola.

"Os nervos de minha mulher", ele disse. "Nessa época do ano. Um pouco sobrecarregados, como pôde ver. O inverno e o frio. Muito confinante. Tenho certeza de que compreende."

Ele acenou como se se assegurasse de que havia cumprido seu dever, depois me conduziu ao estúdio – um quarto excessivamente estreito, com um odor de caramelo queimado e um único candelabro. De cima da estante de livros, o olhar cheio de censura na cabeça senhoril de Galeno. Em um nicho entre duas outras estantes, estava pendurado um antigo retrato a óleo, com não mais de sessenta centímetros de altura, de um clérigo vestido de preto. Logo embaixo havia uma almofada – grossa, cinza e mofada –, sobre a qual um retrato em camafeu jazia, plano na parte de trás, como se tivesse sido colocado para dormir.

"Diga-me, doutor, quem é essa criatura encantadora?"

"Ora", ele falou confuso, "essa é minha amada noiva, é claro."

Mais de vinte anos haviam se passado desde que o retrato havia sido perpetrado em marfim, mas muito pouco da estrutura do rosto e do corpo de mistress Marquis tinha caído. Sob certo aspecto, o avanço dos anos a havia meramente *intensificado*, de modo que os olhos transparentes, redondos e flutuantes do retrato mantinham tanta relação com a sósia do dia de hoje como massa de farinha com pão.

"Ela quase menospreza sua própria beleza, não é?", disse o doutor. "Nenhum *amour propre* que é, o senhor sabe, da alçada da fêmea. Ah, mas ainda não lhe mostrei minhas monografias!" Enfiando as mãos na prateleira logo abaixo, ele retirou uma pilha de papel amarelo, fino, que invadiu o ar como pimenta. "Sim, sim", ele lançou, "a coisa certa! *Um ensaio inaugural sobre vesículas*. Fui convidado para ler esse ensaio na Academia de Médicos e Cirurgiões. Ensaio inaugural em vesícula superior, muito bem recebido na Universidade de... oh, mas agora *isso*, bem, eu acho que é válido dizer que isso fez minha reputação, tal como ela é. *Um breve relato sobre o método mais aprovado de tratamento de febre amarela biliosa pútrida, vulgarmente chamada de vômito negro*."

"Uma impressionante série de interesses, doutor."

"Oh, essa é apenas a maneira pela qual o velho crânio trabalha. Aqui e acolá, esse é o meu *modus*. Mas o artigo que eu realmente devo lhe mostrar, mister Landor... são minhas observações sobre o trabalho do dr. Rush sobre doenças da mente. Publicado no *New England Journal of Medicine and Surgery*."

"Ficarei fascinado em vê-lo."

"Quer mesmo?" Ele fez uma careta para mim, quase acreditando. "Bem, isso é... oh, mas não é... o senhor sabe, acho que o estava lendo atentamente na cama na noite passada. Devo ir buscá-lo?"

"Oh, é claro."

"Tem certeza?"

"Evidentemente! Ora, vou até escoltá-lo, se não se importar com companhia."

Seu maxilar pendeu aberto, sua mão estendeu-se. "Seria um – um distinto privilégio. Seria encantador."

Sim, um pouco de gentileza produzia muito efeito sobre o dr. Marquis. Lembro-me de quão alegremente suas botas ressoaram ao subir as escadas, o som ecoou através da casa inteira – é assim que esses alojamentos do governo são. Tudo o que acontece em um aposento torna-se de domínio de *todos* os demais aposentos.

O que significava que, da sala de jantar, Artemus podia seguir o rastro de todo o nosso progresso, saberia o instante em que atingiríamos o segundo andar. Mas será que sabia disso? Que seu pai havia se esquecido de trazer uma vela? E que a primeira luz que se apresentaria a nós seria a de uma lamparina de noite fixada alta na parede de um pequeno quarto, com as venezianas fechadas? Um espaço estranho, frio e sem graça, onde as únicas coisas visíveis eram um relógio de parede (que havia parado em doze minutos depois das três) e os contornos de uma cama de ferro, despojada de tudo, menos do colchão.

"É o quarto de seu filho?", perguntei voltando-me para dr. Marquis com um sorriso.

Ele admitiu que sim.

"Que bom para ele", eu disse. "Um pequeno refúgio do tumulto da vida de cadete."

"Na verdade", disse o doutor coçando a bochecha, "Artemus só fica aqui nas férias. É um mérito dele. Ele me disse uma vez: 'Pai, eu vou ser cadete, então, por Deus, vou *viver* como um. Nada de correr para a mãe e o pai todas as noites, esse não é o caminho de um soldado. Vou ser tratado da mesma forma que meus camaradas'." O dr. Marquis bateu no peito e sorriu. "Quantos homens podem alegar ter um filho como esse, hein?"

"Poucos, de fato."

Mais uma vez ele se inclinou para mim: mais uma vez o ar se encheu com o cheiro de cebolas. "Não preciso lhe dizer, mister Landor, como meu coração... anseia para vê-lo crescer como um homem. Não como o pai, não. Nascido para *liderar*, qualquer um pode perceber isso. Sim, mas estávamos procurando a monografia, não é? Por aqui, por favor."

No fim do corredor localizava-se o quarto do dr. Marquis. Ele parou diante da porta, fez um gesto como se fosse bater, depois retirou a mão. "Acabou de me ocorrer", ele sussurrou, "que minha boa esposa está descansando. Talvez eu entre na ponta dos pés; o senhor não se importará de esperar aqui?"

"É claro que não, doutor. Por favor, não se apresse."

Assim que a porta se fechou atrás dele, dei três longos passos de volta ao corredor e escapuli para o interior do quarto de Artemus. Tirando a lamparina da parede e trabalhando com rapidez, eu examinei a estrutura da cama, depois debaixo do colchão e atrás da cabeceira. Passei a luz pelos totens infantis que estavam espalhados, com um cuidado bizarro, pelo chão: um par de patins de trenó descartados, um homem de cera com olhos de cravo-da-índia, os restos de uma caixa de pipa e uma velha miniatura de um carrossel quebrado.

Não ali. Eu sabia disso, de alguma maneira. *Não ali.* E depois a luz da lanterna, harmonizando-se com o meu pensamento, desviou-se para o closet no canto mais distante do quarto.

Os closets. Que melhor lugar para esconder segredos?

A porta se abriu para uma escuridão tão profunda que minha luz mal podia penetrar nela. Odores de bergamota e de jasmim chegaram até a mim, e, sobressaindo-se sobre todo o resto, o aroma doce e forte de naftalina. O farfalhar de cetim, organdi e tafetá, duros por causa do frio.

O closet de Artemus agora servia de armário para o excesso de guarda-roupa de uma mulher. Uma coisa perfeitamente prática de se fazer com o closet abandonado de um rapaz, mas, em tais circunstâncias, eu não podia deixar de perceber isso como mais um dos escárnios de Artemus. (E ele não teria seguido o padrão de meus passos ressoando no teto? Não saberia ele precisamente onde eu estava?) Atormentado, estendi a mão direto para a frente e não encontrei, para minha surpresa, nenhuma parede, nada para barrar meu caminho. Apenas mais escuridão. Com minha lamparina na mão, avancei através dos vestuários e repentinamente me encontrei livre de todo estorvo, num buraco escuro em forma de losango. Não havia odores ali nem contornos. Mas algo mais do que o vazio. Eu tinha apenas de dar um passo à frente e sentir a suave batida contra minha testa para saber o que havia ali: um simples varão.

Mas o varão não estava tão desguarnecido. Minhas mãos, deslizando por ele, vieram a descansar em um cabide de madeira... depois elas se moveram para descobrir o tecido reforçado de um colarinho... a forma rígida de um ombro... e debaixo dele a lã levemente úmida descendo em segmentos delimitados.

Coloquei as mãos ao redor da peça de roupa, a estendi no chão e iluminei-a com a lamparina.

Era um uniforme. Um uniforme de oficial.

Um uniforme original, ou uma boa cópia. As calças azuis com as guarnições douradas. O floreado dourado sobre a jaqueta azul. E ali, no ombro (tive de aproximar a lamparina para poder perceber), um retângulo indistinto de um cordão raspado. Onde uma listra estivera costurada antes.

Minha mente disparou para – o que mais? – o misterioso oficial que havia ordenado que o soldado raso Cochrane abandonasse o corpo de Leroy Fry. E, no mesmo instante, minha mão, passando ao longo da jaqueta, parou em uma pequena elevação logo acima do peito: um tipo de substância, ligeiramente viscosa, ligeiramente grossa. Passei meu dedo por ela, mas, justamente quando estava levantando o dedo para a luz da lamparina, ouvi o som de passos.

Alguém havia entrado no quarto.

Apaguei a luz. Sentei-me ali na umidade escura do closet de Artemus, escutando a presença invisível dar um outro passo... mais um...

E depois parar.

Não podia fazer nada agora, apenas *esperar*. Pelo que viria em seguida.

E o que veio foi, de início, apenas mais um som – um afastar da parede de roupas que estava na minha frente. E quando aquele som se transformou em uma *coisa*, ela já havia espancado minhas costelas, agarrado minha sobrecasaca e me prendido contra a parede de trás.

Ah, sim. O acessório que faltava no uniforme: um sabre. Naqueles instantes iniciais, era mais fácil sentir a coisa do que vê-la. A lâmina de aço chanfrado, de uma agudeza tão absurda que o ar parecia apartar-se dela.

Embora eu pudesse lutar, ele me segurou rápido pela sobrecasaca. Eu tirei meu braço da manga e comecei a liberar o corpo. Bem nessa hora, a lâmina parou de pressionar... apenas para lançar-se à frente de novo, mais rápida então. Quando arremeti, vi a lâmina atingir o local da parede onde minha cabeça havia estado, prendendo meu casaco vazio com um golpe mortal.

Eu podia ter gritado, sim. Mas sabia que nenhum som sairia para fora daquele pequeno armário escuro. E eu podia, sim, ter me lançado sobre o meu agressor. Mas aquela barricada de vestidos não lhe deixou nada mais do que uma *possibilidade*. Uma conjectura errada e eu estaria mais completamente à mercê dele do que já estava. Mas isto era igualmente verdade: ele não podia lançar-se sobre mim sem perder *sua* vantagem.

As regras, então, tinham sido estabelecidas. Nosso pequeno jogo podia começar.

A lâmina se estendeu de novo... ela atacava à frente... *um som rascante!* foi a resposta plangente da parede quando o sabre atingiu o local de gesso na altura do meu quadril direito. Um segundo depois ele estava golpeando de novo, sondando o escuro mais uma vez, ávido por carne.

E eu? Continuei me movendo, leitor. Para cima e para baixo, de um lado para o outro, um novo alvo para cada nova investida. Eu tentava da minha maneira desolada ler a mente que estava *por trás* daquela lâmina.

A quinta investida quase acerta o meu pulso. A sétima passou como uma brisa pelos cabelos ao longo do meu pescoço. A décima acertou o vazio entre meu ombro direito e a caixa torácica.

A lâmina se movimentava cada vez mais rápida – *enlouquecida* por todas as chances perdidas. Não mais almejava uma morte; aleijar era o seu novo objetivo. Polegada por polegada ela descia, da região do meu coração para a região de minhas pernas. E minhas pernas, em resposta, pulavam com movimentos vacilantes, dançando por sua própria vida.

Era uma dança que logo deveria terminar, sabia muito bem. Mesmo se meus pulmões pudessem continuar a bombear ar, não havia oxigênio suficiente naquele minúsculo espaço para ser respirado. Era a exaustão, depois – sem estratégia, nenhuma esperança de alívio, apenas *cansaço* nos ossos –, que me atiraria ao solo.

E ali me deitei, de costas, observando aquele aço em toda a sua extensão formar uma silhueta de mim contra o gesso. Quanto mais se aproximava, mais gelado eu ficava debaixo do suor. Porque me parecia que eu estava sendo avaliado – *medido* – para o meu próprio caixão.

Meus olhos se fecharam com força quando, uma vez mais, a lâmina veio zunindo. Uma última vez, a parede sangrou seu protesto. E depois... silêncio. Abrindo os olhos e espreitando, descobri a lâmina oscilando a dois centímetros acima do meu olho esquerdo. Não totalmente imóvel, não... retorcendo-se e estremecendo de pura raiva... mas sem retirar-se, também.

Eu soube então o que havia acontecido. A força do ímpeto tinha sido tão grande que a lâmina fora introduzida à força na alvenaria.

Era a minha última, minha única, chance. Deslizando por debaixo do sabre, peguei um dos vestidos pendurados no varão, enrolei-o em volta da lâmina e comecei a *puxar*. Redobrando minhas forças contra a força do outro lado.

Durante um tempo, as forças foram iguais. Mas o meu agressor segurava firmemente a empunhadura do sabre, tirando vantagem disso. E eu? Eu tinha apenas as mãos nuas, puxando tão forte quanto podiam. Durante vários segundos, lutamos ali no escuro – sem ver um ao outro, mas não menos presentes.

A lâmina livrara-se então da parede. Não mais uma prisioneira, tornara-se de novo um instrumento de vontade cega, escorregando para *longe* de mim. Estava enfraquecendo a força de meus dedos, punhos, braços, e a única coisa que me fazia continuar a agarrar a lâmina era este pensamento, repicando repetidas vezes em meu cérebro: *Se eu soltar agora, será o meu fim.*

E assim continuei segurando, embora minhas mãos estivessem muito quentes por causa da dor, embora meu coração estivesse se fundindo em meus pulmões. Eu segurei.

E no mesmo instante em que dei tudo por perdido, a força do outro lado do sabre desistiu, e a lâmina ficou sem firmeza. Presa em minhas mãos feridas como uma oferenda do céu.

Olhei para ela com assombro, esperando que recobrasse vida de novo. Ela não o fez. E imóvel permaneci por mais um minuto inteiro, não querendo – incapaz – de soltá-la.

Narrativa de Gus Landor
26

COLOCANDO O UNIFORME DEBAIXO DO BRAÇO E PEGANDO MEU CASACO E A LANTERNA, afastei a parede de roupas e encontrei-me, mais uma vez, no frio meio iluminado do quarto de Artemus, procurando por sinais de violência – e não encontrando nenhum. Nem uma marca de arranhão. Nem uma gota de sangue. Os únicos sons eram meu próprio ofegar e o pingar de meu suor no chão.

"Mister Landor."

Foi pela sua voz que o reconheci. Mas parado ali nas sombras da porta, sem uma vela, ele poderia ser o sósia de seu filho. Hesitei apenas um momento, perguntando-me se devia confiar na evidência de meus olhos ou dos ouvidos.

"Sinto muito, doutor", eu disse. "Receio ter rasgado meu casaco" – timidamente, apontei para a peça de roupa que estava sob a luz no chão – "e pensei que pudesse emprestar um do seu filho."

"Mas o seu casaco está..."

"Sim, um bocado estragado, não é? Não importa", acrescentei rindo e sacudindo o uniforme, "não acho que poderia, em sã consciência, personificar um oficial. Não tendo nunca servido em lugar perigoso."

Com a boca entreaberta, ele veio até a mim olhando para o uniforme em minhas mãos.

"Ora", ele disse, "esse deve ser o de meu irmão!"

"Seu irmão?"

"Joshua era seu nome. Morreu pouco antes da batalha de Maguaga. Influenza, pobre garoto. O uniforme é tudo o que temos para nos lembrar dele." Ajoelhando-se, ele deu algumas batidinhas no tecido, depois juntou os dedos debaixo do nariz. "Engraçado", ele disse. "O azul está desbotado, e o ombro em tiras, bem, ele é um pouco antiquado, mas senão, hein? Poderia quase passar por novo."

"Foi o que pensei", eu disse. "Oh, mas veja! Está faltando uma listra."

"Ora, nunca houve uma listra", ele disse carrancudo. "Joshua nunca passou de segundo-tenente."

A carranca se desvaneceu. Um leve sopro de ar saiu de seu nariz. "Algo divertido, doutor?"

"Oh, eu estava... estava lembrando como Artemus costumava vestir isso e andar pela casa."

"Ele ainda faz isso?"

"Quando ele era bem pequeno. Eu queria que o tivesse visto, mister Landor. Os braços sumiam dentro das mangas, e as calças! Ora, elas apenas se arrastavam atrás dele da maneira *mais* cômica." Ele me deu uma careta enviesada. "Sim, eu sei, deveria ter pedido a ele para mostrar mais respeito pelo uniforme de sua pátria, mas não pude ver ofensa naquilo. Ele nunca conheceu Joshua, percebe? E sempre teve um profundo respeito pelo serviço do tio."

"*Seu* serviço, também", acrescentei. "Como ele poderia deixar de respeitar isso?"

"Oh. Sim. Bem, talvez. Ele nunca... ele nunca se pareceu muito comigo. Melhor para ele, hein?"

"O senhor é muito humilde, sir. Quer me dizer que, depois de todos esses anos em que o viu praticar, ele não absorveu nem um pouco de seu ofício?"

Seus lábios decaídos se torceram para um lado. "Suponho que sim, na verdade. Ora, ele já conseguia nomear todos os ossos e órgãos desde quando tinha dez anos! Sabia como usar um estetoscópio. Uma ou duas vezes ajudou-me a fixar um osso quebrado. Mas acho que jamais se importou muito com..."

"*Que diabos...?*"

Dessa vez não tive dúvidas sobre quem estava parada na porta. O rosto de mistress Marquis aparecia com acentuado relevo por causa da vela que carregava nas mãos, e essa luz ressaltava todos os ossos de pássaro de seu rosto e transformava seus olhos em grandes abismos.

"Ah, minha querida!", disse o dr. Marquis. "Recuperou-se tão cedo?"

"Sim, parece que eu estava profundamente errada. Temi que fosse ter uma daquelas terríveis enxaquecas, mas parece que um pouco de descanso era tudo de que necessitava, e estou quase restabelecida. Agora, Daniel, vejo que está prestes a aborrecer mister Landor com um de seus artigos de jornal. Você deve recolocá-lo onde o encontrou, e quanto ao senhor, mister Landor, deve desfazer-se dessa velha e horrível jaqueta militar, tenho quase certeza de que não vai lhe servir, e será que ambos poderiam escoltar-me gentilmente para baixo antes que os outros comecem a se perguntar sobre o nosso sumiço? Oh, e Daniel, por favor, apague o fogo na sala de visitas, mister Landor está transpirando com todo esse calor!"

―◆―

Estávamos a poucos passos do vestíbulo quando ouvimos o piano, que começara a tocar suavemente, o som de batidas de pé e uma única risadinha animada abafada. Humor! Como aquilo havia começado? Mas a evidência estava ali para todos verem. Lea tocava uma quadrilha ao piano, e, sob sua influência, Poe e Artemus estavam marchando pela sala de visitas e sacudindo-se enquanto andavam. E rindo – rindo como anjos.

"Oh, Lea, deixe-me tocar!", gritou mistress Marquis.

Lea não precisou de novo estímulo, deixou seu lugar ao piano e apressou-se direto para trás da coluna, colocou as mãos na cintura de Artemus e se pôs a dançar. Mistress Marquis empoleirou-se orgulhosamente no banco do piano, tocando alto uma cantiga de dança recentemente importada de Viena, executando-a em tempo dobrado com uma virtuosidade quase alarmante.

E ali me sentei sorrindo, sem casaco e suado, perguntando a mim mesmo: *Qual das pessoas nesta sala acaba de tentar matar-me?*

Quanto mais rápidas as notas, mais alto ficava o som dos pés, e o riso, então, era geral – mesmo o dr. Marquis permitia-se rir e esfregar os olhos –, e a meia-voz amargurada de meia hora atrás, naquele momento, havia sido banida, e eu pude quase acreditar que havia sonhado com o que havia se passado no closet.

E então mistress Marquis, tão rapidamente quanto tinha assumido sua tarefa, abandonou-a. Bateu com força as mãos no teclado e disseminou a discórdia através da sala, fazendo com que cada um estacasse em seu lugar.

"Vocês devem desculpar-me", ela disse, levantando-se e alisando a saia. "Que tipo de anfitriã eu sou? Tenho certeza de que mister Landor não quer mais ouvir-me ao piano e prefere Lea." Como ela prolongou aquele nome! Esticando-o até onde pudesse ir. "Leee-aaa? Você nos faria o favor de cantar uma canção?"

Cantar uma canção era a última coisa que Lea queria fazer, mas, apesar de todos os meios que usou para escapar, mistress Marquis não aceitou nenhum deles. Colocou as duas mãos na cintura da filha e deu-lhe uma série de puxões bruscos.

"Precisamos esmolar, é isso? Muito bem, todos, de joelhos. Precisamos todos *implorar*, é o que parece."

"Mãe."

"Talvez se eu fizer um salamaleque ou dois..."

"Não é preciso", disse Lea olhando para os sapatos. "Eu ficarei muito contente."

E então mistress Marquis estourou em gargalhadas estrepitosas. "Bem, isso não é ótimo? Agora, preciso avisar a todos, eu sempre achei o gosto de minha filha em música um tanto fora de moda e melancólico. Assim, tomei a liberdade de sugerir uma seleção do Livro das Damas."

"Não creio que mister Poe gostaria..."

"Oh, tenho certeza de que *gostaria*. Não gostaria, mister Poe?" "Qualquer coisa com que mistress Marquis quiser nos agraciar será boa", disse Poe, meio trêmulo, "seria uma bênção para..."

"Foi exatamente o que pensei!", gritou a mãe indicando com a mão que ele se afastasse. "Lea, você não vai nos deixar esperar nem mais um minuto." Com um tom baixo, audível para todos numa área de seis metros, ela acrescentou: "Você *sabe* que mister Landor não se importará com isso".

Lea, então, olhou para mim. Ah, sim, com a atenção mais completa que havia me dado durante toda a noite. Depois colocou a música no suporte. Sentou-se no banco. Deu um último olhar para a mãe – impossível de compreender-lhe o significado –, não para pleitear nem resistir; *curiosidade*, talvez. Estava se perguntando o que viria depois.

Depois de pigarrear para limpar a voz, ela começou a tocar. E cantar.

A juventude do soldado no meu entender,
A juventude do soldado no meu entender.
Nós garotas devemos permitir que sua vida de sumido, sumido
Impulsione os corações de seus ouvintes...

Estranho que mistress Marquis tenha encontrado essa canção no Livro das Damas. Era o tipo de canção que se poderia ter ouvido, muitos anos antes, no Olympic Theatre, com comediantes enegrecidos com rolha queimada e bailarinas francesas. Ela teria sido representada então por uma moça chamada Magdalena ou Delilah, que usaria uma fileira de penas azuis de avestruz ou, mais ousadamente, uma roupa de marinheiro, e suas faces estariam tão vermelhas quanto os lábios, e os joelhos também avermelhados, e os olhos pintados com lápis *kohl** *teriam ficado piscando de um modo meio disforme.*

Delilah teria pelo menos realizado sua representação com algum desvelo. Mas depois pensei que mesmo escravos de galera mostrariam mais entusiasmo do que Lea naquela noite de dezembro, sentada como um poste ereto no banco, seus braços rígidos como mosquetes. Uma vez, apenas uma, suas mãos ergueram-se do teclado, como se ela fosse parar. Mas depois ela (ou alguém) pensou melhor, as mãos baixaram e a voz se elevou.

Com seu pique,
Com seu sumiço,
Com seu pique pra sumir...

Ela era, como Poe havia relatado, um contralto natural, cantando em uma escala bem alta, e sua voz, quando se aproximava do ponto mais alto, começava a obscurecer até que se tornasse apenas um sopro de fumaça através de seus lábios apertados, que mal dava para ouvir, mas estranhamente forte ao mesmo tempo. Nada a silenciava completamente.

Dim, dom, dom...
Dim, dom, dom... sumiu.

Suponho que pensei, naquele momento, nos pássaros de Pawpaw, chamando através das barras de ferro. O que eu não daria – o que cada um de nós não daria, acho – pela chave daquela gaiola especial. Mas a canção continuou progredindo (seria mais fácil chamar a maré de volta do que detê-la), e, à medida que avançava, as notas mais baixas foram saindo da voz de Lea e suas mãos começaram a mostrar uma energia nova e estranha, passaram a fustigar as teclas, e a cada açoite alguma nota saía do ritmo – indo para um compasso completamente diferente –, e o próprio piano surpreendeu-se com aquela ação, parecia pronto para levantar-se em protesto, e Lea ainda cantava:

Com seu pique,
Com seu sumiço.

---

* Cosmético usado pelas mulheres do Oriente para tingir de escuro as pálpebras. [N. T.]

Pela primeira vez naquela noite, Poe estava olhando para *longe* dela, como se ela pudesse ser encontrada em algum outro lugar da sala, e eu podia ver Artemus pressionando os dedos na bochecha, e lá estava mistress Marquis, a autora de tudo aquilo, em um transe de prazer, ou seria de medo, com os olhos cintilando em direções diferentes, a garganta mexendo-se ao engolir. Por favor, pensei, por favor...

Oh, a juventude do soldado no meu entender!
Oh, a juventude do soldado no meu entender!

Ela cantou três composições, e a apresentação toda durou uns quatro minutos, ao fim dos quais ficamos de pé, aplaudindo como se nossa vida dependesse daquilo. Mistress Marquis aplaudia mais do que qualquer um na sala. Seu pé batia uma tarantela no chão, e sua voz soava com tal tom de desforra que o dr. Marquis enfiou os dedos nos ouvidos.

"Oh, minha querida, *sim!*", ela gritava. "Não foi? Eu só quero, minha querida – e isso é *tudo* que direi, e você não me ouvirá puxar este assunto de novo, eu prometo –, mas quero que você não fique tão medrosa quando se aproxima daquelas notas baixas. Pense nisso" – ela simulou estocar o ar com uma grande arremetida de sabre –, "você deve pensar *para fora*, não para cima. Não é uma subida, é uma jornada – dentro da *ressonância*, eu já lhe disse isso, Lea."

"Por favor, Alice", disse o dr. Marquis.

"Perdão, eu disse algo para ofender?" Sem receber resposta de seu marido, ela voltou um olhar inquiridor para cada um de nós antes de se deter em sua filha. "Lea, querida, deve me dizer, eu fiz algo para feri-la?"

"Não", respondeu Lea friamente. "Eu já lhe disse antes. Você teria de fazer muito mais para ferir-me."

"Bem, então, por que todos estão tão sombrios? Para que fazer uma festa se não ficamos alegres?" Ela deu um passo para trás. Os olhos começaram a ficar lacrimosos. "E a luz da neve é tão encantadora, e aqui *estamos*, e por que não estamos felizes?"

"Nós estamos, mãe", disse Artemus.

Embora não houvesse nada de particularmente alegre em seu tom naquele instante, apenas o ressoar de uma obrigação, assumida pela milésima vez. Mas era o bastante, não era? Para infundir novo ânimo em mistress Marquis, que se tornou a partir daquele instante uma incansável organizadora. Ela promoveu várias rodadas de xadrez e de charadas e pediu que usássemos uma venda enquanto comíamos o bolo, para que pudéssemos adivinhar todos os condimentos que Eugénie (querida Eugénie!) tinha colocado dentro dele. E foi apenas quando terminamos nossas trufas de chocolate e voltamos para a sala de estar, e o dr. Marquis, que não era músico, começava a tocar "Old Colony Times" com uma modulação rítmica desanimadora, e Artemus e Lea, com as mãos na cintura um do outro, balançavam-se para a frente e para trás, e Poe, sentado no sofá, olhava para eles como se fossem moedas de ouro... só *então* mistress Marquis voltou sua atenção de novo para mim.

"Mister Landor, está satisfeito? Tem certeza? Bem, isso é uma bênção. Imagino se não se importa de sentar-se perto de mim. Oh, estou tão contente que tenha podido vir. Eu apenas desejaria que Lea estivesse em melhor forma. Asseguro-lhe que se voltar um outro dia não ficará desapontado."

"Eu estou... Não tenho o direito..."

"Bem, é claro, esse é exatamente o tipo de homem que o senhor é. É um milagre para mim, mister Landor, que não tenha estado sujeito a mais intrigas desde que veio para West Point."

"Intrigas?"

"Aha! Não pense que sou cega para as condutas das mulheres. Suas manobras têm acabado com muito mais homens do que todas as cavalarias mundiais. Certamente pelo menos uma dessas terríveis esposas do Exército apresentou-o para pelo menos uma de suas terríveis filhas?"

"Eu não... eu não acredito que elas..."

"Agora, se elas tivessem filhas como *Lea*, não haveria jeito de detê-las. Lea, como você deve saber, foi sempre considerada absolutamente o 'bom partido'. Se ela não fosse tão especial, poderia ter tido, oh, *montes* de... mas o senhor sabe, ela tem muitas *ideias*, e sempre pensei que ficaria muito melhor com um homem de, como dizer, sensibilidade mais madura? Alguém que pudesse guiá-la, com persuasão gentil, em direção a sua própria esfera na vida."

"Eu penso que sua própria filha seria o melhor juiz de..."

"Oh, sim!", ela interrompeu, com um som penetrante como o de um gafanhoto. "Sim, eu achava a mesma coisa quando tinha a idade dela. E olhe para mim agora! Não, mister Landor, nesses assuntos só uma mãe sabe o que é realmente melhor. E é por isso que, sempre que tenho oportunidade, digo a Lea: 'Um homem mais velho é o melhor para você. Um *viúvo*, eis por quem você deve se interessar'."

E, enquanto dizia aquilo, ela se aproximou de mim e bateu duas vezes no punho de minha manga.

O simples gesto, foi tudo o que bastou, e repentinamente era *eu* quem estava na gaiola, e as barras tinham se abaixado com força, e eu não podia nem mesmo cantar meu caminho para a liberdade.

E eis a piada final. Mistress Marquis, como de hábito, tinha falado suficientemente alto para todos na sala ouvirem. E agora estavam olhando através das barras para mim. Havia Artemus, com aquele olhar particularmente vazio, e Lea, de olhos secos, boca seca. E havia o cadete Poe do primeiro ano, suas faces avermelhadas como se tivesse recebido um tapa, os lábios cor de ameixa por causa do ultraje.

"Daniel!", gritou alto mistress Marquis. "Vá buscar o champanhe! Quero ter vinte anos de novo!"

E, por alguma razão, aquele foi o momento que escolhi para olhar minha mão, apenas para ver o resíduo granular, semelhante ao cobre, que eu havia raspado da jaqueta de oficial no closet de Artemus – preservado, como se fosse em âmbar, na pele de meu dedo.

Sangue. O que mais além de sangue?

Narrativa de Gus Landor
27

6 de dezembro

E ASSIM FOI, LEITOR, EU TINHA IDO ATÉ A CASA DOS MARQUIS ESPERANDO RESOLVER um mistério e voltara com três.

Começando com este: quem tentara me matar no closet de Artemus? Apenas o próprio Artemus e o dr. Marquis teriam condições de empunhar um sabre com tal força, mas eles estavam ambos, até onde eu sei, ocupados com outras coisas: o doutor assistindo sua mulher, o cadete lá embaixo na sala de estar. Era praticamente impossível que alguém de fora pudesse ter entrado na casa sem que ninguém percebesse. *Quem*, então? Quem tinha dirigido aquele sabre contra meus pontos mais fracos?

E o mistério seguinte era este: se o uniforme no closet de Artemus era o mesmo que o soldado raso vira naquela noite na ala B-3 – e eu acreditava piamente que era –, então, quem o estava usando?

Artemus era, é claro, o primeiro candidato. E assim, no dia seguinte ao meu jantar na casa dos Marquis, eu fiz com que o capitão Hitchcock o chamasse em seu escritório sob o pretexto de perguntar sobre a porta quebrada na caserna. Eles tiveram uma conversa agradável, e durante o tempo todo o soldado raso Cochrane permaneceu em pé, no aposento ao lado, com o ouvido contra a porta. Quando a entrevista terminou e Artemus foi dispensado, o soldado raso Cochrane torceu a boca para um lado e admitiu que aquela *podia* ser a voz que ele tinha ouvido, mas que também podia tê-la ouvido em algum outro lugar, e, ainda, que podia ter sido a voz de outra pessoa.

Estávamos, em resumo, confusos. Artemus era ainda a nossa primeira escolha. Mas eu não tinha visto com os meus próprios olhos como o dr. Marquis podia assemelhar-se ao seu filho no escuro? E aqui está um novo palpite: por causa do último relato de Poe, eu então sabia que *Lea* Marquis podia representar o papel de um homem com algum sucesso.

Tudo isso aumentava o desconforto que começara a aparecer em mim: a sensação de que a família Marquis não tinha núcleo – não tinha norte magnético, por assim dizer. Examinando atentamente no espaço de minha mente, eu podia encontrar a agulha apontando para Artemus... mas depois eu lembrava quão mansamente ele concordava com cada mudança de humor de sua mãe, como ele parecia *resignado* quando estava perto dela.

Muito bem, então, deixe a agulha apontar para mistress Marquis. Mas com toda a sua habilidade para influenciar o humor geral, ela apenas poderia ir até aí, não é? Lea tinha, do seu jeito, se erguido contra ela – mesmo quando acedia aos seus desejos. Como considerar tal atitude?

Lea, então. Tente Lea. Mas a agulha tampouco queria ficar ali, não quando cada lembrança dela me deixava com a impressão de alguém sendo atirado aos leões.

O que me levou ao terceiro mistério: por que mistress Marquis queria empurrar sua filha para um relógio gasto como eu?

Lea Marquis ainda podia perfeitamente se casar. Muito velha para agarrar um cadete, isso era verdade, mas ela nunca quisera realmente um, segundo suas próprias palavras. E não havia oficiais solteirões em abundância? Perdendo tempo em seus alojamentos apertados? Eu não tinha ouvido um vestígio de desejo até na voz do capitão Hitchcock quando falou dela?

Bem, de todos os mistérios, apenas este último parecia admitir solução. Porque se a doença de Lea era o que eu suspeitava, então seus pais podem bem ter passado a considerá-la como uma mercadoria danificada, a ser concedida ao primeiro pretendente que aparecesse. E não se tratava, de certa maneira, de uma feliz notícia para Poe? Pois, que pretendente mais forte poderia haver? Ninguém mais propenso que ele para olhar por Lea na doença e na saúde.

Meus pensamentos, então, já giravam em torno dele quando cheguei ao meu quarto no hotel. Cheguei, deveria dizer, como alguém que *sabia* que estava sendo examinado cuidadosamente. Em muitas noites, sabe, ele vestia apenas uma camisa e um colete sob seu capote; hoje estava melhor vestido – espada e fita de metralhadora, inclusive – e, em lugar de se mover lentamente como sempre fazia, ele deu dois grandes passos até o centro do quarto, tocou o quepe e inclinou a cabeça.

"Landor, quero me desculpar com você."

Sorrindo um pouco, pigarreei e disse: "Bem, isso é terrivelmente decente de sua parte, Poe. Posso perguntar...?"

"Sim?"

"Do que você está se desculpando?"

"Sou culpado", disse ele, "de lhe atribuir motivos desonrosos."

Sentei-me na cama e esfreguei os olhos.

"Oh", eu disse. "Lea, sim."

"Não posso defender-me, Landor, exceto dizendo que havia algo embaraçoso em relação à maneira com que mistress Marquis atraiu-o para suas confidências. Receio ter presumido – *erradamente*, nem é preciso dizer – que você tinha acolhido e, talvez até instigado, seus estratagemas."

"Como eu poderia, quando..."

"Não, por favor." Ele levantou a mão. "Não vou lhe impor a indignidade de defender-se. E, além disso, não é preciso. Qualquer um que tenha um pouco de faculdade mental reconheceria que a ideia de você cortejar ou... ou se casar com Lea é francamente demasiado absurda até para ser pensada."

Ah. Demasiado absurda, é? Bem, como eu tinha uma vaidade masculina peculiar, cheguei perto de ofender-me com tal observação. Mas eu mesmo já não tinha ridicularizado aquela ideia?

"Então eu sinto muito, meu velho", disse Poe. "Espero que você..."

"É claro."

"Tem certeza?"

"Positivamente."

"Bem, isso é um alívio." Rindo, ele atirou o quepe na cama e passou a mão pela testa. "Tendo inocentado meu peito, espero que possamos passar então para assuntos mais importantes no momento."

"De fato, podemos. Por que você não começa me mostrando o bilhete de Lea?"

Seus olhos esvoaçaram como asas de mariposa. "Bilhete", ele disse tediosamente.

"Aquele que ela enfiou no seu bolso enquanto você vestia o casaco. Você provavelmente nem percebeu até voltar para a caserna."

Sua face tornou-se visivelmente mais rosada enquanto ele a esfregava com a mão.

"Não é um... não tenho certeza de que *bilhete* seja o melhor nome para..."

"Oh, não se preocupe em como chamá-lo. Apenas mostre-o para mim. Se não ficar envergonhado demais."

Porque suas bochechas então estavam ficando realmente vermelhas. "Longe de... longe de me embaraçar", ele gaguejou, "essa missiva é uma fonte de orgulho imperecível. Ser o receptor dessa... dessa..."

Bem, ele realmente estava envergonhado, porque, depois de retirar o papel perfumado do bolso do peito, ele o colocou na cama e virou-se enquanto eu o lia:

> *Sempre com você meu coração contente ficará*
> *Antecipando com receio empalidecer ou lamentar-se.*
> *Reúne nossos corações uma cúpula de prazer inocente,*
> *O todo entrelaçado com grinaldas de ciprestes e vinhas*
> *Mais magnífica ainda porque você é meu.*

"Muito bonito", eu disse. "E muito inteligente, também, a maneira pela qual ela..."

Mas Poe não precisava de discursos. Ele já o estava tirando de mim. "Landor, não sei direito o que fazer com um presente como este. Ele é demasiado... ele é..." Poe sorriu, um pouco tristemente, enquanto deslizava os dedos pelo pedaço de papel. "Você sabe, este é o primeiro poema que já me escreveram."

"Bem, então, você está um poema à minha frente."

Todos aqueles pequenos dentes brancos brilharam intensamente à minha custa. "Pobre Landor! Nunca teve um poema para si, hein?" Ele ergueu uma sobrancelha. "Nem *escreveu* um, disso podemos estar seguros."

Estive a ponto de corrigi-lo. Porque, veja, eu *havia* escrito poemas. Para minha filha, quando era pequena. Poemas tolos que eu deixava em seu travesseiro: *O João Pestana aqui quis/desejar-lhe um dia feliz. Eis um beijo/Não se esqueça de comer seu queijo.* Não exatamente exemplos brilhantes de poemas. De qualquer forma, ela os superou.

"Está bem", Poe estava dizendo. "Vou escrever um poema para você algum dia, Landor. Algo que imortalizará seu nome através das eras."

"Ficarei tremendamente agradecido", eu disse. "Mas primeiro, suponho, você deve terminar aquele que começou."

"Você quer dizer..."

"Aquele negócio com a moça dos pálidos olhos azuis."

"Sim", ele disse observando-me atentamente.

Eu também o observei. Depois, suspirando, disse-lhe: "Muito bem. Mostre logo."

"O quê?"

"O último verso. Você deve tê-lo com você em algum lugar. Deve estar atrás do de Lea, provavelmente."

Ele sorriu e sacudiu a cabeça

"Como você me conhece, Landor! Duvido que haja um segredo no universo inteiro que você não possa, com suas extraordinárias percepções, adivinhar no espaço de..."

"Sim, sim. Procure-o."

Lembro-me de quão cuidadosamente ele o abriu em cima da cama, como se fosse a mortalha desenrolada de Jesus. Alisou todas as dobras dele, depois ficou ereto e olhou-o como se fosse uma monja em um arroubo de fé. E em seguida fez um gesto para que eu o lesse.

Baixando – baixando – baixando chega o furioso aguaceiro inútil
 Em asas muito obscuras para serem descritas.
Com o coração ferido, implorei que te apressasses...
 "Leonore!" – ela se recusou a replicar.
Noite interminável agarrou-a depois em sua mácula
 Encobrindo tudo, exceto seu pálido olho azul.
Noite de trevas, negra com sepulcral fúria do inferno,
 Excluindo apenas aquele olho extremamente azul.

Ele estava explicando-o para mim antes que tivesse acabado de lê-lo. "Já tivemos ocasião, Landor, de observar quão próximos estão estes nomes: *Lea... Leonore*. Notamos, também, o aspecto comum de olhos azuis. Vimos a sugestão de mágoa inexprimível – completamente de acordo com a conduta de Lea no cemitério. Vislumbramos agora..." Ele parou. Sua mão tremia enquanto segurava o papel. "Vemos uma conclusão, Landor. Um fim iminente. Que urgência maior pode haver? O poema está *falando* para nós, você percebe? Está *anunciando* que um fim está chegando."

"O que devemos fazer, então? Enviar a moça para um convento?"

"Isto é o pior!", ele gritou levantando as mãos para o teto. "Não sei. Posso apenas ser o canal para o poema, não consigo compreender seus significados mais profundos."

"Oh, 'canal'", eu resmunguei. "Quer saber de uma coisa, Poe? *Você* é o autor desse poema. Não sua mãe, Deus guarde sua alma. Não um escritor sobrenatural. *Você*."

Ele cruzou os braços no peito, afundou na cadeira de balanço. "Use um pouco daquele seu rigor analítico", eu disse. "Você mantém Lea no cérebro dia e noite. Você tem razão, dada sua breve história com ela, de temer por sua segurança. Esse receio, de maneira natural, encontrou seu caminho através de sua forma de expressão favorita: um poema. Por que procurar mais longe?"

"Então por que não posso convocá-lo sempre que desejo? Por que não sou capaz de escrever uma quarta estrofe a qualquer momento?"

Encolhi os ombros. "Vocês, poetas, têm suas *musas*, eu acho. As musas são conhecidas por serem volúveis."

"Oh, Landor", disse ele virando a cabeça. "Você deveria conhecer-me bastante bem para saber que não acredito em musas."

"Então no que você crê?"

"Que eu *não* sou o autor desse poema."

Eu estava diante de um impasse, leitor. Lá estava ele, sentado, duro como xisto, enquanto eu andava pelo quarto, sem fazer nada, acho, além de sentir o alternar de luz e sombra em meu rosto, perguntando-me por que a luz não era mais quente que a sombra. De fato, eu estava chegando a uma decisão.

"Está certo", disse por fim. "Se você insiste em levar tudo isso tão a sério, então vamos olhar para o poema inteiro. Você acha que consegue se lembrar das duas primeiras estrofes?"

"É claro. Elas estão enraizadas em minha memória."

"Você se incomodaria de escrevê-las? Pelo menos a anterior?"

Ele concordou imediatamente, escrevendo sem parar até que a metade superior do papel ficou submersa sob a tinta. Depois se sentou.

Estudei o papel durante algum tempo. *Estudei-o* por um tempo maior ainda.

"O que é?", ele perguntou com os olhos que se iam arregalando. "Exatamente como eu esperava", disse. "O poema todo é uma alegoria da sua mente. Um sonho mau, isso é tudo, colocado em métrica." Deixei o papel escorregar de minha mão. Ele flutuou para a frente e para trás no ar, eu me lembro, como um bote de brinquedo navegando e, mesmo depois que aterrissou na cama, pareceu pulsar por mais um segundo.

"É claro", eu disse, "falando estritamente como um leitor agora, penso que algumas mudanças editoriais poderiam melhorá-lo. Desde que sua mãe não coloque objeções."

"Mudanças editoriais?", ele retrucou meio rindo.

"Bem, este 'com o coração doente', por exemplo. O que isso significa? Azia? Indigestão?"

"Para um... para um literalista, talvez."

"E essa outra frase sua, 'coração atormentado'. Choca-me como um pouco de exagero, se você sabe o que quero dizer."

"Exagero?"

"Oh, e por favor defenda, se puder, este nome. Essa *Leonore*. Honestamente, que tipo de nome é esse?"

"Ele é... melífluo. É anapéstico."

"Não, vou lhe dizer o que ele é, é o tipo de nome que existe apenas em poemas. Se você quer saber por que um sujeito como eu lê tão pouco desses versos danados, é por causa de nomes como *Leonore*."

Com a mandíbula torcida, ele agarrou o papel em cima da cama e o enfiou no bolso do casaco. Havia um vapor saindo dele agora – como o de um ferro de passar em contato com roupa úmida.

"Você continua a surpreender-me, Landor. Nunca havia suposto que fosse uma autoridade em linguagem."

"Ora, vamos."

"Eu pensei que você não tinha tempo para essas bagatelas. Agora vejo que o seu intelecto abarca tudo. Não há *fim* para o aperfeiçoamento que pode ocorrer em sua companhia, é o que parece."

"Eu estava apenas lançando algumas..."

"Você lançou – *lançou* até bastante, obrigado", ele disse passando de leve a mão no lugar em que o papel estava contra seu peito. "Não vou perturbá-lo mais. No futuro, fique certo, tomarei cuidado para manter meus versos para mim mesmo."

Ele não saiu. Não imediatamente. Ficou por mais uma hora, se lembro direito, mas era quase como se *tivesse* ido embora. E penso agora que foi por isso que nunca lhe contei sobre o meu encontro no closet de Artemus. De que valia soltar essas informações para um ouvido surdo? (Ou, além disso, havia algo mais trabalhando em mim. Algo que *queria* que ele ficasse pelo menos um pouquinho no escuro.)

Muito rapidamente, caímos em um silêncio denso e profundo, e eu estava pensando, com um pouco de irritação, que não precisava ter vindo para West Point para ficar sozinho, eu podia muito bem ter ficado em Buttermilk Falls... quando, sem motivo aparente, ele levantou-se e, sem dizer uma palavra, saiu do quarto.

Não fechou a porta, direi isso por ele, mas deixou-a meio aberta. Ainda estava aberta quando voltou, mais ou menos uma hora mais tarde. Seu peito estava tremendo, o nariz congestionado, a cabeça nua adornada de granizo. Ele entrou suavemente, quase na ponta dos pés, como se tivesse medo de me acordar. E então me deu aquele sorriso de criança levada e, com um gesto arrogante dos dedos, disse:

"Isso me amargura, Landor, mas parece que devo me desculpar duas vezes em uma só noite."

Eu lhe disse que não era preciso, que tudo era culpa minha, eu não tinha o direito de me intrometer no que era um pequeno poema perfeitamente delicioso – bem, não *delicioso*, essa não era a palavra certa, mas.. altamente poético. Oh, ele percebia o que eu queria dizer, não é?

Bem, ele me deixou continuar durante um tempo, provavelmente não era desagradável para ele, mas não era (para minha surpresa) atrás do que ele estava. Nem estava atrás de mais um gole de Monongahela – *isso* ele declinou com um simples mover de punho. Sentou-se no chão, se bem me lembro, com as mãos envolvendo os joelhos. Fitou o tapete de algodão, com seu redemoinho de flores-de-lis douradas e verdes, e disse, tão gentilmente como pôde:

"Estou aborrecido, Landor, se eu o perder, perco tudo."

"Oh", eu disse, sorrindo, "você ainda tem montes de razões para viver, Poe. Montes de admiradores."

"Mas *nenhum* tem sido tão bom comigo como você", ele disse.

"Ninguém, na verdade! Aqui está você, um homem distinto, um homem de substância, sim! E você tem... você tem me entretido durante horas sem fim sobre todos os assuntos imagináveis. Eu deixei sair toda a essência de meu coração, da mente e da alma, e você" – ele uniu as mãos em forma de cálice – "*guardou* tudo em seu cofre. Você tem sido mais amável do que um pai e tratou-me como um *homem*. Nunca esquecerei isso."

Deu um último abraço nos joelhos e foi até a janela.

"Vou lhe poupar de coisas chatas", ele disse. "Sei que você não está interessado nela. Vou fazer um voto: nunca mais terei ciúmes ou *orgulho* que possa pôr em perigo nossa amizade. É uma dádiva muito preciosa. Ao lado do amor de Lea, é a dádiva *mais* preciosa que jamais recebi desde que cheguei a este maldito lugar."

As recompensas da decência, pensei. Eu sabia que, se quisesse afastá-lo de mim, eu teria de fazer muito mais do que criticar a poesia de sua mãe, teria de encontrar algo imperdoável.

Antes que ele saísse naquela noite, eu disse:

"Mais uma coisa, Poe."

"Sim?"

"Enquanto eu estava no andar superior com o dr. Marquis, Artemus saiu da sala de estar?"

"Sim", ele disse lentamente. "Para ver como estava a mãe."

"E quanto tempo ficou lá em cima?"

"Não mais do que poucos minutos. Estou surpreso de que não o tenha visto."

"Ele parecia diferente quando voltou?"

"Um pouco zangado, sim. Disse que a mãe havia sido rude e que tivera de sair para clarear as ideias. Sim, é isso mesmo, ele ainda estava sacudindo a neve da cabeça quando voltou."

"Você viu neve nele?"

"Bem, ele estava sacudindo *algo*. Embora... sim, isso *foi* curioso..."

"O quê?"

"Não havia neve em suas botas. Cheguei a pensar nisso, Landor, ele parecia mais *como você* quando desceu."

Narrativa de Gus Landor
28

7 de dezembro

TENDO PASSADO MUITAS HORAS CONFINADO EM UM QUARTO DE HOTEL, POE E EU concordamos uma noite com algo imprudente. Iríamos nos encontrar sob o manto da noite na taberna de Benny Havens. Fazia semanas que eu não ia até lá, mas esse era o costume do local, ninguém se surpreendia muito quando alguém parava de ir, não importava por quanto tempo. Os músculos dos maxilares de Benny podiam trair um leve tremor; Jasper Magoon podia querer que lesse para ele as notícias do *New York Gazette & General Advertiser*; Jack de Windt, em meio ao planejamento de seu assalto ao Northwest Passage, podia erguer o queixo em sua direção, mas, por outro lado, não se fazia espalhafato, não se perguntava nada... entre, Landor, vamos esquecer que você sumiu.

Fui o único que sentiu minha ausência, provavelmente. Todas as coisas familiares pareciam novas de novo. A colônia de camundongos que vivia na alcova bem ao lado do alvo para dardos – eu não conseguia me lembrar deles fazendo tal algazarra antes. E as botas molhadas dos homens andando no chão de pedras, sempre tinham feito tal barulho? E todos os cheiros desagradáveis – de mofo, de cera de vela e coisas que fermentavam secretamente nas paredes e no chão – me tomavam de assalto então, quando pensei que estava enfiando minha cabeça dentro de um poço não usado.

E lá estava Patsy, roubando um resto de bacon, colocando-o em seu avental e silenciosamente terminando de encher um copo de cidra forte para acompanhá-lo. Quase podia acreditar que a via pela primeira vez.

"Boa noite, Gus", ela disse, calmamente.

"Boa noite, Patsy."

"Landor!", gritou Benny inclinando-se sobre o balcão. "Já lhe contei aquela da mosca? Que pousou nos drinques de três cavalheiros? Bem, imagine você, o primeiro cavalheiro é *inglês*, então ele apenas empurra o drinque para longe, pois é um tipo de camarada esnobe..."

A voz de Benny, também, parecia nova. Ou pelo menos chegava até a mim de maneira diferente, não pelos ouvidos mas através da minha pele, uma espécie de som grosseiro e espinhoso.

"Agora o *irlandês*, ora, ele apenas levantou os ombros e bebeu o drinque da mesma forma, não é? Que lhe importava se havia uma mosca dentro?" Tentei olhar nos olhos dele, mas não consegui, estavam muito excitados. Então olhei para o balcão e esperei com extraordinária paciência. "Mas o *escocês*", gritou Benny com sua voz grave e rouca, "ora, ele pegou a mosca e gritou 'se manda daí, sua bastarda!'"

Jasper Magoon urrou tão alto que chegou a derramar um dedo de gim, e o ajudante pegou a piada e passou-a para o lado de fora da sala, onde foi ouvida pelo reverendo Asher Lippard, que a espalhou ao redor para os cavalariços e carreteiros. O teto de estanho e o chão de pedra ressoaram, e a risada espalhou-se até haver uma cascata de sons, quebrada apenas por um único som dúbio, um riso tênue e floreado que se espalhou para os outros como o chamado de um peru esfomeado. Um riso que levei algum tempo para identificar antes de perceber que era o meu.

Poe e eu combinamos de nos encontrar como se fosse por acaso, então, quando ele apareceu, cerca de vinte minutos antes da meia-noite, foi um tal de "Ora, mister Poe!" e "Ora, mister Landor!", e, ao olhar para trás, fiquei sem saber por que nos incomodamos. Patsy já sabia que ele estava trabalhando para mim, e o resto deles não se importava. De fato, teriam dificuldade de distinguir Poe de todos os outros cadetes embriagados de olhos vermelhos que apareciam por lá noite após noite. Não, a única pessoa que poderia nos importunar seria um outro cadete, e Poe era, felizmente, o único que tinha vindo ali naquela noite. O que significava que, em lugar de nos enfiarmos em algum canto escuro com uma vela apagada, ele e eu poderíamos nos sentar perto do fogo e nos servir da caçarola com gemada e aguardente de Benny, bem como nos aproximar do sentimento que experimentamos no meu hotel: a mútua camaradagem de dois solteirões que viviam cada um por si.

Naquela noite, Poe escolheu falar de mister Allan. A inspiração para isso, acho, foi uma carta recente em que mister Allan mencionou uma visita – desde que, é claro, pudesse encontrar um barco que o levasse rio acima e um barqueiro que não o despojasse de metade de sua fortuna.

"Você vê?", gritou Poe. "Foi sempre assim, desde que eu era criança. *Cada* despesa devia ser poupada. E, se não poupada, então escrutinada e... e *concedida de má vontade* e questionada pelo resto do tempo."

Desde o dia em que levou Poe para sua casa, Allan recusou-se a vesti-lo e educá-lo à maneira de um cavalheiro. Milhares de vezes, de inúmeras formas, Allan o renegou, e quando Poe precisou de ajuda para publicar seu primeiro volume de versos, foi Allan quem disse: "Os homens de gênio não devem pedir minha ajuda"; e quando Poe necessitou de cinquenta dólares para pagar o custo do material que iria usar na Armada, Allan se recusou e segurou o pagamento por tanto tempo que o sargento Bully Graves estava ainda cobrando o seu dinheiro (Bully, um sujeito tão incansável como qualquer credor), e não era correto, não era *justo*, que um jovem sensível fosse perturbado daquela maneira.

Poe falou, tomando um outro gole de gemada:

"Eu lhe digo, Landor, não há consistência no homem. Ele me ensina a aspirar ao ápice, depois me ataca destruindo cada esperança de progresso. Oh, sim, é sempre: 'Fique sobre seus próprios pés' e 'Nunca falhe com seu dever', mas na verdade, Landor, *na verdade* isso quer dizer: 'Por que você conseguiria o que eu não consegui?'. Sabe, Landor, quando ele me mandou para a Universidade de Virgínia, ele me deixou tão empobrecido que tive de desistir depois de oito meses apenas!"

"Oito meses", eu disse sorrindo fracamente. "Você disse que tinha estudado ali durante três anos."

"Não estudei."

"Você estudou, Poe."

"Landor, por favor! Como eu poderia ficar três anos ali, quando o homem estava me pressionando desde o momento que cheguei? Está vendo este drinque em minha mão? Eu lhe digo, se mister Allan estivesse me pagando este drinque, ele estaria pedindo-o de volta agora sob a forma de urina."

Pensei então no escocês de Benny, tentando conseguir a cerveja de volta da mosca, e eu tive a ideia de repetir a piada para Poe, mas ele já estava parado, com um olhar malicioso de garoto, anunciando que teria de pedir licença. "Para dar minha contribuição", disse ele, "para o fluxo do rio."

Ele deu uma risada nervosa, então, e foi a passos largos em direção à porta, quase colidindo com Patsy, pelo que se desculpou minuciosamente e a quem saudou como se fosse tirar o chapéu, antes de lembrar que não estava usando um. Patsy, ignorando-o, veio direto para a nossa mesa e, depois de um momento de pausa, começou a limpar as milhares de migalhas de pão e pequenas gotas que haviam se acumulado no breve tempo que eu e Poe ficamos ali. Ela limpava passando o pano lenta e placidamente, com a mesma precisão industrial que havia mostrado em minha cozinha. Eu havia esquecido o encanto que isso tinha.

"Você está quieta hoje", eu disse.

"Escuto melhor desse jeito."

"Oh", eu disse, "quem se importa em escutar quando pode" – minha mão tateou debaixo da mesa – "quando pode *sentir*..."

A sua mão me fez parar. Não consegui tocar a parte de seu corpo que estava procurando, e, no entanto, foi o bastante – tocar em sua pele fazia com que eu a desejasse ansiosamente dos pés até à cabeça. A memória da última vez me assaltou... a suculenta brancura abundante... o cheiro de cedro, inconfundível. Eu o reconheceria em mil anos, se ainda tivesse nariz. Algumas vezes penso que, quando as pessoas – pessoas como Poe – dizem que a alma baixou, referem-se a nada mais que isso. Um cheiro. Um bando de átomos.

"Cristo", eu disse baixinho.

"Sinto muito, Gus, não posso ficar, hã... a cozinha está terrível hoje..."

"Você pode ao menos *olhar* para mim?"

Ela ergueu aquelas encantadoras íris para mim. Em um segundo, tornou a desviá-las.

"O que há de errado?"

Seus ombros formaram uma ruga contra seu pescoço. "Eu acho que você não devia ter aceitado aquele trabalho", ela disse.

"Não seja ridícula", respondi. "É um *trabalho*, isso é tudo. Como qualquer outro."

"Não", disse ela meio se virando. "Esse não é." Ela lançou um olhar para o bar. "Ele o modificou. Posso ver em seus olhos, você não é mais o mesmo."

O silêncio desceu sobre nós como um vento, e lá estávamos, e você sabe como isso pode ser, não é, leitor? Pensamos que algo está estabelecido em certa direção, e depois acontece que nunca esteve naquela posição...

"Bem, então", eu disse. "A mudança deve estar em *você*, não em mim. Não posso fingir compreendê-la, mas eu posso..."

"Não", ela insistiu. "Não sou eu."

Estudei sua cabeça desviada. "Suponho que foi por isso que não mandou me chamar."

"Tenho estado muito ocupada com minha irmã, você sabe disso."

"E seus *cadetes*, Patsy. Eles também estiveram ocupados?"

Ela não hesitou. Com uma voz tão leve que mal pude ouvir, ela disse: "Eu imaginei que você também estivesse muito ocupado, Gus." Levantei-me um pouco da cadeira. "Nunca tão ocupado que não possa…" E foi até onde cheguei antes de Poe voltar e juntar-se a nós. Tremendo de frio e ardendo com a bebida alcoólica, descuidado com tudo e todos além de si mesmo. Ele se sentou na cadeira com as pernas abertas, esfregou as mãos e suspirou. "Meu Deus! Meu sangue da Virgínia nunca será suficientemente denso para esses invernos. Louvado seja Deus pela bebida alcoólica. E louvado seja Deus – apenas uma ou duas gotas, muito obrigado –, louvado seja Deus por *você*, Patsy! Como você abrilhanta essas horas melancólicas e desperdiçadas. Preciso escrever um sexteto para você, qualquer dia desses."

"*Alguém* deveria", eu disse.

"Alguém", ela concordou. "Você está certo. Isso seria encantador, mister Poe."

Ele a acompanhou ir embora com um longo olhar aprovador. Depois curvou o rosto sobre o copo e murmurou:

"Isso não é bom. Cada mulher que encontro, não importa quão… quão formosa, apenas me faz mover mais rapidamente de volta para Lea. Não consigo pensar em ninguém além *dela*, não posso *viver* por ninguém senão ela." Ele deixou o líquido borbulhar durante um instante na garganta. "Oh, Landor, eu olho para trás, para a pobre e ignorante criatura que eu era antes de encontrá-la, e vejo um homem morto. Andando nas direções certas, respondendo quando perguntado, realizando toda sucessão de coisas a fazer, mas *morto* assim mesmo. E agora essa mulher me despertou, e estou vivo finalmente, e a que custo! Que sofrimento há em estar entre os vivos!"

Ele abaixou a cabeça na concavidade das palmas das mãos.

"Será que eu conseguiria voltar atrás, Landor? Nunca! É melhor ter essa agonia multiplicada milhares de vezes do que voltar para a terra dos mortos. Não posso voltar atrás, não *quero*. E, no entanto… oh, Landor, o que vou fazer?"

Esvaziei meu copo. Coloquei-o sobre a mesa e o empurrei.

"Pare de amar", eu disse. "Não ame ninguém."

Ele teria ficado insultado se estivesse sóbrio ou se tivesse mais tempo para responder. Mas esse foi o momento que o reverendo Asher irrompeu pela porta de trás.

"Oficial! Landward!"

Com isso, o estabelecimento de Benny Havens... eu ia dizer *explodiu*, mas isso não explicaria o método. Aquele era, pelo menos, um evento semanal na taberna de Benny. Um dos "azuis" de Thayer fazia uma inspeção surpresa e quem quer que estivesse sentado perto da porta – naquela noite era Archer – soava o alarme, e quaisquer cadetes que tivessem escolhido aquela noite para "passear" sairiam correndo pela porta da frente e iriam direto para a margem do rio. Foi o que aconteceu com Poe naquela noite. Patsy lhe atirou o casaco e o puxou para que se levantasse, Benny arrastou-o da lareira até a porta, e mistress Haven lhe deu um empurrão final e bateu a porta atrás dele. Poe teria de ir adiante como uma pedra saltando ao longo da água.

O restante de nós cumpria sua parte na ocasião. Ficávamos em nossos lugares até que o oficial aparecesse e devíamos nos apresentar a ele com rostos surpresos quando perguntasse se algum cadete havia estado ali. O oficial, se fosse novo nessa tarefa, resmungaria sombriamente para nós e deixaria as premissas para outra hora. (Um ou dois tomavam um drinque antes de ir embora.)

Esperamos, então, pelo oficial *daquela noite*... mas a porta não se mexeu. Foi o próprio Benny que finalmente a abriu – de dentro para fora. Deu um passo em direção à escuridão da noite, estendendo o pescoço.

"Não há ninguém aqui", disse ele, com expressão carrancuda.

"Vocês não acham que eles foram atrás de Poe no rio, não é?", gritou Jack de Windt.

"Oh, teríamos ouvido algo. E então, Asher, conte-nos, o que o fez pensar ter visto um oficial?"

Os olhos tímidos de Asher se aguçaram. "O que me fez *pensar*? Cristo, por quem me toma, Benny? Você não acha que eu posso reconhecer uma *listra* tão bem quanto qualquer um?"

"Uma listra, você disse."

"Ora, certamente. Ele estava segurando a lanterna levantada – assim – e a listra, ora, ela estava evidente como uma espinha. Bem aqui no seu ombro."

"E você viu mais alguma coisa?", perguntei. "Algo além do ombro?"

A certeza começou a desaparecer do rosto de Asher. Os olhos moviam-se de um lado para o outro. "Não, Gus. Foi a lanterna. A maneira como a segurava, quero dizer. Dava para ver só a listra..."

◆

Uma chuva gelada, fina como uma lâmina, começou a cair – igual à que caíra na noite em que Ballinger foi morto. Ela já tinha coberto a maçaneta da porta de Benny e ornava os galhos como pérolas... e formara uma capa resplandecente nos degraus que levavam ao caminho principal.

Coloquei meus pés no primeiro degrau. Esperei. Ou talvez apenas tenha escutado, porque a noite estava cheia de sons. O som marcante do vento e um chacoalhar de ramos de um bordo e, logo acima de mim, em uma bétula quase desfolhada, um corvo – preto sobre preto – se balançava grasnando. Escuro! A única luz vinha da tocha do lado de fora da porta de Benny e do seu reflexo em uma poça de água gelada, cercada por uma moita de junípero. Um espelho quase perfeito, aquela poça: logo descobri Landor ali. Eu estava ainda olhando para aquele reflexo quando o som chegou, o som de passos se movendo como uma bola rolando.

Não era um barulho que a natureza faria. Humano demais. Como se alguém estivesse fugindo.

E talvez, se eu tivesse sido treinado para um outro ofício, se não tivesse trabalhado metade da minha vida como policial, eu não teria ido atrás. Mas quando se faz o que *eu* fiz para ganhar a vida, e aparece um camarada fugindo de você, ora, só resta segui-lo. Desci lentamente os degraus restantes e, mais uma vez, me encontrei no caminho para West Point. Para o norte, podia ver – não, não era como ver –, eu podia *sentir* uma agitação, uma *comoção* na escuridão. Pernas e braços e cabeça. Não mais do que um pressentimento, na verdade, mas, quando rastejei caminho acima, tive logo a prova de que necessitava: o som de esmagamento feito por botas.

Sem lanterna, eu tinha apenas aquele som para guiar-me, mas era um guia tão seguro quanto qualquer outro. Continuei andando, tentando manter aquela figura escura dentro de meu raio de ação, tentando harmonizar meu passo com o da figura. Devo ter chegado mais perto, porque o som estava ficando mais alto... e depois, acima do ruído dos passos, ouvi o resfolegar de um cavalo, uns seis metros adiante.

Ao ouvir aquilo, tudo mudou. Eu soube que, uma vez que ele tivesse montado naquele cavalo, não conseguiria derrubá-lo ao chão.

E eu sabia disto também: eu seria louco se pulasse sobre ele naquela hora. Melhor esperar até o momento que fosse montar – o momento que qualquer cavaleiro está mais vulnerável – antes de me arriscar.

Daquela vez, pelo menos, eu não estava cego como estivera no closet de Artemus. Meus olhos tinham levado alguns minutos para se ajustar ao escuro, e eu podia então ver os flancos cor de púrpura de um cavalo, ele sacudia o gelo de seu pescoço, e os contornos de uma outra figura, mais humana, apoiando-se contra a sela.

E algo mais: uma listra branca dividindo o escuro.

E como ela era a parte mais definida da cena, foi para aquela listra que eu me atirei e a agarrei com as mãos. E quando senti o corpo estranho ceder debaixo do meu, aquela listra tornou-se minha âncora.

Por ora estávamos rolando – para baixo em uma colina íngreme. O caminho havia escolhido aquele ponto exato para decair, e estávamos sob seu domínio. A lama me sugava, cristais de gelo caíam em meu rosto e pedras cortavam minhas costas. Ouvi um rápido gemido – não meu – e senti uma mão pressionando meus olhos. Estrelas de dor explodiram nas cavidades dos meus olhos e detrás de mim veio uma sucessão rápida de luzes. E quando paramos de rolar – quando por fim alcançamos a parte mais baixa da colina – eu tateei procurando a listra branca e só encontrei mais escuridão.

Mas uma escuridão tão diferente daquela da noite que não pude fazer nada senão mergulhar nela. Quando voltei a mim, estava deitado obliquamente no caminho, furioso como uma mosca presa numa armadilha. Ao longe podia ouvir cascos de animal galopando para o norte.

Bem-vindo, pensei. *Ao seu último fracasso*.

A culpa era toda minha, eu sabia, por pensar que teria de lutar com um único camarada. Alguém mais estivera ali todo o tempo. Alguém com um talento para bater severamente em crânios.

Só meia hora mais tarde, depois de voltar até a taberna do Benny e ter minha cabeça tratada por mistress Havens – e ter sido presenteado com uma rodada livre de drinques pelos meus simpáticos amigos –, percebi a coisa que tinha se agarrado, sem eu saber, na manga de meu casaco. O único prêmio que ganhei de minha luta: uma tira de roupa engomada, agora suja de lama e gravetos. O colarinho branco de um padre.

Relatório de Edgar A. Poe para Augustus Landor

8 de dezembro

MEU CARO LANDOR, ACHEI QUE GOSTARIA DE SABER COMO EFETUEI MINHA retirada do estabelecimento de mister Havens na noite passada. Minha escapada, como você deve ter suposto, foi feita completamente ao longo da margem do rio. As condições geladas preponderantes, no entanto, tornaram essa pequena margem extremamente enganosa. Em mais de uma ocasião, eu tropecei e quase não escapei de mergulhar no abraço gelado do Hudson. Foi necessária a completa concatenação de minhas forças, agilidade e faculdade mental para manter-me ereto e em contínuo movimento.

Confesso que deveria ter tomado grande cuidado com minha travessia se não tivesse, em minha fantasia febril, acreditado ter sido "descoberto" pelas autoridades. Eu tinha, é claro, tomado as precauções habituais de encher minha roupa de cama, mas sabia que bastaria levantar minha colcha para expor minha simulação. A partir daquele momento, eu seria detido – levado à força, com uma breve ordem, diante do tribunal do coronel Thayer, minhas diversas contravenções seriam denunciadas com monótonas ladainhas, e minha eterna sentença pronunciada em cadências sonoras e retumbantes.

Exoneração!

Oh, não me importo com o status de cadete. Minha *carreira*? Eu a abandonaria contente com um estalo dos dedos. Mas ser eternamente banido da presença do ímã do meu coração! Nunca mais banhar-me no fulgor de seus olhos – não! Não! Isso não pode acontecer nunca!

Portanto, andei a passos largos e redobrei a velocidade. Eram, pelos meus cálculos, uma e meia ou duas da manhã quando por fim fui recompensado ao ver Gee's Point. Como o meu esforço tinha me levado ao precipício da exaustão, fiquei ali por algum tempo antes de dirigir-me à subida íngreme que leva à área principal. Sem maiores incidentes, cheguei à porta da Caserna Sul, congratulando-me pela minha boa sorte.

Parando mais uma vez para reconhecer a área, detive-me em um poço de escada. A porta fechou-se atrás de mim com grande ímpeto. O ar negro me rodeava, obscurecendo a própria noite, e parecia-me que podia ouvir – sim! mais uma vez! – o som baixo, abafado, rápido, a pulsação tão semelhante, embora tão variável, as palpitações de um coração humano. Seria o meu *próprio* coração? Perguntei-me. Ou o meu ofegar ainda audível tocava um ritmo correspondente no ar elástico, do jeito que a baqueta encontra respostas reverberantes no couro esticado do tambor?

Nada se movia, e, no entanto, eu sentia, em cada lado – *testemunha*, Landor. *Olhos*, queimando-me com sua chama profana.

Com que fúria silenciosa eu protestei comigo mesmo! Quão firmemente incitei meu corpo sem vontade a mover-se! Um único passo, seguido por outro, mais um. E então, como se intimado de outro mundo, veio o som do meu próprio nome:

"Poe."

Não sei quanto tempo ele tinha estado esperando. Só posso relatar *isto*: que, quando ele se aproximou, tornei-me sensível ao som leve e métrico de sua *própria* palpitação, deixando-me crer que havia andado a uma velocidade tão grande quanto a minha.

Sitiado como eu estava por milhares de sensações conflitantes, ainda conservei suficiente presença de espírito para perguntar-lhe qual era o seu propósito em vir até ali em uma hora tão tardia, e a uma caserna que não era a sua. Não respondeu – nem se aproximou –, embora eu pudesse ainda *o sentir*, sim, agitando as próprias moléculas desse quarto escuro com sua impaciente peregrinação. Só dessa maneira pude inferir – com que frisson de medo você pode imaginar – que ele estava descrevendo uma *órbita* ao meu redor, como uma lua fria e maligna.

De novo perguntei, da maneira mais civilizada que pude, o que queria comigo e se não poderia esperar até de manhã. Por fim, com uma voz insinuante, dura e fria, ele disse:

"Você *será* bom para ela, não é, Poe?"

Oh, agora meu coração batia ao som daquele simples pronome pessoal. *Ela*. Ele podia ficar sabendo disso apenas por aquela luz em meu peito! Incentivado pelos sentimentos que se dilatavam através de mim, anunciei em termos não duvidosos que de preferência – eu quase disse "arrancar meu coração do meu peito", Landor! –, de preferência eu arrancaria meus *membros* em vez de me comportar de uma maneira que pudesse machucar os sentimentos de sua irmã.

"Não", ele disse, com paciência. "Não, o que quero dizer é se você não é do tipo que tira vantagem imprópria de uma dama. Não há nada de grosseiro em você? Atrás desses seus olhos tristes?"

Informei-o, então, que, para uma sensibilidade como a minha, por mais encantos que uma única mulher pudesse apresentar, eles deveriam estar lado a lado com aqueles inefáveis e sedutores encantos *espirituais* que compõem o verdadeiro *locus* do fascínio feminino e que tendem mais efetivamente para uma concórdia duradoura entre os sexos.

Essa declaração sincera inspirou nada mais do que uma risada seca de Artemus. "Também penso assim", disse ele. "Naturalmente... é claro, não quero embaraçá-lo, Poe, mas suspeito que você ainda não, oh, *se deu*, posso dizer assim?, para uma mulher."

Como fiquei grato, então, por estar envolto em escuridão! Porque meu rubor não era de tal veemência e fulgor que poderia exceder em brilho o carro de batalha dourado de Ra?

"Por favor", disse Artemus, "não me compreenda mal, Poe. É uma das qualidades que acho mais admirável em seu caráter. Há em você... uma *inocência* implacável que é aprovada por todos que lhe querem bem. E naturalmente, entre estes, mais recentes", ele acrescentou, "eu incluo a mim mesmo."

Pela primeira vez pude perceber bastante bem suas feições para ver que seus lábios tremiam, os olhos estavam dirigidos fixamente à sua frente, e que a cabeça, de tempos em tempos, inclinava para um lado. O que, de fato, eu temia por estar em suas mãos? Em todo o seu semblante reinava apenas indulgência e bondade.

"Poe", ele disse mais uma vez.

Foi então que me tocou, mas não da maneira que eu esperaria, não da maneira entre camaradas – não, pegou-me pela mão e estendeu meus dedos diante dele. Depois, falando num tom de surpresa pesarosa, ele murmurou:

"Que lindas mãos você tem, Poe. Ora, elas são tão bonitas quanto as de qualquer dama." Ele as puxou para mais perto de seu rosto. "Mãos de padre", ele disse. E depois – tremo, sim, tremo! Enquanto escrevo isto – ele pressionou os lábios nelas.

Oh, Landor, eu não sei como me posicionar na investigação sem envolver Artemus em novas nuvens de suspeitas e, no entanto, devo prosseguir. Pode ser concebível que, na noite de sua morte, Leroy Fry estivesse se arriscando fora de seu abrigo familiar com o propósito de – de novo minha caneta treme com essa sugestão –, com o propósito, quero dizer, de um encontro em hora e lugar marcado, não com uma moça, como supúnhamos, mas com um jovem *homem*?

Narrativa de Gus Landor
29

8 de dezembro

DEIXE DE LADO POR ENQUANTO, LEITOR, A PERGUNTA DE POE. TENHO OUTRA PERGUNTA para você: por que eu deveria esperar qualquer simpatia da parte do capitão Hitchcock? Por que, depois de lhe contar que escapei por pouco do closet de Artemus e do lado de fora da taberna de Benny Havens, eu esperava que ele perguntasse sobre minha saúde? Expressasse preocupação pela minha segurança? Eu deveria saber que ele estava muito ocupado lidando com a *mensagem* para se preocupar com o mensageiro.

"O que não compreendi", ele começou batendo o punho contra a escrivaninha, "é por que nosso homem – se é o nosso homem – o teria seguido fora da reserva. Com qual propósito?"

"Ora, para me procurar, suponho. Assim como eu estava tentando procurar por ele."

Apesar de que, enquanto eu dizia aquilo, outra possibilidade estava se formando em minha mente. E se o nosso homem misterioso não estivesse de maneira alguma procurando por *mim*? E se ele estivesse procurando por *Poe*?

E se fosse assim, ele teria visto Poe entrar na taberna. Ele teria sabido que eu também fiquei lá durante o mesmo tempo que Poe. E com isso ele poderia tirar algumas conclusões interessantes sobre o que o cadete Poe andava fazendo secretamente depois do toque de recolher.

Mas, certamente, eu não podia compartilhar nada disso com Hitchcock, porque teria de confessar que levara um de seus cadetes para fora da reserva e, o que era pior, tomara bebida alcoólica com ele. O que me poria em uma posição ainda mais desfavorável na estima de Hitchcock do que eu já estava.

"Ainda não faz sentido", estava dizendo o capitão. "Se ele for realmente o homem que você encontrou na casa de Marquis, por que tentaria matá-lo em uma situação e simplesmente o deixaria inconsciente na outra?"

"Bem", eu disse, "é aí que o nosso segundo homem entra em cena. Talvez ele tenha uma influência *tranquilizante* sobre o seu camarada. Ou talvez estivessem apenas tentando assustar-me sem qualquer razão."

"Mas se você realmente acredita que Artemus está envolvido com tudo isso", disse Hitchcock, "como podemos retardar sua prisão?"

"Capitão, não pretendo saber como a sua justiça trabalha, mas, lá em Nova York, não podemos prender uma pessoa a menos que tenhamos evidências imparciais contra ela e, pelo que lhe peço desculpas, ainda não as temos." Eu enumerei os itens que tínhamos em meus dedos. "Temos um colarinho de padre, que nada significa sem um padre. Temos um pouco de sangue no uniforme de Joshua Marquis, mas que pode ser de qualquer pessoa – Cristo, o sangue poderia ter ficado desde a batalha de Maguaga, pelo que sabemos. E o soldado raso Cochrane não seria capaz de identificar aquele uniforme, eu dou minha palavra, da mesma forma que Asher Lippard não poderia. Tudo o que viram foi uma *listra*."

Hitchcock fez algo que jamais o vira fazer: encheu para si um cálice com xerez. De fato, sorveu-o por entre os dentes.

"Talvez", disse ele, "tenha chegado o momento de chamar Artemus para um interrogatório direto."

"Capitão..."

"Certamente, se eu aplicar bastante pressão..."

Eu já o conhecia bem, naquela ocasião, para saber que ele não rejeita de imediato qualquer ideia proposta por um oficial do Exército. Não, é preciso peneirá-la como se ela fosse um minério de alta qualidade, apenas para descobrir, com profundo pesar, que ela não é *exatamente* o minério que estava procurando. Então dei uma exibição de peneiração.

"Bem, é claro, é uma decisão sua, capitão. De minha parte, estou pensando que Artemus é um indivíduo muito tranquilo, pode muito bem enfrentar um artifício desses. Ele sabe muito bem que não temos nenhuma prova para incriminá-lo. Tudo o que tem de fazer é negar o fato repetidas vezes – e parecer um cavalheiro ao fazer isso – e não seremos capazes de atingi-lo. Ao menos é o que me parece. E me pergunto se não podemos apenas fortalecê-lo convocando-o publicamente."

Você vê como eu posso ser diplomático, leitor, quando tento? Isso não fez um mínimo de diferença. Os olhos de Hitchcock se estreitaram e o queixo levantou-se quando colocou o copo vazio na escrivaninha.

"Então são essas suas razões para adiar o interrogatório, mister Landor?"

"Quais outras razões poderiam haver?"

"Pode estar preocupado com que alguém mais possa ser incriminado."

Um longo silêncio se seguiu, rangendo contra velhas tensões. Ouvi o baixo resmungo saindo de minha garganta quando joguei a cabeça para trás.

"Poe", eu disse.

"Pelas suas contas, havia *dois* homens presentes naquela noite."

"Mas Poe estava..."

Poe estava correndo para voltar a West Point.

Sim, mais uma vez, eu estava encurralado. Não poderia proporcionar um álibi para Poe porque, em primeiro lugar, não poderia admitir ter estado na taberna. E também porque outro pensamento ocioso tinha aparecido para atrapalhar-me: como eu poderia ter certeza de *onde* Poe tinha estado?

Soltei o ar dos pulmões. Sacudi a cabeça.

"Não posso acreditar que o senhor ainda esteja atrás do escalpo daquele menino, capitão."

Hitchcock inclinou-se para mim. "Deixe-me esclarecê-lo em um ponto, mister Landor. O único escalpo *atrás* do qual estou adere ao homem – ou homens – que matou meus dois cadetes. E por mais que você pense que estou sozinho nisso, posso assegurar-lhe que meu objetivo é compartilhado com todos na cadeia de comando, que vai direto até, e inclui, o comandante-em-chefe."

Não havia nada a fazer a não ser levantar as mãos como rendição. "Por favor, capitão. Eu estou do seu lado. De verdade."

Quem poderia dizer se ele realmente se apaziguara? Mas ele ficou quieto durante um minuto inteiro, enquanto eu relaxava os músculos de minhas costas.

"Vou lhe explicar por que quero adiar", eu disse por fim. "Está faltando uma peça aqui. E sei que, assim que a encontrar, tudo se encaixará e teremos tudo de que precisamos. E *até* encontrá-la, nada irá fazer sentido, nada irá se ajustar e ninguém ficará satisfeito – nem você, nem eu, nem o coronel Thayer, nem o presidente."

Oh, ainda levamos bastante tempo discutindo o assunto, mas por fim concordamos com isto: Hitchcock designaria alguém (*não* um cadete) para rastrear os deslocamentos de Artemus, tão discretamente quanto possível. Assim ele poderia, pelo menos, garantir a segurança do corpo de cadetes sem comprometer minhas investigações. Ele não me disse quem tinha em mente para tal missão, e nunca perguntei – não quis saber –, e, assim que chegamos àquele acordo, Hitchcock não precisava mais de mim. Descartou-me, com efeito, com as seguintes palavras:

"Confio que receberei o próximo relatório sobre o diário de mister Fry amanhã de manhã."

Eu devia ter dito apenas sim.

"Na verdade, capitão, o senhor o receberá um pouco mais tarde. Hoje sou esperado para o jantar."

"É mesmo? Posso saber onde?"

"Com o governador Kemble."

Se ele ficou impressionado, não o demonstrou. E para lhe fazer justiça, acho que não ficou.

"Fui lá uma vez", ele falou de modo arrastado. "Aquele homem fala mais que um metodista."

Sempre que se pedia a Poe para descrever o governador Kemble, ele tirava algo de sua sacola de mitos: Vulcano com sua forja, talvez, ou Júpiter com seus raios e trovões. Quanto a mim, conheço muito pouco de mitologia e muito de Kemble, que é uma das pessoas menos míticas que já encontrei. Ele é apenas alguém que adquire segredos e dinheiro aproximadamente na mesma proporção e imagina como espalhar um para colher o outro.

Ele primeiro conseguiu um emprego em Cádiz, onde aprendeu uma ou duas coisas sobre a fabricação de canhões. Ao voltar para casa, foi direto para Cold Spring, e lá, nos aterros de Margaret Brook, o governador construiu uma fundição. Algo cheio de rangidos, vapor e outros barulhos, com rodas de moinho e bombas de compressão e depósitos de peças fundidas. Um lugar de magia. Os dólares do Tio Sam choviam dentro, vendiam peças de artilharia para bombardeio, metralhas e balas de canhão, projéteis, manivelas, tubos, rodas dentadas. Se há uma peça de ferro entre a Pensilvânia e o Canadá que *não tenha* sido feita pelo governador Kemble, bem, não se deve confiar nesse ferro. E é por isso que o metal fundido nesse vale abençoado deve ser jogado fora se não tiver o selo com a permissão de imprimir da Fundição de West Point.

A fundição está aqui há tanto tempo que acaba não sendo notada, ou, talvez eu devesse dizer, ela é percebida da mesma maneira que as faixas de feldspato o são nas construções. Ela se torna parte da ideia que se faz do lugar. O estrondo do alto-forno, o poderoso círculo do deslocamento do martelo de oito toneladas do governador Kemble, ora, essas coisas devem estar aí há séculos. E até as florestas, que alimentam o alto-forno, dia após dia, com a extração de carvão vegetal de Kemble, foram tão dizimadas, e tão rapidamente, que os declives das colinas parecem se livrar delas como se fossem sementes, e isso, certamente, também existe desde sempre.

Bem, esse mesmo governador Kemble, sendo um solteirão, tem sede de companhia humana. Uma vez por semana, ele mantém a casa aberta e chama almas companheiras para provar os frutos de sua generosidade. São, em geral, outros solteirões, mas, de vez em quando, todos os *importantes* devem fazer sua peregrinação até Marshmoor. Thayer, é claro, é um convidado regular. Igualmente os oficiais de Thayer e os membros da Junta Acadêmica de Thayer e do Grupo de Visitantes de Thayer. E, também, estrelas em trânsito: pintores de paisagens, autores nova-iorquinos, adeptos de Téspis, um burocrata ocasional, o Bonaparte ocasional.

E eu, por ter ajudado o irmão de Kemble, muitos anos atrás, a livrar-se de uma terra fraudulenta em Vauxhall Gardens, havia sido convidado uma meia dúzia de vezes desde que viera para as montanhas e, antes dessa noite, tinha ido... uma vez. Oh, eu estava feliz por ter sido convidado, sim, mas não *anseio* muito por companhia, e o horror das pessoas usualmente supera a honra de ir a Marshmoor. Mas isso era antes de eu começar a mofar dentro das paredes completamente brancas do hotel de mister Cozzen. Antes de começar a passar meus dias e noites com homens vestidos com uniformes de lã. Antes que as visões de Leroy Fry e de Randolph Ballinger começassem a dançar em minha cabeça. O medo de estranhos havia começado a diminuir antes do medo *desse local*, dessa Academia; e assim foi que, quando chegou a última convocação de Kemble, eu fiquei muito ansioso para aceitar.

E isso explica por que eu estava deslizando no gelo colina abaixo sobre o meu traseiro quando deveria, por direito, estar estudando atentamente o diário de Leroy Fry, e por que, depois de chegar lá embaixo, coloquei-me de pé e me peguei examinando as águas e perguntando ao soldado de serviço se o tempo poderia forçar Kemble a cancelar o jantar. Porque a neve ainda caía, tão determinada quanto o serviço dos correios. Eu não devia ter receado. A duzentos metros da praia, chegava a barcaça de Kemble, apenas alguns minutos depois da hora marcada. Seis remadores dentro dela! Kemble é daqueles que fazem as coisas em grande estilo.

Não tive escolha senão colocar meu traseiro molhado em um daqueles bancos e deixar-me ser... transportado.

Fechei meus olhos por um tempo e fingi que *outra* pessoa estava fazendo a travessia. E isso me aproximou do ritmo do rio, que estava turvado e cheirando a enxofre. A travessia no rio encapelado foi difícil nessa noite. Dentro de dois meses, eu sabia, o rio estaria congelado e eu teria de ser transportado em uma carruagem a cavalo. Nessa noite não conseguia enxergar nada exceto os pontos bruxuleantes dos archotes através da névoa e só sabia que estava me aproximando porque a água ficou mais calma, a praia fazia uma curva e os remadores não enfiavam os remos tão profundamente como antes. Mesmo assim, eles continuavam, e, quando os remos saíam da água, vinham cheios de lodo e algas – uma velha lata de enguia, a tampa de uma caixa de tabaco –, e o barco, com certa frequência, mudava de direção, sem aviso, com os solavancos da maré.

A doca surgiu do nada, um mero borrão na luz do crepúsculo, não mais real do que a névoa até que uma luva estendida a tornou mais definida.

A luva pertencia ao cocheiro de Kemble. Brilhando como moeda em sua libré limpa cor de creme e conduzindo um grande tílburi puxado por dois cavalos brancos, parados imóveis como mármore, rodeados com o vapor de sua própria respiração.

"Por aqui, mister Landor."

Uma equipe de criados já havia retirado o gelo do desembarcadouro, e a carruagem andou sem um chacoalhar brusco, subiu como se estivesse sendo *recebida*. Passou por um pórtico e parou com um pequeno balanço. E ali, no alto da escada, estava parado o governador Kemble.

Parado, de certa maneira, como se estivesse montado a cavalo, ereto com sua enorme cabeça e fartas costeletas, e as pernas cruzadas. Os pés grandes como abóboras. Um rosto enorme, com papadas, e feio, vermelho de prazer. Ele começou a tagarelar no momento que pôs os olhos em mim, e, quando pegou a minha mão dentro das suas, eu podia acreditar que estava desaparecendo dentro dele.

"Landor! Ficou longe por muito tempo. Agora entre, homem, esse tempo não é bom para cachorros. Oh, mas você está ensopado, não é? E esse *casaco*! Ora, ele está cheio de furos! Não se preocupe, mantenho um estoque para emergências, exatamente para situações como esta. Eles não são do meu tamanho, não tema, as proporções são estritamente humanas, e se não se importar com o que digo, eles têm um pouco mais de *estilo*.

Que palavra tola esta, *estilo*. Mas pare, deixe eu dar uma olhada em você: muito *magro*, Landor. O mingau de aveia da Academia não deve ter feito bem a você, mas, na verdade, serve apenas para ratos. Não importa, você comerá bem esta noite, meu amigo. Até conseguir estourar as costuras de *todos* os meus casacos!" Vinte minutos mais tarde, eu estava vestido com um reluzente casaco novo e um colete com uma encantadora gola enrolada, e eu estava em pé no estúdio de Kemble, que era quatro vezes maior que o de Pawpaw e revestido com a mesma madeira das árvores com que Kemble alimentava a lareira. Um dos criados avivava o fogo, um segundo chegou com uma garrafa de cristal com vinho madeira e um terceiro trouxe os copos. Tomei *dois* copos, para compensar o tempo perdido, e esvaziei-os devagar enquanto Kemble levava o seu único copo até a janela e olhava pelo gramado para a grande e deslumbrante planície do Hudson. O Hudson *dele*, tão sereno a esta distância que se poderia tomá-lo por um lago.

"Rapé, Landor?"

Não havia cachimbos para serem oferecidos na mansão do governador Kemble, mas *havia* caixas de rapé. Nenhuma tão vistosa quanto esta, no entanto: um pequeno sarcófago de ouro, com a Queda do Homem incrustada em torno das laterais e um canhão de ouro dividindo a tampa. Kemble sorriu ao me ver aceitar o rapé. "Thayer sempre rejeita", ele disse.

"Bem, é a natureza dele. A renúncia."

"Ele não renunciou a você, ou sim?"

"Pode fazê-lo em breve", eu disse, "do jeito que a investigação está se arrastando. Quem sabe quando terminará?"

"Nem parece você, Landor, demorar tanto tempo com as coisas."

"Bem." Um sorriso amarelo. "Estou fora da minha zona de conforto, suponho. Não fui feito para a vida militar."

"Ah, mas aqui está a dificuldade. *Sua* falha é simplesmente um golpe para o seu orgulho profissional. Você deve apenas retornar para aquela sua pequena casa encantadora e tomar um outro copo de vinho madeira ou – ou *uísque*, não é, Landor?"

"Sim, uísque."

"Ao passo que, com as falhas de *Thayer*, as pessoas caem com ele." Um gigantesco polegar se insinuou em sua orelha e saiu de novo com um estalo ressonante. "É uma época delicada, Landor. A legislatura da Carolina do Sul propôs uma deliberação pedindo a abolição da Academia, você sabia disso? E não pense que eles não têm aliados no Congresso. Ou na Casa

Branca." Ele levantou seu copo de vinho até a luz de um candeeiro de cobre. "Acho que o passatempo mais agradável de Jackson é reintegrar cada cadete que Thayer exonera. Ele está *esperando* sua oportunidade para conseguir a cabeça de Thayer, e não me importo em lhe dizer, ele a terá se não conseguirmos fazer essa investigação ir adiante. Temo pela Academia."

"*E* por sua fundição", acrescentei.

Estranho, eu não tivera a intenção de dizer aquilo em voz alta. Mas Kemble não se intimidou. Ele deu um passo, endireitou-se, parecendo mais alto, e disse: "Uma Academia forte significa uma mão forte, Landor".

"Certamente."

"Agora, cheguei a pensar que uma morte, por mais bizarra que fossem as circunstâncias, não importa muito no grande esquema das coisas. Duas, no entanto, é outro assunto."

E o que eu poderia responder àquilo? Duas *era* outra coisa. *Três* seria ainda outra coisa.

Kemble franziu as sobrancelhas, tomou um gole de vinho madeira. "Bem, espero, pelo bem de todos, que você encontre seu homem e deixe para trás todo esse terrível assunto. Oh, mas olhe para você, Landor, suas mãos estão tremendo. Venha para mais perto do fogo, acho que outro copo de madeira e... ah, você percebe? Os demais convidados estão chegando, a menos que me engane! Barulho no ancoradouro. Sabe, Landor, deixei-os lá fora por tanto tempo que quero recebê-los pessoalmente. Você se importaria... se *incomodaria*? Tem certeza? Muito bem, se você insiste, mas agasalhe-se bem. Não queremos que pegue uma pneumonia, seu país depende de você, sabe..."

◆

Duas carruagens foram enviadas para pegar os convidados no barco. Kemble e eu estávamos sentados na segunda, envolvidos em várias mantas, um pouco corados por causa da bebida alcoólica. Silêncio. Ou, se *ele* estava falando, eu não estava prestando atenção. Eu estava considerando, como nunca havia feito antes, o custo do fracasso.

"Ah!", gritou Kemble. "Aqui estamos."

Ele colocou um pé no chão e desceu antes que qualquer pessoa pudesse piscar. Seus criados, pelo visto, não tinham sido capazes de limpar a neve de todo o terreno. Oh, foi uma queda épica, cento e tantos quilos batendo com estrondo na terra. Ele se tornou, em um instante, pura topografia: o

ventre uma montanha, estreitando-se até a cidade-cabeça, com dois olhos-
-lagoa piscando fortemente. Quatros criados apressaram-se para ajudá-lo.
Ele lhes acenou com um sorriso. Deu um espetáculo ao pôr-se, por Deus,
de pé sobre seus próprios pés. Depois, sacudindo a cartola e limpando os
cristais de neve dos ombros e cotovelos, ele ergueu uma única sobrancelha
grossa e disse:

"Eu realmente odeio ser comediante, Landor."

A primeira pessoa que desembarcou foi Lea Marquis. Aquilo foi
uma surpresa, sim, embora a surpresa maior fosse ver como ela estava
bem-arrumada. A donzela solteirona da sala de visitas da família Marquis
prendera o cabelo com um nó de Apolo, trajava um vestido de tafetá lilás
com a saia mais ampla que eu já vira, e tinha se empoado inteira com
goma pulverizada, muita da qual havia sobrevivido à travessia do rio, mas
nada podia esconder o rosado de suas bochechas no ar severo da noite.

"Minha querida Lea!", gritou Kemble, radiante e abrindo os braços.

"Tio Gouv", ela respondeu sorrindo. Ela deu um único passo em sua
direção... e depois parou, ciente de que os olhos dele tinham se desviado
para a figura parada bem atrás dela no barco.

Um oficial do Exército, que era a única coisa que se podia dizer dele
àquela distância. A sua graduação não era clara. Rosto desviado. Então, é
claro, eu já conhecia todos os oficiais de West Point, e era uma questão
de orgulho para mim reconhecê-los antes que me reconhecessem, mas
aquele, por alguma razão, não queria revelar-se. Foi apenas quando a
lanterna de um dos cocheiros lançou um facho de luz em seu caminho,
iluminando-o exatamente quando estava colocando o pé nas docas, que
eu o reconheci.

Eu o reconheci de imediato. Através de todas as falsas roupas e com-
portamentos e adornos faciais. Era o cadete Poe do primeiro ano. Vestindo
o uniforme do falecido Joshua Marquis.

Narrativa de Gus Landor
30

Bem, eu me adiantei. De início eu não fazia ideia de a quem aquele uniforme pertencia. Então Poe tirou o seu casaco, colocou-o em Lea e ficou parado ali sob a luz da lanterna, e eu soube de imediato para o que estava olhando. O casaco só havia mudado em um detalhe desde que o vira da última vez: ele agora trazia no ombro uma única listra amarela.

"Mister Landor", gritou Lea, com os olhos arregalados. "Permita-me apresentar-lhe a um querido amigo de nossa família, o tenente le Rennet. *Henri* le Rennet."

Eu mal escutei o nome de início. Não, tudo o que eu podia ver era o uniforme. Mais ainda, tudo que pude ver era como ficava bem em Poe. Um alfaiate não teria feito melhor.

E como eu já tinha gastado tanto tempo tentando colocar um rosto e um corpo naquele uniforme, ver o rosto de *Poe* e o corpo de *Poe* nele... me fez sentir como se eu estivesse caindo em uma longa espiral. A espiral das *palavras* de Poe, todos aqueles textos carinhosos nos quais eu acreditara tanto – como podia saber, agora, se eles eram confiáveis? Deixando de lado as suspeitas de Hitchcock, como saber se podia confiar no que Poe tinha me contado? Se ele não tinha conhecido Artemus e Lea Marquis *meses* antes do que me dissera? Para dizer a verdade, por que não podia ter sido Poe, agachado na planície naquela noite, quem tinha retirado o coração do peito de Leroy Fry?

Era loucura, eu sabia disso. Tentei argumentar comigo mesmo. *Ele* está apenas usando um traje à fantasia, Landor. Ele não sabe que o casaco tem um significado especial. Ele está representando um papel, pelo amor de Deus...

E *ainda assim* me pegava olhando aquele rosto, tentando reassegurar a mim mesmo que nada poderia ter se alterado tanto no espaço de um minuto. Ele estava vestindo um uniforme, era só isso.

Eu engoli em seco e disse: "Muito prazer em conhecê-lo, tenente".

"O prazer é inteiramente meu", replicou Poe.

Ele tinha adotado para essa ocasião um leve sotaque, um moderado acento mediterrâneo com um leve toque de mister Bérard. Mas o que mais me chocou foi a mudança em seu rosto. Lea (ou outra pessoa) havia colocado um bigode de cabelo de cavalo nele, lambuzado com graxa de sapato e colado na parte acima do lábio, normalmente sem pelo. Grosseiro, sim, mas havia uma espécie de gênio nisso, demasiado, porque, por causa dele, Poe facilmente parecia ter trinta ou trinta e dois anos. Bem-apessoado também: o bigode lhe caía bem.

O segundo barco trouxe uma multidão maior, e muita gente estava subindo nas carruagens. Eu desejaria poder lembrar os nomes de todos os convidados, leitor. Um dos editores do *New York Mirror* estava lá. Um pintor chamado Cole, um carpinteiro quacre e uma mulher que compunha hinos. Homem ou mulher, Kemble tratava a todos igualmente. Batia em seu cotovelo e tratava suas mãos como uma de suas bombas compressoras, e pedia-lhes que tomassem café ou vinho madeira, ou que esvaziassem sua adega se quisessem (como se eles pudessem!), oferecia capotes e paletós de emergência, e dessa maneira bufava em cima deles como um fole, conduzindo-os do vestíbulo para a sala de visitas.

Só eu me mantive distante – sempre o último para receber a bufada. Fiquei no vestíbulo, ouvindo o ressoar de pés no glorioso chão de carvalho de Kemble, o tique-taque do relógio de pêndulo (o maior que eu já tinha visto) e o som de meus próprios pés batendo no assoalho. Antes que se passasse um minuto, meus ouvidos começaram a detectar um novo ritmo, era um ruído mais leve, como uma dança de camundongos. Erguendo a cabeça, descobri Lea Marquis parada logo adiante, batendo o pé como em contraponto ao meu. Sorrindo.

"Miss Marquis, eu..."

"Oh, o senhor não vai nos denunciar, não é?", ela implorou. "Ninguém será prejudicado por nosso pequeno disfarce, posso lhe assegurar."

"Ninguém a não ser Poe", eu disse, gravemente. "Você deve saber que oficiais da Academia jantam aqui com frequência."

"Oh, sim, sim, estamos *en garde* para tal eventualidade. Entrementes..."

Contra a minha vontade, a minha opinião, senti um comichão nos lábios. "Não farei nada para me intrometer em seus assuntos. E estou encantado em encontrá-la aqui, miss Marquis. Pensei que esta fosse ser outra noitada de homens."

"Sim, parece que há uma noite por ano em que as mulheres podem se sentir a salvo em Marshmoor. Nossa noite anual de emancipação, histórica em suas implicações."

"Mas certamente, como sua sobrinha..."

"Oh, 'tio' é apenas um termo carinhoso. Eu o conheço desde menina, sabe. Ele é um velho amigo da família."

"E onde, então, estão os outros Marquis?"

"Bem", ela disse, calmamente, "o senhor não ficará surpreso em saber que mamãe está de cama de novo."

"Enxaqueca?"

"Quarta-feira é o dia da *nevralgia*, mister Landor. Meu pai ficou com ela e meu irmão está ocupado com a geometria, e eu sou a única emissária da família."

"Bem", eu disse, "não poderíamos ter uma solução mais feliz."

Enquanto eu escutava as palavras que saíam de minha boca, senti um calor invadir-me as faces. Não eram aquelas as palavras de um galanteador? Dei um passo atrás. Cruzei os braços.

"Devo confessar, miss Marquis, que sempre me admirei que não houvesse *mais* mulheres aqui. O lugar poderia tirar partido de algumas.

"O tio Gouv nos odeia", ela respondeu simplesmente. "Não, não olhe dessa maneira. E sei que ele declara ficar apenas *iludido* pelo meu sexo, mas poderia haver uma confissão mais condenatória do que esta? Não conseguimos compreender apenas o que não conseguimos estimar."

"Você tem muitos admiradores, miss Marquis. Todos eles a compreendem?"

Seus olhos se desviaram dos meus. Quando ela falou de novo, foi com uma espécie de palidez opressiva.

"Disseram-me que uma mulher partiu o coração de tio Gouv muito tempo atrás. Mas o que acho mesmo é que ele *nunca* teve o coração partido." Ela olhou para mim. "Não como o senhor, Landor. Não como eu." Ela sorriu, então, e inclinou a cabeça. "Parece que fomos abandonados. Vamos nos juntar aos outros?"

O governador Kemble tinha ideias muito claras sobre como distribuir os lugares à mesa de jantar. As mulheres (nas raras ocasiões em que estavam presentes) deviam sentar-se todas juntas, os homens também juntos. É claro que nesse arranjo haveria sempre dois membros de cada sexo ombro a ombro com seus opostos. Então ficou a mulher dos hinos sentada ao lado do carpinteiro quacre e eu fui colocado ao lado de Emmeline Cropsey.

Casada com um baronete volúvel da Cornualha, mistress Cropsey havia sido banida para a América com um pequeno rendimento e tinha se tornado uma espécie de crítica itinerante, viajando de estado a estado e escarnecendo de tudo o que via. As cataratas do Niágara a tinham aborrecido, a cidade de Albany, horrorizado, e, com o seu passeio pelas montanhas chegando ao fim, ela estava esperando que o marido lhe enviasse mais dinheiro para que pudesse encontrar mais lugares para odiar. Antes mesmo que pegássemos nossos talheres, ela me informou que estava escrevendo um livro que deveria chamar-se *América: A experiência falida*.

"Supondo que você não compartilhe do espírito característico dessa terra assustadora, mister Landor, confesso livremente o que não confessaria a nenhum de seus irmãos que consomem tabaco: West Point será o assunto principal em minha súmula."

"Que interessante", eu disse.

A partir daí ela continuou acerca de, oh, o mito grego de Cadmo e algo sobre Leroy Fry e Randolph Ballinger serem cordeiros no altar dos semideuses americanos. Era um pouco como escutar Poe, exceto que não era tão sossegado. Não sei exatamente quando, mas a certa altura o tom monótono de mistress Cropsey e, de fato, todo o colosso de sotaques que se cruzavam na mesa do governador Kemble começaram a dar lugar a uma voz especial. Não mais alta do que as outras, mas com uma autoridade natural tão satisfatória quanto milhares de trombetas. O tenente Henri le Rennet – com seu bigode absurdo e o traje emprestado – estava usando a palavra.

"É verdade, sim", disse ele. "A França é meu *pays natal*. Mas tenho sido soldado no Exército de seu país o tempo suficiente para me tornar toleravelmente familiarizado com a literatura americana. E lamento informar que sua condição é horrenda. Sim, horrenda, eu digo!"

O pintor, tentando acalmar um braço trêmulo, perguntou: "Mister Scott raramente desaponta, suponho?"

Poe encolheu os ombros e espetou um nabo no garfo. "Se a pessoa tem expectativas muito baixas, não."

"Mister Wordsworth?", aventurou um outro.

"Ele compartilha da mesma falha que todos os outros poetas do lago: insiste em nos edificar. Quando de fato..." Ele interrompeu a fala. Ergueu o nabo para o alto como uma tocha. "Quando, de fato, todo o objetivo da poesia deve ser a criação rítmica da beleza. Beleza e prazer, esses são os apelos mais altos, e a morte de uma bela mulher, esse é o tema mais glorificado da poesia."

"Mas e os nossos escritores?", sugeriu alguém. "Mister Bryant, por exemplo?"

"Eu concedo, ele se absteve das afetações poéticas que estorvam a maioria de nossa poesia moderna. Mas não posso dizer que sua obra revela uma única excelência *positiva*."

"Mister Irving, então?"

"Superestimado demais", disse Poe de maneira insípida. "Se a América fosse *verdadeiramente* uma república das artes, mister Irving seria considerado nada mais do que uma água estagnada tributária."

Ali ele se excedeu. Irving era uma divindade na região. Mais ainda, ele era um colega de farra do governador Kemble. Mesmo alguém que não soubesse disso, não poderia ter deixado de perceber (a não ser que fosse Poe) um agitado movimento de cabeças enquanto convidado após convidado arriscava um olhar ansioso para o rosto de Kemble, querendo saber se ele se sentia ofendido. Kemble não devolveu os olhares – deixou que o editor do *New York Publisher* fizesse o trabalho por ele.

"Tenente", disse o editor, "estou começando a recear que o senhor abusa da generosidade de nosso anfitrião desafogando tão livremente o poder de sua palavra. Certamente há, pelo menos, uma pessoa literária que o senhor leia com prazer?"

"Há *uma*." Ele fez uma pausa então. Examinou os rostos de seus ouvintes, como para averiguar se eles eram pessoas ilustres. Depois, com os olhos estreitados e a voz baixa para provocar mais efeito, ele disse: "Suponho que não ouviram falar de... Poe?"

"Poe?", gritou mrs Cropsey como uma surda. "Poe, você disse?"

"Dos Poe de Baltimore", ele respondeu.

Bem, ninguém tinha ouvido falar de Poe *nem* dos Poe de Baltimore. O que preencheu nosso tenente com uma profunda e sombria tristeza.

"Será possível?", ele perguntou suavemente. "Ah, meus amigos, eu não sou profeta, mas posso com segurança predizer que, se ainda não ouviram falar dele, vocês *ouvirão* a tempo. É claro que eu mesmo nunca encontrei o camarada, mas ouvi dizer que ele descende de uma longa linhagem de comandantes franceses. Como eu também", ele acrescentou abaixando a cabeça modestamente.

"E ele é poeta?", perguntou o carpinteiro.

"Chamá-lo de mero poeta é o mesmo que, na minha opinião, estigmatizar Milton como um mercador de arenque. Oh, ele é jovem, esse Poe, disso não há dúvida. A videira de seu gênio ainda tem de produzir seus frutos mais maduros, mas há uma colheita suficiente, meus amigos, para qualquer paladar refinado."

"Mister Kemble!", exclamou mistress Cropsey. "Onde encontrou esse *encantador* soldado? Creio que ele é o primeiro homem que encontrei em seu país que não é nem imbecil nem manifestamente insano."

Sua observação atingiu Kemble direto, porque o escárnio de que Irving fora alvo o ferira mais do que qualquer um havia imaginado. Com um tom cheio de ressentimento, ele expressou sua opinião de que miss *Marquis* era responsável pelo tenente.

"Realmente!", gritou Lea de seu lugar à mesa. "O tenente le Rennet é um velho camarada de meu pai. Eles participaram lado a lado da defesa de Ogdensburg."

Um murmúrio de aprovação espalhou-se pela mesa, parando amortecido em mistress Cropsey, que franziu a testa e disse: "Certamente, tenente, o senhor é muito jovem para ter lutado na Guerra de 1812."

Poe sorriu para ela. "Eu era um mero *garçon* naquela época, madame. Lutando ao lado de meu pai adotivo, tenente Balthasar le Rennet. Minha mãe tentou, sim, manter-me em casa, mas eu disse: 'Ora! Não vou aceitar ficar com mulheres quando há uma batalha para lutar'." Ele fitou o candeeiro. "Assim, meus amigos, eu estava presente na hora do dever quando o meu pai foi atingido por uma bala de canhão no esterno. Fui eu que o segurei quando ele caiu. Fui eu que o coloquei no pedaço de chão que iria, muito em breve, tornar-se sua sepultura. Fui eu que me inclinei para ouvir seu sussurro de moribundo: '*Il faut combattre, mon fils. Toujours combattre…*'."* Ele deu um longo suspiro. "Naquele momento eu soube qual era o meu destino. Ser um soldado tão valente quanto ele. Ser um oficial no Exército de Colúmbia, lutando pelo país que tem sido um... um... *segundo* pai para mim."

Seu rosto escondeu-se entre as mãos, e um silêncio se fez enquanto os convidados absorviam sua história como um lenço caído e o mantinham diante de si, imaginando se deviam ficar com ele ou devolvê-lo.

"Eu choro cada vez que penso nisso", mencionou Lea.

---

* Devemos lutar, meu filho. Lutar sempre. [N.E.]

Ela não estava, de fato, chorando, mas expressou isso em favor de Poe. A compositora de hinos enxugou algo em seus olhos, o pintor pigarreou e a diretora de escola de Newburgh ficou tão afetada que deixou a mão repousar durante um ou dois segundos na manga de seu vizinho carpinteiro.

"Bem", disse Kemble, de mau humor. "Sua carreira é... a maior honra possível para... para a memória de seu pai. E para o seu país adotado." Recuperando forças, ele transformou seu encolhimento em uma posição ereta. "Posso lhe fazer um brinde, sir?"

Os copos se ergueram. Os sorrisos surgiram. Tudo era tintim e "Ouça, ouça" e "Bem-dito, Kemble", e observei quando um rubor da cor de vinho tinto apareceu nas bochechas pálidas e vaidosas do tenente le Rennet.

E foi assim que um modesto calouro de West Point chegou a ser odiado e, rapidamente, saudado por um dos maiores homens da América. O triunfo de Poe era completo e, como todos os triunfos do tipo, condenado a um fim. Porque no ato de esconder a cabeça entre as mãos, ele de alguma forma fez descolar quase metade de seu bigode. De início não percebi; foi Lea, fazendo loucamente sinais em minha direção, quem soou o alarme. Depois eu vi mistress Cropsey olhando para Poe com um olhar de choque embriagado, como se ele estivesse se desintegrando diante de seus olhos. Tive apenas de seguir a direção de seu olhar fixo para ver um pedaço de pelo de cavalo dependurado no lábio de Poe – balançando com o sopro de sua respiração, como um rabo de um filhote de gambá.

Levantei-me imediatamente. "Tenente le Rennet? Preciso dar uma palavrinha com o senhor. Em *particular*, se não se incomodar."

"De forma alguma", disse Poe com um pouco de arrependimento.

Conduzi-o de sala em sala, procurando um lugar onde não tivesse um criado que pudesse nos ouvir. Isso não foi possível dentro da casa do governador Kemble. Não tive outro jeito senão arrastá-lo pelo estúdio até a varanda da frente.

"Landor, o que você está fazendo?"

"*Fazendo?*" Eu arranquei o troço preto pendurado e o segurei no alto entre o polegar e o indicador. "Um pouco mais de goma arábica da próxima vez, tenente."

Seus olhos pularam das órbitas. "Oh, Deus! Alguém viu?"

"Apenas Lea, eu acho. E mistress Cropsey, que é, felizmente para você, desprezada."

Ele remexeu seus bolsos. "Deve haver um pouco de..."

"Do quê?"

"Um pouco de rapé que sobrou aqui de..."

"Rapé!"

"Certamente, o... o *suco* é adesivo, não é?"

"Se você não se importar de ficar cheirando como uma escarradeira. Ora, Poe, agora você já gozou de seu espetáculo. É tempo de abaixar a cortina e..."

"E abandonar Lea?" Seus olhos pareciam que iam explodir de cólera. "Na primeira noite que passamos juntos sozinhos? Eu prefiro abandonar meu posto agora. Não, estou nisso até o fim, Landor, quer você me ajude, quer não."

"Então será *não*. E antes que eu fique mais furioso, diga-me onde conseguiu esse uniforme."

"Este?" Ele olhou para a farda em seu corpo como se tivesse acabado de vê-lo. "Ora, Lea me emprestou. Pertenceu a um tio morto, algo assim. Parece feito sob medida para mim, não é?" Seu sorriso desapareceu lentamente enquanto ele estudava meu rosto. "O que é, Landor?"

Eu agarrei a parte debaixo do casaco – corri os dedos ao longo do pedaço de tecido ensanguentado que eu tinha descoberto no closet de Artemus. Meus dedos saíram limpos.

"O que há de errado, Landor?"

"Você limpou o casaco?", perguntei com uma voz calma. "Deu uma *esfregadela*, talvez, antes de vesti-lo?"

"Mas por que eu faria isso? Ele está bastante limpo, não está?"

Seus lábios começaram a se abrir e fechar. "Não tenho... não tenho a menor... Landor, qual é o *problema* com você?"

Abri a boca para responder, apenas para ser interrompido por uma voz que chegou por detrás. Uma voz que não era nem de Poe nem minha. Mas familiar da mesma forma.

"Mister Landor."

O intruso estava parado na entrada, ainda vestido com sua jaqueta, as botas cheias de neve, sua silhueta emoldurada e, ao mesmo tempo, completamente escondido pela luz do estúdio.

Só mesmo Ethan Allen Hitchcock para fazer uma entrada como aquela.

"Esperava encontrá-lo aqui", ele disse. Oh, ele sorria como uma vaca.

"E assim o fez", eu disse fazendo um gesto para Poe atrás de mim. "Assim me encontrou, sim."

"Desejaria ter melhores notícias para..."

Ele parou então. Uniu as sobrancelhas e considerou a pequena figura, magra, que havia se virado para o rio e estava tentando agora se esconder nas sombras da noite.

"Mister Poe", disse o comandante.

Suponho que, se Poe pudesse ter pulado direto da varanda para dentro do Hudson, ele o teria feito. Se pudesse ter se alçado sobre a montanha mais próxima, teria feito isso também. Mas ele nunca se sentiu tão pequeno, acho, quanto naquele momento. Tão distante de um super-homem.

Seus ombros tremiam. A cabeça abaixou-se. Lentamente ele se virou. "Como você fica bem nesse uniforme", disse Hitchcock ampliando seu olhar para nos incluir. "E que divertimento engenhoso você e mister Landor maquinaram!"

Poe deu um passo à frente – é algo de que vou sempre me lembrar – e curvou a cabeça como um vassalo ao seu soberano.

"Sir, devo lhe dizer, por minha honra, que mister Landor não tem nada a ver com isso. Ele ficou tão surpreso e... e tão consternado quanto o senhor. Foi... acredite, sir, foi inteiramente de minha iniciativa, e mereço plenamente..."

"Mister Poe", disse Hitchcock com o maxilar enrijecendo-se. "Acho que não estou disposto a gastar meu tempo com você agora. Eu tenho, na verdade, assuntos muito mais importantes a resolver."

Ele deu um passo até mim, seu rosto claro e sem expressão. Nada deixava transparecer, exceto pelos olhos, que estavam minúsculos e brilhando intensamente.

"Parece que, enquanto o senhor estava se valendo da hospitalidade de mister Kemble, um outro cadete desapareceu", disse ele.

Eu mal estava escutando o que ele dizia. Não, eu estava muito mais consciente do fato de que ele estava *falando* na presença de Poe, alguém que ele poderia ter facilmente mandado embora com um aceno de mão. Algo havia mudado, isso estava muito claro. As regras de decoro que guiavam Hitchcock da hora em que acordava até o momento que ia dormir haviam sido deixadas de lado.

"Não", declarei, estranhamente calmo. "Isso é impossível."

"Bem que eu desejaria que fosse", disse ele.

A cabeça de Poe se endireitou. Um rápido calafrio percorreu-o do calcanhar até o crânio.

"Mas quem?", ele perguntou.

Uma longa pausa antes que Hitchcock respondesse: "Mister Stoddard."

"Stoddard", eu repeti melancolicamente.

"Sim. O senhor não percebe a ironia, mister Landor? O último cadete que viu Leroy Fry vivo pode, agora, ter encontrado o mesmo destino."

"*Ah!*", veio um grito da entrada.

E foi a vez de Hitchcock surpreender-se. Ele se virou e encontrou o contorno de uma silhueta. A figura de Lea Marquis.

Ela não desmaiou, não quero ir tão longe, mas caiu, sim. Caiu sobre um joelho. A ampla saia de seu vestido cheirando a alfazema a rodeou, mas seus olhos – os olhos permaneceram fixos o tempo todo. Nunca antes reluzindo de modo tão inconstante.

Poe foi o primeiro a correr para ela. Depois eu. Em seguida Hitchcock, mais nervoso do que eu jamais o havia visto.

"Miss Marquis, por favor, aceite... eu não tinha ideia de que estava... eu deveria ter... você deve..."

"Todos eles continuam morrendo."

Foi o que ela disse. Baixinho – e um pouco mais alto, também, de alguma forma. Falou com os olhos azuis brilhando. Falou como se não houvesse mais ninguém na varanda.

"Um a um", ela disse. "Eles continuarão a morrer até não sobrar ninguém."

Narrativa de Gus Landor
31

8 e 9 de dezembro

QUANDO SOOU O TOQUE DE RECOLHER NAQUELA NOITE, A NOTÍCIA SOBRE O desaparecimento de Stoddard havia se espalhado entre todos os cadetes, bombardeiros e instrutores. As teorias apareciam e desapareciam como pirilampos. Mistress Cutbush continuava a insistir que os druidas estavam envolvidos; o tenente Kinsley disse que a resposta se encontrava nas estrelas; mistress Thompson, a proprietária da pensão, estava apostando seu dinheiro nos democratas; e cada vez mais cadetes concordavam com a ideia de um espírito de índio vingativo. Ninguém foi confortavelmente para a cama. Várias das esposas dos professores já haviam anunciado sua intenção de passar o resto do ano em Nova York (uma chegou a ficar acordada até a aurora fazendo as malas). Os cadetes que estavam de sentinela naquela noite permaneceram costas com costas, de modo que nada pudesse surpreendê-los, e por fim um graduando acordou aterrorizado, gritando e agarrando seu mosquete na parede.

Sim, o medo havia se espalhado, mas ninguém teria percebido pela aparência do comandante de West Point. Quando fui ao seu alojamento, logo depois das dez da manhã, Hitchcock estava sentado em sua escrivaninha, parecendo sereno e até um pouco desmemoriado, como se estivesse tentando localizar seu cinturão. O único sinal de que algo estava errado era a mão direita, que havia se imposto uma missão: passar pelos cabelos num gesto repetido e infindável.

"Enviamos outro grupo de busca logo que clareou", disse ele, "embora eu não possa imaginar que encontrem algo que o último grupo não encontrou." Sua mão parou. Os olhos se fecharam. "Não. Não, não *posso* imaginar."

"Oh, ora, capitão", eu disse. "Eu ainda não perderia a esperança."

"Esperança", ele repetiu em um tom mais baixo. "Receio que seja muito tarde para isso, mister Landor. Eu gostaria de conseguir uma boa noite de sono."

"Então, por favor, trate de dormir um pouco", eu disse. "Acabo de vir do alojamento de mister Stoddard."

"Sim?"

"E fiz uma descoberta interessante."

"Sim?"

"O baú de mister Stoddard estava vazio."

Ele olhou para mim com um ar de interrogação, como se o resto de minha sentença tivesse sido interrompida no meio da expressão.

"Não havia roupas nele", eu continuei. "Nenhuma roupa civil."

"E de que isso nos adianta?"

"Bem, adianta para uma coisa: não penso que temos outro cadáver em nossas mãos, capitão, acho que mister Stoddard fugiu por vontade própria."

Ele se levantou. Retirou a mão dos cabelos. "Continue", ele disse.

"Bem, tenho certeza de que se lembra que mister Stoddard era um dos cadetes que – não, ele era o *único* cadete que estava requerendo que o semestre fosse cancelado. Não é mesmo?" Ele concordou.

"Agora, eu sei", falei, "acredite-me, eu *sei* que o senhor surpreendeu alguns camaradas ansiosos correndo para lá e para cá. Ora, houve alguns jovens que viram iroqueses nas moitas! Mas até onde sei, apenas Stoddard pediu para ser enviado para casa. Por quê?"

Hitchcock me olhou durante alguns segundos. "Porque ele tinha um motivo particular para temer por sua segurança", ele disse.

"Sim, isso é o que penso, também. Como o senhor se lembra, capitão, tivemos a ocasião de falar com mister Stoddard bem no início de nossa investigação. Foi ele que nos contou ter tropeçado em Leroy Fry no poço da escada. Aquele encontro estranho, aquela observação de Fry sobre *negócios necessários*."

"Então o senhor acha que ele pode ter visto algo naquela noite? Algo *mais*?"

"Bem, é possível, isso é tudo que direi."

"Mas por que ele escondeu isso, quando lhe demos todas as oportunidades para nos contar?"

"Tudo que posso pensar é que ele teria mais a temer se *contasse*."

Hitchcock sentou-se de novo na cadeira. Os olhos se desviaram para o batente da janela.

"Está sugerindo que Stoddard possa estar implicado nas outras mortes?", ele perguntou.

"Bem, ele está implicado em uma coisa ou outra. E até o pescoço, de um jeito ou de outro, tanto que achou melhor ir embora do que confessar."

Repentinamente ele ficou em pé. Foi direto até a estante de livros, como se tivesse um título específico em mente, mas depois estacou um pouco antes.

"Sabemos que Stoddard era íntimo de Fry", ele disse.

"Sim."

"Mas não sabemos se havia alguma conexão entre Stoddard e Ballinger."

"Oh, de fato sabemos. O senhor encontrará isso na próxima transcrição do diário de Fry. Dois verões atrás, Stoddard *e* Ballinger eram bons camaradas de Leroy Fry."

Seus olhos começavam a ter uma aparência ávida e também um pouco desanimada. "Mas como Stoddard está ligado a Artemus Marquis?"

"Isso ainda não está claro. Um mistério de cada vez. Entrementes", eu disse, "o mais importante é encontrar mister Stoddard. Eu só posso enfatizar isso, capitão. Devemos encontrá-lo onde quer que tenha ido."

Ele me observou durante um momento. Depois, falando em um tom baixo e firme, disse:

"Se mister Stoddard está se escondendo na reserva, logo o encontraremos."

"Não, capitão", eu disse gentilmente. "Penso que, provavelmente, neste momento ele já nos deixou."

Comecei a torcer meu casaco – depois pensei melhor. Colocando o casaco de volta no gancho, sentei-me na cadeira, olhei para o único candeeiro de Hitchcock e disse:

"Capitão, se não se importa..."

"Sim?"

"Gostaria de pedir clemência para mister Poe."

Um canto de sua boca pendeu; os olhos começaram a brilhar. "Clemência?", repetiu. "O senhor quer dizer pelo seu pequeno *coup de théâtre** da última noite? Esse seria um pedido bizarro, mister Landor,

---

*   Espetacular virada de eventos em uma peça de teatro. Atuação. [N.E.]

quando o senhor, melhor do que ninguém, pode enumerar todas as infrações dele. Começando com sair da Academia depois do toque de recolher. Continuando com se embebedar – com uma enorme quantidade de bebida, pelo seu aspecto. Não vamos esquecer que se apresentou sob um nome falso."

"Ele não teria sido o primeiro cadete a..."

"Ele é o primeiro sob *meu* comando, mister Landor, a ter a audácia de personificar um oficial do Exército dos Estados Unidos. O senhor pode imaginar como encaro esse subterfúgio particular."

Estranho. Eu não podia me impedir de sentir – como sempre sentia na presença de Hitchcock – que eu mesmo estava em julgamento. Curvei a cabeça sobre as mãos, e as palavras saíram nervosas, como espasmos de pecado.

"Eu creio... eu creio que ele tinha uma boa intenção."

"Que era?"

"De que estava me ajudando."

Hitchcock olhou friamente para mim. "Não, mister Landor. Não creio que era com essa intenção que ele estava. Acho que *sei* qual intenção era."

Eu podia ter lhe implorado para se lembrar do que o amor pode fazer para um jovem. Mas aquele era Ethan Allen Hitchcock. Em *seu* interior, todo o arsenal de Cupido havia feito apenas um pequeno entalhe.

"Como o senhor sabe", ele continuou, "essa está longe de ser a primeira infração de mister Poe. Eu não mencionei a dúzia de ocasiões, ou mais, apenas nas últimas semanas, em que ele deixou seu alojamento depois do toque de recolher com o propósito de... bem, por que o senhor não me conta, mister Landor, o que é que o leva ao hotel de mister Cozzens noite após noite?"

Oh, meu Deus.

Bem, no fim tive de sorrir, leitor. Ao pensar em como tínhamos achado que éramos inteligentes em contratar uma escolta paga do Exército e encerrar-nos atrás de portas fechadas, bebendo e conversando até o amanhecer. Poe não tinha visto ninguém seguindo-o, não é? E assim confiamos nas evidências de nossos sentidos, quando deveríamos ter nos fiado nas histórias que diziam sobre Thayer e Hitchcock. Eram homens que tinham de saber de tudo. Consequentemente, eles sabiam de tudo.

Hitchcock colocou as mãos sobre a escrivaninha e curvou-se para mim. "Nunca o interceptei, mister Landor. Concedi a ambos essa liberdade, nunca a violei e nunca pedi uma explicação. Nem nunca lhe pedi para relatar por que frequenta o estabelecimento de mister Havens. O senhor verá, talvez, que não sou um homem tão rígido quanto pensa. E se necessitar de confirmação, eu lhe informo alegremente que a única pessoa a receber punição pelo fiasco da noite passada foi o tenente Kinsley."

"Kinsley?"

"É claro, ele era o oficial designado para vigiar a Caserna Sul na noite passada. Ele manifestamente fracassou em seu dever."

"Mas Poe estava..."

"De fato, ele estava. No entanto, o fato de eu me deparar com ele deve cair na categoria de uma causalidade desafortunada. Se eu não estivesse preocupado com esses negócios, poderia ter bebido à sua boa saúde e congratulado-o por sua coragem. Mesmo agora, eu não posso em sã consciência punir um camarada simplesmente porque a sorte conspirou contra ele."

Esperei por todos os sinais de alívio – o relaxar dos ombros e do peito, o desacelerar do coração –, mas nenhum deles ocorreu. Eu não podia acreditar, percebe? Eu não podia acreditar que tínhamos esclarecido tudo, e, de fato, não tínhamos. A voz de Hitchcock chegou um pouco abafada, diretamente da escuridão.

"No entanto, mister Landor, não posso mais consentir que Poe seja seu agente nesse caso."

Fitei-o.

"Não vejo... fizemos... capitão, fizemos grandes *progressos* graças a ele. Ele tem sido de grande ajuda para mim."

"Não duvido disso. Mas, com dois cadetes mortos e um terceiro desaparecido, não posso nem *pensar* em colocar outro jovem em perigo." Em seguida, leitor, surgiu a sensação mais estranha em meu rosto e pescoço. Vergonha, suspeito agora. Porque, até muito recentemente, quão pouca atenção havia dado à segurança de Poe! Eu havia seguido seus encontros com Lea e Artemus como um *leitor* faria, sem pensar nem uma vez que por detrás da narrativa tinha uma pessoa real, de carne e osso, que podia, a qualquer momento, desaparecer.

"Essa não é a única razão", eu disse.

"Não, não é", ele concordou. "Eu lhe disse antes: acho que sua aproximação de Poe nos custou certa objetividade. Talvez, quando não estiver mais em contato regular com ele, o senhor possa se organizar melhor para..."

Ele não terminou. Não precisava. Eu me endireitei na cadeira, respirei profundamente e disse:

"Muito bem. O senhor tem minha palavra. Poe não tomará mais parte na investigação."

Não havia, pelo menos, nenhum triunfo na conduta de Hitchcock. Seus olhos estavam voltados interiormente, e a mão varria o tampo da escrivaninha, limpando todas as sombras.

"O senhor deveria saber", ele disse. "O coronel Thayer relatou o desaparecimento de mister Stoddard para o chefe dos engenheiros."

"O chefe não ficará contente. Ele desapareceu logo após a morte de Ballinger..."

"Sim, acho que é certo dizer que ele *não* ficará contente. E já que estamos brincando de adivinhar, acho que podemos esperar que o coronel Thayer seja repreendido pela maneira não convencional com que está conduzindo esse assunto."

"Eles não podem recriminá-lo, certamente, por..."

"Ele será lembrado que, desde o início, deveria ter contratado um *oficial* para conduzir essas investigações, não um civil."

Algo na maneira como ele disse aquilo, algo rígido e treinado, fez com que aparecesse um vestígio de um eco em minha mente. Senti como se estivesse escutando às escondidas uma conversa que teve lugar dias antes, a portas fechadas.

"Tenho certeza de que o senhor, também, *lembrou-o* disso", eu disse calmamente. "O senhor nunca me quis aqui, em primeiro lugar. Essa foi uma ideia do coronel Thayer desde o início."

Ele nem se preocupou em negar. Manteve sua voz tão serena quanto o horizonte.

"Isso pouco importa agora, mister Landor. O coronel Thayer e eu devemos nos responsabilizar pelo que, sem dúvida, será visto como uma falta de bom senso. Posso antecipar plenamente que, como consequência, o chefe dos engenheiros enviará seu próprio investigador para cá, o mais rápido possível. Alguém com carta branca para conduzir esse assunto a um desfecho." Sua mão começou de novo a limpar a escrivaninha, limpar a cadeira. "Agora, se o chefe dos engenheiros agir tão precipitadamente quanto deseja, acho que podemos esperar que esse investigador chegue, oh, dentro de três dias." Seus lábios se mexeram por alguns segundos, avaliando as palavras. "Encontramo-nos, então, diante de algo que não tínhamos antes: um prazo de expiração, misterLandor. O senhor tem três dias para encontrar quem perpetrou esses crimes." Ele fez uma pausa, depois acrescentou: "*Se* ainda é seu desejo que ele seja encontrado".

"Meu desejo não entra nisso", respondi mexendo-me na cadeira. "Eu concordo em dar conta disso, capitão. Selamos um pacto. Isso é tudo que importa."

Ele concordou, mas as sobrancelhas se contraíram nos cantos, e, quando entrelaçou as mãos e inclinou-se mais uma vez sobre a escrivaninha, posso dizer que estava longe de estar apaziguado.

"*Mister* Landor", ele disse. "Espero não estar imaginando demasiado quando suponho que o senhor nutre uma hostilidade latente contra esta Academia. Não, espere." Ele levantou um dedo. "Essa animosidade intuí desde o nosso primeiro encontro. Até hoje, nunca pensei nela como um assunto para ser investigado."

"Mas agora?"

"Agora temo que ela possa se apresentar como mais um obstáculo para o prosseguimento de nossas investigações."

Oh, eu fiquei muito agitado então. Lembro-me, na verdade, de ter *procurado* algo para atirar – um tinteiro, um peso de papel –, mas nada parecia igualar minha raiva. O que significava que eu tinha apenas palavras para lhe lançar de volta.

"Por Deus!", eu rugi ficando em pé. "O que mais quer de mim, capitão? Aqui estou, trabalhando sem compensação..."

"Porque assim o senhor quis."

"... trabalhando como um cachorro, como deve saber. Graças ao senhor, capitão, tenho sido... tenho sido ameaçado, quase cortado a sabre. Arrisquei minha vida, tudo isso em nome de sua preciosa instituição."

"Seu sacrifício foi devidamente anotado", ele respondeu secamente. "Agora, se puder retornar à minha questão anterior. O senhor é intrinsecamente hostil a esta Academia?"

Passei a mão pela testa. Soltei o ar.

"Capitão", eu disse, "não tenho rixas com o senhor. Espero que o senhor e seus cadetes tenham sucesso e prosperem e... e matem e façam qualquer coisa que os soldados devem fazer. É apenas..."

"O quê?"

"Esse pequeno mosteiro de vocês", falei, mantendo seu olhar. "O senhor sabe que ele não produz santos."

"Quem disse que produzia?"

"Nem sempre ele faz soldados. Agora, não me alinho com o presidente ou qualquer de seus inimigos, mas *eu* acredito que quando vocês tiram a vontade de um jovem, quando o cercam com regulamentos e deméritos e... e o privam de usar a razão, bem, acho que vocês o tornam menos humano. E mais desesperado."

Uma leve dilatação apareceu nas narinas de Hitchcock. "O senhor deve me ajudar aqui, mister Landor, estou tentando seguir seu encadeamento lógico. O senhor quer dizer que a *Academia* deve ser culpada por essas mortes?"

"Alguém ligado à Academia, sim. Por consequência, a própria Academia."

"Mas isso é ridículo! Pelo seu critério, cada crime cometido por um cristão seria uma mácula sobre o Cristo."

"E assim é."

Pode ter sido a primeira vez que o peguei sem defesa. A cabeça inclinou-se para trás e as mãos juntaram-se de novo, e ele ficou, por um breve momento, sem palavras. E, no silêncio que caiu sobre nós, cheguei a um claro reconhecimento.

O capitão Hitchcock e eu nunca seríamos amigos.

Nunca beberíamos vinho madeira juntos no estúdio do governador Kemble. Nunca jogaríamos xadrez ou ouviríamos concertos, não passearíamos até o Forte Putnam ou leríamos jornais comendo toranjas. Nunca, a partir daquele momento, passaríamos um minuto na companhia um do outro que não fosse estritamente necessário por causa de nossos trabalhos. E tudo isso pela simples razão de que nunca perdoaríamos um ao outro.

"O senhor tem três dias", disse Hitchcock. "Em três dias, o senhor terá terminado os negócios conosco, mister Landor."

Eu já estava saindo pela porta, quando ele pensou em acrescentar: "E nós com o senhor".

Narrativa de Gus Landor
32

10 de dezembro

Bem, o capitão Hitchcock podia ter dito muitas coisas sobre mim, mas não que eu estava errado sobre o cadete Stoddard. Logo na manhã seguinte, um pescador local chamado Ambrose Pike veio dizer que havia sido abordado por um jovem cadete que lhe ofereceu um dólar para ser conduzido rio abaixo. Pike o levou até Peekskill, depois observou o jovem pegar outro par de dólares de sua algibeira de couro e comprar uma passagem no vapor seguinte para Nova York. Pike não teria mais pensado a respeito, mas sua mulher lhe disse que o cadete poderia ser um fugitivo, e nesse caso o próprio Pike poderia ser enviado para Ossining por ter favorecido um criminoso, a menos que ele se adiantasse e contasse, e assim ele estava ali, pronto para dizer a qualquer um que o escutasse que Ambrose Pike não era cúmplice.

Como Pike soube que era um cadete que ele estava transportando? Bem, o camarada ainda estava de uniforme, não é mesmo? Foi apenas quando desceram o rio que ele colocou uma camisa caseira, um lenço no pescoço, um casaco de pele e se tornou apenas mais um camponês.

Que explicação o jovem havia dado por querer abandonar West Point com tanta pressa? Disse que tinha problemas em casa. Disse que não podia esperar pelo escaler da Academia. E isso foi tudo o que disse até chegarem a Peekskill. Nem mesmo um até logo.

Havia algo mais que podia nos contar sobre o jovem?

Ele estava com o rosto demasiado pálido, fora o que Pike notara. E embora o sol estivesse forte e o rapaz bem agasalhado, ele de vez em quando tinha tremedeiras.

O que Pike achou que isso significava?

Bem, é difícil dizer. Mas parecia que o "coisa-ruim" estava atrás dele.

No mesmo dia, chegou pelo correio um pacote interessante do meu correspondente em Nova York, Henry Kirke Reid.

Meu caro Gus,

É sempre um enorme prazer receber notícias suas – mesmo quando os negócios tomam conta de sua cabeça feia. Devo lhe pedir que, da próxima vez que me der uma tarefa, conceda-me um pouco mais do que quatro semanas para completá-la. Os despachos de Richmond só chegaram agora, e com uma ou duas semanas a mais eu poderia ter juntado muito mais informações sobre seu homem. De qualquer modo, estou incluindo, devidamente, o que tenho e que abrange os resultados das investigações em Boston, Nova York e Baltimore.

O seu Poe é muitas coisas, Gus. Vou deixar que você decida se ele é uma coisa em particular. Direi apenas que, embora seu passado esteja tão cheio de corpos mortos como os de qualquer outra pessoa, nenhuma dessas almas que partiram se levantou para acusá-lo. Nem há um mandato de prisão contra ele. Tudo isso significa, como você sabe, exatamente nada.

Em sua carta você mencionou meu pagamento. Você me faria o favor de desistir disso? As investigações não foram extenuantes, e essa seria minha maneira humilde de honrar a memória de Amelia. Eu nunca enviei condolências adequadas.

Nova York não é um lugar tão divertido sem você. Mas espero que ambos sobrevivamos até nos encontrarmos de novo. Temos outra escolha?

Com os meus melhores sentimentos,

H. K. R.

Naquela noite, sentei-me e li os despachos de Henry – eu os li repetidas vezes, com uma tristeza enlutada. Eu podia sentir as coisas aproximando-se de uma ruptura. E quando ouvi a batida familiar à porta do meu quarto de hotel, congratulei a mim mesmo por ter me fechado à chave. A maçaneta da porta sacudiu, gentilmente de início, depois com maior insistência, antes de finalmente silenciar. Ouvi o som de passos se retirando. Eu estava sozinho de novo.

Relatório de Edgar A. Poe para Augustus Landor

11 de dezembro

LANDOR, ONDE VOCÊ ESTAVA ONTEM À NOITE? SUA PORTA ESTAVA INESPERADAMENTE fechada e, depois de bater, não recebi resposta.

Fiquei muito desnorteado porque tenho quase certeza de ter visto luz em sua janela. Você deve tomar mais cuidado, sabe, para apagar suas velas quando sai. Não gostaria de queimar o hotel de estilo pomposo de mister Cozzens que acabou de ser construído.

Eu gostaria de saber se estará "em casa" hoje à noite. Estou quase fora de mim por causa de Lea. Ela resiste a todos os meus melhores esforços para vê-la, e fico supondo que o recente horror ocasionado pelo desaparecimento de mister Stoddard tenha devastado sua sensibilidade excessivamente delicada. Talvez ela queira esconder de mim qualquer evidência de enfermidade feminina? Meu Deus, então! Como ela me conhece pouco, Landor! Eu a amarei mais ainda na fraqueza do que na força; eu a apreciarei mais na morte do que nas natividades do amor. Ela deve saber! Ela deve!

Landor, onde você está?

Narrativa de Gus Landor
33

11 de dezembro

ELE VOLTOU NAQUELA NOITE. UMA NOITE GLACIAL, EU ME LEMBRO. EU HAVIA aberto o diário de Leroy Fry, mas os símbolos pareciam flutuar diante de mim e, por fim, o diário ficou ali, em meu regaço como um gato adormecido. As brasas começavam a morrer na lareira, e meus dedos estavam brancos nas pontas frias porque eu não conseguia, por algum motivo, levantar-me e jogar um cepo no fogo.

Isto, também, me esqueci de fazer: trancar a porta. Pouco depois das onze, ouvi a leve batida... vi a porta se abrir... espiei de novo aquela cabeça familiar...

"Boa noite", disse Poe, como sempre fez antes.

Só que agora estávamos em campos opostos. Nenhum de nós poderia ter definido a diferença, exatamente, mas ambos a sentiam. Poe, por exemplo: não conseguia se sentar, não conseguia ficar em pé. Vagava pelo quarto, para dentro e fora das sombras, olhando pela janela, batendo ritmos nos flancos. Ele estava esperando, talvez, que lhe oferecesse minha garrafa costumeira de Monongahela.

"O soldado raso Cochrane não estava lá para escoltar-me esta noite", ele disse por fim.

"Sim, acho que o soldado raso Cochrane tem um novo mestre agora."

Ele aquiesceu, sem na verdade escutar. "Bem", ele disse, "não importa. Conheço bem o terreno, não serei apanhado."

"Você *foi* apanhado. *Ambos* fomos. E agora vieram as consequências."

Olhamos um para o outro durante algum tempo antes que eu dissesse: "É melhor você se sentar".

Ele desistiu da cadeira de balanço, seu lugar costumeiro. Em vez disso, empoleirou-se sobre a beirada da cama e deixou os dedos dançarem sobre a colcha.

"Ouça-me, Poe. Em troca de considerar misericordiosamente sua conduta na casa do governador Kemble, o capitão Hitchcock pediu que você não seja mais meu assistente."

"Ele não pode fazer isso."

"Ele pode", eu disse. "Ele o fez."

Os dedos faziam piruetas agora. Grandes rotações em forma de arcos. "Bem agora, Landor. Você lhe contou todas as... as... todas as *inumeráveis* maneiras pelas quais o ajudei?"

"Contei."

"E isso não o impressionou?"

"Ele está muito preocupado com a sua segurança, Poe. Como deveria estar. Como eu deveria ter estado."

"Talvez possamos apelar para o coronel Thayer..."

"Thayer concorda com Hitchcock."

Ele me deu seu sorriso mais corajoso. O sorriso de um Byron. "Bem, por que nos preocupar, hein, Landor? Podemos nos encontrar como antes. Eles não podem nos impedir."

"Eles podem exonerá-lo."

"Deixe-os! Pegarei Lea e sacudirei a poeira deste lugar maldito para sempre."

"Muito bem, então", eu disse cruzando os braços. "Eu o *exonero*."

Apenas uma ligeira centelha em seus olhos enquanto me estudava. Sem palavras, no entanto. Não ainda.

"Diga-me", perguntei. "Qual foi o juramento que você me fez? Neste mesmo quarto? Você se lembra?" "Eu jurei... dizer a verdade."

"A *verdade*, sim. Essa é uma palavra que ninguém, aparentemente, jamais definiu para você, Poe. O que me causa um bocado de problemas, como pode perceber. Eu posso muito bem ter relações com um poeta. Mas não com um mentiroso."

Ele se levantou e, depois de estudar as mãos por um tempo, disse em voz baixa: "É melhor você se explicar, Landor. Ou terei de lhe pedir satisfações".

"Não preciso me explicar", eu disse friamente. "Você deve dar uma olhada nisto."

Procurando na gaveta da mesa lateral, eu estendi a pilha de folhas amarelas enviadas por Henry Kirke Reid, amarradas com um cordão. Atirei o pacote em cima da cama. Com os olhos atentos, Poe perguntou o que era.

"Pedi a um amigo meu para verificar sua história", eu disse.

"Por quê?"

"Eu estava empregando-o para um trabalho", respondi encolhendo os ombros. "Eu tinha de saber com que tipo de camarada estava lidando. Principalmente se o camarada gosta de contar que matou pessoas. É claro que este relatório foi efetuado com grande rapidez, então não está tão completo quanto poderia ser. Mas é o suficiente, ele servirá."

Ele enfiou as mãos nos bolsos e deu outra volta pelo quarto. E, quando falou de novo, pude ouvir a fragilidade: um jogador tentando blefar.

"Bem, Landor, estou contente por ter lhe dado uma ocasião para citar Shakespeare. Via de regra, você não é homem de fazer alusões."

"Oh, eu costumava ir bastante ao teatro. Como você sabe." Alcançando a cama, peguei as páginas de novo. "Mas o que você está esperando, Poe? Não quer lê-lo? Se alguém tivesse se dado a esse trabalho por mim, eu estaria ansioso para ver o que teria encontrado."

Ele deu de ombros. Falou arrastando as palavras: "A costumeira trama de mentiras, tenho certeza."

"Trama de mentiras, sim. Foi exatamente essa frase que me veio à mente quando li o relatório." Fiquei virando as páginas. "Quando terminei de ler, a única pergunta que me sobrou foi esta: sobre o que você *não* mentiu Poe?" Encarei seus olhos por apenas um segundo, depois tornei a virar as páginas. "É difícil até saber por onde começar."

"Então, não comece", ele disse calmamente.

"Bem, vamos começar de maneira modesta. Você abandonou a Universidade da Virgínia não porque mister Allan cortou seu dinheiro, mas porque você... vamos ver as palavras de Henry... acumulou enormes dívidas de jogo, sim. Isso aviva a sua memória, Poe?"

Nenhuma resposta.

"Posso certamente perceber", eu continuei, "por que você gosta de dizer que passou três anos ali em vez de apenas oito meses. Mas essa não é a única coisa que está cheia de bazófia. Aquela travessia que você fez? Nadando onze quilômetros ao subir o James River? Parece que foram apenas oito."

Ele se sentou, então. Sentou-se bem na beirada da cadeira de balanço. Completamente quieto.

"Não se preocupe, isso foi apenas um pequeno aumento", continuei. "Não há dano nisso. Não, fica realmente interessante mais adiante..."

Meu dedo caiu como um meteorito. "*Aqui*. Suas aventuras europeias, sim. Receio não poder imaginar como você as acomodou todas, Poe. Toda a sua vida foi passada com mister Allan, ou indo à escola, ou servindo no Exército americano, sem intervalos entre os dois. Então, vamos ver, aonde isso nos leva? Lutar pelos gregos: uma mentira. Viajar para São Petersburgo: uma mentira. Nenhum diplomata o resgatou porque é uma aposta segura que nunca esteve em outro lugar senão na Inglaterra. Quanto a cruzar os mares, creio que emprestou isso de seu irmão mais velho. Henry, eu acho, que é o nome dele: Henry Leonard. Ou será *Henri*?"

Ele fez apenas o que eu esperava que fizesse. Com o dedo esfregou a região entre o lábio superior e o nariz, onde aquele bigode de pelo de cavalo havia tão recentemente estado.

"Hoje em dia, é claro, Henry está fazendo outras coisas", eu disse. "Bebendo em excesso. Ninguém espera muito dele a não ser uma sepultura precoce. Deve ser uma terrível decepção para uma família como a sua, com uma linhagem tão distinta. Comandantes francos, não eram? E, oh, um Cavaleiro le Poer e talvez um ou dois almirantes no meio." Eu sorri. "Isso se parece mais com uma cantiga de marinheiros irlandeses. Oh, eu costumava ver muitos dessa espécie em meus dias de Nova York. De costas, em geral: eles estavam sempre deitados de costas. Assim como Henry."

Mesmo na pouca luz do quarto, eu podia ver o rubor tingindo suas faces. Ou, talvez, eu pudesse *senti-lo*, como o calor da lareira.

"A coisa engraçada é que, na verdade, você tem um membro ilustre na família e nunca falou dele. Seu avô, Poe. Um general verdadeiro, pelo amor de Deus! Uma pessoa valente do Departamento de Intendentes. Carinhosamente lembrado – devo ler, Poe? –, *carinhosamente lembrado por seus valentes esforços para equipar e requisitar tropas revolucionárias*. Um íntimo de Lafayette, parece. Não posso imaginar por que não o mencionou. A menos...". Mergulhei novamente a cabeça no meio das páginas. "Bem, agora, suponho que sua vida depois da guerra não tenha sido tão heroica. Uma loja de têxteis, entre outros negócios. Nenhum deles rendendo bastante. E por isso, deixe-me ver... *Declarado falido em 1805. Morreu sem vintém em 1816*. Muito triste." Olhei para ele carrancudo. "Um *falido*, acho que é como o chamaríamos. E pensando bem, Poe, você ficou com tanta vergonha dele que preferiu deixar as pessoas pensarem que Benedict Arnold era seu avô."

"Isso foi uma brincadeira", ele disse sacudindo a cabeça. "Só para me divertir um pouco, isso foi tudo."

"Escondendo um pouco da verdade, também. Quando se refere ao general David Poe e, é claro, aos Poe de *Baltimore*. Os quais, o melhor que posso dizer, nunca tiveram mais do que dois centavos para esfregar um contra o outro."

Sua cabeça estava começando a abaixar agora. Centímetro por centímetro.

"O que nos leva para a mentira final", eu disse erguendo a voz. "Seus pais."

E agora levantei o olhar. Porque sabia aquele pedaço de cor.

"Eles não morreram no teatro Richmond durante o incêndio de 1811. Sua mãe já tinha falecido duas semanas antes disso. Por causa de uma espécie de febre infecciosa, acho, embora os registros sejam um pouco vagos a respeito."

Fiquei em pé então. Avancei até ele, brandindo o papel como um alfanje.

"E seu pai nem estava mais no teatro, não é? Abandonou-os dois anos antes. Deixou sua pobre mãe no desamparo, o salafrário, com duas crianças pequenas. Ninguém mais o viu. Ninguém sentiu falta dele, também. Um ator terrível, nunca conseguiu a notoriedade de sua esposa. E já bebia deixando prever uma sepultura precoce. Mas então, em sua família, isso parece ser comum: uma – oh, como você descreveria isso, Poe? – condição *clínica*. Corroborada por vários médicos eminentes."

"Landor, eu lhe imploro."

"Bem, meu coração se penaliza por sua pobre mãe. Completamente sozinha no mundo. O primeiro marido morto, o segundo foi embora, e duas crianças para alimentar. Não, desculpe, eu disse 'duas'? Quis dizer *três*." Eu procurei na pilha de papéis. "Sim, sim, está certo. Uma terceira criança, chamada Rosalie – *Rose*, como se chama agora. Tornou-se uma moça *ambígua*, me disseram. Não bem... oh, bem, isso é estranho." Eu arqueei as sobrancelhas. "Parece que nasceu em dezembro de 1810. Que era – deixe-me pensar agora – mais de um *ano* depois que seu pai sumiu. Humm." Eu sorri, sacudi a cabeça. "Isso tudo não é chocante? Eu nunca soube de uma criança que levou um ano inteiro para nascer. O que você acha disso, Poe?"

Suas mãos tinham agarrado os braços da cadeira de balanço. O ar lhe fazia falta, respirava profundamente.

"Oh, bem", eu disse de um jeito despreocupado. "Devemos ser modernos em relação a isso. O que mais se pode esperar de uma *atriz*? Você conhece a velha piada, Poe. A diferença entre uma atriz e uma prostituta? O trabalho da prostituta é feito em apenas cinco minutos."

E então ele pulou da cadeira. As mãos como garras, os olhos como sombras, ele veio até a mim.

"Sente-se", eu disse. "Sente-se, *poeta*."

Ele parou, abandonou as mãos ao longo do corpo. Deu alguns passos atrás e retomou seu lugar na cadeira de balanço.

Fora de perigo agora, eu me virei e caminhei até a janela, puxei as cortinas e olhei para a noite: luminosa e de um tom preto-púrpura, salpicada de estrelas. A lua estava dependurada branca, plana e inteira dentro do espaço vazio das colinas ao leste, e sua luz chegou até a mim em ondas, primeiro quentes, depois frias.

"Há apenas um assunto", eu disse, "que meu pequeno inquérito não pôde resolver: você é um assassino, Poe?"

Meus próprios dedos, fiquei surpreso ao olhar para eles, estavam tremendo. O fogo, é possível que o tenha deixado morrer.

"Você é certamente muitas coisas", eu disse, "mas *isso*? Não pude dar crédito a isso. Não importa o que o capitão Hitchcock tenha dito." Virei-me e fitei seu rosto pálido. "Mas depois pensei na conversa que você teve com Lea em Forte Putnam. Devo citá-la? Sei as palavras de cor, eu acho."

"Pode fazer o que quiser", ele respondeu, tristemente.

Passei a língua pelos lábios. Pigarreei. "Palavras do cadete Edgar A. Poe, dirigidas a miss Lea Marquis: *Os mortos nos assombram porque os amamos muito pouco. Nós os esquecemos, percebe? Não por querer, mas assim fazemos... E por isso clamam por nós. Eles desejam ser lembrados em nossos corações. De modo a não serem assassinados duas vezes*". Olhei para ele. "São suas próprias palavras, Poe."

"E daí?", ele rosnou.

"Ora, é o mais próximo de uma confissão a que um camarada pode chegar. A única coisa que falta encontrar é a sua vítima. E mesmo isso leva apenas alguns momentos." Comecei a circundar a sua cadeira então. Assim como costumava fazer nos meus dias em Nova York, quando estava investigando um suspeito: apertando o cerco. "Trata-se de sua mãe, não é?" Inclinei-me sobre seu ombro. Sussurrei em seu ouvido. "Sua mãe, Poe. Cada vez que você a esquece – cada vez que você se lança nos braços de *outra* mulher –, ora, é como matá-la de novo. Matricídio, sim. Um dos crimes mais graves em toda a criação."

E agora eu estava de novo ereto e caminhando. Completando a última volta do círculo.

"Bem", eu disse, olhando por cima de sua cabeça, "você não deve se preocupar, Poe. Esquecer-se de alguém não é uma ofensa passível de enforcamento. O que o deixa limpo, meu amigo. No fim das contas, você não é um assassino. É apenas um menininho que não consegue parar de amar sua mamãe."

De novo ele pulou... e de novo vacilou. Por quê, não sei dizer. Seria a diferença em nossas alturas? (Eu podia derrubá-lo, suponho, se quisesse.)

Mais provavelmente era a diferença em nossas forças, o que é inteiramente outra coisa. Chega um momento, acho, na vida de todo homem, em que ele é forçado a encarar sua completa impotência. Ele gasta seu último centavo com uma bebida, ou a mulher que ama desaparece com a sua prataria, ou ele fica sabendo que o homem em quem confiava completamente só lhe deseja o mal. E nesse momento ele fica *nu*.

Foi assim que Poe ficou parado no meio do quarto, como se cada tira de sua pele tivesse se descamado.

"Presumo que tenha terminado", disse ele, por fim.

"Por ora. Sim."

"Então vou lhe desejar uma boa noite."

Dignidade, sim, esse seria seu último reduto. Manteria sua cabeça alta enquanto se dirigisse para aquela porta pela última vez. Ele conservaria essa pose durante todo o caminho pelo corredor e além dele.

Ou ele tentaria, de todo jeito. Algo, no entanto, o faria voltar atrás uma última vez. Algo o faria falar, com uma voz escaldada.

"Um dia você *sentirá* o que me fez."

Narrativa de Gus Landor
34

12 de dezembro

EU AINDA ESTAVA ACORDADO QUANDO SOOU O TOQUE DO TAMBOR. DESPERTO, mas com um sentimento curioso de sentidos embaralhados. Pareceu-me, ao sentar-me na cama, que as cinzas da aurora do lado de fora de minha janela tinham um *cheiro*, como o de botas engraxadas, e que a coberta tinha o sabor de cogumelos, e que o próprio ar ao meu redor tinha a substância da argila. Era, em suma, uma condição qualquer entre a clareza e a exaustão, e, depois de certo tempo, a exaustão dominou. Adormeci ainda sentado, e acordei depois do meio-dia.

Vesti-me com pressa e cambaleei até o refeitório, onde fiquei um momento observando os cadetes-animais devorando a comida, tão perdido nos meus vários pensamentos que nem percebi Cesar, o servente, aproximando-se. Ele me cumprimentou como se eu fosse um velho amigo e perguntou-me se eu não preferiria comer com os oficiais, no refeitório de cima, *sim, sir*, o de cima era um lugar muito melhor para um cavalheiro como eu...

"Fico-lhe muito grato por isso", eu lhe disse sorrindo. "Mas eu estava procurando o cadete Poe, sabe o que aconteceu com ele?"

"Oh, mister Poe disse ao capitão do refeitório que não estava se sentindo bem e se poderia ser dispensado para apresentar-se ao hospital. Isso foi há meia hora."

Apresentar-se ao hospital? Bem, pensei, ele usou esse subterfúgio antes. Talvez não tivesse feito a sua lição. Ou, ainda, talvez tivesse ido até a casa de Lea, pedir um encontro.

Ou...

Sim, era uma ideia que podia ter saído de um dos melodramas de mistress Poe. Mas, para minha defesa, eu tinha pouquíssima experiência em partir o coração das pessoas, e isso me deixou desnorteado, acho – a ideia de que Poe podia assumir um comportamento romântico. E então, apressadamente, me despedi de Cesar, coloquei uma moeda em sua mão e ouvi-o dizer enquanto eu me virava:

"O senhor não parece bem, mister Landor."

Não me detive para argumentar. Eu já estava correndo para a Caserna Sul. Pulando escada acima até o segundo andar, dando grandes passadas pelo corredor...

Lá, bem diante da porta de Poe, estava parado um homem que eu nunca tinha visto antes. Um homem mais velho, de boa estrutura, com cerca de um metro e oitenta, magro e de cabelo eriçado, com um longo nariz orgulhoso de falcão e um par de sobrancelhas densas que pareciam pertencer a alguém muito mais velho. Seus braços estavam cruzados como espadas, e ele parecia... *indolente*, eu ia dizer, mas, embora estivesse recostado contra a parede, o corpo não se inclinava nem um centímetro, da mesma forma que uma escada não se inclina quando você a encosta num canto.

Ao me ver, ele se indireitou. Inclinou a cabeça e disse:

"Gostaria de saber se o senhor pode me dizer onde poderia encontrar mister Poe?"

Uma voz alta e dura, com um vestígio de um sotaque escocês estridente que se elevava em cada *r*. Eu o fitei, receoso. Ele não pertencia ao lugar. Não usava uniforme, não tinha noção dos horários da Academia. E uma petulância com o local, como se ele fosse um labirinto atirado em seu caminho por um espírito mágico malvado.

"Sabe", respondi por fim, "eu estava me perguntando a mesma coisa."

E que tipo de negócio você teria com mister Poe? Era a pergunta que emanava de seu rosto pálido e ossudo. Foi a pergunta, em todo caso, que eu me vi respondendo, como um calouro diante da junta de examinadores.

"Ele tem... suponho que o senhor chamará isso de *auxiliar* a Academia em algumas investigações que estou empreendendo. Ou ele *estava* auxiliando..."

"O senhor é um oficial?"

"Não! Não, eu sou apenas... um companheiro que eles mantêm por perto. Por enquanto." Empacado nas palavras, estendi a mão. "Gus Landor", eu disse.

"Como vai? Eu sou John Allan."

Não sei como descrever, leitor, exceto dizer que era um pouco como observar uma figura de contos de fadas sair das páginas de um livro. Eu só o conhecia por intermédio de Poe, sabe, e, como todas as figuras no passado de Poe, ele possuía, no relato, uma qualidade fantástica, e eu não esperava encontrá-lo da mesma forma que não esperava ser derrubado por um centauro no meio da rua.

"Mister Allan", eu disse, num meio sussurro. "Mister Allan de Richmond."

Os olhos de falcão cintilaram. As sobrancelhas se juntaram. "Vejo então que ele falou a meu respeito."

"Apenas em termos do mais alto... respeito e honra..."

Ele moveu a mão, então. Virando-se ligeiramente disse, com bastante sotaque: "O senhor é gentil em dizer isso, tenho certeza. Sei muito bem como o rapaz fala de mim para outras pessoas."

Estranhamente, interessei-me por ele. Um pouco. Não pode ser sempre gentil, eu pensei, sendo uma figura de contos de fadas. E assim abri a porta do alojamento de Poe e sugeri que ambos esperássemos lá dentro. Peguei seu casaco e o pendurei na cornija da lareira. Perguntei-lhe se acabara de chegar de Nova York.

Ele aquiesceu com algum orgulho. "Consegui pegar um dos últimos barcos a vapor da temporada. Tive de regatear o preço da passagem, naturalmente. Se tudo der certo, pretendo pegar o próximo para voltar. Sugeriram-me que eu ficasse no hotel, mas não vejo motivo para ter meu bolso esvaziado por algum fornecedor militar quando o governo já faz muito bem esse trabalho."

Não havia um traço de lamúria naquelas palavras, devo dizer. Tudo o que dizia mostrava a preocupação com um princípio, fixo em moldes. Suponho que, mais do que qualquer outra pessoa, ele me fazia lembrar de Thayer, com esta diferença: Thayer tinha se tornado rígido por causa de uma ideia, não por uma quantia.

"Bem, então", eu disse. "Fiquei sabendo que se casou recentemente."

"É isso mesmo."

Ele aceitou minhas congratulações, e depois ficamos em silêncio; então, eu já estava juntando palavras para me despedir quando um tremor passou pelo rosto de Allan. Percebi que ele estava julgando o meu *próprio* rosto.

"Olhe aqui", ele disse. "Mister Landor, não é?"

"Sim."

"O senhor não se importaria com um pequeno conselho?"

"Absolutamente não."

"Creio que mencionou que a Academia alistou Edgar em algumas... algumas *investigações*, acho que foi o que o senhor disse."

"É uma maneira de falar."

"Talvez eu não consiga enfatizar fortemente que *não* se deve confiar nesse rapaz para grandes responsabilidades."

"Oh." Parei. Pisquei os olhos. "Bem, devo dizer, mister Allan, que eu o achei muito sincero e... prestativo..."

Não pude terminar porque ele estava sorrindo para mim então, pela primeira vez, e porque aquele sorriso poderia ter lancetado um furúnculo. "O senhor não deve conhecê-lo bem então, mister Landor. Lamento dizer-lhe que ele é um companheiro dos menos sinceros, dos menos confiáveis que jamais encontrei. De fato, faço questão de me recusar a acreditar numa única coisa dita por ele."

Eu deveria ter percebido que aquela era sua última palavra sobre o assunto – ela estava bastante próxima de minha própria última palavra. Com o que eu não contava era o deleite que Allan experimentava com aquele tema particular.

"O senhor sabe", disse ele espetando o ar, "antes que o rapaz viesse para a Academia, eu lhe dei cem dólares – cem dólares! – para pagar seu substituto no Exército. Pois essa era a única maneira de o Exército libertá-lo para vir para cá. Bem, dois meses depois, recebi a carta mais desprezível e ameaçadora desse mesmo substituto, um tal de sargento Bully Graves." Eu gostaria que você o tivesse ouvido pronunciar aquele nome, leitor! Como se alguém houvesse assaltado o interior de seu vestíbulo. "Esse sargento Bully Graves me informou que nunca recebeu seu pagamento. Ele me fez saber que, quando pressionado, Edgar dissera: 'Mister Allan não se separará desse dinheiro'. *Mister Allan não se separará desse dinheiro*", ele repetiu triturando cada palavra na palma de sua mão. "Oh, mas isso não é tudo. O nosso Edgar fez questão de contar ao sargento Graves que com muita frequência eu não ficava sóbrio."

Ele então se aproximou, como se as palavras tivessem saído direto de *minha* boca. Parou perto de mim e sorriu. "Eu pareço suficientemente sóbrio para o senhor, mister Landor?"

Eu repliquei que, de fato, parecia. Intranquilo, ele passou a falar com a janela.

"Minha falecida esposa o adorava, e, por ela, eu ignorei seu desregramento e seu esnobismo – suas presunções. Até mesmo sua indecente ingratidão. Isso acabou. O banco está fechado, mister Landor. Ele deve sustentar-se ou desistir completamente."

E naquele momento foi como se Poe e eu nos juntássemos de uma maneira curiosa. Porque não havíamos, uma ou outra vez, tentado dobrar pais rígidos que nem em um milhão de vidas poderiam ser subjugados?

"Bem", eu disse, "ele é terrivelmente *jovem*, não é? E não creio que tenha nenhum outro meio para se sustentar. A família Poe, disseram, faliu nos tempos difíceis."

"Ele tem o Exército dos Estados Unidos, não tem? Que termine o que começou. Se ele chegar até o termo de sua nomeação – uma nomeação que, aliás, eu assegurei para ele –, se completar os quatro anos, então seu futuro estará garantido. Se não, bem..." Ele levantou as mãos para cima. "Será mais um na sequência de fracassos. E não vou derramar nem uma lágrima."

"Mas o senhor vê, mister Allan, seu filho..."

Não consegui terminar a frase. Sua cabeça moveu-se indignada, e os olhos ficaram pequenos como alfinetes. "O que o senhor disse?"

"Seu filho", eu repeti, debilmente.

"Então, ele lhe contou isso também?" Um novo tom então: lento e inflamado, sofrido. "Ele *não* é meu filho, mister Landor, quero deixar isso bem claro. Ele não tem qualquer parentesco comigo. Eu e minha falecida esposa tivemos pena dele e o abrigamos como faríamos com um cachorro perdido ou um pássaro ferido. Eu nunca o adotei nem lhe dei a entender que o faria. As pretensões sobre mim são as mesmas de qualquer outra alma cristã. Nem mais, nem menos."

As palavras saíam facilmente. Ele havia feito aquele discurso anteriormente.

"Desde o momento que atingiu a maioridade", Allan continuou, "ele tem sido uma fonte de irritação para mim. Agora que me casei de novo e assumi reivindicações de relacionamentos genuínos – relacionamentos de carne e sangue –, não vejo mais a necessidade de sustentá-lo. Daqui em diante ele deve seguir seu próprio caminho. E é isso que pretendo dizer-lhe, por Deus."

É claro que ele pretende, pensei. E esse é apenas o ensaio geral.

"O que eu estava tentando lhe dizer antes, mister Allan, é que seu... Edgar tem estado sob pressão nos últimos dias. Não sei se esse seria o momento adequado para..."

"Agora é um momento tão bom como qualquer outro", ele disse, impassivelmente. "O rapaz já foi mimado por tempo suficiente. Se ele quer ser um homem, então é melhor deixá-lo desistir dessas dependências infantis."

Bem, algumas vezes acontece, leitor. Alguém está falando e você repentinamente escuta um som secundário que não é a voz de quem fala mas é o eco de outra pessoa, e você se dá conta então de que essas mesmas palavras foram pronunciadas anos antes, brandidas como uma clava contra o próprio homem que agora as expressa, e você compreende que essas palavras são o verdadeiro legado que qualquer família pode ter, e o pior. Você sabe de *tudo* isso, e ainda assim você odeia essas palavras e odeia o homem que as pronuncia.

E perceber isso foi o mesmo que me tornar livre. Descobri que não mais necessitava apaziguar aquele mercador, aquele escocês, aquele cristão. Não necessitava mais fingir que ele era superior. Eu podia honestamente ficar em pé e olhar direto em seus olhos de bode e dizer:

"Então, mister Allan! O senhor vai derrubar cruelmente esse jovem e lavar as mãos em relação a ele e aos vinte anos passados em, oh, cinco minutos – *quatro*, se ele não falar – e depois tomar o próximo vapor para voltar. Oh, o senhor *é* um homem parcimonioso."

Sua cabeça inclinou-se para um lado.

"Olhe aqui, mister Landor, eu não gosto do seu tom."

"E eu não gosto dos seus olhos."

Surpreendeu a ambos, acho. Que eu o agarrasse pelo colete de piquê e atirasse todo o meu peso contra ele até encurralá-lo contra a parede. Eu podia ouvir o caixilho da janela estremecendo atrás de mim. Podia sentir a carne firme debaixo do seu casaco. Eu podia sentir o cheiro da minha respiração no rosto dele.

"Seu bastardo", eu disse. "Ele vale cem de você."

E quando foi a última vez, me perguntei, que alguém ousou colocar a mão em John Allan? Não por uma geração, provavelmente. O que pode explicar por que ele lutou tão pouco.

Mas então eu também não tinha mais muita vontade de lutar, soltei seu colete, dei um passo para trás e disse: "Se isto lhe vale de consolo, mister Allan, ele vale mil de mim".

◆

Quando saí da Caserna Sul, meus olhos estavam doendo, e foi um alívio, honestamente, sentir o frio vento do norte soprando e acalmando meu rosto em chamas. Andei rapidamente e não olhei para trás até alcançar os alojamentos dos oficiais. E foi então que eu vi, dirigindo-se lentamente, em linha reta para sua caserna, a pequena figura com capote rasgado e o quepe de couro. A cabeça protegida contra o vento. Movendo-se em direção a sua última sentença.

Narrativa de Gus Landor
35

12 de dezembro

CORAGEM!

Aquela era a única coisa que eu pensava lhe dizer no fim. Rabisquei-a nas costas de uma letra de câmbio e deixei-a no único lugar que eu podia ter certeza de que ele a encontraria: debaixo da nossa pedra secreta em Kosciusko's Garden.

E tendo feito isso, eu fiquei por ali, não sei por quê. Talvez porque tivesse o lugar só para mim. Sentei no banco de pedra, olhando para o Hudson, ouvindo o borbulhar da nascente em sua bacia – e me perguntando o que, *o que* eu pretendia deixando aquela mensagem? Por que Poe escutaria *qualquer coisa* que eu dissesse? E se eu estava apenas tentando limpar minha consciência, como poderia esperar que uma única palavra realizasse um trabalho tão pesado?

Questões, uma atrás da outra, e aparecendo em meio a outras mais, fragmentos da cena que estava aos meus pés: um rosado de feldspato, uma água cor de mármore, uma orelha em forma de ponta desaparecendo na sombra de uma barba.

"Bom dia."

Lea Marquis estava parada à minha frente. Avermelhada pela caminhada. Seu casaco colocado negligentemente, como se alguém o tivesse arremessado sobre ela enquanto passava. Nada na cabeça a não ser um boné rosa-pálido, tombado de um lado.

Minha surpresa impediu-me de encontrar as boas maneiras imediatamente, mas logo me pus em pé, acenando para o banco.

"Por favor", eu disse. "Por favor, sente-se."

Ela tomou cuidado para deixar um espaço entre nós e nada mais fez, de início, a não ser esfregar os sapatos um contra o outro.

"Não está muito frio hoje", eu disse. "Não tão frio quanto ontem, eu acho."

Lembrei então – muito tarde – o que acontecera com o pobre Poe quando ele tentara falar sobre o tempo. Eu me preparei para a censura... mas nada veio.

"Bem", eu disse depois de um tempo. "Estou contente com a companhia. Não parece certo, afinal de contas, guardar este belo local só para mim."

Ela aquiesceu, rapidamente, como para me assegurar que estava, de fato, me ouvindo. Depois, olhando sombriamente para o seu regaço, disse: "Sinto muito que Edgar e eu tenhamos persuadido o senhor a participar de nosso pequeno *espetáculo* na casa do tio Gouv. Estávamos nos divertindo um pouco, não estávamos... Não consideramos apropriadamente as consequências. Para outras *pessoas*, quero dizer."

"Não houve nenhuma para mim, asseguro-lhe, miss Marquis. E mesmo mister Poe, me contaram, escapou de..."

"Sim, eu sei."

"Então há... não realmente... Mas eu lhe agradeço..."

"É claro", disse ela.

E tendo cumprido sua tarefa, ela levantou o olhar mais uma vez, e seus olhos agora ativamente procuraram os meus, e naquelas íris pálidas apareceu um brilho peculiar. Parecia acelerar toda a sua estrutura, de maneira que a *senti*, de certo modo, como nunca sentira antes.

"Mister Landor, não vejo razão para timidez e dissimulação. Eu o segui até aqui com uma missão em mente."

"Então, sem dúvida, exponha-a."

Ela fez uma pausa escolhendo as palavras. "Eu sei..." Uma outra pausa. "Sei que meu irmão tem sido, já durante algum tempo, objeto de suas investigações. Sei que o senhor suspeita que ele tenha cometido coisas terríveis. Sei que o prenderia, se tivesse provas."

"Miss Marquis", eu disse corando como um menino. "Você deve entender, eu... eu não posso discutir..."

"Então *permita-me* falar simplesmente por nós dois. Meu irmão não é culpado pela morte de ninguém."

"Essa é a declaração que uma verdadeira irmã faria. Eu não esperaria nada menos de você."

"Essa é a verdade."

"Então ela ficará esclarecida."

"Não", ela respondeu. "Não tenho certeza de que ficará."

Abruptamente ficou em pé. Avançou em direção ao rio e ficou olhando a escarpa.

"Mister Landor", disse ela, ainda de costas. "O que seria preciso para dissuadi-lo?"

"Ora, miss Marquis, estou surpreso com você. Certamente ainda não estamos familiarizados suficientemente para subornar um ao outro."

Ela se voltou, deu um passo para perto do banco.

"Você gostaria disso?", ela gritou. "Familiarizar-se melhor?"

Que visão ela exibia, então, leitor! Lábios cruéis, olhos endurecidos. Um alargamento positivamente indecente das narinas. Cheia de pontas de gelo, com um vulcão debaixo. De todo jeito, magnífica.

"Na verdade", eu disse, "prefiro deixá-la com esse panorama."

E num piscar de olhos todo o fogo, todo o gelo foram consumidos. Ela ficou parada ali com os braços pendurados, flácidos.

"Ah", disse ela, em um tom moderado. "Eu estava certa, então. O senhor está atrás disso." Ela riu. "Eu temo que tenha sido influenciado por mais uma das frustradas intrigas de mamãe. Muito bem, então, e se eu lhe prometer que nunca terá de casar comigo? Ou pôr os olhos em mim de novo?"

"Nenhum homem em seu juízo perfeito pediria tal condição, miss Marquis."

"Mas o senhor é diferente dos outros homens", ela disse. "Quero dizer, apenas a chance de amar... de novo... não é o seu propósito, eu acho." Meus olhos passaram por ela e dirigiram-se ao rio, onde uma barcaça azul seguia seu caminho para o sul em um manto de névoa. Um pombo selvagem estava pulando como uma pedra sobre as depressões da água.

Pensei então em Patsy. Como ela me rechaçou na última vez em que a vi. E como uma parte de mim lamentou e outra parte de mim... alegrou-se. Ao conseguir o que sempre havia desejado.

"É verdade", confessei. "Parece que me afastei dessa pequena caçada."

"Apenas para se armar em *outra* caçada. O senhor quer perseguir meu irmão e reivindicar toda a minha família como seu espólio."

"Eu quero ver a justiça ser feita", eu disse suavemente.

"A justiça *de quem*, mister Landor?"

Eu parei quando estava prestes a responder. Porque uma mudança se operara nela. Não completamente, de uma vez, não, eu a percebi primeiro nos olhos que estavam se agitando nas órbitas. Vi as faces se tornarem brancas como açúcar e sua boca se abrir como uma armadilha de urso.

"Bem, agora, essa é uma grande questão", eu disse tomando cuidado para manter a voz leve. "Sugiro que você a levante alguma vez com seu amigo mister Poe, ele é terrivelmente bom com esse tipo de coisas. Entrementes, tenho trabalho a fazer e não muito tempo para..."

"*O senhor não pode!*"

As palavras rugiram para fora dela, quase antes que sua boca estivesse pronta para recebê-las. Elas estilhaçaram o ar e os fragmentos ficaram girando.

"*Não!*"

Não era o grito que ela tinha dado no estúdio do governador Kemble. Não, aquele era o seu próprio som, um som *humano*. *Este* som veio de um lugar onde nunca estive.

E suponho que tenha sido quase um alívio, leitor, saber que o que quer que a atormentava não tinha nada a ver comigo.

"Miss Marquis..."

Mas ela já não podia me ouvir. E ao mesmo tempo, se poderia pensar que estava embaraçada por sua conduta, porque ela começou a cambalear para *longe* de mim. Como se ela estivesse sendo conduzida por alguma sensação particular de fracasso.

"Miss Marquis!", chamei.

Não posso acreditar que a segui tão vagarosamente, de início. Eu acho que sabia, mesmo então, o que seu corpo estava tentando realizar, e, ainda assim, não consegui fazer minhas pernas responderem ao chamado. *Suas* pernas estavam respondendo, no entanto, mesmo quando começaram a cambalear e falhar.

De algum modo, ela se arrastou até o alto... ficou parada na beira do precipício, tremendo e titubeante... e depois arremessou-se.

"Não!", eu gritei.

Agarrei seu braço justo quando o resto dela desaparecia – e já era muito tarde, porque o *propósito* de seu corpo era carregar tudo o mais com ele, me *carregar*, e fomos caindo, nós dois, com grande quantidade de pedras e o queimar do vento. E ainda eu a segurava, mesmo quando senti a terra desaparecer.

E depois, saindo do nada, a terra reapareceu. Agarrou-nos mais uma vez em seu amplexo.

Abri meus olhos. Quase ri ao sentir os ferimentos em minhas costas e joelhos. Porque era um preço tão pequeno a pagar, afinal de contas! Tínhamos caído cerca de dois metros e meio em um afloramento de granito, e estávamos – estávamos *salvos*, não é? Ainda confinados em nossa cadeia humana mas... *salvos*.

Como eu estava errado. Estávamos ainda em maior perigo do que antes.

Lea não tinha aterrissado, ela tinha balançado sem tocar no granito e estava agora – como demorei para entender! – *pendurada* no ar, completamente suspensa. E eu – eu era sua única corda de segurança, e uma pobre justificativa para alguém, empoleirado na beirada daquela saliência de granito e aguentando a nós dois.

E debaixo de nós: nada além de ar – galões e galões dele – e a água e a areia cheia de rochas centenas de metros abaixo, esperando para esmagar-nos como átomos.

"Lea", eu ofeguei. "Lea."

Acorde! Aquelas eram as palavras que eu queria gritar. Mas eu conhecia bastante a sua condição para saber como seriam fúteis. Agora, ela tinha sido sequestrada – o corpo estava duro como um púlpito, *retorcendo-se* com espasmos rápidos e brutais que faziam com que fosse quase impossível continuar a segurá-la. A mão tinha se curvado e estava fechada, as pupilas haviam desaparecido e uma linha fina de espuma escorria por entre seus dentes. Não havia jeito de acordá-la.

E, mesmo agora, eu podia sentir que ela ia escorregando, aos pouquinhos.

"Lea!"

Nem uma vez gritei por socorro: apenas *a* chamava, porque sabia que ela era a única, em última instância, que *poderia* ajudar. Havíamos escolhido um ponto muito remoto para ser vistos por alguém. Mesmo as canoas e os barcos a remo que desciam enfeitando o rio, mesmo eles passariam por nós sem nos ver, empenhados em suas próprias manobras.

Na verdade, naquele momento me senti tão impotente quanto no closet de Artemus. Mais uma vez eu estava aprisionado em uma disputa pessoal, com nada para ajudar a não ser minhas próprias faculdades mentais e meu vigor, e quão desproporcionais eles pareciam ser *naquela* situação. Para a expectativa de uma vida – *duas* vidas – pendente por alguns dedos apenas.

Cada vez mais ela escorregava, e mais de *mim* ia com ela. Centímetro por centímetro, eu estava sendo arrastado daquela saliência, atraído cada vez mais para aquelas rochas pretas e molhadas que esperavam tão pacientemente embaixo...

E, por fim, minha mão conseguiu segurar ao redor do peito de Lea. O deslizamento cessou, e, sustentado pela calma, comecei um exame minucioso dos arredores, procurando, erraticamente, por um ponto de apoio... qualquer coisa, qualquer coisa para prender... e nada aparecia...

Até que meus dedos se fecharam em torno de algo duro, seco e caloso.

Eu o adivinhei como o cego Jasper faria, com minha pele. Era uma raiz. Uma raiz exposta de uma árvore sobressaindo-se de uma rocha.

Oh, como eu a agarrei! Oh, como eu a *apertei*... enquanto, com a outra mão, comecei a puxar Lea para cima.

Houve momentos, admito, que pensei que fosse me despedaçar, tão violentas eram as forças em cada um de meus lados. Logo percebi, no entanto, que elas *não eram* bem iguais. A raiz, por causa do puxão forçado de nossos dois corpos, estava começando a se curvar.

Por favor, eu suppliquei. *Por favor, aguente*. Mas isso não fez diferença, ela se curvava cada vez mais, começando a *estalar* como uma espinha dorsal, e em pouco tempo minha súplica silenciosa começou a ser substituída por outra, dita em voz alta dessa vez: as mesmas palavras, repetidas várias vezes. Alguns dias antes eu tinha lembrado quais eram.

"Você não é capaz. Você não é capaz."

Algo como uma prece divina, seria possível dizer, leitor. E saindo de mim! Um homem que não teria sido surpreendido pela morte rezando. Vou dizer apenas que, quando a raiz quebrou, minha mão já estava agarrando – por intuição, por milagre – a próxima raiz que saía da pedra, e essa raiz aguentou firme, e a coisa seguinte que eu me lembro é que eu estava estendido na beira do abismo e diante de mim estava deitada Lea Marquis, ainda tremendo... ainda viva.

Tive então o luxo de ter algum tempo antes de considerar o resto do trajeto. Não havia jeito de pular ou saltar, isso estava claro: ainda tínhamos dois metros e meio para escalar antes de alcançar o chão, e Lea ainda estava inconsciente, embora não tremesse tão violentamente quanto antes.

Tínhamos apenas uma coisa em nosso favor: uma linha de raízes expostas que faziam um caminho em ziguezague até o topo. Como iríamos os dois até em cima, essa é que era a mágica. Depois de algumas tentativas e erros, descobri que se me mantivesse de costas para o rochedo íngreme e colocasse minhas pernas ao redor do peito de Lea, eu conseguiria fazer de nós *dois* uma unidade e *ambos* poderíamos avançar sem que Lea batesse contra os rochedos.

Oh, mas Cristo, era uma empreitada difícil! Lenta, suada, *obstinada*. Mais de uma vez tive de descansar mantendo-me contra uma das raízes.

Muito velho, lembro-me de ter pensado num dado momento. *Você está danado de velho para isso.*

Devo ter levado uns quinze minutos para fazer a metade do caminho. Mas eu estava medindo o trajeto em centímetros, e cada centímetro que vencíamos tornava possível vencer mais um: sem me importar com o quanto a face rochosa estava ferindo minha carne, sem me importar com o quanto minhas pernas estavam tremendo sob o peso do corpo de Lea. Eu ainda podia avançar um centímetro, não podia?

E assim os centímetros se somaram e por fim atingimos o platô, onde ficamos prostrados em uma confusão de braços e pernas. Depois de uma pausa para recuperar o fôlego, eu peguei Lea e a carreguei até o banco de pedra. Fiquei parado perto dela por vários minutos – arquejando – dolorido e sangrando por todo canto. Depois a segurei em meus braços. E quando senti seus estremecimentos se acalmarem, seus braços se soltarem e seu corpo lentamente voltar a ela, o terror em mim deu lugar a uma espécie de ternura.

Porque eu a compreendia melhor então. Compreendia, pelo menos, um pouco da tristeza que havia nela, mesmo nos momentos mais alegres. E isto, também, eu compreendia: quão pouco a conhecia. Ou jamais conheceria.

Quando olhei para baixo de novo, suas pupilas haviam retornado ao normal, e as pálpebras começaram a piscar sozinhas. Mas o seu corpo ainda tremia contra o meu, e me parecia que esse deveria ser o pior momento para ela, sair da escuridão – não para a luz mas para outra região, de onde poderia ser atraída em qualquer direção.

"Você deveria...", ela conseguiu dizer.

"Deveria o quê?"

Passou-se um minuto antes que ela pudesse completar a sentença. "Você deveria ter deixado que eu partisse."

E, sim, mais um minuto ainda antes que eu pudesse dizer algo em resposta. As palavras ficavam presas em minha garganta.

"O que isso resolveria?", consegui, por fim, lhe perguntar.

Massageei-lhe a testa com meus dedos, e suas feições começaram a se iluminar com vida. A luz voltou aos seus olhos, e ela me fitou com um olhar de incompreensível compaixão.

"Não tema", ela sussurrou. "Ele disse que tudo se resolverá. Tudo se decidirá."

Quem disse? Essa deveria ter sido a pergunta seguinte a sair de minha boca, mas não, eu estava muito chocado por suas palavras para pensar em qualquer outra coisa.

Depois de alguns minutos, ela foi capaz de levantar a cabeça, e logo depois pôde se sentar. Passou a mão pela testa e disse, debilmente:

"Pergunto-me se poderia incomodá-lo e pedir um pouco de água."

Meu primeiro pensamento foi ir até a fonte. Mas quando estava prestes a mergulhar meu chapéu nela, ouvi sua voz, um pouco mais forte, dessa vez.

"E um pouco de comida, se não for muito transtorno."

"Voltarei imediatamente", eu disse.

Subi as escadas de duas em duas. Contente por estar em pé de novo – me movendo, *fazendo* – e me perguntando onde eu acharia comida naquela hora do dia. Eu já estava quase em meu hotel quando enfiei a mão no bolso e encontrei um pequeno pedaço de carne seca em conserva. De cor castanha, duro e mirrado como um mendigo, mas melhor do que nada, pensei, enquanto dava meia-volta e me dirigia para os degraus do jardim.

Ela tinha ido embora.

Desaparecido completamente. Procurei por ela atrás de arbustos e árvores, segui o passeio até depois de Battery Knox, depois de Lantern Battery, fiz todo o caminho até Chain Battery; eu até, sim, examinei atentamente a escarpa para ver se ela não tinha feito uma segunda tentativa. Não a encontrei. Minha única companhia remanescente era sua voz, me chamando para onde quer que eu me virasse.

Tudo se resolverá.

A mesma coisa que minha filha tinha dito.

Narrativa de Gus Landor
36

O PROFESSOR PAWPAW NÃO GOSTA DE SURPRESAS – PRINCIPALMENTE, EU ACHO, porque não lhe deixa tempo para preparar as suas próprias. E sem surpresas ele é... bem, tudo que direi é que quase não reconheci o homem que abriu sua porta. Depois de procurar em vão por Lea, eu subi em Cavalo e fui direto até a casa do professor Pawpaw, chegando um pouco antes do crepúsculo. O jasmim e a madressilva estavam murchos. Desaparecidos os ossos de rãs; desaparecidas as gaiolas de pássaros que ficavam penduradas na pereira; havia desaparecido também a cascavel morta dependurada sobre a porta.

E desaparecido, também, estava Pawpaw. Ou assim pensei até que vi o homem parado na porta, com suas calças pardas e suas meias listradas e desbotadas. Nada em torno de seu pescoço a não ser um simples crucifixo de marfim.

Então é assim que ele parece, pensei, *quando não há ninguém por perto. Como um sacristão aposentado.*

"Landor", ele resmungou. "Não estou disponível."

Não éramos, eu sabia, tão bons amigos para que ele me deixasse entrar a qualquer hora que eu desejasse. Então foi pela percepção, suponho, do desespero que emanava de mim como um mau cheiro que, por fim, ele mudou de ideia. Deu um passo atrás e, em silêncio, convidou-me a entrar. "Se você tivesse vindo ontem, Landor, poderia ter lhe oferecido um pouco de coração de touro castrado..."

"Obrigado, professor, não vou tomar muito do seu tempo."

"Bem, então, vá direto ao assunto."

E tendo feito todo aquele percurso, percebi-me imaginando, não pela primeira vez, se eu estava perdendo tempo e repouso com algo que não tinha mais substância do que uma fantasia.

"Professor", eu disse. "Da última vez que estive aqui, o senhor mencionou um feiticeiro caçador que passou para o outro lado. Um camarada que foi queimado no poste e... algo sobre recuperar o seu livro dentre as chamas..."

"É claro", ele respondeu fazendo um gesto de mão contrariado. "Le Clerc. Henri le Clerc."

"Ele era um padre, foi o que o senhor disse?"

"De fato."

"Bem, agora, eu estava me perguntando se o senhor teria um retrato dele em algum lugar. Uma estampa, talvez."

Ele me olhou atentamente. "É só isso que você quer? Um retrato?"

"Por ora, sim."

Ele me levou, então, até sua biblioteca. Foi direto até a estante e, sem meu auxílio, escalou-a como um esquilo. Desceu com um livro meio caindo aos pedaços.

"Aqui está", ele disse segurando o livro aberto. "Aqui está o seu feiticeiro perverso."

Olhei para um homem com colarinho de padre e um manto ricamente preguado. Ossos delicados e bem-formados, olhos clementes, uma boca cheia e franca: feições agradáveis e abertas – um rosto feito para receber confissões.

Pawpaw, velha raposa, viu a luz aparecer em meus olhos. "Você já o viu antes", ele declarou.

"Em uma outra versão, sim."

Olhamos um para o outro. Nenhuma palavra foi trocada, mas depois de um minuto ele levou as mãos atrás de seu pescoço e abriu a corrente com o crucifixo de marfim. Colocou-o em minha mão e fechou meus dedos ao redor do objeto.

"Como regra, Landor, não sou supersticioso. Mas uma vez por mês, mais ou menos, preciso dele como de doces."

Eu sorri. Coloquei de volta o crucifixo na mão dele.

"Eu já estou além do que é considerado conveniente, professor. Mas lhe agradeço, de todo jeito."

O envelope estava apoiado contra a porta do meu quarto de hotel, esperando por mim, quando voltei tarde da noite. Não duvidei nem um instante de quem o havia escrito, não por causa das letras ligadas, floreadas, não por causa do verdadeiro aspecto da escrita (uma inclinação de quarenta e cinco graus), que anunciava seu autor tão claramente como uma assinatura.

Por um momento, fiquei parado, me perguntando se poderia sem perigo ignorá-lo. E decidi, com alguma tristeza, que não podia.

Landor:

Eu não lhe devo obrigações mundanas, mas, como você uma vez – ou assim acreditei – interessou-se beneficamente por meus assuntos, suponho que deva estar curioso em saber sobre o novo rumo que decidi tomar. Faz menos de cinco minutos que Lea e eu fizemos nossa promessa de fidelidade. Em suma, vou desistir de meu posto na Academia e levar minha esposa – assim que ela for – para longe, longe desse deserto.

Não desejo de você nem congratulações nem comiseração. Não desejo nada de você. Anseio apenas que cesse o ódio e a recriminação que tanto desfiguraram sua alma.

Adeus, Landor. Eu vou para a minha amada.

Seu,

E. A. P.

Bem!, eu pensei. *Lea não perdeu tempo.*

E, de fato, foi a própria subitaneidade das notícias que começaram a me enervar. Por que *estava* acontecendo tão rapidamente? Tão logo depois de Lea esbarrar na morte? Poe, é claro, estaria pronto para agir ao primeiro sinal de sua amada, mas o que Lea ganharia em fugir de casa com o namorado? Por que ela abandonaria seu irmão e sua família no momento de sua maior necessidade?

A menos que aquilo não tivesse nada a ver com matrimônio. A menos que uma urgência maior estivesse alterando tudo para um lance mais alto.

E então minha memória pousou naquelas palavras – *Adeus, Landor* – e elas pularam em mim como metralha e me fizeram disparar pelo corredor, transpondo as escadas com pulos.

Poe estava em perigo. Eu sabia disso, como nunca soube de algo antes. E para salvá-lo, eu tinha de encontrar o único homem que podia – ou que, sob a pressão correta, *desejaria* – responder às minhas perguntas. Faltava meia hora para a meia-noite quando cheguei à casa dos Marquis.

Bati à porta como um marido bêbedo de volta da taberna, e quando Eugénie, de camisola e com os olhos sonolentos, se plantou na porta e abriu a boca para repreender-me, algo em meu rosto fez com que as palavras ficassem presas em sua garganta. Ela me fez entrar sem emitir um som e, quando lhe perguntei onde estava seu patrão, apontou com um vago sobressalto para a biblioteca.

Uma única vela estava acesa. O dr. Marquis encontrava-se sentado em uma grande cadeira de veludo, com uma monografia aberta em seu colo. Seus olhos estavam fechados, e ele roncava ligeiramente, mas o braço estava onde o havia deixado: completamente estendido, com os dedos segurando um copo de conhaque, o próprio conhaque liso como um lago. (Poe costumava adormecer do mesmo jeito.)

Não tive de dizer uma palavra. Ele abriu os olhos, colocou o copo sobre a mesinha e estremeceu no escuro.

"Mister Landor! Esta é uma agradável surpresa." Ele começou a se levantar. "Sabe, eu estava lendo o tratado mais fascinante sobre a febre puerperal. Estava pensando que *você*, em particular, pode apreciar a discussão de qualidades específicas excelentes... oh, mas onde ele está?" Ele estudou a cadeira que acabara de deixar, girou com um estado de pasmo, depois achou o tratado, ainda em seu regaço. "Ah, aqui está!"

Ele olhou cheio de expectativa, mas eu já estava me movendo para a estante de vidro. Examinando meus bigodes, tirando fios do meu queixo... assegurando-me de que estava *pronto*...

"Onde está o resto de sua família, doutor?"

"Oh, a hora é muito avançada para as damas, eu acho. Elas se retiraram."

"Ah, sim. E seu filho?"

Ele piscou para mim. "Ora, ele está na caserna, é claro."

"É claro."

Cruzei o aposento com passos curtos, esbarrando nele ao passar (porque a sala era demasiadamente estreita) e sentindo seus olhos me seguindo a cada passo do caminho.

"Posso oferecer-lhe algo, mister Landor? Conhaque?"

"Não."

"Uísque, talvez. Sei que o senhor gosta de..."

"Não, obrigado", eu disse parando um pouco adiante e sorrindo para seu rosto à luz da vela. "Sabe, doutor, eu estou um pouco desapontado com o senhor."

"Oh?"

"Nunca me contou sobre o seu ancestral ilustre."

Da cratera de sua boca um meio sorriso vacilante começou a aparecer. "Ora, eu não penso... sabe, não tenho certeza sobre quem o senhor..."

"Padre Henri le Clerc", eu disse.

Ele desabou como uma perdiz sem asas sobre a cadeira.

"Oh, eu admito, doutor, que não é um nome que incitaria muitas notícias agora. Mas em seus dias, me disseram, ele era muito bom para caçar feiticeiros. Até se tornar um dos caçados. Posso emprestar sua vela?"

Ele não respondeu. Peguei a vela e levei-a até a estante de livros, onde havia o nicho que abrigava o antigo retrato a óleo. O retrato sobre o qual não me detive da primeira vez que o vi. Uma semelhança quase perfeita com a gravura no livro de Pawpaw.

"Este é o le Clerc, não é, doutor? Oh, ele é um cavalheiro de boa aparência, o seu ancestral. Eu também gostaria de tê-lo conhecido."

Abaixei um pouco a vela e observei o camafeu da jovem mistress Marquis sob a chama trêmula. Colocando o camafeu de lado, pus a mão sobre a superfície áspera, mal-acabada, que ficava debaixo da coberta cinzenta e mofada que da primeira vez eu achara tratar-se de uma almofada.

"E esse é seu livro, não é? Estou envergonhado em dizer que eu nem sabia que *era* um livro. Ele tem uma textura tão diferente, não é? Pele de lobo, se não me engano."

Depois de um momento de hesitação, coloquei meus dedos por baixo e o levantei. Como era pesado! Como se cada página tivesse sido revestida com couro e gravada com ouro em relevo.

"*Discours du Diable*",* eu disse, abrindo na primeira página. "O senhor sabe, doutor, há pessoas no mundo que pagariam uma soma considerável por este volume. O senhor poderia ser um homem rico antes que o sol se levantasse de novo."

Fechando o livro, coloquei-o de volta, com grande cuidado, em seu lugar na estante e fixei acima dele o retrato de mistress Marquis.

"Sua família tem sido um quebra-cabeça para mim, doutor, não me importo de dizer. Nunca fui capaz de me decidir sobre quem era – quem estava no *comando*, suponho, quem estabelecia a cadência. A cada vez eu suspeitava de um de vocês. Nunca me ocorreu que pudesse ser alguém completamente diferente. Alguém que nem está vivo."

---

* Discursos do Diabo. [N. T.]

Parei na frente dele.

"Sua filha sofre de epilepsia", eu disse. "Não, por favor, não negue, eu mesmo a vi com crise. No decorrer de sua crise, ela imagina estar em contato com alguém. Alguém que lhe diz coisas, que lhe dá instruções, talvez." Indiquei o retrato na parede. "É ele, não é?"

O dr. Marquis, no fim, mostrou-se um pobre hipócrita. Não por falta de habilidade, mas por falta de propensão. Algumas pessoas, eu acho, podem aumentar os segredos como camadas de xisto – empilhá-los cada vez mais alto, quero dizer, e não deixar nada rachar. Outras precisam apenas da mais leve batida para derrubar todo o edifício. E, para essas pessoas, você nem mesmo precisa de um rosto como o do padre le Clerc. Você precisa apenas estar por perto quando acontece.

Foi assim com o dr. Marquis. Ele estava pronto para falar, e falou, quando a vela crepitou ao terminar, quando a noite se transformou em manhã. E sempre que o fluxo de palavras diminuía, eu lhe servia mais conhaque, e ele olhava para mim como se eu fosse o anjo da compaixão, e as palavras fluíam de novo.

Ele me contou a história de uma linda menina, dotada para todas as coisas brilhantes que uma menina pode desejar: casamento, status, filhos. Marcada, ao mesmo tempo, pela *doença*. Doença *assustadora*, que se apoderava dela quando ninguém estava vendo, paralisando seu cérebro e sacudindo-a como se fosse uma cabaça.

Seu pai tentou todas as dietas médicas em que pôde pensar – nada adiantava. Chegou a trazer até os que curavam pela fé, mas eles também fracassaram em deter o terror. E gradualmente esse terror tomou conta de toda a família e mudou cada um deles. Assim eles abandonaram o conforto de Nova York pelo isolamento de West Point. Prescindiram de amigos e viviam por si sós. O pai desistiu de sua ambição, a mãe ficou amarga e excêntrica, e as crianças, entregues às suas próprias responsabilidades, desenvolveram laços de proximidade incomum. Eles eram todos, cada um à sua própria maneira, escravos daquela doença.

"Pelo amor de Deus", eu disse, "por que não contaram para ninguém? Thayer teria compreendido."

"Não ousamos. Não queríamos que as pessoas se afastassem de nós. O senhor deve compreender, mister Landor, foi uma época terrível para nós. Quando Lea completou doze anos, seus ataques pioraram. Em mais de uma ocasião, nós temíamos por sua vida. E então, um dia, era... era uma tarde de julho, ela voltou a si e disse..."

Ele parou.

"Ela disse o quê?"

"Ela disse que tinha *encontrado* alguém. Um cavalheiro."

"E era o padre le Clerc?"

"Sim."

"Seu tetravô ou algo assim, ou quem quer que fosse."

"Sim."

"E ela falou com ele?"

"Sim."

"Em francês?", perguntei revolvendo os olhos. "Ela era fluente, sim."

Houve um toque de desafio em seu tom, o que não era comum nele. "Diga-me, doutor, como ela sabia quem era esse homem misterioso? Ela se preocupou com apresentações?"

"Ela tinha visto seu retrato. Eu o mantinha no sótão naquela época, mas ela e Artemus, eles deram com o retrato de alguma forma."

"No sótão? Por favor, não me diga que sentia vergonha por ele ser seu ancestral."

"Não. Não." Suas mãos tremeram. "Não é isso. Padre le Clerc não era... nunca foi o homem que diziam ser. Ele não era absolutamente perverso, ele era um *curandeiro*."

"Incompreendido."

"Precisamente, sim."

"E assim esse pobre curandeiro incompreendido, essa criatura da imaginação de sua filha, começa a instrui-la. Ela, por sua vez, instrui Artemus. E até certo ponto sua própria esposa, doutor, se torna uma aluna, também."

Isso era apenas uma suposição, honestamente. Não havia algo escrito indicando mistress Marquis, era apenas uma evidência de meus sentidos – por causa da maneira como o som se propaga nessa casa de estrutura simples –, nada poderia ficar secreto por muito tempo. Era uma intuição, sim, mas pela maneira como o rosto do doutor se abateu, a maneira pela qual continuava a se abater, eu podia ver que tinha acertado no alvo. "Bem, isso deve ter dado um currículo interessante, doutor. O tema principal, até onde eu posso perceber, era o sacrifício. Sacrifício *animal* – até que alcançaram o ponto em que os animais não serviam mais." Sua cabeça movia-se de um lado para o outro como um pêndulo. "O que o seu precioso Galeno disse, doutor? O que Hipócrates disse sobre o sacrifício de jovens *rapazes*?"

"Não", ele disse. "Não. Eles juraram para mim que mister Fry já estava morto. Eles juraram que jamais tirariam uma vida humana. Nunca."

"E você acreditou neles, é claro. Mas, então, você também acreditou que um homem pode se levantar dentre os mortos e tagarelar com sua filha."

"Que escolha eu tinha..."

"*Que escolha?*", eu gritei, enquanto meu punho se chocava contra as costas de sua cadeira. "Você entre todos os homens! Um médico, um homem da Ciência. Como pôde dar fé a tal loucura?"

"Porque eu..."

Ele escondeu o rosto entre as mãos. Um gemido completamente infantil se fez ouvir.

"Não consigo ouvi-lo, doutor", eu disse. Ele levantou a cabeça e gritou:

"Porque eu mesmo não posso salvá-la!"

O dr. Marquis esfregou os olhos úmidos. Soltou um último soluço e estendeu as mãos numa súplica muda.

"A minha própria arte era inútil, mister Landor. Como poderia me opor a que ela mesma procurasse uma cura em outro lugar?"

"Uma cura?"

"Foi o que ele lhe prometeu. Se ela fizesse o que ele lhe pedia. E ela fez, e ela *melhorou*, mister Landor. Ninguém pode negar isso. Os ataques não vieram com tanta frequência como antes e, quando vêm, quase não são mais tão severos. Ela melhorou!"

Eu me recostei na estante. Subitamente cansado. Cansado além de qualquer medida.

"Então se a saúde dela estava melhorando", eu perguntei, "o que ela queria com um coração humano?"

"Oh, ela não queria nada com ele. Mas ele lhe disse que era a única maneira pela qual ela poderia ficar livre de uma vez para sempre."

"Livre do quê?"

"De sua maldição. De sua propensão. Ela não aguentava mais, o senhor não percebe? Ela queria ser completa de novo, queria viver como qualquer outra mulher. Queria *amar*."

"E tudo o que ela tinha de fazer era oferecer... os *órgãos* de alguém?"

"Não sei! Eu disse a Lea e Artemus que não deviam me dizer nada do que estavam fazendo. Era a única maneira de eu poder... eu poder manter silêncio."

Ele colocou os braços em torno de si e deixou a cabeça pender. Oh, é algo difícil, algumas vezes, ser testemunha da fraqueza humana, que é, em minha experiência, de onde surge mais venalidade. Fraqueza. Escondendo-se como força.

"Bem, doutor, o problema para o senhor é seus filhos continuarem a enforcar outras pessoas dentro de sua pequena academia de Satanás."

"Eles juraram que não eram responsáveis pelas..."

"Não estou falando de Fry", eu disse. "Não estou falando de Ballinger ou Stoddard. Eu estou falando de alguém que ainda está conosco. Ou talvez o senhor não saiba que sua filha se comprometeu a casar com mister Poe?"

"Mister Poe?", ele gritou.

Seu espanto era demasiado para ser fingido. Isso não fazia sentido para ele, então tentou absorver a notícia em estágios, e cada novo estágio agia sobre ele como um soluço, sacudindo-o inteiro.

"Mas mister Poe esteve aqui", ele falou de modo confuso. "Esta noite. Ninguém disse uma palavra sobre um compromisso."

"Poe esteve aqui?"

"Sim! Tivemos uma bela conversa, e depois ele e Artemus foram até o vestíbulo para bebericar alguma coisa. Oh, eu sei que é contra as regras", ele disse mostrando os dentes fortes, "mas uma escapada de vez em quando não faz mal a ninguém, eu creio."

"Artemus também estava aqui?", perguntei.

"Sim, foi quase uma... uma festa..."

"E quando Poe saiu?"

"Bem, eu não sei. Ele não podia ficar muito tempo, tinha de voltar ao alojamento, da mesma forma que Artemus."

Com frequência me pergunto se as coisas poderiam ter sido diferentes se eu estivesse no meu papel de detetive desde o começo. Se, digamos, tivesse pensado em perguntar sobre o retrato de família na primeira vez que o vi. Ou se eu tivesse compreendido a importância da condição de Lea Marquis quando foi descrita para mim da primeira vez. Ou se tivesse reconhecido de imediato o que vi quando entrei na casa dos Marquis naquela noite.

Não, levei mais de meia hora para perceber do que se tratava e, assim que me dei conta, inclinei-me sobre o dr. Marquis e sibilei as palavras bem no seu rosto – a reprovação que deveria ter sido só para mim.

"Diga-me, doutor. Se Poe saiu de sua casa, por que o capote dele ainda está pendurado no vestíbulo?"

Era a única peça que ainda estava pendurada nos cabides. Um casaco de lã preta, de uma remessa padronizada do governo, exceto pelo...

"Exceto pelo rasgão", eu disse segurando o capote. "O senhor vê, doutor? Quase todo o comprimento do ombro. Provavelmente ficou assim por ele andar de rastos através da floresta muitas vezes."

O doutor me fitou. Seus lábios emitiram um som de água em ebulição e ficaram trêmulos.

"Se há algo que aprendi, doutor, é que os cadetes nunca vão a lugar nenhum sem seu capote. Não há nada pior do que sair após o toque de despertar em uma manhã de inverno sem algum abrigo, ou há?"

Coloquei o capote de volta no cabide. Dei um par de batidinhas nele com a mão. E disse, tão casualmente quanto pude: "Então, se mister Poe não saiu daqui, aonde ele foi?"

Um lampejo passou por seus olhos. Uma faísca minúscula. "O que é, doutor?"

"Eles estavam..." Ele dava voltas agora, tentando encontrar uma direção. "Eles estavam tirando um baú."

"Um baú?"

"Roupas velhas, eles disseram. Estavam jogando fora roupas velhas."

"*Quem* estava?"

"Artemus. E Lea estava ajudando. E eles tinham as mãos cheias, então abri a porta para eles. E eles..." Ele abriu a porta. Deu um passo para fora e examinou a escuridão, como se esperasse encontrá-los ainda ali. "Eu não..." Ele se voltou para mim, e seus olhos encontraram os meus, seu rosto ficou branco, e suas mãos dirigiram-se às orelhas. Era a mesma posição que eu o tinha visto assumir no Kosciusko's Garden quando estava lá com sua mulher. A posição de um homem que não quer deixar entrar nada.

Eu agarrei suas mãos. Coloquei-as ao lado do corpo e mantive-as presas ali.

"Para onde o levaram?", perguntei.

Ele lutou comigo. Lutou como se *ele* fosse o mais forte.

"Não pode ser longe", eu disse tentando manter minha voz firme. "Não se pode carregar um baú para muito longe. O local deve estar ao alcance de uma caminhada."

"Eu não..."

"*Aonde?*"

Eu queria gritar a pergunta dentro de sua orelha, mas algo prendeu minha voz no último instante, reduzindo-a a um sussurro. E, no entanto, bem que poderia ter sido um grito, porque seu rosto ficou desnorteado sob a sua força. Ele fechou os olhos, e as palavras escorreram de seus lábios.

"O depósito de gelo."

Narrativa de Gus Landor
37

13 de dezembro

UM VENTO CORTANTE VINHA DO OESTE ENQUANTO O DR. MARQUIS E EU CORRÍAMOS rapidamente pela planície. As árvores assobiavam, uma coruja com seu pio alto, quase dando cambalhotas, voava sobre nossas cabeças, e um pássaro sobre o cedro chilreava como um monge louco... e também o dr. Marquis chilreava, mesmo enquanto corria.

"Eu não... não acho que precisamos... trazer *mais* ninguém, o senhor acha? É um assunto de família e tudo mais. Tenho certeza de que posso... *falar* com eles, mister Landor... depois disso feito, ninguém ficará prejudicado..."

Bem, tolerei que ele continuasse. Eu sabia que seu maior medo era que eu chamasse Hitchcock e uma grande quantidade de reforços, e como eu tinha minhas próprias razões para deixar o assunto confidencial, fiquei quieto. Até que dois cadetes chegaram até nós a passos largos e grandes saltos.

"Quem vem lá?", gritaram quase em uníssono.

Eram as sentinelas duplas recém-organizadas por Hitchcock. Movendo-se rapidamente com fitas de metralhadora, caixas de cartuchos e espadas.

Senti a mão do doutor em meu braço como uma prece.

"Mister Landor", eu disse tentando soar tão calmo quando pude entre os arquejos. "E dr. Marquis. Estamos fazendo exercícios noturnos."

"Avance e dê a contrassenha", disseram.

Eu agora já era bem conhecido nos postos de guarda e, em uma noite normal, esse pedido teria sido uma mera formalidade. Mas os tempos haviam mudado e a sentinela mais velha, longe de relaxar, levantou o queixo e repetiu a ordem com uma voz estridente de menino-homem.

"Avance e dê a contrassenha!"

Dei um passo adiante. "Ticonderoga", eu disse.

Ele manteve sua postura durante algum tempo, e só quando ouviu seu companheiro pigarrear é que abaixou o queixo.

"Continuem", ele disse asperamente.

"Excelente trabalho, cavalheiros!", o dr. Marquis gritou quando nos afastamos. "Sinto-me seguro, sem dúvida, vendo vocês no serviço."

A única pessoa que vimos no percurso, além dos cadetes, foi Cesar, o servente do refeitório, que apareceu, bastante inesperadamente, no cume da colina e acenou para nós como um garoto que estivesse passeando. Estávamos muito ocupados correndo para devolver o aceno. Dois minutos mais e estávamos parados diante do depósito de gelo, olhando para aquele pequeno armazém de paredes de pedras e telhado de colmo, e eu me lembrei subitamente de Poe lá em cima, no topo, examinando o solo atentamente para mim enquanto eu colocava pequenas pedras na grama. Não havia maneira, naquele momento, de saber que o que estávamos procurando – o coração de Leroy Fry – estava bem debaixo de nós.

"Onde eles estão?", perguntei então.

Não foi mais do que um sussurro, mas o dr. Marquis encolheu-se e deu um passo atrás.

"Bem, o senhor sabe, não tenho absoluta certeza", ele sussurrou de volta.

"Não tem *certeza*?"

"Nunca *estive* aqui. Eles encontraram o local muitos anos atrás quando estavam brincando. É uma espécie de cripta ou... ou catacumba ou algo parecido."

"Mas onde *fica*?", perguntei com voz mais alta.

Ele deu de ombros. "Dentro, eu acho."

"Doutor, este depósito de gelo não tem mais do que quatro metros e meio de cada lado. Você está sugerindo que ele contém uma *cripta*?"

Um débil sorriso. "Sinto muito, isso... isso é tudo que sei."

Pelo menos havíamos trazido lanternas, e no bolso eu tinha uma caixa de fósforos. Mesmo assim, depois de abrir a porta coberta com pele de carneiro, paramos na entrada – diante do primeiro bafo gelado vindo daquela escuridão – e ali teríamos ficado por mais tempo se não tivéssemos o exemplo de Artemus e Lea, que haviam estado ali quando crianças e encontraram um caminho para entrar. Não podíamos fazer o mesmo?

Quase fracassamos, no entanto, bem no início. Nenhum de nós estava preparado para uma queda de um metro, e, quando recuperamos o equilíbrio e levantamos nossas lanternas, ficamos espantados de ver nada mais do que... nós mesmos.

Estávamos parados em frente de uma torre brilhante de gelo – talhada no último inverno na lagoa vizinha e colocada, bloco por bloco, antes que o ano terminasse. E agora estava, diante de nós, um espelho arqueado onde nossas imagens se moviam como enguias causando ilusões e nossas lanternas ofuscavam como sóis gastos.

Era apenas gelo, é claro. O gelo que impedia de derreter a manteiga de mister Cozzens e enfeitaria a mesa de sobremesas de Sylvanus Thayer da próxima vez que o barco dos visitantes viesse... e, sim, mantinha um corpo ocasional um pouco mais conservado até que fosse confiado à terra. Água gelada, nada mais. E, no entanto, que lugar apreensivo era aquele! Eu não saberia dizer o que o tornava assim. Talvez fosse o odor de serragem úmida por toda parte. Ou o débil rangido da palha enfiada em cada cavidade. Ou a tagarelice dos camundongos dentro da parede dupla. Ou o suor que evaporava do gelo e grudava em nós como uma nova pele.

Ou ele ficou reduzido a isso? Há algo de errado em entrar num lugar reservado para o inverno.

"Eles não podem estar longe", murmurou o doutor iluminando com a lanterna uma longa prateleira com machadinhas e uma confusão de ferramentas.

Sua respiração estava mais pesada então – um efeito, talvez, do ar lá dentro, que era mais aquecido e denso do que eu esperava. Minha própria lanterna já tinha distinguido as linhas metálicas duras de uma charrua, com seus brilhantes dentes de tubarão, e eu senti naquele instante como se estivéssemos bamboleando em um palato gigante, movendo-nos entre correntes de respirações.

Os respiradouros no teto também estavam respirando: leves correntes do ar da noite chegavam até nós com a luz estelar. Eu dei um passo atrás, para melhor admirar a vista... e senti um calcanhar perder a resistência. Meu outro pé se moveu para compensar, mas depois cedeu também. Eu estava caindo então, ou, mais propriamente, ficando inclinado em uma longa e lenta tangente. Procurei agarrar algo, mas a coisa mais próxima era... gelo, e minha mão desprendeu-se como de uma tinta, e eu sabia o que estava acontecendo: eu estava literalmente indo para baixo pelo escoadouro. E quando a minha lanterna incidiu sobre a parede, captei a expressão no rosto do dr. Marquis: medo e, sim, preocupação, lembro-me disso, e também impotência. Porque mesmo que estendesse a mão, ele sabia, provavelmente, que não havia nada que pudesse fazer. Eu estava *caindo*...

———◆———

O engraçado é que nunca perdi o apoio dos pés até alcançar o fundo, e, mesmo então, foi apenas o impacto do solo que me fez cair de quatro. Levantei a cabeça. De cada lado havia paredes de pedras; debaixo de mim, um chão de pedra. Eu tinha caído em uma espécie de corredor – desguarnecido e mofado, um remanescente, talvez, dos anos em que o Forte Clinton estava sendo construído –, talvez cerca de seis metros abaixo do interior do depósito de gelo.

Dei um passo à frente. Um passo apenas, e veio um som em resposta: tênue e estalante.

Tirei a caixa de fósforos do bolso e acendi um.

Eu estava parado sobre ossos. O chão todo estava coberto por eles.

Pequenos em sua maior parte, não muito maiores do que os ossos de rã que Pawpaw pusera no caminho para a sua casa. Os esqueletos de esquilos e camundongos do campo, um gambá ou dois, um grande número de ossos de pássaros. Era difícil dizer, porque os ossos haviam sido atirados no chão sem cuidado ou ordem. De fato, eles pareciam funcionar apenas como um alarme, porque não se podia dar um passo qualquer sem esmagá-los.

E assim, mais uma vez, me pus de quatro e *rastejei* lentamente por aquele corredor, segurando o fósforo com uma mão e, com a outra, afastando suavemente os ossos de meu caminho. Mais de uma vez, uma perna ou uma pequena caveira enfiou-se entre os espaços de meus dedos. Eu a libertava e continuava meu caminho, afastando os ossos e rastejando, rastejando sem parar.

Quando o primeiro fósforo se apagou, acendi outro – levantei-o em direção ao teto – e vi uma colônia de morcegos pendurados ali como graciosas bolsas pretas pulsando com a respiração. Através das paredes eu podia ouvir, pela primeira vez, uma combinação de sons – impossíveis de definir –, murmúrios que mudavam para gritos, um assobio interrompido por uma lamúria. Não alto, de modo algum; nem mesmo real, talvez; mas eles tinham, ainda assim, certa autoridade, como se estivessem sendo construídos como a própria rocha, empilhando-se em camadas.

Comecei a trabalhar mais depressa. E enquanto limpava meu caminho no corredor, percebi que a chama do fósforo ficava menos distinta. Algo... algo estava *competindo* com ela.

Apaguei o fósforo e pisquei na escuridão quente. Três metros adiante, um sinal de luz atravessou uma fenda na parede.

A luz mais estranha que já vi, leitor. Inerte como nata de leite e estendida como uma rede. Quando me aproximei, a rede começou a transformar-se em listras, e as listras ficaram indistintas e viraram lençóis, eu estava olhando para um aposento. Um aposento de fogo.

Fogo nas paredes: velas em chamas em fileiras de candeeiros. Fogo no chão: um círculo de tochas e, inscrito no círculo, um triângulo feito de velas. Fogo até quase o teto: um braseiro de carvão, tão incrivelmente alimentado que as chamas eram da altura de uma sala de visitas, e, próximo ao braseiro, um único pinheiro apoiado na pedra e também transbordando de fogo. Tanto *fogo*, tanta *luz* que era um ato de vontade ou de desespero ver as coisas que não eram luz. As letras, por exemplo, que alguém tinha gravado na base do triângulo.

$$\mathrm{SHT}$$

E as três figuras, movendo-se com um silencioso propósito em meio às tochas e velas. Um pequeno monge com um manto em tecido caseiro cinza, e um padre com uma batina e uma sobrepeliz... e um oficial do Exército dos Estados Unidos, vestindo, como intuí, o velho uniforme de Joshua Marquis.

Eu havia chegado no momento crítico. A cortina tinha acabado de ser levantada no teatro particular da família Marquis. E, no entanto, que tipo de teatro *era* aquele? Onde estavam os rituais selvagens que eu tinha visto no livro de Pawpaw? Os demônios alados puxando à força seus bebês? As bruxas em vassouras e os esqueletos com gorros e as gárgulas dançantes? Eu havia esperado – ao menos *desejava*, acho – ver "pecado" escrito com letras grandes. E em vez disso eu descobri... um baile à fantasia.

E agora um dos farristas – o monge – estava se voltando em minha direção. Eu fui para detrás da parede – mas não antes que a tocha revelasse, dentro do capuz de monge, as feições de coelho, sem adorno e frias, de mistress Marquis.

Em nada parecida com a mulher frágil e sorridente que eu havia conhecido, ela tinha se tornado a mais embotada das acólitas, esperando pelo próximo comando. Este chegou antes que se passasse um minuto.

Chegou, bem adequadamente, do oficial do Exército, que inclinou a cabeça para ela e falou com voz suave que veio direto para os meus ouvidos:
"Logo."

Artemus, é claro, vestido com o uniforme do falecido tio. Não lhe caía tão bem como para Poe, mas ele o usava com todo o orgulho que o fizera capitão da Mesa Oito.

E se *aquele* era Artemus, então a terceira figura – o padre que andava lentamente com a cabeça abaixada e os ombros curvados, indo bem agora para o altar grosseiramente escavado na rocha –, essa figura só podia ser Lea.

Lea Marquis, sim. Sem o colarinho branco que eu havia arrancado dela do lado de fora da taberna de Benny Havens.

Ela estava falando então – ou talvez tivesse falado durante o tempo todo – com uma voz de ressonância não habitual. Ora, não sou bom com línguas estrangeiras, leitor, mas estou querendo apostar que o que saía de sua boca não era latim ou francês ou alemão ou qualquer língua jamais pronunciada por um ser humano. Eu creio que era uma língua recém-inventada, no momento mesmo, por Lea Marquis e Henri le Clerc.

Oh, eu poderia tentar escrevê-la para você, leitor, mas sairia algo parecido com *skrallikonafaheerenow*, e você pensaria que é mero absurdo. E era, mas com esta diferença: de alguma forma, ela tinha o efeito de transformar *todas* as línguas em absurdo. De modo que mesmo as palavras que falamos por quase meio século poderiam parecer tão aleatórias como torrões de lama.

Bem, de todo modo, essa linguagem devia fazer sentido para os companheiros de Lea, porque, depois de alguns minutos, sua voz elevou-se para uma cadência mais alta, e os três se tornaram como um e fitaram um objeto coberto por uma mortalha que se encontrava fora do grande círculo. E isso mostra como eles me mantiveram sob seu feitiço: até aquele momento, eu nem tinha percebido a coisa, embora ela estivesse lá para ser vista do lado de trás de uma tocha. E enquanto eu a estudava, pude ver apenas o que o dr. Marquis tinha visto: uma trouxa de roupas. Da qual uma única mão nua saía para fora.

Artemus se ajoelhou. Tirou uma a uma as peças de roupa... Para revelar a forma prostrada do cadete Poe.

Seu casaco havia sido tirado, mas o resto do seu uniforme ainda permanecia no lugar, e ele estava deitado ali como um candidato para uma salva de cinco tiros: com o rosto pálido, os dedos tão rígidos que eu estava prestes a dá-lo como perdido. Até que vi um tremor passar por seu corpo como uma corrente. E naquele momento fiquei contente com o frio.

E, oh, estava frio! Muito mais frio do que no depósito de gelo. Suficientemente frio para manter um coração em bom estado durante muitas semanas.

Artemus estava enrolando a manga da camisa de Poe agora... abrindo uma maleta de médico parecida com a que seu pai teria usado... tirando primeiro um torniquete e depois um pequeno frasco de vidro.

Eu não gritei, mas Lea confortou-me como se soubesse que eu estava ali. "Sssshhhh", ela disse para ninguém em especial.

Ah, sim. Ela estava me dizendo que *tudo ia terminar*. E embora eu não acreditasse nisso, também não protestei. Nem mesmo quando a lanceta de Artemus pressionou o fino antebraço de Poe. Nem mesmo quando o sangue começou a gotejar, através de um tubo, no frasco de vidro.

Isso foi feito em cinco segundos – Artemus tinha aprendido bem –, mas o corte da lanceta havia feito algo se agitar no corpo de Poe. Um movimento em suas pernas e ombros. Ele murmurou: "Lea". Os olhos cor de avelã se abriram assustados e observaram o espetáculo *dele mesmo*, desaparecendo dentro do frasco de vidro.

"Estranho", ele murmurou.

Ele fez esforço para se levantar, mas, qualquer que fosse a força que ainda lhe restava, ela já estava gradualmente diminuindo. Parecia-me que eu até podia *ouvi-la* diminuindo, como chuva gotejando em uma viga de madeira: tip... tip... tip... E sempre que a saída de sangue diminuía, Artemus apertava o torniquete.

Ele vai morrer, pensei.

Poe levantou-se sobre os cotovelos. Ele disse: "Lea".

E repetiu. Disse o nome dela com maior determinação, porque de alguma maneira ele a tinha descoberto. Através das chamas das tochas e das velas, através da proteção de suas próprias vestimentas.

E ela – ela estava pronta para ele. Ajoelhou-se ao seu lado, os cabelos espalhados sobre os ombros, com um sorriso como num sonho. Um sorriso que deveria ter sido uma bênção, mas que o afetou com a mais terrível das angústias. Ele procurou sair de onde estava e, não conseguindo, tentou mais uma vez levantar-se, mas sua força lhe faltou de novo. E o sangue... porque Artemus tinha cortado fundo... continuava gotejando: tip... tip...

Lea passou a mão por seus cabelos desarrumados – um gesto de uma esposa afetuosa – e acariciou seu queixo com movimentos demorados e gentis.

"Não vai demorar muito."

"O quê?", ele gaguejou. "Eu não... o quê?"

"Ssshhhhh." Ela colocou as mãos nos lábios dele. "Apenas mais alguns minutos e tudo terá acabado, e eu serei livre, Edgar."

"Livre?", a voz de Poe ecoou debilmente.

"Para ser sua esposa, o que mais seria? O que pode haver de melhor?" Rindo, depois, ela deu um puxão em seu manto. "Suponho que devo desistir do sacerdócio primeiro!"

Ele a fitou como se ela mudasse de forma a cada palavra. Depois ele levantou o braço e apontou para o tubo e o frasco e, com uma voz infantil, disse:

"Mas *isto*, Lea. O que é isto?"

Eu mesmo estava muito perto de responder. Oh, sim, eu queria que minha voz fizesse voar pelos ares aquele mosteiro de gelo. Eu queria gritar para os próprios malucos...

Você ainda não percebeu, Poe? Eles precisam de um homem virgem.

Narrativa de Gus Landor
38

VERDADE SEJA DITA, A EVIDÊNCIA ACABARA DE ME ATINGIR. FIQUEI ME LEMBRANDO daquelas observações estranhas de Artemus no escuro poço da escada: "*Suspeito que você ainda não, oh,* se deu, *deverei dizer? Para uma mulher*". Fiquei pensando naquelas palavras durante dias, esperando por um vislumbre – e o vislumbre veio –, e eu sabia que Artemus havia colocado a pergunta não como mera curiosidade, mas já então interessado em outro propósito: Henri le Clerc. Que, como todo bom feiticeiro, pediria, para a maior qualidade da cerimônia, apenas a melhor espécie de sangue.

"Ouça-me", Lea estava dizendo, colocando os dedos debaixo do queixo de Poe e juntando seu rosto ao dele. "Isto *deve* acontecer, você compreende?"

Ele fez que sim. Se foi um gesto dele mesmo ou a ação dos dedos dela, não sei dizer, mas ele aquiesceu. E depois observou enquanto ela rodeava com as mãos o frasco com o sangue dele.

Ele estava quase cheio então, e ela o segurava como uma tigela de sopa quente, cuidadosamente, enquanto o levava até o altar na rocha. Depois, voltando-se, olhou ao redor do aposento, encontrando cada par de olhos por sua vez. Ela levantou o frasco sobre a cabeça e, calmamente, o entornou.

O sangue caiu lançando-se com força. Acumulou-se no alto de sua cabeça e espalhou-se pelos lados, escorrendo pelo rosto em tiras brilhantes. Deu-lhe quase um aspecto cômico, leitor, como se ela tivesse colocado franjas em um abajur acima de sua cabeça, e a franja grudou nela como um pecado, e enquanto ela olhava através do véu de sangue, as palavras que lhe saíram da boca, de maneira chocante, foram ditas em inglês. E perfeitamente distintas.

"Grande Pai. Liberte-me de sua dádiva. Liberte-me, Ó Muitíssimo Misericordioso Pai."

Ela foi até atrás do altar de rocha... procurou dentro de um pequeno nicho na parede de pedra e retirou de lá uma pequena caixa de madeira. Uma caixa de charuto, eu acho, provavelmente uma caixa pertencente a seu pai. Ela a abriu e olhou para o conteúdo com uma total fixidez e, depois, como boa professora que era, segurou-a de modo que seus camaradas pudessem vê-la.

Quão insignificante ele parecia, no fim das contas, no seu pequeno recipiente! Não maior do que um punho, como o dr. Marquis tinha dito. Mal valia todo o transtorno.

Mas ele tinha sido o início de tudo, aquele coração. E seria o fim, também.

Da boca de Lea agora começou a se ouvir uma corrente animada de... de *pragas*, vou chamá-las assim. Ela estava falando de novo em sua língua alienígena, mas o traço das consoantes em seus lábios, o sabor cruel e cada som imprimiam em suas expressões vocais o sentimento da mais profunda obscenidade. Depois sua voz calou-se, e o mosteiro ficou silencioso enquanto ela levantava o coração em direção ao teto.

Eu sabia que estávamos à beira de algo. Eu sabia que não havia mais nada a ganhar esperando. Se eu fosse salvar Poe, eu tinha de *agir*, e agir naquele momento.

Estranhamente, não era o perigo que me fazia esperar, mas um sentimento ridículo de *orgulho*. Eu não queria ser apenas mais um ator no teatro dos Marquis. Um ator que nem conhecia seu papel e tinha apenas uma vaga ideia da trama...

Até onde pude ver, no entanto, havia uma ligação fraca naqueles laços familiares. E se eu explorasse isso rapidamente e mantivesse minhas faculdades mentais, então, talvez, pudesse lidar com aquela situação difícil, e salvar Poe... e viver um outro dia.

Oh, mas nunca me senti tão velho como naquele momento, hesitando no corredor. Se eu pudesse encontrar alguém para fazer aquilo em meu lugar, eu o teria empurrado através daquela porta sem pensar ou me preocupar. Mas não *havia* ninguém mais, e Lea Marquis estava movendo a cabeça para cima como se estivesse empilhando roupa branca em uma prateleira alta, e aquele simples movimento – e tudo que ele prognosticava – foi o bastante para me fazer agir.

Dei três longas passadas dentro do aposento. Parei ali com o calor das tochas ardendo em meu rosto. Esperei que me vissem.

Não foi uma longa espera. Após cinco segundos, a cabeça encapuzada de mistress Marquis voltou-se. Seus dois filhos seguiram seu exemplo de imediato. Até mesmo Poe – drogado como estava, a força da vida sendo drenada dele em uma lenta corrente vermelha –, até *ele* conseguiu firmar o olhar em mim.

"Landor", ele sussurrou.

O calor daquelas tochas não era nada comparado ao calor daqueles *olhos*, penetrando-me, e, por trás dos olhos, um único pedido compartilhado. Eu teria de acertar as contas por mim mesmo. Nada poderia prosseguir até que eu o fizesse.

"Boa noite", eu disse.

E então, depois de consultar o relógio:

"Perdão, bom *dia*."

Mantive minha voz tão suave quanto foi humanamente possível. Mas ainda era a voz de um *estranho* – a voz de alguém que não tinha sido convidado –, e Lea Marquis recuou diante dela. Ela colocou a caixa de charutos no chão, deu um passo em minha direção e estendeu os braços em um gesto que insinuava boas-vindas e que se tornou um desafio.

"Você não pertence a este lugar", ela disse.

Mas eu já estava ignorando-a, voltando-me então para a mulher que estava parada ali perto – a mulher cuja boca eu via tremer dentro de seu capuz de monge.

"Mistress Marquis", falei, com uma voz branda.

O som de seu nome pareceu causar uma mudança de natureza nela. Ela jogou o capuz, para mostrar melhor seus cachos. Ela até – ah, ela não podia se impedir, leitor! –, ela até *sorriu* para mim! Procurou por todos como se estivesse de volta à casa em uma algazarra de professores, persuadindo-nos a ir para uma mesa de jogos.

"Mistress Marquis", eu disse. "Eu estava me perguntando: a senhora pode me dizer qual dos seus filhos deseja salvar da forca?"

Seus olhos se sombrearam; seu sorriso se transformou em confusão. *Não*, ela parecia estar pensando. *Devo ter ouvido mal.*

"Não responda, mãe!", gritou Artemus. "Ele está blefando", disse Lea.

E de novo eu os ignorei. Pus toda a minha atenção, toda a minha *força*, na mãe deles.

"Receio que a senhora não tenha escolha, mistress Marquis. A pura verdade é que *alguém* tem de morrer enforcado por isso tudo. Percebe isso, não é?"

Seus olhos começaram a se mover repetidamente de um lado para o outro. Sua boca pendeu.

"Os cadetes não podem ser mortos e cortados com impunidade, não é, mistress Marquis? E se não fosse suficiente, isso seria um mau precedente." E agora o sorriso tinha desaparecido completamente, fora extirpado, e, sem ele, como sua face ficava nua! Nenhum vestígio de alegria ou esperança em nenhum canto.

"Você não tem nada a fazer aqui!", gritou Lea. "Este é o *nosso* santuário."

"Bem", eu disse entrelaçando os dedos, "odeio contradizer a sua filha, mistress Marquis, mas creio que aquele pequeno coração que está perto dela – aquele que ela estava segurando bem agora, sim –, creio que isso faz com que essa ocupação de vocês seja meu *assunto*." Eu bati meu dedo contra os lábios. "Assunto da *Academia*, também."

Comecei a caminhar agora. Devagar, passos lentos – sem padrão definido –, sem sinal de medo. Mas aquele som ainda me perseguia: o tip, tip do sangue de Poe sobre o chão de pedra.

"É um assunto triste", eu disse. "Um assunto muito triste, mistress Marquis. Principalmente para seu *filho*, que tem uma... carreira tão brilhante à sua frente. Mas veja a senhora, temos aqui um coração humano que, com toda a probabilidade, veio de um cadete. Temos um rapaz que foi dopado e sequestrado e... penso que é justo dizer, atacado. Não é certo, mister Poe?"

Poe me olhou com um rosto branco, como se eu estivesse falando com outra pessoa que não ele. Sua respiração – eu podia ouvi-la –, inquieta e curta...

"Ora, o que fazer com isso", eu disse, "me restam muito poucas alternativas, mistress Maquis, espero que a senhora perceba isso."

"O senhor se esqueceu de uma coisa", disse Artemus, os músculos estremecendo ao redor do maxilar. "Nós somos em maior número."

"Vocês são mesmo?" Dei um passo em sua direção e empertiguei-me como um papagaio... mas meus olhos não abandonavam sua mãe. "A senhora acha que seu filho realmente quer *matar-me*, mistress Marquis? Além de todos os outros que ele já matou? A senhora *concordaria* com tal coisa?" Ela se limitava agora a colocar seus cachos em ordem, um fraco eco da moça faceira que devia ter sido outrora. E quando por fim ela falou, foi num tom brando e conciliador, como se tivesse se esquecido de colocar alguém na sua lista de dança.

"Ora, vamos", disse ela, "ninguém matou ninguém. Eles me disseram, eles me *asseguraram* que não..."

"Silêncio", silvou Artemus.

"Não, por favor", eu disse. "Por favor, mistress Marquis, insisto que fale. Porque ainda preciso saber qual de seus filhos devo salvar."

E este foi seu primeiro reflexo: olhar primeiro para um, depois para o outro – para pesá-los, como se estivessem na balança –, antes que o horror de pesá-los, *sob qualquer condição*, se tornasse demasiado forte para ela. Sua mão subiu ao colarinho, sua voz se fragmentou:

"Eu não... eu não vejo por que..."

"Oh, sim, esse é um assunto muito difícil, não é? Agora, se está preocupada com a manutenção da posição de cadete de Artemus, então, talvez a senhora esteja pensando que sua *irmã* foi a idealizadora de tudo isso, e ele foi apenas um ingênuo, como se mostrou. Assim como *a senhora*, mistress Marquis. Ora, se pudermos elaborar um caso muito forte contra *Lea*, então Artemus pode se safar com, oh, alguns dias numa prisão temporária, e ainda estar de volta para receber sua patente comissionada na próxima primavera. Tudo certo, então!" Bati as mãos. "*O caso contra Lea Marquis*. Começamos com os corações que desapareceram. Nós nos perguntamos, *quem* teria necessidade de corações humanos? Ora, sua filha, é claro! Para agradar seu amado ancestral – e curar sua condição trágica."

"Não", disse mistress Marquis. "Lea não..."

"Ela precisa de *corações*, sim, e ela sabe que seu irmão não tem... eu diria, *estômago* para isso? Então ela recruta seu mais próximo e amado amigo, mister Ballinger. E, na noite de 25 de outubro, ela envia um bilhete ao mister Fry para atraí-lo para fora da caserna. Como ele deve ter ficado excitado! Um encontro amoroso com uma vistosa beldade. Ora, ele deve ter pensado que seus sonhos mais desvairados haviam se tornado reais! Que desapontamento, então, ao encontrar Ballinger ali, em vez de Lea. Com um laço. Oh, sim", eu disse olhando para Poe. "Eu vi quão facilmente mister Ballinger podia dominar um oponente."

"Lea", disse mistress Marquis arranhando com os dedos a palma de sua mão. "Lea, conte-lhe..."

"Ballinger sendo tão bom amigo da família", continuei, "ele faria qualquer coisa por sua filha. Ele até enforcaria um homem... e, sob a orientação de Lea, retirou o coração do peito de Fry. A única coisa que ele não faria, acho, é ficar calado. Então ele também teve de ser eliminado."

Continue se movendo, Landor. Esse era o comando que mantinha em mente enquanto fazia um caminho ao redor daquelas tochas, enquanto ouvia o gotejar do sangue de Poe... enquanto sorria para o rosto branco e decomposto de mistress Marquis. *Mova-se, Landor.*

"Suponho que tenha sido aqui que mister Stoddard entrou em cena", eu disse. "Sendo, suponho, *outro* admirador de sua filha – tantos para escolher, hein? –, ele dá um jeito em Ballinger. A única diferença é que ele não esperava que alguém por aqui desse um jeito *nele*."

Pela primeira vez, até Poe encontrou forças para protestar. "Não", ele murmurou. "Não, Landor."

Mas ele já estava sendo sobrepujado pela voz de Artemus, zunindo com frieza: "O senhor é desprezível, sir".

"Bem, é isso, então", eu disse sorrindo como um tio idoso para mistress Marquis. "*O caso contra Lea Marquis.* Não é um mau caso, acho que vocês terão de admitir. E até que mister Stoddard possa ser encontrado, eu receio que essa hipótese terá de permanecer como a explicação mais plausível. É claro" – e aqui elevei a voz para um registro mais alto – "eu permaneço aberto para ser corrigido. Então, se estou errado..."

E então, pela primeira vez, encontrei os olhos de Artemus. Olhei direto para eles.

"Se estou *errado*", eu disse, "alguém realmente deve dizer-me. Porque, vejam, necessito apenas de *uma* pessoa para entregar às autoridades. O resto de vocês pode fazer o que quiser. Porque, até onde isso me concerne..." Meus olhos deram uma rápida olhada para a disposição das tochas e da árvore que queimava e do braseiro de carvão, com suas chamas que iam até o teto. "... até onde me concerne, vocês podem ir todos para o inferno."

Havíamos chegado agora à parte da peça que estava fora de meu alcance. *Entra em cena o tempo.*

Era o tempo, sim, que teria de atuar no jovem Artemus Marquis, oprimi-lo até que tudo que pudesse ver fosse a escolha que tinha diante de si. E como se para dramatizar a transição, seus ombros começaram realmente a curvar-se, e a pele começou a perder a firmeza em suas faces orgulhosas... e, quando falou de novo, mesmo sua voz caiu abaixo de sua frequência habitual.

"Não foi ideia de Lea", ele disse, hesitante. "Foi minha."

"Não!"

Com os olhos furiosos, o dedo apontado como um florete, Lea Marquis veio arremetendo sobre nós.

"*Não* vou permitir isso!"

Com um movimento de sua batina, ela dobrou o braço ao redor da cabeça de Artemus e puxou-o para um espaço mais atrás, apertando-o nos braços para fazerem uma conferência particular ali no meio das tochas. Muito parecida com aquela que Poe tinha escutado em segredo, provavelmente: um sussurrar uniforme quebrado por cochichos excitados.

"Espere um minuto... o que ele está fazendo... nos *dividindo*..."

Oh, eu poderia deixá-los continuar, mas o tempo tinha saído do palco, e a peça (senti isso com uma espécie de tremor) era minha mais uma vez.

"Miss Marquis!", chamei. "Você deve ser advertida para deixar seu irmão falar por si mesmo. Ele é aluno do quarto ano, você sabe."

Não acho que eles me ouviram, para ser honesto. O que se intrometeu entre os dois e os separou finalmente foi o silêncio dele. Porque depois das primeiras trocas de palavras, a única voz que podia ser ouvida daquela conferência secreta era a dela e, quanto mais Lea falava, acho, mais claro se tornava: ele já tinha começado a trilhar seu caminho. Nada a fazer, então, senão observá-lo ir.

Assim, foi naquele mesmo instante em que o braço dela se dobrava mais fortemente ao redor do pescoço dele, no mesmo momento que sua voz se elevava com tons de uma nova urgência, que ele decidiu dar um passo para longe dela e ficar sob o clarão assassino das chamas do braseiro, suas feições endurecidas em uma máscara decidida.

"Eu matei Fry", ele disse.

Sua mãe curvou-se como alguém que recebe uma facada. Emitiu um gemido.

"Eu matei Randy, também", ele acrescentou.

Lea, no entanto... Lea não emitiu nem um som. Morta nos braços, morta no rosto. Exceto por isto: uma única lágrima, descendo pela parte pálida de seu rosto.

"E Stoddard?", eu inquiri. "Como ele esteve envolvido?"

Por um segundo, Artemus pareceu tão indefeso como eu jamais o vira. Agitou as mãos no ar como um invocador de espíritos inepto e disse: "Stoddard era meu cúmplice, se isso lhe serve. Pode-se dizer que ele entrou em pânico. Pode-se dizer que ele entrou em pânico e fugiu".

Quantas notas diferentes havia em sua voz – de que modo horrível elas ressoavam umas contra as outras. Eu podia ter passado muitos dias tentando colocá-las em harmonia. Mas eu não tinha dias.

"Bem", eu disse esfregando as mãos. "Isso soa muito bem, não acha?"

Buscando confirmação, voltei-me para mistress Marquis, que estava de joelhos então. O capuz de monge estava de novo em sua cabeça. Nem um único vestígio humano podia ser encontrado no meio daquele áspero invólucro marrom; a única coisa que sobrara era sua voz, sensivelmente ferida.

"Você não pode", ela murmurou. "Você não pode."

Não pense que eu carecia de piedade, leitor. Mas compreenda: eu tinha, ao mesmo tempo, o som de sangue em meus ouvidos. O sangue de Poe, ainda gotejando naquele chão de pedra. Eu daria tudo para fazê-lo parar.

"Sim, sim", eu disse. "Tudo o que resta fazer... sim, eu acho, *tudo* o que resta fazer é declarar como fato a evidência. Miss Marquis, eu ficaria muito *agradecido* se me entregasse aquela sua pequena caixa."

Mas ela havia esquecido onde deixara a caixa! Quão desvairada parecia quando moveu os olhos ao redor, examinando cuidadosamente os lugares escuros e iluminados – antes de encontrá-la no último lugar possível, bem aos seus pés.

Abrindo a caixa de novo, ela olhou para seu conteúdo com um assombro de medo. Depois desviou o olhar para mim. Levará um bom tempo antes que eu esqueça aquele seu olhar. *Acossado*, sim, como um cão acuado por todos os lados, mas com esta distinção: o mais leve pressentimento de esperança, como se alguma via de escape estivesse bem atrás da corda que a prendia.

"Por favor", ela disse. "Deixe-nos sozinhos. Já está quase terminado. Está quase..."

"Já *está* terminado", eu disse calmamente.

Ela se afastou para trás: um passo, dois passos. Eu a observava. E, então, ela já havia abandonado qualquer ideia de me dissuadir. A única ideia que sobrava era: *Escape*.

E foi o que ela fez. Correu direto para o altar de rocha com a caixa ainda nas mãos.

Meu primeiro pensamento foi que iria destruí-la, o último restinho de evidência, atirá-la no braseiro ou escondê-la atrás de uma pedra ou Deus sabe o quê. Mas quando tentei segui-la, encontrei Artemus barrando-me o caminho, *Artemus* opondo o seu peso contra o meu.

E assim ficamos juntos, nós dois, em perfeito silêncio, assim como havíamos estado naquele closet, lutando pelo sabre de Joshua Marquis. E dessa vez não havia dúvida de quem estava por cima.

Juventude, sim, estava tendo primazia sobre a idade, e Artemus estava me levando para trás – e não simplesmente para *trás*, percebi logo, mas numa direção muito particular. Não sei dizer quando isso lhe ocorreu, mas, assim que senti aquela estocada de calor em minha espinha, eu soube para onde tinha sido conduzido: direto para perto da pira do braseiro de carvão.

Que estranho foi olhar dentro dos olhos de Artemus e não ver nada ali – nada a não ser os reflexos daquele fogo muito grande. De algum lugar próximo, eu podia ouvir a lamentação em voz baixa de mistress Marquis, e as ladainhas de Lea, mas o som que mais me pesava era a crepitação daquele fogo – acariciando minhas costas – devorando minha pele.

Um fogo em minhas pernas, também: os músculos ardentes da resistência. Resistência *vã*, porque a distância entre mim e as chamas estava diminuindo, e o fogo estava beijando meus ombros como lâminas cortantes, lambendo os cabelos em meu pescoço. Eu podia ver isso, sim, nos olhos de Artemus, eu podia *vê-lo*, estimulado para um último empurrão.

E então, sem nenhuma razão aparente, sua cabeça foi puxada para trás, eu o ouvi soltar um grito. E olhei para baixo para descobrir, agarrado como um carrapato à perna da calça de Artemus, a forma enrodilhada do cadete Poe do primeiro ano.

Dopado como ele estava e sangrando abundantemente, ele havia se arrastado até nós e travado os dentes na panturrilha esquerda de Artemus Marquis – uma mordida de respeitável largura e profundidade. E ele estava agora fazendo a única coisa que ainda podia controlar: *segurar*. Na tentativa de puxar Artemus para o chão.

Oh, Artemus tentou livrar-se dele sacudindo-o, mas a vontade de Poe parecia ter crescido à razão direta de sua fragilidade, e ele não queria sair do lugar. E Artemus, sabendo que não podia dar conta de nós dois, escolheu voltar-se para a parte mais fraca. Ele levantou o punho e, depois de um breve ajuste, preparou-se para esmagar a cabeça de Poe.

Ele não chegou tão longe. No momento que ia desferir-lhe um soco, eu já estava preparando o meu. Meu punho direito alcançou seu maxilar, e o meu esquerdo partiu logo depois, acertando-o debaixo do queixo. Ele caiu, e lá embaixo estava Poe, ainda mantendo vigilância sobre a perna, de modo que, quando Artemus tentou levantar-se, o peso de Poe manteve-o pregado ao chão. Então eu já tinha apanhado uma das tochas e abaixado até o rosto de Artemus, e mantive-a ali até que se formou uma linha de suor brilhante ao longo de sua testa.

"Acabou", eu disse entre os dentes.

Se ele pensava em argumentar a respeito, nunca serei capaz de dizer, porque foi naquele momento que chegou o som. O som de algo dando terrivelmente errado.

Lea Marquis estava parada diante do altar de rocha – os olhos enormes como luas, suas faces cobertas com algo que parecia argila. Ela ficou parada ali, sim, apertando a garganta com uma mão vermelha.

Ficou claro em um instante o que ela havia feito. Tinha agarrado sua última oportunidade. Louca para conseguir uma nova vida, ela seguiu as instruções de Henri le Clerc à risca, e aquela era a última coisa que eu teria esperado e talvez a primeira coisa que *deveria* ter esperado. Em vez de oferecer aquele coração, ela o tinha consumido. Engolira-o inteiro.

Narrativa de Gus Landor
39

No fim, eu acho, deu nisto: ela não estava totalmente convencida por Henri le Clerc. Algo nela se refreara. E, assim, o coração que ela se forçara a devorar ficou preso em sua garganta – e ela começou a não conseguir respirar. Os joelhos se dobraram... o corpo curvou-se sobre si mesmo... ela *caiu* no chão como um fardo de gravetos.

E Artemus e eu, que havia menos de vinte segundos estávamos querendo matar um ao outro, corremos então para o seu lado, e atrás de nós veio mistress Marquis, seus sapatos arrastando-se pelo chão, e, rastejando atrás dela, Poe. Todos nos reunimos ao redor da forma esparramada de Lea Marquis e olhamos para o rosto pálido, então avermelhado pelo tecido do coração, e cujos *olhos* saltavam de suas órbitas.

"Ela não consegue...", mistress Marquis ofegou. "Não consegue..."

Respirar era a palavra que ela estava procurando. E, de fato, nenhuma palavra saía agora de Lea Marquis, nem mesmo uma tossidela. Apenas um assobio alto e desesperançado, como o canto de um pássaro preso numa chaminé. Ela estava morrendo diante de nossos olhos.

Poe tinha as duas mãos pressionadas ao redor da cabeça de Lea. "Por favor! Por favor, Deus, diga-nos o que *fazer*!"

Deus estando ausente, nós fizemos o melhor que podíamos. Eu levantei o tronco dela, e mistress Marquis batia atrás de suas costas, e Poe gritava em seu ouvido: a ajuda está chegando, a ajuda está a caminho. Olhei para cima e vi Artemus parado, segurando a mesma lanceta que tinha usado para abrir a veia de Poe.

Ele não sugeriu, não explicou, mas eu sabia o que ele tinha a intenção de fazer. Ele queria abrir um canal para o ar direto na garganta da irmã.

Havia um olhar tão bravio nele, enquanto se posicionava, com as pernas abertas, sobre o peito de Lea... um lampejo tão terrível naquela lâmina... Pude perceber por que mistress Marquis se moveu para tirar a lanceta dele.

"É a única chance dela", ele murmurou.

E quem éramos nós para argumentar? Lea Marquis tinha até parado de protestar, e manchas azuis haviam se formado ao redor de sua boca, ao redor e embaixo de suas unhas, e as únicas partes dela que ainda se mexiam eram suas pálpebras, batendo para cima e para baixo como uma tenda sob um forte vento.

"Depressa", eu sussurrei.

A mão de Artemus tremia enquanto ele media a parte da garganta que ia cortar. Sua voz tremeu, também, enquanto ele lembrava as palavras dos livros de seu pai. "Cartilagem da tireoide", ele murmurou. "Cartilagem cricoide... membrana cricotireoidea..."

Por fim seus dedos pararam. E talvez seu coração tenha parado, também, naquele momento que a lanceta mergulhou.

"Oh, Deus", ele gemeu. "Por favor, Deus."

Apenas a mais leve pressão de sua mão: isso foi tudo que foi preciso para impelir a lâmina como uma varinha sonora dentro da garganta de sua irmã.

"Incisão horizontal", ele sussurrou. "De um centímetro e meio." Um filete de sangue apareceu ao redor da lâmina. "Profundidade... *um centímetro e meio.*"

Rápido como a luz, Artemus retirou a lâmina e mergulhou seu dedo indicador dentro da abertura na garganta de Lea. Um estranho gorgolejo surgiu de dentro dela, como o de água saindo de dentro de uma pipa. E depois, quando Artemus começou a procurar um tubo para inserir, o filete de sangue lentamente se transformou em uma poça.

Não mais diminuindo, ele estava *aumentando*. Saindo através do buraco e avolumando-se como uma maré cheia – *escorrendo* pela pele cor de mármore de Lea.

"Não deveria haver tanto sangue", murmurou Artemus.

Mas o sangue continuava a sair em franco desafio ao homem e à medicina, precipitando-se em novas ondas, pintando a garganta de Lea. O gorgolejar se tornou mais alto, depois mais alto ainda.

"A artéria", gaguejou Artemus. "Será que eu...?"

Havia sangue por todo lado, borbulhando, borbulhando. Num ímpeto de desespero, Artemus retirou o dedo da abertura com um estalo audível, e gotas de sangue se espalharam em suas mãos como pequenas pérolas...

"Eu preciso..." Um soluço o pegou no meio da sentença. "Eu preciso... por favor... de algo para amarrar..."

Poe já estava fazendo sua camisa em tiras. Eu fazia o mesmo com a minha, e mistress Marquis, por sua vez, rasgava seu vestido... e, no meio de toda aquela destruição, Lea permanecia deitada. Perfeitamente silenciosa, exceto pelo seu sangue, que vinha borbulhando de dentro, cada vez mais, nunca parando, nunca se extinguindo.

E então, muito inesperadamente, sua boca se abriu. Abriu-se para formar três palavras, tão audíveis como num discurso.

Eu... amo... você.

Isso diz algo sobre Lea Marquis, eu acho, o fato de que cada um de nós podia ter pensado ser o beneficiário daquelas palavras. Ela não estava olhando para *nós*, no entanto. Ela tinha encontrado uma saída – por fim – e estava se observando ir embora, sorrindo enquanto a luz em seus olhos pálidos se apagava e virava nada.

Nós nos ajoelhamos em silêncio, como missionários em uma praia estranha. Eu podia ver Poe levando as palmas das mãos direto para as têmporas... e naquele momento meu impulso não era o de confortá-lo, mas o de levantar uma questão que tinha estado empacada em minha cabeça como um pedregulho. Eu a murmurei direto em seu ouvido:

"*A poesia ainda é o tema mais elevado?*"

Ele olhou para mim com olhos que não enxergavam.

"A morte de uma bela mulher", eu falei de modo ríspido. "Ela é ainda o tema mais nobre de um poeta?"

"Sim", ele disse.

E então ele caiu em meu ombro.

"Oh, Landor. Eu terei de continuar a perdê-la. Repetidas vezes."

Eu nem mesmo sabia o que ele queria dizer. Não naquele momento. Mas eu podia sentir o estremecimento rítmico de seu tórax contra mim. Minha mão encontrou a parte de trás de seu pescoço e segurou-a... por alguns segundos... mais alguns segundos... e ainda ele chorava, sem lágrimas, sem soluços, até que tudo que jazia dentro dele tivesse saído.

Mistress Marquis, em contraste, parecia ter mais controle de suas faculdades do que qualquer um de nós. Ela estava enchendo o ar, com sua voz fria e tranquila:

"Não deveria ter sido assim. Ela deveria ser uma esposa... Uma mãe, sim."

Aquela palavra, eu suponho: *mãe*. Fez algo se mexer dentro dela.

Mistress Marquis tentou contê-la em sua boca, mas ela explodiu através de seus dedos. Era o seu próprio choro.

"*Uma mãe! Como eu!*"

Ela escutou até que os ecos silenciassem e, depois, com um gemido baixo e gutural, lançou-se sobre o corpo de sua filha. Esmurrando-o repetidas vezes com os punhos finos.

"Não!", gritou Artemus puxando-a.

Mas ela queria mais. Ela queria bater naquele corpo até que virasse uma massa. Ela o *teria* feito, assim mesmo, se o filho não a tivesse segurado.

"Mãe", ele sussurrou. "Mãe, pare."

"Nós o fizemos por *ela*!", ela gritava batendo ainda na forma imóvel de sua filha. "Tudo por ela! E depois ela vai embora e morre sem mais nem menos! Aquela horrível, horrível menina, para que serviu? Se ela não... para que *serviu?*"

Ela continuou até onde pôde ir naquela direção e, então, como sempre na dor, voltou atrás. Tirou o cabelo de Lea do rosto, secou o sangue daquele pescoço branco e beijou-lhe a mão branca. E mergulhou no fosso de suas lágrimas.

Que visão mais apreensiva há, leitor, do que uma mágoa tão profunda? Eu me deixei penetrar por ela. E é por isso que, eu acho, demorei tanto para ouvir o som que chegava de cima de nós, assentando-se como poeira em nossas cabeças.

"*Mister Landor!*"

Voltei o meu rosto para a voz. "*Mister Landor!*"

O meu primeiro impulso foi rir. Eu estava extremamente tentado a rir. Porque meu salvador tinha chegado... e veja!, seu nome era capitão Hitchcock.

"Aqui embaixo!", gritei.

Levou alguns instantes para minha voz serpentear pelo corredor e para cima passando pelo poço de ventilação. Depois, do alto:

"*Como faço para encontrá-lo?*"

"Não precisa!", gritei de volta. "Nós iremos encontrá-lo!"

Coloquei minhas mãos ao redor dos ombros de Poe e ajudei-o a levantar-se. "Você está pronto?", perguntei.

Entorpecido pela dor, quase sem se lembrar de onde estava, ele olhou atentamente para o reflexo oleoso em seu braço. "Landor", ele murmurou. "Você pode me enfaixar?"

Olhei para a manga de minha camisa, com uma tira pendurada. Era a faixa que eu pensara usar para Lea, mas serviria igualmente para ele. Eu a enrolei em torno de seu ferimento, o mais forte que pude. Depois, colocando o seu outro braço ao redor de meu ombro, comecei a caminhar com ele até a porta. A única coisa que podia nos deter então era aquela *voz*, suave e suplicante.

"O senhor acha..."

Era mistress Marquis. Apontando com humildade desprezível para o altar de pedra onde Artemus estava agora sentado.

Não sozinho, não. Ele havia arrastado o corpo de Lea até lá com ele e estava embalando-a no seu colo, e olhou para nós com um desafio completamente desorientado e não pronunciado. Sua mãe só conseguiu virar o rosto para mim com uma súplica muda.

"Viremos buscar Lea mais tarde", eu disse. "Devo ir com mister Poe para..."

Um médico. As palavras ficaram presas em minha garganta como o início de uma piada, e a piada parecia ter sido compreendida imediatamente por mistress Marquis. Nunca vi um sorriso dela tão brilhante. O que significava apenas que ele era provocado por todo sentimento humano – por tal explosão de sentimento que eu não ficaria surpreso de ver seus dentes derreterem.

"Venha, Artemus", disse ela enquanto seguia a mim e Poe pelo corredor.

Ele a observou com olhos vazios.

"Venha, querido", ela repetiu. "Você sabe, não podemos... não podemos fazer mais nada por ela agora, não é? Nós *tentamos*, não foi?"

Mesmo ela deve ter percebido como suas palavras soavam inadequadas, mas não importou o quanto ela tentou persuadi-lo e mostrar-se carinhosa, ele não respondeu.

"Agora ouça-me, querido, não quero que se preocupe. Estamos indo falar com o coronel Thayer, você está escutando? Estamos indo explicar *tudo*. Ele compreende tudo – tudo acerca de equívocos, querido... ora, ele é um dos nossos mais velhos e queridos amigos, ele o conhece desde que você era... ele *nunca*... você está me ouvindo? Você ainda se formará, querido, você conseguirá!"

"Irei em seguida", ele respondeu.

Havia em sua voz uma curiosa leveza – uma *luz* é a melhor palavra –, e esse foi, suponho, o primeiro sinal. O segundo foi que, em vez de se preparar para se levantar, ele se instalou mais completamente onde estava. Puxou a cabeça de Lea para mais perto de seu peito. E só depois eu vi o que ele estava escondendo de nós. A lanceta que havia tão recentemente aberto a garganta de Lea estava agora enterrada em seu flanco.

Quem pode saber quando ele o fez? Nunca ouvi mais do que um resmungo dele. Sem conversas, sem floreios, sem talho no pescoço... nenhum espalhafato de nenhuma espécie. Ele queria simplesmente morrer, eu acho. E tão lenta e calmamente como pôde realizar isso.

Nossos olhos se encontraram então, e o conhecimento do que estava acontecendo passou entre nós como uma corrente de sentimento camarada.

"Irei em seguida", ele disse com uma voz mais fraca.

Talvez um homem, em seus minutos finais, preste mais atenção ao mundo ao seu redor. Apenas sugiro isso porque Artemus, com todo o seu infortúnio, foi o primeiro a levantar os olhos para o teto. E mesmo antes que meus olhos pudessem segui-lo, eu estava *cheirando-o*. Inconfundivelmente o odor de madeira queimada.

Aquela foi, de certa maneira, a maior surpresa de todas, que aquele lugar, escavado na rocha, tivesse algo tão prosaico como um teto de madeira. Quem sabe o que teria sido nos dias antigos? Uma cela de prisão? Um depósito de vegetais? Uma adega? Pode-se dizer, com certeza, que ele nunca suportou um fogo tão grande e glorioso quanto o que os Marquis haviam acendido. Porque seus construtores teriam sabido que o fogo não pode ser amigo da madeira.

E agora aquele teto de madeira, torturado pelas chamas do braseiro, estava chamuscado e estalando – e cedendo. E quando as vigas racharam, o temporal mais estranho começou a cair do céu. Não neve, mas gelo. Todo o conteúdo do depósito de gelo de West Point começou a cair. Não os cubos que tiniam na limonada do coronel Thayer, não, tratava-se de placas, blocos de vinte e cinco quilos, com o peso e o som de mármore, caindo lentamente, de início, mas com determinação, escavando o chão de pedra a cada colisão.

"Artemus..." Uma leve impaciência insinuou-se na voz de mistress Marquis enquanto o observava da segurança do corredor. "Artemus, você deve vir *agora*!"

Não sei se ela compreendeu o que estava acontecendo. Ela deu um passo para dentro do aposento e estava se inclinando como se fosse arrastar Artemus pelos calcanhares, quando um pedaço grosso de gelo caiu bem perto dela. Os cristais estilhaçados voaram para o rosto dela, cegando-a temporariamente, e depois outro bloco caiu, ainda mais perto, forçando-a a dar um passo atrás. E quando eu agarrei seu braço e puxei-a para fora daquele lugar, tudo que ela pôde fazer, no início, foi proferir seu nome, em um tom que tinha indícios de resignação.

"Artemus."

Ela estava achando, talvez, que o gelo fosse parar. Achando, talvez, que seu filho estava a salvo ali onde se encontrava. A queda seguinte de gelo mostrou-lhe como estava errada. O primeiro bloco cortou o lado de sua cabeça – uma concussão ligeira e moderada – e jogou-o para o lado. O seguinte pegou-o no meio do corpo, e o próximo esmagou seu pé. Ele ainda estava vivo o bastante para gritar, mas o som durou apenas até a queda seguinte de gelo, que teve sua cabeça como alvo. Mesmo a cerca de três metros e meio de distância, pudemos ouvir o estrondo do seu crânio sendo esmagado contra a pedra. E depois não ouvimos mais nada.

Sua mãe, no entanto, escolheu aquele momento para recuperar a voz. E lá estava eu, leitor, pensando que ela já havia esgotado toda a sua mágoa, quando, na verdade, ela tinha muitos espaços dentro de si esperando para serem esvaziados. A única coisa que conseguiu fazê-la parar, eu acho, foi a visão de algo tão inesperado que nenhuma dor igualaria. Através do gelo caído, vimos uma figura levantar-se lentamente.

Artemus, eu lembro que pensei, levantando-se como de uma região longínqua. Mas Artemus continuava ali onde havia caído. E a figura que se levantou – como um arruaceiro num salão limpando-se da poeira do chão –, aquela figura não vestia um uniforme mas uma batina de padre.

Dois pés plantados no chão de pedra. Duas pernas cambaleando em nossa direção. Vimos braços pálidos e cabelos castanhos, vimos bochechas vermelhas e olhos azuis, assustados com a luz. Vimos Lea Marquis se levantar e andar.

Não uma mera aparição. Carne e sangue – sangue. Uma mão estava procurando nos alcançar, a outra apertava o corte no pescoço.

E de seu corpo cortado, sufocado, saiu um grito como nenhum humano ou animal jamais emitiu.

Ele encontrou seu igual, no entanto, em Poe. Juntos eles faziam um coro de horror – um lamento estridente e progressivo que tirou os morcegos de suas camas e os fez bater pelas paredes, deslizar por nossas pernas e se prender em nossos cabelos.

"*Lea!*"

Fraco como estava, Poe fez de tudo para ir até ela. Ele tentou empurrar-me para o lado e, quando isso falhou, tentou me rodear e, quando isso também falhou, tentou subir em *cima* – sim, ele tentou me *escalar*! Qualquer coisa, qualquer coisa para ir até ela. Qualquer coisa para morrer com ela.

Mistress Marquis também: ela teria feito o mesmo, ela não se preocupava com o perigo. Fui *eu* que os mantive para trás. Sem mesmo me perguntar por que, prendi meus braços ao redor de suas cinturas e os puxei para longe. Em seus estados exauridos, eles não eram páreos para mim, mas batendo e lutando ambos conseguiram retardar nosso progresso. E mesmo quando chegamos ao fim do corredor, longe daquele lugar maldito, podíamos ver, emoldurada na porta, a aparição sobrenatural da mulher que tínhamos deixado para trás.

"*Lea!*"

Será que ela sabia o que estava acontecendo? Sabia o que a estava empurrando com força contra o chão de pedra – empilhando-se sobre ela de maneira tão inflexível –, triturando-a no mesmo instante de seu renascimento? Nada naquele grito sem voz dela mostrou qualquer sinal de compreensão. Ela estava sendo *esmagada*, era isso. Esmagada tão seguramente quanto os morcegos que vieram gritando atrás dela – dezenas e dezenas deles, esmagados entre o gelo e a pedra, gritando por todo o caminho até a porta da morte. E o gelo continuava a cair como raios e trovões, bloco após bloco... engolindo as tochas, os candeeiros e as velas... abrindo a cabeça de Lea e martelando sua batina... atingindo-a repetidas vezes, com uma fúria gélida que ela recebia com nada mais do que um macio e exposto corpo aberto. Tudo se tornou tão difícil, tão rápido que, antes que outro minuto tivesse se passado, a passagem pela porta se tornou intransponível, e o gelo começou a cair dentro do corredor. E, ainda assim, retardamo-nos ali, mal podendo acreditar em tal vingança. Porque o gelo ainda estava caindo. Caindo em blocos pesados. Caindo em pedaços encobertos por nevoeiro. Caindo sobre a linhagem dos Marquis. Caindo como morte.

Narrativa de Gus Landor
40

14 a 19 de dezembro

Aqui, suponho, estava o milagre final. O solo acima de nós não se abalou muito. Não soou nem um alarme, nenhum cadete foi chacoalhado de seu sono. Nada foi alterado na rotina diária da Academia. No primeiro vislumbre da aurora, como em qualquer outra manhã, o tambor do Exército já estava a postos na área entre as Casernas Norte e Sul e o cadete auxiliar percutia com as baquetas o couro do tambor, com uma cadência que crescia e florescia até ecoar através da planície, vibrando em cada ouvido – cadete, oficial, soldado.

Até eu ver aquele som sendo feito, nunca pensei em vinculá-lo a um ser humano. Para mim, ao ouvi-lo do meu quarto, no hotel de mister Cozzens, ele parecia sempre ser um lembrete interior, um impulso de consciência, talvez. Mas a consciência me manteve *ali* pelo restante da noite, ali no quarto da guarda da Caserna Norte, resumindo os fatos para o capitão Hitchcock e depois escrevendo, o melhor que pude, tudo o que aconteceu. *Quase* tudo.

Era o último texto que então daria para o capitão Hitchcock, e ele o recebeu com toda a cerimônia. Dobrou-o em dois e enfiou-o em uma maleta de couro, para ser entregue, no devido tempo, ao coronel Thayer. Depois ele me deu um aceno lento e grave que era o que mais se aproximava de expressar: *Bom trabalho*. E com isso, não havia mais nada a fazer senão voltar ao meu hotel.

Exceto que eu tinha uma pergunta. Apenas *uma* pergunta, e eu precisava da resposta.

"Foi o dr. Marquis, suponho?"

Hitchcock me deu um olhar de polida estupefação. "Eu não o compreendo."

"Quem lhe contou onde nós estávamos. Eu estou supondo que foi o dr. Marquis, estou certo?"

Ele sacudiu suavemente a cabeça. "Receio que não. O bom doutor ainda estava sentado no depósito de gelo quando chegamos ali. Lamentando-se muito e rangendo os dentes, com pouca informação."

"Então, quem...?"

O menor dos sorrisos apareceu em seu rosto. "Cesar", ele respondeu. Bem, se não estivesse tão distraído naquela hora, talvez eu mesmo tivesse imaginado. Eu tinha me perguntado por que um servente do refeitório estava andando à toa na planície àquela hora tão tardia. Mas deveria ter me ocorrido que aquele mesmo Cesar – tão gentil, tão cortês – era o agente encarregado de seguir Artemus Marquis? Que depois de ter localizado a caça no depósito de gelo, e ver a mim e o doutor seguindo-a de perto, ele iria direto até o comandante e soaria o alarme?

"Cesar", eu disse, balançando e esfregando a cabeça. "Mas o senhor é muito sagaz, capitão."

"Obrigado", ele replicou naquela sua maneira seca e irônica. Mas, ainda assim, havia alguma coisa surgindo dentro dele, algo não tão irônico – pedindo para ser ouvido.

"Mister Landor", ele disse por fim.

"Sim, capitão."

Ele deve ter pensado que seria mais fácil dizer caso se virasse, mas ainda assim lhe era um tormento.

"Desejo observar que se – se as exigências desse assunto me tornaram... quer dizer, se jamais eu, sem moderação, refutei sua... sua *integridade*, ou sua competência, então eu... eu sinto..."

"Obrigado, capitão, eu também sinto."

Era até aonde eu podia ir sem embaraçar a ambos.

Nós acenamos com a cabeça. Apertamos as mãos pela última vez. Separamo-nos.

E eu saí da sala da guarda justo a tempo de ver o tambor batendo o toque de despertar. Os primeiros ruídos de vida vindo de dentro das casernas. Os rapazes estavam fazendo acrobacias sobre as mãos e joelhos, chutando seus colchões e pegando os uniformes. Começando de novo.

——◆——

Mistress Marquis, depois que deixou o depósito de gelo, decidiu *não* se retirar para o seu quarto. A pressão do luto forçou-a a manter-se em pé. Ela recusou qualquer oferta de escolta e ficou perambulando para fora e para dentro do pátio de reunião com missões que envolviam sua alma. Foi assim que um par de cadetes do segundo ano, ao voltar de sua tarefa de sentinela, foi abordado por uma mulher de sorriso duro com um manto marrom de monge, perguntando se podiam ajudá-la a "ressuscitar seus filhos". Só levaria um minuto, ela lhes assegurou.

Não havia, na verdade, nenhuma possibilidade de recuperar os corpos rapidamente. Isso levaria dias. E, até lá, havia outro trabalho a ser feito. *Trabalho* era a resposta do dr. Marquis ao luto. No seu último ato oficial antes de apresentar sua demissão, ele tratou das feridas do cadete Poe do primeiro ano. Após o que ele tomou o pulso do jovem e declarou que ele não havia perdido mais sangue do que um médico retiraria no decorrer de uma sangria normal. "Pode até ter sido a melhor noite para ele", anunciou o dr. Marquis.

O próprio doutor parecia estar com excelente saúde. Seu rosto nunca brilhou tão avermelhado. Apenas uma vez eu o vi perder a cor: quando passou por sua mulher no pátio de reunião. Os dois recuaram quando se viram, sim, mas também se *encontraram*. Seus olhos se cruzaram; suas cabeças se inclinaram ao mesmo tempo como se fossem velhos vizinhos passando pela mesma rua. E naquele cruzar-se eu pude ter um vislumbre do futuro que se descortinava para eles. Não um futuro brilhante, não. A conduta do dr. Marquis seria um obstáculo para um posto militar, e embora ele pudesse (à luz de seus serviços passados) escapar da corte marcial, a mácula de seu passado o perseguiria mesmo no mundo civil. Ele nunca poderia realizar o sonho de mistress Marquis de retornar a Nova York – eles teriam sorte se ele encontrasse um emprego na fronteira de Illinois –, mas eles sobreviveriam, e muito raramente ou nunca falariam de seus filhos mortos, em público ou em particular, e tratariam um ao outro com grave cortesia e esperariam, com toda a calma do mundo, pelos acertos de contas finais da vida. Assim, pelo menos, imaginei.

◆

Poe foi colocado em uma cama na ala B-3, a mesma ala que abrigou Leroy Fry e Randolph Ballinger. Em seu estado normal, ele poderia ter vibrado com a chance de se comunicar com os espíritos – poderia até ser impelido a rabiscar um poema sobre a transmigração das almas –, mas, naquela ocasião, ele caiu no sono extremamente exaurido e não acordou, foi dito depois, até a metade do horário da exposição da tarde.

Eu mesmo consegui umas quatro horas de sono antes que um dos criados de Thayer viesse bater à minha porta.

"O coronel Thayer pede uma entrevista."

Nós nos encontramos no parque da artilharia. Ficamos ali no meio de morteiros e do local das armas e peças de campo: troféus de guerra, muitos deles capturados dos ingleses e com os nomes das batalhas inscritos. E que barulho eles faziam, pensei, como se todos atirassem em uníssono. Mas todos estavam silenciosos, e o único som era o da bandeira, a meio pau no mastro, balançando com o vento.

"O senhor leu meu relatório?", perguntei. Ele fez que sim.

"O senhor... eu não sei se o senhor tem alguma pergunta..."

Sua voz se fez ouvir baixa e dura. "Nenhuma, receio, que o senhor possa responder, mister Landor. Eu queria saber como é admissível que eu tenha jantado e confraternizado com um homem durante todos esses anos, tenha conhecido sua família quase tão bem como a minha própria, e nunca tenha suspeitado da profundidade de sua angústia."

"Tudo fazia parte de um plano, coronel."

"Sim", ele disse. "Eu sei."

Estávamos ambos olhando para o norte agora. Para Cold Spring, que ondulava como uma fábula através dos vapores do forno da fundição do governador Kemble. Para Cro'Nest e Bull Hill, e mais além, para o sulco obscuro das Shawangunk Mountains. E unindo todos eles, o rio, calmo e ondulado com a luz do inverno.

"Eles se foram", disse Sylvanus Thayer. "Lea e Artemus."

"Sim."

"Nunca saberemos por que fizeram tudo que fizeram. Ou até o que eles fizeram. Onde começa um crime e termina o outro, nunca saberemos."

"É verdade", eu admiti. "Embora eu tenha algumas ideias sobre o assunto."

Ele inclinou um pouquinho a cabeça. "Sou todo ouvidos, mister Landor."

Eu tive tempo para refletir. Verdade seja dita, só agora tive uma certa visão sobre o assunto.

"Artemus cortava", eu disse. "Tenho certeza disso; vi de perto como fazia. Um cirurgião nato como nunca eu tinha visto, mesmo se ele fez um... bem, era – era uma coisa difícil com sua irmã..."

"Sim."

"Eu aposto que era também Artemus quem se vestia de oficial. Provavelmente foi ele quem afastou o soldado raso Cochrane do corpo de Leroy Fry."

"E o que fazia Lea?"

Lea. O próprio som de seu nome me fez hesitar.

"Bem", eu disse, "tenho total certeza de que ela estava naquela noite perto da taberna de Benny Havens. Com Artemus. Suponho que seguia Poe para ver se estava associado a mim. E tendo descoberto que ele *estava*..."

Ela fez o quê? Isso eu ainda não sabia. Ela pode ter resolvido desembaraçar-se dele. Pode ter apressado seus planos com esse mesmo propósito. Ou pode ter decidido amá-lo – amá-lo ainda mais por traí-la.

"Deve ter sido Lea", acrescentei, "quem colocou a bomba do lado de fora do quarto de Artemus. Para desviar as suspeitas sobre seu irmão. Ela pode até ter posto o coração em seu baú para nos fazer conjecturar."

"E a mãe e o pai?"

"Oh, o dr. Marquis não teria sido de nenhuma utilidade para eles. Dele queriam apenas o silêncio. Quanto a mistress Marquis, bem, ela pode ter ajudado a abrir uma porta ou a acender umas velas, mas não posso imaginá-la retalhando um jovem cadete ou passando um laço em torno de seu pescoço."

"Não", disse Thayer passando um dedo na testa. "Esse, eu presumo, era o trabalho de mister Ballinger e mister Stoddard."

"As coisas apontam para isso, certamente."

"E sendo esse o caso, só posso supor que Artemus matou mister Ballinger para impedi-lo de alertar as autoridades. E que mister Stoddard fugiu antes de se tornar a próxima vítima."

"O senhor pode supor isso, sim."

Ele me olhou atentamente como se eu fosse o céu do entardecer. "O senhor é muito perspicaz, mister Landor."

"Velho hábito, coronel. Sinto muito." Sacudi os braços. Juntei os pés. "Enquanto isso precisamos apenas esperar para ouvir o que mister Stoddard tem a dizer sobre o assunto. Se pudermos encontrá-lo."

Talvez ele tenha ouvido aquilo como uma recriminação, porque sua voz voltou a ter um tom de aço. "Ficaríamos muito agradecidos", ele disse, "se o senhor se encontrar com o emissário do chefe dos engenheiros quando ele chegar."

"Naturalmente."

"E fizer um relatório completo para qualquer corte oficial de sindicância."

"Certamente."

"Por outro lado, mister Landor, eu declaro nossas obrigações contratuais satisfatoriamente cumpridas, e por meio disso o desobrigo de nosso contrato." Ele enrugou a testa. "Eu confio que isso não o desagradará."

Ou ao capitão Hitchcock, eu pensei. Mas mordi a língua.

"No mínimo", acrescentou Thayer, "espero que o senhor não faça objeções para aceitar nossos agradecimentos."

"Oh, gostaria de merecê-los, coronel. Há..." Esfreguei o lado de minha cabeça. "Há *vidas* que poderiam ter sido salvas se eu tivesse sido um pouco mais astuto ou rápido. Mais *jovem*."

"O senhor salvou pelo menos uma vida, a de mister Poe."

"Sim."

"Não que necessariamente ele vá lhe agradecer por isso."

"Não." Eu enfiei as mãos nos bolsos, balancei-me sobre os pés. "Bem, não importa. Seus superiores devem estar contentes, coronel. Os chacais em Washington logo estarão aposentados, espero."

Ele me estudou atentamente, então. Decidindo, talvez, se eu pensava mesmo aquilo ou não.

"Acredito que ganhamos um adiamento da execução", disse ele. "Só um adiamento."

"Certamente eles não podem paralisar as atividades da Academia agora..."

"Não", ele respondeu, "mas eles podem impedir a *mim*."

Nem um pingo de protesto. Nem uma gota de sentimento. Ele estava afirmando isso tão impassivelmente como se estivesse lendo uma notícia em um dos jornais daquela manhã.

Não vou esquecer o que ele fez em seguida. Inclinou o rosto para uma boca de arma de fogo bem torneada em bronze, que pesava cerca de nove quilos e... *manteve-o* ali por meio minuto. Ousando, eu pensei, fazer o pior.

Depois ele esfregou suavemente as mãos.

"Fico embaraçado em confessar, mister Landor, que, na minha vaidade, anteriormente eu me considerava indispensável para a sobrevivência da Academia."

"E agora?"

"Agora acredito que ela pode sobreviver apenas *sem* mim." Ele fez um lento aceno de cabeça, endireitou-se, ficando mais alto. "E ela sobreviverá, eu acho."

"Bem, coronel", eu disse, estendendo a mão. "Espero que esteja errado sobre a primeira parte."

Ele pegou minha mão. E não, não sorriu, mas sua boca contraiu-se de um jeito estranho.

"Eu estive errado antes", ele disse. "Mas não acerca do senhor, mister Landor."

Ficamos do lado de fora da entrada leste da taberna de Benny. Mantivemo-nos um pouco afastados, olhando para o outro lado do rio.

"Eu vim lhe dizer que tudo terminou, Patsy. O trabalho foi completado."

"E daí?"

"Bem, podemos... podemos *continuar*, é isso. Como antes. E nada mais importa, está terminado, está..."

"Não, Gus. Pare. Eu não me importo com o seu trabalho. Não me importo com a maldita Academia."

"Então, o que é?"

Ela olhou em silêncio para mim durante algum tempo.

"Oh, pode ser que seja por sua causa, também, Gus. Eles fizeram de seu coração uma pedra."

"A pedra pode... a pedra pode viver."

"Então me toque. Apenas uma vez, como você costumava fazer."

Como eu *costumava* fazer. Bem, aquela era uma tarefa impossível. Ela devia saber disso, também, porque havia realmente tristeza em seus olhos quando por fim ela se despediu. Ela sentia muito por ter me perturbado.

"Adeus, Gus."

Antes que outro dia se passasse, o soldado raso Cochrane trouxe todas as minhas roupas e pertences de volta para o chalé em Buttermilk Falls. Sorri um bocado ao vê-lo saudar-me – tenente Landor! Ele puxou as rédeas do baio preto e, depois de um minuto, a pequena carruagem da Academia tinha desaparecido do cume da colina.

Durante os dias seguintes, permaneci sozinho. Hagar, a vaca, ainda não havia voltado, e a casa parecia não me conhecer como antes. Os biombos venezianos, o cordão de pêssegos secos, o ovo de avestruz – todos eles me fitavam como se estivessem tentando situar-me. Eu caminhava com prudência pelos aposentos, tomando cuidado para não alarmar nada, e ficava mais em pé do que sentado, e saía para caminhadas apenas para voltar correndo com a primeira sugestão de vento. Eu estava sozinho.

E então, na tarde de domingo, em 19 de dezembro, recebi um visitante: o cadete Poe do primeiro ano.

Ele entrou como uma nuvem de chuva e ficou ali na sombra da soleira da porta. E quando, agora, olho de novo para ela, posso perceber que *era* um limiar.

"Eu sei", ele disse. "Eu sei sobre Mattie."

Narrativa de Gus Landor
41

E AGORA, LEITOR, UMA HISTÓRIA.

Nas montanhas, morava uma jovem donzela, com não mais de dezessete anos. Alta e encantadora, de feições graciosas, doce e calma. Ela veio para esse clima remoto para ajudar seu pai a viver e em vez disso viu sua mãe morrer. Os dois foram deixados para passar seus dias em um chalé que dava para o Hudson, onde não enfrentavam dificuldades que marcassem a passagem do tempo. Pai e filha liam um para o outro, se divertiam com criptogramas e enigmas, saíam para dar longos passeios pelas colinas – a moça tinha uma constituição forte – e levavam uma vida tranquila. Não demasiado calma para a donzela, que mantinha para si só aqueles silêncios difíceis, que não deviam ser penetrados por ninguém.

O pai amava sua filha. Em seu coração, ele admitia acreditar que ela era seu consolo enviado por Deus. Mas havia mais coisas a fazer na terra do que consolar. A donzela começou a ansiar, na sua maneira calma, por companhia. E poderia ter ansiado em vão – seu pai tinha se tornado, depois de sua longa carreira na cidade, um eremita – até que uma prima abastada de sua falecida mãe, a esposa de um banqueiro que morava nas proximidades de Haverstraw, apiedou-se dela. Não tendo filhos, a mulher idosa encontrou na donzela uma substituta agradável, uma criatura com encantos inatos que podiam ser moldados em algo ainda mais refinado – algo que redundaria em glória para a mulher mais velha.

E assim, contra as objeções do pai, a velha senhora levou a donzela em passeios de carruagem e introduziu-a em festas. E no momento propício, ela convidou a donzela para o seu primeiro baile.

Um baile! Mulheres em montes de sedas, musselinas e merinos. Os homens de sobrecasaca com os cabelos como os de imperadores romanos. Mesas fartas, com bolos e manjares e o brilho dos copos de vinho do porto. Violinistas e quadrilhas! O farfalhar dos vestidos das mulheres, o sussurro dos leques. Galanteadores com botões de cobre, prontos para sacrificar suas vidas por uma única dança.

A donzela nunca havia desejado nada daquilo – talvez porque nunca soubesse que existia? –, mas com muita satisfação ela se entregou a experimentar roupas, a refinar a postura e a aprender dança com professores franceses. E sempre que seu pai fazia cara feia para a sua nova vida, ela sorria para ele e fazia de conta que ia tirar o vestido, e, antes que o dia findasse, prometia de novo que ele era o único homem em sua vida. Chegou o dia do baile. O pai teve a satisfação de ver sua filha subir em uma carruagem como a flor de uma das famílias mais finas de Nova York. Ela lhe fez um breve aceno através da janela da carruagem e desapareceu, indo rapidamente para a casa da prima em Haverstraw. Durante o resto da noite, ele a imaginou sentindo vertigem e a boca seca enquanto rodopiava pelo chão de tacos. Imaginou-se fazendo perguntas quando ela voltasse, pedindo um relatório completo de tudo o que havia feito e visto, mesmo se ele criticasse tudo com escárnio. Imaginou-se perguntando à filha, no tom mais polido que conseguisse reunir, quando ela pensava terminar com toda aquela tolice.

As horas se passaram. Ela não voltou. Meia-noite, uma hora, duas. Com o coração ferido, o pai pegou uma lanterna e saiu procurando pelos caminhos secundários da redondeza. Não encontrando sinal dela, ele estava prestes a montar em seu cavalo e cavalgar até Haverstraw – seu pé já estava no estribo – quando ela apareceu, vacilando a pé pelas alamedas. Uma visão de humilhação.

Os cabelos, que haviam estado presos em madeixas delicadas, agora estavam soltos e desarranjados. Um grande rasgado na combinação aparecia onde o tafetá lilás fora arrancado dela. As mangas bufantes que ela tinha se deleitado em modular haviam sido rasgadas desde o ombro. E havia sangue. Sangue em seus punhos, sangue em seu cabelo. Sangue *ali*... tão abundante que ela deve tê-lo tomado como um sinal de sua vergonha. Ela se recusou a deixar que ele a lavasse. Recusou-se a contar o que havia acontecido. Durante alguns dias, recusou-se também a falar.

Ferido pelo seu silêncio, louco de dor, o pai foi até a prima (a quem ele já tinha esconjurado) para um relato daquela noite. Ela lhe contou então sobre os três homens.

Homens jovens, direitos, bem-apessoados que apareceram do nada. Ninguém conseguia lembrar de tê-los convidado ou de tê-los visto antes.

Suas linguagens eram educadas, tinham boas maneiras e vestes perfeitas, embora de comum acordo todos achassem que as roupas se ajustavam mal para serem verdadeiramente deles. Sobre uma coisa não havia dúvida: seu prazer por estarem rodeados por tantas mulheres. Eles se comportavam, disse um dos convidados, como se alguém os tivesse libertado de um mosteiro.

Uma mulher em especial atraiu a atenção deles: a jovem donzela de Buttermilk Falls. Não tendo a astúcia das moças mais sofisticadas, a princípio ela ficou contente com a atenção deles. Quando começou a perceber para onde aquelas atenções estavam se direcionando, ela se retraiu em seu silêncio habitual. Longe de se perturbarem, os três jovens mantiveram seu regozijo e continuaram a seguir seus rastros pelos vários aposentos. Quando a donzela foi tomar ar, eles se despediram e a seguiram.

Eles não mais voltaram. Nem a donzela. Em lugar de se apresentar em seu estado desfeito e sangrando para sua anfitriã, ela resolveu seguir o longo caminho para casa.

Os ferimentos de seu corpo logo sararam. Algo mais não sarou, ou simplesmente se transformou em um silêncio *mais profundo*. Um silêncio de um tipo singularmente alerta, como se ela estivesse esperando pelo som de rodas no caminho.

Sua testa continuava desanuviada e tranquila, ela nunca falhava em sua devoção ao seu pai, nunca era menos atenciosa, e, no entanto, por detrás de seus atos havia aquela espera. O que ela estava aguardando? Ele continuava a captar fragmentos daquilo, como um rosto familiar aparecendo e desaparecendo em uma multidão, mas nunca conseguia dar um nome.

Depois de alguns dias, quando voltou para casa, encontrou-a ajoelhada na sala de visitas, os olhos fechados, os lábios movendo-se sem emitir nenhum som. Ela sempre negava que estava rezando – sabia como a religião parecia inútil a seu *pai* –, mas, depois de cada uma dessas ocasiões, se tornava mais quieta ainda, e ele tinha a sensação desconfortável de que a pegara no meio de uma conversa.

Uma tarde, ela o surpreendeu sugerindo um piquenique. Era a melhor coisa, ele pensou, para arrancá-la de seus devaneios. E que dia fazia! Ensolarado e enevoado, com uma brisa perfumada vindo da montanha. Eles embrulharam presunto, ostras, um pudim de farinha, pêssegos e um pouco de framboesas da fazenda Hoesman, e comeram em paz, e lhe pareceu que os espectros estavam começando a se afastar um pouco quando se sentaram na costa íngreme para olhar o rio.

Um a um, ela pôs os pratos e os utensílios de prata de volta na cesta de piquenique: sempre havia sido uma menina meticulosa. Em seguida, ela puxou o pai pelos pés e, depois de olhar em seu rosto, abraçou-o.

Ele ficou muito surpreso e abraçou-a de volta. Observou-a indo até a orla da colina. Ela olhou para o norte, o leste, o sul. Virou-se e, com um rosto liberto e sorridente, disse: *Tudo ficará bem. Tudo dará certo.*

E então ela levantou os braços sobre a cabeça e arqueou o corpo, como um mergulhador. E com os olhos ainda fixados nele, ela se lançou sobre o rio. Como uma cega, não olhou nem uma vez para onde estava indo.

O corpo foi levado pelo rio. Depois disso ele contou aos vizinhos que sua filha tinha ido embora com outro homem. Uma mentira que escondia a verdade. Ela *havia* fugido. Ela se atirara direto a partir de seus braços e se matara com o coração sereno, como se aquele fosse o verdadeiro final de seus dias. Ela se foi sabendo que *ele* estaria esperando por ela.

Havia ainda isto para ser dito sobre a morte da donzela: ela libertou seu pai para perseguir uma ideia que tinha estado se formando em sua cabeça sem que ele soubesse direito.

Certa manhã, ele abriu um livro de poesias de Byron – abriu-o apenas porque ela o tinha amado – e ali encontrou uma corrente. Era a corrente que ela agarrava na mão na noite em que voltou do baile. Ela a tirara de um dos homens que a atacara e a segurava tão fortemente que a corrente fizera uma ferida na palma de sua mão. Ainda assim, só mexia na corrente quando o seu pai não estava olhando.

Por que ela mantinha aquela recordação sombria, enfiada no seu livro preferido? A menos que ela quisesse que ele a encontrasse. Que ele a usasse.

Pendurado na corrente havia um losango – uma placa de bronze que estava ornada com um escudo de armas. As armas do Corpo de Engenheiros.

E afinal, por que os agressores não *poderiam* ser cadetes? Três jovens que saíram do nada, vestindo roupas que não se ajustavam bem, sedentos por mulheres. E com um álibi perfeito se alguém começasse a fazer perguntas. Haviam estado na caserna a noite inteira! E nenhum cadete nunca deixava a reserva da Academia sem permissão...

Este cadete havia levado consigo ao baile sua ruína. Uma placa de bronze gravada com suas iniciais. L. E. F.

Foi um trabalho fácil encontrar o dono. Os nomes dos cadetes de West Point estavam registrados publicamente, e apenas um cadete tinha aquelas iniciais: Leroy Everett Fry.

Naquela mesma semana, por acaso, o pai ouviu o nome mencionado no recinto da taberna de Benny Havens. O tal Leroy Fry fazia parte da legião de cadetes admiradores da criada, embora dentre os menos dignos de nota. Noite após noite, o pai voltou à taberna, esperando vislumbrá-lo. Até que o encontrou.

Um sujeito apequenado. Meigo e pálido, de cabelo vermelho e pernas magras. Ninguém pensaria que ele poderia representar uma ameaça a alguém.

O pai ficou a noite inteira observando aquele cadete tão atentamente quanto possível, sem se deixar ele mesmo ser observado. Mas, quando foi embora, ele sabia o que tinha de fazer.

E cada vez que falhava em sua incumbência, cada vez que se inquietava por sua alma, ele percebia que não havia nada com que se inquietar. Deus *a* tinha levado. Deus não tinha nada mais a pedir para ele.

Mathilde era o nome dela – o apelido, Mattie. Seu cabelo era castanho, e seus olhos do azul mais pálido, tornando-se algumas vezes cinzentos.

Narrativa de Gus Landor
42

NA SUA VISITA ANTERIOR, O CADETE POE DO PRIMEIRO ANO ENTRARA COMO UM homem caminhando por uma galeria de arte. Os sentidos inteiramente abertos, movendo-se em linhas retas dos biombos venezianos até o ovo de avestruz, até os pêssegos, apreciando um de cada vez...

Dessa vez, chegou como um comandante. Cruzou a porta com longas passadas, jogou seu casaco na cornija da lareira, como se não se importasse se ele ficasse ali, virou de costas para a litografia grega de que nunca gostara e cruzou os braços... e teve o atrevimento de falar comigo.

Eu falei. Com uma calma que me surpreendeu.

"Muito bem", eu disse. "Você sabe sobre Mattie. O que isso tem a ver com alguma coisa?"

"Oh", ele disse. "Isso tem tudo a ver com tudo. Como você sabe muito bem."

Ele deu uma volta lenta pela sala, deixando os olhos tocar levemente cada objeto sem se fixar neles. Ele pigarreou, endireitou a coluna e disse:

"Eu me pergunto, Landor, se você se importa em saber como eu descobri. A trajetória completa de minhas inferências, isso o interessaria?"

"É claro. Certamente."

Ele me olhou atentamente, como se não acreditasse em mim. Depois retomou sua caminhada.

"Eu comecei, sabe, com um fato um tanto surpreendente. Havia apenas um coração naquela cripta dentro do depósito de gelo."

Ele fez uma pausa – para causar um efeito dramático, suponho, e para esperar por minha resposta. Não encontrando nenhuma, continuou.

"Inicialmente, eu fui incapaz de me lembrar do que havia acontecido naquele aposento infernal. Tudo jazia escondido em uma – uma amnésia benéfica. Mas à medida que os dias foram passando, eu fui percebendo que aquela conduta estranha voltava continuamente à minha lembrança com detalhes cada vez mais distintos. E se eu ainda evito contemplar aquilo – aquele horror particular, quero dizer, que..."

E então ele se contraiu mais uma vez. Parou para se lembrar.

"Se não consigo olhar diretamente para *aquilo*, eu posso pelo menos rodear seus contornos à maneira de um turista. E no decorrer desses reconhecimentos, eu me encontro atraído muitas vezes para aquele enigma, aquele... coração único.

"Vamos supor que aquele era o coração de Leroy Fry. Muito bem, então, onde estavam os outros? Os corações dos animais da fazenda? O coração de *Ballinger*? Onde estava aquela – aquela *outra* parte da anatomia de Ballinger? Elas não estavam em nenhum lugar visível."

"Guardados em outro lugar", eu sugeri. "Para futuras cerimônias." Um leve sorriso sombrio. Que professor astuto ele daria.

"Ah, mas veja, eu não acredito que deveria *haver* cerimônias futuras", ele disse. "Aquele deveria ser um rito final, isso não é óbvio? E então a pergunta importuna permanece. Onde *estavam* os corações que faltavam? E então fiz uma segunda descoberta aparentemente não relacionada. Ela surgiu enquanto eu estava..." Ele parou para deixar um sussurro passar por sua garganta. "... enquanto eu estava relendo as cartas de Lea. Como declinei o privilégio de assistir ao seu serviço fúnebre, essas devoções eram o que de mais próximo eu podia fazer para honrar sua memória. Entre aquelas – aquelas cartas encantadoras –, peguei por acaso o poema que ela me escreveu. Talvez o único remanescente de seus versos. Você deve se lembrar dele, Landor, eu o copiei para você.

"Ao lê-lo mais uma vez, reconheci – pela primeira vez, eu me envergonho em confessar – que o verso era, em adição às suas outras virtudes, um acróstico. Você percebe, Landor?"

De seu bolso ele retirou um papel enrolado. Um leve odor de lírio florentino nos atingiu e se espalhou pela mesa. Eu vi de imediato que a primeira letra de cada verso tinha sido evidenciada.

> *Sempre com você meu coração contente ficará*
> *Antecipando com receio empalidecer ou lamentar-se.*
> *Reúne nossos corações uma cúpula de prazer inocente,*
> *O todo entrelaçado com grinaldas de ciprestes e vinhas*
> *Mais magnífica ainda porque você é meu.**

---

* Em inglês, as primeiras letras desses versos formam a palavra Edgar. [N.T.]

"Meu próprio nome", disse Poe. "Olhando-me de frente, e eu nunca percebi."

Ele pousou as mãos sobre a página, depois, gentilmente, enrolou-a de novo e recolocou-a no bolso próximo ao coração.

"Talvez você consiga adivinhar o que fiz depois. Quer adivinhar, Landor? Ora, peguei uma cópia daquele *outro* poema, o... o verso *metafisicamente* recebido que você teve tanto trabalho para condenar. E eu o li com novos olhos, Landor. Veja por si mesmo."

E ele tirou uma folha de papel almaço, aquela que tinha rabiscado no quarto do hotel. O poema tinha quase o dobro daquele de Lea.

"Eu não percebi imediatamente", admitiu Poe. "Veja, eu estava tentando incorporar as linhas com parágrafos recuados nos meus cálculos. Mas assim que as retirei de cena, a mensagem brilhou tão evidente quanto o sol. *Olhe*, não quer, Landor?"

"Não acho que seja necessário." "Eu insisto", ele disse.

Abaixei a cabeça sobre o papel. Fiquei *sem fôlego* diante dele. E se eu fosse um tipo mais imaginativo, poderia dizer que ele ficou sem fôlego, também.

Em meio aos esplendores dos bosques circassianos,
   Em um riacho escondido salpicado com o firmamento,
   Em uma lua partida e escondida e encoberta pelo firmamento,
As donzelas suaves de Atenas se expressaram
   Sussurrando obediências e acanhamento.
Lá encontrei Leonore, sozinha e delicada
   No abraço de uma nuvem lacerada em prantos.
Muito atormentado, não pude senão abandonar-me
   À donzela com o pálido olho azul
   Ao demônio com o pálido olho azul.

Na penumbra daquele sonho-combate sombreado,
   Eu tremia sob o sequestro da noite cruel.
"Leonore, conte-me como estás aqui
   Para este inexplicável banco de areia deserto
   Para este indesejável banco de areia úmido."
"Ousarei falar?, gritou ela tremendo com medo.
   Ousarei sussurrar o terrível sofrimento do inferno?

Cada novo alvorecer traz a triste memória
  Dos demônios que arrebataram minha alma
  Dos demônios que destruíram minha alma."

Baixando – baixando – baixando chega o furioso aguaceiro inútil
  Em asas muito obscuras para serem descritas.
Com o coração ferido implorei que te apressasses...
  "Leonore!" — ela se recusou a replicar.
Noite interminável agarrou-a depois em sua mácula
  Encobrindo tudo exceto seu pálido olho azul.
Noite de trevas, negra com sepulcral fúria do inferno,
  Excluindo apenas aquele olho extremamente azul.**

"Mathilde morreu", murmurou Poe.

E depois de deixar o silêncio acumular-se, ele acrescentou: "Uma mensagem inequívoca. Mais uma vez oculta à simples vista".

Eu senti o fantasma de um sorriso em meus lábios. "Mattie sempre foi louca por acrósticos", eu disse.

Eu podia sentir agora seus olhos sobre mim. Podia ouvir sua voz lutando para manter o equilíbrio.

"Você percebeu isso sozinho, não foi, Landor? Por isso tentou me persuadir a trocar aquelas linhas. O *início* das linhas apenas. Você queria que eu reescrevesse isso – essa mensagem vinda dos campos celestes – antes que pudesse ser lida."

Eu lhe mostrei as palmas de minhas mãos. Não disse nada.

"É claro", ele continuou, "eu tinha apenas um nome e um atributo. Logo descobri, no entanto, que tinha mais do que isso. Dois textos adicionais, Landor! Deixe-me mostrá-los a você."

Ele pegou dois fragmentos de papel de seus bolsos e colocou-os lado a lado sobre a mesa.

"Agora *este*... este é o bilhete que foi encontrado na mão de Leroy Fry. Você foi muito descuidado ao deixá-lo comigo, Landor. E *este*, bem, este é o *outro* bilhete que você deixou para mim, lembra-se?"

---

* Em inglês, as primeiras letras dos versos formam a frase "Mathilde morreu". [N. T.]

Ali estava, leitor. A mensagem que eu havia escrito para aliviar minha consciência, sabendo que ela não podia ser aliviada.

CORAGEM!

"Eu a encontrei no outro dia apenas", disse Poe. "Em Kosciusko's Garden, bem debaixo da nossa pedra secreta. Um sentimento nobre, Landor, e que o honra. Mas confesso que fiquei *muito* chocado pela forma de seus caracteres. Letras maiúsculas, como você sabe, são tão singulares – e tão condenatórias — quanto as minúsculas."

Seu dedo indicador movia-se para a frente e para trás entre as duas mensagens.

"Você percebe? O A, o R, o G e o E. São letras praticamente idênticas àquelas encontradas na nota de Leroy Fry."

Suas sobrancelhas se juntaram em um vinco de surpresa, como se estivesse fazendo a descoberta pela primeira vez.

"Você pode bem imaginar o meu espanto. *Poderia o mesmo homem ter escrito as duas notas? Como seria possível? Por que Landor teria qualquer motivo para se corresponder com Leroy Fry? E como isso poderia se relacionar com a* filha *de Landor?*" Ele sacudiu a cabeça e emitiu um som de um leve sorriso. "Bem, por sorte, eu estava visitando o estabelecimento de Benny Havens naquela noite. A *divina* Patsy estava presente e, conhecendo sua autenticidade inata, julguei perfeitamente natural lhe perguntar o que ela sabia sobre... sobre Mattie."

Ele parou atrás de minha cadeira. Pousou a mão perto do meu ombro.

"Apenas isso foi o necessário, Landor, uma pergunta. Ela me contou a história inteira, ou pelo menos tudo o que sabia. Os três rufiões sem nome – uma 'turma malvada' de fato, exatamente como Leroy Fry havia dito." Ele retirou a mão. "Você a procurou, não foi, Landor? No dia em que Mattie morreu. Fez com que ela jurasse segredo, e depois você enterrou todo o assunto terrível. E ela manteve o seu segredo, Landor, você deve dar esse crédito a ela. Até que ela decidiu que mantê-lo *o* estava matando."

Eu soube então o que era estar do outro lado – ser o dr. Marquis, ouvindo outra pessoa desvendar a "sua" vida secreta. Não era tão terrível quanto eu havia imaginado. Há algo próximo da doçura nisso.

Sentando-se na beirada do sofá, Poe fitou a ponta de suas botas. "Por que você nunca me contou?", ele perguntou.

Encolhi os ombros. "Não é uma história que eu goste de contar."

"Mas eu poderia ter... eu poderia tê-lo *confortado*, Landor, eu poderia tê-lo ajudado assim como você me ajudou."

"Não acho que eu *possa* ser confortado. Sobre esse assunto particular. Mas lhe agradeço."

O que quer que tinha se suavizado nele estava de novo cheio de dureza. Ele ficou em pé. Prendeu as mãos atrás das costas e começou a narrar de novo.

"Você pode ver, tenho certeza, que acontecimento curioso isso se tornou. Uma jovem, amada por *você*, Landor, falando por meio de poesia. *Com que propósito?*, perguntei a mim mesmo. Por que ela desejou *me* despertar para a sua existência? Foi para anunciar um crime? Um crime no qual seu próprio pai estava muito intimamente envolvido? Bem, então, eu fiz exatamente o que *você* teria feito. Comecei a reexaminar todas as minhas suposições, começando pela primeira. Eu acho que foi você quem melhor as expressou, Landor. 'Quais seriam as chances', você perguntou, 'de que dois grupos diferentes tivessem planos para o mesmo cadete na mesma noite?'"

Ele inclinou a cabeça em minha direção, esperando com grande paciência por minha resposta. Não recebendo nenhuma, suspirou com um leve vestígio de exasperação e respondeu por mim.

"*Poucas*. Poucas chances, de fato. Coincidências desse tipo não podem ser admitidas em análise lógica. A menos..." Ele levantou um dedo para o teto. "A menos que você encare um grupo como sendo dependente do outro."

"Você terá de falar mais claramente, Poe. Não sou tão instruído como você."

Ele sorriu. "Sim, a tendência para a autodesaprovação. Você usa isso muito cruelmente, não é, Landor? Permita-me, então, colocar desta forma: e se um grupo está simplesmente vigiando para encontrar um corpo morto? Não sentindo ainda uma urgência extrema, estando perfeitamente de acordo em esperar até que uma oportunidade se apresente. E então, na noite de 25 de outubro, uma oportunidade aparece de forma mágica.

"Para este primeiro grupo – vamos provisoriamente chamá-lo de Artemus e Lea –, para esse grupo, a *identidade* do homem morto é estritamente irrelevante. Leroy Fry por si não significa nada para eles. Ele podia até ser um primo distante, que não se incomodariam. Usariam qualquer corpo que aparecesse, desde que tivesse um coração. A única coisa que não fariam seria matar para obtê-lo. Não", ele disse, "é o outro grupo que está querendo – e está pronto para isso – matar. E matar esse *homem* em particular. Por quê? Podia ser vingança, Landor? Nessas circunstâncias, a vingança faz parte de uma das mais antigas linhagens, e eu posso com segurança relatar que apenas nas últimas semanas desejei a morte de pelo menos *dois* personagens diferentes."

Ele começou a andar ao meu redor – assim como o circundei naquele quarto de hotel e em muitas outras vezes nos velhos dias –, colocando laçadas ao redor do culpado. Mesmo a sua voz estava começando a soar como a minha: a cadência que sobe e desce, a leve pressão das afirmações. *Uma homenagem!*, pensei.

"Chegamos agora", disse Poe, "ao outro grupo com planos para Leroy Fry. Vamos provisoriamente chamá-lo de, oh, Augustus. Esse *segundo* grupo, tendo sido interrompido em sua missão mortal, embora não antes de sua resolução bem-sucedida, volta para o seu pequeno e delicioso chalé em, digamos, Buttermilk Falls. Ele obtém certo consolo no fato de que, apesar de ter sido surpreendido durante seu crime, escapou despercebido. Fica, no entanto, chocado ao ser convocado para ir a West Point no dia seguinte. Na verdade, ele podia concluir razoavelmente que tinha sido apanhado, hein, Landor?"

Sim, eu queria dizer. *Sim*. Ele *teria* acreditado nisso. Durante todo o caminho para West Point, ele teria dito suas preces, para um Deus no qual não acredita.

"Mal podemos expressar o choque que surge", continuou Poe, "quando o segundo grupo, provisoriamente chamado Augustus, fica sabendo que, nas horas interpostas, o corpo do homem havia sido horrivelmente mutilado. Não apenas esse outro crime proporcionava um extraordinário disfarce para o seu próprio ato, mas o delito induzira as autoridades de West Point a procurar o seu auxílio para encontrar os malfeitores. Que reviravolta nos eventos isso provocava! Ele deve ter pensado que o próprio Deus estava do seu lado."

"Não acho que ele tem essa ilusão."

"Bem, Deus ou o Demônio, há uma providência trabalhando a seu favor, porque lhe envia Sylvanus Thayer, não é? O nosso Augustus é imediatamente colocado como o responsável pelas investigações sobre o assassinato de Leroy Fry. Uma carta branca lhe é dada para perambular por West Point à vontade. Outorgam-lhe o status de oficial, tem acesso às senhas. Ele pode ir a qualquer lugar e falar com quem quiser. Ele pode, facilmente, armar as armadilhas para as suas *outras* vítimas e atacar logo que perceber uma chance. E durante todo esse tempo, este segundo grupo, esse Augustus, pode desempenhar o papel de investigador brilhante, cujos instintos infalíveis e uma inteligência puramente natural lhe permitem desvendar *os crimes que ele mesmo cometeu*."

Ele parou de andar em círculos. Seus olhos cintilavam como escamas de peixe.

"E como resultado de sua esperteza, os membros daquele desafortunado *primeiro* grupo, que vamos chamar provisoriamente de Lea e Artemus Marquis, serão para sempre tachados de assassinos."

"Oh", eu disse tranquilizador, "não há para sempre nisso. Eles serão esquecidos como todos nós."

Toda a pretensão, todo o rodeio se desvaneceram naquele instante. Ele veio direto até a mim, o punho cerrado. Pronto para golpear, tenho certeza, mas, no último instante, agarrou a arma com a qual se sentia sempre mais confortável: palavras. Inclinou-se sobre mim e empurrou-as dentro do meu ouvido.

"*Eu* não vou esquecê-los", ele gritou. "*Eu* não vou esquecer que você arrastou seus nomes para o esgoto."

"Eles fizeram um belo trabalho sozinhos", eu respondi.

Ele deu um passo atrás, flexionando os dedos como se tivesse realmente dado um soco. "Nem vou esquecer como você nos transformou todos em tolos. *Eu* em especial. Eu era o seu tolo premiado, não era, Landor?"

"Não", eu disse olhando direto para ele. "Você era aquele para quem sempre me entreguei. Eu soube disso desde o primeiro momento que o conheci. E aqui estamos."

E como Poe não tinha nada a dizer quanto a isso, a narração terminou. Sentou-se de novo no sofá, seus braços caíram pesadamente ao lado do corpo, e ele ficou fitando o vazio.

"Oh, minhas maneiras!", exclamei! "Posso lhe oferecer um uísque, Poe?"

Uma leve tensão em suas juntas.

"Não se preocupe", eu disse. "Você pode me observar vertendo o uísque. Eu até tomarei o primeiro gole, que tal?"

"Você não precisa fazer isso."

Eu coloquei alguns dedos de uísque para ele e um pouco mais para mim. Lembro-me de ter observado a mim mesmo com algum interesse. Notei, por exemplo, que minhas mãos não tremeram ao verter o uísque. Não derramei nem uma gota.

Eu lhe dei um copo e sentei-me com o meu, e aqueci-me um pouco em silêncio. Era o tipo de quietude que costumava surgir, às vezes, entre nós no quarto de hotel, quando toda a conversa se exauria, a garrafa quase no fim, e não havia mais nada a dizer ou a fazer.

Mas eu não podia fazer aquele silêncio durar. Tinha de rompê-lo.

"Se você quer que eu diga que sinto muito, Poe, direi. Embora eu não ache que 'sinto muito' começará a compensar o ocorrido."

"Não quero suas desculpas", ele disse duramente.

Ele girou o copo lentamente em sua mão, observando a luz da janela entrar e espalhar-se.

"Você pode esclarecer algumas questões para mim", ele disse. "Se não for incômodo."

"Nenhum incômodo", eu disse.

Ele me examinou com o canto dos olhos. Imaginando, talvez, até onde poderia ir.

"O bilhete que foi encontrado na mão de Fry", ele aventurou. "De quem ele pensou que estivesse recebendo?"

"De Patsy, é claro. Ele tinha uma certa queda por ela. Foi um pouco descuidado, de minha parte, não retirar o bilhete da mão dele, mas, como você disse, eu estava apressado."

"O carneiro e a vaca, você também os matou?"

"É claro. Sabia que, se eu fosse matar também os outros dois homens, teria de tirar os corações deles – para fazer parecer um trabalho satânico."

"E dar uma cobertura para você", ele acrescentou.

"Exatamente. E, como eu não tinha o treino de Artemus, precisava praticar em outra espécie primeiro." Tomei um trago e o engoli aos poucos. "Embora eu deva dizer: não há nada que possa prepará-lo para retirar o coração de alguém de sua própria espécie."

O som, quero dizer, de um serrote cortando carne humana aberta. O estilhaçar do osso, o movimento moroso do sangue morto. A pequenez daquele feixe de fibras dentro da caixa torácica. Não é um negócio fácil, não... não é um negócio *limpo*.

"E, é claro, você colocou o coração da vaca no baú de Artemus", disse Poe.

"Sim", admiti. "Mas Lea me excedeu em esperteza. Ela colocou aquela bomba, sabe, do lado de fora da porta de Artemus. Deu ao irmão um belo álibi."

"Ah, mas no fim você ainda foi capaz de extrair uma confissão de Artemus, não foi? Em troca de poupar a irmã. Deve ser por isso que você foi sozinho ao depósito de gelo em vez de chamar o capitão Hitchcock. Você não queria a verdade; queria uma confissão."

"Bem", eu disse. "Se eu fosse até a casa de Hitchcock, poderia não ter tido tempo de *salvar você*."

Ele ponderou a respeito durante algum tempo. Fitou seu copo. Passou os lábios pelos dentes.

"E você teria deixado Artemus ser enforcado por *seus* crimes?", ele perguntou.

"Oh, acho que não. Uma vez que Stoddard fosse encontrado, eu já teria imaginado algo. Pelo menos gosto de pensar assim."

Ele tomou as últimas gotas de seu uísque. E quando lhe ofereci mais, ele me surpreendeu declinando. Por uma vez, pensei, ele queria estar em pleno controle de suas faculdades.

"Você ficou sabendo do envolvimento de Ballinger pelo diário de Fry?", ele perguntou.

"É claro."

"Então todas aquelas páginas com as quais alimentava o capitão Hitchcock a cada manhã…?"

"Oh, elas eram verdadeiras", eu disse. "Apenas faltavam alguns itens nelas."

"E entre os itens que faltavam estava o nome de Ballinger. E o de Stoddard."

"Sim."

"*Ballinger*", ele repetiu, com o rosto de novo perturbado. "Ele… quando você… ele confessou para você?"

"Sob pressão, sim. Fry, também. Os dois se lembravam do nome dela. O nome da anfitriã daquela noite. Eles até lembravam o que Mattie vestia. Eles me contaram muitas coisas, mas não traíram seus camaradas. Nada conseguia fazê-los dar os nomes. '*Eu não direi*', eles diziam, como se tivessem treinado para a ocasião. '*Eu não direi.*' Bem", eu disse mandando a lembrança embora. "Teriam me poupado uma grande quantidade de tempo e de esforço se eles *tivessem* me contado, mas eu acho que seu… seu código de *cavalheiros* não permitia isso."

A pele do rosto pálido de Poe estava levemente enrugada então. "Apenas Stoddard", ele murmurou. "Apenas Stoddard, parece, escapou de sua justiça."

E isso era culpa minha, eu queria dizer, mas não disse. Você pode não acreditar, leitor, mas, de todas as coisas que eu fiz em nome do amor e do ódio, de todas as coisas que lamento e que desejaria não ter feito, há uma coisa que me *embaraça* mais do que tudo. Que é o fato de ter alertado Stoddard. Quando encontrei seu nome no diário de Fry, cometi o erro de ir direto até o refeitório com o único propósito de olhar para o homem que eu iria em breve matar. Eu o estava marcando, acho, como havia marcado Fry na taberna naquela noite muito tempo atrás. Exceto que eu não podia mais abafar meus sentimentos como antes. Stoddard ergueu os olhos para mim e viu o que havia neles... e sabia que estava perdido. E fugiu.

"Você está certo", eu disse. "Stoddard desapareceu, e não tenho vontade ou força para caçá-lo. Eu só espero que ele passe o resto de sua vida miserável olhando por cima do ombro."

Ele olhou para mim, então. Tentando, eu acho, encontrar o homem que havia conhecido.

"O que eles fizeram foi uma coisa terrível", ele disse, tateando lentamente, testando cada palavra como se fosse uma tábua solta de assoalho. "Uma coisa selvagem e amedrontadora, sim, mas você, Landor... você é um homem da Lei."

"Ao diabo com a Lei", eu disse calmamente. "A Lei não salvou Mattie. Ela não a trouxe de volta. A lei não significa nada para mim agora, nem a de Deus nem a dos homens."

Poe começou a esculpir o ar com as mãos. "Mas, desde o momento que sua filha foi ofendida, você poderia ter ido direto até as autoridades de West Point. Você poderia ter contado o caso a Thayer, garantido confissões..."

"Eu não queria que eles confessassem", eu disse. "Queria que eles morressem."

Ele levou o copo à boca e, percebendo que estava vazio, colocou-o na mesa. Mergulhou de novo no sofá.

"Bem", ele disse com uma voz gentil. "Eu lhe agradeço por me esclarecer, Landor. Se você não se importa, eu ainda tenho uma pergunta."

"Sem dúvida."

Ele não falou imediatamente. E, pelo seu silêncio, cheguei a acreditar que tínhamos chegado ao âmago de algo.

"Por que você se interessou por *mim*?", ele perguntou. "De todas as pessoas, por que *eu*?"

Expressei meu desagrado olhando para minha bebida. "Enquanto fosse afeiçoado a mim", eu disse, "você nunca veria a verdade."

Ele acenou com a cabeça várias vezes, consecutivamente, e a cada vez seu queixo se abaixava mais um pouco.

"E agora que eu vejo", ele disse, "e agora?"

"Bem, isso depende de você, Poe. Pelo fato de que tenha vindo sozinho, eu presumo que você ainda não contou a ninguém mais."

"E se contei?", ele perguntou, sombrio como uma igreja. "Você encobriu seus rastros muito bem. Só tenho um poema ridículo e um par de bilhetes que poderia ter sido rabiscado por qualquer um." O poema ainda estava ali na mesa, aquele poema ridículo. Podiam-se ver as dobras nele, as letras pretas ressaltando na página. Eu passei lentamente meu dedo pela borda.

"Sinto muito", eu disse, "se o fiz pensar de maneira ruim sobre ele. Tenho certeza de que Mattie teria gostado." Ele soltou uma risada amarga.

"Ela *teria* gostado dele", ele disse. "Ela o escreveu."

Eu mesmo tive de rir.

"Sabe, Poe, com frequência desejei que ela tivesse cruzado com *você* na noite daquele baile. Ela também amava Byron. Teria ficado contente em ouvi-lo declamá-lo. Oh, é verdade, você poderia *falar* com ela até à exaustão, mas por outro lado ela estaria bem segura em suas mãos. E quem sabe? Poderíamos nos tornar uma família de fato."

"Em lugar do que somos."

"Sim."

Poe apertou a testa com as mãos. Um som saiu de sua boca relaxada. "Oh, Landor", ele disse. "Acho que você partiu meu coração mais – de modo mais *abrangente* do que qualquer outra pessoa."

Eu concordei. Pousei meu drinque e fiquei em pé. "Então, você pode ter a sua vingança", eu disse.

Eu podia sentir seus olhos me seguindo enquanto eu ia até o centro da sala, procurava dentro do vaso de mármore e tirava a velha espingarda de pederneira. Passei a mão pelo tambor da arma.

Poe começou a se levantar. Depois caiu de volta no sofá.

"Ela não está carregada", ele disse com cautela. "Você me disse que ela só faz barulho."

"Desde então eu a abasteci com algumas balas do arsenal de West Point. Alegro-me em dizer que ela ainda está em boas condições."

Eu a estendi para ele como um presente. "Se você tiver a bondade", eu disse.

Seus olhos saltavam das órbitas. "Landor."

"Faça de conta que é um duelo."

"Não."

"Vou ficar bem imóvel", eu disse. "Você não precisa se preocupar. E, quando tiver terminado, pode simplesmente deixá-la cair e – fechar a porta quando sair."

"Landor, não."

"A verdade é que eu não irei para a forca. Vi muitos enforcados em minha carreira. A queda nunca é bastante rápida, o laço tende a ceder. O pescoço nunca quebra de uma vez. Um sujeito pode balançar durante horas até morrer. Se não faz diferença para você, eu prefiro…"

Mais uma vez estendi a arma para ele. "É o último favor que lhe peço", eu disse.

Ele estava parado a poucos passos, tocando o cano da espingarda logo abaixo do tambor…

Muito lentamente, como se já estivéssemos lembrando o momento, ele sacudiu a cabeça.

"Landor", ele disse. "Esta é a conduta do covarde, você sabe disso."

"Eu *sou* um covarde."

"Não. Uma grande quantidade de coisas, mas não isso."

Minha voz estava enfraquecendo então. Ela mal conseguia sair da garganta.

"Você estaria me proporcionando um ato de misericórdia", eu sussurrei.

Ele olhou para mim com grande ternura, vou sempre me lembrar daquele momento. Ele odiava desapontar as pessoas.

"Mas, veja, eu não sou um anjo para conceder misericórdia, Landor. Você deve aceitar outra autoridade." Ele colocou a mão em minha arma. "Sinto muito, Landor."

Com passos pesados e cadenciados, ele pegou seu casaco (ainda com o ombro rasgado) e dirigiu-se para a porta. Voltou-se e olhou uma última vez para… para *mim*, com minha espingarda inútil ao meu lado. Ele disse:

"Eu vou guardar…"

Mas não conseguiu terminar sua frase. Sem achar as palavras! O Poe eloquente. Tudo o que disse no final foi: "Adeus, Landor."

Narrativa de Gus Landor
43

Dezembro de 1830 a abril de 1831

A VERDADE, LEITOR, É QUE EU ERA UM COVARDE. SENÃO, TERIA ME MATADO NO momento que Poe fechou a porta atrás de si. Seguindo a conduta de todos os antigos gregos e romanos, que se matavam ao primeiro sinal de escândalo. Mas não pude.

Comecei a imaginar, então, se não podia haver uma *razão*. Eu tinha sido poupado. E assim, gradativamente, cheguei a essa ideia de registrar os fatos, o melhor que pudesse, documentando os meus crimes e deixando a justiça agir como quisesse.

Bem, tendo começado, não havia jeito de me deter. Eu trabalhava dia e noite, como a fundição do governador Kemble, e não me incomodava mais tanto em ficar sozinho. Os visitantes seriam apenas um incômodo.

Oh, às vezes, eu me aventurava a sair – a ir para a taberna de Benny, em geral, embora fosse durante o dia para não encontrar cadetes. Nada poderia me impedir de ir ver Patsy, que sempre me cumprimentava com a habitual fria cortesia que costumava exibir em público. Que era, considerando todas as coisas, o melhor que eu poderia esperar.

Foi pelos frequentadores habituais de Benny que tive notícias de Poe, que se tornara um protegido particular deles. Em algum momento, depois do feriado de Natal, eles contaram, Poe havia montado sua campanha final contra West Point. Uma campanha de tipo muito pacífico que consistia em... não aparecer. Não aparecia para as aulas de francês ou matemática. Não aparecia para os desfiles depois da missa ou depois das aulas. Não aparecia para o toque de reunir ou para montar a guarda. Faltava em tudo que podia faltar, ignorando todas as ordens que eram dadas... um perfeito protótipo de desobediência. Depois de duas semanas, Poe conseguiu o que queria: uma corte marcial. Ele praticamente não se defendeu e foi, naquele mesmo dia, exonerado do serviço dos Estados Unidos.

Ele disse a Benny que iria direto para Paris para pedir ao marquês de Lafayette uma designação no Exército polonês. Era difícil compreender como iria conseguir chegar lá – ele não tinha mais do que vinte e quatro centavos quando deixou a Academia e havia dado a Benny sua última coberta e a maior parte de suas roupas para pagar as dívidas. Quando foi visto pela última vez, ele estava pedindo uma carona a um carroceiro para ir até Yonkers.

Ele conseguiu, ainda assim, ir embora. E deixou para trás um legado, sob a forma de uma pequena lenda local.

Nenhum dos frequentadores de Benny viu isso acontecer, de modo que não posso garantir que tenha sido exatamente assim, mas a história conta que, em um dos seus últimos dias na Academia, ordenaram a Poe que saísse: armado e com fita de metralhadora. Bem, foi exatamente assim que ele saiu: armado e com fita de metralhadora... e nada mais. Ficou parado na planície nu como uma rã. Benny disse que ele estava apenas querendo mostrar seu Ponto *Sul*. A meu ver, provavelmente, ele estava elaborando um argumento contra uma linguagem medíocre. Se isso realmente aconteceu, o que eu duvido, Poe nunca poderia ter aguentado o frio.

Não ouvi mais falar dele, não pessoalmente. No fim de fevereiro, no entanto, recebi, endereçada com sua letra, uma notícia do *New York American*. Ela dizia o seguinte:

Lamentável ocorrência. – Na noite da última terça-feira, mister Julius Stoddard foi encontrado enforcado em seu quarto na Anthony Street. Nenhuma carta foi descoberta com ele, e ninguém foi visto entrando ou saindo do prédio. Foi relatado, no entanto, que uma vizinha, mistress Rachel Gurley, ouviu mister Stoddard em uma conversa animada com outro cavalheiro de identidade desconhecida. Os relacionamentos do infeliz mister Stoddard são considerados altamente respeitáveis, e alguns objetos pessoais descobertos parecem indicar que ele recentemente servira como cadete da Academia Militar dos Estados Unidos.

Reli a notícia inúmeras vezes, e a cada leitura eu achava novas perguntas que se aglomeravam ao meu redor. Seria *Poe* o cavalheiro visitante? Aquele que havia tido uma conversa animada com Stoddard naqueles momentos finais? Havia sido Poe quem prendera o laço em seu pescoço, passara a corda pela viga e tinha deslizado para fora quando ninguém estava olhando? Podia o meu Poe começar a *fazer* tal coisa – mesmo em nome de velhas alianças?

Nunca saberei.

Pouco tempo depois, recebi outro pacote endereçado com sua letra. De novo não havia carta nem bilhete. Um pequeno volume, era tudo, com uma capa cinza-amarelada: *Poemas por Edgar A. Poe*.

Ele era dedicado ao corpo de cadetes dos Estados Unidos, que eu supus que fosse uma piada até o cego Jasper me contar que Poe tinha, de certo modo, conseguido que metade do Corpo de Cadetes encomendasse o livro com antecedência. Isso somaria cento e trinta e um cadetes, e cada um pagara mais que um dólar e um quarto pelo privilégio de ver os poemas de Poe impressos.

Bem, é verdade o que dizem: nenhum cadete jamais perde uma chance de gastar seu ordenado. Posso apostar que ficaram desapontados, no entanto. Nem um único sarcasmo sobre o tenente Locke no danado do livro inteiro. Jack de Windt disse que viu um bando de cadetes atirando o livro do alto de Gee's Point. Sem dúvida esses exemplares serão encontrados séculos mais tarde, misturados com lama e ossos de marinheiros no fundo do Hudson, ainda esperando por um leitor.

Observei mais uma coisa: a epígrafe. Por alguém chamado Rochefoucault. *Tout le monde a raison*. Tive de desenterrar o velho dicionário de francês de Mattie, mas, depois que o encontrei, a tradução foi rápida.

Todo mundo tem razão.

O que é a coisa mais maravilhosa ou a mais terrível que já ouvi, não consigo decidir. Quanto mais pondero sobre ela, mais me escapa. Mas não posso deixar de pensar que é uma mensagem particular dele. Seja lá que diabos isso signifique.

Em algum momento de março, recebi meu primeiro visitante depois de muito tempo: um camarada chamado Tommy Corrigan. Ele era um do bando de duzentos irlandeses que, em certa noite de 1818, invadiram a tenda dos índios norte-americanos de Tammany. Eles estavam bastante aborrecidos por terem sido detidos em seus planos e ficavam gritando "Abaixo os indígenas!" e "Emmit para o congresso!", e, sim, quebrando móveis, depredando as instalações e fazendo uma grande bagunça. Tommy, lamento dizer, foi acidentalmente esfaqueado por um dos seus e morreu antes que terminasse a noite. Lembro, no entanto, como ele despedaçou uma das janelas e depois atirou os pedaços de vidro que sobraram, fragmento por fragmento, com seu dedo mínimo. Um gesto extremamente delicado. Estranho que eu me lembre disso depois de todos esses anos, mas, naquele fluxo de memória, ele surgiu de passagem. Ficou pelo menos três semanas, também. Ficou me pedindo cerveja com limão. Logo depois disso foi Naphthali Judah, um velho cacique que ganhou dez mil dólares da Medical Science Lottery e deu-me uma vez um casaco costurado com lã de carneiro. Ele o queria de volta então. Disse que sua mulher precisava dele, o forro do dela estava estragado.

Um dia depois, foi Alderman Hunt, morto sete anos atrás, e, no dia seguinte, minha falecida mãe, que entrou como se fosse a proprietária do local e começou a limpar exatamente onde Patsy havia parado. No dia seguinte, meu velho cão terra-nova. No outro dia, minha própria esposa, muito ocupada, colocando tulipas no vaso, para prestar atenção em mim. Eu deveria ter ficado mais agitado, entretendo essa multidão, mas, sabe, tinha chegado a pensar de uma nova maneira sobre o tempo. Ele não é a coisa dura e determinada que imaginamos que seja, é algo flexível e maleável e, sob extrema pressão, ele dobra... de modo que pessoas separadas por gerações estão juntas, forçadas a ficar sobre o mesmo chão e a respirar o mesmo ar, e já não faz mais sentido falar em "vivo" ou "morto", porque nunca alguém interpreta uma coisa ou outra, não completamente. Lea estuda com Henri le Clerc, Poe escreve versos com Mattie Landor, e eu – eu mastigo tabaco e tagarelo com Alderman Hunt, Naphthali Judah e Claudius Foot, que ainda quer que eu saiba que ele roubou a maldita mala postal de Baltimore e não a de Rochester.

Eles não tomam muito espaço, esses meus visitantes, e principalmente não me atrapalham no meu trabalho. Na verdade, eu acho encorajador eles ainda continuarem com a mesma coisa que faziam em vida. Não há coros celestiais para eles. Nem chamas de inferno, também; há muito a *fazer*. Imagino se eles ainda estarão aqui quando eu tiver ido. Talvez eu consiga me juntar a eles, e nesse caso poderíamos continuar juntos para sempre.

E talvez Mattie esteja lá, também. É possível. Isso torna mais fácil, de todo jeito, pensar no fim. Que é agora.

Epílogo

19 de abril de 1831

O TRABALHO TERMINOU. TUDO O QUE PODIA FOI ESCRITO, E AGORA RESTA APENAS o julgamento.

Eu pousei a caneta. Deixei o manuscrito na gaveta da escrivaninha, atrás de uma fileira de tinteiros. Não quero que seja encontrado pelo primeiro que aparecer. Não, será preciso um olhar mais curioso para encontrá-lo. Mas será encontrado.

Aceno para minha mulher, peneirando as cinzas no piso da lareira. Dou bom-dia para Alderman Hunt e Claudius Foot. Esfrego atrás das orelhas de meu terra-nova.

Está encantador lá fora. A primeira estação quente do ano: a luz do inverno amarelada com pólen; as magnólias disputando com os cravos; um bando de tordos na campina. Eu acho que é sempre melhor ir embora quando o mundo se revela em toda a sua glória. Você pode ter certeza de que sua mente está límpida.

Sigo o mesmo caminho que Mattie e eu fizemos outrora. Paro na mesma costa íngreme, olhando o rio que corre embaixo. Mesmo dessa grande altura, você pode ver como o Hudson flui. A crosta formada pelo vento é insignificante, e a água vem correndo desde o norte, espumando na superfície.

Vou ter de ir assim, eu penso: olhando direto para baixo, os olhos abertos por todo o percurso. Porque não tenho a sua fé, Mattie. Eu não posso voar para seus braços quando não sei se estará esperando... quando não sei se alguém estará esperando. Não era isso que eu dizia sempre? Nós paramos de trabalhar, e ninguém percebe. Nem o endereço é lembrado.

Agradecimentos

Meu dever para com a história requer que eu esclareça que nunca nenhum cadete foi assassinado, ou mesmo seriamente ferido, sob o mandato de Sylvanus Thayer. Thayer, Hitchcock, Kemble e outros personagens da vida real se encontram nestas páginas, mas estão nelas de uma maneira puramente fictícia, como o próprio Edgar Allan Poe, que, ao que eu saiba, matou apenas no papel.

Das muitas fontes que consultei, a que mais me ajudou foi o *Eggnog Riot*, de James Agnew, que deve ser o único outro romance ambientado em West Point no século XIX. (*Saudações* ao espírito do coronel Agnew.) Sou muito grato pela ajuda de Abby Yochelson, da Livraria do Congresso, o historiador Steve Grove, da Academia Militar dos Estados Unidos, e Walter Bradford, historiador do Exército. Qualquer erro histórico deve ser atribuído a mim, e não a eles.

Agradecimentos especiais para: Marjorie Braman, uma editora notável que compreendeu minha história melhor do que eu; meu agente de publicidade Michael McKenzie, o trabalhador incansável na produção; e meu agente, Christopher Schelling, que me fez explodir de rir pelo menos uma vez por semana. Meu irmão, dr. Paul Bayard, que me ofereceu consultas gratuitas sobre detalhes médicos. Minha mãe, Ethel Bayard, ofereceu sua opinião editorial; meu pai, o tenente-coronel aposentado Louis Bayard (Academia Militar dos Estados Unidos, 1949), me deu sua bênção. O meu esforço fez o resto.

Então aqui estou. Diga-me agora, filha. Com sua própria voz. Diga-me. Diga-me que você estará esperando também. Diga que vai dar tudo certo. Diga-me.